古代戏曲编创人才培养项目剧作集

温州市文化艺术研究院　编

中国戏剧出版社

图书在版编目（CIP）数据

古代戏曲编创人才培养项目剧作集 / 温州市文化艺术研究院编. — 北京 : 中国戏剧出版社, 2019.12
ISBN 978-7-104-04720-9

Ⅰ. ①古… Ⅱ. ①温… Ⅲ. ①剧本－作品综合集－中国－当代 ②戏剧文学评论－中国－文集 Ⅳ. ①I230 ②I207.3-53

中国版本图书馆CIP数据核字（2018）第214029号

古代戏曲编创人才培养项目剧作集

责任编辑：王　恬
责任印制：冯志强

出版发行：中国戏剧出版社
出 版 人：樊国宾
社　　址：北京市西城区天宁寺前街2号国家音乐产业基地L座
邮　　编：100055
网　　址：www.theatrebook.cn
电　　话：010-63385980（总编室）
传　　真：010-63383910（发行部）

读者服务：010-63381560
邮购地址：北京市西城区天宁寺前街2号国家音乐产业基地L座

印　　刷：北京温林源印刷有限公司
开　　本：787mm×1092mm　1/16
印　　张：53
字　　数：1000千字
版　　次：2019年12月　北京第1版第1次印刷
书　　号：ISBN 978-7-104-04720-9
定　　价：298.00元

温州市文广新局局长张纯芳主持开班典礼

温州市人民政府副市长郑朝阳致辞

中国戏曲学院戏文系主任谢柏梁教授致辞

浙江省文化艺术研究院院长贾晓东致辞

纪念王季思、董每戡诞辰 110 周年
图片展揭幕仪式

参观图片展

开班典礼合影

开班典礼合影

温州市艺术研究所、温州城市大学培训中心
联合宣布学习安排

参观图片展

谢柏梁老师授课

师生参观南戏博物馆

俞为民老师授课

师生合影

张思聪老师授课

师生合影

邹德旺老师授课

师生合影

颜全毅老师授课

师生合影

沈斌老师授课

师生合影

郭启宏老师授课

师生合影

温州市文广新局副局长柳升高授课

师生参观温州市图书馆文化驿站

王安奎老师授课

师生合影

张烈老师授课

师生合影

朱为总老师授课

师生合影

于平老师授课

师生合影

周雪华老师授课

师生合影

王仁杰老师授课

师生合影

胡应明老师授课

师生合影

徐宏图老师授课

师生合影

章世杰老师授课

师生合影

黎继德老师授课

师生合影

郑朝阳老师授课

师生合影

南戏故里行——考察温州市越剧演艺中心

观摩温州市越剧演艺中心《红丝错》

南戏故里行——考察温州市瓯剧艺术研究院

与温州市瓯剧艺术研究院交流座谈

南戏故里行——考察永嘉应界坑乱弹传习所

与永嘉昆剧团、温州市民间戏曲协会交流座谈

南戏故里行——考察永嘉苍坡古村落

观摩永嘉昆剧团在古戏台演出

南戏故里行——考察王十朋故里乐清淡溪镇

参观王十朋纪念馆

南戏故里行——考察平阳木偶戏保护传承中心

参观平阳木偶陈列馆

南戏故里行——考察《琵琶记》作者高则诚故里瑞安阁巷

参观高则诚纪念馆

班级班会活动

央视“戏曲采风”栏目报道

班级联欢活动

课间

调研

观摩

在瑞安市越剧团有限公司召开脱产学习总结大会

结业典礼

结业典礼，温州市委宣传部部长胡剑谨讲话

结业典礼颁发证书

结业典礼合影

与温州市瓯剧艺术研究院签约

与永嘉昆剧团签约

与平阳木偶戏保护传承中心签约

与浙江正尚文化发展有限公司签约

与温州华臣太合文化传媒有限公司签约

与温州星洲文化传媒有限公司签约

与温州网络文学原创IP众创空间签约

九山、玉京有传人

——2017国家艺术基金项目《古代戏曲编创人才培养项目剧作集》

（序　言）

21世纪以来的中国戏曲界，因为一段时间以来“只求所用，不求所养”的用人机制，剧团不养编剧已经成为一种较为普遍的风气。让非职业的人来做职业化的事情，作为业余编剧的热情便难以持久，作为编外编剧的高人们也很难得保证文本之供应。因此，戏曲编剧的后继乏人和相应而来的“剧本荒”情况，已经成为制约戏曲艺术传承发展的瓶颈，这一现象已经成为社会各界有识之士们的心头之患。

抚今追昔，南宋以来发端于温州的九山书会和金元以来盛行于大都的玉京书会，作为当时南北辉映的书会才人也即戏曲编剧的重要团队，为南戏的系列创作和金元杂剧的蓬勃兴旺，提供了最好的团队支撑和文化氛围。比方关汉卿那么伟大的领军剧作家，也还有杨显之等人来给他“打补丁”，修改某些场次和唱词。那么今天的温州文化界和中国戏曲学院，面对戏曲编剧的后继乏人和剧本荒现象，又该如何应对呢?

温州市艺术研究所（现为温州市文化艺术研究院）和中国戏曲学院戏文系，经过几次碰头之后，大家一拍即合，基于南戏九山书会和杂剧玉京书会的悠远历史传统，两家共同合作，联合申请国家艺术基金的人才培养项目。我们所聚焦的重点在于如何将古典戏曲改编成今天的剧团所能演出、观众所能接受、经典可以传承、时代所能穿越的剧本，并试图通过系列授课和经典剧本的整理和改编，培养一批敬畏传统而又有所出新的中青年编剧人才。

我们项目申报与实施的主体内容是：

通过全国范围内的招生与选拔，在中国戏曲系统史论的支撑之下，深入到中国最早成熟戏曲样式“南戏”生成的原生态区域——温州，去追溯、发掘、重识传统戏曲生成的基因与演化、发展过程，去认识古代戏曲剧作家及其剧作形成的原生要素，从源头上，研究学习戏曲创作的规律与专业技术知识,指导今天的编剧成长、传统剧本剧目的整理和改编及新剧本的创作。因此，该项目的特殊价值和意义，具体如下：

其一，可以认识戏曲创作及其题材的原生态基因。

温州，作为中国最早成熟的戏曲样式“南戏”的发祥地，也是产生中国古代戏剧家（编剧）、古代戏曲作品的发祥地。《赵贞女》《王魁》等标志性剧目的确立，使我们从源头上认识了中国戏曲创作的题材基因。

其二，从实地考察古代戏曲演出环境，去了解戏曲创作的空间因素。

温州，早在宋代其商品经济便得以繁荣发展，集演艺、市集为一体的商业演出场所——瓦舍勾栏，应运而生。温州主城区，至今尚有瓦市巷。在第三次全国文物普查登录时，确认温州的古戏台约有561处，现存541处。从唐、宋、元、明、清至近现代，都有戏台的修建。这些古戏台大多位于乡野的宗祠、庙宇之中。由温州市艺术研究所的专业人员采编的《温州古戏台》一书，就充分展示了戏曲文化与祭祀、宗祠、民俗等文化相辅相成的本体特征，成为温州“戏曲故里”的佐证。

其三，从认识“书会才人”组织，研究剧作家及其剧作形成的历史因素。

温州，在宋代为戏班编写脚本的新型组织——书会，应时而起。《张协状元》第二出《烛影摇红》说：“九山书会，近目（日）翻腾，别是风味。”明成化本《白兔记》开场云：“亏了永嘉书会才人在此灯窗下，磨得墨浓，斩（蘸）得笔饱，编成此一本上等孝义故事。”永嘉为温州别称，“九山”亦然。“九山书会”以其所在地为名，温州至今有九山路、九山湖公园。

2016年10月，温州的剧作家们又成立了“新九山书会”，在当代条件下，重新认识发挥“九山书会”等书会组织在中国古代戏曲剧目创作等方面所起到的重要作用与价值，也是今天创作传承、相互启发的源头活水与组织形态。

其四，从南戏与杂剧的演变、戏曲声腔的形成，认识剧作家及其剧作在戏曲发展中的作用。

在温州发祥的南戏，与从宋杂剧、金院本中脱颖而出的北杂剧，由南北分流，竞相发展，到元统一后，得以互相交流，使戏曲进入了成熟阶段。关汉卿、王实甫《感天动地窦娥冤》《西厢记》等一批剧作家及其代表作，流传后世、影响深远。元末，深深扎根在民众中的南戏，“不但出现了如《琵琶记》《拜月亭》《刘知远白兔记》《荆钗记》等一批著名的新剧作，同时，在艺术形式和技巧上也都有了很大的革新和创造”。这种新发展，为同时兴起的海盐、余姚、弋阳、昆山诸腔和地方戏的蓬勃发展奠定了坚实的基础。由此可见，剧作家及其创作的剧本，对推动戏曲及剧种的形成发展起到了主导作用。

其五，以温州“南戏新编剧目系列工程”的经验，去指导古代戏曲剧目与剧种的传承整理或新编。

《荆钗记》《琵琶记》等南戏作品，由全国多个剧种搬演，直到今天，还是常演不衰。温州在20世纪末启动“南戏新编剧目系列工程”，并在2000年举办了“南戏国际学术研讨会暨南戏新编系列剧目展演”。《荆钗记》《白兔记》《拜月记》《杀狗记》《张协状元》《洗马桥》等六大南戏新编剧目的演出，包括以后的《琵琶记》《宦门浪子》《小孙屠》《乐昌分镜》等的新编系列，都使古老南戏焕发新的光彩，在戏曲界产生了重大影响。温州的这一工作，对年轻编剧学习戏剧创作，特别是在古代戏曲剧目的整理改编上有着诸多指导作用。

其六，考察学习温州古代剧种，正本清源，为青年编剧成才提供最历史养成的戏曲史线索。

南戏肇始之血脉基因，其嫡裔演化成全国各路声腔剧种，一直贯穿至近代以来温州盛行并保存的永昆、瓯剧、和剧、京剧、越剧、木偶戏等剧种之中。永嘉昆剧、温州瓯剧、平阳木偶戏、瑞安高腔等世界级、国家级、省级非遗项目，均为有400年以上历史的古老剧种。认识这些古老剧种的来龙去脉，将为学员整理和改编南戏、杂剧，新编昆剧，提供古老而又鲜活的实践载体。

其七，实地参观高明的戏曲博物馆，参观王季思、董每勘的学术文化展览，寻找温州文脉，再续戏曲前缘。

参观高明故里，遥想他写作《琵琶记》的艰辛和欢悦，想象他顿足苦吟，烛光辉映的创作状态。

参观当代大学中最为著名的国家级戏曲研究大师王季思、董每勘的学术展览。王季思先生是近代戏曲大师吴梅先生的高足，他是教育部颁文学史《中国文学史》的主编之一，在元杂剧的研究，特别是关汉卿和王实甫的研究方面成就斐然；董每勘先生的戏剧欣赏、创作理论、中西戏剧史专著等成就，则推动了剧论和剧史的研究向纵深方向发展。他们都是温州人，这也给我们开办这个班有了更为直接的理由。

基于以上诸多历史文化和戏曲发展脉络的支撑，得道多助，我们的想法得到了国家艺术基金评委们的大力支持，于是我们两家得以在2017年的暑假，从全国诸多申报者当中忍痛割爱、优中选优，最终遴选出这样一些优秀学员来。

本项目共招收了来自北京、四川、湖北、湖南、内蒙古、浙江、海南、辽宁、吉林等全国15个省市自治区的30名学员，其中温州本土学员占8名。行业涉及戏曲院团、艺术研究院所、高校、报社、文化部门等，其中有2名学员拥有国家一级演员职称，4名学员拥有副教授职称，6名博士（后），12名硕士，还有一些具有很高艺术素养的戏剧文学创作、戏剧理论研究、网络文学创作的优秀人才。

在为期3个月的培养中，具体的安排如下：

1个月在温州城市大学的脱产培训，安排国内包括温州籍的20来位名家、领导前来授课。

9次“南戏故里行”考察观摩、多次班会研讨交流联欢。

两个月的学员创作、导师辅导与作品修改，大家上交了包括南戏、杂剧、传奇等新编的以及原创的昆剧、川剧、京剧、京昆实验剧、木偶剧、越剧等剧本26部，理论研究文章5篇。具体作品如下（按作者姓氏笔画排序）：

1. 新编大型神话剧《江流传》王姝
2. 琼剧《张协状元》孔栩
3. 京剧《白罗衫》付桂生
4. 昆剧《王魁负桂英》刘佳智
5. 上党梆子《紫霞巾》刘珊珊
6. 昆剧《拜月亭》刘倩
7. 昆剧《风筝误》孙振虎
8. 昆剧《李花隐》汤琴
9. 昆剧《长相守》沈杏莲
10. 越剧《戏缘·情》陈张立
11. 婺剧徽戏《庞涓夜走马陵道》邵建伟
12. 沔阳花鼓戏《看钱奴》李国标
13. 越剧《比目鱼》陈秋吉
14. 昆剧《望湖亭》汪莉
15. 新编南戏《崔家女》陈照阳
16. 越剧《琵琶记》李斌斌
17. 川剧·高腔《乱世情缘》孟立敬
18. 越剧《一捧雪》林振立
19. 木偶剧《八戒新传》郑新华
20. 戏曲《下凡记》柳隐溪
21. 小剧场戏曲《玉蝉师翠乡一梦》栗晓云
22. 小剧场昆剧《誓戒记》黄骁
23. 昆剧《娇红记》章静
24. 戏曲《桃花扇》（前后本）韩建
25. 昆剧《人面桃花》谭孝红
26. 昆剧《幽魂记》魏玮
27. 《京剧〈琵琶记·描容上路〉赵五娘唱腔分析》王希宝
   《新编〈洗马桥〉越剧英译研究》王希宝
28. 《县级国有戏曲剧团之人才培养策略初探》张茈文
29. 《弘扬传承南戏文脉的“温州路径”》胡胜盼
   《浅析宋元南戏中的民俗文化》胡胜盼

在此，我们非常感谢这次培训当中，为这个班级不辞辛劳、诲人不倦的名家大师们，他们是：著名理论家、学者王安奎，谢柏梁，于平，黎继德，俞为民，徐宏图，朱为总；国内一流编剧、导演、作曲郭启宏，王仁杰，胡应明，张思聪，张烈，郑朝阳，颜全毅，沈斌，邹德旺，章世杰，周雪华。其中有温州及温籍剧作家及理论家7名，郭启宏、谢柏梁，还都是王季思先生的嫡门弟子。这些老师们强有力的支撑，为该项目的成功申报打下了坚实的基础。另外要特别提出的是，国家级非遗传承人、国家一级作曲周雪华老师，她是第一次为全国性编剧班讲授“昆剧创作的曲牌运用”，为学员们打开了神秘昆剧在音乐创作上的大门，让这个班级收获了多个学员首创的昆剧剧本，这对改善昆剧创作后继乏人的现象，有着极大的弥补意义。

编剧班还组织了9次“南戏故里行”的采风和观摩活动。在温州市瓯剧艺术研究院、温州市越剧演艺中心、永嘉昆剧团、乐清市戏曲传承展演中心、平阳木偶戏保护传承中心、永嘉乱弹传习所、瑞安市越剧团有限公司、温州民间职业剧团协会的大力支持下，师生们走访并考察了永昆、瓯剧、乱弹、提线木偶戏等古老剧种的原生态区域与剧团，调研南曲之祖《琵琶记》作者高则诚的故里，《荆钗记》人物原型王十朋的故里，参观温州古戏台，深入到温州公共文化事业与项目中去，考察温州特色的文化驿站等。学员们还观摩了新编南戏《洗马桥》、新编越剧《红丝错》等。凡此种种，都使学员们对古典戏曲生态环境有了更深层的了解，对温州戏曲文化有了更客观上的理解，利于激发学员们的创作灵感，为其古代戏曲编创提供了直观的认识，奠定良好基础。

我们约请的多位专家导师，对这些学员的作品予以细致和认真地指导评价。王安奎先生为学员刘佳智的新编昆剧《王魁负桂英》评价道：“从容而不生涩，合乎格律又不古奥”；张烈老师评韩建《桃花扇》：“文字尚不错，人物性格也鲜明，情节应再集中一些”；黎继德老师给黄骁的昆曲《誓戒记》提出建议：“有较强的戏剧冲突、完整的结构和符合人物性格的语言，可以进一步调整使之更符合昆曲的音乐性”；颜全毅教授评价陈秋吉的越剧《比目鱼》：“体现了越剧剧种的语言特色，可加强现代审美和情感的注入”；谢柏梁教授肯定了李国标的沔阳花鼓戏《看钱奴》：“具备民间趣味，凸显舞台特色，亦庄亦谐，悲喜交融，殊为难得。企盼早日搬上舞台，以飨观众。”邹德旺教授阅读多部作品后提出“要有戏胆，还需考虑它的当代性，老题材也要写新意”的建议。沈斌先生提出“昆曲念白要浓炼，必须与唱词浑然一体”。胡应明老师认为汤琴的原创剧作《李花隐》“是一个基础很好、很有前景的作品！”在评价柳隐溪的《下凡记》时称赞道“全剧轻灵活泼、妙趣横生，表现出了人类幼年时期的清朗纯净及其人间烟火炙烤中的人性升华，‘解构’得饶有情味、令人寻思！”朱为总老师评陈张立越剧《戏缘·情》说道：“基础上不错，唱词、结构完整，还需更加古意。”张思聪先生认真地与多位学员进行交流探讨，对作品给予评判指导。俞为民教授在点评张芷文的戏论

《昆曲所面临的困境与问题》和《昆曲改良措施》时，肯定了文章的应用价值："所提出的问题基本上符合永昆的实际状况，可为当地文化管理部门提供很好的借鉴"。徐宏图老师评价胡胜盼关于南戏与民俗关系的论文时更进一步，提出了"故事、作者、演员、观众都来自民间"的思路。

目前，已有该班学员作品被搬上戏曲舞台。多个演员焕发出旺盛的创作活力，在各自的创作工作中新作涌现，并在不同的戏剧节庆、舞台上展现光彩。央视《戏曲采风》、国家艺术基金、中国文化报、浙江省文化厅、浙江24小时、温州文化信息网、瓯网、温州文化、温州宣传、温州新闻、温都网、温州文化通等都宣传和报道了该项目的相关活动。由于组织者和全体师生的共同努力，该项目被评为"2017温州十件文化大事"之一。

夏雨秋实，春花冬藏，同学们经过在温州的一个月集训，两个月的创作，一年多的对剧作认真修改升华，大家都在古典名剧的整理改编、昆剧新创乃至理论认识上有了诸多提高。这部剧作与理论集，不但从一个方面体现出学员们的进步和发展，也从整体上延续了九山书会和玉京书会的传统戏脉。我们也坚信，收入其中的一些剧本大多会有搬上舞台的机会，希望今后大家的作品能够择优到温州来进行汇演。

更为重要的是本班的开办与教学实践，也从传统文化的继承和发展这一个方面，提升了大家敬仰古典、推陈出新的文化自信。随着文化部"千人计划"戏曲高级编剧班的举办，随着温州戏曲整理改编班和更多的戏曲编剧班的陆续举办，随着更多的剧团将设立编剧岗位看成是剧团标配的认识到位与人员到位，中国的戏曲编剧人才将会由断层断代到后继有人，一段时期以来产生的"剧本荒"也将会转型为人才多元、剧本多样、繁花似锦、云霞满天的新的生面。

谢柏梁[①]　施小琴[②]

① 谢柏梁：中国戏曲学院戏文系主任，二级教授，国务院政府特殊津贴专家。
② 施小琴：温州市文化艺术研究院原院长，浙江传媒学院媒体传播优化协同创新中心国家一级编剧。

目录

第一篇剧作篇

第|二|篇|论|文|篇

第|三|篇|媒|体|报|道|篇

第一篇

剧作篇

江流传

新编大型神话剧

编剧：王姝

《江流传》介绍

《江流传》取材自南戏《陈光蕊江流和尚》，全本已佚，钱南扬《宋元戏文辑佚》辑得佚曲三十八支，王季思主编《全元戏曲》补辑两支，共得四十支，已基本可见原作面目。元末杨讷《西游记》杂剧第一本，小说《西游记》第九回《陈光蕊赴任逢灾 江流僧复仇报本》，清代传奇《慈悲愿》和《江流记》均表现同一题材，即唐代高僧玄奘出生及长大后替父报仇的故事。《江流传》的改编，通过情节的合理想像，放大了江流儿生母殷氏、江流儿与杀父仇人刘洪之间的情感纠葛，将新编的重点放在主人公江流儿在善与恶、理与情、佛法、正义、复仇等艰难境况下的抉择。剧中殷氏、刘洪、佛祖、法明的形象都有不同程度地改变，江流儿与孙悟空也有不同的性格对比。《江流传》重写了西游前传故事。

人物表：

江流儿——前身为金蝉子，俗姓陈，后来的玄奘和尚，剧中年龄 18 岁
孙悟空——齐天大圣，压在五行山下五百年
法　明——金山寺住持，收养江流儿，为其剃度，剧中年龄约 60 岁
殷　氏——江流儿生母，彩楼绣球招亲，嫁于新科状元陈光蕊，剧中年龄约 36 岁
陈光蕊——殷氏的丈夫，新科状元，官拜江州太守，剧中年龄约 20 岁
刘　洪——强盗，与李彪在洪江渡口打劫为业，剧中年龄约 40 岁
李　彪——刘洪同伙，剧中年龄约 40 岁
小　红——万花店主刘小二的女儿，剧中年龄 16 岁

刘小二——万花店主，小红之父，剧中年龄约40岁
大　慈——矮胖的金山寺僧
小　悲——瘦高的金山寺僧
丫　环——殷氏贴身侍从
陈老婆婆——陈光蕊之母，剧中年龄约60岁
众村民、众喽啰

序幕

〔紫竹林。如来端坐上方，五位弟子分坐在阶下蒲团念经。佛号声声渐止。

如　来　众弟子，世间谤我、欺我、辱我、笑我、轻我、贱我、恶我、骗我，该如何处之乎？

法　明　回释尊，只需忍他、让他、由他、避他、耐他、敬他、不要理他，再待几年，你且看他。

大　慈
小　悲　（点头）对、对、对，不要理他！

孙悟空　（气愤，从蒲团站起，挥舞金箍棒）只需打他、打他、打他、打他、打他、还是打他，打完之后，你且看他！

如　来　（笑）猴子又撒泼了。金蝉子，你怎么想？

金蝉子　（沉思）释尊，倘无我，却见谤人、欺人、辱人、笑人、轻人、贱人、恶人、骗人，该如何处之乎？

如　来　（拈花微笑）是我问你，你反来问我了。

法　明　众生平等，便是作恶之人，放下屠刀，立地成佛。我若怒他、制他、惩他，以暴易暴，有违佛理。

孙悟空　见恶不制，妄称佛家弟子！

金蝉子　（继续沉思）佛于恶人所起慈悲心，深于善人么？

法　明　色即是空，四大皆空。

悟　空　既然是空，看我打你是不是空？（举棒来打法明）

如　来　泼猴休得无赖！（点悟空，一张黄纸从空中飞来，贴在金箍棒上封印）

孙悟空　打不得了，可恼可恼！

金蝉子　（喃喃自语，苦恼）善与恶乃修业根本，也是空么？何为无畏？

如　来　（大笑）问得好，你们且去人间走一遭——

〔如来指向万丈红尘，迷雾起，众弟子被赶到人间。
〔收光。

第一场　杀彪

〔十八年后，洪江渡口，众村民待渡。金蝉子托生为江流儿，是金山寺法明座下大弟子，年方十八，此刻与师兄大慈、小悲同村民一起等候过江。
〔李彪与众喽啰驾船上。

李　彪　（唱）半生水里活，
惯与风浪搏。
借了泼天胆，
富贵险中夺。
十八年前，俺家刘洪哥哥，一见倾心了殷氏娘子，从此金盆洗手，去了江州府。刘洪哥哥也曾邀俺前去享福，俺却过它不惯！还是在这江上打家劫舍，快活自在！小的们，与俺杀上岸去！

〔李彪率众喽啰杀向村民，村民四下逃散，余皆惊恐匍匐。一小贼抓住小红，带到李彪面前。

小　贼　报大王，抓到一个美人儿！
李　彪　（打量小红）哈哈哈！果然是个美人儿！
（唱）自从兄长去江州，
李彪我在渡口成气候。
抢金抢银抢美女，
自由快活胜王侯。
瞒天过海有靠山，
官司捅破不发愁。
来呀，把这美人儿带回山中！

〔江流儿不顾大慈、小悲阻止，从众人中站出。

江流儿　住手！光天化日，乾坤朗朗，你们怎么公然抢人？
李　彪　（打量江流儿）细皮嫩肉，唇红齿白，可惜是个和尚！

〔李彪与众喽啰大笑。

江流儿　（喃喃念经毕）小僧金山寺江流儿是也。我佛慈悲，施主放下屠刀，回头是岸！

李　彪　（念）慈悲不慈悲，
不过是自吹自擂。
谁拿刀，刀壮胆，天地之间我称王，
没了刀，蔫了胆，只好去做刀下鬼。
小和尚，念经没有半点用，
还不是被我打个落花流水、落花流水。

〔江流儿欲上前夺小红，显然力不从心，李彪与众喽啰又大笑。
〔万花店主刘小二哭喊着上。

刘小二　小红！（转身）小师父，众位乡亲，救救我那苦命的女儿！小人刘小二，在万花店开得一间客店，供来往行人歇脚，薄有几亩田地。只要救得回女儿，小二愿将家财悉数奉献。

江流儿　（转身向众村民）众位乡亲！你们也有双拳两腿，我们一齐与他们拼命，总不能眼睁睁看这无辜女子羊入虎口啊？

〔江流儿向左方民众求助，左方民众后退；刘小二向右方民众求助，右方后退。

众村民　小师父，刘小二老汉，你们不知厉害，那匪首名叫李彪，他背后有大靠山！不要怪我们，你的佛祖救不了我们！

江流儿　大慈、小悲，我们上！

大　慈　（连连摆手，后退）我们打不过他们，再说了，佛家子弟，慈悲为怀，怎可动武？

小　悲　（双手合十）强盗行凶，理当到官府告状，佛门不理红尘俗事！

众村民　那李彪犯下多少大案，也不知告过多少回，回回都是石沉大海！

江流儿　难道放任恶人逍遥法外，老丈哀哀相告？

大　慈
小　悲　师弟莫惹是非，速速回转金山！

众村民　小师父罢手吧，你也斗不过他们！

〔大慈、小悲与众村民逃散。李彪与众喽啰挟小红大笑离去。刘小二边哭泣边追贼众下。只剩江流儿一人呆立。

江流儿　（唱）恨恶贼，当众施暴太猖狂，
怨自身，欲救无力难担当。
悲弱女，凶多吉少命途舛，
叹众生，自私怯懦怕强梁。

疑佛法，纵恶欺善默无语，
向西天，顿足嗟叹遥无望。

〔大慈和小悲下场时悄声对话。

大　慈　他还想救别人，还是先救救自己吧！
小　悲　是啊，这个无父无母的野孩子，自己都不能救，如何救别人？

〔江流儿听到这番言语如梦方醒，万分痛苦。

江流儿　（唱）一番话，掀起了九重惊浪，
十八年，处处皆疑身世盲。
为什么，师兄师弟有俗姓，
我却是，起名江流师父养。
为什么，不让我习武光念经，
到头来，遇难临危无用场。
可叹我，笃行佛法佛不祐，
可笑我，救人救己皆空忙。
天与地，哪里可容身？
山与海，滔滔何处藏？

〔江流儿痛苦奔至洪江渡口旁五行山下荒无人烟处，见一大洞。

江流儿　（念）五行山！石头洞！奇也怪哉！山中洞穴，哪个不是石头洞，偏偏它叫"石头洞"！（往里走）这"石头洞"倒是大得很，只是枯藤遍地，杂草丛生，里面怪石嶙峋，阴森可怖。（一屁股坐在一块石头上）石头啊石头，你们比我强！
（唱）你无知无觉无父母，
无日无月岁月度。
听不见，旁人讥笑声如刀，
看不见，世间丑陋真面目。
没有情，强盗横行不动怒，
没有痛，哀鸿遍野不知苦。

〔那石头忽然动了起来，原来江流儿坐着的是孙悟空的头。

孙悟空　谁说我不痛！你干嘛坐在我的鼻子上，酸痛酸痛。

〔江流儿吓了一跳，站起避开。孙悟空舒展身体，抹去脸上的荒草。

孙悟空　还哭哭啼啼的，眼泪都抹在我的眼睛里了！（完全站起）喂，你这

个小和尚，为什么伤心？

江流儿 我以为你是一块石头。

孙悟空 我就是一块石头啊。

江流儿 可你是只……猴子。

孙悟空 我是石头缝里蹦出来的猴子啊。

江流儿 原来你也不知父母是谁。

孙悟空 我本来就没有父母，我是石头生的。

江流儿 石头怎能生猴子？

孙悟空 你不信？你看，这一洞的石头都听我的话！

〔孙悟空作法，众石飞舞。江流儿吓得躲避，却发现石头真的听孙悟空号令，不会砸到他，不由玩心大起，随着石头舞蹈。

孙悟空 现在信了？

江流儿 一半信了。

孙悟空 还有一半呢？

江流儿 你虽能叫石头听话，却为何自己被困在此间？

孙悟空 （语塞）谁说我困在此间？我不过在此修身养性……

江流儿 念佛？

孙悟空 你以为人人都像你小和尚念佛？

江流儿 要是我有你这样的法力，我也不念佛了，就到洞外去，救人、度人！

孙悟空 救人、度人？自救已经不易，何况解救苍生，你这个小和尚心太大，不自量力。

江流儿 （黯然）是啊，我是个无父无母的孩子，自己都不能救，如何救人？自己都不能度，如何度人？

孙悟空 （大笑）原来你是因为这个伤心。为什么要有父母？俺老孙一样无父无母，无人管教，天地间何等自在。

江流儿 可你却困在此间。

孙悟空 哼！

江流儿 我也不是光为这个，更伤心的是李彪那贼人作恶多端，我空念佛法，却无法解救小红。

孙悟空 （倒吸一口气）李彪！又是李彪！（眼睛骨碌碌一转）你看见那张黄纸了吗？

江流儿 看见了，怎么？

孙悟空 你替我撕了那张黄纸，我就能杀出洞去。我替你杀李彪，救小红！

江流儿 哦……原来你是被封印在此！你是妖怪？

孙悟空 什么是妖？什么是人？我不作恶不害人，凭什么把我封印在此？

江流儿 是啊，那李彪杀人越货，无恶不作，才是真正的妖怪！
孙悟空 那你快点替我撕了那张黄纸！
江流儿 可你说要杀李彪，我佛慈悲，如何杀生？
孙悟空 不杀李彪，如何救小红？
江流儿 （唱）一张黄纸轻如鸿毛，
举手之间重若泰山。
杀李彪把佛法慈悲来背叛，
孙悟空 （接唱）不杀李彪怎救小红把家返。
要杀生？要救人？
江流儿 （接唱）撕还是不撕难决断！
孙悟空 （接唱）快撕吧，撕出一片自由天！
江流儿 （接唱）不能撕，石猴野性无监管。
孙悟空 （接唱）快撕吧，解救苍生于倒悬，
江流儿 （接唱）不能撕，以暴易暴心难安。
孙悟空 （突然跪地叩头）师父！
江流儿 你怎么叫我师父？
孙悟空 （假意）我愿皈依佛门，拜你为师！只要你撕了封印，我从此听从师父教导！（抓住江流儿的衣襟）师父，你就没有听见小红的哭声吗？
江流儿 （唱）快撕吧，似听见小红哭声惨，
孙悟空 （唱）快撕吧，似看见李彪逞凶悍。
江流儿 （唱）快撕吧，他已皈依心向善，
孙悟空 （唱）快撕吧，我不杀生求成仙。

〔江流儿一步步走近黄纸，终于撕下封印。孙悟空腾空而起。
〔李彪上，惊慌失措地逃窜。孙悟空执金箍棒追上。

李　彪 （跪地求饶）你也是佛门子弟，怎可杀生？
江流儿 （欲阻止）不可杀生！
孙悟空 杀的就是你！（举棒杀死李彪）

〔血光四溅。江流儿唬得摔倒。小红获自由，蹦跳拍手。

小　红 大猴子好威风！杀得好！
孙悟空 小和尚，我已替你杀了李彪，救了小红！

〔孙悟空腾云驾雾，不知所终。

江流儿 泼猴骗我！

〔大慈、小悲上，见尸体，受惊吓。

大　慈
小　悲　阿弥陀佛！了不得了，你杀生了！我们告师父去！

江流儿　两位师兄，不是这样，且听我说。

大　慈
小　悲　说不得，你还是与师父说去罢！

〔大慈、小悲下。

小　红　小师父送我回家吧。

〔江流儿摇了摇头，只好带着小红下。收光。

第二场　得衫

〔接上场。万花店。
〔江流儿送小红到店门。刘小二迎出。

刘小二　小红！你没有吃苦头吧？
小　红　爹爹，我这不是好好地站在你眼前。
刘小二　好好的就好。多谢江流儿师父！还是金山寺的和尚本事大！师父请进店来坐！
小　红　（扑哧一笑）他的本事是大着呢。
江流儿　大伯不必客气，小僧还有要事，就此告辞。
小　红　说你本事大，你就有要事了。
江流儿　（被刘小二热情地拉进店中）真的不必客气。
刘小二　热茶总要吃一口。

〔刘小二端茶，不提防瞎眼婆婆颤颤巍巍上，撞翻了茶。

婆　婆　（慌忙中乱摸，摸到江流儿）光蕊我儿！
刘小二　去去去！这里没有你的儿子！
婆　婆　（又摸到小红）殷氏，我的好媳妇！
刘小二　你莫在此瞎缠，他二人怎会是你儿子媳妇？你儿子媳妇早就不知死哪里去了！还欠我一年房钱，账都没地方算去！（驱赶婆婆）
江流儿　可怜她一个老妪，双目皆盲，你何必逼迫似此！（将茶端与婆婆）来，婆婆喝碗热茶。
婆　婆　（抓住江流儿的手）我不是婆婆，我是你的母亲啊！（又抓住小红的手）这是我的好媳妇殷氏，你彩楼绣球招亲娶来的相府千金，难道你把一切都忘了？

（唱）都忘了，母慈儿孝媳贤惠，
都忘了，一家和乐又甜美，
都忘了，状元赴任马蹄急，
都忘了，一路之上赶如飞。
都忘了，万花店里老身病，
都忘了，相约三月总迎归。
数不清日月眼望穿，
哭哑了喉咙流干了泪。
被那狠心店主赶出门，
沿街乞讨廊下睡。
衣食难继孤无依，
冷饭残羹塞肠胃。
你难道做了太守扔了娘，
娶了媳妇抛却了长辈！

刘小二 你不要瞎缠，这是金山寺的师父，才一十八岁，哪里会是你的儿子？

江流儿 是你把婆婆赶出店外，流浪街头？

刘小二 她都欠了一年的店钱，我也是小本生意，总不好白白供着个疯老婆子！

小　红 爹爹的心也太狠了！

婆　婆 一十八岁，我儿陈光蕊正是一十八岁！

刘小二 如今十八年都过去了，你的儿子怎会还十八岁？

婆　婆 （恍惚）十八年？有十八年了？不不不，他就是我儿，不信有此白罗衫为证！

（唱）他声如明珠落玉盘，
他软语温存风度翩。
他身量不高也不矮，
正好穿上这白罗衫。（不由分说给江流儿套白罗衫）
这罗衫是我亲手缝，
把一腔母爱寄针线。
他不胖不瘦正合身，
分明是我儿又回转。
婆婆我眼瞎心不瞎，
不枉费我苦等苦守日日盼。

〔江流儿拗不过婆婆，由她给穿上白罗衫。婆婆给江流儿整理白罗衫，一边摸索到江流儿的光头，愣住。

婆　婆　光蕊我儿，你怎么出家了？

江流儿　婆婆，我真不是你儿，我是金山寺僧，名叫江流儿。

婆　婆　你真的不是光蕊，真的不是……那我儿光蕊定是凶多……吉少了！（欲晕倒，小红扶住婆婆）

江流儿　（唱）老婆婆，哭声哀恸牵心肠，
叹人世，破碎流离苦海茫。
才救小红脱虎口，
又遇婆婆白发苍。
佛叫我，七情六欲都摒弃，
佛道是，苦集灭谛须弘扬。
佛在庙堂端然坐，
空说慈悲皆虚妄。
佛不见，梦幻泡影真血泪，
佛不知，佛理如何救泱泱。

婆婆，你与我说，你儿赴任哪里，我替你寻访与他。

婆　婆　可你真与光蕊一般身量，一样声音！（哭）我儿陈光蕊放了江州太守，前往江州赴任。你真不是我儿？（颤抖的手摸江流儿）

江流儿　小僧这就去江州打听消息，你先在这万花店暂住。一月之后，不管有无音讯，我定回来安置你。

婆　婆　你若遇到光蕊，让他试穿这白罗衫！

江流儿　一定一定，婆婆放心！（对刘小二）我这里有纹银五十两，你先将婆婆接到店中，好生看待。倘若不够，日后到金山寺来结账。

刘小二　（咬银子）五十两，够了够了！（对观众）有道是，跑得了和尚跑不了庙，不怕他赖账！

〔刘小二下。小红扶婆婆下。江流儿目送。

江流儿　（唱）婆婆她，一番言语费猜想，
定说我，与她儿子一般样。
这白罗衫穿着甚合身，
仿佛是特意为我贴身量。
婆婆她，一针一线来缝就，
这千万慈爱我从未尝。
原来这，母子情缘真奇妙，

似甘似甜如蜜糖。
我飘摇寄世十八载，
念佛诵经把红尘忘。
又可怜红尘多烦恼，
他母子们分隔两地望。
为什么，状元夫妻不回转，
为什么，江州太守不接娘？
其中曲折不分明，
且待我，到那江州细细访。

〔江流儿凝神走路，孙悟空翻筋斗上，拍江流儿的肩头。

孙悟空 小和尚，你怎么穿了俗家衣裳？
江流儿 你这妖猴，被你骗解封印，怎么又回来了？
孙悟空 一个人也怪没意思的。喏，你说你无父无母，我也无父无母，不如我俩做个伴。
江流儿 哼，谁要与你做伴！你妄杀生灵，坏我佛门清规，师父知道了，定会责罚于我，都是你害的。
孙悟空 师父？哦，你的师父。对了，你是我的师父。你的师父就是师父的师父，是我的师祖，对不对？
江流儿 你还认我师父啊？我只当你是为了骗我解封印。
孙悟空 一日为师，终身为父啊。师父倷好骗的。
江流儿 既认师父，为何破戒杀生？
孙悟空 李彪那恶人不死，如何救得小红？
江流儿 这且不提了。
孙悟空 师父，我看你闷闷不乐，又是为何？
江流儿 此间有个婆婆丢了儿子，我要替她去江州寻访。
孙悟空 她丢了儿子，你没有父母，干脆你认她做母亲好了。
江流儿 嘟！又来胡说！哪里好随便攀认母亲，果然猴子就是猴子。
孙悟空 好好好，不好攀认母亲格。师父，我看你是闲不下来的，我反正闲着无事，你坐我的筋斗云去江州，一眨眼就到了！来来来，你抓牢我的金箍棒！

〔江流儿将信将疑，抓住金箍棒，孙悟空翻筋斗云，两人下。收光。

第三场　访母

〔接上场。江州太守府后院。江流儿戴书生帽，穿白罗衫，孙悟空扮成了个小厮模样。

孙悟空　师父，前面就是太守府，要不要我翻筋斗进去？

江流儿　不可莽撞。有了，我们不免装扮一番！（与孙悟空俯耳交待，悟空点头）

〔孙悟空拔了根毫毛，吹一口气，变出一副胡子给江流儿戴上。又变出一个旗幡，上写“测字看相”四个大字，自己扛着。两人互相打量，忍住笑。

江流儿　好了，就这样吧。

孙悟空　（捏着嗓子喊）测字看相！百发百中！

江流儿　错了错了！

孙悟空　哦，哦，测字看相！包测包灵！

江流儿　又错了！

孙悟空　啊，那测字看相！一测就准！

江流儿　（朗声）测字看相！麻衣传人，洞宾弟子！

（唱）过往行人听我言，
闯遍四海赖笔砚。
测字看相承祖业，
字字算来析疑难。
问灾问福问前程，
问候亲人可平安。

测字看相哪！麻衣传人，洞宾弟子！不灵倒贴五百两！

〔太守府后院门开，一个丫环招手。

丫　环　算命先生，我家夫人问你，可能测出亲人下落？

江流儿　我乃麻衣传人，洞宾弟子，我家传祖业，测亲人下落，最是灵验。

丫　环　你们随我进来。

〔江流儿、孙悟空跟丫环进了内室，隔着帘子，后面坐着殷氏夫人。

殷　氏　先生请坐！

江流儿　谢夫人！

〔江流儿坐下，孙悟空站在一旁。

殷　氏　适才听丫环所言，先生擅测亲人下落？
江流儿　正是。不如请夫人随手写一个字，我测上一测。
殷　氏　也罢。取笔墨来。

〔丫环取笔墨，殷氏举笔落泪。

殷　氏　（唱）提笔测字泪纷纷，
十八年往事倍艰辛。

〔殷氏胡乱写了一个字，丫环递与江流儿。

江流儿　一个“申”字！
殷　氏　先生可测得来？
江流儿　测得来，测得来。夫人听禀！
（唱）和尚算命问假真，
加减乘除测一个“申”！
日上一竖、出头出尾、岁月长，
等亲人等了十八载无音信。
殷　氏　（惊，站起）等了一十八载！
江流儿　夫人，测得可对？
殷　氏　（重又坐下）对、对、对。
江流儿　（唱）日是阳光普照映三春，
这亲人是母子缘分如海深！
殷　氏　（茶杯摔碎）母子缘分！
江流儿　夫人，测得可准？
殷　氏　（对丫环）你先下去，看看老爷回来了没有。（对江流儿）先生请再往下测！
江流儿　（唱）申加一人把冤伸，
十八年苦熬一息存！
殷　氏　（移步出帘，唱）
十八年苦熬一息存，
何时出头把冤伸！
十八年思儿想儿血泪流，
只恨皇天昭昭昏！
江流儿　（唱）只恨皇天昭昭昏，
鸦反哺、羊跪乳，不孝反是人！

〔殷氏盯着江流儿的白罗衫，孙悟空盯着殷氏。

殷　氏　先生这白罗衫……（声颤抖）从何处而来？

孙悟空　这夫人好生眼熟？（挠头）

江流儿　这白罗衫，本是万花店一个婆婆给我，她命我寻访她的儿子，一十八年，不见踪迹！是富贵忘本，还是不孝弃亲？

殷　氏　万花店……！先生，你这白罗衫右肩之下，可绣着一朵小花？

孙悟空　（察看江流儿右肩）夫人，正有一朵小花！

殷　氏　可是一朵镶着黄边的红花？

孙悟空　正是一朵镶着黄边的红花！

殷　氏　啊呀！我那苦命的婆婆啊……

（唱）白罗衫，白罗衫，
又见罗衫血沾襟。
先生逼问声声惨，
勾起往事忆不堪。
彩楼招亲新婚夜，
罗衫绣花祝圆满。
风云突变洪江渡，
老鸠杀人鹊巢占！

孙悟空　（认出殷氏）原来是她！

〔暗转。洪江渡口。

〔刘洪、李彪在船上，载着陈光蕊与殷氏。刘洪为殷氏美貌吸引，顿起歹心，李彪跳入水中，风云突变天光暗，小船颠簸起来。一阵闪电之下，刘洪用船桨将陈光蕊打落水中。

〔殷氏欲投水，被复又上船的李彪从背后制住。刘洪捡视陈光蕊包袱后大笑。

刘　洪　竟是个新科状元，江州太守，好一记买卖！不免用他印信，赴江州府任上去者！

李　彪　哥哥，要去你去，我还是在此快活！

〔刘洪“扑通”一声向殷氏跪下。

刘　洪　美人儿，我从此守着你金盆洗手！

〔孙悟空在空中大喝一声，举棒打来。

孙悟空　恶贼哪里走！

〔两贼吓破胆，却发现孙悟空的金箍棒无论如何打不到二人身上，又去逐殷氏。

殷　氏　（抚腹）我若一死，又如何保他陈氏血脉？也罢！

〔刘洪一把抱住殷氏，狞笑。

孙悟空　如来老儿，你把我金箍棒封印，眼睁睁杀不得恶人，气杀俺老孙也！

〔刘洪、李彪下。灯亮，回到太守府内。

江流儿　原来如此！

殷　氏　先生，不是陈光蕊不孝，十八年前，他被恶贼所害，早就葬身鱼腹！也不是我殷氏不孝，可怜我为陈家一点血脉，十八年含垢忍辱，那恶贼对我寸步不离，难以脱身，去寻婆婆！

〔丫环上。

丫　环　夫人，老爷回来了！

〔幕后传来刘洪的声音："夫人，我回来了！哈哈哈！"

殷　氏　（慌忙）那恶贼回来了，为免恶贼起疑，先生请回！啊……先生转来，先生转来！先生家在哪里，容我日后设法来访。拜托先生照顾万花店我那苦命的婆婆！（欲拜）

江流儿　（忙扶住殷氏）夫人，我不是算命先生，金山寺江流儿是也。你千万保重，我必为你伸冤！

殷　氏　（怔住）江流儿……

孙悟空　（若有所思）江流儿……

〔丫环带江流儿、孙悟空急下。刘洪上。

刘　洪　（欲抱殷氏）夫人，我回来了！你怎么似有所失？莫非嫌我没有陪你？

殷　氏　（躲过，暗自擦泪，强装笑脸）老爷有所不知，昨夜我做了一梦，梦见一个大和尚恶生生向我讨要僧鞋，吓了一身冷汗。这才想起，幼时曾许下法愿，要赠一寺僧人僧鞋百双。

刘　洪　这个容易，明日传令下去，让每家每户各做一双僧鞋供奉便是。夫人不必烦恼。

殷　氏　不知这附近有什么名山大刹？

刘　洪　听说有座金山寺，寺僧多过百人，香火旺盛。

殷　氏　老爷，请打听明白金山寺僧众数目，僧鞋做好，我要亲自入寺布施！

刘　洪　夫人放心，一定遵命！来来来，我们早些安歇！
殷　氏　老爷莫忘。
刘　洪　夫人放心。

〔刘洪携殷氏下，收光。

第四场　寺赠

〔半月后。金山寺前。
〔法明挟黄榜与袈裟上。

法　明　（唱）天色暗，行路难，
世途险恶劫未返。
众生昏昏轮回中，
佛法真经已昧暗。
谁能当取经大任？
寄望江流一力担。
老衲法明，金山寺住持是也。半年前揭了皇帝的取经黄榜，得了取经袈裟，想让爱徒江流儿前往西天取经，点醒世人，普度众生。只是江流儿的身世……我委实放心不下。一路听闻金山寺和尚杀了水贼李彪，莫非他……前面已是金山寺，待我到寺中查问。江流儿啊江流儿，莫负了老衲的一片苦心啊！

〔法明下。另一表演区启，住持禅房前。
〔幕后法明怒声。江流儿上。

法　明　江流儿，李彪果真是你所杀！你辜负了为师一片苦心！佛家慈悲为本，对待恶人，更应发大慈悲愿，劝恶从善，如何妄自杀生！
江流儿　确是我所杀！师父，我还有下情回禀！那李彪不是一人作恶……
法　明　住口！你犯了杀生大诫，不思反省，还在此狡辩！
江流儿　（委屈）师父！……

〔江流儿头顶香炉，跪在禅房前受惩。孙悟空从云端降落。

孙悟空　江流、江流儿！
江流儿　谁在叫我？
孙悟空　（走近）我在这儿，是我。
江流儿　哼，原来又是你！

孙悟空 师父，李彪是我所杀，你为何替我受罚？

江流儿 你骗我撕去封印，妄犯杀生大诫，师父正因此事责罚于我。

孙悟空 怎说骗你？我这不来救师父您了吗？师父为何跪在这里一动不动？你也被封印了吗？（替江流儿拿走头上香炉）

江流儿 休得鲁莽！你害我一次还不够，还要再来害我一次？

孙悟空 徒弟不是看师父您受苦，打抱不平么。

江流儿 唉，冤孽！你去吧，既然封印已解，你已自由，海阔天空，何必在此流连。我自受罚，与你无干。

孙悟空 我明白了，你要你的师父替你解封印。你等着，我找师祖去。

〔暗转。住持禅房内，法明端坐在蒲团上闭目念经，双眉紧锁。大慈、小悲上。孙悟空躲在帘后偷看。

大　慈 报师父，江州太守夫人上山施舍僧鞋来了！

小　悲 师父，太守夫人说每人一双，让大家去领。

法　明 好，你们传话下去，让寺僧各自去领便是。

〔大慈、小悲下。殷氏上。

法　明 （双目睁开，叹气）该来的总会来！

殷　氏 我是该来，还是不该来？

法　明 殷氏夫人，请！

殷　氏 法明师父，请！

法　明 殷氏夫人今日来，不是送僧鞋这么简单吧？

殷　氏 法明师父，不是送僧鞋，我一个妇道人家，如何能脱身上金山？

法　明 既是送僧鞋，送罢请归。

殷　氏 法明师父，可这僧鞋还多了一双。我既来了，就不会轻易走。

法　明 唉，都是冤孽！

殷　氏 （唱）那一日江州府衙匆匆见，
算命人说道婆婆尚在万花店。
金山寺江流儿令我惊，
蛛丝马迹心已乱。
我十八年苦守非容易，
今日里赠鞋上门把真相探。

法　明 （唱）欲言又止说无端，
江流身世看不穿。
我十八年养育岂容易，
庭中玉树托宏愿。

本想他，孤儿无挂牵，
又谁知，宿命逃也难。
说真相，真相让人怕，
瞒真相，孽债怎偿还？
夫人你僧鞋送罢可及早回去，我佛慈悲，定会如你所愿。

殷　氏　这僧鞋是命人问清了金山寺僧众数目，奴家发愿一人一双，绝无错讹！这多出来的一双是谁的？

孙悟空　（在幕后）寺门前还跪了一个小和尚！

大　慈
小　悲　师父，江流还没有领！

殷　氏　江流？江流儿……

〔暗转，回到禅房前。江流儿依旧跪着。殷氏、悟空先后上。

殷　氏　江流？算命先生，原来你是个小和尚！你为何跪在此间？你起来，试试这双僧鞋，大小可合适？

江流儿　正是江流，请恕小僧前日冒称算命。江流奉师父命在此思过，恕小僧不能起身。

殷　氏　不妨事，没有你来算命，我怎能得知婆婆消息。你既不能起身，来，我替你穿上僧鞋。（脱下江流儿鞋子，发现左脚小趾咬痕。）啊！（昏倒）

法　明　（扶住殷氏）夫人醒来，夫人醒来！

殷　氏　法明师父，你与我实说，江流儿，他……他……他究竟是谁？

法　明　（叹气，袖中拿出血书）你可认得这个？

殷　氏　（颤抖接过）血书？！
（唱）见血书，仿如昨，字字悲声，
手在颤，心在泣，疑窦丛生。

法　明　夫人听了！
（唱）十八年前化缘行，
忽听儿啼在江中。
木板之上一婴儿，
襁褓血书诉飘零。
起名江流亲调教，
兰根蕙质已长成。

孙悟空　（在帘后）啊呀，江流，从江中木板上流来！十八年前，我打不死刘洪，常在洪江逡巡。数月之后，殷氏携一刚出生的婴儿来至江边，俺老孙拔了根毫毛变作一块木板漂去，殷氏却把那婴儿放在木板之上，顺江而下。又是俺老孙用金箍棒护那婴儿平安，一路漂到金山！那如来嫌我多管闲事，从此将我锁在渡口之旁五行山石头洞中！师父，原来你我早有缘分！

殷　氏　血书、断趾为凭！法明，你早就知道了，为什么才说？！
（唱）十八年前一场噩梦，
十八年后大梦难醒。
杀父夺母血样深仇，
娇儿生来背负沉重。

法　明　（唱）十八年前一场美梦，
十八年后大梦难醒。
含辛茹苦抚养成人，
只盼爱徒礼佛求经。

江流儿　（唱）十八年前一场迷梦，
十八年后大梦难醒。
念佛念不透身世离奇，
念佛放不下红尘七情。

孙悟空　（唱）十八年前一场痴梦，
十八年后大梦难醒。
争自由被封印在五行山洞，
解封印又放不下是非反正。

江流儿　（脱下僧服，露出白罗衫）母亲，你真是我的母亲？那万花店的婆婆……

殷　氏　她就是陈光蕊的母亲、你的祖母啊！（哭）可怜我为贼所迫，不能通音问。也曾托人打探，却说婆婆已不在店中。

江流儿　是，婆婆她银钱无着，被赶出客店，流落街头！

法　明　这血书上写得清楚明白，十八年一直没给你看，就怕这身世影响了你向佛礼善！

江流儿　（看罢血书，一扔）天啊，难道这是佛的安排么？

殷　氏　你要替你父陈光蕊报仇！这刘洪冒充你父，任江州太守，与洪江渡口强盗李彪勾结，江州百姓民不聊生！

法　明　杀生乃佛门大忌。为师对你寄望甚高，早就为你揭下皇榜，去西天取经。这是取经人的袈裟，你难道不要么？

江流儿　（接过袈裟披上，一半是袈裟，一半是白罗衫，喃喃）要佛法？要报仇？

法　明　佛法慈悲无边！

殷　氏　父仇不共戴天！

孙悟空　师父，管他佛法、父仇，我们上路就好！

江流儿 上路？我的宿命在何方？

（唱）殷氏母，惨悲啼，是苦痛声声，

法明师，诵佛号，念四大皆空。

白罗衫，血案沉，牵出父仇重难当，

黄袈裟，轻飘逸，脱出红尘度众生。

是父仇，是佛法，孰重孰轻，

贪嗔痴，断舍离，大道怎证！

〔收光。

第五场　杀刘

〔时间接上场。洪江渡口。

〔孙悟空执金箍棒追赶刘洪。殷氏、江流儿随后上。

〔孙悟空制住刘洪，刘洪刀落地，跪下。

刘　洪 爷爷饶命！爷爷饶命！

孙悟空 十八年前杀不得你，今日爷爷饶不得你！

江流儿 悟空住手！

孙悟空 师父，为何？

江流儿 阿弥陀佛！我佛慈悲，你既皈依我佛，不要再妄犯杀诫了！

孙悟空 唉！（放下金箍棒）

殷　氏 难道你不报父仇了？

江流儿 母亲，你且稍待！

殷　氏 还待什么？（捡起地上刘洪的刀）

（唱）十八年来忍辱含垢，

强装笑脸不能自由。

想亲儿，白日叫无声，

思亲夫，黑夜泪独流。

十八年江州府是魍魉世界，

众百姓水深火热如坐牢囚。

十八年苦熬为今日，

手执钢刀报大仇！

刘　洪 夫人，你果真要杀我吗？

（唱）十八年来两情与共，

如影随形相爱相敬。

我为你，装样学斯文，
我为你，衣冠送逢迎。
放下屠刀已成佛，
只盼相依得善终。
谁知你，身在曹营心在汉，
枕旁人无时不刻要索命！
你是养不熟的鸭子捂不热的石头，
我对你半生恩爱都成空！

殷　氏　呀！
（唱）恶贼说出一番话，
句句是真我心如麻。
他虽是恶人不容赦，
却待我顺从常牵挂。
他虽是恶人不容赦，
十八年夜夜睡同榻！
他虽是恶人不容赦，
我殷氏无颜将他剐！

〔殷氏放下刀。江流儿拾起刀。

刘　洪　江流儿，你要杀我吗？（仔细打量江流儿）夫人，你来看，我与江流儿像是不像？（拉住江流儿比划，对殷氏）
（唱）十八年前举刀杀状元，
整十月后夫人才分娩。
你与我对着这江流把镜照，
我和你眉目相像同颜面。
你与我对着这江流把镜照，
我和你身量高矮如一般。
你与我对着这江流把镜照，
我和你举止步伐紧相连。
夫人，难道我不是江流的生身父亲么？！

殷　氏　天哪，江流儿绝不会是你的儿子！他是状元之子，相国之孙！（轻蔑）怎会是你这个强盗的儿子？

刘　洪　可江流儿他明明足十月才分娩！

殷　氏　（慌乱）不不不，江流儿他像陈光蕊，不像你！

刘　洪　（一字一顿）你看着我眼睛回答我，江流儿他到底是、不、是、我、的、儿、子？

江流儿 （震惊，唱）

一边是，母亲义正严词报仇声催，
一边是，刘洪花言巧语难辨真伪。
心里念，礼佛诵经要我慈悲，
手中刀，万丈青锋欲逃是非。

我到底是谁的儿子？谁是我的父亲？

〔幕后音，法明：佛法慈悲无边！

殷　氏 父仇不共戴天！

悟　空 师父，管他是谁的儿子？一刀杀去，斩断红尘恩与仇，扫荡出个朗朗乾坤！

江流儿 天哪，佛祖，你让我如何是好？

〔江流儿心乱如麻，刘洪趁机夺刀，一刀向江流儿砍去。

殷　氏 刘洪住手！江流儿是你的亲生儿子——

刘　洪 （扔下刀）哈哈哈，江流果然是我的儿子！（一手拉住殷氏）夫人，（一手拉住江流儿）儿啊，来来来，让我们脱去锦官袍，撕了白罗衫，卸下黄袈裟，觅一处乡村田舍，鸡犬相闻，一家三口，父慈母爱儿孝顺，其乐融融！

殷　氏 （甩袖摆脱）不不不，江流儿绝不会跟你去！要不然，就枉负了十八年前我用木板送走他的苦心了！（悲愤）十八年前，我失了状元之子，却怀了强盗孽根，十月怀胎，艰辛分娩，羞愤难当，难道我再生一个刘洪，再养一个强盗！待要亲手结果，却见娇儿对我甜甜而笑，不忍下手。恰在此时，江上漂来木板一块，我便把娇儿放在木板之上，顺水而去……

刘　洪 （绝望）好狠毒的妇人！你……你……你竟要害死你我的亲生儿子？你一瞒瞒了十八年！你一骗骗了十八年！你害我们父子分离十八年！到今日，还要害我们父子相残相杀！

〔刘洪举拳欲打殷氏，殷氏闭眼，厌恶，视死如归。刘洪举在半空的拳又停住。

刘　洪 （放下拳）唉！

江流儿 （唱）殷氏母，道明了，前后原委，
小江流，方知晓，生来是罪。
强盗生，遭嫌弃，浑身是恶，
要成佛，是痴妄，不知进退！

十八年，空念经，认不清来路，
面对着，两亲人，仿若梦寐。

刘 洪 （伸出手，殷切地）江流，我儿……

〔江流儿犹豫。

孙悟空 （焦急）师父！难道你看不见陈光蕊的鲜血，听不见小红的哭声？

〔江流儿摇头。

殷 氏 江流！江流儿，你千万不要像他，莫忘了十八年前我为什么要把你送走！

〔江流儿后退。

刘 洪 （转身）事到如今，你还要挑拨我们父子！贱人，今日就让我们同归于尽罢！（抱住殷氏欲跳入江中）

〔孙悟空急用金箍棒挡住，救下殷氏，制住刘洪。

江流儿 （闭目念）若见厄难，恐怖危逼，随己堪任，施与无畏，是大慈悲！
（唱）度众生修为未到，
沾鲜血有违佛道。
难证菩提求玉碎，
出生是恶心煎熬。
也罢！
（接唱）昔日里有释尊舍身饲虎，
今日里江流儿杀父现报！
父不能择路能择，
真慈悲岂能把善恶混淆。
出家人跳出三世外，
又何必为身世烦扰。
你是生父也是仇雠，
为除恶我卸下心镣！
天大罪愆我来担，
只要叫人间万恶同销！

〔江流儿从孙悟空手中取过金箍棒，向刘洪劈下。

刘 洪 （倒地而亡）夫人我妻——江流我儿——

〔众皆肃立无语。瞎眼婆婆上，一路摸索，一路哭喊。

婆　婆　孙儿在哪里？媳妇在哪里？

江流儿　老祖母！

殷　氏　婆婆！

〔江流儿搀住婆婆，殷氏上前跪下，三人抱头痛哭。

〔丫环随两顶小轿上。

丫　环　殷相国府中差人来接两位了！请夫人、老夫人上轿！

殷　氏　（向婆婆三叩首）恕媳妇未能尽孝！（决然投江自尽，众皆施救未及）

江流儿　母亲！

婆　婆　媳妇！

〔幕后合唱——

是仇是父已分解，
是善是恶真冤孽。
浊浪滔滔全埋葬，
历尽人间又一劫。

〔收光。

尾声

〔接上场。洪江渡口。法明站立念佛。

〔半空中如来的声音：金蝉子，你还不服输？你杀生，杀父，逆天，罪孽深重！

〔江流儿跌坐在地上。

法　明　江流，你杀生开启心魔，佛祖他直说可惜！

孙悟空　如来老儿，你掌握天下苍生命运，为什么要让世间鬼魅横行，黑白颠倒，善恶不分？法明，你纵恶容恶，才是心魔！

〔江流儿随着孙悟空的质问，一点一点站起身，缓缓脱下白罗衫，露出里面的黄袈裟。

江流儿　我从来没有放弃过佛法，我却不信你的佛法。

孙悟空　对，不信你的佛法！

江流儿　悟空，走，我们去取经，另求佛法！

〔小红来送，江流儿将白罗衫赠与小红。

江流儿 小红，你说我是好人还是坏人？

小　红 他们说你杀生，说你犯了人伦大罪，我却不信。你是个好人！

〔小红捡起一块小石子砸向空中。

小　红 什么佛祖，恶人不杀，众生何以得救？

〔如来笑声不止，回荡在空中。

〔孙悟空用金箍棒戳向空中，示威比划，跟着江流儿上路。

江流儿 好人就好！悟空，我们走。

孙悟空 师父，我来了！

〔小红手捧罗衫，目送江流儿与悟空离去。

〔收光。

〔剧终。

张协状元

据南戏《张协状元》改编

琼剧

编剧：孔栩

我一直认为爱情和婚姻是一种神奇而且复杂的东西，《张协状元》的故事正好体现出了这种神奇性和复杂性。

家住川西的书生张协和五鸡山的贫女原本风牛马不相及，在机缘巧合中，竟然结成夫妻，后来张协高中杀妻，贫女大难不死，最后两人破镜重圆。如何将这一系列的情节变得合情合理，如何让前程不可限量的才子娶粗鄙的贫女？又如何让贫女重新接纳曾经刺杀自己的张协？结局是否一定要大团圆？

下笔之初我也曾经很困惑，不知如何安排才比较妥当，既担心写出来的东西不合逻辑，更担心情感上不被观众接受。

后来试着从利益的角度来解释。通过婚姻，个体利益联结成共同利益；婚姻离散，休戚与共的利益关系也随之解体。所以，早期才子娶贫女，到状元杀妻，乃至后来夫妻团圆，始终贯穿着“利益”二字。

果然，从这一角度思考，写得还算顺手。

注：该剧据同名南戏《张协状元》移植而成，使用琼剧唱腔词格，唱词、道白均以海南话发音为字韵，与普通话音韵不同。

人物表：

张　协——赶考书生，后中状元
三　娘——贫穷孤女，后嫁张协
陈大伯——杏花村村中有威望长者
傻　二——杏花村中一傻子
赫　王——当朝权贵
夫　人——赫王夫人
老总管——赫王府总管

村民甲——杏花村村民
村民乙——杏花村村民
中军、匪徒、众村民、随从、梅香、丫环

序幕

〔合唱——
　　孽缘如麻相绕缠，
　　错综复杂乱难理。
　　堪称人间一场戏，
　　是酸是苦自知味。
〔幕启。寒冬，五鸡山，张协上。

张　协（唱）千岭着素路茫茫，
　　行人鸟兽隐行踪。
　　玉妆琼枝无心赏，
　　雪中跋涉不敢怠松。

〔匪徒出。

匪　徒　不事桑农不经商，无本生意有妙方。不枉我在雪中藏，看来今日得开张。站住！
张　协　这位壮士，小生有礼！
匪　徒　既然有礼，那就交出来吧！
张　协　交，交什么？
匪　徒　废话少说，当然是金银财物！
张　协　你……小生乃应考举子，望壮士高抬贵手，留下一些盘缠。
匪　徒　呀呸，松手！

〔两人扭打在一起，张协负伤昏倒在雪地，匪徒翻包袱扔掉书本，劫走银子下。
〔收光。

第一场

〔风雪起，观音庙，张协躺在墙角，三娘在照料。

三　娘　（唱）刚把湿衣烘，
又将药汤端。
悉心照料落难人，
望他苏醒早复康。
未知他姓乜名谁，
因何负伤血染衣裳？
公子醒来，公子醒来！

〔张协悠悠醒来。

张　协　（唱）昏沉沉，恍恍然，
耳边隐约人语响，
不知魂神荡何方。
强振精神睁开眼，
周身剧痛累累伤。
忽见眼前人影动，
忆起遭遇心惊慌！
三　娘　公子，喝了这碗药汤。
张　协　你是何人？这是什么地方？
三　娘　奴家王三娘，这是杏花村观音庙。
张　协　一介女子，因何栖身庙中？
三　娘　（唱）公子呀，
双亲不幸早亡丧，
三娘孤零失依傍。
帮工为生织与种，
寄居破庙捱时光。
今日雪地遇公子，
于心不忍救人忙！
张　协　你所言是真？
三　娘　谁人诓你？我若有歹意，你还有命吗？
张　协　多谢姑娘救命之恩！方才无心冒犯，万望见谅！
三　娘　药快凉了，先喝了吧。
张　协　这是……

三　娘　我从那山上冰雪之下挖来的治伤药，穷苦人家都用它治伤。
张　协　如此多谢了！

〔张协接过汤饮。傻二上。

傻　二　（唱）顶风冒雪将柴粮送，
满心欢快喜笑洋洋。
不辞劳苦为娶三娘，
傻二我挑担又拎筐。
三娘，我给你送柴和粟米来了，三娘，你在庙里吗？
张　协　门外是谁？
三　娘　是乡邻傻二哥，他人虽傻，倒也善良。（出庙门）多谢二哥了，外面寒冷，请到庙里歇一歇吧。
傻　二　不用了，三娘，你快……快跟我走。
三　娘　走？哪里去？
傻　二　到我家里去。
三　娘　你家里怎样了？
傻　二　我家以后不就是你家吗？
三　娘　胡说。
傻　二　哎哟！
（唱）咱今日，拜花堂，
从此成对又成双，
三　娘　（唱）傻二哥，言荒唐，
胡言乱语理不当。
傻　二　（接唱）许婚姻，是众人，
说柴挑到拜花烛。
三　娘　（接唱）玩笑话，戏弄人，
只该当做耳边风。
傻　二　三娘，你真的不答应？
三　娘　你再纠缠，我可要告知陈大伯！
傻　二　不，不用生气，陈大伯一旦知道了又要叫人绑我。

〔庙内传来张协咳嗽声。

傻　二　谁？谁在庙里？（进庙）好呀，你竟在庙里藏男人，怪不得不肯嫁我！
三　娘　傻二哥……
张　协　二哥有礼！

傻　二　谁是你二哥？当然是我有理！你们，哼！
张　协　二哥误会了，小生不得已才暂在庙里。
三　娘　是呀，你怎能乱讲？
傻　二　你们都同住庙里了还责我乱讲。这风大雪厚的，路那么远，柴又这么重，我……呜呜！

〔傻二哭下。

张　协　哎哟，真痛！
三　娘　公子！（扶张协进庙）你先歇息，我再去找些药来。（下）

〔陈大伯和众人上。

陈大伯　三娘可在？
众村民　王三娘出来！
张　协　不知各位到此有何见教？
村民甲　果然庙里藏着男人。
陈大伯　快与我绑来。
张　协　且慢，小生初到贵地，何处得罪但请明示。
村民乙　大胆狂徒，还敢狡辩。
众村民　绑起来！

〔三娘上。

三　娘　且慢！
（唱）凶讯传来心惊骇，
　　急步如飞回庙前。
众乡亲息怒，陈大伯开恩吧！
众村民　将这贱人也绑起来！
陈大伯　如此伤风败俗，你还敢求情？
三　娘　冤枉啊！
村民甲　证据确凿，何来冤枉？
三　娘　陈大伯，众乡亲呐！
（唱）同住山庙属无奈，
　　并非三娘胡乱来。
　　那一日，见公子
　　气息奄奄风雪里，
　　魂魄飘忽近泉台。
　　不忍他被冰雪埋，

救回治伤除病灾。
求诸位贵手高抬，
莫将无辜人磨害。

张　协　（唱）小生下礼深深拜，
拜诸父老众兄台。
我俩守礼遵训诫，
未曾把风纪败坏。

陈大伯　你们说的可是真话？

三　娘　句句属实！

村民乙　一面之词难以信服。

张　协　小生重伤未愈，纵有邪念也力不从心呀。

陈大伯　既然如此，大家就散了吧。

村民甲　慢来！
（唱）此事究竟伤风化，
纵容惯例不可开。

张　协　（唱）名节二字诚可贵，
怎可随意泼污水？

三　娘　（唱）倘若救人也有罪，
谈何礼节乜纲规？

村民乙　（唱）纵使他俩未越轨，
孤男寡女多是非。

陈大伯　这……
（唱）看眼前，
据理力争俩小辈，
老朽爱悯心头软。
又只是，
纲纪村规不可违，
身后犹有众人催。
夹缝当中难进退，
左右为难口难开。

众　人　陈大伯。

陈大伯　这个规矩嘛，他与她……
（唱）孤男寡女如配对，
难题得解事完美。
这位后生，你姓乜名谁，因何到此住在庙里？

张　协　小生姓张名协，川西人氏，数日前赶考路过五鸡山，不幸遇匪负伤，多亏了王姑娘相救，才得以活存。

陈大伯 在家可曾成亲？

张　协 未曾婚配。

陈大伯 老朽做主，将三娘许配于你，即日完婚。

张　协 使不得，万万使不得呀！

陈大伯 公子看不上三娘？

张　协 呃，王姑娘人勤心善，小生敬佩。

陈大伯 如此你未娶，她未嫁如何使不得？

张　协 萍水之交，就此定下婚事未免过于草率。

陈大伯 张相公，三娘可曾有恩于你？

张　协 救命大恩。

陈大伯 你俩同住山庙可是事实？

张　协 这个……属实。

陈大伯 如此怎说萍水之交？三娘名节已损，你如不娶，她还有何面目活在世间？我老夫，我们杏花村颜面又何在？

张　协 这……

（唱）问得我，
无言辩驳满面愧，
心想抗拒难推诿。

三　娘 （唱）心思被搅如汤沸，
千般言语化泪水。
求大伯成命收回，
三娘感激在心扉。

陈大伯 （唱）我须敲最后一槌，
乐成定音米成炊。

张公子如不情愿老朽也不勉强，只是——

张　协 怎样？

陈大伯 （唱）莫使三娘再负累，
请尊驾就此离开！

张　协 这个！

（唱）我伤未愈怎走远？
身无一文怎出门？
我这时，虎落平阳好狼狈，
蛟龙无奈困浅水。
罢，罢，罢！
虚与委蛇先解围，

好汉不吃眼前亏!

多谢大伯美意，此门婚事，小生应承就是。

陈大伯 哈哈哈!

〔收光。

第二场

〔距上场两个月后，张协在观音庙内心不在焉地看书。

张 协 （唱）举步维艰困庙内。
遭贼劫，时运乖，
囊如洗，无余财，
赴考成梦空愤慨，
遥望京师独愁哀。
苍天啊，你可知?
我此时，多尴尬;
束手就困几无奈，
凌云壮志也等闲。

〔三娘上。

三 娘 （唱）夫郎他，时常哀叹锁愁眉，
心思不明费人猜。
莫非是，私下将我三娘怪，
照料不周欠安排。

郎君究竟有乜烦心之事?

张 协 无事，无事!

三 娘 既然无事，你为何整日闷闷不乐，是不是为妻哪里做得不好，惹你不快?

张 协 哼！你整日里饿不饿，冷不冷，翻来覆去只会这几句，真真烦煞人也!

三 娘 （唱）冤家发恼气冲冲，
质问指责怨气浓。
叹奴有心力不足，
难解夫心头苦衷。
平日只好勤侍奉，

慰他悲苦无言中。

这是为妻给你做的新衣，你试上一试。

张　协　且放一旁，我正读书，红豆生南国———

三　娘　红豆蒸南瓜？红豆倒是有些，待我到村里去借南瓜。

张　协　慢来，谁人叫你借南瓜？

三　娘　不借也罢，红豆熬粥也是极好的。

张　协　白发三千丈，缘愁似个长。

三　娘　白发三千丈。谁留得那么长的头发？穿衣、梳洗多不方便！

张　协　这是古诗，我正在读诗！

三　娘　这些诗书好不奇怪，不是讲做饭，就是写头发，还写得这般荒谬，真是令人发笑。

张　协　唉，酒逢知己千杯少，话不投机半句多。

三　娘　话不投机半句多！

（唱）此一句似懂非懂，
似知大略又朦胧。
他像自比五彩凤，
嫌我鸦鹊难跟从。
千般委屈心头涌，
又如坠落冰窟中。
都按说，
得嫁才郎天赐福，
谁料到，
两心相隔情不通。

张　协（唱）只见她，
黯然神伤泪扑簌，
我心未免也伤忡。
怎奈是，
琴瑟不调难亲睦，
方枘圆凿不和融。
苍天不公来作弄，
情浅缘深两相逢！
姑且好言将她哄，
免听怨声睹苦容。

小生方才出言不慎，请娘子多多包涵！

三　娘　你说方才是无意的？

张　协　确是无意。

三　娘　不是嫌弃我？
张　协　娘子贤惠善良，小生得妻如此，心满意足。
三　娘　我不信！
张　协　你还不信呀，那我也不讲了。大丈夫志在四方，难道要我整日低声下气哄老婆？
三　娘　夫郎息怒，人家不是生气，是不能为君分忧，心中苦楚。
张　协　叹我张协福薄运衰，如能上京应试何以至此！
三　娘　难道上了京，你就能称心如意了？
张　协　我满腹经纶，如能上京应试，必定金榜题名，高官得做，骏马任骑，锦衣玉食、前呼后拥……
三　娘　那你还能认我吗？
张　协　呃……如今我若不认你，怕是要做那饿死鬼了！哎，娘子，你可有银子？
三　娘　你我夫妻，有无银子，你不知么？
张　协　唉！言之有理，你衣衫褴褛，食不果腹，是我痴人说梦了！
三　娘　夫郎一心只想到京城么？
张　协　想我张协，自幼苦读，十载寒窗，不就为了有朝一日能登天子堂！
三　娘　夫君放心，奴定凑来银子送你上京。
张　协　你如何凑来？
三　娘　夫呀！
（唱）天地间，路无穷，
遇火只管用水冲，
张　协　说得轻巧，我倒要看看你有什么良策！
三　娘　（唱）陈大伯，家财丰，
向他借银暂通融。
张　协　你一贫如洗，他岂肯借你？
三　娘　（接唱）待我夫，得高中，
加倍偿还老恩公，
张　协　（接唱）做画饼，有何用，
除非陈伯愚且疯！
三　娘　（接唱）我三娘，非糊弄，
亦可偿债身为仆。
张　协　你言下之意……
三　娘　（唱）效犬马，为答酬，
任由驱使陈家中。
张　协　万万使不得，如此一举，恐你将苦海无穷呀！

三　娘　为遂夫郎心愿，就是赴汤蹈火，奴在所不辞！
张　协　哎呀呀呀！张某何德何能，得妻如此！
（唱）心花怒放大喜过望，
乐不可支情慨而慷。
拜谢贤妻情深恩重，
拨云送来万丈金光。
三　娘　夫妻之间，不必见外。只是，他日夫君如果高中，千万……
张　协　（唱）张某不是薄幸人，
贤妻高义铭心胸。
倘若有幸得高中，
定为你——
三　娘　怎样？
张　协　（接唱）挣得富贵与荫封！
三　娘　只怕你当了官，就将奴忘在九霄之外。
张　协　（接唱）佐证有乾坤朗朗，
更兼日月星三光。
张某如将信义弃，
海枯石烂天地崩。
三　娘　夫郎！

〔收光。

第三场

〔数月后，京城。三娘和傻二上。

三　娘　（唱）闻夫已高中，
喜极泪盈眶。
不辞千里寻夫郎，
跋山涉水到京邦。
傻　二　（唱）惊奇万分四处望，
大街高楼真真排场！
三　娘　（唱）不知状元住何方？
试操土音问路人。
傻　二　三娘，你那状元丈夫是不是这城里最大的官？
三　娘　我也不知，且莫胡说，免得旁人取笑。

傻　二　哼！等一会儿叫状元老爷给我封个大大的官，看谁还敢笑我！你看那边，鸡鸭、猪脚、鱼虾、糍粑……我都饿坏了。

三　娘　傻二哥，咱已经身无分文。快走，等见了我家夫君定有好吃的。

傻　二　是啦！他肯定准备许多许多好吃的等着咱，他知道咱今天来吗？

三　娘　走啦！

〔三娘和傻二下。

〔京城状元府邸，红袍加身的张协在厅堂。

张　协（唱）不负十年苦攻读，
一举夺魁受皇封。
多年夙愿终酬偿，
鲤化蛟龙志凌空！

朝为田舍郎，暮登天子堂。想我张协，终于苦尽甘来，云开见日了。

〔中军上。

中　军　禀大人，赫王府老总管到。

张　协　赫王府总管到，快快有请。

〔中军应声下，老总管上。

张　协　老总管请了，不知老总管亲自到来有何见教？

老总管　恭喜状元公，贺喜状元公！赫王爷特派老奴前来议婚。

张　协　议婚？

老总管　状元公才高八斗，赫王爷爱才如命，今欲将独生女胜花小姐许配与你，不知状元公意下如何？

张　协　如此多谢赫王厚爱，多谢老总管！

老总管　且慢，胜花小姐乃赫王掌上明珠，嫁人须是首婚正妻，不知状元公在家可曾婚配？

张　协　这个……金枝玉叶自然是首婚正妻。

（唱）懊悔曾娶王三娘，
千载一遇变成空。
天假因缘难避让，
心想应承无良方。

老总管　状元公，我再问你，可有妻室？

张　协　有，没有。

老总管　呃？

张　协　未曾娶妻。

老总管 如此甚好，待老奴回府禀报赫王。状元公，你就等着当新郎吧。哈哈哈！

张　协 送老总管！

〔张协毕恭毕敬送客，老总管下。

张　协 （唱）赫王爷位高权重，
当今朝中一红人。
倘若攀亲成东床，
平步青云乘春风。
又只是，往昔旧事怎遮藏？
真相败露必遭殃。

〔仆人上。

仆　人 禀大人，门外来了一男一女，女的自称王三娘，是……

张　协 嗯？

仆　人 是……是五鸡山杏花村来的。

张　协 关上大门，此等闲人不得进来。

仆　人 遵命！哎呀，大人，他们已闯进大门来了！

〔三娘和傻二上。

傻　二 这里比你住的观音庙大得多了，三娘快来，你丈夫果然在里边。

张　协 快，快关上这二道门。

仆　人 是！

〔二道门关上，疾奔过来的傻二撞上刚好合住的门板。仆人擦汗，小心翼翼下。

傻　二 状元老爷，快开门哪，我把你老婆带来了。我们这么远赶来，还没有吃饭呢。

三　娘 张郎，我的夫呀！
（唱）无情朱门如山挡，
隔断奴夫妻双双。

张　协 （唱）昧己瞒心拒故人，
免得夜长又多梦。
此门不为你开，回去吧。

三　娘 我千里迢迢而来，你真不念半点夫妻情义么？

张　协 你认错人了，这里没有你丈夫。

傻　二　你这没良心的，当初要不是三娘把你从雪地里救回，你还有命吗？要不是三娘找陈大伯借钱，为陈家挑水砍柴、种地织布，你能进京做状元？呀呸！

张　协　张某今生所欠，来世再还！（下）

三　娘　（唱）冤家绝情话如箭，
句句穿心刺肝脾。
说什么今生来世，
分明昧心胡乱语。
可怜我，日思夜梦盼夫婿，
盼得日落又鸡啼。
盼来奔波寻千里，
盼来被弃泪淋漓。

〔仆人随从齐上驱赶傻二和三娘。

众　人　走，快走！

〔傻二扶三娘走出状元府，流落街头。

傻　二　三娘，以为跟你来京城能享福。我饿了，怎么办？

三　娘　傻二哥，咱到那边看看。各位大哥大嫂、叔伯婶娘，可怜可怜，分些吃的吧！
（唱）声未脱口悲泪满腮，
叩求善人大发悲慈。

傻　二　（唱）剩饭冷汤施舍一些。
助侬活命返回乡里！

三　娘　（接唱）满腹悲愤与怨语，
含泪唱入众人耳。
都说书生多负义，
果然九准十不离。
沿途讨食乞丐女，
今科状元糟糠妻！

〔收光。

第四场

〔距上场月余后，杏花村观音庙。三娘抱病做活儿。

三　娘　（唱）强打精神把麻择。
伤心事，哽心胸，
自吞忍，难释怀，
身若未负众人债，
早已弃世永清闲。

〔随从、中军簇拥着张协上。

张　协　（唱）不慎旧事起波浪，
宦海放舟遇劲风。
无奈故地访三娘，
但愿能将她口封。
中　军　禀大人，已到杏花村观音庙前。
张　协　中军，尔等到山下休息等候，本大人去去就来。
中　军　是！（带着随从下）
张　协　王三娘出来，王三娘可在庙里？
三　娘　（唱）出门察看来者谁，
不敢置信疑是梦。
夫郎！
惊看郎君从天降，
悲泪喜泪成河江。
张　协　（唱）三娘因我近痴狂，
张协五味泛心胸。
一杯苦酒月老酿，
我俩不幸共品尝。
三　娘　（接唱）都说君已将奴弃，
奴夫岂是铁心肠？
张　协　（接唱）回想她沿途举动，
强忍怒火来相商。
三娘，你的恩情张某没齿不忘，怎奈你我天差地别，倒不如好聚好散，你另寻个好人嫁了吧。
三　娘　夫郎，你不是回心转意，特地来接我的么？
张　协　你若答应，这些银两权当补偿，你此生亦可衣食无忧。

三　娘　凭着银子，你就想断了夫妻情？！

张　协　你乃村姑野妇，泼辣粗陋，怎配当我状元妻！银子和休书你且收好，往后路归路桥归桥，两不相欠！

三　娘　枉我一片深情，你果真如此狠心么？

张　协　哼！好一个一片深情！

（唱）情深因何沿路唱？
添油加醋尽传扬。
害得我颜面失丧，
人人皆骂状元郎。
害我前程险断送，
人前进退脸无光。
我与你，情缘已断各西东，
休提曾是我妻房！

三　娘　张协你……哈哈哈！

（唱）可笑我，对你犹念念不忘，
执迷不悟撞南墙。
看你面皮厚几丈，
娼婊还想立牌坊。
既然你怕颜面丢，
因何学做薄情人？
合该世人永传唱，
代代骂你负心郎！

张　协　可恼，好可恼！

（唱）骂声贱人太嚣张，
冷嘲热讽辱煞人。
怒冲冲手起剑落，
免你开口再癫狂！

〔三娘倒在血泊中。

张　协　三娘！血，我成了杀人凶手！（惊慌失措下）

〔赫王带着老总管，梅香扶着夫人上。

赫　王（唱）爱女不幸早夭亡，
老夫无言泣哀伤。
亲护灵柩回乡葬，
事毕含悲回京邦。

夫　人（唱）生剜老身心头肉，
怎不叫人痛断肠！
残年老迈依靠谁？
苍发对泣多凄凉。

老总管　禀老爷夫人，前面有一座庙，是否前往歇息？

赫　王　一路劳顿，歇歇也好，前面带路！

老总管　是！（走，发现三娘）禀老爷，地上有一女子，尚存一丝气息。

赫　王　快快救起！夫人快来，你看这女子像不像咱死去的女儿？！

夫　人　女儿！
（唱）眼泪滂沱堤崩决，
恍惚又见爱女面。
侬呀侬，你可知，
娘亲失女肝肠裂，
夜夜饮泪难成眠。
难道苍天生恻悯，
送侬还阳慰双亲？
我儿醒来，快醒来！

〔三娘悠悠醒来。

三　娘（唱）耳边呼唤声绵绵，
仿佛我生身娘亲。
睁开双眼看真切，
救命大恩感激不尽！

赫　王　请问姑娘，姓乜名谁，因何负伤？

三　娘　小女姓王名三娘，不幸被歹人砍伤。

老总管　好不凶险，差点点取了你性命。

赫　王　歹人是谁？

三　娘　是，不曾认识。

夫　人　你家住何方，家中有谁？

三　娘　居住此庙里，并无亲人！

赫　王　夫人你看……

夫　人　老爷，重得爱女，你我夫妻晚年之福呀！

〔收光。

第五场

〔一年后，赫王府。
〔梅香领着几名丫环在打扫厅堂。
〔幕后合唱——
春来芳草又新芽，
霜雪难抑松柏青。
王府迎来新娇客，
螟蛉义女当亲生。
〔丫环们打扫完毕，向梅香施礼下。

梅　香　有请夫人小姐！

〔夫人携三娘出。

夫　人　（唱）拜谢上苍赐厚福，
天伦再叙齐融融。
三　娘　（唱）爹娘对女万般宠，
厚恩侬记肺腑中。
夫　人　（唱）愿只愿，
一家安泰永和乐，
老少相聚享清通，
三　娘　（唱）从此后，
膝下行孝勤侍奉，
当尽侬寸草情衷。

〔门外高喊：赫王回府！
〔赫王边朗声大笑边上。

夫　人　老爷回来了。
赫　王　回来了，回来了。
三　娘　见过爹爹！
赫　王　我儿免礼。
夫　人　老爷何事如此开心？
赫　王　夫人呀！
（唱）今日里，
老夫定下乘龙婿，
称心如意分外喜。

夫　人　择下了女婿？不知是哪家儿郎？

赫　王　（唱）今科状元大才子，
　　正好金童配玉女。

〔三娘闻言变色。

夫　人　又是这个张协，我儿胜花就是被他克死的，我的女儿！

〔三娘安抚夫人。

赫　王　夫人此言差矣，当初亲事未定，胜花便不幸染病西行，怎怪张协？如今我们又得爱女，能再结亲不正是缘分么？

夫　人　常听说他忘恩负义，抛弃发妻，只怕他品行不端。

赫　王　那是空穴来风！老夫曾派人到他川西老家查访，都说他在故乡未曾娶妻，哪来的抛妻负义？

夫　人　就是不知女儿愿不愿意。

三　娘　回爹爹娘亲，女儿不嫁。

赫　王　我儿因何不愿嫁？

三　娘　爹爹娘亲！
（唱）侬本山村一孤女，
　　庙前负伤气如丝。
　　多亏爹娘来救治，
　　更蒙收养恩无边。
　　侬只愿，永伴爹娘不分离，
　　报恩行孝把亲娱。

夫　人　我的好女儿！
（唱）女儿孝心感天地，
　　乐得为娘笑眯眯。
　　女大当嫁是正理，
　　岂能永留娘身边。

赫　王　（唱）劝慰女儿莫忧虑，
　　成亲无须把家离。
　　赫王府只招佳婿，
　　不外嫁千金女儿。

夫　人　老爷，此话当真？

赫　王　自然当真，我怎舍得宝贝女儿！
（接唱）此一举，朝堂携手有翁婿，
　　回家可弄孙含饴。

夫　人　（接唱）如此亦合我心意，
　　　　　　　　回头轻声唤女儿。
三　娘　女儿不愿嫁他。
赫　王　又是为何？
三　娘　他是状元郎，女儿不敢高攀。
夫　人　他虽状元，我儿却是堂堂赫王千金，是他高攀了你。
三　娘　那张协品行败坏。
赫　王　莫非我儿认识张协？
夫　人　老爷好不糊涂！女儿自从进京入府以来谨遵闺训，大门不出二门不迈，怎会认得外人？事关家声名节，岂能乱讲！
赫　王　夫人言之有理，我儿不必相信那些流言蜚语。得嫁状元，凤冠霞帔，这是多少女子梦寐以求的福分。
三　娘　爹爹……
赫　王　不必多说，此门亲事已定，满朝皆知，为父做主，不日完婚。

〔门外高喊：聘礼到。

夫　人　梅香，你在此后堂好生照料小姐，我随老爷前去迎接媒聘。
梅　香　是！

〔赫王夫妇下。

三　娘　（唱）婚姻已定媒聘下，
　　　　　　　贵门结亲非小可。
　　　　　　　悔未将实情相告，
　　　　　　　事难更改将奈何！
　　　　　　　我三娘，好比方出苦水塘，
　　　　　　　不幸又遇黄连汤。

〔收光。

第六场

〔距上场数日。洞房内，梅香伴着三娘。

梅　香　小姐，大喜日子你怎么闷闷不乐呀？
三　娘　有什么好喜的。
梅　香　洞房花烛还说无喜。小姐，从今后你就是状元夫人了，京城不知多少女子羡慕呢！

三　娘　油嘴！

〔门外高喊：新郎到！

梅　香　姑爷要进房了，婢子走了！

三　娘　梅香。

梅　香　小姐莫急，姑爷马上就来！（下）

三　娘　（唱）梅香有意躲避远，
留我房中独烦乱。
冤家聚头怎面对？
紧闩双门不再开。

〔三娘闩门。张协上。

张　协　（唱）不胜酒力微微醉，
步向洞房轻推门。
闩上了，娘子开门！睡了？待我再叫，娘子开门！娘子开门，为夫来了。怎么不声不响的？怪哉！
（接唱）莫非是，新娘久等多怨气，
嫌我来迟拒启扉。
下官愿当面赔罪，
恳求仙子把门开。
应酬宾客，下官也是情非得已，以后定会时常陪伴娘子，随身不离。

三　娘　（接唱）任由他磨破嘴皮，
只当蚊蝇耳边飞。

张　协　（接唱）莫非她，深闺女不谙风月，
怯见新郎羞掩扉。
我应当循循善诱，
夫妻恩爱尽和美。
娘子，少年夫妻就该成双成对，若少了下官陪伴，你在房中不觉得孤单么？

三　娘　（唱）蜜语似糖自他口，
更吹旺我心头火。
错信你心碎肠断，
今夜休想进此门。

张　协　娘子，春宵一夜值千金，你怎忍心将新郎拒之门外？
（接唱）我站门外好狼狈，

喉干舌燥腰腿酸。
难道说，房中新娘有残缺，
聋中带哑兼傻瓜！

〔梅香上。

梅　香　见过姑爷！

〔张协被吓一大跳。

张　协　哦，原来是梅香大姐。
梅　香　诶，姑爷，您怎么站在外边呀？
张　协　呃……外边，外边凉快。
梅　香　少见你这样的新郎，洞房不进，反在外面乘凉！
张　协　梅香大姐，你到此贵干呀？
梅　香　婢子奉夫人之命给小姐姑爷送来香茶。（推门）咦，门闩上了，莫非小姐睡了？！原来姑爷是被关在了门外！（笑）
张　协　梅香大姐，你家小姐她，是不是，她……
梅　香　我家小姐她，当然就是小姐她咯！
张　协　我是说，她是不是，聋或哑？
梅　香　呸！你才耳聋、哑巴，真不会说话，怪不得小姐不让你进门！
张　协　是是是，下官嘴拙，比不得梅香大姐聪明伶俐！倘若大姐出马，小姐她必定开门！
梅　香　那是当然！小姐，开门，婢子送茶来了。
三　娘　多谢娘亲美意，夜已深，我无需饮茶。
梅　香　小姐，姑爷还在外头呢。
三　娘　我自有主张，你回去吧。
梅　香　小姐……
三　娘　下去吧。
梅　香　（对张协）我亦叫不开，你自求多福吧！
张　协　梅香大姐，梅香大姐，再请一试！
梅　香　还要试？
张　协　救人救到底，送佛送到西！
梅　香　有了！小姐，今晚府中宾客盈门，姑爷被拒门外，如被外人看见，恐成笑谈，老爷夫人脸上亦无光呀。
三　娘　这……我这就开门，你歇息去吧！
梅　香　是！（下）

〔三娘松开门闩，盖上盖头坐到床上，张协在门外细听动静，试推门，一个趔趄差点栽进门里。

张　协　娘子，下官这厢有礼。

〔张协拿起桌上的如意，走到床边与三娘并排坐下，欲用如意揭盖头，三娘起身走到一边。张协跟来，三娘又避，如此再三。

张　协　娘子，夜已深更，早点安歇吧。
三　娘　站开，谁是你娘子？
张　协　夫人。
三　娘　哪个做你夫人？！
张　协　你我今日拜过了天地，你当然是我状元夫人。
三　娘　这么说，与你拜过天地的，都做得了状元夫人？

〔张协将如意放回桌上，端起酒杯。

张　协　呃……今生张某之妻唯你一人，来来来，你我共饮了这交杯酒。
三　娘　我泼辣粗鄙，不配当你状元之妻。
张　协　娘子金枝玉叶，尊贵无比，能结伉俪，乃下官祖上积德，三生有幸！
三　娘　话不投机半句多。今日里低三下四，好话讲得一大箩，真真难为了状元郎！
张　协　（唱）她出冷语来发问，
　　　　　　我想接话腔难开。
　　　　下官是读书人，自然以礼待人。
三　娘　哦？
　　　　（唱）饱学士子多清贵，
　　　　　　难得吞声在闺闱。
张　协　（唱）请娘子且莫动气，
　　　　　　暂息下雷霆怒火。
三　娘　（接唱）我若不是在高门，
　　　　　　你怎会如此恭卑？
张　协　（接唱）下官曾何处得罪？
　　　　　　惹得佳人生虎威。
三　娘　（接唱）憎厌你狼心狗肺，
　　　　　　趋炎附势傍大腿。
张　协　（接唱）她那里骂声不断，
　　　　　　傲慢无礼又骄横。

回想前妻多贤惠，
心地良善情如水。
百般体贴尽入微，
顾惜我不畏辛酸。
小姐既是不愿成双，下官不敢勉强！
三　娘　不敢？状元发威不是手起剑落么？
张　协　你？
（唱）那新娘她究竟谁？
对我俨然了于掌。
难道……你是何人？
三　娘　你且看我是谁！

〔三娘自揭盖头。

三　娘　张协，豺狼！
（唱）骂声张协心狠毒，
忘恩负义丧天良。
往日曾亏你哪桩？
竟险被你害命亡。
枉你习圣人文章，
举动凶残甚虎狼。
张　协　啊！
（唱）吓得我目瞪口呆，
满心愕然又慌张。
莫非是我花了眼，
莫非此景乃是梦？
你……你是人是鬼，因何在此？
三　娘　我么？
（唱）剑下不死命硬人，
王府义女王三娘。
怎奈新房续喜烛，
不幸重遇人面狼！

〔梅香领着丫环们悄上，在门外偷听，片刻，梅香大惊，招呼丫环们下。

张　协（唱）眼前果然是故人，
狭路冤家怎成双？
三十六计走为上——

〔张协转身走，到门口突然停下。

如今她是赫王千金，走不得，万万走不得呀。
（接唱）认错求和乃良方。
三娘，我的贤妻啊！
（接唱）昔日狂怒把妻伤，
时常悔恨在心胸。
你尚在世我心放，
张某谢罪跪妻房。

三　娘（唱）你跪、跪，
应跪那乾坤朗朗，
再跪日月星三光。
跪你信义全背弃，
跪到海枯天地崩！
越骂越气火越旺，
举棍怒打黑心人！

〔三娘抓起如意抽打张协，张协起身不停躲避。张协被逼至房门外，三娘趁机闩上门，再次把张关在门外。

张　协　娘子，娘子！

〔张协门外叩门，三娘房内掩面哭泣。
〔切光。

第七场

〔次日清晨，赫王府厅堂。
〔赫王和夫人上。

夫　人（唱）按说许配状元郎，
女儿终身有依傍。
谁料他俩竟反目，
老身心焦失主张。

赫　王（唱）女儿心软人谦让，
贤德孝顺性温良。
洞房夫妻起口角，
其中必定有文章。

〔张协与三娘先后上。

三　娘　（唱）早起请安拜高堂，
　　　　貌合神离影双双。
　　　　满腹悲苦诉与谁？
　　　　忍悲含泪见爹娘。

张　协　（唱）冷汗直冒步沉重，
　　　　好比囚犯上法场。
　　　　三娘怨怒尚无妨，
　　　　惧赫王不堪恐慌！

三　娘　女儿叩见爹爹娘亲！

张　协　见过岳丈岳母。

赫　王　女儿、贤婿，快快免礼。

夫　人　好女儿，快到为娘这边来。昨夜你俩新婚大喜，满堂欢庆，因何又怄气争吵？

三　娘　这……

赫　王　昨夜之事，今早已有梅香禀报，女儿不必吞吞吐吐，尽管诉来。

三　娘　爹爹娘亲！
　　　　（唱）难忍珠泪纷纷落，
　　　　哭诉侬委屈满腔。
　　　　张协原配是三娘，
　　　　昏倒血泊他砍伤。

赫　王
夫　人　竟有此事？！
　　　　（唱）一语掀起千层浪，
　　　　离奇真相甚惊人。

夫　人　（唱）只怨老爷看走眼，
　　　　错把乌鸦当凤凰。

赫　王　（唱）骂声张协心恶毒，
　　　　暗室欺心太无良。
　　　　你往日所为乃犯大罪，来人，将这不义之辈押往有司，听候发落！

张　协　岳丈，饶命！岳母，贤妻啊！
　　　　（唱）双膝下跪求原谅，
　　　　悔恨当初太轻狂。
　　　　自知往日罪孽重，
　　　　余生愿赎罪补偿。

三　娘　谁信你的鬼话！

夫　人　你忘恩负义、手刃发妻，岂能就此罢休？

张　协　岳丈岳母纵然不肯饶过小婿，难道也不为王府、不为三娘着想么？

赫　王　放肆！你胆敢威胁老夫？

张　协　小婿不敢，只求得以膝下行孝，从此一家和乐！

夫　人　我府上可攀不起这门亲！

张　协　岳丈岳母啊！

（唱）岳丈威势浩难挡，
小婿卑微如蚁虫。
戴罪之躯任发落，
又只是，
我死难医妻心伤。

赫　王　这个……

（唱）一发牵起周身动，
看来此事须磋商。

夫　人（唱）听罢他言心沉重，
家丑怎能对外扬。

三　娘　爹爹，不可信他！

赫　王　老夫也闻养虎为患，贻害无穷！

张　协　自订婚约以来，翁婿已是一损俱损，一荣共荣，岳丈何必疑虑？

赫　王　欲想老夫既往不咎，除非……

夫　人　除非你求得我女儿原谅！

张　协　是！

赫　王（对张协）你且起来。

张　协　多谢岳丈岳母！嘿嘿嘿，娘子。

三　娘　哼！

（唱）昔日三娘，早已亡葬，
你现寻妻，徒劳无功。

张　协（唱）往昔作孽，苦果今尝，
万望宽恕，不计过往。

三　娘（接唱）既成事实，水流花落，
何必来此，作势装腔。

张　协（接唱）贤妻心怀，沧海之量，
容我改错，犬马报偿！

三　娘　呀呸！

（唱）任凭你巧舌如簧，
难再迷惑我心动。

冤家呀，
情缘你亲手断送，
破镜难圆莫做梦。

张　协　（唱）我心热似火，
她情冷如霜。
欲使金石动，
难免费周章。
叩求岳母与岳丈，
续红丝，撮合合，
助侬夫妻再成双。

赫　王　女儿，杀人不过头点地，他今日亦下跪赔了礼，发了誓，侬就消消气吧。

三　娘　爹爹，恕女儿难以从命！

赫　王　那依侬之意……

三　娘　侬不愿与他再做夫妻！

夫　人　女儿！
（唱）婚姻大事非儿戏，
抽刀断藕尚连丝。
侬父在朝有权势，
举手顿足动京师。
昨日娇女得贵婿，
满朝文武齐贺喜。
今朝你俩若分离，
你父人前何威仪？

张　协　岳母大人言之有理！

赫　王　一旁闪开！

张　协　是！

赫　王　（唱）劝教我儿莫怄气，
处事言行要三思。
摒弃恩怨从头起，
满门富贵乐滋滋。
倘若是，
前情不慎有漏泄，
状元丢官身亦死。
女儿你，众人前后遭冷语，
终身无靠孤凄凄！

三　娘　爹爹，难道女儿就忍气吞声、委曲将就么？
赫　王　儿呀，人生在世，谁不委曲，就是那万岁爷，也难称心如意呀！
夫　人　女儿，你乃明媒正娶，原配夫人，又出身赫王门第，他张协哪敢委屈了你？
张　协　下官不敢，往后定与娘子相敬如宾，举案齐眉！
三　娘　哼！
夫　人　女儿，你和张协已二次成婚，这恩怨纠葛岂是一个断字能了？！
三　娘　这……
夫　人　若能重归于好，夫贵妻荣，往后母凭子贵，亦是我儿之福！
赫　王　女儿，你实在怨怒难忍，不如持此剑杀了他，恩怨两清！

〔拔出佩剑递给三娘，三娘持剑。

三　娘　（唱）宝剑在手千斤重，
我心意乱难主张。
历历往事犹在目，
泪水纷纷似泉淌。
只因嫁你薄情郎，
孤星冷月伴噩梦。
张　协　啊！娘子饶命！
赫　王　跪下！
张　协　贤妻呀！（跪）
（唱）怨我自私，
名利心重。
一心利己，
人伦全忘。
坑害贤妻，
遭受祸殃。
到如今，孽行铸成难更改，
欲想改错已无方。
如能慰娘子心伤，
我愿以命把罪偿。
三　娘　（唱）习俗成规难逆抗，
命薄运乖路途茫。
世道人情如茧网，
无助弱女似鱼虫。
为什么，男儿随心少束缚，

弃妻易妻如衣裳？
女流辈，唯靠婚姻做依傍，
忍辱受屈难声张。
怎忍看，白发苍苍老爹娘，
为女操心碎肝肠。
罢罢罢，辛酸苦辣忍泪尝，
俯首认命入樊笼！

〔三娘弃剑。

三　娘　冤家，起来！
赫　王　哈哈哈！

〔张协起，施礼。
〔落幕。
〔剧终。

白罗衫

据传统戏曲《白罗衫》改编

京剧

编剧：付桂生

感谢国家艺术基金古代戏曲编创人才培养班为我这次创作提供的契机，正是在这个班上让我系统地学习了戏曲编剧的知识和技法，也促使我动笔尝试写作了第一部京剧剧本。《白罗衫》是传统戏曲剧本，《古本戏曲丛刊》中有残本《罗衫记》，当代戏曲舞台上常演的有张弘编剧、石小梅主演的昆曲《白罗衫》，此外秦腔、豫剧、锡剧、茂腔等地方戏中都有演出。我通过比对发现地方戏演出剧情与昆曲不太相同，地方戏基本从苏母与儿子苏云离别讲起，较为完整地叙述了故事的前因后果。江苏省昆剧院版本《白罗衫》删去了多余枝蔓，以生本为主，围绕白罗衫这一道具，从徐继祖进京赶考偶遇苏母写起，精炼集中，艺术特色十分鲜明。不同剧种特色以及艺术家对这一事件的不同理解，势必将对这一事件进行适应性改编，有雅有俗，充分体现了地域风格鲜明的不同戏曲剧种的艺术特色。

事实上，触动我整理改编这一题材的原因有二，一是我在北京大学百年讲堂观看了白先勇先生策划、俞玖林主演的《白罗衫》。该作对原著主题进行了较大幅地调整，定调在父与子、命运、人性、救赎、情与美的聚焦点，分为《应试》《井遇》《游园》《梦兆》《看状》《堂审》六折，突出了人物命运的悲剧性，让我看到了古希腊悲剧的某种影子，触发了我对这种宿命感的思索。二是，我翻阅资料发现这一题材尚没有京剧演出，虽然据载尚小云先生有同名剧本，但不知是否为同一题材，可以确定的是在当代舞台上并未见诸演出，如此也促使我试图写作同名京剧剧本。

我在写作过程中改变了原有以生行为主的戏份，增加旦行的情节内容，加强了人物间的情感纠葛，参照了地方戏的故事架构，从苏云离家到兰溪赴任写起，一直到儿子徐继祖中状元得知父亲真相结束。全剧分为四幕和尾声，分别是遭难、毁容、别家、团圆和弑父。其中，毁容是我增加的情节，虚构了苏夫人毁掉面容委身徐能家中当乳娘的情节，这期间她并不知晓所看护的孩子便是自己的儿子，出于善良的本性，她屡屡放弃了刺杀徐能的机会，出于母性她甘心抚养这个孩子成年。这些情感的纠葛，也为徐继祖得知事情真相之后难以做出判断的两难情绪做了铺垫，情与理之间的决断是千百年来人类面临的复杂命题，尤其是在难以捉摸的命运面前，这种两难显得更具戏剧张力。因此我设置了开放式的结尾，把这两难的命运，带给观众共同思考。这种宿命感时至今日仍然在我们的生活重复，而戏剧功能便是需要把这种哲学命题推至在观众面前，在寓教于乐中保持理性的思索。

全剧的写作在结构设置和唱词写作中，有不少生疏和不成熟的地方，这也是我在今后将继续努力完善的地方，不足之处，期待专家和读者的指正。

人物表：

苏夫人——徐继祖生母，苏云之妻
徐继祖——18 岁得中进士，苏云之子，徐能养子
徐　能——水寇，后痛改前非，成为富户，抚养徐继祖成人
姚　达——徐能手下义仆
苏　母——徐继祖奶奶
苏　云——徐继祖生父
翻江鼠——徐能手下水寇
贾正经——徐能故交
庄君子——徐能故交
水寇、道姑、家仆若干

第一幕　遭难

〔幕启。
〔家门送别，苏母与儿子苏云、儿媳苏夫人道别。

苏　母（唱）一路谨慎忘饥餐，
勿走野岭与荒山。
过江涉水待风静，
白天行路早投店。
夜晚慎行黑莫贪，
到兰溪早报平安。
莫忘年迈白发人，

儿赴千里母忧担。

儿啊，此番上任，路途遥远，媳妇又有身孕，娘连夜赶做了白罗衫两件，为你二人路上遮挡风寒。（为儿媳披罗衫）

苏夫人 有劳母亲，儿媳离家不能尽孝，望母亲少劳作多歇息，待儿媳生下小孙孙，定要侍奉眼前。

苏　云 孩儿不能在您膝前尽孝，这罗衫乃是母亲亲手所织，理应留在母亲身边保暖驱寒。（为母亲披上罗衫）母亲保重，孩子安排妥当之后，定会早早来接您前往享福。

（唱）离却燕赵赴江南，
　　辞别老母心中难。
　　一叩一拜泪潸潸，
　　再道珍重母康安。
　　跋涉千里路途远，
　　静候佳音捷报还。
　　妥当安顿扬祖耀，
　　殷勤尽孝在膝前。

〔灯暗，下场。

〔灯暗转江边，客船。

〔徐能、翻江鼠、姚达等水寇上。

徐　能 某徐能是也，这扬子江上船家。也曾醉心怀功名，寒窗苦读数载，无奈屡屡不中，家道败落，竟无以为炊，好不恼恨！无奈改行，做了这份营生，每日往来江上倒也潇洒。正是：

（念）云烟功名昨日花，
　　独霸江岸作生涯。
　　只手遮天法我定，
　　扬子江上一豪侠。

我徐能，专捡那些身带不义之财的落单客商，冒以强贼蒙面恐吓，这些个胆小的熊包，一见钢刀架在脖子上，哪一个不是跪地求饶，乖乖交出银钱，好不痛快！可叹，靠着这买卖家中虽多积了钱财，至今却孤身一人。常言道，不孝有三无后为大，断了祖宗香火，不免有些遗憾。

翻江鼠 （唱）假扮船家做买卖
　　四处打听冤大头。

大哥，好买卖到家门了。

徐　能 哦，又是何等好买卖，还不速速报来。

翻江鼠　（数板）苏云兰溪把任上，
　　　　路过此地要渡江。
　　　　虽说行李萧条银两少，
徐　能　咳，那你说他作甚。
翻江鼠　（数板）他身伴貌美女娇娥、女娇娥！
（玩笑般）正好与大哥做个老婆续香火岂不快哉！
徐　能　那苏娘子，果真美貌。
翻江鼠　好比西施赛天仙，可与大哥配成双配成双。
徐　能　（略有所思）一个青年得志，一个貌美如花，好一对才子佳人！倒也让人羡慕，也罢，暂且载他们一程吧。

〔苏云携夫人出场。

苏　云　（唱）辞家赴任路迢迢，
　　　　来到扬子岸江遥。
翻江鼠　两位客官，我们这客船是江边最大的，你看宽敞不宽敞，请登这只船吧。

〔苏云与娘子搀扶登船，甚是恩爱。
〔徐能看到，甚是嫉妒。

水寇乙　客官登船，开船喽！
苏　云　娘子有孕在身，江上风急浪高，站稳些。
苏夫人　夫君，一路行来车马劳顿，你身体有恙，万不能再沾染风寒。

〔风吹起一阵大浪，船身晃荡。

苏　云　外面风浪太大，娘子我们还是进船舱歇息吧。
徐　能　看这对恩爱的才子佳人，好不让你嫉妒。想我寒窗苦读数载，竟落得个孑然一身。老天爷甚是不公，可恼可恼，我倒要试试这书生究竟是个正人君子，还是胆小爱财的鼠辈。来啊，将船驶进黄天荡，待到月黑，见机行事。
姚　达　大哥，想来咱们只劫掠富商，倒也不曾伤人性命，这书生身上又无多银钱，这是作甚。
徐　能　常言道，十官九贪，他要是个清官倒也罢，是个贪官怎能轻易放过。

〔月黑风高，船行至黄天荡。
〔徐能与众人蒙面持刀，扮作水寇登场。

苏夫人　（船舱内）夫君，你听外面动静，船停于此，不会出什么事情吧。

苏　云　娘子，不要担心，待我出舱看来。

〔苏云提灯出船舱，碰到水寇。

苏　云　哎呀，你们这是要干什么？
徐　能　（持刀）船家已被我们杀了推入江中，你们两人若是想活命，就早早交出钱财。
苏　云　我乃贫寒书生，无有什么钱财。（跪下求饶）求大王饶命！
徐　能　果然是贪财不要命的！（鄙夷）你身后行李藏有何物？
苏　云　（欲藏）无有钱财，不过是些随身衣服。
徐　能　快与我拿来。

〔苏云与徐能争执，徐能蒙面被苏云撕下。

苏　云　原来你就是船主，看我不拿你报官。
徐　能　看到了我的真面目，定然再不能让你活着。

〔徐能用刀吓唬苏云，两人争执，苏云受伤跌入江中，泅水。

苏　云　（唱）误上客船遇贼强，
今日命丧黄天荡。
可叹妻儿守孤寡，
可怜老母无人养。
十年寒窗凭吊郎，
一载功名转头丧。

〔苏夫人闻声出客船，看到苏云被贼寇挟持。

苏夫人　夫君啊，夫君啊！好狠心的贼寇。

〔苏夫人上前抱住徐能大腿，恳求放过夫君，被徐能推开。

苏夫人　（唱）不提防遇强寇祸从天降，
好端端夫君丧身心绝望。
到如今随君去纵身跳江，
有来世再连理永为鸳鸯。

〔苏夫人欲跳江，被众水寇拦住。

徐　能　苏娘子，不必寻死，想我徐能家财万贯，年过四十仍孤身一人，跟着我荣华富贵，比那穷酸秀才强胜百倍。
苏夫人　（唱）骂一声凶残贼将我夫斩，

纵然死绝不从休想如愿。
我乃是清白身岂能糟践，
好大胆将我来凌辱霸占。
尔等是财狼心罪恶滔天，
杀无辜劫钱财必遭天谴。

翻江鼠 （举刀威胁）不识好歹，我现在就结果了你的性命。

姚　达 （拦下）万万不可，大哥，想着苏娘子乃是刚烈之人，夫君刚丧，难免一时想不通，不如先关入柴房，慢慢规劝，过些时日不怕她不从。

徐　能 说的有些道理，来啊，弟兄们开船靠岸。

〔徐能命摇船靠岸。
〔苏娘子被关至柴房。

徐　能 姚达你要将苏娘子好言相劝。弟兄们，今日高兴吃酒去。

翻江鼠 恭喜大哥，贺喜大哥，寻得一美娇娘，今日不醉不归。

〔徐能与众人下场。
〔暗转。
〔苏夫人在屋内独自慨叹。
〔姚达悄然登场，欲解救苏娘子。
〔苏夫人开窗逃走，见有人来，躲在门口。拿起一根木棒，欲打。

姚　达 （姚达躲开）苏娘子，不要惊慌，我是来营救于你的，此番解救于你，赶紧速速逃命去吧。
（唱）苏娘子莫要惊慌，
姚达有言对你讲。
枉读两年圣贤书，
良心犹在安能丧。

苏夫人 我若走了，那贼人回来，你又当如何？

姚　达 我自有主张，苏娘子赶紧逃命去吧。

苏夫人 多谢恩人相救，若有来日，必将报答。

〔苏娘子作揖，拜谢后逃走。
〔姚达举起柴房中劈柴，对头一棒，昏死过去。

苏夫人 （唱）趁月色脱虎口慌忙逃命，
我好比孤舟一叶独飘零。
顾不得腹痛难忍身心疼，
顾不得荆棘满布路难行。

四野茫茫无人影，
风吹草动胆战惊。
头昏眼花难支撑，
倒不如一死了残生。
只可恨杀夫大仇无人报，
我当要咬牙忍痛挣扎行。

〔徐能酒后归来，发现柴门开，姚达昏倒一旁，苏娘子不见人影。

徐　能　（念）酒至半酣归来早，
心中惦念美娇娘。
（推姚达）我来问你，苏娘子人往何处去了？

姚　达　（醒）那苏娘子躲在门后，趁我开门不备将我打晕，想是逃命去了。

徐　能　哇呀呀，可恼！逃出此地只有一条路可行，与我一同追逃。

〔徐能、姚达跨马追逃。

苏夫人　忽感腹内阵阵疼痛，想是我儿马上就要出生了，看这四周无人，我当如何是好？哎呀，肚痛实难忍，我只能在此产子了。

〔苏夫人捂肚子跌倒在草丛之中。
〔数声婴儿啼哭，苏娘子生出孩儿，用白罗衫包裹。

苏夫人　想我苦命孩儿偏偏此刻出生，为娘该如何抱着你逃命。眼看贼人马上赶来，为娘只好将你用罗衫包裹藏身在草丛，但愿有好心人家将你领养，但愿苍天有眼，我们母子再相见。

〔远处传来徐能等人追赶的马蹄声。

苏夫人　（唱）远处传来乱马喧，
定是贼人来追赶。
怀抱娇儿泪潸潸，
骨肉分离人心寒。
儿啊，莫怨娘心恨，情急之下，你我就此分开方可保儿。（将儿藏在草丛）
（接唱）藏好孩儿求苍天，
保佑娇儿活命安。
前面有深井一口，我不妨丢掉绣鞋一只，假装投井而亡。

〔徐能追赶而来，在四周寻找。
〔婴儿啼哭声。

徐　能　哎呀，茫茫荒野哪里传来婴儿啼哭声？（四处寻找婴儿）

姚　达　（在草丛中捡到婴儿）老爷，这有一个刚出生的婴儿。

徐　能　（抱过婴儿）哈哈，好一个娇气娃娃。

姚　达　老爷，井江边有一只绣鞋，想是苏娘子跳井身亡了。这婴儿想是苏夫人所生，想老爷没有生养，不妨将这孤儿抚养。

徐　能　这不要本钱的买卖，终究不是长久之法，想我徐能也要有个传宗接代之人，前番误杀孙公子，今番又逼死苏娘子，也是罪过！也罢，将婴儿带回家中，好生养活吧！

〔苏夫人一路奔逃，看到一处名为普渡寺的尼姑庵。

苏夫人　一路惊慌逃命来，叫声师傅快开门。

〔苏夫人昏死过去。

第二幕　毁容

〔数日后，寺庙客房内。
〔病榻中苏夫人幻觉中，听到婴儿啼哭声。

苏夫人　（疯癫，忙乱寻子）娇儿，娇儿，娇儿你在哪里？
（唱）忽听娇儿啼哭声，
大梦惊醒转头空。
夫君亡，亲儿丧，
好一似霹雳炸胸膛。
那船家绝了我万种期盼、千回梦想、百般牵挂，一生希望，
只剩下，一副行尸走肉，空皮囊，
我顾不得病弱身躯，踉踉跄跄寻找娇儿在哪方？
娇儿在哪里，娇儿在哪里？

道　姑　苏娘子，莫要惊慌，此地乃是寺院，你安全了。

苏夫人　师傅，佛家以慈悲为怀，你要助我，找到我刚刚出生的儿子啊。

道　姑　苍生万物生命自有天定，苏娘子你要放宽心。前几天附近村民相传，在山间见有一刚出生婴儿，被狼叼走了，你也节哀顺变。阿弥陀佛，善哉、善哉！

苏夫人　（唱）闻听娇儿把命丧，
万念俱灰生无望。

〔苏夫人昏厥倒地。

〔暗转。

〔佛堂殿前。

〔苏夫人准备削发为尼，遁入空门。

道　姑　苏娘子，可要想好，一旦青丝落地，就是要与尘间断了瓜葛，此生便要在佛堂前，青灯守候度过余生。

（念）佛门本是清净地，
尘世缘孽当抛弃。
青丝落地尘缘了，
苦守青灯身安栖。

苏夫人　（悲伤绝望）我在寺庙已有月余，每日听师傅们诵经祷告，看往来香客祈福避祸，如今我夫亡子丧，早没有了牵挂，师傅你就下手吧。

道　姑　苏娘子，你流落江南无亲无故，甚是可怜，佛门终究不是避祸之处。你若还是犹豫，前几日，城中有位香客名曰徐能，想他在扬子江上经商载客，虽颇有家产却无子嗣，此番来本寺还愿，感谢佛祖赐给他老来得有一子。只因婴儿生后无母，正需乳母一名，苏娘子我看你尘缘尚未尽，老身可修书一封，荐你前往。

苏夫人　师傅说的可是那扬子江上载人过江的船主，圆脸高额、浓眉大眼，半脸络腮胡的徐能嘛。

道　姑　正是，苏娘子莫非与他有故交。

苏夫人　（唱）闻徐能不由怒火满胸膛，
骂一声恶贼你将天良丧。
我本是夫妻恩爱似鸳鸯，
我本是举案齐眉人赞赏。
我本是孝敬公婆好贤良，
我本是胸怀娇儿喜当娘。

如今夫亡子丧，我与你不共戴天！大仇未报，我怎能就这样心甘入佛堂，一家三口的怨债，

（接唱）我要让你血债来血偿。

〔苏夫人在佛殿拿香火，将自己面容毁。

（接唱）毁尽面容着佯装，
改头换貌扮乳娘。
跪求佛祖将我保，
手到擒来屠恶狼。
冤仇昭雪入佛堂，
再塑金身来供养。

〔灯暗转。
〔徐家厅堂，徐能换装登场，以财主面貌登场。

徐　能　想我徐能在扬子江行船经商数十载，趁机抢掠过往商客，已是家财万贯，早有收手之心。我也曾在佛祖前发下宏愿，若得一子，将金盆洗手重归正途，如今么，如愿了。
（唱）我本不是贪财郎，
穷途末路水贼当。
洗心革面从民良，
每日佛前三炷香。
翻江鼠　这样说来，我们以后就不干这杀人越货的买卖了。大哥如今当了爹，我也成了个舅舅。
（数板）昨日为水贼，
杀人劫货享钱财。
今日宗贤良，
结婚生子娶婆娘，娶婆娘。

〔姚达登场。

徐　能　姚达，乳娘找到合适的吗？
姚　达　老爷，找遍全城，尚未找到合适之人。说来也怪，这娃娃每日啼哭不止，找来好几个乳娘均无办法。今日，普济寺慧贤师太推荐一名乳娘前来。
徐　能　那为何还不带来？
姚　达　只是这女子遭遇不幸，容貌被毁，老爷恐怕会觉着不妥。
徐　能　哦，这个……

〔婴儿在内堂啼哭。
〔翻江鼠从内室抱孩子出来。

翻江鼠　白天哭夜里闹，不是吃就是拉，活脱脱一个赛太岁。我说大哥家中上下都是大老爷们，这是又当爹来又当妈，这比当个水贼可难多了！要我说还是将孩子从哪里来，送哪里去的好？
徐　能　哎，这孩子整日吵闹，真是烦人呐！暂不管那女子容貌如何，快让她前来，试上一试吧。

〔姚达带苏夫人登场。
〔苏夫人改换形貌，脸以面具遮盖，以乳娘身份来至徐家。

苏夫人　（唱）为报仇烧毁容颜扮乳娘，

咬牙恨心中怒火暗自藏。

把孩子交给我吧，你们一群大男人怎么会哄孩子。（哄孩子，孩子安静）

翻江鼠 果然灵，我就不信这个邪，把孩子送到我手里试试。

〔苏夫人将孩子交过来，孩子顿时哭声再起。

〔翻江鼠将孩子交给苏夫人。

翻江鼠 哎，我的妈呀！这孩子认生，小祖宗还是还给你吧。

〔苏夫人接过孩子。

苏夫人 这孩子甚是可爱。（看孩子不由伤心）想我那娇儿好苦命。

徐　能 这位娘子我来问你，家住何方？口音不是本地人氏，因何流落此地？

苏夫人 （旁白）这奸贼想是对我产生怀疑，我必须编个理由，蒙混于他。（定了定神）奴家是幽州人士，只因家中遭遇灾荒，我与夫君原本想来江南投靠好友，不想夫君染病而亡，是我伤心过度，我儿他……他……便夭折了。（哭状）如今我已无亲眷，万望老爷能够不嫌弃我面貌丑陋，将我收留，奴家愿倾心照顾小主人，结草衔环终身报还。

姚　达 （旁白）想来也是苦命之人，老爷我看这孩子与她有缘，不如将她收留。

翻江鼠 这小祖宗闹得家里是不得安宁，大哥就留她下来吧，少发银两，不是一举两得。（小孩发出笑声）哎呀，我的妈妈耶，一说留，他就笑了，还真是有奶就是娘。

徐　能 也罢，暂且留下。

苏夫人 谢过老爷！

〔徐能、姚达等人下场。

〔苏夫人放下心中紧张，瘫坐在地，从怀中拿出藏着的匕首。

苏夫人 （唱）身藏匕首待时机，

必斩恶贼顷刻间。

〔灯暗，转场。

〔佛堂前，徐能在佛祖前忏悔。

徐　能 我徐能在扬子江上行船经商，常以强盗之名抢掠些发了不义之财的客商，并无心伤人性命。我因贪生嫉妒，一时色心大起，将书生苏云推至江中，逼迫苏娘子顺从于我，杀生并非弟子本意。犯下此生罪恶，望佛祖宽恕于我，我愿一心向佛，改邪归正，阿弥陀佛。

〔苏夫人身藏匕首，刺杀徐能。

苏夫人 看这奸贼焚香祷告，我正好动手。（准备动手）且慢，想这恶贼似有悔过之心，他的罪孽怎能洗刷干净。容寺庙收容之时，我也曾在佛祖面前许下宏愿，要让恶徒绳之以法。此番，我又怎能在佛祖面前将他杀死，我要等待时机，以法惩戒这十恶之人。

〔此时，姚达抱着啼哭婴儿出现。
〔苏夫人慌忙藏起匕首。

姚　达 哎呀呀，乳娘让我好找啊，小少爷这一时也离不开你呀！
苏夫人 （接过孩子）小少爷刚刚睡去，怎又醒来，乖乖。（哄孩子）
徐　能 乳娘，照顾好小少爷，不可大意。
苏夫人 我看小少爷安稳睡去，便去洗刷他的衣物，不想小少爷醒来。
徐　能 莫要轻易走动，从今以后你只管照看小少爷，这些杂事交与她人去做。
苏夫人 谢过老爷。

〔徐能、姚达下。
〔苏夫人手抱着孩子，举手欲摔，婴儿啼哭。
〔苏夫人不忍心将婴儿放下，安抚。

第三幕　别家

〔十八年后。
〔徐家厅堂喜气洋洋，仆人们忙碌布置酒席。

姚　达 光阴不觉十八春，少公子长成了英俊美才郎。
（唱）他是一身正气美才郎，
他是玉树临风人夸奖。
他是腹藏诗书气轩昂，
他是步步登高夺魁榜。
少公子明日赴京赶考，老爷命我准备酒席，邀请二位义弟来践行。

〔贾正经、庄君子贼眉鼠眼登场。

贾正经 庄二哥，大哥家公子明日赴京赶考，一旦中了进士你我就是半个官老爷了，哈哈。
庄君子 那你我以后在乡里，岂不是如虎添翼，虎虎生威，那就应该这样横着走了。

贾正经 对，对，就像过街的螃蟹一般，哈哈。
庄君子 （故作姿态）贾大人请啊。
贾正经 （装模作样）哈哈，庄大人请。
二　人 哈哈，同请同请。
姚　达 二位老爷，请进。我去通报老爷。

〔徐能器宇轩昂地出场，一副士绅派头。

徐　能 （念）头脚峥嵘显荣贵。
门庭改换气势威。
二位贤弟请。
二　人 大哥好！

〔贾正经故意用脚绊了一下庄君子。

庄君子 哎哟我的妈哎。（摔倒）
贾正经 君子贤弟，你要小心一些。
庄君子 （不依不饶）分明是你故意作梗，我与你没完。

〔二人发生争执。

徐　能 （不悦）嗯！今日场合你二人，庄重一些。
二　人 （停止嬉闹）庄重一些，庄重一些。
姚　达 少公子驾临。

〔徐继祖出场。

徐继祖 （念）诵读诗书夺魁名，
中正为官除民苦。
孩子拜见爹爹。
徐　能 罢了，来，拜见二位叔父。
徐继祖 （走向前，行礼）拜见二位叔父。
庄君子 （赶忙向前，屈膝跪拜）拜见贤侄举人老爷。
贾正经 （上前劝阻）哎，你这是干什么。
庄君子 见到举人老爷，何不早早拜过，日后做了大官好照顾于我啊。
贾正经 （不屑）哎哟，你呀。
徐　能 不必多礼了，入席吧。
二　人 好好。（坐下）

〔徐继祖为父亲、叔父倒满酒。

徐　能　吾儿进京赶考为父和两位叔父敬你一杯。

〔二人争先敬酒。

贾正经　我先来。
庄君子　我年龄大，我先来。
贾正经　年大让年小，还是我先来。
徐　能　不要抢，一个个来。
庄君子　好，好，让你先来。（藏起酒壶）
贾正经　我先干为敬，这第二杯嘛——（找酒壶倒酒）
庄君子　这第二杯嘛，让我来。
贾正经　（夺酒壶）你要赖，把酒壶给我。
徐　能　不要胡闹。明日，吾儿进京赶考，为父祝你一举夺魁，他日为官清正廉洁，光耀我徐家门庭。（敬酒）
徐继祖　孩儿，谢过爹爹。
徐　能　你们两人有什么吉祥的话，不妨说来。
庄君子　我祝贤侄高中状元做大官。
贾正经　对对，做大官娶老婆，妻妾成群满街跑，满街跑。
庄君子　（唱）贤公子青年才俊有作为，
贾正经　（唱）夺魁名摇身一变状元郎。
庄君子　（唱）从此我们添虎威志气扬，
贾正经　（唱）横行乡里当霸王来作伥。
徐　能　越说越不像话了。儿啊，你二位叔叔想是喝醉了酒，竟说些胡话，不要听信他们，为父再敬你一杯。
徐继祖　谢谢爹爹。（喝酒）想我爹爹一向正直，怎么会认识此辈之人，真是令人不解。
（唱）我父他为人耿直存善根，
自幼是劝我交友需谨慎。
却何故唐突结识此辈人？
秽言语不合礼信丧昆仑。
与这般人周旋实在令我苦不堪言，我不妨假装醉酒离去，以免父亲责怪。乳母待我如同己出，明日远行尚未拜别，我也正好借机前去。哎呀呀……（装作酒醉）
徐　能　吾儿，这是怎么了。
徐继祖　父亲，想是我不胜酒力，有些醉了，不妨事的。
二　人　今天是大喜的日子，怎么这么一点就醉了，来来再喝。
徐继祖　晚侄，不胜酒力，不能陪两位叔叔，见谅。

〔徐能送儿子出门。

徐　能　（小声）吾儿，天下熙熙皆为利来，天下攘攘皆为利往，行走江湖不是苦读诗书，此番赴京你千万要谨小慎微，万不可意气用事。

〔姚达搀扶公子离场。

徐　能　（发怒）两位不争气的东西，真是一派胡言，送客。

〔徐能下场。

庄君子　说我们一派胡言，我看你徐能老儿，忘记了自己的过去了。
贾正经　装正人君子，不乐意我们来，请我们还不来了呢。
二　人　走走，我们换个地方，继续喝酒去。

〔二人下，转场。
〔苏夫人已显苍老，鬓角已有些许白发。

苏夫人　（唱）不觉十八春已恍，
一十八年春梦盼。
茫茫然苦埋藏黄连灌心，
十八年生死间难以归真。
小东儿实可亲我忍冤藏身，
一次次复仇难我拖至如今。
天哪天！
我要喊一声苍天！
你何时帮我来伸冤。
夫君呐！九泉之下我有何颜面再相见！
我是生不如死，死不如生！
天哪天！
我复仇万念俱成灰。

〔徐继祖高兴上场。

徐继祖　孩儿，拜见乳母。
苏夫人　少公子，快快请起。
徐继祖　乳母，明日我就要进京赶考，特来向您辞行。
（唱）谢乳娘十八年真心疼爱，
谢乳娘舐犊情思深似海。
谢乳娘伴儿勤读日夜在，
谢乳娘养育儿亲似血脉。

此番进京赶考，我必能夺魁，绝不辜负乳母良苦用心。

苏夫人 孩儿，青年俊才，此去京城必能金榜题名，不枉费乳母十八年来的良苦用心。（暗自落泪）

徐继祖 乳母为何伤心?

苏夫人 少公子此去京城，不由让我想起了伤心事。

徐继祖 （自语）想是乳母原本北方人士，定是因我此番北去，勾起了乳母的思乡之情。哎呀，乳母莫要悲伤，孩子此去夺魁定会早早归来，侍奉您老。

苏夫人 少爷，你此次赴京，激起了乳母压在我心中十八年的伤心事。

徐继祖 啊?乳母快些讲来，孩儿定为您解忧。

苏夫人 十八年前我怀孕在身，与夫君苏云赴任兰溪县令，不想路途中遭遇强贼，夫君被杀，恶贼又要非礼于我，幸被好心家仆所救，我半路逃脱产下一子，以白罗衫包裹，放在草丛之中，便慌忙逃命去了。后来，听说这孩子被狼叼走，我又遭遇不幸，面容全毁。一十八年来，让我日日牵挂的是涿州老家尚有年迈婆母，不知现在婆母是否安在?吾儿此次赴京路过涿州，定要帮我找寻，了却我心中郁结。

徐继祖 乳母您遭遇如此磨难，从未曾听您向儿提起，真是让儿慨叹啊!

（唱）听乳母讲过往珠泪涟涟，

却原来她是苦命人让人悲怜。

乳母啊，十八年教养恩如海洋深远，

今日起我当为您解忧排难。

纵然有千难万险我志更坚!

功名高中为您昭雪沉冤寻得亲人还。

苏夫人 （拿出残缺的白罗衫）这便是信物!当年婆娘做了两件白罗衫一件留在家中，一件赠与我，扯下来的那块，被我包裹了出生便丧命的婴儿。

徐继祖 （收好白罗衫）孩儿此去，必不辜负您的期望。

苏夫人 此去涿州，打听苏家庄，庄外有棵老槐树，树下有一口老井，井旁有一户人家便是我家了。

徐继祖 乳母，孩儿一一记下来了，您放心吧!

苏夫人 少爷此去，路途遥远，切莫孤身前行，切莫与人争执，切莫赶夜路，切莫风餐露宿，一路多保重，平安早归来。

徐继祖 孩儿定不辜负您期望。

〔徐继祖与苏夫人拜别。

〔灯暗转。

〔苏家庄，村口老槐树，枯井旁。

〔苏母满面沧桑，衣衫破旧，出门汲水。

苏　母　苦啊！十八载日日到村口，苦盼我儿与儿媳能归来，眼看我老眼昏花，年老身弱，不知道这有生之年，是否还能盼到团圆。（叹气、擦泪）

（唱）抱瓮汲水到村口，
　　十八秋魂断梦依。
　　思儿念媳到白头，
　　水井尚有干枯日。
　　盈盈泪水流不止，
　　盼团圆苦待何时。

〔徐继祖骑马，上场。

徐继祖　（唱）路迢迢山高水长，
　　骑马扬鞭赶程忙。
　　心焦如焚恨路长，
　　四处打探苏家庄。

哎呀，前方便是苏家庄，村口有老槐树一棵，树下有一口老井，正是这里。前面有一位打水的老妈妈，我正好口渴，下马前去打听一番。老妈妈，请留步。

苏　母　何人唤我？

徐继祖　老妈妈是小生唤您，小生赶路而来，有些口渴，想借些水解渴，不知可否？

苏　母　小官人要喝水，请自取吧。

徐继祖　拜谢老妈妈。此地是苏家庄吧，可有一户苏云家？

苏　母　老身耳背，小官人你再说清楚些。

徐继祖　老妈妈，此处可有一户是苏云家？

苏　母　（听清后，一把抓住徐继祖）苏云？你说的是我儿苏云。你怎么知道我儿苏云的名字？他现在何处，过得如何？为何这么多年音信全无？（声嘶力竭，瘫倒在地）

徐继组　老妈妈您不要着急，您不要激动，听我慢慢讲来。小生徐继祖，南京人士，此番赴京赶考，受乳母所托，特来苏家庄寻找她的婆娘，苏云正是我乳娘夫君。

苏　母　我儿苏云进士及第，十八年前往兰溪任县令，我儿媳怀孕在身一同前往。我儿媳怎么会成为你家乳母？（怀疑）必是你诓骗老身。

徐继祖　老妈妈，我说的句句是真，我乳母确是您儿媳，不会有错。我自幼丧母，是乳母将我抚养长大，她虽家中仆人，我敬她如亲生母亲一般，怎敢诓骗老妈妈。

苏　母　仆人，她怎么会沦为仆人？可有什么凭证？

徐继祖　（拿出白罗衫）老妈妈，你看，乳母怕您不信，特意让我将这个带来。

苏　母　（一把拿过罗衫，细细抚摸）对，正是这件罗衫，十八年了，老身终于盼到了孩儿消息。（发现罗衫丢失一大块，焦急地）这罗衫怎么被人撕去了一大块，（联想）难道出了什么大事？

（唱）见罗衫不由得白发人珠泪涟涟，
日也思夜也想肝肠寸断。
我的儿你为何音信全无，
难不成养育恩事事全忘？
你忍心将娘忘，
离家一去不回还。
你忍心将娘伤，
泪水流尽心不甘。

不，不，我儿苏云不是虎狼心肠，必是遭了大难。（焦急地）小官人，你快快与我讲来，快快与我讲来。

徐继祖　老先生苏云，十八年前赴任路上，他遭遇了水贼，不幸身亡了。

苏　母　（唱）听此言只觉得天塌地陷，
心肠碎魂欲断如坠深渊。

我苦命的苏云儿！（哭后接唱）
未曾想日夜盼把噩耗盼，
未曾想十八年别是永远。
到如今娘心碎肝肠寸断，
倒不如投老井九泉相见。（欲投井）

〔徐继祖忙劝下欲投井的苏母。

徐继祖　老妈妈，万不可轻生啊。

（唱）老妈妈你莫要轻生寻短见，
乳母她也期盼与您来团圆。
十八年冤屈苦尚未报还，
孙儿我愿为您昭雪青天。

老妈妈千万保重，小生此番进京赶考夺取了功名，愿接您一同返乡，与乳母相聚，为您养老送终，为苏老前辈昭雪沉冤。

〔徐继祖搀扶苏母，下场。

〔灯暗。

第四幕　团圆

〔数月后。
〔徐继祖状元及第，委任江南八府巡按。
〔苏夫人房中。
〔姚达手持信贴，喜气登场。

姚　达（唱）京城传来名喜帖，
公子荣登状元郎。
八府巡按荣归乡，
徐府上下喜洋洋。
乳娘，安在？
苏夫人　姚公，来也。
姚　达　好消息，天大的好消息，公子爷状元及第，被圣上委任江南八府巡按了。此刻，正在回乡路途上，你看这里是报喜的书信一封。
苏夫人（接信，读信）快拿与我看来。
（唱）闻公子状元及第，
老身心中甜如蜜。
中皇榜荣归故里，
沉冤昭雪终有期。
看这书信日期，已有半月有余，想必是公子，这两日便可到来。
姚　达　今日便可到达，早上已见到公子派来报信的人了。
苏夫人　哎呀呀！我要更衣换装，迎接少公子。

〔转场。
〔徐继祖身穿状元服，快马扬鞭，喜气洋洋，返家乡。
〔苏母坐在马车上，随行数人。

徐继祖（唱）春闱皇州夺魁首，
寒窗十载真理求。
昼夜赶程日坚守，
衣锦还乡壮志酬。
连日赶路不觉辛苦，前面再行十里，便到南京城了，哈哈。

〔转场，音乐衔接。
〔徐家，徐继祖风风火火上场，寻找乳母。

徐继祖　乳母，孩儿春闱夺魁，独占鳌头，回来看您了。

苏夫人 小少爷归来了，（打量周身）果真是文曲星下凡，乳母倍感欣慰（喜极而泣）。一路奔波赶路，赶紧坐下休息一下。

徐继祖 孩儿一举夺魁，多亏您这么多年的养育之恩。儿自幼，多灾又多病，乳母养育我含辛茹苦，教我识字读诗，侍读解惑至深更，儿的功名少不了乳母的血与汗，孩儿定会终身报还。

苏夫人 乳母不要你报还，只希望你平平安安，好好做官，当一位严明公正为民伸冤的青天。

徐继祖 乳母，尽管放心，这番教诲定会时时记心间。

苏夫人 做一个公正严明为民伸冤的青天？

徐继祖 对，我要做一个公正严明为民伸冤的青天！定要为乳母沉冤昭雪。

苏夫人 少公子可是状元郎，君子一言……

徐继祖 快马一鞭。圣上准我巡守江南，御赐威震剑，斩奸邪，也正是此意。

苏夫人 有状元郎这句话，乳母就放心了。少爷，此番路过涿州，可曾去查访苏家庄？

徐继祖 乳母，这件事孩儿怎能忘记？快快有请老妈妈。

〔姚达领苏母上场。
〔苏母携带一包裹。
〔苏夫人看到婆母，跪步向前。

苏夫人 母亲！
（唱）一见母亲泪满腮，
点点珠泪洒下来。
流落异乡十八载，
隐姓埋名容貌改。
思夫念儿想娘亲，
桩桩冤苦独忍耐。
血海深仇不能报，
日思夜想百事哀。
母亲，您受苦了！儿媳有罪啊！
（接唱）十八年谁为您洗衣做饭，
十八年谁为您缝缝连连。
十八年谁为您遮风挡雨，
十八年谁为您知冷和暖。

苏　母 儿媳啊，你是我儿媳！是我儿媳！哎呀，儿媳啊！
（唱）十八年你为何不回家转，
难不成遭遇了天大的难。

泪虽干今日里又要涟涟，
十八年万千疑惑藏心间。
自从儿媳你离家园，
为娘时刻挂在心田。
哪一天不是哭你百遍。
哪一天不是村头翘盼。
我哭来哭去哭伤了眼，
海水流干我的泪不干。

媳妇，走近些，让为娘好好看看你。（发现儿媳毁容）苍天啊，是谁把你变成这般模样，你到底是遭遇了怎样的苦难？这桩桩件件，件件桩桩冤情你都要为我讲来。

苏夫人 母亲，再大的苦，再大的难，儿媳都已经挺过来了。您莫要激动，听我慢慢讲来。十八年前我与夫君路过扬子江边，遭遇水贼，夫君被推入江中遇害，水贼头目欲对我非礼，幸被好心的义仆所救，逃亡路上产下一子用罗衫包裹，强贼追来我只好将孩子藏在草丛中，逃到一所寺庙，幸被好心的师太所救，我才活下了性命。

苏　母 那你容貌尽毁，又是何人所为？

〔姚达立于一角，听后大惊。

姚　达 （自语）天下怎么有如此巧合的事。

苏夫人 非他人所为，是我自己所为！

苏　母 啊！（惊讶）这是为何？

苏夫人 为报杀夫之仇，为报丧子之痛！师太将我救活之后，我本想一死了之，直到我听到这恶贼名字，原来这恶贼家中也有一子，四处寻找乳娘。为报血海深仇，我用热香毁去容貌，扮作乳娘，混入家门，伺机报仇。

苏　母 找到仇人，可曾报仇？

苏夫人 没有？

苏　母 为何没有？

苏夫人 为了那尚在襁褓嘤嘤啼哭的婴儿能活下！我一看他就让我想起了一出生便夭折的儿子。

苏　母 （愤怒）可恼，可恼！这血海冤仇，难不成报不成了嘛，苍天啊！

〔苏夫人情绪激动。
〔徐继祖赶忙劝慰。

徐继祖 乳母、祖母不要悲哀，孩儿身为八府巡按，定要为您们平冤昭雪！

苏夫人　少爷，你可愿对天立誓?

徐继祖　孩儿愿对天立誓!

苏夫人　你可能秉公执法，不枉私情?

徐继祖　孩儿愿以圣上亲赐威震剑向天盟誓，法正严明，绝不徇私枉法！

苏夫人　此言当真!

徐继祖　当真！乳母，一向温和善良，为何今天要这般……

苏夫人　因为那尚在襁褓嘤嘤啼哭不忍让我复仇的不是别人，正是站在我面前身为八府巡按的状元郎。杀我夫君丧我爱子的也不是别人，正是你的父亲徐能。

徐继祖　是我……是我父亲！（瘫坐在椅子上，过了一会儿缓过神来）这万万不可能，想来天下同名同姓之人甚多，定是乳母悲痛过度，乱了神思。

苏夫人　你不信吗?

徐继祖　孩儿不敢相信!

〔姚达此时已经听出端倪，不寒而栗。

苏夫人　你若不信，你就去问问那救我一命的义仆，他不是别人正是站在你面前的奶公姚达。

徐继祖　奶公，乳母所言可是属实。

姚　达　可叹，苍天有眼啊！（感叹）十八年冤屈终于能真相大白，乳母所言句句是真！真是那尚在襁褓嘤嘤啼哭的婴儿，也不是别人，正是让乳母日思夜想的小娇儿。

苏夫人　什么?

徐继祖　什么!

姚　达　这就是当年在草丛之中包裹少爷的白罗衫。

苏　母　包裹快与我拿来。

〔两妇人打开包裹，亮出缺失半块的白罗衫。
〔姚达拿来白罗衫。
〔众人将白罗衫相比对，正好合在了一起。

苏夫人　儿啊!

苏　母　孙儿!

徐继祖　哎呀呀！

（唱）猛然间只觉得似真似幻，
　　　却原来乳母亲娘同一人。
　　　徐继祖认贼为父十八年，
　　　十八年日日见母不相认。

十八年原来爹爹成仇人，
十八年今日方知有冤仇。
十八年养育恩不知假真，
十八年情与义两难平分。
我是该冤报冤来仇报仇，
我是该公正严明不枉恩。
苍天啊，我该何去何从？

〔徐继祖昏厥过去。
〔苏夫人赶紧救治孩儿。

苏夫人 吾儿，醒来。吾儿，快快醒来。

徐继祖 （醒来，受了刺激，有点自说自话）杀父之仇不可不报？养育之恩不可不还？我虽是状元及第，人人所言的青年俊才，我虽是八府巡按，人人所说的铁面青天！可我更是一个年方十八，不谙世故，有情有义的青年郎。苍天啊，我该如何？（拔出威震剑）我该铁面无私用这把剑斩杀令我家破人亡的仇人；还是该对这一切视而不见，将对我恩爱有加的养父放还？他是一个人，一个人……

〔徐继祖举剑欲自杀，被苏夫人用双手夺下，剑锋划破了手掌，鲜血让徐继祖觉醒。

苏夫人 孩子，母亲不能再失去你，这一切悲剧不该由你承担，母亲只愿你好好地活着，母亲甘心让你放弃复仇。

徐继祖 母亲，你让我放弃复仇，不也是无私枉法吗？我在法与理的夹缝中生存，只要不选择死亡，怎能不做出抉择。

〔家仆前来报信。

家　仆 启禀少爷，老爷为状元少爷接风洗尘的家宴都准备妥当了，请您过去。

〔徐继祖整理好衣冠，带好佩剑。

徐继祖 （唱）喜也状元郎，
悲也状元郎。
手握钢剑严明何断，
心是肉长情义怎绝？
母亲、奶奶，状元郎已有决断！这白罗衫借我一用。

〔徐继祖叩拜，下场。
〔众人呼喊追下。

尾声 弑父

〔家宴，气氛喜庆。
〔大幅佛像垂挂在舞台中心，徐能在祷告。
〔徐继祖持威震剑上。

家　仆　老爷，状元少爷驾到。

〔徐能停下祷告，迎接儿子。

徐　能　恭喜吾儿，贺喜吾儿，此番进京赶考，金榜夺魁，吾儿真乃是文曲星下凡。
徐继祖　爹爹请了。（表情默然，将威震剑放在桌前）
徐　能　（见势）吾儿，一路奔波，定是疲倦了，赶紧坐下歇息一番。为父为你斟酒一杯，（倒酒）除去风尘劳累。
徐继祖　爹爹，今日不喝酒。（冷漠）
徐　能　今日为父亲自下江捕获了你最爱的鲥鱼，亲自下厨烹饪，快来尝尝鲜。
徐继组　（并不下筷）今日无有口味。
徐　能　看吾儿表情凝重，心中似有心事，今番是你大喜的日子，万千烦恼都应该放下才是，（夹鱼肉放在徐继祖碗中）为父亲自为儿夹块鱼肉，一定要尝尝。

〔徐继祖夹起碗中鱼肉，放入口中，熟悉的味道，触动了他，流出了泪。

徐　能　吾儿，为何落泪？
徐继祖　（故作掩饰）儿子，想起了一件案子，不由让我落泪。
徐　能　为官者当严明律己，怎可动私情，有情必不公，吾儿身兼八府巡按，大笔一挥，便是一个人的性命，万不可徇私枉法。
徐继祖　这个案子，太难决断。
徐　能　说出来，为父与你出出主意。
徐继祖　这个是做了官的儿子要杀父亲。
徐　能　儿子为何要杀父亲？
徐继祖　这个父亲对儿子有过，他杀了儿子父亲。
徐　能　有过该杀。
徐继祖　这个父亲又对儿子有恩。
徐　能　有恩当报。
徐继祖　恩将仇报不成？
徐　能　法大于天。
徐继祖　可十八年恩情浓于水，这个儿子虽不是亲生，但父亲对他如获至宝。

自小与他肩头嬉闹，顽劣调皮从不肯打罚，儿欢喜父亦笑，子烦闷父亦恼，延请名师不惜金，日日辛苦，将儿子培养成了状元郎，这状元郎得知事情真相，他，他，他不忍下手。

徐　能　天下怎会有如此巧合的事情。

徐继祖　父亲若是不信，你看这是什么？（白罗衫）

徐　能　啊呀呀，白罗衫！

徐继祖　对，白罗衫！

徐　能　（唱）一见此物心震颤，

当年往事浮眼前。

虔诚信佛除孽缘，

却原来因果有报须偿还。

常言道养生父母本骨肉，养育父母终当报。六畜久养，动手尚且不忍？

徐继祖　当然不忍！怎奈国法难容，儿子作为八府巡按他不得不审，（掏出审判状）这是判他杀人偿命的状纸。

徐　能　难不成十八年养育的恩情，就换回一纸白白的砍头状子。

徐继祖　不，还有这一剑。十八年养育恩情，儿子愿用血偿还。法大于天，情浓于水，爹爹拿起这御赐的威震剑，砍儿子一剑，儿子只说你是畏罪逃生去了。我自当向皇帝请罪，辞官归乡，永不再入世为官，你放心地走吧。

徐　能　（拿起宝剑）早知今日有恶果，何必当初发善心。（欲砍）儿啊，儿子你我父子一场，我怎忍心让你为难。儿啊你看那是什么？

〔徐能举剑自刎。

徐继祖　爹爹！（抱住自刎而亡的父亲）强徒！

〔灯暗。

〔幕内伴唱——

喜也状元郎，

悲也状元郎。

手握钢剑严明何断，

心是肉长情义怎斩？

悲也泪，

喜也泪，

泪洒白罗衫！

〔剧终。

王魁负桂英

据南戏《王魁负桂英》残本整理新编

昆剧

编剧：刘佳智

昆剧《王魁负桂英》简介

南戏《王魁负桂英》是今知最早的南戏作品之一，但遗憾的是，虽然昆剧是一脉相承自南戏的剧种，而这个题材在今天的昆曲舞台上却罕见搬演。因此，我将《王魁负桂英》新编为昆剧，期待这个故事能以最接近南戏的面貌重现于今天的昆曲舞台。

在情节的设置上，新编本主要沿用了南戏《王魁负桂英》的故事，具体细节则参考了越剧、评弹等现代戏曲、曲艺形式中可见于舞台的同题材作品。在选择曲牌时，主要从剧情需要出发，兼顾曲学规律。而在曲牌的写作上，没有沿袭明清以来的华丽文风，而是更多地学习了南戏那种清新质朴的格调。

希望这次新编能够以昆剧的形式，在符合现代观众欣赏习惯的前提下，尽量贴近南戏本来的风貌。

人物表：

敫桂英——五旦
王　魁——小生
鸨　母——老旦
小　菊——六旦
判　官——净
两神将——末

第一场　庙遇

〔众女子上。

众女子　【南吕·秋夜月】
夜上元，
雪映灯千盏。
高楼笙歌清宵半，
长街笑语三更转。
风起卷春幡，
归家避春寒。

〔众女子下。
〔四更鼓。
〔小菊扶敫桂英醉上。

敫桂英　【商调·忆秦娥】
笙歌静，
筵前醉酒何曾醒。
何曾醒，

〔风起。

敫桂英　哦哟……
小　菊　姐姐，你酒后经不得风雪，前面就是海神庙，进去歇上一歇，待酒醒些儿，再走不迟。
敫桂英　使得。
（接唱）海神庙内，
待奴坐稳。

〔小菊扶敫桂英进庙，敫桂英睡着。
〔王魁携字画上。

王　魁　【前腔换头】
沉沉夜色游人尽，
明珠笔底凭谁问。
凭谁问，

〔风起。

王　魁　哦哟……

（接唱）海神庙内，

　　是咱床寝。

〔王魁进庙。

小　菊　什么人？

王　魁　啊！不知小娘子在此，多有冒犯，待小生回避就是。

小　菊　还不与我出去！

王　魁　是是是……

〔王魁出庙。

〔五更鼓。

〔风起。

王　魁　哦哟，冻煞我也……阿嚏！

〔敫桂英醒。

敫桂英　小菊，什么声音？

小　菊　哎呀！那厮还不曾走么？

敫桂英　啊？

小　菊　方才有个男子，冒冒失失闯进庙来，被我轰了出去，谁知却在门外站下了，我去叫他走远些。

敫桂英　嗳，海神庙内，庇护众生，难道我们进得，人家就进不得么？待我看来。

小　菊　姐姐慢些。

敫桂英　啊，门外站的可是一位秀才么？

王　魁　哦……正是小生。

敫桂英　小婢无礼，先生莫怪，快请进来。

王　魁　不不不……不必了，圣人之礼，男女有别，小生理当回避。

敫桂英　先生休要如此，倘若冻坏贵体，岂非奴家罪过也？

王　魁　如此多多多……多谢小姐。

敫桂英　请进来。

王　魁　多谢了。哦哟……

〔王魁欲跨门槛，却难以抬腿。

敫桂英　怎么样了？

王　魁　无有什么……

敫桂英 怎么样了？
王　魁 无有什么……
敫桂英 待我扶你。
王　魁 呃！不可如此！
小　菊 姐姐……
敫桂英 还不快来搀扶先生？
小　菊 是。
王　魁 不可如此……
敫桂英 先生慢些。
王　魁 哦哟……哦哟……
小　菊 想是冻僵了，先生，我来帮你扳上一扳。嘿！

〔小菊帮王魁扳腿。

王　魁 啊呀！哦哟哟……
敫桂英 哎呀先生，站稳些……
小　菊 哎呀姐姐，你自己还站不稳呢！
王　魁 哦哟！
敫桂英 哦哟！

〔王魁跌进门内，将敫桂英也撞倒，字画散落地上。

小　菊 姐姐，怎么样了？
敫桂英 还不快去扶先生起来。
王　魁 还是先扶小姐起来。
敫桂英 还是扶先生。
王　魁 还是扶小姐。
小　菊 嗳！你们都与我起来呀——

〔小菊将王魁与敫桂英一同扶起。

王　魁 多谢小娘子。
小　菊 累死我了……
敫桂英 累死你这不知礼的丫头。
小　菊 哼。
敫桂英 嗳，与先生赔礼去。
小　菊 是。方才冒犯先生，这厢有礼了。
王　魁 岂敢。
敫桂英 下次不可。

小　菊　下次不可。
敖桂英　后面歇息去吧。
小　菊　是。

〔小菊下，敖桂英将字画拾起。

敖桂英　先生，你的字画。
王　魁　多谢。
敖桂英　可否容奴一观？
王　魁　小姐请看。
敖桂英　呀！好字画也。嗳，风雪寒夜，先生携着这些宝贝到海神庙做什么来？
王　魁　这个……
敖桂英　【南吕·红衲袄】
　　你可是请群仙共品评，
王　魁　岂敢。
敖桂英　（接唱）你可是贡珍玩将神敬。
王　魁　并非。
敖桂英　【红衲袄】
　　你可是观瞻此宝惹诗兴，
王　魁　嗳，这都是小生拙笔。
敖桂英　哎呀呀，你是何方神圣，竟有如此妙笔？
王　魁　我……
敖桂英　哦，我认得你哟。
王　魁　啊？
敖桂英　你可是书圣下凡乍显灵。
王　魁　取笑了。
（接唱）不过是落孙山一考生，
　　不过是忒书呆不信命。
　　因此上白日长街叫卖字画也，
　　到晚来庙内温书借青灯。
敖桂英　这般清苦，还要再考么？
王　魁　金榜无名，誓不罢休。
敖桂英　成事在天，何必强求？
王　魁　天若与我，我自受之。
敖桂英　天若不与呢？
王　魁　何妨与天争上一争！

敫桂英 呀……豪情壮志，令人敬佩，奴家不才，倒也有个去处，愿助先生早成功名，还望先生万勿见弃。

王　魁 萍水相逢，怎敢叨扰？

敫桂英 潜心攻读，早登金榜，岂不是好？

王　魁 我看小姐出身富贵，不知要我做些什么？

敫桂英 这个……

王　魁 【前腔】

想必是后衙中做幕宾，

敫桂英 不是做官的。

王　魁 （接唱）想必是柜台前盘账本。

敫桂英 也不是经商的。

王　魁 （接唱）想必是教习幼弟读贤圣，

敫桂英 非也。

王　魁 （接唱）想必是侍奉慈帏抄佛经。

敫桂英 并无。

王　魁 还请小姐明示。

敫桂英 只怕先生不齿。

（接唱）咱也有小书斋纱窗明，

咱也有列文房几案净。

咱也是无奈做了这等生计也，

王　魁 敢问小姐做何生计？

敫桂英 （接唱）咱便是行院娼家敫桂英。

王　魁 哦，久闻大名也。

敫桂英 惭愧。

王　魁 王魁不才，但不知能为小姐做些什么？

敫桂英 敢请先生……

王　魁 嗯。

敫桂英 屈尊……

王　魁 啊？

敫桂英 舍下。

王　魁 哦！

敫桂英 先生，意下如何？

王　魁 小姐，因何错爱？

敫桂英 天涯沦落，同病相怜。

王　魁 一介寒儒，岂不连累小姐？

敫桂英 烟花女子，可是辱没先生？

王　魁　休如此说！真情无价，知音难寻，纵是烟花，又待如何？
敫桂英　先生……
王　魁　小姐……

〔晨钟。
〔小菊上。

小　菊　啊，姐姐……喔唷！我什么都不曾看见，不曾看见……
敫桂英　死丫头，你看见什么？
小　菊　呃……哦！我看见雪停风住，天色将明，我们回去吧。
敫桂英　王先生与我们一同回去，还不带路？
小　菊　哦——理会得！
敫桂英　啐。
小　菊　先生，随我来。

〔小菊带敫桂英、王魁同下。

第二场　鸨儿

〔小菊上。

小　菊　【黄钟·出队子】
　　碧纱窗外，碧纱窗外，
　　一朵梅花早早开。
　　挂个幡儿巧手裁，
　　剪只蛾儿头上钗。
　　看取春光，姐姐快来。
敫桂英　王郎，
王　魁　桂姐，
敫桂英
王　魁　请——

〔小菊下。
〔敫桂英、王魁同上。

敫桂英　【双调·夜行船】
　　耳畔金钩灯笼儿摆，
王　魁　（接唱）画蛾眉爱傍妆台。
敫桂英　（接唱）又到上元，

王　魁　（接唱）相依两载，
敫桂英　王郎，
王　魁　桂姐，
鸨　母　嗯哼！

〔小菊上。

小　菊　姐姐姐夫，妈妈来了！
王　魁　啊呀！
敫桂英　王郎随我里面藏起。
小　菊　姐姐……
敫桂英　（接唱）就说无人在。
小　菊　晓得了。

〔敫桂英、王魁同下。

小　菊　妈妈来了，快请进来。

〔鸨母上。

鸨　母　（念）赏灯需宝马，陪酒要美人。
桂英在哪里？桂英在哪里？桂英在……
小　菊　妈妈……
鸨　母　嗳，桂英哪里去了？
小　菊　姐姐不在家中。
鸨　母　怎么，还是不在么？
小　菊　呃，不在的呀。
鸨　母　哦，今日上元佳节，金大员外请她侍宴，想来也是不去的了。
小　菊　妈妈，待姐姐回来，我转告与她，也就是了。
鸨　母　哦？我来问你，她几时回来？
小　菊　她……
鸨　母　去了哪里？
小　菊　去……
鸨　母　呵呵呵……你是不知的呀。
小　菊　呃，不知的。
鸨　母　你既不知，我还是在此等她的好。
小　菊　啊？不不不……
鸨　母　嗯？
小　菊　哦！不劳妈妈等候，姐姐不多时就回来的。

鸨　母　嗳，既是不多时就回来么，我等等何妨？
小　菊　啊！不不不……
鸨　母　嗯？
小　菊　哦！不敢叫妈妈久等，姐姐许是要晚些才回来呢。
鸨　母　哦，若是晚些才回来么——甚好，老身今日无事，在此与你做个伴儿，也免得你害怕。
小　菊　啊……不不不……
鸨　母　嗯？
小　菊　哦，我是不害怕的。
鸨　母　怎么，你一人在家，不怕么？
小　菊　不怕的。
鸨　母　呵呵呵……好大胆！
小　菊　妈妈……
鸨　母　一人在家，尚且不怕，老身在此，你怕的什么？
小　菊　我……
鸨　母　为娘养你教你，还会吃了你不成？
小　菊　妈妈息怒……
鸨　母　起过一旁！
小　菊　是。
鸨　母　转来。
小　菊　是。
鸨　母　为娘来了这些时候，茶也无有一杯么？
小　菊　哦，妈妈稍坐，待我取来。

〔小菊下。

鸨　母　没规矩的东西，客厅里茶盘也无有的，唉？
【仙吕入双调·风入松】
　　素桌素椅不曾漆，
　　哪像花魁居处。
　　何人字画悬四壁，
王魁，王魁，王魁醉书，王魁戏题，王魁写奉桂姐妆次……哦！
（接唱）果然是自寻娇婿。

〔小菊捧茶盘上。

小　菊　妈妈请用茶，妈妈……妈妈！
鸨　母　嗯？

小　菊　妈妈看些什么？

鸨　母　（接唱）看那里有人站立，

小　菊　啊！无有什么人，妈妈看差了。

鸨　母　哦，想是我看差了。

小　菊　妈妈请用茶。

鸨　母　啊？空的呀，茶在哪里？

小　菊　哦，待我倒茶。

〔小菊倒茶，转头看后面，鸨母亦看小菊，茶已倒满，小菊不知，烫到鸨母。

鸨　母　哎哟！烫死我了！

〔鸨母摔杯。

王　魁　哦哟！吓煞我也！

鸨　母　什么人？

小　菊　哦！无有什么人，妈妈听错了。

鸨　母　哦，想是我听错了。

（接唱）原来是犬儿啼。

小　菊　哦。

鸨　母　可是桂英养的狗么？

小　菊　呃，是。

鸨　母　唉，桂英如今这个样儿，多半是为了那个畜生。

小　菊　妈妈何出此言？

鸨　母　不是这个畜生吵闹，桂英怎会病了一年哪？自从前年上元节之后哟——

【急三枪】

上巳节，染风疾，
端午节，染暑疾，
中秋节，染燥疾，
重阳节，染寒疾，
任谁请，都不去。

小　菊　是啊，姐姐前年着实病了一年呢。

鸨　母　前年病了，去年呢？

小　菊　去年……好了。

鸨　母　好了也该在家将养的才是，怎可连日外出呢？去年几次叫人相请，都说不在，是何道理？

小　菊　是啊，姐姐不在的。
鸨　母　姐姐不在，姐夫可在么？
小　菊　啊？什……什么姐夫啊？
鸨　母　还来瞒我，你那王魁姐夫可在么？

〔小菊跪。

小　菊　妈妈，你知道了？
鸨　母　自然知道的。
小　菊　姐夫他……也不在的。
鸨　母　哦，想是一同出去了。
小　菊　是啊。
鸨　母　儿啊，你起来，坐下讲话。
小　菊　多谢妈妈。

〔小菊起。

鸨　母　你那姐夫是做什么的？
小　菊　【风入松】
　　　　　　姐夫是个读书的，
鸨　母　读书的好，可曾考个功名啊？
小　菊　（接唱）说是前科落第。
鸨　母　哦，不妨事的。
　　　　（接唱）功名之事不可急，
　　　　　　想古人有个先例。
小　菊　哪位古人？
鸨　母　姜太公，姜子牙——
　　　　（接唱）他做官七十有余，
　　　　　　你姐夫还早哩。
小　菊　嗳，姐夫若是有了功名，姐姐便是夫人，就连妈妈也受用些。
鸨　母　哎呀呀，听你之言，我倒又想起一位古人来了。
小　菊　又是什么古人？
鸨　母　伯喈妻，赵贞女——
　　　　【急三枪】
　　　　　　蔡伯喈，赴科举，
　　　　　　做了官，整三年，无消息。
　　　　　　赵贞女，上京畿，
　　　　　　寻丈夫，遭马践，命归西。

小　菊　嗳，姐夫不是这等样人。
鸨　母　你姐夫自然不是这等样人，他哪有做官的命哟？
小　菊　你……
鸨　母　你与我告诉桂英，今当大比，春闱将至，那王魁若得功名，我倒赔妆奁，送她出嫁。
小　菊　若是不得呢？
鸨　母　回来接客！
小　菊　送妈妈。
鸨　母　不必送了，你家姐夫还等你伺候呢。

〔鸨母下。

小　菊　姐姐，姐夫……
敫桂英　好妹子，委屈你了。
小　菊　无有什么……
王　魁　春闱将至，烦劳桂姐收拾行装，明日我便登程。
敫桂英　王郎——
小　菊　姐夫……

〔小菊下。

第三场　盟誓

〔敫桂英、王魁同上，小菊撑伞随上。

王　魁　（念）当年风雪得遇卿，
敫桂英　（念）又见风雪送君行。
王　魁　（念）今夜灯月还依旧，
敫桂英　（念）却问灯月照何人。
小　菊　姐姐，海神庙到了。
敫桂英　王郎，你我进去拜上一拜。
王　魁　就依桂姐。

〔敫桂英、王魁进庙，小菊随进，收伞。

敫桂英　王郎，风雪湿了衣裳，晾干些再穿吧。
王　魁　多谢桂姐。

〔敫桂英脱去王魁风帽、斗篷，交给小菊。

敫桂英　烦劳王郎也与妾身晾上一晾。
王　魁　来了。

〔王魁脱去敫桂英风帽、斗篷，交给小菊，却见敫桂英内着嫁衣。

王　魁　呀……
敫桂英　看什么？
王　魁　看桂姐身穿大红……
敫桂英　痴郎，连嫁衣也不认得么？
王　魁　哦——桂姐为何这样打扮哪？
敫桂英　妾身今日做个新娘，嫁你可好？
王　魁　功名未就，只怕连累了你。
敫桂英　烟花女子，只怕辱没了你。
王　魁　嗳，一介寒儒若能得中功名，烟花女子就不能明媒正娶么？
敫桂英　王郎……
王　魁　桂姐，待我得中功名，定来迎娶。
敫桂英　我若今日就要嫁呢？
王　魁　你急的何来？
敫桂英　王郎上京，叫妾身如何自处？
王　魁　自然是在家等候。
敫桂英　我等的是哪个？
王　魁　等的是我哇。
敫桂英　你是哪个？
王　魁　我是王魁呀。
敫桂英　嗳，王秀才。
王　魁　嗯。
敫桂英　王先生。
王　魁　啊？
敫桂英　与我姓敫的什么相干？
王　魁　嗳，我是你的……
敫桂英　什么？
王　魁　将来的丈夫哇。
敫桂英　啐！郎君走后，妾当闭门守志，若是妈妈再来逼我，难道说我守的是个将来的丈夫么？
王　魁　哦！我明白了。桂姐用心良苦，王魁安能辜负？来来来，今日我便与你拜堂成亲！

敫桂英　多谢王郎！

王　魁　但不知是如何的拜法呢？

敫桂英　哎呀，我也不晓得呀！姐妹从良，俱是纳为妾室，这娶妻么……

小　菊　姐姐，我晓得的！

敫桂英　嗳，你哪里晓得的？

小　菊　在家的时节，人家娶媳妇，我也曾去看来。

敫桂英　如此，你与我们做个傧相来。

小　菊　得令啊！赞曰——呃……赞曰……

敫桂英　赞哪。

小　菊　哎呀，姐姐，赞的是个诗呀，我不曾背过的。

敫桂英　问你姐夫教你念来。

小　菊　是。姐夫，你教我念上一个吧。

王　魁　哦，想这成婚的诗句么——是了，《诗》云：桃之夭夭……

小　菊　嗳，大喜之日，你怎么逃之夭夭了呢？

王　魁　哎呀，此乃“桃李”之“桃”，“桃之夭夭”是言桃花繁盛之貌也。

小　菊　越发的不对了，我家姐姐名唤“桂英”，说的什么桃花哟？这个不好，我问姐姐去。姐姐，姐夫说的不好，还是你教我念上一个吧。

敫桂英　我么……就念“死生契阔，与子成说。执子之手，与子偕老。”

小　菊　哦，偕老——嗯，这个好，就念这个。嗯哼！赞曰——赞曰……不记得了……嗳！管他什么湿的干的，赞曰——姐姐姐夫，匹配良缘，夫妻恩爱，偕老百年——

王　魁　娘子，请——

敫桂英　官人，请——

小　菊　新婿新妇，听我号令——啊，姐夫，你站到南边去，姐姐，你站到北边来，婿揖妇——姐夫，你与我姐姐做个揖儿。

王　魁　娘子在上，为夫这厢有礼了。

小　菊　妇答拜——姐姐，你也还个礼儿。

敫桂英　为妻也有一礼。

小　菊　婿席在东，妇席在西，婿妇就席——

〔敫桂英、王魁各自搬椅子。

小　菊　妇拜婿——啊，姐姐，你与我姐夫行个礼儿。

敫桂英　官人在上，为妻这厢有礼了。

小　菊　婿答拜——姐夫，你也还个礼儿。

王　魁　为夫也有一礼。

小　菊　婿妇就坐——

〔敫桂英、王魁坐。

小　菊　祭酒——

〔小菊斟酒，捧与敫桂英、王魁。

敫桂英
王　魁　【正宫·倾杯玉芙蓉】
新娘（郎），
向天地酹此觞，
祝告神台上。
我夫妻呵——

王　魁　（接唱）在此相逢，
敫桂英　（接唱）在此相送，
王　魁　（接唱）在此娶妻，
敫桂英　（接唱）在此从良。
敫桂英
王　魁　（接唱）今朝在此同盟誓，
不弃不离百年长。
若违此誓者——
（接唱）滔天浪，把负心埋葬，
海神明鉴，一拜再焚香。

小　菊　祭酒祝罢，婿妇结发——
敫桂英　小菊，与我解了髻鬟。
小　菊　是。

〔小菊剪下敫桂英一缕头发。

王　魁　烦劳菊妹，也与我剪来。
敫桂英　官人，身体发肤，不可毁伤，你大比在即，还是不要剪了。
王　魁　嗳，有道是结发夫妻。
敫桂英　这结发夫妻么——有了，将为妻之发结在官人髻中。

〔敫桂英将头发置王魁帽内。

敫桂英　【小桃映芙蓉】
权当作，奴依傍，
随夫婿，赴科场。
王　魁　（接唱）香云载我登金榜，
定将你官轿抬出烟花巷。

若违此誓者——
（接唱）滔天浪，把负心埋葬，
海神明鉴，二拜再焚香。
小　菊　结发同心，大婚礼成——
敫桂英　怎么，礼成了么？
小　菊　已然成了。
敫桂英　还有什么忘记的么？
小　菊　无有什么忘记的呀。
敫桂英　你那时还小，记不真切，忘却些儿，也未可知。
小　菊　嗳，在家的情景最是记得真切，一些儿也不曾忘呀。
敫桂英　你再想上一想，如何这样快呢？许是还有些的。
王　魁　娘子，我与你想上一想。
敫桂英　官人……
王　魁　是了，记得古人成婚有奠雁之礼，待我与娘子行来。
敫桂英　就依官人。
王　魁　哎呀，一时之间，哪里来的雁哪？
敫桂英　等等便有了。
王　魁　啊呀呀，这要等到何时才有呢？
敫桂英　待等春风送暖，雁阵北归，也便有了。
王　魁　娘子说笑来，难道叫我等到那时再走么？
敫桂英　纵然等到那时，也是不愿你走的呀……
王　魁　娘子不要悲伤，喏喏喏，这雁么，有了。
敫桂英　这是玉佩呀。
王　魁　此乃先父遗物，上刻大雁一只，权作奠雁，送与娘子。
【普天芙蓉】
与贤妻，悬罗帐，
听夜语，观晨妆。
敫桂英　（接唱）心如玉，节守冰霜，
待鸿雁归来成双。
若违此誓者——
（接唱）滔天浪，把负心埋葬，
海神明鉴，三拜再焚香。
王　魁　娘子，奠雁已奉，大礼可成了么？
敫桂英　纵说不成，你也是要走的。
小　菊　姐姐，姐夫就要走了，你还有什么言语，快些嘱咐他来。
敫桂英　官人……

小　菊　姐夫，你就要走了，还有什么言语，快些嘱咐姐姐哟。

王　魁　娘子……

小　菊　嗳，你们还有什么说话，快些讲来呀！

敫桂英
王　魁　（接唱）衷肠，待奴（咱）细讲。

小　菊　姐姐，说呀。

敫桂英　（接唱）看飞雪落了满窗，

小　菊　姐夫，讲啊。

王　魁　（接唱）青烟袅袅升还降。

敫桂英　（接唱）意彷徨，

王　魁　（接唱）意彷徨。

敫桂英
王　魁　嗳——

（接唱）莫忘了信誓桩桩。

若违此誓者——

（接唱）滔天浪，把负心埋葬，

　　海神明鉴，长拜再焚香。

小　菊　姐姐姐夫，天色不早，赶路要紧。

敫桂英
王　魁　知道了。

〔敫桂英、王魁欲出庙。

小　菊　转来！风雪未住，你们穿上些。

〔小菊为敫桂英、王魁穿上风帽、斗篷。

敫桂英　官人，保重。

王　魁　娘子，回去吧。

敫桂英　望上一望就回。

王　魁　拜别了。

敫桂英　去吧。

〔王魁撑伞下。

小　菊　姐姐，回去吧。

敫桂英　望上一望。

小　菊　望不见了。

敫桂英　【尾声】

　　灰暗暗，

小　菊　那是云天。
敫桂英　（接唱）白茫茫，
小　菊　那是雪地。
敫桂英　（接唱）乌帽青衣玄鬓。
小　菊　哪里还有？
敫桂英　还有呢。
小　菊　还有什么？
敫桂英　（接唱）足迹深深印两行。
小　菊　姐姐……

第四场　金殿

〔众卫兵上，丞相、众官员上，大太监上。

大太监　万岁有旨，金殿传胪，新科进士觐见哪——
状　元
榜　眼
王　魁
众进士　领旨——

〔状元、榜眼、王魁、众进士同上。

状　元
榜　眼
王　魁
众进士　【大石·念奴娇序】
集英殿外，
看纷纷柳絮，
高飏正趁东风。
更上青云，
游碧落，日下得见真龙。

大太监　新科进士上殿哪——
状　元
榜　眼
王　魁
众进士　（接唱）恩宠，
状　元　（接唱）光耀门庭，
榜　眼　（接唱）名播乡里，
王　魁　（接唱）但求诰命把妻封。

大太监 拜——

状　元
榜　眼
王　魁
众进士 （接唱）冠带整，
扬尘舞蹈，
参拜九重。

大太监 新科状元见驾——

状　元 吾皇万岁。

大太监 万岁问你，家中还有何人，与你个封诰。

状　元 父母见背，兄弟皆无。

丞　相 启奏万岁，此人有一胞姐，是个优伶戏子。我朝律法，倡优隶皂之家，不得与试。

状　元 万岁容禀，臣之长姐委身班社，是为卖艺得钱，供臣读书，况臣姐早已嫁夫脱籍，万岁明鉴。

大太监 万岁有旨，褫夺状元之位，即日逐出京城。

状　元 万岁……

〔两卫士将状元剥去衣冠，拖下。

王　魁 哎呀……

大太监 新科榜眼见驾——

榜　眼 吾皇万岁。

大太监 万岁问你，家中还有何人，与你个封诰。

榜　眼 慈母在堂，请万岁赐封。

丞　相 启奏万岁，此人之母乃是烟花妓女，我朝律法，倡优隶皂之家，不得与试。

榜　眼 万岁容禀，臣母少时曾遭强盗掳掠，适逢先父追捕此贼，赶至青楼，所幸臣母还不曾被卖，知县做主，嫁与先父，臣母从未堕入烟花，万岁明鉴。

丞　相 怎么，你父追捕强盗么？

榜　眼 正是。

丞　相 如此，你父敢是捕快不成？倡优隶皂之家，不得与试！

榜　眼 先父只为叫臣读书应试，早已脱籍回乡，桑农为业，大人详察。

丞　相 父为捕快，母为妓女，贱民之子，若与臣等同列朝班，我主颜面何在？

榜　眼 万岁——

大太监 万岁有旨，斩立决。

榜　眼 冤枉——

大太监 并问县学失察之罪。

〔两卫士将榜眼剥去衣冠，拖下。
〔三通鼓。
〔两卫士捧盘盛首级上。

两卫士 斩首已毕。
大太监 下去吧。

〔两卫士下。

王　魁 哎呀——
【前腔换头】
惊恐，头颅血涌，
见杨花委地，
丝丝卷入殷红。
天子门生，
终不过草芥蝼蚁飞蓬。
大太监 新科探花见驾——
王　魁 吾皇万岁。
大太监 万岁问你，家中还有何人，与你个封诰。
王　魁 哦——
（接唱）茕茕，
无室无妻，
无母无父，
近无亲眷远无朋。
丞　相 启奏万岁——
王　魁 啊……
丞　相 王魁清贫孤苦，却能不辍诗书，万岁理应嘉奖才是。
王　魁 哦……
大太监 万岁有旨，王魁擢补状元，听候重用。
王　魁 万岁……
大太监 再拜——
王　魁
众进士 （接唱）冠带整，
扬尘舞蹈，
参拜九重。

第五场　休书

敫桂英　官人，官人——

〔小菊上。

小　菊　姐姐，你又做梦了么？

敫桂英　唉……

〔小菊下，扶敫桂英上。

敫桂英　【仙吕入双调·风云会四朝元】

昨宵沉醉，

官人梦里归。

高车驷马，

凤冠霞帔，

醒来只空帏。

小　菊　你到哪里去？

敫桂英　（接唱）书斋之内，

小　菊　不要再去了。

敫桂英　（接唱）书斋之内，

〔小菊挡门。

小　菊　无有人的。

敫桂英　（接唱）我唤官人，

我唤郎君，

我唤冤家，

无人答对。

敢是伏几睡，

〔敫桂英进门。

敫桂英　（接唱）嗏，

小　菊　你自己看来。

敫桂英　（接唱）梦里又是谁。

小　菊　你看青天白日，怎么还做梦哩？

敫桂英　呀……

（接唱）杏瓣飞旋，

梨蕊风中坠。

山桃叶葳蕤，
春光付流水。

小　菊　姐姐，吃杯茶吧。

敫桂英　（接唱）双杯对饮，
郎吃茶要奴相陪，
要奴相陪。

小　菊　姐姐……

鸨　母　哈哈哈……

小　菊　是哪个？

鸨　母　桂英，我儿——

小　菊　姐姐，妈妈来了！

敫桂英　啊！又来则甚？

众妓女　桂英姐——

小　菊　众位姐姐也来了。

敫桂英　这是何意呀？

〔鸨母上，众妓女随上，敫桂英出堂。

鸨　母　我儿在哪里？

众妓女　姐姐在哪里？

敫桂英　妈妈。

鸨　母　恭喜我儿。

众妓女　贺喜姐姐。

敫桂英　喜从何来？

鸨　母　我那女婿得中状元了。

敫桂英　怎么讲？

众妓女　王魁姐夫得中状元了。

敫桂英　当真？

鸨　母　登科录在此。

敫桂英　果然？

众妓女　姐姐请看。

敫桂英　“第一甲第一名，王魁，贯山东济宁府民籍，字俊民。”

妓女甲　可对么？

敫桂英　倒也不差。“年二十五岁，未娶……”哎呀，怎说未娶？

妓女乙　想是姐夫欲待登科之后，将你明媒正娶，故而写了个“未娶”。

敫桂英　哦，想来是的。

鸨　母　儿啊，你如今是状元夫人了，怎能站在门外，倘若受了风，如何是好？

敫桂英 哦，妈妈请进，众位姐妹请进。
鸨 母 还是我儿先请。

〔鸨母走向书斋。

敫桂英 妈妈！请这边坐。
鸨 母 啊？
敫桂英 那书斋许久不曾打扫，只怕积下尘土，脏了妈妈的衣服。
妓女丙 咦？一丝儿尘土也无有哇。呀，姐姐一个人，怎么倒了两杯茶来？
妓女丁 你与我这里来吧。
妓女丙 做什么？
妓女丁 蠢材，想那桌椅茶杯都是姐夫之物，我们如何碰得？
敫桂英 哪有此事？
鸨 母 嗳，你们站远些，状元老爷用过的东西，不要碰坏了。啊，女儿，为娘与你讨上一件，供在佛堂之中，每日焚香礼拜，你看好也不好？
敫桂英 妈妈休要取笑。

〔差役上。

差 役 （念）离了丞相府，送信到莱阳。
门上哪位在？
小 菊 来了——差官请了。
差 役 大姐请了，请问这里可是敫氏府上么？
小 菊 哪个敫氏？
差 役 桂英小姐。
小 菊 正是我家，差官有何公干？
差 役 奉了老爷之命，前来送书信的。
小 菊 你家老爷是哪个？
差 役 新科状元，名唤王魁。
小 菊 哎呀呀，方才不知，怠慢差官。
差 役 岂敢？
小 菊 快快请进，随我来。
差 役 多谢大姐。
小 菊 姐姐——
敫桂英 喊叫什么？
小 菊 姐夫有书信来了。
敫桂英 在哪里？
小 菊 喏，差官请进。

差　役　告进。
小　菊　这是我家小姐。
差　役　见过小姐。
敫桂英　不必多礼。
差　役　我家老爷送来书信一封，纹银二百，交与小姐。
敫桂英　辛苦你了，多赏银钱，复命去吧。
差　役　多谢小姐，小人告辞。
小　菊　差官随我来。

〔小菊送差役下。

敫桂英　妈妈，这些银两，权作赎身之费。
鸨　母　我儿说哪里话来？休要再提赎身二字，你便是我的亲生女儿，待等状元迎娶之日，为娘还要与你陪送嫁妆呢。
敫桂英　妈妈敢是嫌少么？
鸨　母　岂敢岂敢，如此，恭敬不如从命了。
妓女甲　姐姐，姐夫的书信，你快拆来一观哪。
鸨　母　多口！状元公的家书，也是你们看得的么？
敫桂英　妈妈息怒，不妨事的。
鸨　母　儿啊，你自去书斋看来，少时与我们报个喜信儿便了。
敫桂英　多谢妈妈。众位姐妹，恕我失陪片时。
众妓女　姐姐请便。

〔敫桂英进书斋，关门。

敫桂英　“王魁柬寄桂姐妆次……”啊？当日海神庙内拜堂成亲的时节，你我便称官人、娘子，如今这“桂姐”二字，好没道理。是了，想他叫我“桂姐”已有两载，改称“娘子”不过半日，一时忘怀了，也是有的，嗯，也是有的。待我看他讲些什么——“自别姐入京，侥幸得中。蒙丞相招赘，即日成礼。特奉白银二百两，以报贤姐两年关照。”怎么讲？“蒙丞相招赘，即日成礼。”啊？小菊快来，小菊快来！
鸨　母　啊？
众妓女　小菊快来——
小　菊　来了——

〔小菊上。

敫桂英　小菊快来呀——

〔小菊进书斋，关门。鸨母与众妓女偷听。

小　菊　姐姐，怎么样了？
敫桂英　你可识得字么？
小　菊　跟着姐姐，识得些了。
敫桂英　你看这是什么字？
小　菊　“丞”“相”“招”“赘”。
敫桂英　你可知这是何意么？
小　菊　丞相，是个大官；招赘，就是叫他做上门女婿……啊呀！姐姐，难道是姐夫……他做了无有哇？
敫桂英　往下念。
小　菊　“即日成礼”……啊？姐夫他……
敫桂英　不是的。
小　菊　哦，不是的？
敫桂英　小菊！我来问你，这书信是哪里来的？
小　菊　适才差官叫门，我带他前来，亲手交与姐姐的呀。

〔敫桂英回忆刚才接信情景。

敫桂英　那差官何在？
小　菊　方才送他出去，此时么，已然走远了。
敫桂英　这书信是假的。
小　菊　怎说是假的？
敫桂英　想我夫妻患难之交，两载恩爱，海神庙中也曾发下誓愿，他焉能做出此事？
小　菊　这……
敫桂英　就不怕葬身汪洋么？
小　菊　哦……如此说来，这是假的？
敫桂英　是假的。
小　菊　是假的？
敫桂英　是假的。
小　菊　是假的！
敫桂英　是假的呀……

〔鸨母进书斋。

鸨　母　桂英。
小　菊　妈妈……
鸨　母　这书信是真是假，一验便知。

小　菊　要怎样的验法呢？

鸨　母　你来看，这四壁俱是王魁字画，将这字迹比上一比，自然明白。

敫桂英　哦，待我比来——嗳，一些儿也不像的。

鸨　母　哦？

妓女乙　姐姐，依我看来，倒是有些像的。

妓女丙　呀，确是有些像的。

妓女丁　姐姐，你再仔细看来。

敫桂英　嗳，这字迹么，许是仿出来的，也未可知。

鸨　母　哎呀呀，哪有如此闲人，与你生出这般巧计来？

敫桂英　妈妈！自我官人走后，你也来过几遭，总要说什么金大员外。如今闻知官人中了状元，你们便等不及了，故有此计么？

鸨　母　你这是何意？

敫桂英　如何妈妈才到，这书信便来了呢？

鸨　母　呸！想那王魁一介穷儒，中了状元尚要休你，难道金大员外还会动得这般心思，来赚你个娼妇么？

敫桂英　你……

鸨　母　你也配哟！

敫桂英　我要告你！

鸨　母　清者自清，怕你告来？

敫桂英　待我告去！

〔小菊拦住敫桂英。

小　菊　姐姐……

鸨　母　呵呵，你到哪里去告哇？

敫桂英　县衙去告。

鸨　母　好好好，本县太爷，原是老娘的恩客。

敫桂英　我到汴京，寻我官人去告。

鸨　母　哈哈哈……年轻女子，孤身一人，你还走得到汴京么？

敫桂英　我到海神庙中去告！

小　菊　姐姐！你不要去！

敫桂英　我要去告！

小　菊　姐姐，你这个样子，怎生出去得？

敫桂英　我要去告！

〔敫桂英推开小菊。

敫桂英　海神爷呀——

〔敫桂英下。

小　菊　姐姐——
鸨　母　转来！
小　菊　妈妈……
鸨　母　做什么去？
小　菊　追我姐姐回来。
鸨　母　追她则甚？
小　菊　妈妈，姐姐有些疯癫，不可出去的。
鸨　母　既是有些疯癫，便可出去了。
小　菊　姐姐若有三长两短……
鸨　母　若有三长两短，你来养她后半生么？
小　菊　姐夫送来纹银二百，足够姐姐半生之用。
鸨　母　这银子么——你姐姐方才用它赎身了。
小　菊　你怎能如此……
鸨　母　贱人！

〔鸨母打小菊。

鸨　母　呵呵呵……儿啊，你且起来，为娘与你讲个道理。来呀，近前来。为娘与你讲了，你要记下了，你姐姐如今是个自由身了，可是你么，还要叫我一声娘哟。

〔鸨母拔簪扎小菊。

小　菊　啊——

第六场　阳告

敫桂英　海神爷呀——

〔敫桂英上。

敫桂英　海神爷——
【南吕·香柳娘】
　　叫海神爷爷，
　　叫海神爷爷，
　　可怜贱妾，
　　喊冤告状求昭雪。

判官爷——
（接唱）叫判官爷爷，
叫判官爷爷，
可怜贱妾，
喊冤求昭雪。
鬼卒哥哥——
（接唱）叫鬼卒哥哥，
叫鬼卒哥哥，
可怜贱妾，
为奴昭雪。
呀，海神爷显圣了！喏喏喏，下来了，下来了——嗯哼！吾乃海神是也——
【北双调·新水令】
茫茫东海浪滔滔，
御长风腾云来到。
忠奸天上禀，
善恶人间瞧。
问那娇娇，
甚冤屈同咱道。
海神爷容禀——
【南仙吕入双调·步步娇】
俺夫妻当日缘起海神庙，
两载同衾抱。
双栖寄燕巢，
已订鸳盟，
又闻鹤啸。
怎生雁字把奴抛，
定是鸨母装圈套。
我想此事，定是那鸨儿设计，骗取奴家，海神爷明鉴——你且放心，本神自会还你公道。判官，此案交付与你，须要审得清楚明白——呀，判官爷显灵了！喏喏喏，下来了，下来了——接法旨！吾乃判官是也——
【北折桂令】
判阴阳天理昭昭，
任尔卑微，
任尔官高。

任尔贫穷，
任尔富贵，
罪者难逃。
论功过桩桩记了，
行赏罚件件登着。
把鬼卒来招，
去至京朝。
问过王魁，
便知根苗。

鬼卒，命你去至汴京，传唤王魁，当堂对证——呀，小鬼也动了！喏喏喏，将我官人带来了——学生王魁拜见，判爷容禀——

【南江儿水】

别后相思梦，无数宵。
蒙恩两载常图报，
此番求得凤冠诰，
明朝迎娶抬官轿。
说甚休书，
定是狂徒编造。

想我夫妻恩爱，焉有休弃之理，判爷明鉴——嗯！咱知道你们俱是有情人也——

【北雁儿落带得胜令】

你也曾香共烧，
也曾誓同告。
一个玉佩解，
一个青丝铰。
哎呀！
哪一个大胆拆鸾交，
哪一个混账断鹊桥。
怒发冲冠帽，
罡风贯九霄。
斟酌，是谁藏奸狡，
天条，凭谁也不饶。

是哪个假造书信，拆散你们，快快讲来呀——回禀判官爷——

【南侥侥令】

鸨儿弄计巧，
员外使钱钞。

把我官人家书调，
巧语花言自装幺。

此事定是鸨儿与那金大员外所为——哦！鬼卒，与我抓来见——呀，这是鸨儿，这就是金大员外么？你二人欺我忒甚了——呔！两个人犯，本判在此，还不从实招来——

【北收江南】

呀！尔等还敢聒噪呵，
庙中休要再哓哓，
阎罗殿内去嚎啕。
按律当绞，按律当绞，
今朝送尔赴阴曹。

来呀，将人犯悬梁吊死——多谢判官爷！将人犯悬梁吊死！哈哈哈……悬梁吊死！悬梁……哈哈哈……吊死……

〔敫桂英悬梁自尽。

第七场　阴告

〔判官上，鬼卒上。

敫桂英　冤枉——
判　官　何人喊冤？
鬼　卒　回爷，莱阳女子敫桂英，在海神庙中悬梁自尽了。
判　官　却是为何？
鬼　卒　敢则是有些疯癫。
判　官　哦？带了过来，审问一遭。
鬼　卒　哦！

〔鬼卒下，引敫桂英上。

敫桂英　女鬼叩见判官爷。
判　官　敫桂英。
敫桂英　有。
判　官　你为何悬梁自尽？
敫桂英　只为一时疯癫，判官爷恕罪。
判　官　怎生无端疯癫起来？
敫桂英　有人送来官人书信一封，看时乃是休书，故而疯了，我想此信定非官人所写，还劳判官爷查验。

判　官　待俺查来——嗳，俺这簿上登载，此信确是王魁亲笔。

敫桂英　奴却不信。

判　官　簿上写的，本来如此。

敫桂英　想是写错了，也未可知。

判　官　嗳，生死簿上，哪有写错之理？

敫桂英　奴家实实的不信。

判　官　你若不信么……

敫桂英　嗯——

判　官　我也无有办法呀。

敫桂英　喂呀，叫奴死不瞑目也……

判　官　也罢，你且随我去至汴京，问上一问，也好死了这条心哪。

敫桂英　多谢判官爷。

判　官　鬼卒带路。

鬼　卒　哦！

判　官　汴京去者——

【双调·清江引】

乌云漫漫遮牛斗，

肃肃阴风骤。

鬼　卒　启爷，已到汴京。

判　官　（接唱）行行到汴京，

鬼　卒　那是相府。

判　官　（接唱）灿灿灯光透。

鬼　卒　那是王魁。

敫桂英　哦——

判　官　喏——

（接唱）恭恭敬敬忙劝酒。

王魁在此，待俺问来。

敫桂英　判官爷，且慢。

判　官　做什么？

敫桂英　只怕判官爷前去，吓着官人。

判　官　啊？

小　鬼　啊？

判　官　噫。

小　鬼　噫。

判　官　嘿！当日若有俺这面目吓他一吓，他也不敢休你了哇！

敫桂英 嗳，奴家不信，定要亲口问过官人。
判　官 好好好，就叫你自己问来。鬼卒！
鬼　卒 哦！
判　官 相府去者——

〔鬼卒、判官、敫桂英同下。

第八场　情探

王　魁 诸位大人慢走——

〔两小厮提灯扶王魁醉上。

王　魁 【中吕·粉孩儿】
　　悠悠晃，晃悠悠，灯明瓦，
哦哟！什么东西？哦——
（接唱）是纷纷扰扰紫藤花架。
呀……
（接唱）看纱窗烛灭休喧哗，
书斋去吧。

〔王魁滑倒。

王　魁 啊呀！嘘……哦哟……
（接唱）不提防露冷苔滑。
　　进书斋醉卧凉床，
　　且随它风动檐马。

〔王魁睡，两小厮下。
〔鬼卒、判官、敫桂英同上。

判　官 来此已是相府，你且去吧。
敫桂英 是。
两神将 嘟——

〔两神将同上。

两神将 相府门前，孤魂野鬼，休得罗唣！
【福马郎】
　　尔等何人胆忒大，

待俺金鞭挞，
都退下。
判　官　（接唱）且息怒，莫惊诧。
疑案待详查，
行公务到官衙。
神将甲　你是何人？
判　官　海神殿前判官到此公干，还请神将行个方便。
神将甲　去吧。
判　官　多谢神将。
神将乙　转来！
判　官　还有何事？
神将乙　你要快些。
判　官　那个自然。

〔两神将下。

敫桂英　多谢判官爷。
判　官　快去快回。
敫桂英　是。
判　官　鬼卒，那旁歇息去呀。
鬼　卒　哦！

〔判官、鬼卒同下。

敫桂英　想我官人，为何竟在相府之中？
【红芍药】
莫不是寄人篱笆，
莫不是画地为枷。
莫不是徐孺下陈榻，
呀……
（接唱）却为何醉眠偏厦。
官人，奴的丈夫呀，
叫为妻活活想煞。

〔风起，王魁寒颤。

敫桂英　官人冷了，嗳，怎么窗门大开，睡在凉床之上？

〔敫桂英关窗，乌鸦啼叫。

敫桂英 去！

（接唱）掩朱窗打起啼鸦，

再与他盖件裘褂。

〔敫桂英盖衣，王魁醒。

王　魁 是哪个？哎呀！你……

敫桂英 官人……

王　魁 嘘……

【耍孩儿】

切莫高呼休说话，

这不是烟花院，

看惊动丞相责罚。

敫桂英 官人……

王　魁 （接唱）亲妈，

则叫我地狱油锅炸，

则叫我来世变牛马，

则求你，请回吧。

敫桂英 官人，为妻有话问你。

王　魁 还问什么？

敫桂英 问你在此呵——

【会河阳】

谁安排九酝新醅，

谁侍奉八宝药茶，

琴中七弦是谁搭。

六街，谁共乘五马香车，

看四方物华，

三生路偕谁踏。

白银，二百两付的什么价，

信笺，一封书写的什么话。

王　魁 【前腔】

一封休书，

二百报答，

三公做媒赘相家。

四邻，俱都是五品同僚，

坐六部官衔，

列七臣同伴驾。

负心，忘八端我合该骂，
留情，行九叩你请回吧。

敫桂英 不必如此，妾身拜别。
【缕缕金】
白玉佩，玉无瑕。
完璧归旧主，
青丝还奴家。

王　魁【缕缕金】
玉佩休提起，
青丝早焚化。

敫桂英 令尊遗物，你也不要了么？

王　魁【缕缕金】
怕人见了问根芽，
快快请回吧，
快快请回吧。

敫桂英【前腔】
心如玉，玉无瑕。
今日遭休弃，
罪犯哪一家。

王　魁【前腔】
只为章台柳，
有伤风化。

敫桂英 怎么讲？

王　魁【前腔】
此事何必问根芽，
快快请回吧，
快快请回吧。

〔两神将同上。

两神将【越恁好】
快快回吧，
快快回吧，
莫再纠缠他。
烟花妓女，
站脏了相爷家。

王　魁 敢是门上的神将么？无端显圣，却是为何？

敫桂英 【越恁好】

尊神此言何太差，

道咱烟花。

烟花女也不许尊神骂，

烟花女也不把尊神怕。

王　魁 【前腔】

快快回吧，

快快回吧，

从此各天涯。

相爷知道，

只怕要把头杀。

敫桂英 【前腔】

尊官不必吓唬咱，

咱是烟花。

烟花女又不钻丞相胯，

烟花女又不捧丞相袜。

王　魁 住了！丞相也是你说得的么？

敫桂英 丞相与了你的富贵，你说他不得；叵耐他拆了俺的姻缘，俺说来何妨？

王　魁 姻缘有命，富贵在天，听天由命，快快去吧。

敫桂英 你叫我听天由命么？

王　魁 天不与你，何必强求。

敫桂英 天若不与，何妨与天争上一争！

王　魁 你……你可知……

敫桂英 你可知真情无价，知音难寻，纵是烟花，又待如何？

王　魁 你怎生不明白……

敫桂英 我就是不明白，一介寒儒也能得中功名，烟花女子就不能明媒正娶么？

王　魁 纵然明媒正娶，你也只是烟花女子；即便得中功名，我也不过一介寒儒；哪个还曾高看你来？

敫桂英 我有德言容功，合该明媒正娶；你有文章韬略，自当得中功名。但求你我问心无愧，要他们哪个高看来？

神将甲 兀那贱人！絮絮叨叨，尽是梦话。

敫桂英 还请神将点醒。

神将甲 方才你道他何以得中功名？

敫桂英 文章韬略。

神将甲　呸！

王　魁　啊？神将何意？请道其详。

神将乙　是你赶赴科场之时，被小姐一眼相中，定要招你入赘，丞相怕你不得功名，失了相府体面，故而授意考官，将你点为探花，谁知小姐还嫌不够，定要招个状元，丞相只得派人明察暗访，寻得破绽，将那二人尽皆除去，这才成就了你状元姑老爷，与文章韬略什么相干？

王　魁　啊呀！原来如此……

敫桂英　怎么？竟是这般……

神将甲　他自家性命尚在丞相手中，哪里还敢娶你来？

神将乙　便是娶了你，终究改不得你娼妓的名声。

神将甲　【红绣鞋】他是道旁泥巴，

神将乙　（接唱）泥巴，

神将甲　（接唱）你是河岸尘沙，

神将乙　（接唱）尘沙。

神将甲　（接唱）便捏个，泥菩萨。

神将乙　（接唱）便堆个，沙佛塔。

两神将　（接唱）也还是，泥和沙。

神将甲　啊？

神将乙　啊？

两神将　哈哈哈……

判　官　敫桂英——

〔判官上，鬼卒随上。

敫桂英　判官爷。

判　官　你问过无有？

敫桂英　问过。

判　官　那休书可是王魁所写？

敫桂英　正是。

王　魁　你是海神庙中的判官么？

判　官　正是。

王　魁　果然来了。

判　官　王魁，你在海神庙中发下誓愿，如今自食其言，该当何罪？

王　魁　葬身汪洋。

敫桂英　判官爷，饶他一命。

判　官　却是为何？

敫桂英　天涯沦落，同病相怜，其情可悯。

判　官　只怕其罪难逃。
两神将　大胆！丞相府中，谁敢放肆？
判　官　俺奉天条行事，谁敢阻拦？
两神将　看鞭！
判　官　找打！
鬼　卒　哦！

〔判官、鬼卒与两神将对峙同下。
〔雷鸣，雨下。

敫桂英　好惊雷。
王　魁　好大雨……
【前腔】泡了道旁泥巴，
敫桂英　（接唱）泥巴，
王　魁　（接唱）淹了河岸尘沙，
敫桂英　（接唱）尘沙。
王　魁　（接唱）浇垮了，泥菩萨。
敫桂英　（接唱）冲倒了，沙佛塔。
王　魁
敫桂英　（接唱）又归作，泥和沙。

〔两神将同上。

两神将　状元公——
神将甲　风狂雨骤，黄河决堤。
神将乙　洪水将至，汴京危矣。
两神将　吾等特来相救与你！
王　魁　不必了。
神将甲　还是先救相爷要紧。
神将乙　王魁，你要放明白些！

〔两神将同下。
〔判官、鬼卒同上。

判　官　敫桂英，负心王魁如何处置，你早做决断！
敫桂英　随他去吧。
判　官　如此，你可随我回阴司复命了。
王　魁　桂英慢走！
敫桂英　何事？

王　魁　你已不在人世了么？

敫桂英　拜君家书所赐，一时疯癫，在那海神庙中，悬梁自尽了。

王　魁　汝今意欲何往？

敫桂英　阴司复命。

王　魁　同行可好？

敫桂英　前面等你。

〔判官、鬼卒下，敫桂英随下。

〔两神将同上。

两神将　状元公，眼看洪水来了，你还想活命么？

王　魁　不必了！

两神将　随你自便！

〔两神将同下。

众　人　洪水来了！洪水来了……

〔洪水涌来。

王　魁　哈哈哈……

〔王魁淹死，敫桂英上，接引王魁鬼魂。

〔判官、鬼卒同上。

判　官　雨停风住，天色将明，阴司去者——

王　魁　【尾声】当年雪后山如画，

敫桂英　（接唱）今日雨晴水映霞。

王　魁
敫桂英　（接唱）地府阴曹也潇洒。

〔剧终。

紫霞巾

据清朝陈栋《紫霞巾传奇》原剧故事整理新编
上党梆子

编剧：刘珊珊

《紫霞巾》创作阐述

《紫霞巾》改编自清朝陈栋的《紫霞巾传奇》，但是原剧本已经散佚，现在仅存史料记载其简单的剧情。某日在图书馆看书，忽然看到一本古籍，我被上面一个曲折动人的爱情故事感动了，名曰《紫霞巾传奇》，剧本已经丢失，只剩民间流传下来的故事梗概，当时只觉得，这么美的爱情故事，我一定要把这个剧本写出来。毕业后的几年之内我都没有过任何作品，没有再写过剧本，做了三年全职妈妈，然后做了一份与专业无关的工作。一开始准备写这个剧本，其实很惶恐，不知道从何处入手，害怕不会构思故事，更害怕因为长时间没作品而连最基本的语言都不会组织。在导师邹老师的帮助和家人的鼓励下，我决定重新拿起笔，试着拼接这些故事碎片。根据仅存的故事梗概，经过一些加工，剧本形成了，又经过几次修改，成为了今天的剧本。

人物表：

陆春英——一介书生，父母双亡，漂泊流浪，陆家与施家为世交，借居友人施石琮家中

紫　霞——家道中落，父母病逝，借居亲戚施宅

施石琮——施府公子，与陆春英为友人，父亲为淮安知县

祝念星——施石琮和陆春英的同窗

施大人——施石琮的父亲，时任淮安知县

另有书童妙哥、丫环香云、祝念星仆人云里飞、糊涂的九品芝麻官、老鸨、众妓女、施石琮仆人张三和李四、众衙役、众仆人、酒馆老板娘、小二

自古多少佳人才子，皆非无缘相遇，一事一物皆为姻缘。陆生落魄，借居友人施石琮家中，少女紫霞父母双亡，亦借居亲戚施府内。二人因诗结缘，以紫霞巾做信物，私定姻缘，却不料歹人祝念星心生歹意，从中破坏，二人被迫分离，却有缘相遇，最终历经波折，终成眷属。此乃：

世人皆怨分离苦，
身处异地心孤独。
不知情未到深处，
有缘终须同归途。

此戏为天下有情人而作，为天下有缘人而歌。愿身处异地之恋人，有情人终成眷属。

〔时间：明朝
〔地点：维扬地区（今江苏扬州维扬一带）

第一场

〔幕启。
〔灯光起。
〔台上一派热闹景象，在欢快的伴奏中，施府上下丫环仆人忙前忙后，准备晚宴，迎接施府公子的同窗好友陆春英。

张　三　李四，莫要偷懒！快快动起手来，陆公子就要来了，呆在那里做什么？

李　四　哎哟喂，你个傻帽！一个陆公子，你以为他是什么王孙贵族不成？其实就是个臭叫花子，没处去的，投奔咱们施府来了。一个吃白食的大小姐还不够，又来一个！

张　三　（敲打李四）你莫要多嘴！这是咱们施公子人品好，人缘善，不要乱讲，让公子听到看你这小厮如何是好！

〔施石琮上。

施石琮　你们两个小厮，不去干活，在这里打闹做些什么？快下去干活！（把张三李四赶下去）
（唱）备些儿陈酿酒肉美佳肴，
　　　将书房厅堂阁楼皆备好。

陆公子家道中落无处靠，
来府上王孙公子高架抛。
他本是梁上金燕人中魁首，
而如今时运不济困樊牢。
他——
人品风貌尖尖角，
落魄流浪不自薄。
意高不傲不骄躁，
权奸富贵不弯腰。
酒肉朋友处处有，
不如患难生死交。

我施某，与那陆春英，少小便结伴读书，后来我一家随家父外地赴任，便生生分离。他陆家与我施家为世代挚交，今日，接到远在淮安的家父书信，得知陆家变故，陆公子要投奔我施家寒舍，要我好生招待，不得怠慢。

〔幕后施府门童高叫：公子，公子！陆公子到！
〔陆春英上。
〔施石琮迎上。

施石琮 陆兄，一路可好？
陆春英 还好，还好，并无大碍，只是——
施石琮 只是什么？
陆春英 只是——只是我这衫儿破了，鞋儿薄了，袜儿漏了……
众仆人 哈哈哈……
施石琮 莫要取笑，陆兄一路旅途劳顿，先回房歇歇吧！张三，李四，带陆公子回房歇息！准备些新衣服换上，待会儿请陆公子出来用晚宴。
众仆人 是！

〔陆春英换装上。祝念星上。

施石琮 陆兄，你我儿时同窗多年，自小一同识字学文，朗诵诗书，多年不见，不知当下陆兄文笔才思如何？陆兄，祝兄，乘着这皓月，不如咱们发发诗性，作作诗可好？
陆春英 施兄，你我可是——
（唱）良友难再觅，
遥遥天各一。
共此明月尔，

今夕复何夕。

施石琮　陆兄真是出口成章，才思敏捷，施某我佩服，佩服。祝兄，你可有好诗佳句？不妨说来听听。

祝念星　这——好！

（唱）云鬓花颜金步摇，
芙蓉帐暖度春宵。
浮生长恨欢娱少，
只爱千金轻一笑。

施石琮　祝兄啊祝兄，真是秉性未改，大好月色之下，又拿诗来论儿女情长之事，哈哈哈……

陆春英
施石琮　哈哈哈……
祝念星

施石琮　说到这里，我这里倒有一首好诗（拿出诗）

（读）夕殿萤飞思悄然，
孤灯挑尽未成眠。
千里一身袅泛泛，
十年万事催泪干。

祝念星　（小声）什么"孤灯难眠"？我看都是些个陈词滥调，淫词艳曲，与我那诗又有什么分别？哈哈……

陆春英　施兄，拿与我看。

（唱）夕殿萤飞思悄然，
孤灯挑尽未成眠。
千里一身袅泛泛，
十年万事催泪干。

"袅泛泛"，"催泪干"，未到伤心之处，哪能写得如此好诗？此诗妙在情之至极，孤苦至极，无望之极，不知作此诗者何人，能有如此心境？好诗啊！施兄，看这诗风曲调，与你恰不相符，倒有些脂粉气，看这字体娟秀细腻，也不像你的字迹。

施石琮　陆兄好眼力，此诗乃我姨表姐姐，唤作紫霞所作。她家道中落，父母双亡，蛮可怜的，独身寄居在我府上后院。

陆春英　竟是个女子。施兄，可否将这位小姐请至堂前，一睹真容。

祝念星　（小声）也好，我倒要看看这是位什么乱七八糟的小姐。

施石琮　好！（对下人）后院有请紫霞小姐到堂前会客！

〔幕后下人声：是！
〔紫霞随丫环香云上。

紫　霞　（唱）春时愁边梦归家，
数声啼鸟怨年华。
又是凄凉时候，
人在天涯，
白露收残月，
清风散晚霞。
云鬟雾鬓搔乱发，
浅露金莲步还花。
独身寄居人篱下，
一半儿难当一半儿寡。
见过各位公子了。

施石琮　姐姐，这是我的同窗挚友——陆春英、祝念星，拜读了你的诗作，想一睹真容，于是唤你到堂前，烦劳了！

紫　霞　无碍无碍，后院闲情，此乃无聊之作，并无什么笔力才情，公子见笑了。

陆春英　紫霞姑娘谦虚了，姑娘才情不浅，领悟颇深，陆某佩服佩服。
（唱）思悄然，未成眠，
袅泛泛，催泪干。
小姐诗作令人叹，
孤身难免减朱颜。
文思流转才情散，
大珠小珠落玉盘。
小姐之作，文笔流畅，一气呵成，所达之情，所表之意，让人感动。

祝念星　（小声）与施兄同窗多年，从未听他讲过，他有这样一位绝色的表姐姐。

紫　霞　公子见笑了，我一个小女子，对诗文只是略懂些皮毛，不能与你们这些公子相比，只是闲暇之时，胡乱写写，是些个雕虫小技罢了。

陆春英　（唱）同是天涯沦落人，

祝念星　（唱）绝色佳人一枝春。

陆春英　（唱）诗文才情艺超群，

祝念星　（唱）云鬓香气一阵阵。

陆春英　（唱）欲与小姐成知音，

祝念星　（唱）同床共眠鸳鸯枕。

陆春英　紫霞姑娘，今日初到施府，便遇知音，乃我陆某三生有幸。我可否对诗一首，赠与小姐？

紫　霞　公子有请。

陆春英 （唱）花间酒气春风暖，
竹里棋声夜雨寒。
世事茫茫难自料，
春愁黯黯独成眠。

紫　霞 公子的诗文才能称得上有才情，字字句句皆有意蕴，小女子今日献丑了。

陆春英 不不不……

祝念星 （小声，对观众）二人眉来眼去，勾言搭语，不成体统，不成风化。不过这紫霞姑娘却是美若天仙呀，令人难以释怀。
（唱）绿云扰扰面容艳，
知书达礼才貌全。
伴我身边通宵达旦，
陪我身旁金玉良言。
心中顿生觊觎之念，
盼与紫霞喜结良缘。
如若与她共度良宵，才是真真的三生有幸！

〔光暗。

第二场

〔光起。施府后花园。
〔紫霞丫环香云上。陆春英书童妙哥上。

香　云 小姐近日不知怎么了，茶不思，饭不想，还总是痴痴傻笑。

妙　哥 公子不知怎地，宿不成寐，夜不能眠，还总是呆呆发笑。

香　云 我问小姐呀，她总是嘴一噘，眼一瞥：（学小姐）小丫头，休要多管闲事！

妙　哥 我问公子呀，他就袖一抛，眉一翘（学公子）：小顽童，休要多嘴！

香　云 谁不知道呀！她必是那日见了那穷酸书生……

妙　哥 其实呀！不用问我也知道，想必是那日可怜可人的紫霞小姐……

香　云 以前，小姐总是这样（学小姐）：“月光如水树影摆，谁伴孤独把愁排”。而现在呢，是这样的：“人间佳偶凭缘分，世上良缘天做成。”哈哈……

妙　哥 以前，我家公子愁眉苦脸，常常赋诗排忧，是这么说的：“风气寒降夜不深，世间有我断肠人”。而如今呢，他这样：“青春妙龄云中雁，根根情丝系心间”。哈哈……

香　云　女人真能装！

妙　哥　男人可真虚伪！

香　云　喂喂喂……我说，你是谁呀？怎么净学人家说话？

妙　哥　我说你是谁呀？谁学你了？自作多情！

香　云　你学我！

妙　哥　你学我！

香　云　你学我！

妙　哥　你学我！

香　云　你学我，你学我，你学我！

妙　哥　哼！

香　云　哼！

〔香云，妙哥下。

〔紫霞小姐在台上，正在刺绣紫霞巾。

紫　霞　（唱）佳人半夜伴孤灯，
半思半想半凄冷。
半入罗帏半边空，
半掩纱窗半卷栊。
半月半影半照棂，
半枝半柳半愁浓。
半愁半想半密缝，
半掩半泪半场梦。
紫霞巾成赠梦郎，
遂成姻缘天作成。

香　云　哎哟喂，小姐，谁是梦郎呀？这梦郎又是谁呢？

紫　霞　顽皮的丫头，休得胡言！这么半天儿，到哪儿疯玩去了？

香　云　去花园儿了。对了，小姐，刚才在花园里碰到了一个毛孩子，好像是那书呆子的书童，一直学我说话来着，跟我的小回声儿似的。

紫　霞　此话怎讲呀？

香　云　他是这么说的，他们家公子每天茶不思，饭不想，就知道痴痴傻笑，嘴里吟诗："青春妙龄云中雁，根根情丝系心间。"

紫　霞　那如此说来，你也是这么说的了。

香　云　嗯，那是！他学我来着！哦……不不不……

紫　霞　这丫头是越来越没规矩了，找打！（嬉戏至花园中）

〔陆春英上，书童妙哥上。

陆春英　（拈一朵紫罗兰，唱）

高洁淡雅紫罗兰，
洗尽铅华出自然。
冰心唯共云天远，
玉质岂让风尘沾？
不与百花争芳艳，
只留清香天地间。

（紫霞与香云追打嬉戏，紫霞撞在陆春英身上，二人对视一惊，然后躲开）

香　云　（悄悄，对观众）撞自个儿的"梦郎"身上了！

紫　霞　（瞪香云一眼，羞涩）公子，失礼了！让公子见笑。

陆春英　无碍无碍……哦，陆生见过小姐。

（唱）簇簇桃花春风染，
双双佳人穿花间。
人面桃花相辉映，
喁喁情话述缠绵。

这些日子，我——

茶不思，饭不想，
总想伊人俏模样。
不思量，又难忘，
总想共度好时光。

紫霞小姐，敢问今夜到此也是来赏这一轮孤月的么？

香　云　这大晚上的，除了你，还有谁有这闲工夫赏月呀？

紫　霞　休得无礼，公子见谅。

香　云　小姐，你怎么不知道好歹呢？人家替你说话呢！

紫　霞　好好好，说不过你，你把这个送与陆公子。（掏出紫霞巾）

香　云　我不管。

紫　霞　好香云，好香云，快去。

香　云　我不管我不管，我去玩去喽！要送你自个儿送去。（偷笑，跑下去）喂喂喂，那个小回声儿，咱们别处玩去吧。我说你怎么那么不懂事儿呢！这花好月圆的，我说你怎么就没点儿眼力价儿呢！也不知道回避回避。

妙　哥　我不，我要陪我家公子。

香　云　你个呆瓜！一个大老爷们儿，有什么好陪的，快给我下去！（揪妙哥耳朵下）

妙　哥　哎哟喂，轻点儿轻点儿……

紫　霞　香云……这个顽皮的丫头！

陆春英　啊，紫霞小姐……

紫　霞　（羞涩）陆公子……

陆春英　紫霞小姐，看这月儿多圆。

紫　霞　（点头）是呀是呀。

陆春英　看这花园，如此幽静。

紫　霞　是……

陆春英　（小声）这人儿如此玲珑……

紫　霞　陆公子，方才说些什么？

陆春英　啊……无事无事……紫霞小姐，我做了首诗想赠与紫霞小姐。

紫　霞　（接信，阅，唱）

孤星倚窗下，
夜风送落花。
相逢连城价，
泪眼望天涯。

陆公子，这……

陆春英　小生那日一见紫霞小姐，便……陆某钦佩小姐才情文章，陆某我日思夜想，难以成眠，只为见紫霞小姐一面……

紫　霞　陆公子言重了，小女子有何德何能，让陆公子这等牵挂？小女子不敢当。

陆春英　我一个落魄书生，寄居他人府上，幸遇紫霞小姐——

（唱）家道中落维扬地，
愁客夜半枕频移。
天涯无亲归无计，
寄人篱下不由己。
人情看冷暖，
人事逐高低。
幸遇小姐同心意，
高山流水觅知己。
缓寻芳草得归迟，
愿得佳人不分离。

紫　霞　陆公子……我一个无家无靠，无权无势的小女子，不敢高攀公子，公子难道不怕我误了你的前程么？

（唱）半世飘零舟一叶，
命如落红多去也。

不是怕你我有天壤之别，
不是怕你我无缘空悲切。
只是怕公子发迹酬佳业，
不误公子前程意已决。

陆春英 紫霞小姐，你我既情投意合，便无他人他事牵绊，待我中第之后，愿与小姐结百年之好，再续姻缘。

紫　霞 这……陆公子……

陆春英 紫霞小姐……（相拥）

〔香云，妙哥上。

香　云 小姐……时候不早了，咱们回房歇息吧，我玩累了。

妙　哥 公子……回去吧……

紫　霞 （慌张）陆公子，时候不早，我先回房歇息了，如若有缘日后定会相见。（故意将紫霞巾丢在地上）

香　云 小姐，紫霞巾丢了。

陆春英 紫霞小姐，你的手帕……

紫　霞 不是我的，是你的。

香　云 哦？这小姐的东西什么时候成了那呆子的？

陆春英 我的？哦……紫霞小姐……

〔光暗。

第三场

〔光起。元宵时节，彩灯高挂，热闹非凡，幕后大人、小孩儿欢乐声。
〔陆春英、施石琮、祝念星上。

陆春英 （捧紫霞巾，唱）

紫霞巾，
锦上心。
心往神，
神难寝。
亲刺绣，
针密紧。
紧贴颈，（贴颈部动作）
心贴心。

那日，紫霞小姐赠与小生紫霞巾一块，小生夜夜难寝，顾盼流离。看上面这对画眉鸟——

（接唱）可人，爱人，怜人，喜人，
　　喜煞人，爱死人。
　　闹闹喳喳来动人，
　　有心人正对有心人。

灯会人杂，让我快与它放好，以免丢了紫霞小姐一片心意。

施石琮 陆兄，看这淮扬灯市可好？

陆春英 好好好！真是热闹非凡，陆某往日未曾见过如此灯会，令陆某大开眼界。

陆春英 祝念星 （同时）紫霞小姐可否前来观灯？

施石琮 哦……紫霞……

〔香云幕后声：小姐快点儿！看这灯会多热闹！比那后院好玩儿多了！

〔紫霞、香云上。

香　云 小姐，你看这是什么？这两只大蝴蝶怎么还连在一起呢？

紫　霞 这是梁祝化蝶。

香　云 哦……梁祝化蝶，小姐，这是什么呀？这男的怎么还牵头牛呢？

紫　霞 这是牛郎织女，千里相会。

香　云 呀！小姐，看着白衣娘娘多美呀！这旁边的书呆子又是谁呀？

紫　霞 白蛇许仙，断桥相会。

施石琮 这不，她来了。

祝念星 （急切上前）紫霞小姐，紫霞小姐……

紫　霞 （连连退却，转到陆春英和施石琮面前）见过施公子，陆公子。

施石琮 我们一同观灯吧！

陆春英 哦，这街市上人多人杂，我要将这紫霞巾放好（从袖中取出置于胸间）

〔有行人碰陆春英。

陆春英 哦呦呦，勿要撞坏了我的紫霞巾（拿出来，看了看，又放回袖口中）

祝念星 这穷酸的书生，怎会拿了紫霞小姐的绣物？待我仔细观望。啊呀，果真是紫霞小姐的绣物！前日我拜访紫霞小姐，看这绣物可人，便开口索取，可小丫头说这绣物是她们家小姐赠与他人之物，说我要不得，让我又急又恼又尴尬，害我空手而还，不料今日却在这呆子手中。

（唱）一盆炭火胸中烧，
　　一瓢冷水兜头浇。
　　拒我千里实懊恼，
　　无味怒火掀波涛！

紫霞小姐，你我一处观灯可好？

紫　霞　（退却）祝公子，这……还是大家一起观灯吧！

香　云　没听见我家小姐说么？大家一起观灯便可，有什么一处不一处的。

祝念星　哼！（悄悄地）死丫头！紫霞小姐，那日我与你要的那紫霞巾，小姐不要吝啬，给予我吧，我定会好好保管，日夜珍藏。

香　云　哼！想要紫霞巾呀？我们小姐早就给了意中人了！（捂嘴）

紫　霞　香云……休得胡言。

祝念星　哪个意中人？

香　云　不告诉你！

紫　霞　香云，走，我们前面观灯去。

祝念星　（背唱）次次回绝我心恼，
　　自作自受没羞臊。
　　人都说色字头上一把刀，
　　我偏要将这汤火蹈。
　　看她弯腰不弯腰，
　　看她何时将那架子抛。

紫霞小姐，将这折扇送与你吧，这是维扬名家元善明的真迹。

紫　霞　不了，怎好要他人心爱之物，祝公子自己留着吧。

香　云　收回去吧，没听见我家小姐说不收了吗？（悄悄）大冷天儿的，拿个折扇装什么文人墨客呀。

祝念星　紫霞小姐，明日到我府上玩耍一遭可好？

紫　霞　不便。

香　云　我说你是观灯呢还是看我家小姐呢！小姐，这边走。

〔紫霞转至陆春英和施石琮身边。

施石琮　姐姐，这灯市可好？

紫　霞　好，我从未见过如此美的灯市。

陆春英　啊，紫霞小姐，你我一处猜灯谜可好。

紫　霞　好。

香　云　到这儿就成“好”了。

〔陆春英、紫霞引向一边。

陆春英 紫霞小姐，来看，这灯谜——

（念）树儿睁开眼，
小子屋下眠。
良心缺一点，
日落残兔边。

紫　霞 这不是“相见恨晚”四字么？

陆春英 紫霞小姐好聪慧啊。

紫　霞 公子见笑了。公子看此谜——

（念）笔上难写心上情，
到此搁笔到此停。
有情日后成双对，
无情以后难相逢。
石榴花开慢慢红，
冷水冲糖慢慢溶。
只有两人心不变，
总有一天得再逢。

陆春英 这……待我想来……这不是“知心情人终成眷属”八字么？

紫　霞 公子才是好才情，小女子便猜不出这灯谜来。

陆春英 紫霞小姐，这个你猜得出么？

（念）淮海又见水退时，
双人换走阻碍石，
月项右手不见口，
青年男女树心旁，
世上何物最懂爱。

紫　霞 这是五句，定是无字之底。难得……小女子猜不出，公子见笑了。

陆春英 这便是“难得有情人”么！

紫　霞 （羞涩）公子……

陆春英 紫霞小姐，我们别处看看。

〔光暗。一束追光打在祝念星和仆人云里飞身上。

云里飞 公子，找小的前来有何吩咐？

祝念星 自然有事吩咐。

云里飞 公子直言，只要不是杀人之事，小的愿意效犬马之劳以报公子。

祝念星 不是杀人之事，那要是放火之事呢？

云里飞 这……公子，此言当真？

祝念星 哈哈哈……

（唱）看他们亲亲热热在一块，
两个人拉拉扯扯紧挨挨。
怒火星子一碰烧得快，
这是他们自找的祸灾。
祝某我心中疙瘩在，
让你们天人永隔成悲哀！

哈哈哈……我祝某得不到的，别人也休想得到！哈哈哈……

〔光暗。

第四场

〔光起。熊熊大火燃起后院，嘈杂声，呻吟声，救火声。
〔众仆人救火过场。
〔施石琮上。

施石琮 来人哪！快点救火！后院还有紫霞小姐在，快点救火！

〔陆春英上。

陆春英 施兄，紫霞小姐可好？她人在何处？
施石琮 火势太大，不见踪影。
陆春英 我要去救她！（扑向大火，众人劝阻，拦下）紫霞小姐……紫霞小姐……

〔光暗，祝府，一束追光打在瘫倒在地上的紫霞和香云身上。

香　云 小姐，小姐，醒醒啊……（摇紫霞身体）
紫　霞 香云，我们还活着么？咳咳……（咳嗽）
香　云 （哭）小姐，我们还活着，活是活着，可如今却不知道这是哪儿啊，只是恍惚中想起，昨天咱们院子着了火，眼前一黑，就到这儿了。

〔云里飞上。推门而入。

祝念星 敢问紫霞小姐安好？昨日后院大火，我将你从火中救出，这是我祝府上。
云里飞 你得感谢我家祝公子才对，我家公子可是救了你们主仆性命！
紫　霞 代我谢过祝公子。

祝念星 紫霞小姐不必多礼。

紫　霞 敢问，可否将我们送回施府？

祝念星 这……

云里飞 紫霞小姐，既来之，则安之，不如就在祝府住下吧。施府后院已烧成灰烬，你就是回去，一时半会儿也没有住处，不如就在这儿住下吧。

紫　霞 不妥，我一个孤身女子，寄居在这里，有所不便。

云里飞 我倒有一个方法，你就可以稳稳当当地住在这了，你嫁给我们家公子不就得了。

香　云 呸！小姐，我看他们是恶人假慈悲，没安好心眼儿！

云里飞 死丫头！（打香云一个耳光）

紫　霞 （揽香云在怀中）你们究竟想要怎样？送我们回去吧。

云里飞 小姐与我家公子郎才女貌，天作之合，恳请小姐与我家公子一结百年之好，遂成姻缘，白头偕老。

紫　霞 痴人说梦，你们这是乘人之危！

云里飞 望紫霞小姐三思，我和我们家公子静候佳音。

〔云里飞下。

紫　霞 （唱）他是一个恶霸，
做事刁钻狡猾。
他是凶神恶煞，
其中必有奸诈。

香　云 小姐，我们现在可如何是好呀？

紫　霞 我们被困在这里，想要给施府报信难啊，要出去更是难上加难。不知春英怎样，不知道他有没有四处找寻？
（唱）无路可走，
有家难投。
陆生能否来搭救，
救我高阁困樊囚。
思悠悠，
恨悠悠，
苦难何时方且休。

〔云里飞和祝念星上。

云里飞 公子，紫霞小姐不从，他说公子是痴人说梦。

祝念星 不急不急，本公子自有妙计。（与云里飞在耳边说悄悄话）

云里飞 公子高明啊，哈哈哈……

祝念星 小生见过紫霞小姐，小姐安好？（紫霞不理）啊，紫霞小姐，昨夜大火已将施府后院烧成灰烬，小姐不如在我府上静养些日子，待到晚些，小生自然送小姐回府。

紫　霞 祝公子此话当真？

祝念星 君子一言既出，驷马难追。哎……陆春英呀，陆春英真是糊涂呀！

紫　霞 祝公子此话怎讲，为何感叹陆公子？

祝念星 紫霞姑娘还不知情吧？昨日后院这场大火乃陆春英所为。

紫　霞 不！陆公子人品才学皆为人上之人，绝非做出如此蠢事之人。

祝念星 紫霞小姐，清醒些儿吧，陆春英早已觊觎施家财势，昨日放火，趁施府慌乱之际，卷走金银珠宝，却不料在逃跑途中被抓获归案，已然关押在牢了。

紫　霞 一派胡言！陆公子绝非无情无义之人。

云里飞 哎哟喂，大小姐，醒醒吧，陆公子都想卷着钱跑了，不要你了。

紫　霞 休要乱讲，关你们何事？

云里飞 这不，我们给你找个好婆家么！我们公子仪表堂堂，风流潇洒，哪一点输给那个陆春英？嫁给我们家公子得了。

紫　霞 妄想，你们休要逼我，放我回去。

祝念星 紫霞小姐，你三思而行，我可是真真地喜欢你呀！

紫　霞 无赖泼皮。

祝念星 你不要敬酒不吃吃罚酒，如若不从，不要怪本公子心狠。

紫　霞 你这人面兽心的伪善人，将我们困在此处，还要诬陷陆公子，还有王法吗？

云里飞 什么是王法，我们家公子就是王法，嫁给我们家公子，包你享荣华富贵不尽，只要你与那陆春英斩断情丝，毫无瓜葛。

紫　霞 我们已然许下终身，立下誓言，生生世世永不分离。

祝念星 （唱）许终身，立誓言，
生生世世剪不断。
她言让我心中乱，
竟然私自定姻缘。
看来不能心肠软，
不能婢膝奴颜蜜语甜言。
光说不算，
做出来再看！

云里飞 明日与我家公子成亲！

香　云 你们这些无赖恶霸，不得有好下场！

云里飞 死丫头。（与香云扭打，拿出刀刺香云）

紫　霞　香云……（抚尸痛哭）

祝念星　云里飞！你坏了我的大事！这可如何是好！

云里飞　公子，我并非有意刺死这丫头。

紫　霞　你们这些无赖，你们还我香云来，香云……

祝念星　此事不妙，云里飞啊云里飞，成事不足败事有余，这可如何是好。这件事情若张扬出去，你我可要背杀人的罪名。

云里飞　公子，我有一个主意。

祝念星　又有什么馊主意。哎呀……说来听听吧。

云里飞　不知公子能否忍痛割爱。

祝念星　此话怎讲?

云里飞　将紫霞姑娘卖至妓院，一来可以封口，二来，留得青山在，不愁没柴烧。公子可以光顾妓院，到时紫霞姑娘早已身不由己，说不定就会乖乖就范了。

祝念星　这……事到如今，也只能如此。哎……

〔光暗。

第五场

〔光起。妓院，紫霞上。

紫　霞　（唱）浮云如幻又如梦，
如今触景更伤情。
梦幻聊慰相思苦，
更添相思又几成。
遥望海天云水尽，
子规声中欲断魂。
夜朦胧，
月如钩，
星眨眼，
云遮羞，
一缕愁思绕心头。

〔老鸨上。

老　鸨　我说紫霞，别整天哭丧着脸，愁啊愁的，妈妈要不是看你有点才情，会弹几支曲子，早就让你接客了，还能让你守节到今日？你也该收敛收敛，都来了一年了，也该接客了……

〔幕后声：鸨儿，快出来！给你带来个俏模样的！出来验验货！。

老　鸨　来啦来啦！走，跟妈妈下去看看。哎哟，老板，今天带来个什么货色？不会又缺胳膊断腿吧？把我们这当福利院了？那天送来个斗鸡眼，还有一个，长得漂漂亮亮，怎么是个拐子？这不，还在楼上呢！哼！

女老板　鸨儿消消气儿！这个准没错！

老　鸨　来，给我瞧瞧。哎哟喂，这大热天的，系个围巾干嘛呢？

女老板　（围巾是用来遮喉结的）她患了风寒，怕着凉，歇些日子就好。

老　鸨　这个儿还不矮呢！

女老板　可不是么！这姑娘爹娘就不矮。

老　鸨　拐人家孩子，还记得人家爹娘。呦，这手怎么这么大呀？

女老板　这孩子可怜，从小做活，手都粗了，你要是嫌弃就少给几个子儿，收了，就算做个烧火劈柴的使唤丫头也行呀！

老　鸨　哎哟，不要说了，我好人做到家，可是丑话说到前头，这个要是不满意，前面的一并给我退货！

女老板　是是是！

老　鸨　（对紫霞）紫霞！你把这个妹妹搀到你房中，帮着洗洗涮涮，梳妆打扮一下，一会儿醒了，来叫我！

〔老鸨、女老板下。

紫　霞　姑娘醒醒……（摇陆春英）我看这位姑娘好生眼熟，像是何处相识。待我仔细看来。呀！
（唱）莫不是白日做梦迷了眼，
　　莫不是若有所思眼望穿。
　　莫不是藕断丝连情难断，
　　莫不是旧情难忘去复还。
这个是陆公子么？真真的陆公子么？

陆春英　哎呀，吃些酒儿，怎睡得如此这般昏昏沉沉，不知过去了几个时辰，要我快些起来赶路吧。哎呀，这是哪里？我不是睡在客栈里的吗？可如今怎生睡在了这玉襦暖帐之中？这是何处？
（唱）莫不是两眼昏花错认物，
　　莫不是夜夜相思情人出。
　　莫不是菩萨听见我相思苦，
　　莫不是天降个妹妹灾后福。
紫霞，是你么？

紫　霞　是我，你是陆公子么？

陆春英　紫霞，你为何流落此地，这是哪里啊？

紫　霞　被祝念星这恶人所害，卖至这醉红楼，这恶棍那日逼我与他成亲，香云舍身护主，云里飞失手杀死香云。祝念星将我卖至淮安这烟花之地，可我紫霞凭借一身才情，卖技卖艺不卖身，只是看些个脸色，赔几个笑脸，送往迎来，人走茶凉。只是，我日夜牵挂陆公子，一年前得知你遭小人陷害，发配此地，我多方打听，却毫无结果。

陆春英　（拍案而起）混账！又是他！待我出去，有朝一日定要报这恶仇！只是，紫霞小姐，你受苦了。

紫　霞　陆公子，你既是被流放，又缘何流落此地？

陆春英　幸遇石琮之父施大人。施大人乃淮安知府，施大人了解实情后，替我平冤，将我释放，给我盘缠要我上京赶考。路遇客栈，便住下，吃些酒菜后，便觉困倦，一觉醒来便来到此地了。

紫　霞　陆公子，你怕是被歹人坑害，男扮女装卖至这烟花之地，你住那客栈乃是一家黑店，他们尽做些见不得人的勾当。

陆春英　哦。时运不济，时运不济啊。只是……只是我一个男儿之身，被骗此地，万一事情暴露，这可如何是好？

紫　霞　这……我有办法，陆公子与我来。

〔陆春英、紫霞下。陆春英易男装上。

陆春英　终于变回男儿郎了！

紫　霞　陆公子，你换了这身行头，一会儿装作是来这里玩耍的客人，从这大门光明正大地走出去便是了。（递上一个匣子）

陆春英　这是……

紫　霞　我攒下的些碎银子，还有些首饰，一会儿老鸨就要来了，赶快逃吧！

陆春英　不不不！紫霞小姐，万万不可！我不能收。

紫　霞　陆公子，身陷这烟花之地，是无计施计，迫不得已呀！你先逃脱这里，出去再做安排。

陆春英　这……可紫霞姑娘你……

紫　霞　不要多说了！留得青山在，不怕无柴烧！快些儿走吧！你我后会之期时日可待。眼看大考之期就要到了，你拿着这些盘缠，快快上京赶考，考中之后，我等你接我出去。

陆春英　紫霞……

（唱）手捧玉匣心滴泪，
　　悲喜交加风挟雷。
　　热泪为你淌似水，

悲泪为你如雨挥。
待我中了第，我定要接你出这樊笼，逃离这火海。
（唱）你我有缘终须会，
白头偕老弄青梅。
待我中第，荣归故里，定来接你！紫霞，你要等着我！

紫　霞　好！陆公子，我等你！你我分别之期，共饮下这浊酒一杯吧。
（唱）惊弓之鸟魂未定，
难中相逢泪纷纷。
一杯薄酒不成敬，
酬你殷殷一世情。
且将这热泪苦酒同饮下，
千般苦涩各自尽。
叫一声陆生啊，我认定你这一生一世的好郎君。
听你方才这般话，
认定这波折半世情。
患难之交命相依，
浪打风吹永不离。
宁愿与你做叫花，
宁愿与你住凉亭。
无食妹可挖野菜，
衣破妹会连补丁。
不做天上随风云，
不当水中无根萍。
青竹尖挺节不变，
蜡炬成灰一条心。
真金不怕烈火烧，
你我最贵是真情！
陆公子，我愿与你天涯海角，永不分离！

陆春英　紫霞！

紫　霞　春英！

〔二人相拥而泣。
〔光暗。

第六场

〔光起。紫霞倚窗而立。

紫　霞　（念）屈指数时日，
翘首盼归程。
还是江南花似锦，
却不见久别之人喜重逢。
春英赴京已然半载，却音信全无，不知能否中第，不知他人身在何处？
（唱）情脉脉，没魂魄，
没魂魄，心儿碎。
心儿碎，泪暗垂，
泪暗垂，难迈腿。
难迈腿，步徘徊。
沉睡月光清如水，
声声切切盼郎归。
春英是有情有义之人，他如果高中，定会接我出去的！
（转欢快，接唱）
阳雀高歌入彩云，
春暖枝头花似锦。
桃李开花盼结果，
盼我春英好郎君。
今生有缘结同心，
望穿双眼候佳音。

〔老鸨上。

老　鸨　哎哟喂，别望穿双眼喽！眼前儿就有人来！这公子真是风流倜傥，有权有势，出手爽快，单点了你的名儿！你给我好好伺候着，不得怠慢。听见没有？

紫　霞　是！

〔祝念星上。

祝念星　哈哈哈哈……我就说，天下就没有我祝某办不成的事儿，没有我祝某遂不了的念想。我把她卖到这烟花之地也有一年半载了，如今我要她求我接她出去，哈哈哈哈……如若不然，我还有一计——紫霞巾！（掏出紫霞巾，悄悄地）此紫霞巾非彼紫霞巾，假的！哈哈……我拿此将她哄骗，听说陆春英高中，不如就哄骗紫霞说，陆春英中第，将她嫌弃，另择新欢，让她死了这条心，乖乖就范！哈哈哈哈……

紫　霞　公子有请，我与你弹一曲《高山流水》吧！

祝念星　不好。

紫　霞　那，我与你弹一曲《平沙落雁》可好？

祝念星　不不不……

紫　霞　那公子想听哪个？我与你弹来。

祝念星　我想听那文君相如的《凤求凰》哈哈哈……

紫　霞　是你！你……

祝念星　（用扇子挑逗紫霞的脸）莫非紫霞姑娘是日夜思念于我，都有些消瘦了。

紫　霞　（躲开）你……你这个恶棍，这个无耻的恶徒！你害我流落红尘，尝尽辛酸，今日还要到此羞辱于我，你给我出去！（往门外推祝念星）

祝念星　紫霞小姐，你听我说来！

紫　霞　来人呐！

祝念星　慢慢慢……紫霞小姐，你看这是何物？（掏出假紫霞巾）

紫　霞　这怎么会在你的手中？

祝念星　春英与我的。

紫　霞　你这恶棍，休要在此胡言，这是陆生与我二人的定情之物，他定会好生保管，怎么会与你？

祝念星　真真的是春英与我的，你还不知道吧？春英他上京赶考，一举中了个状元郎！

紫　霞　你说的可是真的？状元郎？……

祝念星　那日，在施府遇到他，他与我这紫霞巾，说要你不要再等他了。圣上赐婚，要他迎娶王爷千金，正好我顺路来淮安办事，他要我把这紫霞巾退还与你，要你好自珍重，另嫁他人。

紫　霞　胡言！胡言！全是胡言！

祝念星　是真的，紫霞姑娘，你也休要怨恨春英，他也是圣命难违，要是抗旨不遵，是要掉脑袋的呀！

紫　霞　不可能，不可能的，春英，你……

（唱）一番话，犹似利剑刺我心。
　　总道是，前世有缘配成双。
　　又谁知，今生无福难成婚。
　　怎奈是，钢刀断铁难断情。
　　便恰是，掰断莲藕连着丝。

我在这里痴痴空等，却不知他早已中第成婚。
（接唱）眼前一条伤心路，
回首往事欲断魂。

祝念星 紫霞姑娘，紫霞姑娘，你不要再等他了，你要是再这么等下去——
（唱）天堂有路偏不走，
地狱无门偏要行。
你呀你！
（念）早就该，放下冰心闺中等，
早就该，打扫凄凉苦光景。
难道你，舍不下这——
一身红衣，
两手抚琴，
三餐薄粥，
四方流离，
五体无依，
六亲不见，
七不稳来，
八不安泰，
九曲断肠，
十分落魄的苦光景？
若不是，你要等到那
（接唱）灯油熬尽青春去，
白发满头梦才醒？

紫　霞 就是如此这般，我跟了乞丐，沿街乞讨，也不会跟了你！

祝念星 只要你跟了我——
（唱）荒唐之事尽勾销，
我一定，
得饶人处且饶人。

紫　霞 你这禽兽！无有廉耻！

祝念星 祝某我——
（唱）不计前嫌将你寻，
不计老账再婚姻。
我要风得风，
要雨得雨。
紫霞姑娘——
（唱）你不可，自作清高苦到死。

你不能，不食烟火只为情。
千不该，不计后果盼春英。
万不该，误人误己误一生。
紫霞小姐，你若从了我，明天我就赎你出这烟花地！（扑向紫霞）

紫　霞　（躲藏，挣扎）你这衣冠禽兽，来人呐，来人呐！

〔此时，施大人带衙役破门而入。

施大人　大胆狂徒！又跑到淮安此处作恶，你放火杀人贿赂之事已经大白，云里飞已被关押，今日又将你捉个现形，休要抵赖！来人呐，带回府衙，听从发落！哦……那日，陆生京城一封书信，说我侄女紫霞，他的未婚之妻身陷烟花之地，怕是路途耽搁，此信方才到施府中，我便速速赶来搭救紫霞于水火，幸好来得及时，不然酿成大祸，我又如何交代。……哦，紫霞安好？

紫　霞　无碍……

施大人　来人！拿些银两与那鸨儿，让她痛快放人，备轿！将紫霞小姐接回施府再做安排！

紫　霞　谢叔父救命之恩！

施大人　启程回府吧！

衙　役　紫霞小姐有请。

〔光暗。

第七场

〔光起。陆春英上。

陆春英　（唱）儿女情长不露外，
千般苦痛来掩埋。
我是男子汉，
有泪不沾腮。
我是男子汉，
失意不萦怀。
我是男子汉，
跌倒不徘徊。
我是男子汉，
挺挺胸膛活过来。

门牙打落咽肚海，
胳膊打断袖里揣。
人生不能自挫败，
笑对苦难化千灾。

一路曲曲折折、坎坎坷坷，而如今一举中第，遂了心愿。记得答应过紫霞，有朝一日中了状元，必回淮安迎娶她。前日，我接到施大人书信一封，得知紫霞被救，祝念星被绳之以法，要我速速回府，接紫霞成亲。

（接唱）人逢喜事精神爽，
双喜临门配成双。
千磨万击乘风浪，
守得云开绮罗香。

〔施大人上。

施大人 陆公子，哦……不不不！状元公，大驾光临，施某有失远迎。

陆春英 施大人言重了，要不是当日施大人相助，我路某早已命归黄泉，紫霞姑娘也还在那樊笼里不得逃脱，祝念星那小人不知何时才能被绳之以法，说到此处，施大人，紫霞姑娘可安好？

施大人 就在内阁，来人，带陆公子去紫霞小姐闺阁。

衙　役 陆公子有请。紫霞小姐，陆公子到！

〔紫霞闺阁。
〔灯暗转。

紫　霞 哪个陆公子？

衙　役 新科状元陆春英陆公子。

陆春英 紫霞……

紫　霞 状元公啊！恭喜状元公，贺喜状元公。
（唱）一喜恭贺您得中，
二喜恭贺您得凤。
三喜恭贺您乘龙，
四喜皇上得良忠！
恭喜恭喜，四喜临门呐！

陆春英 紫霞，我是来迎娶你的呀！这些话我听多了，听厌了，你怎么也如此说来？紫霞，其他我什么都可以不要，我只要你就够了。

紫　霞 状元公言重了，我一个风尘女子，不敢高攀，不要玷污了你的清白！
（唱）不慕荣华，不攀龙凤。

清贫日子，茶食自奉。

你娶你的大家闺秀，你做你的乘龙快婿，还在此纠缠做些什么。

陆春英 紫霞，你为何如此这般讲话？我对你可是一片真情，从未有过半点改变呀！

紫　霞 （唱）花不同种不同盆，
鸟不同俗不同林。
你我不合难成双，
另娶贤良来婚配。

〔舞台另一侧光起，追光打在施大人和衙役身上。舞台陆春英和紫霞一处光暗处理。

衙　役 报！大人！方才祝念星俱招实情。

施大人 事情怎样？

衙　役 大人，您听我道来！
（念）爱慕红颜不能忍，
为了报仇起杀心。
后院一把大火放，
逼着紫霞来成亲。
紫霞不从落红尘，
香云被杀最无辜。
贿赂庸官来诬陷，
春英流放到淮安。
这还没完，
路半途中又起色心，
醉红楼把姑娘逼。
假的巾儿来哄骗，
骗取紫霞来成亲。

施大人 陆公子，与我来，祝念星俱招实情……

陆春英 原来如此，我说紫霞为何如此厌恶与我，要我与她解释去。

施大人 陆公子请慢，你唐突而去，想必她也不会相信于你，不如……

陆春英 施大人，有何妙计，不妨直言。（施大人与陆春英说悄悄话）

陆春英 这……

施大人 陆公子不必多虑，一切听从我安排便是，哈哈哈……

〔光暗。

〔光起。施府一片热闹，大办喜事。紫霞蒙喜帕在台上。

紫　霞　（唱）新婚脸上愁云罩，
他人洞房喜眉梢。
新郎不是心中郎，
同床异梦寒夜长。
有道是自古姻缘随天定，他陆春英一得权贵便忘我糟糠之妻，这无情无义无心无肝之人不嫁也罢。叔父把我许配他本家贤侄殷春禄为妻，今日大婚，从今日起，我便不再等那无义之人，从此天各一方，成为陌路之人便罢。只怪我当初太傻，听他一面之词。

〔陆春英上。

陆春英　啊，紫霞小姐。殷某见过紫霞小姐。
紫　霞　见过殷公子。
陆春英　听叔父言道，紫霞姑娘饱读诗书，吟诗作对皆长，琴棋书画皆精啊。
紫　霞　殷公子言重了，只是略知一二罢了。
陆春英　啊，紫霞小姐，今日花好月圆，良辰美景，我们不如吟诗作对吧！
紫　霞　公子请便。
陆春英　夕殿萤飞思悄然，孤灯挑尽未成眠。
紫　霞　（站起身）啊，这……
陆春英　千里一身袅泛泛，十年万事催泪干。
紫　霞　（慌张局促）莫不是……
陆春英　孤星伴月牙，夜风送落花。
紫　霞　（踱步）
陆春英　伊人千心结，泪眼望天涯。
紫　霞　（紫霞扯下头上的喜帕）殷春禄，陆春英，原来我嫁的人是你！
陆春英　紫霞，我日日盼望，夜夜思念，心里心心念念要娶的人是你呀！你一时被坏人蒙蔽了眼睛，莫要错怪于我。
紫　霞　此话怎讲？
陆春英　小人祝念星拿了假的紫霞巾哄骗于你。（掏出真的紫霞巾）真的紫霞巾在我这里。
（唱）紫霞巾儿我珍爱，
日日夜夜胸中揣。
打雷下雨怕淋坏，
誓死不能拿出来。
每晚枕边来摊开，
仿佛佳人入梦来。
紫　霞　春英！（相拥而泣）都怪我一时糊涂，听信小人谗言，都怪我……

陆春英　啊，娘子不要哭了……

紫　霞　（破涕为笑）相公……

陆春英　你我历经坎坷方才走到今日，我愿与紫霞你白头偕老，共度余生！

紫　霞　相公……

陆春英　娘子……

〔光暗。

〔幕后合唱——

世人皆怨分离苦，
身处异地心孤独。
不知情未到深处，
有缘终须同归途。

〔幕落。

〔剧终。

拜月亭

根据关汉卿元杂剧残本、施惠《幽闺记》整理改编

昆剧

改编：刘倩

《拜月亭》又名《幽闺记》，是“荆、刘、拜、杀”四大南戏之一。相传是元代施惠和范居中、黄天泽、沈洪等合写而成，明朝又有施惠独立创作之说。该戏的故事流传较早，在元杂剧中有关汉卿的《幽闺佳人拜月亭》、王实甫的《才子佳人拜月亭》两种。本次改编将以施惠南戏本为底本，部分参考关汉卿元杂剧本。力图在保持原有主旨思想、艺术风格不变的基础上，对整部戏进行适合当代昆曲舞台的缩编，主要内容有：

1. 缩减篇幅，预计演出时长控制在两小时之内，改南戏四十出为五折昆曲演出版。

2. 梳理原著，对该剧发生的历史背景进行模糊处理，突出战争所造成的离乱之感。

3. 化繁为简，改原著蒋世隆、王瑞兰感情线为主线，陀满兴福、蒋瑞莲感情为副线的双线模式为世隆、瑞兰感情单线模式。

4. 重塑蒋世隆、王瑞兰、王镇等人物形象。

5. 着重“月”意向在全剧中的运用，恢复“拜月”“递丝鞭”等民俗事项。

楔子　走雨路歧

〔场内金鼓齐鸣，喊杀声起。内白：喂呀，苦啊！

〔王瑞兰扮王瑞兰、张氏扮张氏上。

张　氏【破阵子】

谁料番兵无礼，

那堪百姓遭难。

王瑞兰　（接唱）老父奉命受驱驰，
　　　　天子南迁何时回？

张　氏
王瑞兰　母女无所依。

张　氏　儿啊，值此金兵南侵，国破家亡之际，你我母女二人，逃难出来，不知哪里才是我们的去处呀？

王瑞兰　母亲，想这乱军之中，多少妻离子散，各逃生计，也顾不得这许多，待兵灾过去，你我再慢慢寻找爹爹罢了。

张　氏　事到如今，只有如此了！唉！只是你从小身居华屋高堂，每日珠绕翠围，一个千金小姐，哪曾受得这般狼狈？（哭）

王瑞兰　母亲且免愁烦，我们逃生要紧。

张　氏　唉！

〔二人逃难。

王瑞兰　【摊破地锦花】
　　　　绣鞋儿，分不得帮和底。
　　　　步步提，百忙里褪了跟儿。

张　氏　（接唱）冒雨荡风，带水拖泥。

王瑞兰
张　氏　（合唱）步难移，全不知路何方。

张　氏　【剔银灯】
　　　　迢迢路不知是哪里。
　　　　前途去，安身何处？

王瑞兰　（接唱）一点点雨间着一行行凄惶泪，
　　　　一阵阵风对着一声声愁和气。

王瑞兰
张　氏　（合唱）泪涟，云低天暗。
　　　　母女命存亡兀自尚未知。

〔张氏体力不支，摔倒在地。

张　氏　哎呀！

〔王瑞兰忙上前搀扶。

王瑞兰　母亲！

〔突然众番兵涌上，冲散二人，众番并张氏下。

王瑞兰　母亲……

张　氏　瑞兰……

〔切光。

第一折　踏伞奇逢

〔王瑞兰上，前后顾盼。

王瑞兰　母亲，母亲！
【山坡羊】
干戈起，失散母亲。
四处寻迷失途径。
好教人泪珠暗滚。
路茫茫，何处去投奔？

〔生扮蒋世隆上。

蒋世隆　妹子，妹子！
【前腔】
行匆匆赶路奔程，
乱军中兄妹分境。
云层层四野暗昏，
急煎煎哪里去寻？

蒋世隆　瑞莲，瑞莲，瑞莲在哪里？
王瑞兰　母亲，母亲，母亲在哪里？
蒋世隆
王瑞兰　在哪里？

〔蒋世隆、王瑞兰相遇，惊诧。

蒋世隆　我只道是妹子。
王瑞兰　我只道是母亲。
蒋世隆　原来是位小娘子。
王瑞兰　原来是位君子。
王瑞兰　【前腔】
暗自惊，蓦地相逢陌路人。
无端呼唤，呼唤奴家名。
蒋世隆　（接唱）非我无端唤名姓。
寻亲妹唤瑞莲。

相惊，请娘行放宽谅心。
王瑞兰　（接唱）凄清，失母亲倍伤情。
蒋世隆　原来小娘子也是失散了母亲。
王瑞兰　正是。
蒋世隆
王瑞兰　【前腔】正是俱错，两下寻至亲。
蒋世隆　（接唱）拜别娘行，我自赶归程。
王瑞兰　（接唱）求君，求君念奴怜携我同行，
感君免灾险决不忘恩。
蒋世隆　哎！小娘子此话差矣，我自己妹子尚且寻不着，怎说带你同行？
王瑞兰　君子可曾读书？
蒋世隆　卑人么，何书不读？哪书不览？
王瑞兰　你既读书，可知人有恻隐之心么？
蒋世隆　哟！小娘子既知恻隐之心，可晓得男女有嫌疑之别？
蒋世隆　【前腔】
平白无故，孤男寡女怎同行？
免招是非惹祸起。
请娘行各奔前程。
王瑞兰　（接唱）君子此言不近情，
临危不救怎忍心。
思想，倘若令妹荒野逢人。
闪得她孤身陷刀兵？
蒋世隆　（想起妹子）这个……
王瑞兰　是啊，倘若你那妹子也遇着了不肯相携的人哪——
蒋世隆　她便如何？
王瑞兰　【扑灯蛾】
君觑奴不见怜，
君觑奴不见怜。
他人怎相携？
蒋世隆　哎，不同行又能如何？
王瑞兰　（接唱）既然身落后，
弱柳质怎能周全也？
蒋世隆　是啊！想我那妹子，她从小儿父疼兄护，何曾受过这般艰辛？
王瑞兰　（接唱）她是个深闺女子，
哪惯经鼙鼓动天？
乱军中，乱军中，

若无人相带。

蒋世隆 啊呀，这便如何是好？

王瑞兰 （接唱）缓急间，此身怕要喂虎狼。

蒋世隆 （大惊）哎呀！我那可怜的妹子呀！

王瑞兰 君子，若是令妹得遇良人，助她脱灾离难，岂不是好？

蒋世隆 既然如此，你我……

王瑞兰 同行了么？

蒋世隆 王瑞兰 如此，请。

王瑞兰 【金络索】深谢客同行。解危感三恩。

蒋世隆 请问小娘子家住哪里？姓甚名谁？

王瑞兰 （接唱）名瑞兰，王宅居住汴梁城。

请问君子家住哪里？姓甚名谁？

蒋世隆 （接唱）姓蒋名世隆，寒儒出贡门。

王瑞兰 原来是位秀才，失敬了。

〔突然起风。

蒋世隆 呀，起风了。

王瑞兰 啊君子，看天色昏沉，顷刻之间，就要下雨了，我们急行几步罢。

蒋世隆 啊小娘子，你没有雨伞，怎生行走？

王瑞兰 不妨，我走得的。

蒋世隆 （递伞过去）这雨伞，你用罢。

王瑞兰 （推辞）还是你用罢。

蒋世隆 还是你用罢。

〔风雨大作。

王瑞兰 （害怕）哎呀，好大的风。

蒋世隆 （担忧）好大的雨，这风雨交加。

王瑞兰 如此，你我同用了罢。

蒋世隆 使得的？

王瑞兰 使得的。

蒋世隆 王瑞兰 使得的。

王瑞兰 【前腔】

风雨同伞，湿衣襟。

歧路相逢共命运。

患难时巧遇君，
感恩情深。

蒋世隆　（接唱）休客谦相随紧。
渡津关荒郊莫停。

蒋世隆
王瑞兰　（合唱）早离这险境，同归故乡近。

王瑞兰　请问君子，欲往何处？

蒋世隆　寻找妹子，回转家乡。小娘子你呢？

王瑞兰　待等干戈平息，回转家乡，寻访爹爹母亲。

蒋世隆　前路崎岖，小娘子你一人如何走得？也罢，待我亲送小娘子回乡，一路之上也可打探妹子的行踪。

王瑞兰　如此，深谢君子高义。

蒋世隆　不用，不用。

王瑞兰　敢问君子令尊令堂何在？

蒋世隆　家父家母俱已亡故。

王瑞兰　家中还有何人？

蒋世隆　只一个妹子。

王瑞兰　还有……

蒋世隆　什么？

王瑞兰　何人？

蒋世隆　我那妹子还没有嫂嫂哇。

王瑞兰　（害羞）哎呀，谁问你来。

蒋世隆　看这小娘子似是有情于我，只是难以启口。有了，待我逗她一逗，探个明白。啊小娘子，雨止了，你我分手了罢。

王瑞兰　怎么，不带我同行了么？

蒋世隆　看那前方，倘若有人拦住盘问，道是你我何等关系，卑人不知如何作答，还不如就此分别，免生旁枝。

王瑞兰　这有何难，就道你我是兄妹结伴。

蒋世隆　兄妹结伴？好便好，只是你我面貌不同，乡音有别，只怕不像啊！

蒋世隆　【前腔】
若有人盘问，
教咱怎对答？

王瑞兰　没个道理。

蒋世隆　既没道理，卑人去了。

王瑞兰　且慢……有个道理。

蒋世隆　有什么道理，快说，快讲。

王瑞兰 奴家害羞，说不出口。
蒋世隆 哎！小娘子，眼下四顾无人，但说何妨？
王瑞兰 怕问时权……
蒋世隆 权什么？
王瑞兰 （接唱）权说是夫……
蒋世隆 夫，夫什么？
王瑞兰 （接唱）夫妻。（害羞）
蒋世隆 （接唱）是啊！如此说方才可矣。
便同行，
访踪穷迹去寻觅。
王瑞兰 【尾】
今日蒙君相助情，
免使一身在污泥。
蒋世隆 如此，夫……（不好意思）小娘子请。
王瑞兰 君子请。
蒋世隆 小姐请。
王瑞兰 秀才请。
蒋世隆 （大胆地）夫人请。
王瑞兰 （害羞地）官人请。

〔两人顾盼，同下。
〔切光。

第二折　招商谐偶

〔末扮店主上。

店　主 战乱平息兵火消，新店开张不辞劳。莫言村店客难邀，风旆酒旗来相招。我乃，这广阳镇招商店店主，且喜近日，兵火已熄，重归太平。我不免重开铺面，迎接客商，赚些银两，多少是好。

〔蒋世隆、王瑞兰上。

蒋世隆
王瑞兰 【驻马听】
一路里奔驰，
多少艰辛，
来到这里。

且喜略时才肃静，
渐次平安，
稍得宁息。
恨悠悠千里旅情悲，
苦恹恹一片乡心碎。
感叹咨嗟，
伤情满眼关山泪。

蒋世隆 小娘子，看天色已晚，前面有招商客店一间，你我暂歇一宿明日再走可好？

王瑞兰 但凭秀才。

蒋世隆 请。

王瑞兰 请。

蒋世隆 （叫门）啊，店中可有人么？

店　主 来了，来了。（上）客官，可是住店么？

蒋世隆 正是。

店　主 这位小娘子？

蒋世隆 哦，是在下的娘子。

店　主 格么待我打扫一间房，铺下一张床……

王瑞兰 且慢！

店　主 怎么？

王瑞兰 店家，请与我打扫两间房，铺下……两张床。

店　主 这，打扫两间房，铺下两张床？

蒋世隆 啊，店家。

店　主 又怎么？

蒋世隆 （坚持）一间房，一张床。

王瑞兰 （认真地）两间房，两张床。

店　主 这个……

蒋世隆 哎，听我的。

王瑞兰 店家，听我的。

店　主 哦哟！我看这二人有些蹊跷，口口声声说是夫妻，那小娘子却要两间房，想来应是生米还未成炊？（偷笑）倘若我惹恼了那秀才，到时候不给我房钱，这算什么名堂！（思考）还是……

店　主 （满脸堆笑）啊，秀才、娘子。我还是与你们打扫一间房，铺下两张床罢。

蒋世隆
王瑞兰 这……这如何使得？

店　主　实不相瞒，小店客满，只剩下这一间房，实实无有第二间与你们了。

蒋世隆　如此，娘子你说呢？

王瑞兰　那也只得如此了。

店　主　哈哈，这才是好！秀才，小店有藏下的村酿一坛，且喜今夜满月，何不沽上一壶，与娘子和月对酌，少解旅况，如何？

蒋世隆　也好。烦劳店家了。

店　主　不妨事，不妨事格，哈哈哈。

〔店主下，送酒上，下。生、王瑞兰同坐饮酒

蒋世隆　啊，小娘子。非是卑人要强你所难，只怕那店家生疑，故而权说夫妻同住一间房。

王瑞兰　这个……奴家晓得。啊秀才，千里奔波，旅途劳顿，待奴家与秀才斟一杯。

蒋世隆　多谢了。

蒋世隆　【驻云飞】

村酿旧窖，
要解愁肠须是酒。
窗外明月满，
壶内馨香透。

〔生劝酒，王瑞兰害羞不饮。

蒋世隆　（接唱）唉！娘子恁多羞？

王瑞兰　非是奴家害羞，天性不会饮酒。

蒋世隆　（接唱）趁此良夜，

略沾水酒，
莫把眉儿皱。
一醉能消心上愁。

蒋世隆　（注视王瑞兰）哎呀好生奇怪呀，小娘子不曾饮得一杯，为何就脸红，这眼也红了呢？

王瑞兰　（拭泪）非是奴家眼红，只是想起当日在家的时节……

蒋世隆　在家时，便怎样？

王瑞兰　【前腔】

父慈母爱，
画阁兰堂欢娱多。
春赏名苑花，
夏品浮瓜并沉李。

　　　　唉！何日再如斯？

蒋世隆　说起令尊令堂，还不曾请教小娘子是何等人家？

王瑞兰　秀才，你不问起也罢，若问起我家中事情，不要说与你同行同坐，就是立站的去处，也没有你的。

蒋世隆　哦？你却是何等人家？愿闻。

王瑞兰　奴家父亲王镇，现任兵部尚书，母亲太国夫人，奴家是处深闺的千金小姐。

蒋世隆　（惊讶）啊呀，这下烦恼生定了。

王瑞兰　秀才怎讲？

蒋世隆　【绛都春】

　　　　担烦受恼，今更益。

　　　　共你只得到今朝？

　　　　有分忧愁，

　　　　无缘恩爱何时了？

王瑞兰　（接唱）感君相待，诚心答报。

蒋世隆　娘子，你要报答我什么？

王瑞兰　（接唱）擎满樽敬奉多才，

蒋世隆　谁要你薄酒一杯？

　　（接唱）只恨多娇，前情尽忘，

　　　　不念来时恩！（作生气状）

王瑞兰　（不解）秀才，怎说奴家不感君深恩？

蒋世隆　那，你可还记得寻踪访迹林中遇？

王瑞兰　（点头）是君扶危出祸丛。

蒋世隆　我只道有缘千里能相会。

王瑞兰　无缘对面不相逢。

蒋世隆　哎呀，小娘子，你怎么把之前的言语都忘了？

王瑞兰　奴家不曾忘了什么。

蒋世隆　既不曾忘，可记得踏伞相逢时的言语？

王瑞兰　那时节曾与秀才说兄妹同行。

蒋世隆　却又来！我曾说你我面貌不同，语言各别，难做兄妹。那时节小娘子又怎么说？

王瑞兰　奴家再不曾说什么？

蒋世隆　嘿嘿！正是贵人多忘事，小娘子再想。那时我曾问你，倘若有人再三盘问，该如何说？

王瑞兰　哦，奴家想起来了。

蒋世隆　想起什么？

王瑞兰 怕有人再三盘问，权说做夫……妻。

蒋世隆 着啊！别的都好胡乱认得，这夫妻岂可是随意说得的？

王瑞兰 哎！这也是不得已哟。

蒋世隆 我也不问小娘子别的，可晓得仁、义、礼、智、信么？

王瑞兰 闺中也曾读过诗书。

蒋世隆 我们权不说仁、义、礼、智，只单说一个“信”字。

王瑞兰 嗯。这“信”字怎么说？

蒋世隆 天若爽信，云雾不生；地若爽信，草木不长。为人可失得信么？

王瑞兰 奴家也不曾失信与秀才。

蒋世隆 既不失信，如何不依当日的言语？

王瑞兰 秀才，你送我回家去，我多多将些金银谢你吧。

蒋世隆 哎！岂不闻书中自有黄金屋，我要你那金银何用？

王瑞兰 也罢，你送我回去，我与爹爹说与你个官儿做罢。

蒋世隆 哈哈！这官是朝廷的，难道还是你家的不成？

王瑞兰 这个……秀才，奴家是待字闺中的千金小姐哩！你送我家去，再遣媒妁，彼时再成就姻缘，明媒正娶，岂不是好？

蒋世隆 小娘子呀！

【降黄龙】

听告，
你身返故乡，
与父母团圆，
再同欢笑。
那时节呵！
你在深沉院宇。
要见你除非是梦魂来到。

王瑞兰 待我禀过父亲，那时与你成亲也不迟。

蒋世隆 呵呵，那时节你还会要我不成？攀高，选择佳婿。卑人呵！命蹇时乖。实是难招。

蒋世隆 我与娘子一路同行到此，便是三岁孩童，也说你我是一对好夫妻。

蒋世隆 （接唱）这虚名人言自说，
听着偏好？

王瑞兰 【前腔】

休焦，
所许前词，
侍枕之私，
敢惜轻抛？

蒋世隆 既如此，却为何又推三阻四？

王瑞兰 （接唱）怕旁人口舌，娶而不告，亲友相嘲。

秀才，你送我到家，与爹爹说知。教个媒人说合成亲，却不全了奴家的节操？（蒋世隆怒掷酒杯）小娘子呀，前日若没有我蒋世隆呵。乱军中遭驱被掳，何来节操？

〔王瑞兰无言以对，偷偷拭泪，生在一边生闷气，店主上，推门而入。

店　主 秀才，娘子。我在隔壁听得许久，已知晓一二，你们也不要瞒我了。

蒋世隆
王瑞兰 既如此。我们也瞒不得你了。

店　主 依我看来，秀才官人，这事你有错！

蒋世隆 怎说我有错？

店　主 想小姐是宦族名流，深闺处子，所重最是名节。你是堂堂读书之人，岂不知施恩不图报之理？

蒋世隆 哎呀，惶恐，惶恐！店主呀，非是小生乘人之危，只因与小姐患难与共，日久生情，何况侯门一入深如海，怕只怕从此萧郎是路人！因此我操之过急的了。

店　主 是了！小姐在上，老夫也有一言相告。

王瑞兰 店家请讲。

店　主 敢问这秀才人品怎样，一路上对你如何？

王瑞兰 谦谦君子，一路同行，举止志诚得体，对我百般呵护。

店　主 是了！依我之见，小姐也是看上这秀才了的。（王瑞兰害羞，不做声）如此秀士高才，他日赴科一举成名。那时节权贵争攀，再想同他共偕连理，只怕难矣！

王瑞兰 话虽如此，只是既无父母之命，又无媒妁之言……只怕于礼不合。

店　主 小姐呀，所谓礼由义起，不谓苟从。何况你二人有缘，也算得一段天赐姻缘，岂能就此错过？你看我村老儿年纪高大，若不嫌弃，待我安排一樽薄酒，权为合卺之杯。小姐，你就依顺了罢。

王瑞兰 这个……

〔生牵王瑞兰袖作求。

蒋世隆 小姐，念在卑人一片深情，你就依从了罢。从今以后，小生定当诚心以待，绝不相负！

王瑞兰 （思考，望着蒋世隆嫣然一笑，点头）如此……但凭店家做主吧。

蒋世隆 （喜出望外，作揖鞠躬）如此，有劳店家，多谢了！

店　家 啊哈哈哈！正是：姻缘本无意，天遣偶相逢。

蒋世隆 胜把银缸照。
王瑞兰 犹疑是梦中。

〔吹打声中，蒋世隆王瑞兰拜堂。
〔幕后伴唱【扑灯蛾】
才郎殊美好。
佳人正年少。
相逢邂逅间，
姻缘会合非小也。
天然凑巧，
把招商店权作个蓝桥。
翠帷中风清月皎。
算欢娱。
千金难买是今宵。
〔蒋世隆、王瑞兰同下，映衬着一轮圆月。
〔切光。

第三折 抱恙离鸾

〔丑扮翁医上。

翁 医【水底鱼】
三世行医，四方人尽知。
不论贵贱，请着的即便医。
卢医扁鹊，与我差不离！
人人道我，道我是个催命鬼。
小子姓翁，是做郎中格。
要问我医术如何？
我医得东边才出丧，
医得西边已入殓，
南边流水买棺材，
北边打点又气断。
祖宗三代做郎中，
十个医死九个半。
你问我是怎样医的？
我来告诉你哉！

（那）做土工的是我姐夫，
卖棺材的是我外公。
我若一日不医死几个，
叫我外婆姐姐在家里喝西北风哉！
今日那招商店主，
请我去给他店里客人看毛病，
想来，他也是该死汉格。
嗯哼！店里可有人么？

〔店主上。

店　主　啊，先生来了。
翁　医　是哉！喏！伸出你的手。
店　主　做什么？
翁　医　（调笑）牵一牵小手，无非增进感情。
店　主　哎！先生休得取笑！
翁　医　咄！你不伸手，我怎么听脉哉？
店　主　哦。原不是老汉染病，是店内的一个秀才，待我唤他出来。
翁　医　哦，原来是秀才病了，那快请出来罢。
店　主　（向内喊科）啊秀才，娘子。有请。

〔王瑞兰扶蒋世隆上。

蒋世隆　【三登乐】
世乱人荒，
幸脱离天罗地网。
不提防病染这场。
事不宁，身未稳，
天降灾殃。
淹留旅邸，
望家乡怎往？

〔王瑞兰扶蒋世隆坐下。

店　主　啊小姐，先生请来了。
王瑞兰　多谢店家。只是官人病虚，叫先生轻声些，不要惊吓了他。
店　主　晓得。啊先生，那小姐吩咐，官人病虚，叫你说话轻声点。
翁　医　好格好格。（作击桌大叫。蒋世隆受惊，王瑞兰抱蒋世隆）
王瑞兰　这先生好没分晓，病虚的人，为何这般大惊小怪。

翁　医　这是我医人的入门诀。
店　主　怎么说？
翁　医　惊一惊，惊出他一身冷汗，病好了也不见得。
王瑞兰　倘或惊坏了怎么办？
翁　医　惊死了也罢了，这个叫个活惊杀。
店　主　胡说！
翁　医　嘿嘿，待我看脉。喏！秀才！伸出脚来待我看。
店　主　哎！还是手。怎么说脚？
翁　医　你不晓得，病从跟脚起。（翁医看脉）
店　主　哎！先生用心看一看，相公害的是什么病？
翁　医　问我怎的？问那娘子，他俩关系好！
王瑞兰　怕是那日冒雨同行，他那伞儿多向奴偏，因此上寒雨入体染得风寒。
翁　医　寒鱼可好吃哉？
店　主　雨有甚的好吃不好吃？
翁　医　老儿你是不知，想我那日拾得草鱼一条，多多用那麻油儿煎香。啊呜一口下去，扎得是满嘴满口俱是鱼刺！因此我发狠，再不吃那草鱼，但不知那寒鱼刺多么？
店　主　诶！说什么草鱼寒鱼，那娘子道的是天上落的雨！
翁　医　哦，是雨不是鱼哉？
店　主　是雨！
翁　医　啊呸！不管他是雨还是鱼，待我再看脉来。
店　主　先生请。
翁　医　哎哟！
【柰子花】他犯着产后惊风。
王瑞兰　不是。
翁　医　（接唱）莫不是月数不通？
王瑞兰　这先生胡说。
店　主　他是男子汉，怎么倒说了女人的病症。
翁　医　我手便拿着官人的，眼却看了这娘子，故此说到女科去了。待我再看，呀！不好了！
【驻马听】
这脉息昏沉，
两手如冰骇死人。
叫几个尼姑和尚，
做些功果，
送出南门，

鬼门关上来招魂。
叫些木匠，
早把棺材钉。

〔王瑞兰大哭。

我的人儿，连哭两三声。呀！你不曾动。

店　主　不曾动。

翁　医　这等不妨。是我差拿了手背，你慌什么？

王瑞兰　如今怎么办？

翁　医　不妨事，之前是与你们打趣的！我有祖传妙药在这里。吃了管教他即时便好。

王瑞兰　如此，多谢先生。（翁医笑下）

店　主　先生去了，小姐这下可放宽心，待官人服下这药扶至客房，休息便了。

王瑞兰　是了。（店主下）

蒋世隆　（生醒来）娘子，先生说我病体如何？

王瑞兰　官人，先生说了不妨事，且自休息则个。

蒋世隆　娘子！
【山坡羊】
我病体难医难治，
你家乡何日得归？

王瑞兰　（接唱）愿深恩降福，
降福灾星退。

蒋世隆　（接唱）势渐危，料应我不久矣！
若还我死，你必选个高门配，
我便死向黄泉，一心只念你。

王瑞兰　（接唱）休提。不由人泪暗垂。
伤悲，指望你早日康健。
（扶蒋世隆同下）

〔外扮王尚书、丑扮六儿引众上。

王尚书　【三棒鼓】
一鞭行色望帝京，
喜得两国通和也无战争。
边疆罢征，
边烽罢惊，
不暂停。

（众合）如今海晏河清也，
　　重逢太平，
　　重享太平。

王尚书　老夫兵部尚书王镇，只因番兵作乱，奉旨前去和番。如今功成归来，我不免回京复旨。六儿，这是哪里了？

六　儿　这里已是广阳镇了。

王尚书　哦，已是广阳镇了。你且寻个好暂歇的地方，我要写个奏本上报朝廷。

六　儿　老爷，前面有个招商客店，倒也洁净。

王尚书　既如此，且去开一间房。

六　儿　是哉。喂！我是说里面可有人啊？

店　主　哦，来了。（店主上）客人可是住店？

六　儿　我家老爷要在此歇息，你去打扫一间好房，我老爷要进来。快些！

店　主　啊客人，小店客满，住不得了。

六　儿　咄！啥人占着？

店　主　原是个染病的秀才和他的娘子。

六　儿　叫他出去！

〔王瑞兰上。

王瑞兰　何人在外喧闹？

六　儿　我家老爷可是兵部尚书，秀才住得怎的我老爷就住不得？

王瑞兰　呀！听声音倒像我家六儿，待我叫他一声：六儿。

六　儿　谁在叫我？

王瑞兰　六儿。

六　儿　呀！小姐！你怎生在此？老爷，老爷，是小姐在此。小姐，老爷在此！

王瑞兰　（激动）爹爹在哪里？爹爹在哪里？

王尚书　女孩儿在哪里？女孩儿在哪里？

〔二人相见。

王瑞兰　爹爹！（扑倒）

王尚书　（扶起）啊女孩儿，你因何在此？

王瑞兰　爹爹呀。

【园林好】
　　自那日爹爹离朝，
　　番兵乱百姓逃亡。
　　不忍诉凄凉情况。
　　与母亲，家业抛；

心惊颤，急奔忙。

王尚书 啊呀！你母亲如今在哪里？

王瑞兰 【品令】

逃生士民，

在官道驿站傍。

天色渐晚，

阴云黯穹苍。

匆匆正往，

喊声如雷响。

各自奔走，

都向树林中藏。

兵寇冲撞，

转眼茫茫，

子离了娘。（哭）

王尚书 啊呀我那可怜的夫人啊……我儿，你一人又怎生到此？

王瑞兰 【豆叶黄】我随着个秀……

王尚书 甚么秀？

王瑞兰 （接唱）我随着个秀才栖身。

王尚书 呀，他是甚么人？你随着他。

王瑞兰 （接唱）他是我的夫君。

王尚书 （发怒，接唱）谁为媒妁？

甚人主张？

王瑞兰 爹爹！

（接唱）人在那乱离时节，

怎顾得周备三书六礼？

王尚书 你！你！你！你是个尚书千金，竟做出这等无媒苟合之事！

王瑞兰 喂呀爹爹。（哭）

王尚书 哼！那个登徒子……他，他，他现在哪里？

王瑞兰 爹爹，你女婿他身子不爽，正在房里歇息。

王尚书 呸！什么女婿！分明是个乘人之危的畜生、狂徒！

王尚书 【月上海棠】

实可嗔，

危难间欺我娇女。

王瑞兰 （接唱）若非他提携，

你孩儿早亡。

王尚书 （接唱）荒唐，

萤窗十年穷书生，
却将礼义廉耻全抛漾。
一点淫心便猖狂，
糟践千金来苟合。

王瑞兰　爹爹，不是的。蒋郎他呵——
【五韵美】
饱读秀才，
高德君子，
感念他林间相携，
救弱女脱灾。

王尚书　哪里相救，分明别有图谋。

王瑞兰　若无有他呵，全没了今日，泪盈盈与严尊团圆。

王尚书　施恩图报，算什么君子？

王瑞兰　（接唱）更没些和气一味折，
哪管海誓山盟，
白头之约。

王尚书　咄！不必再说！六儿，速速请小姐上马！

王瑞兰　爹爹，女儿不走。

王尚书　大胆！
【二犯幺令】
你是娘生父养，
逆亲言，
心向情郎？

王瑞兰　爹爹呀，他向地，他向地狱相救我到天堂，怎忍得撇在没人的店房？若是两分张，管取拼残生命亡。爹爹，蒋郎他身染病，待我三五日时光替他煎药煮粥，再与你走也是不迟！

王尚书　大胆！还敢多言！六儿，与我扯上马去，一刻也不许停留！

〔王瑞兰惊慌。

王瑞兰　喂呀蒋郎！难道今日就是你我夫妻分别之时么？为妻的实实不愿与你相别的呀！（大哭）

王尚书　休得多言，还不与我快走！

〔丑拉王瑞兰上马，三人急下。
〔蒋世隆扶病急上，小姐已走远。

蒋世隆　啊呀我那妻子呀！

【江儿水】

眼见得今朝去。
直恁忙。
相随百步。
尚且情悒怏。
何况我夫妻月余上，
怎下得霎时间如天样。
若要成双，
难再望。
一对鸳鸯，
生被跌天风浪！

〔生倒地大哭，店主上，搀扶。

店　主　相公，且免愁烦，保重身体要紧。

蒋世隆　店主呀！想我今日呵——

【卜算子】

病弱身着地，
气咽魂离体，
折散鸳鸯两处飞。
天哪！多少衔冤气！（生爬起欲追赶，被店主拦住）

店主人放手，我拼命去赶她转来。（店主劝解）

店　主　官人，娘子她已去得远了，追不上了！

蒋世隆　哦！已去得远了，追不上了……（大悲）喂呀娘子啊！

店　主　相公，你若还想夫妻重逢，如今只有读书求官这一条路了。依老汉之见，你还是安心在此养病，待痊愈之后，上京求取功名，倘有了一官半职，再去向小姐府上求亲，也不为迟啊！

蒋世隆　（点头）事已至此，如之奈何？唉！

【川拨棹】

从今后相思痛断肠。
紧攻书，
临选场。
我不道再，
我不道再娶重婚。
小姐呀，你焉肯终身守孀？
苦别离，愁断肠。
重逢日，免凄惶。

啊呀，小姐呀！

〔生哭泣下，窗外，残月半轮。
〔切光。

第四折　幽闺拜月

〔蒋瑞莲上。

蒋瑞莲　闲庭静悄池澄澈，泛水圆小嫩荷叶。良辰美景正当时，却照离人未圆月。奴家蒋瑞莲，自从与兄长失散，幸遇张氏夫人收为义女，后又在驿馆逢着那尚书老爷并姐姐，一家人回转帝都。只是我那瑞兰姐姐，终日里闷闷不乐，不知为何？且喜今夜月朗风清，我不免陪姐姐闲散一番。啊，姐姐，快来啊。

〔王瑞兰上。

王瑞兰　【齐天乐】
恹恹挨过残春也，
又是困人时节。
王瑞兰　自从爹爹在广阳镇招商店内，将我们夫妻生生拆散，我何曾片刻忘怀，如今虽与爹娘团聚，却也不知我那夫君身可康健？思想起来，好不愁闷人也。
蒋瑞莲　啊姐姐，你看天边一轮明月，十分可爱也。
王瑞兰　（接唱）景色添愁，
天气倦人，
有甚闲情赏月？
蒋瑞莲　姐姐，如此良辰美景，你却眉头不展，面带忧容，为甚么来？
王瑞兰　哎！
【青衲袄】
我几时得烦恼绝？
几时得离恨消？
本待散闷闲行到台榭，
伤情对景肠寸结。
蒋瑞莲　姐姐，撇下些罢。
王瑞兰　（接唱）闷怀些儿，
待撇下怎忍撇？

待割舍难割舍。
倚遍阑干，
万感情切，
都吩咐长叹嗟。

蒋瑞莲 姐姐，你这般忧愁，莫不是为伤春憔悴？
王瑞兰 不是的。
蒋瑞莲 那莫不是又伤夏月？
王瑞兰 也不是。
蒋瑞莲 这不是，那也不是。（调侃）莫非是牵念姐夫？（偷笑）
王瑞兰 （生气）啪！死丫头！竟说出这样话儿调笑咱。还不与我快走！
蒋瑞莲 到哪里去？
王瑞兰 到爹娘处说你去。
蒋瑞莲 说些甚么？
王瑞兰 说你小鬼头春心动也。
蒋瑞莲 啊姐姐，我再也不敢了。你饶了我罢。（跪）
王瑞兰 （一笑）起来，且饶你这次，今后再不可如此。
蒋瑞莲 嗯，再不可如此。（窥王瑞兰）啊姐姐，你在此闲耍歇罢，我要先回去了。
王瑞兰 怎么，说你一句就着恼了？
蒋瑞莲 小妹怎敢。只是先前匆忙，忘收了针线帖。
王瑞兰 也罢，你先去！
蒋瑞莲 是。
王瑞兰 回来。
蒋瑞莲 姐姐，怎么了？
王瑞兰 你，可还回来么？
蒋瑞莲 我么……不回来了。
王瑞兰 如此，你去罢。
蒋瑞莲 （假装下，偷偷藏身花荫后）待我悄悄看来，我那姐姐她做些什么。
王瑞兰 这丫头去了。天色已晚，只见半弯新月，我不免安排香案，对月祷告一番。

【卜算子】

款把桌儿台，
轻揭香炉盖，
一炷心香诉怨怀，
对月深深拜。

（王瑞兰焚香拜月）

蒋瑞莲 （偷窥）姐姐啊姐姐，我且听你祝告些什么。（潜上偷听）

王瑞兰 【二郎神】

拜新月，
宝鼎中明香满爇。
上苍，这一炷香呵！
愿我抛闪下男儿早日康健些，
赴帝京科场得意。
这二炷香，
愿我与郎君呵。
同欢共悦重完聚，
细细将相思儿诉。
那三炷香，
三炷香，
夫妻镇厮守不离片刻。

〔蒋瑞莲跳出来。

蒋瑞莲 哈哈！姐姐，你在这里说些甚么？

〔王瑞兰慌张。

王瑞兰 我不曾……不曾说些甚么。

蒋瑞莲 （模仿王瑞兰刚才口气）你却不道小鬼头春心动也。

〔蒋瑞莲欲走，王瑞兰慌忙拦住。

王瑞兰 啊妹子，你到哪里去？

蒋瑞莲 我也到爹娘处去说。

王瑞兰 说甚么呀？

蒋瑞莲 说你这大鬼头春心动！

〔王瑞兰拉扯蒋瑞莲。

蒋瑞莲 放手，我这回定要说去。

〔王瑞兰情急，下跪。

王瑞兰 好妹子，饶过了姐姐吧！

蒋瑞莲 饶了你可以，只是……

王瑞兰 怎么？

蒋瑞莲 你与我说了实话。

【莺集御林春】
恰才的乱掩胡遮，
事到如今漏泄，
姐妹们心肠休见外，
敢是你夫妻有些周折？

王瑞兰 （接唱）教我难推怎阻。
罢罢，妹子。我一星星对你仔细从头说。

蒋瑞莲 姐姐，他姓甚么？

王瑞兰 姓蒋。

蒋瑞莲 哦，他也姓蒋，叫甚么名字呢？

王瑞兰 名世隆。

蒋瑞莲 呀！他家住在哪里？

王瑞兰 中都路是家。

蒋瑞莲 姐姐，你怎么认得他？他是甚么样人？

王瑞兰 是我男儿受儒业。

〔蒋瑞莲听罢露悲色。

蒋瑞莲 【前腔】
听说罢姓名家乡，
这情苦意切，
闷海愁山将我心上撇，
不由人不泪珠流血！

王瑞兰 （接唱）我恓惶是正理，
只合此愁休对愁人说。
妹子，
你啼哭为何因，
莫非是我男儿旧妻室？

蒋瑞莲 啐！甚么旧妻室。他是瑞莲亲兄长！

王瑞兰 呀！原来是令兄。我晓得了。那时节兵荒马乱，你们兄妹被乱兵分开，因此与我错寻相应，你我小名只差一个字儿。

蒋瑞莲 是啊，因此上我才与母亲厮认。

王瑞兰 如此说来，妹子，你我比先前又更亲了呢！

蒋瑞莲 是啊！如此说来，我是你妹妹又小姑，你是我嫂嫂又姐姐。

王瑞兰 正是。

【前腔】

你须是我妹妹姑姑，

我是你的嫂嫂又是姐姐。

蒋瑞莲　（接唱）不知家兄和你因甚别，

两下分离是何时节？

王瑞兰　（接唱）正遇寒冬冷月，

恨爹爹把奴折散在招商店。

蒋瑞莲　（接唱）姐姐，

你如今还思量着我哥哥么？

王瑞兰　（接唱）思量起痛辛酸，

那期间他染病耽疾。

蒋瑞莲　（接唱）那时你怎割舍得他？

王瑞兰　（接唱）是我男儿教我怎割舍？

蒋瑞莲　啊呀姐姐呀！

【四犯黄莺儿】

他直恁太无援，

你十分忒软怯，

眼睁睁怎忍相抛撇。

王瑞兰　（接唱）心殚力殚，

严父威逼，

当不过他抢来推去向前扯。

王瑞兰 蒋瑞莲　（合）爹爹呀！

（唱）怨你忒狠，折散鸳鸯，将相思分两地！

蒋瑞莲　喂呀，只是可怜我那兄长。

王瑞兰　喂呀，苦煞我那夫君也。谁承想宝镜分破，玉簪跌折？

蒋瑞莲　也不知何日里月重圆人也再圆？姐姐，趁此风清月朗，你我姐妹不如对这一轮明月，焚香祷告，为我兄长祈福如何？

王瑞兰　使得。

〔二人下跪拜月。

王瑞兰 蒋瑞莲　月儿啊月儿，愿天下真心相爱的夫妇永无分离，愿王瑞兰与蒋世隆两口儿早得团圆！

〔二人起身，对望，感叹。

王瑞兰　正是：往时烦恼一人悲。
蒋瑞莲　自此凄凉两下知。
王瑞兰
蒋瑞莲　从今许下千千拜，望月瞻星夜夜间。

〔王瑞兰、蒋瑞莲相扶，同下。
〔切光。

第五折　拒婚团圆

〔丑扮官媒婆上。

官媒婆　媒婆终日脚奔波，成就人间好事多。老身，官媒婆是也。前日王尚书府上传唤，说是奉了朝廷恩命，要替瑞兰小姐招赘文状元为夫婿。想那尚书小姐，招赘新科状元，郎才女貌，多少般配！可小姐偏偏拿些儿样子，那一日，她对老身言道：“（学王瑞兰模样）口诵柏舟篇，有何心续断弦。”我想小姐是深闺处子，如何说起断弦来？她却说：“（学王瑞兰模样）妈妈有所不知，奴曾在广阳招商店洞房，爹爹凯旋途中偶见，霎时间拆散了鸳鸯伴。为此，我甘心守节，等奴那蒋郎。”她倒是情深义重的，只是招赘状元乃是父命君恩，如何违背的？一定要偕这佳偶的。说话间，已到了状元府，待我报门进去。

〔官媒人叩门，内报官媒到，蒋世隆状元服上。

蒋世隆　【望远行】
　　春风紫陌，
　　偏是天涯孤客。
想我蒋世隆，与妻子瑞兰在那招商店分别之后，得店家悉心照料，病愈赶赴科场，只见我挥毫间几篇文章便成，被当今圣上钦点了头名状元。只是我那心里呵，欲喜还悲。

〔官媒婆见礼。

官媒婆　状元公叩头。
蒋世隆　罢了。
官媒婆　听相公刚才言语，喜从何来？
蒋世隆　所喜志得意满，身显贵文名扬。
官媒婆　那悲呢？

蒋世隆 所悲家园荡废，琴瑟凄凉谁人知。

官媒婆 （打背躬，对观众）啧啧，难不成又是个有家室的？

蒋世隆 官家，你说甚么？

官媒婆 （忙应对）老身说那尚书老爷家的小姐十分标致。

蒋世隆 尚书老爷家小姐，与我何干？

官媒婆 状元公，尚书要招赘你做东床哩！你大登科完即要小登科，恭喜你哉！

蒋世隆 哎！卑人自有患难妻，你胡说什么来？

官媒婆 喏。非是老身胡说。今日一来奉天子洪恩，二来领尚书严命，特来说亲，请仙郎与小姐同谐佳偶。

蒋世隆 咄！媒婆忒无礼了。

【集贤宾】

犹记广阳招商店，

与瑞兰成婚。

翠帷中风清月皎，

杯盏间俱是温柔情。

官媒婆 那如今夫人何在？

蒋世隆 （接唱）可恨岳丈，

生折散恩爱伴侣，

两离分。

官媒婆 哦，看来是坏阿爹棒打鸳鸯之事。那后来呢？

蒋世隆 （接唱）到后来孤雁哀鸿，

再无相见。

官媒婆 既然如此，那状元公再娶了罢。

蒋世隆 （接唱）断不学蔡伯喈昧良心，

停妻再娶。

官媒婆 如此说来，这桩婚事状元公不肯应允？

蒋世隆 蒋世隆断然不受。（生抹泪下）

官媒婆 唉，没想到这天下竟有蒋状元这等痴情男子。（欲下，忽然想到）不对，那尚书小姐说配了蒋郎，这状元却也姓蒋；小姐说招商店有了丈夫，不肯再嫁，状元又说招商店有了妻室，不肯重婚。好生跷蹊……莫非小姐状元原是夫妇？嗯，待我回禀了尚书老爷，再做安排。（官媒婆下）

〔王尚书、张氏上。

王尚书 昨日遣媒招才俊。

张　氏　谁料姻缘事不谐。啊老爷，昨日官媒到状元府求亲，不想那状元公不肯应承，再三劝他，只说招商店原有妻室，他立志要为王氏发妻守义。

王尚书　招商店，王氏妻……

张　氏　叫我看来，那蒋状元，莫不是我女儿自招来的好女婿？

王尚书　哎！老夫却不信状元是那乘人之危的小人！

张　氏　不是哟，我自有一个道理。

【滴溜子】

今日里，今日里，
小设酒筵；
媒婆去，媒婆去，
传语状元，
既然他心中不愿，
如何强逼他谐缱绻。

王尚书　既如此，你请他来作甚？

张　氏　请来饮酒之间呵，先教他妹子在堂前，隔帘认看。

王尚书　（作思考状）嗯，如此么，也好，就依夫人。

张　氏　如此，老身安排去了。

王尚书　夫人费心。

〔张氏下，内报状元到，蒋世隆上。王尚书、蒋世隆寒暄，落座。

王尚书　啊状元公，老夫奉圣旨招阁下为婿，为何不肯应承？

蒋世隆　老尚书容禀，非是卑人不肯，只是我原有恩爱发妻，断断不忍抛撇。

王尚书　招赘之事，非是老夫强逼，只是圣意如此，不敢有违。

蒋世隆　纵有圣命如天，我又怎肯做得亏心负义之人？

王尚书　状元公，听你如此说，莫非打算终身不娶不成？

蒋世隆　山可移，石可转，吾心到底坚。

王尚书　呵呵。你若肯成就了此亲，一身享荣华，受富贵，有何不可？

蒋世隆　贪豪恋富，怎把人伦变？为学当要慕圣贤，难把鸾胶续断弦！

〔蒋世隆作生气状，王尚书打背躬。

王尚书　啊呀！谁料想这状元倒是如此有情有义！倘若他就是招商店的书生，那倒是老夫的不是了。

〔帘后，张氏、蒋瑞莲上，看小生。

张　氏　孩儿，这可是你哥哥？

蒋瑞莲 哎呀！这不是我世隆哥哥么？喂呀哥哥呀！

〔蒋瑞莲上前见生。

蒋世隆 啊呀妹子呀！

蒋世隆
蒋瑞莲 【哭相思】

兄妹当初两分散，
谁知此地重相见？

王尚书 哎呀！他果然是瑞莲的兄长，我瑞兰的儿夫了！当初只道他是个乘人之危的登徒浪子，不料眼前竟白白得了个状元女婿，奇哉呀，奇哉！

张　氏 哼，还不是你这老不贤的罪过！

王尚书 哈哈哈，如此状元公，老夫与你赔不是了！（作赔礼科）

蒋世隆 老尚书，这是怎么一回事儿？

蒋瑞莲 兄长呵！

【香柳娘】

想当初难中，
想当初难中，
与哥哥分散，
孤身途路谁相盼。
幸夫人见怜，
幸夫人见怜，
相挈在身边，
慈悲做方便。
与亲生女儿，
与亲生女儿，
相看一般，
喜今朝重见！

蒋世隆 啊呀，夫人大恩大德，何以为报！世隆多谢了！

〔生携蒋瑞莲谢张氏。

张　氏 好女婿，不用谢不用谢！

蒋世隆 女婿？这又是……

蒋瑞莲 兄长，招赘你的王氏小姐正是那日风雨同伞的人儿呢！

蒋世隆 呀！娘子在哪里？娘子在哪里？

王瑞兰 官人在哪里？官人在哪里？

〔王瑞兰急上，蒋世隆、王瑞兰相见，拥抱。

蒋世隆　【哭相思】

一别招商已数年，
今朝重续旧姻缘，
贞心一片如明月，
映入清波到底圆。

王瑞兰　官人呀。

【五更转】

你的病未痊，
我却离身畔，
心中常挂牵。

蒋世隆　（接唱）苍天保佑，

保佑身康健。
今日得见，
犹疑梦中，
所幸至诚感天，
遂吾愿！

蒋世隆
王瑞兰　（合唱）相逢到此，

到此真稀罕。
喜动离怀，
笑生愁脸！

王尚书
张　氏　女儿，贤婿。且喜今日夫妻重圆，又有朝廷恩命，真乃天赐姻缘，你们各自打扮起来，今夜完婚便了！

蒋世隆
王瑞兰　如此，多谢爹爹、母亲！（同拜）

蒋瑞莲　（调侃）瑞莲见过嫂嫂。（拜）

王瑞兰　（害羞地）啐！

蒋世隆　啊哈哈哈哈哈哈哈！正是，自来好事最多磨，天与人违奈若何？

王瑞兰　拜月事前愁不浅，招商店内恨偏多。

蒋瑞莲　乐极悲生从古有，分开复合岂今讹？

王尚书
张　氏　风流事载风流传，太平人唱太平歌！

【望吾乡】

月缺复月圆，

光照绮筵，
花枝掩映春风面。
女貌郎才真堪羡，
天遣为姻眷。
双飞鸟，
并蒂莲，
今朝得遂平生愿！

〔众人喜气洋洋团圞，天上一轮满满圆月。
〔切光。
〔剧终。

风筝误

据清代同名传奇整理改编

编剧：孙振虎

新编《风筝误》改编说明

新编《风筝误》是昆剧剧目（七出），完成于 2017 年 10 月。

《风筝误》改编思路如下：

一、缩小体量。清初剧作家李渔所作原剧共三十出，改编后计划为七出：《题筝》《和筝》《惊丑》《逃婚》《逼婚》《闹婚》《合欢》。删除詹烈侯、韩琦仲大战边关，韩琦仲京城相亲，詹氏二妾相争等闲散内容，集中于韩琦仲与詹家二位小姐的姻缘始末。

二、重新塑造人物，强化人物动机。如韩琦仲，早年父母俱亡，由父友戚补臣收为养子，抚养成人，与补臣之子友先同窗共读。琦仲忠厚善良、才华出众。他有着与众不同的择偶标准，不想遵从门当户对的旧则，而是向往惺惺相惜、琴瑟和鸣的理想爱情。因而，韩琦仲在“惊丑”之后的拒婚、逼婚戏会更合情理。而一众人物在“婚闹”之后，每个人都有变化，每个人都有了新的心理内容。

三、重新裁定故事形式，设计新的舞台呈现形式。本剧为喜剧类型，所以在喜剧性方面加强了设计。新增拒婚戏，改变逼婚的情节，合并前亲、后亲，变为同台合套，形成对比，增强喜剧效果。此外，还根据人物性格，设计了更多的舞台动作，以增强人物的喜感。

人物表：

韩世勋——字琦仲，为戚补臣所收养
淑　娟——詹家二小姐，柳氏所生
戚　施——字友先，戚补臣的儿子
爱　娟——詹家大小姐，梅氏所生
奶　娘——詹家大小姐的奶娘
抱　琴——戚家仆人
柳　氏——淑娟母亲，詹武承二夫人，住在詹家西院
梅　氏——爱娟母亲，詹武承大夫人，住在詹家东院
风　筝——以人扮筝

一、题筝

〔韩世勋（**巾服上**）**【鹊桥仙】**乾坤寂寞，藐怀焉寄？自负情钟我辈。良缘未许便相遭，知造物定非无意。乌帽鹑衣犊鼻裈。风流犹自傲王孙。三都赋后才名重，百尺楼头气岸尊。手不太真休捧砚，眉非虢国敢承恩？佳人端的书中有，老大梁鸿且莫婚。

〔小生韩世勋，字琦仲，茂陵人也。囊饥学饱，体瘦才肥。虽然心中喜好美色，自知还耻作登徒，亦自多情。不幸二亲早背，英年离世，家道凌夷，四壁萧然，未图婚媾。赖有乡达戚补臣，系先父生前结拜好友，将小生自幼抚养成人，与他令郎友先同窗伴读，来者正是。

〔戚施（**巾服上**）**【吴小四】**跨金鞍，佩玉环，豪华第一班。掷色斗牌赢不惯，每日输钱常论万，当家后，一总还。

〔小子名唤戚施，字友先，家君原在藩司，做官不清不浊，挣个本等家私，只养区区一个，并无同气连枝。没挞煞受人临终之托，甚来由养个韩氏孤儿，与我同眠同坐，称他半友半师，谁知是个四方鸭蛋，老大有些不合时宜。有趣的事，不见他做；没兴的事，偏强人为。我一介良民，犯何罪孽？动不动要捉我会文做诗。诗文有何受用？时不时便教人焚香下棋。好衣袖都被香炉擦破，破物事当古董收回；好髭须都被吟诗拈断，断纸筋当秘籍携归。更有一般可笑，说起女色，也自垂涎咽唾；见了妇人，偏要做势装威。（**招手打招呼**）老世兄，几番寻你不见，原来在这里独自孤寂。

韩世勋 今乃寒食之日，听从戚老伯指教，小生整肃衣冠，清晨便去墓园哭了父母坟头，晌午方回。

戚　施 （说夹唱）老世兄，你不是教我，亲戚或余悲，他人亦已歌。还有什么……死去何所道，托体同山阿。还有……有生必有死，早终非命促。还有……千秋万岁后，谁知荣与辱？还有……但恨在世时，饮酒不得足。能饮两杯否？没了。再有，这头发就得全挠下来了。

韩世勋 可是戚老伯寻我？蒙老伯扶持、教诲，小侄异姓孤儿，却胜似天伦，感激之语，一言难尽！老伯但有嘱咐，敢不遵从。

戚　施 老世兄，自古道："四海之内皆兄弟也。"何况我和你两世通家，说什么同胞异姓，都是一般兄弟。

韩世勋 戚老伯人在何处？我前去问安。

戚　施 老世兄，我和你终日闭在书馆，多时不见妇人，开春时节越发睡卧不安，未免有些亢阳之意。今日家父不在，正好及时寻乐，和你到姊妹人家去走走何如？

韩世勋 【解三酲】嗅着那脂腥粉气，怎教人翠倚红偎。

戚　施 毕竟怎么样的，方才中得你的意？

韩世勋 但凡妇人家，天姿与风韵两件都少不得：有天姿没风韵，却像个泥塑美人；有风韵没天姿，又像个花面女旦。须是天姿风韵都相配，才值得稍低回。就是天姿、风韵都有了，也只算得半个，那半个还要看他的内才。倘若是蓬心不称如花貌，也教我金屋难藏没字碑。

戚　施 你也忒煞迂阔，世上哪有这样妇人？昨儿个老爹说，要替你定亲，这等看起来，你就快盼到洞房花烛了。

韩世勋 若要议亲，须待小弟亲自试过她的才，相过她的貌，才可下聘。不然，宁可迟些，决不肯草草定配。甘淹滞，怎肯把山精野怪，引入房帏？

戚　施 一发说得好笑，只有青楼上的红花绿草，肯与人相、肯与人选；哪有高门大院的宦家儿女，容易使人见面的？

【前腔】何曾见侯门娇丽，肯容人较瘦量肥？

就算外貌见了，那内才又怎么知道？难道出个题目，考她不成？就是朝廷也不开女科第。老世兄，我劝你将就些也罢了，须知道河清难俟韶光迅，只怕你觅得娇娃日已西。休拘泥，只要门当户对，一般婆姨！

韩世勋 （泣）父母俱去了西方极乐世界，独留我于这艰难俗尘中，功名未立，家财无有，叫我上哪里去寻个秀外慧中、门当户对的女娇娃？

戚　施 你只管用心读书，莫说纸笔之资，灯火之费，老爹不惜，就是婚姻一事，少不得也在老爹身上。你休忧聘礼，老爹还说，令先尊易箦之时，就此事已谆谆托付，老爹表下心声，必定力任不辞，防备着死者重生，须使老爹前言无愧。听说，老爹一早便去了隔壁詹家，说合两家婚事。听说，詹家两个小姐如花似玉，正与你我兄弟二人一人一个，岂不美哉。大小姐与你，二小姐与我。哈哈！

韩世勋 （拜揖）【宜春令】蒙垂念，辱俯携，恨不得挽青云，扶人上梯。近世的交情，生前尚且翻云覆雨，何况朋友死后，还肯念及子孙？叹人亡交废，路逢羊舌谁弹泪？

老伯此德此恩，不知何年何报？愧无能报德衔环，只有个感恩流涕。

戚　施 意空驰，神虚费，婚姻自有个暗中媒，现在，屠苏合，我和你，倒不如的，先去饮数杯。

韩世勋 世兄，须要爱惜声名和身体，且随我读《论语》。

戚　施 （挣扎）世兄，我刚睡醒了起来，不想再睡了。

韩世勋 世兄，我帮你头悬梁、锥刺股，这般读书便睡不着了。

抱　琴 （持风筝上）大爷，大爷，风筝来了！

戚　施 什么风筝来了？

抱　琴 抱琴给大爷请安。大爷，能不能与韩相公说说，给小的换个名字。

戚　施 （思索）你这番抱着个风筝，就叫你抱筝吧。

韩世勋 世兄，随他抱琴抱筝，想抱什么就抱什么吧，读书要趁早呀。

抱　琴 大爷，如今清明近了，那些富家子弟，个个在城上放风筝，使我看了，心知大爷一定是技痒不过。这正有一个风筝来。老爷去詹家喝酒去了，一半天回不来，咱们上城去放它一放？

戚　施 我想古来制作的圣人，最是有趣，到一个时节，就制一件东西，与人玩耍。不像文、周、孔、孟那一班道学先生，做这几部经书下来，把人活活的磨死。经书还是晚上睡前读一读罢。

【大迓鼓】聪明让鲁班，随时逐节把巧制新翻；不像那诗书庸腐文章板，平铺直叙没波澜。照我看来，那十分之中，竟有九分该删。

〔韩世勋无奈直摇头。

抱　琴 （低语）大爷，自己糊的风筝，糊了好几天呢。这个，这个，是吧？

戚　施 （给一锭银子）大爷开心了还有赏！这风筝，糊便糊得好，只是忒素净些。

抱　琴 嗳，专门给大爷留白画它一画。

戚　施 哪个耐烦画风筝？你把银子还我，我去闹市买一个去。

抱　琴 韩相公，求您给画一画，（低语）回头付您个润笔的费用。

韩世勋 裱风筝既有裱匠，画风筝自有画师；我韩相公画不惯，只会写几个字。

抱　琴 韩相公，那就屈你写一写罢。一字千金。更好！更好！

韩世勋 这也是活磨了，谁耐烦去画他？也罢，就将方才路上新编的诗句，写在上面，与你拿去便了。也算是诗酬清明，聊寄心思。

抱　琴 （低语戚施）小人央韩相公画，他说不如题一首诗，更显风流。一字千金。更好！更好！

戚　施 他做出来的事，就是惹厌的。一字千金知太重，只愁放不上青霄。罢了。叫他赶紧写来，一会儿你拿着风筝去老地方寻我，叫那些姊妹们看看咱题字的风筝，看看咱的风骚。（下）

抱　琴 嘿！管他风骚、风流，都是一个味儿！咱还是喜欢这银子的味儿。我且去了取笔墨来。韩相公，只喜欢纸墨味儿。（下）

韩世勋 谁知道我这日思夜想的都是国色天香！

【太师引】似那等国色难，天香罕，难道教我渴相如把情思遽删？我也晓得那倾国佳人，原不易得，只是要个将就看得的也没有，如之奈何？我只要个不妆点的真姿本色，无脂粉的绿鬓红颜。就是那胸中的才思，也不必太高，又不要他文章应举诗刻板，只求她免贻笑与那大方丫环。天那！若是我命里有这等一个，就婚姻迟几年也不妨。只要有红丝绊，我甘心守鳏，终不然竟使我终身做了孤汉。

抱　琴 （持笔、墨上，研墨）韩相公，请高抬贵手！

韩世勋 （写，念）谩道风流拟谪仙，伤心徒赋四愁篇。未经春色过眉际，但觉秋声到耳边。好梦阿谁堪入梦，欲眠竟夕又忘眠。人间无复埋忧地，题向风筝寄与天。

抱　琴 谢韩相公。我这就把这风骚的风筝给大爷送去。（下）

韩世勋 书成莫怪景萧条，摩诘诗中画自饶。一字千金知太重，只愁放不上青霄。

【前腔】幸有风筝为折柬，寄愁天上何难，但看我忧贫虑贱的心如捣；试问你造物生才的意可安？便道是大器从来成就晚，难道婚姻事也教人须鬓斑！

二、和筝

戚　施 （浪荡行步上）【青哥儿】清明近，游人闹，好风光，大家欢笑。风筝糊就到春郊，高高放去，又有一场脾燥。

抱　琴 （持风筝上）大爷！风筝来了。

戚　施 （接筝放）妙！妙！妙！你看，一放就放上去了。（倒行放线）放线放线，比别人家的，分外高些才妙。

【剔银灯】纸鸢儿，又轻又巧，才放手，上天飞飘！只怕臭诗熏得天公恼，遣天兵，把线儿断剿。眼见那断线的风筝晃摇，荡悠悠滑翔入詹府，左院落了。

戚　施　风筝落到詹家去了！抱琴，快去取了风筝，对了，顺便看看詹家二小姐的容貌，回头形容于我。（下）

抱　琴　这就去了。（随下）

柳　氏　（小旦装束上）女儿，女儿！

【一剪梅】最是春光易得消，才过元宵，又过花朝。

妾身柳氏，詹武承第二房夫人。我生的女儿淑娟，乃詹武承第二位小姐。妾身与夫人梅氏合不来，分作两院而居。说起那院的梅氏，还有她的那个大小姐爱娟，嫉妒成风，咆哮作性，妾身初来，也曾让她几次，怎奈越高越上，势不相容，如今只得与她高墙隔开，才能够画疆自守。虽然眼界略窄了些，倒喜得耳根清净。不知我那女儿淑娟在哪里发呆。人家女子,有才的,未必有貌;有貌的,未必有才，就当才貌都有了，那举止未必端庄，德行未必贞静。我的女儿件件俱全，真个难得。

【三段子】她情娇态娇，笔姿儿比容更娇；识高智高，德行儿比才更高。老成不觉年轻小，端庄增却容颜好。不枉了人唤千金，我掌擎珠宝！

春光烂漫，正是思春时候。待老爷回来，觅一个乘龙快婿，只求一个白头偕老、平安是福。

淑　娟　（持笔、纸上，画画）【前腔】芳菲时，至不相饶，才放山桃，又放庭蕉。

柳　氏　原来躲在这里画你的竹子。春天日子最易得过。不可虚负时光，画竹之外，就是诗文也不可荒疏。今日阳光明媚，你可随意做首诗来我看。

淑　娟　这等求母亲命一个题，限一个韵。

柳　氏　你兀自寻一个罢。我且去看看晚宴准备得如何了，晚宴上你吟诗再气气梅夫人和爱娟。（下）

淑　娟　何必气她们。

〔内扯风筝，落下。

淑　娟　呀！什么东西，从天上掉下来？（拾看）

【啄木儿】如星陨，似雪飘，百尺游丝旋又绕。却原来是半空中，线断风筝，为甚的数行皂墨染云涛？莫不是玉楼坠下修文的草，莫不是楚歌吹散军人的稿，为甚的郢曲传来万丈高？（唱前诗）谩道风流拟谪仙，伤心徒赋四愁篇。未经春色过眉际，但觉秋声到耳边。好梦阿谁堪入梦，欲眠竟夕又忘眠。人间无复埋忧地，题向风筝寄与天。

原来是才子忧愤之词，呀，词韵俱妙。

【前腔】睛斜盼，手背抄，绕径寻诗莲步小。只因这拾风筝题目偏新，好教我和《阳春》想路难超。不知内心为什么缘故，见了风筝上的诗句，就生出尾韵和法来。他不过龙蛇几笔真连草，又不是“鸳鸯”两字颠还倒，为甚的把忧愤诗词风筝抄？（提笔于风筝上书写）

奶　娘　（急上）南阮无心邀北阮，东施有意拉西施。二小姐，大小姐说：“多时不相见，请你过去谈一谈。”

淑　娟　我这正好刚写完了诗，这就同你去。（放下风筝）才和飞来句，旋为拉去人。（自院门外下）

〔奶娘欲随淑娟下，见抱琴上，又回来。

抱　琴　纸鸢不是衔泥燕，何事飞来王谢家。门上有人么？

奶　娘　（细细打量抱琴）是哪个？

抱　琴　我是隔壁戚家的第一管家抱琴。方才我家公子放风筝，偶然断了线，落在贵府上，烦夫人寻一寻。

奶　娘　（背白）他居然叫我夫人！看他还挺招人爱！（对抱琴傲视）千家，万家，知他落在谁家？怎么偏到我家！

抱　琴　（背白）这位夫人看我的眼神真是让人酥了。（对奶娘柔声）亲眼看见落在此院高墙里面，故此来问。

奶　娘　这等待我进去查来。（进院向内问）禀二夫人，戚老爷的公子，有一个风筝落在院里，着人来取。

柳　氏　（在内）既是戚老爷家的，让他拿去。

奶　娘　（取风筝，欲付抱琴）风筝在此。

抱　琴　多承了！完全归赵璧，功不愧相如。（欲下）

奶　娘　（拉风筝）这样便拿去了风筝，未免太便宜了些吧？

【玉抱莺·玉胞肚】堪称俊美，乍相逢，教人目迷。眼前人，器宇春容。入梦来，裘马轻肥。

抱　琴　你想怎样？

奶　娘　不若咱们一起去放风筝玩会儿吧。

抱　琴　真让人站不住了。可是今日不便，需要速速将风筝还给公子，迟了怕跟我要银子哩。改日定当奉陪！

奶　娘　好一位风趣相公，好一位风流相公！以后不用抱琴了，抱我吧。我是詹家的奶娘。

抱　琴　我去还了风筝即来抱你。（下）

奶　娘　情人眼里出西施，急待抱琴难自已。

淑　娟　（急上）拂衣归去疾，因有事关己。奶娘还在这里呢。方才的风筝，可曾见到？

奶　娘　是戚家公子的，已付还了他。

淑　娟　哎呀，这可如何是好？我的诗句题在风筝上面，闺中的笔迹，怎好付与外人？究竟是个隐患，叫人忧心。呀！倒是我有失检点了。方才的风筝，若去不远，快替我赶转来！

奶　娘　不知走到哪一方去了，怎么赶得着？小的回东院去了。（下）

淑　娟　【前腔】糟糕，我年轻毛糙，为甚的偶遗忘，差池这遭？非是我撒痴撒娇，在闺中自顾焦灼絮叨。一来呵，荒疏恐被男儿笑；二来呵，短长怕有旁人道，做不得个内外森严不通飞鸟。

这可如何是好？要不要告与母亲知道？（下）

韩世勋　（闲步上）【步蟾宫】日长似岁休闲过，劝自己、将勤补惰。春郊游客乱如梭，这屋里板凳冷坐。

【黄莺儿】开卷益偏多，古和今，任搜罗，消磨岁月惟书可。

抱　琴　（持风筝上）苎线无筋联复断，风筝有脚去还来。呀！大爷哪里去了？

韩世勋　又出去了，大概回去老地方了吧。

抱　琴　韩相公，这风筝刚落在了詹府，小的取回来了，可否替大爷收着，小的有点事急着先办了。

韩世勋　（接风筝看）呀！是哪个续一首在后面？

（念）何处金声掷自天，投阶作意醒幽眠。纸鸢只合飞云外，彩线何缘断日边。未必有心传雁字，可能无尾续貂篇。愁多莫向穹隆诉，只为愁多谪却仙。

好诗！好诗！居然强似我的。这诗是何人所作？

抱　琴　听奶娘称呼，是詹家二小姐。

韩世勋　（又看）口气也像女人口气，笔迹也像女人笔迹，不消说是她做的了。既然如此，不可与戚大爷看见，趁他不在，揭将下来，另把一张白纸补上，待他回来好看。

抱　琴　（摸银子）也说得是。（揭，补）

韩世勋　且让我把诗细细看来，细细地玩味一番。（出诗看）

【簇御林】焚香看，漱齿哦！这是佛名经，出普陀，能开一切眉间锁。他诗中只赞我才高，不露一些情意，但将它细味起来，那“未必有心，可能无尾”这八个虚字眼呵，有无限情包裹。

就是这韵也和得异样，又不从头和起，倒从后面和将转来，或者寓个“颠鸾倒凤”的意想在里面也不可知。分明是有意掷情梭。不知小姐模样如何？

抱　琴　小姐的奶娘胜似西施，想来那二小姐的容貌也十分标致。

韩世勋　这样的诗，料想不是丑妇做得出的。

【前腔】我把她容思想，貌揣摩，毕竟少铅华，本色多。

抱　琴　这等说，是个不喜装扮的了。相公不曾看见，怎么知道？

韩世勋　但看她毫端不受纤尘呵，怎肯把脂共粉将容污，我若得与她结丝萝，便朝同枕簟，夕死待如何！我那首诗，是无心做的，并没有挑情的意思。如今怎么再做一首，暗说婚姻之事，央人寄去，看她怎生发付我？只是没有鸿雁传书。

抱　琴　相公，抱琴倒有个计较。

韩世勋　你有什么计较。

抱　琴　（摸银子）这个，这个，是吧？

韩世勋　（犹豫，翻出几块小碎银，交与丑）拿去。

抱　琴　她家侯门似海，料想没有人寄得诗去。只除非也学戚大爷，去放风筝。

韩世勋　那风筝怎么放得进去？

抱　琴　她家的宅子，极是宽大，又靠在城边，你如今做一首诗，写在风筝上，我和你到城上去放，不要太放高了，只要放进她家的墙头，就把线一丢，你说不落在她家，落在哪里？

韩世勋　（大喜）妙！妙！妙！妙得极！只是那回音怎得出来？

抱　琴　这个一发不难，待我依旧去讨，讨得风筝出来，回音一定在上面了。只是一件，切不可说出你的名字，只说是戚大爷做的，直待事成之后，才可露出真情。

韩世勋　怎么？我做了诗，倒假他的名字？

抱　琴　一来如今的人情，只喜势利，不重孤寒。若她访问你的家底，连诗的成色都要看低了。二来风筝放进去，万一惹出事来，她还碍着戚老爷的体面，不敢放肆。前番戚大爷让去取了一次，顺利得很。

韩世勋　有理！有理！不但聪明，又且周密。我这就做诗，你去糊风筝！

抱　琴　我有现成的风筝，可以即刻取来。只是，只是自己糊的风筝，糊了好几天呢。这个，这个，是吧？

韩世勋　（犹豫，又交了几块小碎银）已全部家当都交与你了。

抱　琴　（笑下）我可还你个大美人呢！

韩世勋　这一首诗，不可草草下笔。

【琥珀猫儿坠】我凝神静想，逐字苦吟哦。这一次是有意班门弄斧柯，不比那弹琴偶遇子期过。敲磨，休教它绽破樱桃，笑我才少情多。

抱　琴　（持风筝上）不贪醉饱为顽仆，愿效昆仑作侠奴。相公，风筝有了。

韩世勋　（题）飞去残诗不值钱，索来锦句太垂怜；若非彩线风前落，那得红丝月下牵。（搁笔）

诗做完了,待我叮嘱它一番。风筝!风筝!我这桩好事,全仗你扶持;若得成交,你就是我的月老了!

【前腔】我把风神絮祷,却便似合掌念弥陀。休教那妒雨愁云把我字句磨,好待他清清楚楚入秋波。休讹,须认取我那嫡嫡亲亲、和韵的娇娥。

【尾声】你从前既把媒人做,还仗你把姻亲订妥,切莫要有始无终把我的好事磨。

新诗为我逗琴心,更仗新诗索好音;无意栽花犹发蕊,难道有心插柳倒不成阴?

抱　琴　韩相公,请随我来。

〔韩世勋携风筝,随着抱琴行走至适宜处。

韩世勋　【出队滴溜子】【出队子】风筝偷放,也学顽皮戚大郎,从今不敢笑伊行。

【滴溜子】还虑他将言啊让,虽然别有情,都是一般呆况;他为游痴我为色狂。

来此已是城头了。抱琴,哪里是他家的宅子?

抱　琴　(指)从这座高墙起,直到那座高墙止,方围一二里都是他家院落。

韩世勋　这等是丢得进的,趁没人在此,快些放上去!(放线)

抱　琴　相公,你在这里放线,我飞跑去詹家外等着取风筝了。(急下)

韩世勋　【降黄龙】休短休长,酌量高低,莫差寻丈。线啊,你是条牵情血缕,系足红丝,不但把风筝收放、过墙,待我新诗落地,你先做游丝萦绕纱窗。好待他举纤指轻收慢曳,抽出我的情肠。

如今放到宅子中间了,丢了线罢!(丢)起了西风,吹落在高墙东侧了!

【前腔】东墙鸟语花香,你看那屏掩帘垂,分明是深闺模样。我想那风筝此时啊,虽未经他秋波凝注,纤指轻拈,也早与温柔相傍。就是她丫环,保姆拾到了,少不得要送与小姐看的,只怕被管家拾着,拿去送与夫人,就有些不妥了。提防,不怕她通文保姆,与那识字梅香,怕只怕捕巡狠仆,献与高堂!

我如今也悔不得许多,愁不得许多,且回到书房静听消息。魂逐风飘今日下,线牵情去几时来?(急下)

梅　氏　(随奶娘上,大喊)爱娟,起了吧!怎么又睡到床上去了!你去看看淑娟在做什么,回来做得更好,晚宴的时候,气她们娘俩。

奶　娘　二小姐方才写诗来着。

梅　氏　写诗?爱娟,你也起来写一首诗。哎,方才堂上老爷宴请戚家老爷,我悄悄听到，老爷准备和戚家公子联姻。此事没和我说，怕是没有大小姐的份儿了。老爷居然如此偏心！哼！竟然先嫁二小姐。我可怜的心肝宝贝，不知道去哪找一户这样的高门大户了！等老爷这趟远门回来，我要去闹他一闹！我得去看看晚宴做没做我们爱吃的菜！爱娟，起了吧！（下）

爱　娟　（慵懒上）才起牙床宝髻偏，恼人春色困人天。梧桐不落春间叶，何为秋声到枕边？奶娘，方才窗子外面，是什么东西响了一下？

奶　娘　大小姐，待我看来。（寻看风筝）呀！原来也是一个风筝，也有一首诗在上面。

爱　娟　风筝便是风筝，诗便是诗，为何加上两个"也"字？你莫非学二小姐通文么？

奶　娘　不是，我刚才过去请二小姐，她正拾到一个风筝，上面有诗，她和了一首。今日我们又拾到一个，又有一首诗，故此下两个"也"字。

爱　娟　原来如此。这等她的风筝还在么？

奶　娘　闻得是戚公子的，当日就讨去了。

爱　娟　她那一个是七公子的，我这一个自然是八公子的了。

奶　娘　不是那个"七"字，是隔壁戚家的公子。

爱　娟　这等说起来，那公子又会做诗，又喜放风筝，一定是个妙人了！

【黄龙衮】风流知趣郎，风流知趣郎，诗逐风筝放。可惜落在她那里，她不过回你一首吃不得用不得的歪诗，若还落在我这边，定要陪几件东西答你，少不得把玉扣金簪，酬你多情况。

怎能够出张招榜，教他亲投认状，你若要寻诗句，赎风筝，须从我夫妻一场。

奶　娘　大小姐，你这等说起来，心上想着男子了。

爱　娟　奶娘，怎么瞒得你？自古道：男大当婚，女大当嫁。我今年齐头十八岁了。你不见东边的张小姐，小我一岁，前日做了亲；西边的李小姐，与我同年，昨日生了子。如今老爷才去上任，不知哪一年才得回来。等得他回来许人家，我的脸皮熬得金黄色了。如今莫说见了书生的面孔，听了男子的声音，心上难过，就是闻见些方巾香、护领气，这浑身也像跳蚤叮的一般……

奶　娘　大小姐，你也忒煞性急了！（背白）方才听闻夫人说二小姐会嫁到戚家。嗯，有了，我的财路开了。不如与大小姐谋划此事。（笑对爱娟）我如今和你商议，二小姐收着的，既有人来讨去，难道我们收着的，就没有人来讨？待他来讨的时节，我替你做个媒人何如？

【前腔】见了那寻诗觅句郎，寻诗觅句郎，我把他引到蓝桥上。你两个生米煮饭，后把婚姻讲。只是你怎么样谢媒？先要与我断过，媒钱几两，媒红几丈，这叫做，后君子，先小人，也须明讲。

爱　娟　你若有这样的盛情，我一见面就是两套衣服、一对金簪谢你。

奶　娘　我想今日这个风筝，不是没缘故的。前日一个落在那边，今日一个落在这边，恰好都有诗在上面，难道天下事有这等巧合的？这一定就是戚公子见了二小姐的诗，只说有心到他，故此又放这一个进来讨回话的。我如今立在门首去等，他若来讨，我只说二小姐为他害了相思，约他来会，不要说出你来。

爱　娟　怎么不要说我？

奶　娘　万一事做不成，露出些风声，内外的人，只谈论二小姐，与大小姐无关了。待有了瓜葛，然后说出真情，教他央人来说亲，成了百年夫妇，岂不是万全之计！

爱　娟　有理！这等你快些去等，不要又被二小姐抢了先。（下）

奶　娘　（向外走）良媒不怕姻缘少，私语还防耳目多。自家只为奉承小姐，出来等那讨风筝的情郎。远远望见抱琴又走来，必定是讨风筝的！须要先让他抱一抱我才好。

抱　琴　（观望着上）不怕侯门深似海，能令消息快如风。门上有人么？

奶　娘　哟，急着回来抱我吗？

抱　琴　这次还是没有时间抱你，奉公子之命，又来拜领风筝。

奶　娘　一会儿来取风筝，一会儿又来取风筝，难道我家是个风箱，凭你扯进扯出的么？

抱　琴　不知为什么，那风筝就像有脚的一般，偏要钻到你家来。

奶　娘　我只怕不是你找借口来见我。

抱　琴　本来确实是着急来见你的。可今日确实不便，还需要速速将风筝还给公子，迟了怕也跟我要银子哩。

奶　娘　风趣得紧呢，话里也有个“也”字。我且问你，你家公子见了小姐的诗，可说好么？

抱　琴　不要说了！我家公子啊——

【四边静】行咀坐嚼多滋味，焚香日相对，废寝又忘餐，如痴复如醉。我笑他忧煎没济，精神枉费，只怕才子害相思，才女少情意。

你家小姐见了公子的诗，可也略有些意思么？

奶　娘　我家小姐的相思，比你家公子还害得凶哩！

抱　琴　怎见得？

奶　娘　【前腔】她停针罢线长吁气，梳头忘珠翠，口里念新诗，眼中吊珠泪。他两个的才思啊，分开两位，合来一对。恨只恨彼此隔人天，咫尺阻佳会。

抱　琴　原来你家小姐，也想着我家相公！既然如此，何不把后来的诗，再和一首，露些情意在上面？让我家公子央人来说亲就是了！

奶　娘　（转身向内走）诗倒和了。我家小姐要亲手交付与他，还有许多推心话要讲。

抱　琴　这等极好，只是你家屋宇深沉，我家公子的胆小，怎么走得进来？

奶　娘　不妨，今晚一更之后，你领着他大胆走来，我在这里等着，我先送了公子见小姐，之后，再送个琴给你弹，如何？

抱　琴　真是妙极了！这等我就去讲，只是要做得好，不可弄出事来。高才成好事，捷足报佳音。（旁白）韩相公给我起的这个名字，还真是好。（下）

奶　娘　约便约停当了，只是门上有人守宿，看看得想办法打发了。今夜各个都可遂了心中美事。我这姿色虽然还在，也得打扮打扮。（下）

三、惊丑

〔抱琴、韩世勋潜步上。

韩世勋　【渔家傲】俯首潜将鹤步移，心上蹊跷，常愁路低。我藏形不惜身如鬼，端的是邪人多畏。

小生蒙詹家二小姐多情眷恋，约我一更之后，潜入香闺，面订百年之约。如今谯楼上已发过擂了，只得悄步行来，躲在她门首等候。为甚的奶娘还不出来？万一巡更的走过，把我当做犯夜的拿住，怎么了得？他若问夤夜何为？把什么言词答对？我若认作贼盗，还只累得自己；若还认作奸情，可不玷了小姐的名节。我宁可乱箭穿身也不能连累二小姐。

奶　娘　（上）月当七夕偏迟上，牛女多从暗里逢。（四望）今夜没有月色，黑魆魆的不知他来了没有？不免待我咳嗽一声。

韩世勋　不好！有人来了。（躲）

抱　琴　听声音，像是奶娘。

奶　娘　难道还不曾来？不免低低叫他几声：公子！相公！我的抱琴！

抱　琴　（喜）那边分明叫我，不免摸将前去。（一面摸，一面行，与奶娘抱在一起，各叫“啊呀！”）

奶　娘　抱琴，你也太急躁了些！后面可是公子？

韩世勋　正是。

奶　娘　这等随我进去。抱琴，你且在门房等我。（牵生手下。抱琴应声下）

爱　娟　（急躁上）【剔银灯】慌慌的，梳头画眉；早早的，铺床叠被。只有天公不体人心意，系红轮，不教西坠。恼既恼那斜曦，当疾不疾；

怕又怕这忙更漏，当迟不迟。

奴家约定戚家公子，在此时相会。奶娘到门首接他去了，独自一个坐在房中，好不窃喜，心急如焚。（至门口）万一进来的公子是个榆木头，怎生是好？哎，有了。（取床踏）放个床踏在门口，免不了他进门便把我扑倒在那床上。（模仿倒向床上）好不刺激！

韩世勋 （被奶娘牵着衣袖上）身随月老空中度。

奶　娘 手作红丝暗里牵。小姐，放风筝的人来了！（开门推生进屋）

韩世勋 （摸索着行进介，果然是摔一个前扑趔趄）……

〔爱娟自床边上前被抱住，然后带着韩公子倒在床上。

奶　娘 你两个在这里谈着，待我去点灯来。反将娇婿纤纤手，付与村姬捏捏看。（下）

爱　娟 （扯衣相拥）公子，公子！几乎想杀我也！

韩世勋 小姐，小生一介书生，得近千金之体，喜出望外。只是我两人原以文字缔交，不从色欲起见，望小姐略从容些，恐伤雅道。

爱　娟 宁可以后从容些，这一次倒从容不得。

韩世勋 小姐，小生后来一首拙作，可曾赐和么？

爱　娟 你那首拙作，我已赐和过了。

韩世勋 （惊）这等小姐的佳篇，请念一念。

爱　娟 我的佳篇一时忘了。

韩世勋 （又惊）自己做的诗，只隔得半日，怎么就忘了？还求记一记。

爱　娟 一心想着你，把诗都忘了，待我想来……（想）记着了！

韩世勋 请教。

爱　娟 （念）云淡风轻近午天，傍花随柳过前川；时人不识予心乐，将谓偷闲学少年。

韩世勋 （大惊）这是一首《千家诗》，怎么说是小姐做的？

爱　娟 （慌）这、这、这果然是《千家诗》，我故意念来试你学问的，你毕竟记得。这等是个真才子了！

韩世勋 小姐的真本，真心要领教。

爱　娟 这是一刻千金的时节，哪有工夫念诗？我和你且把正经事做完了，再念也未迟。（扯生上床，生挣扎下床）

奶　娘 （持灯上，整理自身衣服）只恐夜深花睡去，故烧高烛照红妆。

〔见有烛光来，爱娟放手。

奶　娘 灯来了，你们大家脱略些，不要装模作样，耽搁工夫。我到门前去再弹一回琴，就来接你。闭门不管窗前月，吩咐梅花自主张。（下）

韩世勋　（看爱娟模样大惊，背白）呀！怎么是这样一个丑妇！难道我见了鬼怪不成？方才那些话句句文理不通，前日的诗，哪里是她作的？

【摊破锦地花】惊疑，多应是丑魑魅，将咱魇迷。凭何计，赚出重围？

爱　娟　（指生背白）觑着他俊脸娇容，顿使我兴儿加倍！不知他为什么缘故，再不肯近身？是了，他从来不曾见过妇人，故此这般腼腆。

韩世勋　小姐，小生闻命而来，忘了舍下一桩大事。方才忽然想起，如坐针毡。今晚且告别，改日再来领教。

【麻婆子】望小姐行且放，且放小生去，重来尚有期。

爱　娟　来不来由你，放不放由我。除了这一桩，还有什么大事？我笑你未识，未识琼浆味。若是尝着啊，愁伊不肯归。（扯）夜深了，请安置罢。

韩世勋　（变色）小姐，婚姻乃人道之始，若无父母之命，媒妁之言，就是苟合了，这个怎么使得？主婚作伐两凭谁？如何擅把凤鸾缔？

爱　娟　我今晚难道请你来讲道学么？你既是个道学先生，就不该到这个所在来了！你说要父母之命，媒妁之言，如今都有了。

韩世勋　在哪里？

爱　娟　如今有奶娘主婚，就算父母之命了。

韩世勋　媒人呢？

爱　娟　（取出风筝）这不是个媒人？若不是它，我和你怎得见面？我自有奶娘司婚礼，风筝当老媒。如今没得说了，请睡。（再扯）

奶　娘　（冲上）千金一刻春将半，九转三回乐未央。如今已是三更时分，我这琴都弹了两回了，料想他们的事一定做完了。早些打发他去，不可弄出事来。

韩世勋　（望见奶娘，故作慌）不好了，夫人来了！

〔爱娟一惊，放手。

〔韩世勋急走，撞着奶娘。

奶　娘　完了吗？

韩世勋　完了，完了。

奶　娘　这等待我送你出去。（牵韩世勋手行）公子，我家小姐，是个救苦救难的观音菩萨。

韩世勋　你才是救苦救难的观音菩萨，她是个急急如律令的太上老君！（急下）

奶　娘　（背白）如今该进去讨我的谢礼啦！小姐，这会儿好谢媒人了么？

爱　娟　（怒）呸！你不是媒人，是个冤魂！

奶　娘　怎么倒骂起我来？

爱　娟　刚刚有些意思，还不曾上床，被你走来，他只说是夫人，从我怀中挣脱，跑出去了。

奶　娘　（惊）这等你们在这里半夜做些什么？

爱　娟　不要说起！外貌却像风流，肚里一发老实不过。说了一更天的诗，讲了一更天的道学。不但风流事不会做，连风情话也说不出一句来。如今倒弄得我上不上，下不下。

奶　娘　不妨，我另有个救急之法，权且过这一宵，再做道理。大小姐请随我来。（俱下）

四、逃婚

韩世勋　（带抱琴上）【忆秦娥】魂飞了，趿趿乱步心烦躁。心烦躁，万念休怠，无意起早！

抱　琴　我这厢又思念奶娘了。比西施，肥美、香艳。

韩世勋　臭味相投！你这等眼光，实在无法苟同。

（哀叹）【前腔】一朝被鬼迷心窍，神情三日犹昏眊。犹昏眊，合睛便见，夜叉奇貌。

千亏万亏，亏那一盏银灯，做了照妖神镜；难逢难遇，来了一尊奶娘，赐机得脱网罗，庶免一宵缠缚。不然，竟似苏合遇了蜣螂，虽使濯魄冰壶，洗不尽通身秽气。

抱　琴　晌午，再糊一个风筝，约那奶娘出去城外放它一放。我和那肥美香艳的奶娘相抱着享受春光。人生有此一遭才不枉。

韩世勋　【金梧桐】且把相思孽账销，悔极翻成笑。我想她那样的丑貌，那样的蠢才，也勾得紧了，那里再经得那样一副厚脸，凑成三绝。也亏她才貌风情，件件都奇到。毕竟是伊家地气灵，产出惊人宝。想那个奶娘，真是我的恩人。再有一层意思，若不是她引我进去相见，万一谬采虚声聘定了，把鸾凰效，兀的不是神仙魑魅同偕老。

抱　琴　把她作琴儿紧紧抱，弹她个七下八上。君子不浪战，一战定乾坤。君子不浪求，一求定婚姻。

韩世勋　我吃过这一次虚惊，以后的婚姻要以目击为主。古人三十而娶，不是故意要迟，想来也是不肯草草的缘故。

抱　琴　鸡叫日出，天快亮了。韩相公，趁早歇息了吧。

韩世勋　【浣溪沙】经这遭才知觉，休信那毛延寿画里的妖娆，苎萝不掩西施貌，阆阅难增嫫姆娇。休草草，便等到鬓婆娑，遇佳人，也做个有福温峤。

〔戚施醉步上。

抱　琴　（轻声）戚大爷回来了。
韩世勋　今晚之事且莫提起。戚兄问起，就说我早已就寝。旁边先躲他一躲。（躲避）
戚　施　抱琴，为何还不睡去？是不是亢阳难耐？
抱　琴　大爷，小的这是专门在这候您回来呢。
戚　施　候我回来？（摸银子）你是候赏吧？
抱　琴　大爷真是我的知心人！
戚　施　（托银子）那你倒是说说，这赏你拿得走吗？
抱　琴　大爷托银子，啊不，大爷托我，去詹家要回风筝时查探二小姐的姿色。
戚　施　如何？
抱　琴　二小姐她……（旁白）韩相公定然是眼见为实的！
戚　施　二小姐姿色究竟如何？
抱　琴　那样的丑貌，那样的蠢才，那样的厚脸，可凑成三绝。合睛便见，夜叉奇貌。
韩世勋　（背白）他倒学话学得快！
戚　施　（坐地）原来是个丑货！大小姐怎样？
抱　琴　（背白）前番和韩相公说的，想必是对错了人。（大声对戚施）大爷，人说詹家大小姐诗才最高。人又说，她不但才高，容貌也十分标致。
戚　施　是否确实？
抱　琴　眼见为实！小的绝不能睁眼说瞎话。
戚　施　（递银子与丑）幸亏先差你去查验了。（沉思）这该如何是好？
韩世勋　（背白）果然有钱能使鬼推磨。
抱　琴　大爷还有什么事需要小的效劳？
戚　施　听说家父果然与詹家订了婚事。两位小姐，要娶一个过来。另一个嘛，择日赘过去。
抱　琴　哪一个娶过来？哪一个赘过去？
韩世勋　（背白）赘过去的必定是小生了。
戚　施　照你说的，若是二小姐娶过来，我就不姓这戚算了。
抱　琴　此话当说与老爷听听。戚家就你一个，怎能不让你姓戚了呢？
戚　施　（又掏银子递与丑）你真是我的大恩人一个！我这就去父亲房中去哭他一哭、闹他一闹！我可不想要那个二小姐！（下）
抱　琴　银子是我的大恩人。对，还有奶娘。啊，又想我的奶娘了。
韩世勋　（低语走出）看来，我这要赘与那夜叉了？！（沉思）这该如何是好？正庆幸逃出了夜叉的床闱，转眼间，又要成为人家的鱼肉！这一夜，真是让人胆战心惊！出身凄凉，寄人篱下，若奈何？戚伯父自是善意，但心中实在无法接受这样的婚姻安排。如果娶“二小姐”，还

不如上吊死了算了。（上吊）

抱　琴　真是闹出人命来，我怕是逃不脱干系！这一日夜辛苦挣的银两，还有我的奶娘，就全亏了。（上前拉生手）韩相公，人生不如意十八九。此地不留爷，自有留爷处。韩相公，你现在还不能死。

韩世勋　为什么不能死？已然生无可恋，死便死了。

抱　琴　（眼睛四转）不能死，不能死，不能死！哎呀，对了，你还没有入京赶考呢！（得意）对了,对了,你去入京赶考吧。考上了光宗耀祖，别忘了我的恩德。考不上，就死在那儿吧，与我无关。

韩世勋　什么？进京赶考？

抱　琴　人都说了，春风得意须趁考。

韩世勋　哎，是春风得意须乘早。

抱　琴　对，趁早进京去赶考。

韩世勋　今乃大比之年，戚仁伯早已催我入京赴试，此去若得侥幸，大小登科都在一处，也不可知。万一高中，便算是逃脱了。现如今，不能等他出来拜别前行了。此去京城路途遥远，我这囊空如洗，怎生是好？好不容易积攒的碎银，都已成了你的囊中之物。

抱　琴　只要你不死在这里，今日挣的银两，便都交与你吧。（低语）这都是为了奶娘，可惜她不知道。

韩世勋　但得微薄功名，他日定加倍奉还。

抱　琴　速速离去吧。（低语）我这再去糊个风筝，一会儿约了奶娘去放风筝了。（下）

韩世勋　我韩琦仲这就连夜离开戚家出走，入京应试，发愿在路上更加发愤读书，希望通过应试改变命运，将来有能力、有实力自己求得终生理想伴侣。（下）

五、逼婚

韩世勋　（状元装上）小生来京赴试对策，备陈靖乱之方，竟被皇上注意，录在第一甲,第一名。今日吃了御宴,游了闹市,这才回到寓中休息。酒、饭都不用，身子着实倦了，我直想和衣上了床铺睡罢。（叹）想我韩琦仲一生，居然被苍天措排状元，果真才子一个，恍然如梦。从来才子配佳人，今日纵然观遍京城，也未见着一位绝色佳人。莫说眼睛不曾得览，就是梦中也不曾得见。难道国色天香，就这等无缘？苍天！你便舍我个梦里惊艳！（睡。内发擂）

〔爱娟、奶娘冲上。

爱　娟　奴家詹小姐，那日戚公子到我屋来，被奶娘冲散，不曾成就姻缘。今趁此晚夜深人静，同着奶娘偷欢消遣。他的书房正在此间，为甚的阖门闭关？快敲门会面。

奶　娘　（敲门）开门呐。

韩世勋　是谁人扣斋？是谁人扣斋？欲待把门开，夜深虑逢歹。

奶　娘　相公，快开门！你心上的人来了。

韩世勋　我心上有什么人？（开门见爱娟，背白）呀！这是詹家“三绝”，她为什么到这里来？请问小姐，到此何干？

爱　娟　你那一晚吃了虚惊，不曾成得好事，我今夜特来就你。

奶　娘　戚相公，今日这豆腐，可送到嘴边了。你心中快哉，你心中快哉！肆意和谐，不担惊骇。

韩世勋　怎么使得？

奶　娘　戚相公，请老实些，上门的生意，不要错过！

韩世勋　我姓韩，不姓戚！

奶　娘　我们与开典当铺的一样，是认票不认人的。前日风筝上是你的笔迹，我只来寻你，不管你姓戚姓韩。

韩世勋　（背白）前日还有奶娘救我，今日连她也助纣为虐了，怎么办？

爱　娟　前日我一个人，扯你不过；今日有了帮手，就抬也抬你上床！（爱娟、奶娘二人同扯）

韩世勋　（喊）妇人强奸男子，千古奇变，地方邻里，大家来救一救！

奶　娘　你今日就是扯破了嗓子，也没人能救你。这等美事，相公还是闭眼享用吧！（下）

爱　娟　公子，你越是挣扎，小女越是喜欢！

韩世勋　（推搡）你这个丑妇，好似恶梦缠身。

爱　娟　公子，你等我拿绳子把你绑个结实。（下）

韩世勋　（喊）妇人强奸男子，千古奇变，地方邻里，大家来救一救！大家来救一救！

抱　琴　（带行李上，敲门）韩相公！

韩世勋　（喊）救命！

抱　琴　（破门入）韩相公！何人要加害于你？

韩世勋　（醒）原来是一场梦！好一场恶梦！咦，抱琴你怎么来了？

抱　琴　我专程来恭喜韩大爷高中状元的。恭喜大爷，贺喜大爷！

韩世勋　去你大爷！你眼里只有一个戚大爷！

抱　琴　是，大爷！啊，状元郎！状元您可千万别忘记了，是我资助您来京赶考的呀，您当日可是说过，得了功名，定加倍奉还的呢！

韩世勋　是吗？银两不是已经还你了吗？当日，戚老伯让你快马追我，送我银钱百两，你那两锭银子，我当时就还与你了，你可千万别忘记了。

抱　琴　哈哈，状元记得这么清楚呢！没有功劳还有苦劳不是，我那日纵马驰骋，千里走单骑，苦追于您，岂是两锭银子可以比拟的，是吧？

韩世勋　哪有千里，百里而已吧？

抱　琴　哈哈，还是状元清楚！要不怎么您成了状元呢！那日骑行百里，来回就两百里呀！这不又一趟追到京城来了，加上前面两百，千里开外了，再加上回去的路程，千里走双骑，啊，不对，奶娘没跟我来，应该还是单骑，但是走了双千里。对，是这么回事。

韩世勋　来之前又去抱奶娘了？

抱　琴　您怎么知道的？状元，果然是无所不知啊！放了一天风筝。早知道，昨天就到了，今天就能跟您去游街去了。真想带奶娘来一起游街。

韩世勋　你到底来干什么？

抱　琴　哦哦，戚老爷叫小的来送信。还有，（不舍）一些银两，让小的跟您一起回去。（递信）

韩世勋　难道是祝贺我的吗？

抱　琴　戚老爷叫小的来送信时，您还没中状元呢。

韩世勋　（看信）无论是否高中，速回成婚！伯戚补臣。（呆坐椅上）

抱　琴　时候不早了，状元，咱们启程回去了吧？

韩世勋　戚伯父果然为我聘了詹家二小姐。詹武承戍守边关，已为国捐躯。戚伯父做主让我入赘詹家，已定下婚期，迫在眉睫。

抱　琴　（背白）我不把韩大爷带回去，怕是要丢了饭碗。就算那就是个火坑，我也得想个办法，让他状元郎跳了下去。（思考）

韩世勋　（词曲）恶梦易醒，醒来终无恙。世事艰难，未料出了恶梦入泥淖。那日惊丑仍历历在目，二小姐的洞房，实在难以踏入半步。

抱　琴　黑灯瞎火都一样，就当是抱着我的奶娘吧。戚老爷对你恩重如山，恩情实难违逆。詹家二小姐，不娶过不了义字关，不赘过不了孝字关。不义不孝，传到朝中，怕是要毁了前途。事到如今，恐怕要做点表面文章。表面恭敬娶了她，婚后托词休了她。掉头回京，阅尽繁花，中意哪个娶进家。

韩世勋　事到如今，实在没有好办法了。先按你的办法来。

抱　琴　今日可是抱琴帮状元想出了妙计，您可千万别忘记了呀。

韩世勋　只要是此事顺遂，定当厚报。我高中状元之事，回乡且先保密。看你处事精明，事后可随我回京，在我状元府谋个差事。我这就去皇宫请假，再去街上略备薄礼，咱们打道回乡去吧。（下）

抱　琴　（背白）刚保住一个饭碗，又捡着一个。今日真是大吉大利。快快回去吧，我这儿想我的奶娘，早害了相思病了呀。（下）

六、闹婚

爱 娟 （婚装上）【剔银灯】慌慌的，梳头画眉；早早的，铺床叠被。只有天公不体人心意，系红轮，不教西坠。恼既恼那斜曦，当疾不疾；怕又怕这忙更漏，当迟不迟。

奴家终于婚定戚家公子，嫁入戚家。那淑娟嫁与那孤儿韩世勋，也是该了她。便宜起见，我们婚事一起都在詹府办了，便宜淑娟沾了我的光啊。三日后，我与戚郎便搬回戚家。听说，还是戚家家大业大，真叫人喜不自胜。（至门口）看看天色，怎么还是那样明亮。（回）独自一个坐在房中，好不窃喜。可是这肚子里，心急如焚。有什么法子能叫那日落得快些，月亮升得高些？（至门口）公子怎么还不来呢？果真就是个榆木头！哎，有了。（取床踏）放个床踏在门口，还得叫他进门再把我扑倒在那床上。呀，新郎来了。（关门靠）今日洞房，名正言顺，看他还矜持不矜持！

戚 施 （醉醺醺上）韩世兄与我今日双双入室调新瑟，贺喜的亲朋各个归家理旧弦。急忙来找我的洞房。

抱 琴 （跄上）大爷，大爷，抱琴来了！

戚 施 （未听见）虽然大爷我夜夜洞房，不觉新鲜，可今日洞房花烛夜，弄的是那詹家貌美如花的大小姐，好不窃喜。只是那边厢狐朋狗友劝酒无数，酒进肚子里，愈发心急如焚。

抱 琴 （拦）恭喜戚大爷，贺喜戚大爷！小的为了赶回来给大爷贺喜，是风餐露宿、日夜兼程，果然在大爷入洞房前赶上了！果然人逢喜事精神爽！

戚 施 爽！韩世兄已然送到詹家入赘去了吗？如你所说，那二小姐那是丑得惊世骇俗、骇人听闻。（坏笑）韩世兄要爽个透心凉了。我得赶紧入洞房去爽一爽。

抱 琴 （拦）真多亏了我给您探了情况，要不然大爷您得爽个透心凉。

戚 施 功不可没，重点表扬！时候不早，送我入了洞房！

抱 琴 （再拦）恭喜戚大爷，贺喜戚大爷！洞房在此，早进去，晚进去，早晚进去。小的风尘仆仆赶回来拦门道喜，早打发，晚打发，还是早点打发吧！啊？您还是实在地奖赏奖赏！

戚 施 （摸银子）呀，银子早散光了。你先让我入了洞房，明日再来。

抱 琴 不若您把这腰带先解给我用用，我自行到账房去换银两。反正入了洞房了，腰带也用不上。

戚 施 （解腰带）快快拿走，莫要再妨碍我入洞房。

抱 琴 谢谢戚大爷！恭喜戚大爷，贺喜戚大爷！

戚　施　（推门）咦，怎么到这儿又吃了一碗闭门羹！（向内大声）娘子，莫要怪我回来晚了，堂上宴席未散，我就溜回来了。（爱娟退后，戚施用力推门）

抱　琴　大爷我帮您！（推戚施）

〔戚施摔一个前扑趔趄，抱住爱娟。

爱　娟　相公今晚好直接啊！

戚　施　想不到烈火点着了干柴！

爱　娟　相公不必客气了！

〔戚施、爱娟俱下。

抱　琴　（关门）大爷，烧完了再说！（背白）大爷的房，早听腻了，不如趁着两个大爷忙乱，去抱抱我的奶娘。（下）

淑　娟　（婚装慢步上，在屋内至门口听动静）忆及当日的风筝，可惜让姐姐抢了戚家的公子。如今嫁了一个状元郎，不知品相如何，只好认命。不管对方是什么模样，只能安心相夫教子。若将来有了女儿，定要让女儿先相亲后结婚。（悄然回去静坐）

韩世勋　（婚装慢步上，来到屋门外听动静）感念戚伯父养育之恩，不得推脱。今日拜堂成亲，什么都不想说，什么也不想讲。过了今晚，明日一早就回京。（犹豫不决地推门，门开风大吹灭了蜡烛。韩世勋拿出火种和蜡烛，点燃，背白）好像是当日的事要故伎重演？幸亏我早备下了烛具。（蹑手蹑脚，探测屋内是否有绊脚之物，来到桌边，静坐，背白）居然没有东西，是不是还有别的花招？

〔淑娟用扇遮面介，静坐。
〔内发擂毕，打一更。

韩世勋　（背白）她今日一般也良心发动，无颜见我，把扇子遮住了脸。
【园林好】我笑你背银灯，难遮昨羞，隔纨扇，怎藏旧丑？
（叹）你就端庄起来也迟了！任你把娇涩态，千般装扭，怎当我愁见怪，闭双眸！愁见怪，闭双眸！我若再一会不动，她就要手舞足蹈起来了，趁此时拿灯去睡。双炬台留孤烛影，合欢人睡独眠床。（持灯下）

〔淑娟用扇遮面介，仍静坐。
〔内打三更。

淑　娟　（觑生不见）呸！我只说他坐在那边，只管遮住了脸，方才打从扇骨里面张了一张，才晓得是空空的一把椅子！（向内偷觑，大惊）呀！他独自一个竟去睡了，这是什么缘故？

【喜庆子】莫不是醉似泥，多饮了几杯堂上酒？莫不是善病的相如体态柔？莫不是昨夜酣眠花柳，因此上神倦怠，气休囚；神倦怠，气休囚？他如今把我丢在这边，不瞅不睬，难道我好自己去睡不成？独自个冷冷清清，又坐不过这一夜，不免拿灯到母亲房里去睡。檀郎不屑松金钏，阿母还堪卸翠翘。（下）

戚　施　（打灯笼上）晚上喝多了，刚圆了洞房，起夜去尿他个一泻千里也是一爽。回去欣赏欣赏我的新娘。（细看爱娟，背白）呀！我只道詹家大小姐，不知怎么样一位佳人，原来也是这样一个丑货！

【粉孩儿】相逢处，顿将人佳兴扫。甚新婚燕尔，恼人怀抱。怎教我翩翩公子裘马豪，配伊行野鬼山魈！

我戚友先一向要妇人，美恶兼收，精粗不择，丑的也曾看见几个，不曾像她丑得这样绝顶。你看那鼻凸睛凹，说不尽她颜面的奇巧。抱琴曾说大小姐诗才最高，容貌也十分标致，显然睁眼说瞎话。

爱　娟　戚郎，我只得一年不见你，你怎么就这等老苍了？（戚施惊）

【福马郎】为甚的一载分离人便老，全不似旧日的如花貌？莫不是担愁闷，害相思，因此上把容焦？

那一夜啊，我们好好的说话，被奶娘撞将来，你只说是夫人，跑了出去。我自那一夜直想到如今，好不苦也！（戚施大惊）我终日把伊瞧，流尽了相思泪，才等得到今朝。

戚　施　（拍案，大怒）哇！丑淫妇！你难道瞎了眼，人也不认得！我何曾到你家来？我何曾见你的面？我何曾撞着什么奶娘？你不知被哪个奸夫引诱，如今天网不漏，在我面前竟然败露！

【红芍药】听说罢，怒气冲霄；斩伊头，恨无佩刀！我只道玄霜未经捣，又谁知被他人掘开情窍！到如今，错认新郎作旧交，刚抬头，便把玉郎来叫。这供词是你贼口亲招，并非是我玷清名，把奇谤私造！

爱　娟　（惊）这是怎么回事？

戚　施　抱琴何在？随我前去叫起梅夫人。我要退婚。（下）

爱　娟　戚郎，戚郎，定有误会。（追下）

淑　娟　（提灯上，敲门）母亲开门。

柳　氏　（持灯上）眼前增快婿，脚后失娇儿。（开门，惊）呀！我儿，你们良时吉日，正好成亲，要什么东西，只该叫丫环来取，为什么自己走出来？

淑　娟　孩儿不要什么东西，来与母亲同睡。

柳　氏　（大惊）怎么不与女婿成亲，反来与我同睡？

【尹令】你缘何黛痕浅皱？缘何擅离佳偶？缘何把母阁重叩？莫不是娇痴怕羞，因此上抱泣含愁把阿母投？

淑　娟　他不知为什么缘故，进房之后，身也不动，口也不开，独自一个竟去睡了。孩儿独坐不过，故此来与母亲同睡。

柳　氏　（呆）怎么有这等诧异的事？我看他一进门来，满脸都是怨气，眼皮低垂，后来拜堂饮酒，总是勉强支持。这等看起来，毕竟有什么不慊意处？我儿，你且进里屋坐一坐，待我去问个明白，再来唤你。（淑娟下，持灯行）只道欢娱嫌夜短，谁知寂寞恨更长。快步来此已是。（向内）贤婿，请起来，有话问你。

韩世勋　令爱不堪偕伉俪，老堂空自费调停。夫人到此何干？

柳　氏　打扰贤婿，有话要求教。贤婿，舍下虽则贫寒，小女纵然丑陋，既蒙贤婿不弃，结了百年之好，就该俯就婚盟。为甚的愁眉怨气，全没些燕尔之容？独宿孤眠，成什么新婚体统？贤婿毕竟为着什么缘故将新娘冷落作弄？

韩世勋　伊家令爱有声扬。我笑你府上啊，妆奁都备，只少个扫除墙的佳帚。我只怕荆棘牵衣，因此上刻刻提防不举头。

柳　氏　照贤婿这等说起来，是有什么闺门不谨的事了？自古道："眼见为实，耳闻是虚。"贤婿耳闻的话，焉知不出于仇口？

韩世勋　别人的话，哪里信得？是我亲眼见的。

柳　氏　我家闺房的事，贤婿怎么看见？是何年、何月？哪一桩事？快请讲来。

韩世勋　事到如今，我也不得不说了。去年清明，戚公子拿个风筝，来央我画，我曾题一首诗在上面，不想他放断了线，落在贵府之中。后来着人来取去，令爱和一首诗在后面。

柳　氏　竟有此事？

韩世勋　后来，我自家也放风筝，不想也落在府上，再来取时，谁知令爱教个老妪，约我晚上到闺房说话来。

柳　氏　（惊）她还瞒我做此事？这等贤婿来了不曾？

韩世勋　我当晚进来，只说面订婚姻之约，待央媒说合过了，然后明媒正娶的。不想走进来的时节，我手还不曾动，口还不曾开，多蒙令爱盛情，不待仰攀，竟来俯就。如今在夫人面前，不便细述，只好言其大概而已。我心上思量，妇人家宜讲贞德，况且是个处子，怎么"廉耻"二字全然不顾？彼时被我挣脱袖子，跑了出去，方才保得自己的名节，不曾敢污令爱的尊躯。

【豆叶黄】亏得我把衣衫洒脱，才得干休。险些做了个轻薄儿郎，

险些做了个轻薄儿郎，到如今这个清规也难守。

柳　氏　既然如此，贤婿就该别选高门，另偕伉俪了，为什么又来聘这个不肖的东西，

韩世勋　我在京中哪里知道，戚老伯做主聘了，推辞不得，如今悔又悔不得，只得勉强应承。不敢瞒夫人说，这一世与令爱只好做个名义夫妻；若要同床共枕，只怕不能够了。

柳　氏　这等说起来，是我家的孽障不是了，怪不得贤婿见绝。贤婿请便，待老身去拷问她。如若事属确凿，退婚罢了。

韩世勋　慈母尚难含忍，怎教夫婿相容？我纵不退婚，日后又与退婚有何分别！（下）

柳　氏　他方才说来的话，听来字字顶真。千不是，万不是，竟然是我自家的不是！当初教女儿作什么诗，既作了诗，怎么能以诗勾人？我不但治家不严，又且诱人犯法了。这婚没脸不退。（下）

七、和欢

戚　施　（冲上）快步来此已是詹家客堂。

梅　氏　（持灯上）【耍孩儿】为甚二人出来闹？莫不是儿女娇羞甚，激起那鲁莽儿曹？女儿女婿成亲，为什么争闹起来？我想没有别事，一定是为女儿装模作样，不肯解带宽衣。做公子的粗豪心性，不会温存，故此撒起性来。如今教我做娘的，又不好去劝得，怎么处？推敲；怎教我羞答答阿母把温柔教？呀！为甚的学杜宇声声叫，便是要定省也天还早。（入门）贤婿，为何这等焦躁？

戚　施　我不是你女婿，你的女婿，去年就有人做去了！

梅　氏　（背白）这话说得奇怪，难道我女儿有了破绽不成？（想）就是有什么破绽，也到上床睡了才验得出，如今怎么晓得？待我问来。（对戚施）女婿，方才的话，老身不懂，还求明白赐教，

戚　施　赐教，赐教，还是不说的妙！若还要我说来，只愁你要上吊！都是你治家不严，黑夜里开门揖盗，预先被别人梳栊了宅上的粉头，如今教我来承受这乌龟的名号！

梅　氏　（大惊）怎么？我家门禁森严，三尺之童不得擅入，哪有这等的事？请问贤婿，这话是哪个讲的？焉知那说话的人，不是诽谤小女的么？

戚　施　请问：令爱可肯自家诽谤自家么？

梅　氏　她怎么肯诽谤自家？

戚　施　这等不消辩了。【会河阳】供状分明，不须驳招。（指丑）是这从奸

妇女亲来告。道是去年某夜三更，有人赴招，被乳母亲撞着，分鸳好。那人曾把我尊名冒，那人更比我尊容好。且把这婚退了，令爱去寻那尊容好的。

梅　氏（大惊，对丑）怎么？你既做了不肖的事，为什么又对他讲？好，好，从直说来，省得我做娘的发恼！被隔壁娘儿两个听见，定遭嘲笑！

爱　娟　去年清明时节，有个戚公子的风筝，落在我家。他黑夜进来取讨，我与他说了几句闲话，其实不曾有什么相干。我那一晚在灯下，不曾看得明白，如今只道是他，说起去年的旧话来，哪晓得不是那个戚公子。

戚　施　哼！

梅　氏（捶胸，气）生出你这样东西，坏爹娘的体面，如今怎么好？

【缕缕金】真冤孽，怎开交，难怪新郎怒发咆哮！教我有口难相劝，理穷词拗。丑名儿终被外人嘲，先愁隔墙笑，先愁隔墙笑。（对戚施）贤婿，是我女儿不争气，怪不得你发恼。只是你今晚若退婚，寒家的体面固然坏了，就是府上的名声也有些不雅。待老身替小女赔罪，求贤婿包涵，暂为夫妇。小女若不中意，三妻四妾，任凭你娶就是了。

【越恁好】我劝你暂时欢好，暂时欢好，再觅凤鸾交。我小女啊，只图个中宫假号，那专房宠，任你去别涂椒。我只要这名儿不向金榜标，便是你封妻的荫诰。不瞒贤婿说，你丈人也是婚后另找，与老身最不相投，就在隔墙居住。外人笑，还在那背后把便宜讨；内人笑，怎经她对面的讥弹巧？

戚　施　这样也行，与她明说，成亲之后，定要娶小的。世上的妇人，偏是丑而且淫的，分外会吃醋。不要等我娶小的时节，她又放肆吵闹。

梅　氏　有老身在这里，贤婿不要多虑。女儿过来！（扯爱娟近戚施）

戚　施　说便是这等说，我只好饶你个初犯，以后若再如此，我要连前件一齐发落的！

梅　氏　你两个好好的成亲，再不要多话。养女不争气，累娘赔小心。咦，隔墙怎么也打起灯来，都随我过去看看热闹。（俱下）

〔内打四更。

柳　氏（行到）不争气的东西在哪里？（闷坐气）

淑　娟（快步上）【玉交枝】呼声何骤？好教人惊疑费筹。（见柳氏）母亲为何这等恼？

柳　氏　你瞒了我做得好事！

淑　娟（惊）孩儿不曾瞒母亲做什么事。

柳　氏　风筝题诗的事，你忘了？

淑 娟 （背想）是了，风筝上的诗，拿了出去，或者韩郎看见，说我与戚公子唱和，疑我有什么私情，方才对母亲说了。（对母亲）风筝上的诗，孩儿确实和了，后来戚家来取，是母亲把还的，干孩儿什么事？

柳 氏 我让人拿去，难道教你约他来相会的？

淑 娟 （大惊）怎么，我几时把人约黄昏后？向母亲求个分剖。

柳 氏 你还要赖！后来韩郎也放一个风筝进来，你教人约他相会，做出许多丑态，被他看破，他如今怎么肯要你！

淑 娟 （大惊，呆视）这些话是哪里来的？莫非是他见了鬼！（高声哭）天哪！我和他有什么冤仇，凭空造这样的谤言来玷污我！今生与伊无甚仇，为甚的擅开含血喷人口！

柳 氏 （掩淑娟口）你还要高声，不怕隔壁娘儿两个听见？今日喜得那老东西不曾过来，若过来看见，我今晚就要羞得吊死！我细思量，如何盖羞？细思量，如何盖羞？（内打五更）料想今晚做不成亲了，你且去睡，待明日再做道理，粪缸越搅越臭。

淑 娟 奇冤不雪不明。何不当面对质，弄个明白。若不还女儿清白，女儿就是死了也死不瞑目。

柳 氏 你随我前去找那新女婿对质。（持灯行介，淑娟随后）从来欢娱嫌夜短，谁知官司不怕长。又快步来此已是。（向内）贤婿，请起来，还有话问你。

〔淑娟背身而对韩世勋。

韩世勋 （烦恼着上）说明分散去，何事又来缠？

柳 氏 方才的事，据贤婿说，确然不假；据小女说，影响全无。这“莫须有”三字也难定案。请问贤婿，去年进来可曾看见小女么？

韩世勋 怎么不曾见？

柳 氏 这等还记得小女的面貌么？

韩世勋 怎么不记得？世上哪里还有第二个像令爱的尊容？

柳 氏 这等方才进房的时节，可曾看看小女不曾？

韩世勋 也不消看得，看了倒要难过起来。

柳 氏 请贤婿认一认。若果然是她，莫说贤婿不要她为妻，连老身也不要她为女了。恐怕事有差讹，也不见得。

韩世勋 这等就对面认一认。只怕认也是这样，不认也是这样。

柳 氏 （旁白）天哪！保佑他眼睛花一花，认不出也好。（持灯照淑娟，淑娟傲然回身）请将见鬼疑神眼，来认冰清玉洁人。

韩世勋 （遥认，背白）呀！怎么竟变作一个绝世佳人、国色天香？难道是我眼睛花了？（拭目）

【六幺令】把双睛重揉，（近身细认，又惊，背白）逼真是一个绝世佳人，哪里是幻影空花，眩我昏眸？谁知今日醉温柔，真娇艳，果风流！不枉我铁鞋踏破寻佳偶，铁鞋踏破寻佳偶。

柳　氏　贤婿，可是去年那一个么？

韩世勋　（摇手）不是，不是，一点也不是！

柳　氏　这等看起来，与我小女无干，是贤婿认错了人了。

韩世勋　岂但认错了人，竟是活见了鬼！小婿该死一千年了！

柳　氏　这婚，贤婿还有心退否？

韩世勋　不退，不退。岳母快请回。小婿暂且告罪，明日还要负荆。

柳　氏　（笑）不是一番疑彻骨，怎得千重喜上眉？

韩世勋　是下官认错了人，冒犯小姐，告罪了。（长揖）

〔淑娟背立，不理。

韩世勋　【江儿水】虽则是长揖难辞谴，须念我低头便识羞。我劝你层层展却眉间皱，盈盈拭却腮边溜，纤纤松却胸前扣。请听耳边更漏，已是丑末寅初，休猜做半夜三更时候。（内作鸡鸣）

柳　氏　（笑）鸡都鸣了，还不快睡！

韩世勋　（慌）下官没奈何，只得下全礼了。（跪）

〔戚施、梅氏、爱娟上。

戚　施　花烛之夜，便行此大礼，日后可了得！老世兄这婚结得热闹啊！

〔淑娟扶起韩世勋。

柳　氏　不请自到，来看热闹！

梅　氏　哎，顺便相见，只当会亲！大小姨夫，大小姨娘，都见一见。日后都是一家人，还是和睦相处的好。

柳　氏　难得，难得！各自见见吧。

韩世勋　这等先见常礼！

〔韩世勋、淑娟拜见梅氏。

〔戚施、爱娟拜见柳氏。

〔韩世勋、戚施相互拜见。

〔淑娟、爱娟相互拜见。

〔戚施、淑娟相互拜见，戚诧其美色，盯着淑娟目不转睛，淑娟回礼，背身以对。

〔韩世勋、爱娟相互拜，爱娟微笑回礼，四目相对，各惊。

韩世勋 （背白）这位大姨，好像在哪里会过。待我想来……（想）

爱　娟 （背白）小姨夫的面貌，与去年进来的人，生得一模一样。这一回更觉得标致些！

韩世勋 （背白）好奇怪！恍恍惚惚在京中梦里，相会一次。为什么再想不起来。【渔灯儿】真怪异，既是上林花，为甚的向此处栽移？记在恶梦里，受伊行无限凌亏！原来是她！分明是这个似鬼人儿把我迷，冒神女把夜叉相替！到今日鬼和神相对难欺。

仔细看一看！不要认错了人。哎呀！一毫也不错。

梅　氏 咱们女儿女婿成亲，不曾送得喜酒，用一杯清茶奉献可好。（奶娘捧茶上）和气人家无大小！

〔奶娘见到韩世勋，二人各惊。

奶　娘 （对丑）小姐，那分明是去年进来的人！你可认得？

爱　娟 觉得去年的还没有这等标致。

奶　娘 去年是戴方巾！今日换了红装，自然越发标致了。

爱　娟 有理。

【锦鱼灯】天生就他娇面孔！原先美丽，况戴着俏红纱，更长风姿。去年若不是你冲散了好事，今日这个诰命夫人，一定是我做了。都是你夺去花封送阿姨，致今日教我睁白眼，妒人妻。

韩世勋 （背对淑娟）夫人！如今不但假莺莺认出来！连假红娘都认出来了。

淑　娟 在哪里？

韩世勋 方才捧茶的那一个就是。

淑　娟 原来是他们串通诡计，冒我名头，做出这般丑事，累我受此奇冤。我如今说与母亲知道，当面对她讲个明白。肉也咬她几口下来。（欲行）

韩世勋 （扯住衣袖）夫人，这个断使不得。你若与她争论起来，戚公子听见，说我调戏他的妻子。这场怨恨怎得开交？

淑　娟 这也顾他不得。（挣脱衣袖）母亲，有一句新闻说与你知道。（扯柳氏附耳说话）

韩世勋 （慌介，背白）他母亲知道！一定要做出来了。这桩事怎么样处？

柳　氏 （对梅氏）亏你有本事！养得这样好令爱出来。

【锦上花】一羡你的肚皮，二羡你教法奇，生这风流令爱倒会讨便宜。一愧我命运低，二愧我福分微，招得个状元女婿，又有了前妻，把封诰送还伊。如今三头六面认将出来，方才晓得这全本新戏！

梅　氏 莫说坏事的不好，还怪起祸的不是。虽是我家女儿冶容诲淫，也是你家女儿多才惹事。虽是我家闺范不严，不该放男子进来，也是你家门缝忒宽，不该让风筝出去。我要吃场大亏，你也要忍些小气。我的女儿若问充军，你的女儿也要问个徒罪。不如同你两下里私和，还省了一场当官的没趣。

【锦后拍】笑世上，打官司的没便宜，枉自两下费心机。纵有十分道理，有十分道理，原告的脚膝头，预先落地，便全赢也有一分纸钱陪。倒不如三杯酒化做一团和气，还落得冤家少，狭路省防堤。

爱　娟　若和了就罢。若不肯和，我拼得做一个下水拖人。

柳　氏　怎么样的拖法？

爱　娟　我说是妹子作诗在风筝上，约他进来。他认不得路，错走到我房里来的。

淑　娟　不妨。有引他的人在这里，他走错了路，难道奶娘也走错了路不成？

奶　娘　（背白）这怎么了得。若到衙门审起来，少不得拷问我。弄来弄去，只苦得我，没奈何，跪将过去，替他求和罢了。夫人，饶了我这条狗命，和了罢。

〔柳氏不理。

奶　娘　（向淑娟跪）二小姐，你一向是贤惠的，劝声夫人，和了罢。

〔淑娟不理。

奶　娘　（起身）夫人不肯和，小姐不肯和，这张状子，是一定要告的了。告起来，我少不得是死。这堂前有一口古井，不如跳下去，预先淹死了，省得明日零星受苦。（跳介）

〔抱琴冲上，扯住奶娘介，哭。

抱　琴　奶娘，你不能跳井啊！你跳我也跳。

韩世勋　抱琴，抱住奶娘！不能跳啊！

淑　娟　不要如此，待我劝夫人，和了就是。母亲，和了罢。

柳　氏　我若与她和了，她娘儿两个倒翻起招来，怎么处。

梅　氏　（起拜柳氏）柳夫人，是我女儿该死了。你若肯和，我终身不敢忘你大德。

柳　氏　这等说，只得和了。

〔奶娘、抱琴一起磕头，谢。

柳　氏　既然冰释前嫌，眼看天亮，各回各屋吧。

〔柳氏、梅氏相让着俱下。

〔戚施前头走，爱娟低头跟着下。

韩世勋 （牵淑娟手）【川拨棹】蒙慈宥，把前情一笔勾。霁红颜，渐展眉头，霁红颜，渐展眉头。也亏我屈黄金，先陪膝头。请宽衣，莫怕羞，急吹灯，休逗留。良宵空把长更守，哪晓得佳人非旧，被一个作孽的风筝误到头。（俱下）

抱　琴 （搂着奶娘）【蝶恋花】好事从来由错误，刘、阮非差，怎入天台路。若要认真才下步，反因稳极成颠仆。更是婚姻拿不住，欲得娇娃，偏娶强颜妇。横竖总来由定数，迷人何用求全悟。

奶　娘 【红绣鞋】蒙眬且暂成交，成交，休教辜负良宵，良宵。看月影上花梢，谯鼓歇，鸟声嘈，急乘鸾，休待明朝，明朝。

〔抱琴、奶娘俱下。

（风筝上）【滴溜子】（内合）团圆处，团圆处，欢声如沸。相逢处，相逢处，欢容如醉。评才貌真无愧，总亏月上老，平心见己，公道无私，合成双配。

【尾声】（内合）无心演出风筝戏，怕场内各位学会。也须要嘱语东风向好处吹。

〔剧终。

李花隐

昆剧

编剧：汤琴

创作感言

某个初春，经过某地，意外看到满山遍野的李花盛放，洁白如雪，娇美纤丽。一阵风来，枝头花舞，碎玉凄美。这些花的灵魂中，隐着一个女子吧；她的一生，亦是花开花谢，起舞成风的吧。

想写一个女子的故事。她为过往而活，痛楚悲伤；她为将来而活，徘徊纠结。她为了旧爱伤了新欢，为了新欢害了旧爱。她独独无法拥有的是当下，是现世的稳。她的一生，为爱而痴，弃爱而痛，不曾安过。

年少不知曲中意，听懂已是曲中人。这样的一个戏，最妥切的表达，自是昆曲。我把刚学会但并不熟练的各种词牌，安放到每一份情绪情感情怀中，愿两相欢悦。

人物表：

杨如影（李玉隐）——相府千金，后成贵妃、皇后，18岁至33岁
冯少楚——将军之子，后成将军，21岁至35岁
张湘秀——皇后，20岁
赵宏明——皇帝，25岁至40岁
赵　获——皇长子，0岁至12岁
赵　慕——皇次子，0岁至15岁
果　儿——杨如影贴身丫环，16岁至30岁
张奶娘——张湘秀奶娘，40岁至50岁
冯　严——大将军，冯少楚父亲，50岁
清　悟——清水庵住持，30岁至40岁
嫔妃、丫环、宫女、太监、羽林军、侍卫

第一场

〔古代。初春三月，风轻日暖。
〔长安郊外。李花林里。
〔如雪似锦的李花怒放成了一片花海。
〔音乐起。
〔一身浅绿色衣裳的杨如影在李花树下起舞，美若天仙。

杨如影　【小石调·渔灯儿】
银燕舞，飞逐云天，
东风吐，艳白雪绵，
玉萼铺，千园瑞锦，
琼林伫，万顷冰仙，
意万千，心思蹁跹。

〔俊美少年将军冯少楚风度翩翩地上。

冯少楚　【小石调·锦渔灯】
清莹玉，仙姬起舞，
曲径幽，溪清影妍，
花曛日，此情绵绵，
良辰，佳丽叫人念。
（痴痴地）如影啊如影，你莫非就是那李花仙子下凡间？

杨如影　（娇羞）少楚，你取笑我！
【小石调·锦上花】
花中爱，李花素，
雪为肌，冰为骨。
春犹寒时枝头立，
心绪千，随风舞。
长辞枝，朱粉细，
不惜覆地香消无。
哪堪易辜负？

冯少楚　如影，好端端地，怎么又伤感叹息起来了？你若为花，少楚我就是你的树，永远护你在枝头！
【小石调·锦中拍】
（你）欢喜绽放我枝顶，
自在玉亭亭，
绿叶新，沾露清艳，

我护你鲜妍山河尽。
日里风拂笑语浅，
夜间月映暗香盈。
此生花树同根生，
不离不弃，
相守相依，
天地久，白头吟！

杨如影　【小石调·锦后拍】
怎奈是，朝初开，暮亦垂，
偏生雨打复风吹。
片随流水远，
色逐断霞缀。
可叹年年三月暮，
由来好颜，无计惜翠。
明年纵是再相见，
已然不在此枝开。

冯少楚　咦，春光正好，花开正盛！又何须伤感？我爱你惜你，生生世世，此情不渝！

杨如影　（叹气）少楚，你我两家虽是故交，父亲同朝为官，可一文一武，水火不容。我俩相恋两载，却难以向父母禀明，我心中惆怅，前路茫然，怎生为好？

冯少楚　我父亲与你爹爹虽然不和，但你我两家并无怨仇，想来不会反对我俩婚事。如影但请放宽心，我不日就向爹娘说明，三媒六聘到你相府提亲！

杨如影　（欢喜）少楚此话当真？

冯少楚　岂会有假？！

杨如影　少楚你要及早来呀，相府森严，我与你见上一面不容易，你可不能让我苦苦等候呵！

冯少楚　如影放心，我要快快娶你，绝不让你久等！

杨如影　（感动）少楚！

冯少楚　（深情）如影！

〔两人深情相拥。一阵风来，李花如雪飞舞，两人在风中花中起舞，甜蜜浪漫。

〔灯暗。

〔八个月后。

〔相府杨如影闺房。杨如影焦虑不安，在房内走来走去。

〔丫环果儿急步上。

果　儿　小姐！

杨如影　（急切地）果儿，你可回来了！你这回去将军府可是打听清楚了，少楚他到底怎么了？为何这么久没到府上提亲？

果　儿　（喘气）小姐，这回终于有消息了……

杨如影　（急）你倒是快说呀！

果　儿　（吞吞吐吐）冯少将军他，他，他……

杨如影　（惊愕）他身遭不测了？他另娶淑女了？

果　儿　都不是，五个月前他被朝廷派往边关，要驻守三年！

杨如影　（大吃一惊）三年？（怔怔）那我怎么办？他为什么不来提亲？他怎么可以一走了之？

果　儿　听说是皇上突然下的圣旨，连夜起程，赶赴边关！

杨如影　（失神，自言自语地）那我怎么办？我腹中的孩子怎么办？

果　儿　（惊恐地）是啊，小姐，那你可怎么办才好？眼看再过两个月孩子就要生了啊。这几个月来，你想尽办法瞒过老爷夫人！还以为冯少将军会来提亲，可没想到是这个结果！

杨如影　（大哭）我无路可走了，冯少楚，你倒是告诉我，我该如何才好！我恨自己不自重！

【小石调・骂玉郎】

蓦地行至悬崖近，
一场噩梦汗淋，
进退无路恨万重。
刀剑倾，
原以为，知人心，
曾情真爱意深。
李花誓言盟，
花树同（根）春风润。
（说护我）鲜妍白头吟。
（说什么）提亲良缘问，
（说什么）花开正盛莫负春！
（只恨我）轻信甜言托身心。
（可叹我）白璧留瑕悔无尽，
（可悲我）珠胎暗结战兢兢，
（苦）瞒爹娘难。
（日日）探信无讯，
愁肠煎熬漫长，

（盼来）绝情心焚！
世人难容失贞。
（岂能）饶过轻薄？

我该怎么办，我该怎么办？我黄花闺女怎做娘？少楚，我不相信你是负心汉，我不信你说的都是花言巧语，不不不，我不相信！可是，你为何这样对我？为何连一句交待都没有？

果　儿　小姐，你逃出府吧！

杨如影　（怔怔）对，我逃出相府！（转想）我怎么逃？

【小石调·尾声】

冷院高墙如海深，
走投无路何处行？
插翅难飞出家门！

果　儿　（跺脚）那怎么办？难道就在此等死吗？

杨如影　（受启发）死！对，我还是死了算了！（欲去撞柱）

果　儿　（大惊，忙拉她）小姐，不可呀，你死了，腹中的孩子不也就死了。他还没出世呢，多可怜啊！

杨如影　（心动，痛哭）孩子，我可怜的孩子啊！孩子何罪？千错万错是我的错啊！

〔突然外面一阵喧哗声。
〔切光。
〔冯严带一队羽林军上。

冯　严　（威严地）将士们！来，把相府包围起来，把乱臣贼子杨成明给我抓起来！家中人等一律杀无赦！

将士们　是！

〔相府里一片混乱哭嚎，刀光剑影，血光冲天。
〔切光。

第二场

〔接上场。
〔荒郊野外。
〔幕后合唱——

【商调·二郎神】

滔天祸，

百余家人黄泉赴，
血海深仇何处寻？
〔杨如影在果儿的搀扶下跌跌撞撞上。

杨如影 天哪天！
【商调·二郎神】
（接唱）（孤魂如影）生死已过。
杨家犯什么罪？
招致满门大灾祸，
爹娘被害恨满腔。
惨难耐，
心肝挖，魂魄散，何处归？
（惨淡地）我还活着做什么？活着做什么？

果　儿 （含泪）小姐，你活着为了报仇啊！

杨如影 （若有所思）对，报仇！我要报仇！（冷静地）果儿，你可是确实看清楚了，仇人是谁？

果　儿 小姐，我看清了，就是冯严冯将军！

杨如影 （咬牙切齿）冯严！贼子！你好歹毒！我父亲与你有何深仇大恨，你竟然痛下杀手，灭我一门？！此仇不共戴天！

果　儿 那冯少将军……

杨如影 （尖叫）不要跟我提这个人！是他，是他毁了我一生！他是我仇人的儿子，我要让他血债血偿！

果　儿 小姐，你先莫悲愤，养好身子才能报家仇！我去附近给你找点吃的，填填肚子，再作打算！你且在这里歇息片刻！

杨如影 （疲惫无力地）你去吧。

〔果儿下。

杨如影 （看到自己的肚子，恨声）孽种，留着你何用！（犹豫了一下，用手捶打）

〔杨如影突然腹痛如绞。

杨如影 果儿！你在哪里？我不行了，看来是要生了！

〔杨如影拼尽全力生孩子。一阵“哇哇”哭声，一个男婴坠地。杨如影挣扎着抱起，看到孩子的左手臂有一个红色小鱼一样的胎记。

杨如影 （百感交集）小鱼儿，我的孩子！我可怜的孩子，你不该来到这世

上啊！（随即昏迷过去）

〔清水庵住持清悟和张奶娘上。

张奶娘 清悟法师，你留步吧。事情就是这样了，主子已有八月身孕，如若近日孩子还没着落，就麻烦了！还望你多多费心！

清　悟 （为难地）贫尼有数了，只是合适的男婴确实不好找啊！

张奶娘 这个我也知道，可也只能拜托你了！此事若办不成，那就谁也活不成了！

〔忽然一阵婴儿的啼哭声传来，两人对望了一眼，循声寻去。
〔两人吃惊地看到了昏迷的杨如影和她身边的婴儿。
〔张奶娘抱起婴儿。

张奶娘 （又惊又喜）是个男孩！

清　悟 （双手合掌）阿弥陀佛！罪过罪过！

〔张奶娘和清悟匆匆下。
〔果儿端着一碗粥上。看到昏迷的杨如影和地上的血迹。

果　儿 （大吃一惊）小姐生了？（她使劲摇杨如影）小姐，你醒醒，你醒醒啊！

杨如影 （醒来，伸手找孩子）孩子，我的孩子！

果　儿 （惊呆）孩子？孩子呢？

杨如影 （看身边并无孩子，惊跳起来）孩子不见了！果儿，我的孩子不见了！

〔杨如影发疯似地跑去找孩子。果儿紧跟其后。

果　儿 （大声地）小姐，你慢一点哪！

〔杨如影和果儿找遍了四周，却没有孩子的踪影。

杨如影 （无力地瘫坐在地）我可怜的孩子，你在哪里啊？

【商调·集贤宾二支】

荒郊茫茫无儿影，
血泪湿全身。
心胆俱裂不欲生，
（我）到底什么罪孽深？
（苍天）待我不公，
杀我爹娘夺我儿亲。

儿啊儿！
可怜你，
才出娘胎（与）娘分。
未曾让娘亲一亲，
（襁褓）婴儿黄连苦。
（可怜你）下落不明风霜经，
（可怜你）与娘生离叶飘零。
（是我害）儿遭罪愆，
千悔万恨难重生。
（人到绝望）心已碎，
世上无路哪（里）行？

杨如影　（抱着果儿痛哭）果儿，我该怎么办，我怎么办啊？

果　儿　（含泪）小姐，你要活下去，一定要好好活下去，你还要为老爷夫人报仇呢！还要和小少爷日后重逢呢！

杨如影　（喃喃自语）我要报仇，我要见我的小鱼儿，我不能死，我要活下去！

〔杨如影和果儿起身，往前走。
〔一阵马蹄声，尘土飞扬。赵宏明策马上。

赵宏明　【商调·琥珀猫儿坠二支】
（厌倦了）皇宫高墙，
（阅累了）奏折和文章。
策马奔驰到野外，
满目葱茏神清爽。

〔马蹄如风，杨如影躲避不及，跌倒在地。

（接唱）呀，惊倒，
路上行人，
（楚楚动人）美女娇娘。
（李花带雨）冰雪清透，
柔弱忧伤隐。
眉梢如画幽怨蹙，
眼含春水涟漪冷。
蓦地，
生怜惜情，
叫人爱长！

〔赵宏明下马，伸手扶起杨如影。

赵宏明 （关切地）姑娘，你没事吧？我的马儿多有冒犯，还望姑娘见谅！
杨如影 （摇头）我没事。
赵宏明 这荒郊野外，姑娘怎会来此？
果　儿 （扶杨如影）小姐，我们走吧。

〔六名侍卫上来。

侍卫甲 （行礼）皇上，您还安好吧？
赵宏明 （挥手）退一旁去！
杨如影 （吃惊）皇上？他是皇上？（不由停下脚步）
赵宏明 姑娘留步！请问姑娘，你姓甚名谁，家住何方？待朕叫人护送你回家才好！
杨如影 （下跪行礼）叩见皇上！启禀皇上，民女名叫李玉隐，因家乡水灾，家人逃亡路上失散，主仆二人来此地，现已无处可去。多谢皇上关心！
赵宏明 （喜）既然如此，李姑娘可愿意随朕回宫？
杨如影 （迟疑片刻）这个……
果　儿 （暗示）小姐，天赐良机，留得青山有柴烧，去吧……
【商调·尾声】
天降大祸人难逃，
含泪忍痛把苦熬，
千万珍重往前瞧！
杨如影 民女愿意！谢皇上！
赵宏明 来，朕扶你上马！

〔赵宏明拉杨如影上马。
〔切光。

第三场

〔一年以后。
〔皇宫李花苑，雕龙画凤，金碧辉煌，李花怒放如雪。
〔赵宏明为二皇子满月设宴，众嫔妃香鬓丽影、花团锦簇。皇后张湘秀携抱长皇子赵获坐在上头，不苟言笑，张奶娘站在一边。李玉隐抱二皇子赵慕坐在另一侧，眉间隐蹙，但仍笑靥明媚。
〔幕后合唱——

【黄钟·画眉序】

又是春来逢，
宫墙李花雨露浓，
花盛轻烟笼，
（芳）心万千痛。
莫道人前恣意欢，
河山已非旧颜容。
风过锁尘岁月静，
一觉沉醉入深梦。

嫔妃甲 （悄声）这个李嫔李玉隐，也不知哪来的野女人，怎么就飞上枝头做凤凰了？还为皇上生下了二皇子，真是老天不公啊，她怎么就有这样的好运气！

嫔妃乙 （撇嘴）你看她一脸冰冷的，听说她进宫时就不是处子身了，皇上怎么就那么喜欢她？真是没道理！

嫔妃丙 咦，皇上喜欢就是道理！能让皇上喜欢，就是本领！什么时候，我也能生个皇子就好了！

嫔妃丁 还是别生好，生了皇子，就成了皇后的眼中钉了，你们看着，往后的日子，可有李玉隐好受的了，皇后可不是简单的人！平安才是福气呢。

〔内声：皇上驾到！
〔赵宏明上。

众嫔妃 皇上万岁万万岁！

赵宏明 哈哈，众爱妃快快平身！

〔赵宏明坐到上席，举杯。

【黄钟·滴溜子】

春暖阳，
喜气扬，
（又）添娇儿郎。
遇佳人，
回宫墙，
情浓爱长。
冰雪聪明（花）解语，
常慰朕心房。
她产皇儿，

龙脉兴旺，
美酒且赏！
来来来，爱嫔，朕敬你这杯酒！

李玉隐 （举杯）多谢皇上！
【黄钟·滴滴金】
多承皇上恩宠真，
遮风挡雨安宁身。
沐浴春光情融融，
诞皇儿感怀深！
花开又春，
唯愿朝朝颜色润。
东风相护，
一世欢欣。

赵宏明 来人，传朕口谕：李嫔李玉隐温婉有德，诞下二皇子立了大功，今封其为妃！

众嫔妃 恭喜李妃娘娘！贺喜李妃娘娘！

李玉隐 （感意外，忙推却）不不不，皇上抬爱了，玉隐如何当得起呢？请皇上收回成命！

赵宏明 哈哈，圣旨已下，岂有收回的道理？还不快快接旨！

李玉隐 臣妾接旨谢恩，皇上万岁万万岁！

赵宏明 玉隐，朕最喜欢的就是，你总是那么温顺谦和，无一点骄蛮之气！对了，你就像这苑中盛开的李花，娇美脱俗，轻柔雪白，叫人越看越心旷神怡！

张湘秀 （酸溜溜地）皇上的比喻还是真贴切，李嫔就像这李花，花虽小却艳丽，色虽白却亮眼，比之牡丹、芙蓉或是别有野趣呢，让人刮目相看！

李玉隐 （淡淡一笑）皇后娘娘取笑了！世上唯有牡丹真国色，区区李花，又怎能相提并论！

〔二皇子突然啼哭。果儿抱孩子过来，李玉隐抱过孩子。

李玉隐 呀，皇上，慕儿饿了，臣妾要先告辞了！

赵宏明 好，爱妃辛苦了！

〔切光。
〔碧玉轩里。李玉隐呆在窗前。果儿上。

果　儿 小姐，慕儿睡着了，你也早点休息吧。

李玉隐 我睡不着。

果　儿 对了，王公公刚才来说，皇上赏赐，要给碧玉轩种上五百株李花树………

李玉隐 （惊恐地）不！我不要，我不要李花树！

果　儿 （叹气）小姐，你的心还是那般伤痛么？时至今日，你圣宠正浓，又得娇儿，就不能放下，珍惜眼前这份幸福吗？

李玉隐 （猛然站起，厉声怒道）你说什么？你让我贪图荣华富贵，忘掉过去？果儿啊果儿，这才过了一年时间，你怎么就变了心思，忘了这血海深仇？

果　儿 （连忙下跪）果儿该死！可是，小姐，果儿是心疼你啊！

【黄钟·鲍老催】

人前（欢）笑浓，
背地悲伤锥心痛，
（不敢）皇上面前实情诉。
（夜夜）难成梦，
血海仇，
自难忘，
（可）眼下安宁非虚空，
新生娇儿需人护，
（怕）仇难报身难容。

李玉隐 （扶果儿起来）起来吧。

【黄钟·鲍老催】

（她句句）肺腑深，
（我岂是）顽石心？
（皇上）他深情难抵拒。
前路问，
当自珍，
（花好赏花）需清心。
（怎奈仇恨）重如石，
（如何）魔关挺？
（怎）配人中立？
（何）脸对先人？

不不不！我怎能够让仇家逍遥视无睹？我怎能够温柔乡里暖自身？我怎能够迷恋荣华图富贵？我已是身不由己难抽身啊！更何况皇宫又岂是清净地？终日里霜风雪雨亦难躲忍！

果　儿 小姐，真是苦了你了！

李玉隐 果儿，我时常叫你去郊外寻访，打探小鱼儿的踪迹，不知有无收获？我可怜的孩子，也不知还活不活在这个世上？

果　儿 小姐，我那日去寻吃时，只看到不远处有座尼姑庵，叫清水庵，这几年我也去过那庵多次，旁敲侧击那住持清悟，可她只说不知！

李玉隐 （失望）也只好再慢慢寻访了！对了，果儿，你明儿对王公公说，碧玉轩不栽李花树，改种牡丹！

果　儿 小姐，这个么……皇后娘娘说过，只准她的宫里种牡丹，别的娘娘宫里一律不准有牡丹！我们何必与她争呢？

李玉隐 张皇后仗着其舅舅冯严手握重兵，在后宫霸道横行，张冯两家互相勾结，势力强大，我若想报仇，还需从她这里入手。

果　儿 张皇后平日就处处针对你，你生了慕儿后，更视你为劲敌，你在朝中无仰仗，又如何斗得过她？

李玉隐 果儿，为了慕儿，我更不能坐以待毙了。我自有安排，何况我也早不是当年天真无知的相府小姐杨如影了！你且让碧玉轩里栽上牡丹，让她闹去，最好闹到皇上那里，我们再拔了所有牡丹。

果　儿 为了几株牡丹在后宫闹，这也太失皇后风德了，皇上必定心中不快！

李玉隐 千里堤坝溃于蚁穴，皇上早就反感她的跋扈了，也忌惮张冯两家势力，我且慢慢来。

果　儿 是，悉听娘娘吩咐！

〔切光。

第四场

〔三年后。

〔皇宫御花园。春光明媚，繁花似锦。

〔赵宏明和李玉隐在散步。果儿跟随一边。

〔幕后独唱——

【南吕·生查子】

雨湿（流光）春又来，
芳草（年年）与恨长，
烟锁（凤楼）无限事，
心比（秋莲）颜如玉。

赵宏明 爱妃，你来看！

【南吕·绣带儿】
园中百花争奇艳，
（独）占鳌头哪朵妍？

李玉隐 皇上！
（接唱）国色天香雍容颜，
当属牡丹叫人恋！

赵宏明 （接唱）（牡丹富）贵显，
可惜傲娇灵气欠！

李玉隐 （接唱）天生丽质品性贤，
出水芙蓉花中仙！

赵宏明 （接唱）芙蓉高雅，
（怎）及你情甜！

李玉隐 （娇嗔）皇上，你又取笑臣妾了！

赵宏明 爱妃，玉隐！
【南吕·绣带儿】
郊外初遇惊天人，
三年相伴爱真，
后宫佳丽虽三千，
不及卿卿解语音！

李玉隐 （接唱）（感）怀深，
怜惜弱女许深情，
唯将一片冰洁心，
化作此生缠绵意，
长伴君王白首吟！

赵宏明 朕果然没看错人，玉隐是朕的知音良伴啊！只是，朕时常见你眉头轻锁，不知何事让爱妃困扰于心？

李玉隐 臣妾承皇上隆恩，锦衣玉食，慕儿又乖巧可爱，哪里还有什么烦心事呢？

赵宏明 这就好！

〔冯少楚上。

冯少楚 （行礼）臣冯少楚叩拜皇上！

李玉隐 （大惊，自言自语）冯少楚，是他！

赵宏明 冯将军免礼！你怎会来此地？

冯少楚 皇上，边关军情吃紧，臣有密奏一折，急于交给皇上。听王公公说，皇上在此，臣擅自寻来，还望皇上恕罪！

赵宏明 罢了，你先退下。待我看过奏折后，再召见你！
冯少楚 是！

〔冯少楚退下，却躲到一角落里。

赵宏明 爱妃，朕要去阅奏折了，你和果儿再游游这园子吧！
李玉隐 （行礼）臣妾恭送皇上！

〔赵宏明匆匆下。李玉隐慢慢逛花园。
〔冯少楚上。

冯少楚 （轻声）如影！

〔李玉隐一惊，脚下稍停顿。旋即继续向前走。

冯少楚 （上前）如影，是我！我是少楚！
李玉隐 【南吕·宜春令】
（心里恨过）千千回，
（梦中相遇）万次在，
真身现，骤然面前。
惊心粉碎，
如影啊如影！
（你）一生尽毁他手中。
家破人亡他家为，
天大仇恨难消退。
（有）何爱？
心计来谋，
报仇（叫）他悔！
冯少楚 【南吕·宜春令】
她分明，
（如影）李花清，
为何宫廷牡丹新？
一别三生，
世苍茫物是人非，
心疑惑困顿重重！
当年两情相悦好，
如梦，
蓦地相逢，
心空风冷。

（吃惊）如影，你为何会在此？

果　儿　大胆，李贵妃在此，你竟敢轻薄！

冯少楚　（惊愕）李贵妃？这是怎么回事？你不是果儿吗？

果　儿　看清楚了，这位是李玉隐李贵妃，不是什么如影，你想掉脑袋不成吗？

李玉隐　（冷静地）果儿休得如此，冯将军，你不是有话要问吗？眼下不便，今晚亥时，你到御花园湖心亭，我在那里恭候，前因后果与你一一道来便是！

冯少楚　好！今晚亥时，御花园湖心亭，不见不散！告辞！

〔冯少楚下。

李玉隐　果儿，你到皇后宫里走一趟，告诉皇后，今晚亥时，御花园湖心亭，皇上请皇后娘娘赏月！

果　儿　是，娘娘！

〔切光。
〔亥时，御花园湖心亭。
〔冯少楚着急徘徊。
〔皇后张湘秀打扮得花枝招展前来。

张湘秀　【南吕·三换头】

欢喜盈盈，
奉了圣命。
夜深情浓，
到湖心亭。
娇美艳艳，
与皇上赏月明。
雨露偏洒李花处，
惶恐有一朝，
中宫风雨冷。
（愿）重伴君侧，
圣宠隆恩日东升。

皇上，臣妾来了！

冯少楚　（转身，惊）是你？表妹，你怎么来了？

张湘秀　（惊呆）是你？表哥，你怎会在此？

冯少楚　表妹你近来可好？

张湘秀　表哥你从边关回来了？

〔赵宏明和李玉隐上。

赵宏明 （大怒）是你们！居然深夜在此私会！来人，将这对奸夫淫妇给我拿下！

〔羽林军上来扣住了两人。

张湘秀 皇上，我冤枉啊！

冯少楚 皇上明察，我们是被冤枉的！

赵宏明 我们？冤枉？朕亲眼所见，还会有假？一个叫表哥，一个喊表妹，你们好大的胆子！

张湘秀 我是中了奸人圈套！李玉隐，你这个妖妇，分明是你陷害于我！是你叫人告诉我，皇上今晚约我赏月！

李玉隐 皇后，空口无凭的，这话可不能乱说，你这分明是恶人反咬一口！

赵宏明 你身为皇后，做出了这等丑事，还要陷害他人，罪大恶极！

张湘秀 （哭喊）皇上，臣妾是清白的，臣妾对天发誓，对您绝无二心啊！

李玉隐 （轻蔑地）一个是后宫之主，一个是堂堂大将军，又是表兄妹，偷偷相会，如若无私情，便是商议朝廷大事了！后宫不得与外戚勾结，同样罪不可恕！

冯少楚 （欲言又止）你……

赵宏明 将皇后张湘秀打入冷宫，将冯少楚押入天牢！

〔切光。

第五场

〔七年后。
〔皇宫御花园。
〔李玉隐陪着赵慕在湖边玩。
〔张奶娘拉着赵获上。赵获想挣脱张奶娘的手。

张奶娘 太子，你要做啥？

赵　获 我要去找慕弟弟玩！

张奶娘 （严厉地）你不能去！

赵　获 （不服气）为什么？

张奶娘 你忘了？我告诉过你多次了，二皇子的母后是你的仇人，你的母后就是被她所害，现在还关在冷宫里吃不饱穿不暖。还有，二皇子以后还会抢夺你的太子位，到那时，你就会被害死！

赵　获　（低头）我知道了！

张奶娘　你光知道还不行，你得好好用功，读书练箭术，等你长大了，当了皇帝，你就杀了二皇子和那个坏女人，把你母后救出来！

〔赵获拔腿就跑，奶娘在后面跟不住。

〔赵获跑到正在湖边玩耍的赵慕身后，猛地把赵慕推到湖里。

李玉隐　（大惊失色）快来人啊，二皇子掉进湖里去了！快来人啊………

〔附近几名太监飞快跑来，纷纷跳进水里，把二皇子拉上来。

〔赵玉隐连忙抱住赵慕，果儿为他擦水。

李玉隐　（急切地）慕儿，你还好吧？你没事吧，吓死母后了！果儿，快带二皇子去换衣服！

果　儿　是！二皇子快走！

〔果儿带赵慕下。

〔李玉隐看到站在一边看热闹的赵获，向他招手。

李玉隐　（严厉地）太子，你到母后这儿来！

赵　获　（歪着头）不，你不是我母后，你是坏女人！

李玉隐　（忍着怒气，上前）你为什么要把慕儿推到水里？他可是你弟弟！

赵　获　（尖叫）他不是我弟弟，他要抢我的太子之位！

〔赵获双手挥打着李玉隐。李玉隐一怒之下，打了他一个巴掌。

〔赵获"哇哇"大哭着跑走。

〔李玉隐一把拉住他衣袖，只听见"刺啦"一声，赵获的左衣袖被撕了一个大口子，他左手臂一个红色小鱼一样的胎记，赫然出现在李玉隐眼前。她刹那间呆住，如雷轰顶。赵获见她这个样子，也不知所措地站在那里了。

李玉隐　（大梦初醒）小鱼儿，我的小鱼儿………这怎么可能？

【南吕·东瓯令】

日夜思，
心头爱，
竟然突到面前来，
造化弄人实可悲，
万绪藏心怀！
强作镇定寻原由，
看天何安排！

获儿，你，你让我好好看看！

赵　获　（跺脚）你走开！你这个坏女人，你弄坏了我的衣服！我恨你！等我以后当了皇帝，我要杀了你，我还要杀了慕弟弟！

李玉隐　（惊慌，自言自语）你要杀了我？这怎么可以？

赵　获　为什么不可以！我一定要杀了你给我母后报仇！你害得我夜夜想母后，天天流眼泪，心里好难过！杀了你，我就开心了！（跑下）

李玉隐　（痛楚难当）这都是孽啊！

【南吕·梁州新郎】

万箭穿胸，
千泪如潮，
百滋味心如捣。
十年痛楚，
不知娇儿生死。
（夜）夜肚肠心干老。
儿长成人，
分离梦迢迢。
苦对面相逢难相认，
愧儿受苦千般熬。
悲（反目）成敌，
愁（怎）相靠？
（我）到底做错哪一桩？
如此待（我）岂公道？！

〔果儿上。

果　儿　（惊）娘娘，你这是怎么啦？为何脸色这般苍白？

李玉隐　果儿，你附耳过来……

果　儿　（大惊）娘娘，这如何使得？

李玉隐　事到如今，这是唯一的办法了。果儿，我不想看到有朝一日，母子成仇，兄弟残杀，我要保全两个孩子，只有这条路可走了啊！

果　儿　（迟疑）可这万一皇上盛怒，太子岂不是要送命啊？

李玉隐　（坚定）你放心，我就是拼了命也要护他周全的！

果　儿　娘娘，难为你了啊！

李玉隐　我当日郊外产子，附近并少人烟，我在想，是谁把孩子抱走的？

果　儿　（回忆）娘娘，我总是觉得，此事应与那清水庵脱不了干系！

李玉隐　果儿，你速去清水庵一趟！

〔切光。

〔御书房。皇帝在阅奏折。李玉隐上。

李玉隐 （跪下）臣妾有要紧事禀报！

赵宏明 皇后起来说吧！

李玉隐 皇上答应臣妾，不要怪罪于臣妾！

赵宏明 朕不怪罪你就是了！

李玉隐 皇上，太子赵获并非前皇后张湘秀亲生儿子！

赵宏明 （难以置信）你说什么？

李玉隐 十年前，张湘秀假装怀孕，叫张奶娘去郊外清水庵，抱来一个男婴，假冒亲生儿子！

赵宏明 （大怒）玉隐啊玉隐，你已是皇后了，难道还不知足，非得让你的慕儿当太子吗？竟然编出此等谎言来！

李玉隐 （镇定）皇上，我自然料到您会如此想，为何还要冒这个险？实在是事关皇家血脉正统，才不得不说啊！

赵宏明 你有何凭证？

李玉隐 清水庵住持清悟法师就是当年抱孩子给皇后的人！她就在殿外候着！

赵宏明 传清悟进殿！

〔清悟上。

清　悟 贫尼拜见皇上！

赵宏明 说！到底怎么回事！

清　悟 回皇上，十年前，张皇后由于久未怀孕，就假装有孕，让她身边的张奶娘来庵里找贫尼，帮她找一个男婴，贫尼就给她找了，就是现在的太子！

赵宏明 （怒）你若是有半句谎言，朕马上砍你的脑袋！

清　悟 （叩头）贫尼不敢！贫尼说的句句属实！皇上可以找张奶娘来对质！

赵宏明 宣张奶娘来！

〔张奶娘上。

赵宏明 张奶娘，朕问你，赵获是谁所生？

张奶娘 （颤抖着）自然是张皇后所生！

清　悟 张奶娘，太子明明是我抱给你的！

张奶娘 清悟法师，张皇后与你无冤无仇，你为何要陷害她？

李玉隐 清悟法师？看来你和法师很熟悉么！

张奶娘 （吓倒在地）我……

赵宏明 来人，大刑伺候！

张奶娘 不不不，我招我招，赵获的确不是张皇后所生，是我和清悟法师从路上抱来的，抱来的！

赵宏明 来人！把清悟、张奶娘押入天牢！

〔张奶娘、清悟被押下。

赵宏明 【南吕·梁州新郎】
天子落了，
天大笑柄，
太子竟非亲生。
怒恨切齿，
皇家颜面岂（容）损！
罢了，赐赵获毒酒一杯罢了，来……

李玉隐 （连忙阻止）皇上！不可啊！
【南吕·梁州新郎】
非骨肉育十载，
称爹喊儿，
浓浓亲情在，
稚子无辜亦是可怜，
宽容处置心无悔！
莫冲动，
且三思，
他父母骨肉分离，
亦是十分思恋！

赵宏明 那你之见，又该如何处置这赵获？

李玉隐 赵获这孩子，也算乖巧可人，做了十年假太子，本也不是他所愿！皇上仁爱，依臣妾之见，此事不如大事化小，小事化了，把赵获逐出宫门，由他自生自灭去罢！过些日子，对外就宣布太子暴病殡天了，也就无伤皇家颜面！

赵宏明 （叹气）也罢，此事就交由你去处置吧。

〔切光。

第六场

〔深夜。
〔天牢。
〔冯少楚沉思。

冯少楚　【商调·啄木鹂】
如病里，
似梦间，
闹嚷（嚷）虚声过耳边。
眼生花惨雾愁霾，
乱庭除沙滚风掀。
不白之冤入天牢，
暗无天日苟且熬，
谜难解，
八年沉思，
桩桩，
难明了！

〔李玉隐一身黑袍悄然进来。

李玉隐　（冷冷地）冯将军，近来可好？
冯少楚　等死之人，何来谈好？（抬头看，大惊）是你？（拉下脸）我该叫你杨小姐，还是李皇后？
李玉隐　你说呢？
冯少楚　你来做什么？送我上路？
李玉隐　不，你还不能死！
冯少楚　（愤恨）面若李花，心如蛇蝎，说的就是你吧？你还是我当年认识的那个清纯女子杨如影吗？到底是什么，让你变成今天这个模样？
李玉隐　（咬牙）这该问你哪！这一切还不是拜你所赐！
冯少楚　我？你倒是说清楚啊，让我死得明白些。
李玉隐　今日来不及了。我放你出天牢，你立即到郊外清水庵，赵获在那里，你带着他逃命去吧，永远都不要再出现！
冯少楚　（疑惑）赵获？太子！这是怎么一回事？
李玉隐　不要问了，你只需知道，你这一生，需得视获儿为亲生儿子，护他长大！
冯少楚　这？
李玉隐　不要再问了，你快走吧，越快越好！

〔切光。
〔郊外。清水庵附近。
〔冯少楚带着赵获策马奔驰。
〔突然一阵马蹄声，一队羽林军冲上来，包围住了冯少楚和赵获。

羽林军　哪里逃！

〔羽林军和冯少楚一阵打斗。冯少楚和赵获双双倒在血泊中。

羽林军　都死了，撤！（下）

〔李玉隐狂奔上。

李玉隐　（摇着冯少楚）少楚，少楚，你醒醒！
李玉隐　（抱起赵获，哭喊）获儿，我的孩子，你醒醒啊！
冯少楚　（无力地）如影，这下你满意了吧！
李玉隐　（痛苦地）不！这不是我的本意，我想你们活着，好好活着！获儿，我的儿子！我的小鱼儿！
冯少楚　（诧异）你的儿子？这是怎么回事？
李玉隐　（泪如雨下）他也是你的儿子，是我们的儿子，可我害了他！我苦命的儿啊！
冯少楚　（呆住，赶紧抱赵获）我的儿子，我的儿子，天哪，怎么会这样？

〔赵获睁开眼睛。

李玉隐　（急切，哭）获儿，我儿，我是你娘，你叫一声娘啊！
赵　获　（微弱，摇头）不，你不是我娘，我娘是张湘秀，你是我和娘的仇人！（闭上了眼睛，停止了呼吸）
李玉隐　天哪！我的小鱼儿，我的儿啊！是我害了你！
【商调·黄莺儿】
抱儿冰窖坠，
天塌沉心成灰。
一切罪孽皆因我，
万劫不复无尽悔！

〔李玉隐抱着冯少楚痛哭。

李玉隐　少楚，都是我的罪啊！
【商调·莺簇一金罗】
那年（李花）初开香，
花树根，相靠傍。

望穿秋水苦盼等，
（等来你）去他乡！
（怀六甲）愁急人，
（遭灭门）双亲亡。
（杀人恶魔）是你父，
（我）此恨在心痛难当。
死里逃生到郊外，
血泪（产）儿郎，
昏迷（儿）不见，
寻儿（不见）悲伤。
魂消，泪零，
肠断枉泣红颜怆。
路途，遇宏明，
随（他）进宫计从长，
风刀（霜）剑一路挡，
害你入狱报仇想。
（惊觉）太子（是）我儿，
（为）保儿，真（相）讲，
求你携儿不分离，
（从此父子）天涯行。
皇上（下）毒手，
血染（郊外）苦果尝！

冯少楚　如影！

【商调·莺簇一金罗】

（你）句句血泪泣，
弱女（怎）堪劫难祭？
我是罪魁祸首人，
（难求原谅）难自欺。
（李花初开）情相依，
（相约姻缘）诺佳期，
（突然被遣）边关行，
片言未留成负义！
家父屠杀奉皇命，
（冯家）有罪（亦）难洗。
（你）产子（又）失子，
（后宫）苦撑（度）日难，

（为）保儿险（里）趟，

放我出牢苦心意！

如影，我不求你的原谅，我只恨命运无常！我没有负心负情，那日与你分手回府后，本要向爹爹禀明你我之事，可爹爹还在边关。他尚且在回京的路上，我又突然被派往边关，即刻起程，替他戍边。灭你杨家，爹爹是奉了皇上的旨意，爹爹也是身不由己，皇命难抗啊！

李玉隐 （惊呆）是皇上的旨意？

冯少楚 是啊！

李玉隐 （惊醒）少楚，那你快走！

冯少楚 （酸楚）我如何能忍心再离开你？

李玉隐 （惨淡）我此生已然如此，如今又如何抽身？等来生吧！

【商调·黄玉莺儿】

倘若有来世，

何须青梅竹马，

只伴你浪迹天涯。

冯少楚 （接唱）倘若有来世，

何须金戈铁马，

只伴你淡饭粗茶。

李玉隐 （接唱）倘若有来世，

管谁风吹雨打，

只伴你花前月下。

冯少楚 （接唱）倘若有来世，

管谁君临天下，

只恋你青丝白发。

李玉隐 （接唱）倘若有来世，

不求锦衣玉食，

只伴你朝暮晚霞。

冯少楚 （接唱）倘若有来世，

不求争霸天下，

只伴你倾尽韶华。

李玉隐 少楚，你走吧，我们来生见！

冯少楚 如影，有缘今生还见！珍重！

〔冯少楚离去，留下李玉隐独立。

〔切光。

第七场

〔数日后。
〔皇宫碧玉轩。
〔幕后合唱——
【越调·杏花天】
帘卷尘香芳菲暮，
露催枝寒霜满树。
世事如梦随风去，
繁花似锦归土无。

〔李玉隐和赵宏明对饮。

李玉隐　（举杯）皇上，臣妾再敬您一杯！
赵宏明　皇后，朕已醉了，醉了！
李玉隐　皇上，今日是臣妾的寿诞，可不能扫臣妾的兴呢。
赵宏明　好好好！你也不办寿宴庆贺，皇后如此简朴，朕应当陪陪你尽兴！（喝酒）

〔赵宏明醉扑在桌上。

李玉隐　【越调·小桃红】
见他醉睡我清醒，
（难随）风去恨纷纷也。
（冷雨残红）此生悲，
莫怪如影恩义尽。
（手握匕首，欲刺赵宏明）
（欲）下手，难下手，
十年伴，
岂酷冷？
（他宠爱我）情不虚也，
铁石心肠也不忍。
想罢手，难罢手，
父仇儿恨（怎）安宁？

〔赵宏明猛然醒来。

赵宏明　（大喝）住手！你要干什么？
李玉隐　我要杀了你！

赵宏明 你可是疯了？竟要弑君杀夫！

李玉隐 我要杀的是仇人！

赵宏明 （疑惑）仇人？朕是你的仇人？你到底是谁？

李玉隐 宰相杨成明之女杨如影！你害我爹娘，灭我一门，血海深仇，我岂能不报！

赵宏明 （冷笑）哼，果然是有其父，必有其女！

李玉隐 （不解）你此话怎讲？

赵宏明 【越调·下山虎】

十年前事，
突又回头。
你父杨相贼，
野心篡位谋。
（朕）忍无可忍，
痛下杀手，
平叛才灭杨家门。
不料今日你，
一双弑君毒手！
朕竟错看你，
李花清白，
一片祸心藏深处！

李玉隐 （呆立）杨相篡位，哈哈，爹爹，这一切原来都是因你而起吗？难道是我错了吗？可你为何又杀少楚、获儿？

赵宏明 【越调·五般宜】

你十年人前欢颜人后恨，
你日夜满腔心事复仇深。
你设计陷害冯少楚，
你恃宠而骄祸端生。
牵连湘秀，
害（她）入冷宫。
（你）揭发太子非亲生，
步步（为）营欲难平。

【越调·五韵美】

我忍耐，
纵容你，
（你）不知收敛不思停，
你夜深人静访天牢。

擅放少楚（为亲生）。
君王颜面全不顾，
丈夫底线（全）不遵。
（若无鲜血）惨教训，
（你）悬崖何时勒马行？
令人愤怒！
【越调·山麻秸】
你乃是，
这天下，
母仪之人，
迷途不返。
（祸）苍生！
这万年江山非容易，
岂能拱手任你焚？
黎民百姓，
岂受你害？

李玉隐【越调·江头送别】
劈头脸，
一番话，
打在心头，
成哑巴。
向何处，
可讨公道？
步步错来愧在怀！
零落（成）泥难洗白！
你杀了我吧，我活着已无意义！

赵宏明 你活着，不报仇就是无意义么？如影！
【越调·忆多娇】
人生何（来），
错与对？
命运无心皆人为。
溯根挖源理不清。
路湿及早，
快把头回！
朕难言心中苦！
龙椅本是，

血肉筑堆。
心中盼知己，
抚慰寂寥。
宠爱你，
真心怀。
放下屠刀，
你早解脱。
前尘往事，
任那风吹去。
儿（尚小）需呵护，
（相）伴天伦美，
（当）下最珍贵。

杨如影 （喃喃自语）就此放过？珍惜当下？

赵宏明 对呀！我们都不再纠缠过去，且往前走！

杨如影 我可以吗？

赵宏明 你一定能行，你还有我！

杨如影 （含泪）宏明！

〔杨如影、赵宏明紧紧相拥。
〔切光。

第八场

〔三年后。
〔皇宫。
〔幕后合唱——
【商调·山坡羊】
泪湿李花一枝素，
东君空把奴吩咐。
燕赵悲歌事未消，
一派酸风把卷滔怒。
〔一阵呐喊声，已投靠蛮夷部落的冯少楚攻打进来。

冯少楚 狗皇帝，你给我出来！是男人你出来！

〔赵宏明上。

赵宏明 叛贼看剑！

〔冯少楚和赵宏明开打。几个回合后，冯少楚一剑刺中赵宏明的要害，赵宏明倒地。

〔杨如影狂奔上。

赵宏明 （挣扎着）如影，江山就交托给你和慕儿了！还有，我是爱你的！

杨如影 （扶起他）宏明，宏明，你别丢下我和慕儿啊，我要你一生一世相伴啊！我也爱你啊！

赵宏明 （笑）有你这句话就够了，你一定要好好活下去。（断气）

杨如影 （恸哭）宏明，你别离开我，别离我而去！

【商调·山坡羊】

霎时间雨骤恶风狂，
惊残好梦处处冷。
此生虽短意已平，
心灰，
与君再世来同行。
还愿，
不负前情泪千行。

冯少楚 （上前扶）好了，如影，我已经回来了，你跟我走吧！为了替你报仇，我已投靠了蛮夷部落！

杨如影 （逼视）你为什么要回来？（嚎叫）为什么啊？

冯少楚 我说过，今生我们还要再相见！

杨如影 我不要，我不要！你杀了他，我也不活了！

〔杨如影去拔冯少楚的剑，被他夺下。

冯少楚 如影，你这是怎么了？他不是你的仇人吗？你变了？

杨如影 我好不容易从过去中走出，获得平静和安宁，这一切又被你毁了，你好狠啊！

冯少楚 （愕然）那你恨我吗？

杨如影 （惨淡）不，我已没有力气恨了！

〔一大群羽林军围上来。

羽林军 叛贼，放下你的剑，你无路可走了！

杨如影 放他走！你走吧！

冯少楚 那你？

杨如影 与你再无瓜葛！

〔冯少楚踉跄地转身走。

〔赵慕和随从出现在城墙上，他手里拿着弓箭。

赵　慕　（拉弓）叛贼，哪里逃！看箭！

杨如影　（痛苦地）慕儿，不要啊！

〔一支利箭正好射中了冯少楚后背，他慢慢地倒在了地上。

杨如影　（痛心疾首）少楚！

冯少楚　如影！

【商调·山坡羊】

扬鞭踏遍清秋霜，
衰草连天意难忘，
雁声远向萧关处。
不恨天涯行苦役冷，
只恨西风横吹古今。
久别争忍相思长？
有悔，
此生一错步步错。
辜负，
夜月空照泣李花。

杨如影　【商调·集宾贤】

肠断魂销情还去，
（怎知）此生两相疑？
负你残春泪千行，
金剑藏埋百事弃！

〔冯少楚在杨如影怀中慢慢闭上眼睛，杨如影仰面对天泪痕干。

〔切光。

〔幕后合唱——

【商调·集宾贤】

（接上）残雪（冷）画屏，
半生已分孤眠吟，
（多情）成追忆，
断肠声李花尘。

〔幕后男声独白：少年天子赵慕登基，尊杨如影为皇太后。伴随她的，是余生无尽的孤独。

〔剧终。

长相守

据电视剧《大明宫词》改编

昆剧

编剧：沈杏莲

本剧取材自电视剧《大明宫词》。

《长相守》是一部古装戏曲，讲述的是一段凄美的爱情故事。

“长相守”是一个信念——美好的爱情理想，全剧从开始到结束从美好憧憬到悲哀收场，都系着这么个信念。

唐高宗年间，唐高宗和武则天的女儿太平公主在上元节酒会上遇到了俊美儒雅的薛绍，在不知道其已有妻儿的情况下一见钟情。武则天为了让女儿得到薛绍，背着太平公主赐死了薛绍的发妻徐慧娘，并放逐了她一家。太平怀抱着美好的爱情梦想嫁给了薛绍，而薛绍心中的仇恨太深，对其一直冷落，就这样过了五年。

太平从一个无忧无虑受尽万千宠爱的公主慢慢变成一个懂得为人处世的平凡女子，她对薛绍是逆来顺受、细心讨好，薛绍不是没看见，只是强迫自己不去放在心里。

薛绍对太平的仇恨在她善良地收养了他“友人的儿子”——其实是她不知道那是他和慧娘的亲子（叶儿）之后，慢慢化解，他劝说自己是慧娘在天之灵给予他的宽恕……

薛绍到底能不能彻底走出仇恨呢？或许他内心深处想走出来，奢想能就这样和太平及叶儿云淡风轻地过日子。但这意味着他已经背叛了慧娘，背叛了自己一生坚守的信念。最终他还是无法承受内心的谴责和煎熬以一把匕首结束了自己短暂的生命，在死之前终于对太平剖明了心迹，他已经爱上了她！这份爱的表白在那么一个特定的情景下显得格外的唯美而畸形。

这是一个发生在唐朝封建社会的故事，当时的社会现象种种矛盾颇多，在武则天皇权下酿成的悲剧不在少数，这是当时的氛围。长相守的故事悲剧看似“皇权”造成的，但其实不然，薛绍悲剧起始于皇权的压迫，但最终他的悲剧在于自己，他一直坚信自己能坚持和前妻“长相守、从一而终”的信念，奈何朝夕相处的人是那么善良纯真和无辜，使得他最终背叛誓言，背叛自己的信念。

剧情围绕着薛绍和太平的爱恨纠葛发展，主要是薛绍的内心挣扎，以及对这个人物的深层的人性刻画。

这虽然是一个古代的故事，传达的却是一个亘古不变的话题——爱情、人性。

序幕

〔时间：唐高宗年间上元节。
〔长安城。
〔太平和香儿扮成男子欢欣上。
〔太平默默走到薛绍跟前，薛绍抬眼，礼貌一笑。
〔依稀如梦。
〔（台内歌）【南黄钟·赏宫花】

蓦然醉迷，
诗画明媚沁心脾，
无限情思涌。
他浅笑如怡，
映月浩眸繁星逊，
春风如沐凤凰池。

太　平　你……这把琴真好看，可否……卖给我？
薛　绍　小哥怎么看上我这陈旧之琴呢？
太　平　只觉得一见投缘，想与它相伴相守。
薛　绍　这是我一生的信念，无论何物，都换不得。
太　平　那……可否借我一观。

〔薛绍浅笑，答应，太平上前轻抚，爱不释手。

太　平　你说，你叫……
薛　绍　在下，薛绍。
太　平　可否再弹一曲？
薛　绍　多谢盛情。

〔薛绍弹，如行云流水。
〔舞台其他人慢慢隐去，留下太平，她痴痴地站着。
〔收光。

第一出

〔时间：三日后。
〔地点：薛家内、外。
〔徐锦娘上，（朝内）——我的少爷，你快点呀！
〔徐少杰上。

徐少杰 就你急性子！
徐锦娘 咱的小外甥叶儿今天满月，你这个当小舅子的也不想赶紧去看看！
徐少杰 （开心地）人都说外甥像舅舅，你说叶儿会不会像我啊！
徐锦娘 （鄙视地）就你，算了吧！姐夫那可是整个京城数一数二的美男子，叶儿呀，该像他！
徐少杰 肤浅！姐夫学富五车，为人正直，那才是好男儿的榜样！
徐锦娘 这倒是！赶紧赶路吧！

〔两人下。
〔灯转。
〔徐慧娘阁楼。
〔薛绍、慧娘伴坐琴台，深情款款。慧娘怀抱婴儿。

徐慧娘 十年如一日，琴声总是这般地好。
薛　绍 哎，纵使琴旧了，琴损了，琴音变了，你我之情，难道会改吗？
徐慧娘 【北黄钟·醉花阴】
如何呆呆傻儿气，
总教人犹如梦里。
凡俗渺小无奇，
得君子炙热情痴，
结篱恩爱如昔。
蹙眉儿，稍展颜，印印相知惜。
盼永世相依不离不弃。
薛　绍 【北黄钟·喜迁莺】
不离不弃，
共白首此生慰藉。
感刘阮引美桃溪，
喜今生惠妻得觅。
当初，迁徙相逢稚气遗。
竹马情，青梅意，

及笄之年翻醒那浓浓爱意。
穷碧落此情唯一，
长相守矢志不移。

〔两人继续抚琴，温情款款。婴儿笑声。
〔内声：“圣旨到——”二圣恩谕：招薛绍为驸马！
〔薛绍一愣，琴音止。（白）——驸马？谁家的驸马？我听错了？
〔薛父拿着圣旨上。

薛　绍　（不可思议）这是天大的笑话！
薛　父　你没听错，这也不是笑话！你看，你自己看！
薛　绍　（拿过圣旨念）二圣恩谕，招薛绍为驸马！（一怔，续念）薛妻徐氏白绫赐死！徐氏一家，封官赐爵，永离长安。钦此，谢恩！
薛　父　（怒）你这逆子，平素安于平淡，什么时候去招惹皇家啦？你说！你说！
薛　绍　这，这不可能！（手抖）赐死！永离长安，赐死！
薛　父　天后口谕，要对公主守口如瓶，若敢抗旨不遵……
薛　绍
慧　娘　怎样？
薛　父　诛灭薛门一族。（薛绍、徐慧娘晕眩）
徐慧娘　【北黄钟·出队子】
好似是天神生嫉，
狠折人，美姻缘连理枝。
泪抛，难忍苦痛与悲凄。
怎能够舍下夫君舍下儿，
从此后相逢唯梦里。
薛　绍　【北黄钟·刮地风】
似是天神将我欺，
顷刻美梦杳云池，
顿山崩地裂魂何寄。
地狱罗刹起杀机，
无端横祸从何起，
顶刀刃问他非是。（徐慧娘欲劝，薛绍不接受）
休巧辞，
莫言弃，
岂知心如万箭刺。
永相守志不移，

岂容更迭岂容离。

我即刻就去！

徐慧娘　公子，薛家一族安危，你就不顾了么？

薛　父　媳妇说得有理，你该冷静！

薛　绍　你叫我如何冷静！不要拦我，让我去，让我去！

〔薛绍欲下，慧娘阻止，体力不支，薛绍回头。

薛　绍　慧娘，慧娘……

〔薛父叹息下。

徐慧娘　怎么还像个孩子！公子，你我为何钟爱此琴，可能说否？

薛　绍　这定情信物，这盟誓诺言，长相厮守，从一而终！我不会违背它，你也不可以违背它！

徐慧娘　（禁不住哀伤）这一生的誓言啊，公子，这“长相守”另有深意，君知之否？

〔薛绍麻木中被动地走到琴旁，两人对琴轻弹。

徐慧娘　【北黄钟·西门子】

长相守，白头偕老兮不离弃；
长相守，白头偕老兮不离弃。
心志坚，纵隔天人何叹息；
鸾凤俦，今生诺许来生系。
信夫君志无移，
莫要为妾伤，
且为全族虑。
碧落黄泉梦相聚。
抚一曲，自去离，
自去离，
瑶琴解愁将念寄。

薛　绍　慧娘………

徐慧娘　（对着婴儿）公子，叶儿就交给你了……

〔徐锦娘、徐少杰匆忙上，呆住。

〔收光。

第二出

〔时间：三日后。

〔地点：薛家。

〔内声："二圣恩谕：故德元大将军嫡孙薛绍，忠孝有加、礼义兼备，三代忠勇报国，有家风传世，福泽荫及子孙。绍文采不凡，武略出众，遂成栖凤之材。特赐太平公主下嫁，封薛驸马为左金吾卫大将军，世袭万安侯。钦此——"

〔灯启开，喜字高挂。

〔舞台一角，薛府新房，太平自揭盖头。

太　平【南黄钟·端云浓】

心鹿涌潮，
翘首盼春宵到，
妆奁菱花似知意。
揶揄笑脸，
惹气恼人羞难抑。
难抑，盼春宵羞难抑。

（太平用喜帕将镜盖住，又掀起。）哎，你说，他会喜欢我吗？

【南黄钟·传言玉女】

镜里人儿，
唇未启眸先醉，
柳眉微扬含烟翠。
无瑕玉面，
纵若天女难比拟。
痴心一片，
不离不弃。

哎呀，驸马怎么还没来呀！

【南黄钟·女冠子】

我慕他洒脱才气，
儒生俊秀飘逸。
我敬他轻名淡利，
节高难觅。
我爱他浅笑传情意，
不望他功名爵禄，
只求他倾心无二意。

宫闱去日凤栖，
浮华今弃。
唱关雎和郎永相守，
清酒琴箫管瑟。
驸马怎么还不来？

〔香儿上。

香　儿　公主，我打听了，驸马依照薛家祖例，新婚之夜上山拜祖去了。
太　平　原来如此。
香　儿　瞧我们公主心急了吧？
太　平　不许笑，不许笑！
〔幕内伴唱——
【南黄钟·点绛唇】
少女痴痴，
喜待羞盼。
红烛映，
泪如红霓，
只怕残梦里。
〔灯暗，洞房场景隐去，气氛急转，薛绍喊：天啊——
〔舞台另一角灯亮，慧娘静静躺在薛绍怀里，身边一条白绫。

薛　绍　【南黄钟·西地锦】
纷扰凡尘俗世，
知音执手相依。
此生此爱磐石志，
长相守何依栖。

〔薛绍濒临崩溃边缘。

薛　绍　慧娘，慧娘……

〔薛绍双手挖土似无痛觉。
〔同时，洞房一角灯复亮。太平时而对镜整妆，时而倚窗翘首。

太　平　【南黄钟·尚宫花】红烛燃滴，
薛　绍　（唱）揪心血泪滴，
太　平　（唱）盼他来到，
薛　绍　（唱）无盼也无期，

太　平　（唱）梦萦魂牵今如愿。
薛　绍　（唱）梦萦魂去心如死。

〔荒野一角，“长相守”墓碑伫立。

绿　绮　公子，时已不早，快回洞房，免招怀疑。
薛　绍　洞房？好，回去！（开始疾步）
太　平　【南黄钟·滴滴子】新房醉，
薛　绍　（唱）阴曹冷，
太　平　（唱）春色漫溢。
薛　绍　（唱）悲添恨。
太　平　（唱）蹁跹影，
薛　绍　（唱）魑魍魉魅，
太　平　（唱）美梦。
薛　绍　（唱）地狱魇戾。
太　平　（唱）羞羞泛涟漪，
薛　绍　（唱）悲恨砌，
太　平　（唱）窃喜心间。
薛　绍　（唱）悲恨难抑。

〔薛绍进房，两个人照面。

太　平　驸马！（忙奉上茶杯）驸马一夜辛劳，请用茶。
薛　绍　你就是大唐公主，那至高无上的公主？
太　平　驸马，太平昨日大唐公主，今天已是你的娇妻。
薛　绍　我与你不相不识，你为何偏偏要嫁予我？
太　平　（娇羞地）驸马忘记了么？上元之夜，你……为太平抚琴。
薛　绍　（恍然大悟而又不可思议）是你……就为了那匆匆的一面？
太　平　还有那柔美的琴声，豁达的情怀……
薛　绍　（可笑又悔恨）那匆匆的一面，柔美的琴声，豁达的情怀——
【南黄钟·双声子】
堪悲泣，堪悲泣，
荒谬何寻觅。
笑浅薄，笑浅薄，
痴想天开异。
怎可及，怎可及，
魂梦栖，魂梦栖，
愚不觉羞，

妄谈妄知。

〔慧娘声音回响：公子，你要想着家人啊！
〔薛绍欲呼，最终忍住。

太　平　（担心地）驸马，你？
香　儿　（捧酒杯上）公主、驸马，大喜之日，你们两人还未喝这交杯之酒呀。
薛　绍　大喜之日，我的大喜之日……
香　儿　是啊，天仙下嫁，驸马福分不浅，无限光彩！
薛　绍　是啊，公主下嫁，无限喜庆！是薛绍前世修来之福分，薛氏一族的荣耀！该饮，该饮！（举杯，作出“狂喜”之状）大喜之日，该饮。（狂饮，形同癫狂）谢主隆恩，谢主隆恩！
太　平　（担心地）驸马，驸马……
薛　绍　（恳求地）我狂喜难抑，求你让我饮个痛快，醉个痛快！
太　平　太平陪你一同饮！（捧杯）干！
薛　绍　干！

〔薛绍的“狂喜”感染着太平，她也陶醉其中，两个人举杯“畅饮”。
〔幕内女声伴唱——
【南黄钟·双声叠韵】
新房里，
春色溢，
杯举两心异。
心脾沁，
悲恨抑，
错把红绳系。
喜泪兮，梦幻里；
苦泪兮，魄已离。

太　平　（唱）从此后，
红楼美梦。
薛　绍　（唱）从此后，
梦碎魂寂。

〔收光。

第三出

〔时间：五年后，秋天。
〔地点：感恩寺。
〔叶儿拿着树叶说话。

叶　儿　我叫叶儿，就是树叶的叶，跟你一样，没爹，没娘，没家。（转情绪）不过我又比你好，我有薛叔叔，时不时来教我读书，送我衣服。（嘟嘴）可是他对我总是板着脸，笑都不笑。他已经好多天没来看我了，我想他，可他交代过，不能去他家找他，可我真真想他呀！那我就偷偷跑去，看他一眼就走，就一眼！别让他发现，你说好不？好！这就走！（下）

〔薛家花园，落叶零星。
〔薛绍弹琴，神情空洞冷淡，琴声缓而闷。
〔太平上，她不敢贸然打扰，只远远地看他。

香　儿　（上）公主……
太　平　嘘，别吵他。

〔薛绍觉察，琴声止。

太　平　驸马，我打扰你了。

〔薛绍起身，抱琴欲下。

太　平　驸马的琴声向来孤寂，妾想知道其因？
薛　绍　公主无须知道。（下）

〔太平捡起一片树叶。

太　平　我也是一片树叶，曾绿过，却过早地枯了……
【南正宫·喜迁莺】
叹梧桐飞雨，
五载去悠悠。
爱怜莺语，
泣啭庭园；
玉盘感悯，
悄然把那头坠。
伤早醒，春闺梦，

瑟瑟秋风冷透。
何日见，
蕾开芳香送，
莫再霜寒。

〔李贤上。

李　贤　小妹。
太　平　二哥，你怎么来了？
李　贤　来看看小妹和妹婿。他呢？
太　平　香儿，去请驸马。
香　儿　是。（下）
李　贤　小妹近来可好啊？
太　平　当然好，一直都很好。
李　贤　真的吗？
太　平　自然是真的！要说不好，也只因常常惦念着父皇母后和各位哥哥！
李　贤　我的小妹还是依然那么嘴甜啊！
太　平　哥哥哪里话，妹妹一片真心，哥哥只当作哄人的。（佯怒）
李　贤　哥哥错了，该打，该打！（小心问）我问的是小妹和妹婿之间可好啊？
太　平　（略一怔，转而佯羞）哥哥说话越发没遮拦了，这种私事也是问得的？更是该打！

〔兄妹嬉闹中，薛绍上。

薛　绍　不知殿下驾临，失礼了。
李　贤　妹婿多礼了。（转向太平）看你闹的，发髻都松了，快去叫香儿帮你打理。
太　平　哥哥这是要赶我走么？有什么事，竟连我都听不得？
李　贤　说你坏话，怎好让你听去？
太　平　哥哥……（有所担忧地下）
李　贤　耳闻驸马天天早出晚归，公务繁忙啊！
薛　绍　食君之禄，忠君之事。
李　贤　哈哈哈……超脱飘逸的薛公子，也一口官腔了？
薛　绍　薛绍本就庸俗无奇。
李　贤　兵部闲职，能使得驸马早出晚归、冷落娇妻么？
薛　绍　（平静而谦恭）薛绍本非细心男子，假使公主委屈，理当赔罪。

李　贤　你！薛绍啊，你当真要如此这般，度过一生么？

李　贤　【南正宫·破阵子】

世事何能皆全意，
将她恨岂心安。
恩怨前尘伤酿就，
她却无辜自受冤。
她痴情笃定何来错，
污不染，
怎堪遭欺怨。
冷落红颜，
何称好儿男。

薛　绍　殿下！

【南正宫·齐天乐】

天恩浩荡何来怨，
人羡煞青云上。
面对天恩，
惶惶恐恐，
乏力难销谬赞。
庸庸泛辈，
愧损圣家名。
软弱卑贱，
唯诺屈膝，
哪得称那好儿郎？

李　贤　（旁白）我坦诚相对，他冷淡敷衍，奈何？

薛　绍　殿下，咱们还是作罢不谈吧。

李　贤　今天不谈，何时谈？实话对你说，我虽为我母亲生，却早已为其不容。母亲登基之后，我自知危在旦夕。现已接到密报，她要将我贬至巴州！

薛　绍　巴州？

李　贤　只怕明日此时，我已在赴任的路上了，人生至此，我已不再多叹。我唯一放不下的，是我的小妹。她从小就那么善良，渴望温情。嫁给你五年，被你冷落了五年；你父母对她毕恭毕敬，你家人对她谨小慎微，她是何等孤单落寞，偏偏还要人前强装笑脸！薛绍啊，纵使她不是从小受尽万千宠爱的公主，只是一个盼望与心上人儿恩恩爱爱的女子，如此处境长达五载，谁能挨得过来啊！

薛　绍　（拒绝聆听）殿下……

李　贤　难道你的心真如铁石，未曾半点动容？

薛　绍　这……

【南正宫·燕归梁】

同处屋檐经五年，

心百感，暗间藏。

我朝夕漠视无言，

她逆受，态依然。

殿下，你若真的疼惜她，当初就该阻止赐婚。

李　贤　我阻止不了！只得抱着一线期盼，期盼你是个君子，期盼你能珍视我的妹妹。

薛　绍　我做不到，我做不到……

李　贤　（叹）母亲啊，你爱太平，却也害了太平啊！（对薛）薛绍——

【南正宫·七娘子】

时光苦短易流逝，

看白驹过云变烟。

迟暮之年，回头时看，

徒留悔恨千千万。

告诉小妹，我走了。（下）

〔香儿、太平上，捧药汤于手上。

太　平　驸马，二哥与你说了什么？

薛　绍　他……没说什么。（欲下）

太　平　驸马，你风寒未退，这药，饮下吧。

薛　绍　（有所迟疑）不用。

〔太平委屈，无奈地把药倒于树旁，躲在树后的叶儿被发觉。

太　平　呀，这是谁家的小孩？

〔叶儿欲跑下。

薛　绍　站住！

叶　儿　薛叔叔……（低头）

太　平　这是咱家亲戚？

薛　绍　走！（带叶儿欲下）

叶　儿　哎哟！

薛　绍　手？怎么啦？

叶　儿　路上绊了一脚。

太　平　香儿，快取药来。

〔香儿下。

薛　绍　（关切而恼怒）我嘱咐过你不许乱跑，怎么不听话？
叶　儿　（委屈地）叶儿……叶儿……
太　平　（护着叶儿）孩子小，这么严厉会吓着他的。（柔声对叶儿）你是来找薛叔叔的？
叶　儿　嗯。

〔香儿拿药上，太平帮叶儿擦药，叶儿觉得亲近，看着太平。

叶　儿　我梦见过我娘，她就像你这样。
太　平　你娘呢？
叶　儿　我没爹没娘……只有薛叔叔。
太　平　（很难过）香儿，叶儿衣服溅了药渣，你带他去换一身。
薛　绍　不用，我马上带他回寺院。

〔叶儿挨紧太平，不敢直视薛绍。

太　平　没看出孩子是想你才来的吗？你这样，孩子会怕你。（示意香儿）

〔香儿带叶儿下。

太　平　叶儿的爹娘是怎么了？
薛　绍　都……死了。
太　平　（一惊）怎么死的？
薛　绍　你真想知道？
太　平　（急急点头）嗯！
薛　绍　他们，只是尘世中最平凡的一对……（思绪迷茫）
【南正宫·朱奴儿】
原来是参商无缘，
迁居偶遇长安地。
好似前生情已牵，
许今生再续良缘。
太　平　后来呢！
薛　绍　【南正宫·玉芙蓉】
候双归燕儿，
葬落英庭院。
弄纸鸢旷野，

观线结纠缠。
描眉秉烛相知意，
离别瞬间心挂牵。
甘作那，
渺微双蒲草；
结成那，难分不解相思环。

太　平（念）原只道世间痴人少，惜同路知音欲会难。后来如何？

薛　绍后来？

【南正宫·倾杯序】

喜庆佳期，
火样灯花燃喜宴。
所愿得尝，
美煞鸳鸯。
倩影相随，
情比金坚。
山盟海誓，
不离不弃，
永生相伴。
笃情专，
祷长相守生世缘。

太　平（感动陶醉）多么美……

薛　绍（凄美地笑了一下）公主觉得很美，是吗？在一个同样很美的夜晚……

（念）那一晚，脉脉温情多缱绻，
那一晚，四手纠缠抚琴弦。
那一晚，噩梦敲开阁楼醉，
从此后，一双魂魄离人间。

太　平发生何事？

薛　绍有个权贵欲招书生为婿，女子被逼致死……

太　平那书生呢？

薛　绍他……他也从此死了……

太　平死……了？

薛　绍他们的盟约，只留下那个长相守的瑶琴，和孤苦的叶儿……

〔太平茫然而泣。

薛　绍（惨笑）你也哭了？

太　平【南正宫·普天乐】

好一段美情缘，
听得我，心头颤，
叹美鸳鸯偏遭受无情棒。
悲伤泪溅恨无常，
心怜又羡此佳缘。
如我所痴痴般盼，
所得此爱，
此生已然无所憾。
见惯宫闱院深爱薄浅，
尤觉人世真情淡。
今日里旷世爱歌坚我志，从此后——
（接唱）举案齐眉，
白首相伴。

〔薛绍不禁动容，近距离看她。

薛　绍【南正宫·刷子序】

此生有如，
初相邂逅。
尘寰烟漫，
错弄无常，
偏偏辗转于前。
何伤，
与共知音相嗟叹，
抚琴何须觅蓬山。
此刻思绪陷迷惘，
似见慧娘。（片刻失神）

太　平　驸马，你怎么啦?

薛　绍（从迷乱中恢复，避开太平）没事。

香　儿　驸马、公主……（奔上）老爷、夫人吵起来了。

〔薛父、薛母拉扯叶儿上。

薛　父　不能让他留在这里！

薛　母（拽着叶儿）我不管，就是要让他留在这里！

薛　父（气急败坏）不能留下！不能留下！

太　平　公公，婆婆。

薛父
薛母 （恭敬地）公主。
太平 自家亲戚，留下何妨？
薛父 （对薛绍）不能，不能啊。
太平 为何不能？
薛父 （搪塞地）终究不是自家孩子。
太平 若得公婆应允，媳妇愿收养叶儿，可好？
薛母 好好好，好啊！
薛绍 （片刻惊愕）你，为什么？
太平 我和他一见投缘，看到他，我就想起他父母，想起长相守，成全我，好吗？

〔薛绍被太平的真诚打动，看着她，神情多了些柔和。

薛父 这怎能使得，怎能使得？绍儿，快把叶儿送走！
太平 （对薛绍）你帮我说话呀！
薛绍 爹爹……恳求爹爹，（做出决定）依公主之言吧！
薛父 你……你可有想清楚？
薛绍 （点头）就让叶儿住下吧！
太平 公公，就让叶儿住下吧。
绿绮 老爷，就让叶儿住下吧。
薛父 让叶儿住下？让叶儿住下……罢！就让叶儿在薛家住下。
绿绮 叶儿，快叫祖父祖母！
叶儿 祖父！祖母！
薛父
薛母 孙儿……（老泪纵横）
太平 还有我呢，叶儿，快喊娘。
叶儿 （不大敢喊）娘……
太平 哎！还有，这是你爹爹。（拉薛绍到旁边）
叶儿 薛叔叔，我真能住在这里？
薛绍 这里……就是你的家呀！
叶儿 叶儿有家了，叶儿有家了……有祖父祖母，有爹爹娘亲……

【煞尾】

是喜是悲纷纷泪，
此情此景人易醉。
醉落红尘千丈，
依稀梦回……

〔渐转入梦境，其他人隐去，太平、薛绍、叶儿在舞台上。
〔太平很慈爱地抱着叶儿。

叶　儿　娘亲，叶儿可喜欢你呢！
太　平　娘亲也喜欢叶儿。
叶　儿　娘亲对叶儿真好。
太　平　看到叶儿，我就像看到自己。
叶　儿　娘……
太　平　叶儿……

〔太平、叶儿慢慢隐去，进入第四出——梦境。

第四出

〔半月后，阁楼。
〔继续梦境。

薛　绍　这是哪里，我在哪里……
【小石·如梦令】
前似悬崖天堑，
又似蓬莱仙宴。
似苦海无边，
又如见祥云现。
天堑，仙宴，
飘渺见阎王殿。
（走到案台，见琴）啊，长相守，你还在！没有离我而去！（抱琴）你是我唯一依靠，守住我魂魄意念。

〔一女子上，着慧娘衣衫，面罩轻纱。
〔薛绍上前，两人歌舞。

薛　绍　【小石·渔灯儿】
守盟约，此生来世魄相连。
不管他，山崩地陷与易天。
爱不灭，索命的无常也宛然。
纵使到奈何桥畔，
诺承来生续情专。

女　子【小石·锦渔灯】
　　　　续情专不管他地老天荒，
　　　　心不换长相守温情难断。
　　　　君心如妾不染俗尘志永坚。
两　人（合）志永坚长相厮守情不变。
薛　绍　你是谁？我看不清你的脸。
女　子（娇笑）你说我是谁啊？
薛　绍　你像慧娘，又像太平……
女　子　我是你现在所爱的那个人，是你想长相守的那个人。
薛　绍　是慧娘？是太平？我看不清，分不清……
女　子　你上前来看……

〔女子欲揭开面纱。

薛　绍（阻止）别！别揭开！
女　子　你怕什么？
薛　绍　不是！（心虚地）不是……你走，你快走！
女　子　你怎么舍得赶我？公子，公子……
薛　绍　是慧娘，是慧娘！（上前去揭开面纱，绝望）是太平，是太平……
女　子　公子，公子……

〔薛绍躲避，逃避，梦醒，一身冷汗，女子隐去。

薛　绍（对着琴）慧娘，我想你，念你，你看到了么？你离我越来越远，漫长的五年，我已慢慢记不清你的模样了……
【小石·锦上花】
　　　　思念已然经五年，
　　　　蚀魂魄痛难言。
　　　　任凭怨恨刻心间，
　　　　形走肉力苟延。
　　　　如梭岁月桑田，
　　　　惊恐，黄粱一梦美如仙。
　　　　羞愧与谁言？

〔薛绍弹起“长相守”曲调，琴声略显浮躁。
〔叶儿蹑脚上楼，重重地抱住薛绍。

叶　儿（调皮地）爹爹！

〔薛绍毫无防备，失手将琴一推，琴掉落而断，薛绍惊恐。

薛　绍　【小石·锦前拍】

两断琴弦声泣伤，
似责心亏含愧惭。
只道是从一志坚，
从一志坚。
却原来，薄义卑劣藏。
如今，羞赧如潮何面颜。

（抚着残琴）慧娘，我错了，我错了！你不要生气，不要生气！

叶　儿　叶儿是无心的，孩儿认错，认错！

薛　绍　认错?!这唯一的遗物，这一生的誓盟，认句错就了了吗？你的父亲软弱无用，你！怎么也这般不争气？！我，我打死你！

〔薛绍取竹片，太平上楼，见状大惊。

太　平　（阻止）驸马，你做什么？

薛　绍　非关你事，站开！

叶　儿　娘亲，叶儿真的不是故意的！

太　平　驸马，琴断了，可以修，叶儿才是他父母的珍宝啊！

薛　绍　琴断了可以修，誓言违背了，还能再修么？

〔薛绍拖叶儿下楼，太平追下，薛绍打叶儿。
〔太平以身保护叶儿，薛绍误打，呆。

薛　父　（上）你这逆子！敢再打叶儿一下，我，（举手中拐杖）我就将你打死！

薛　绍　（跪到父跟前）爹爹！你就将我打死吧！孩儿我不想活了，真的不想活了！

薛　父　你……你又何必作茧自缚，自我折磨呢？

薛　绍　爹爹……

薛　父　儿啊，该忘的，就忘了吧！

薛　绍　爹爹，我不能，不能啊！

薛　父　你啊！（咳嗽）

太　平　绿绮，快送老爷回房。

〔绿绮、薛父下，剩下一家三口，气氛柔和而哀伤。

太　平　驸马，适才后宫来人说道，我的二哥，我的二哥，他……（泣不成声）

薛　绍　（担忧地）殿下？他？

太　平　他在赴任途中，自尽了。

薛　绍　啊？

太　平　难道，这便是身为皇家人的命么？

【小石·锦中拍】

人都羡皇家紫贵墙，
又怎晓其悲凉。
不如穷家知冷暖，
更未敢把天伦盼。
见亲人渐落归去何痛伤，
一个个含悲命丧，
抱瓜危三二藤蔓。
痛父怜兄，
何以相见，
梦归天府楼阙。

大平身边，只剩下你和叶儿了……

薛　绍　（忍不住同情地）公主……

太　平　【小石·锦后拍】

看尽悲切情爱久醉难，
刻骨恋也瞬间。
步后尘非我所愿，
笃追梦心坚不变。
莫悔岁月留惋叹。
五年来，你，蹙眉压眸染秋霜，
欲启齿而相询未敢。
意惴惴，伤时光流逝去不返。

有何郁结望直告，莫教亲人把心锥。

薛　绍　【商调·二郎神】

声声泪，
泣又悲我心中负罪。
道是薄情绝义碎，
焉知我镣铐，
千斤镣铐压心扉。
苦爱恨挣扎锥心肺，
信念承诺将魂瘁。

太　平　难道，我太平终归盼不来长相守……

薛　绍　（接唱）可怜同遭罪恨只恨不能劝慰泪匆垂。

叶　儿　（自觉愧疚）娘亲，你别哭，都是孩儿不是。叶儿还是回寺院去吧！

太　平　哎呀！叶儿切不可胡思乱想，是为娘不是，吓坏了叶儿。

叶　儿　娘亲，叶儿真真舍不得娘亲，舍不得娘亲……

太　平　叶儿乖，叶儿不怕！娘在这，在这……

〔薛绍更加痛苦。香儿上。

香　儿　叶儿，你爹娘有话要说，咱们去找奶奶玩皮影，好不？

叶　儿　娘？

太　平　跟香儿去吧。

〔香儿、叶儿下。

太　平　驸马，二哥去世，我神思缭乱，说错了话，你就原谅我吧！待明日我遣香儿请名匠修琴，你就不要再伤心了。

〔薛绍痛苦矛盾，最后对自己妥协。

薛　绍　公主！

【商调·集贤宾】

同怜殿下心绞瘁，
天府送魂归。
叹苦楚尘世难尽美，
怎寻源是是非非。
宽人谅罪，
雾障扫煎熬离无悔，
相慰藉度余年岁。

薛　绍　太平！

〔煞尾：久抑相思似决堤，
情生情长将人欺。
纵是悬崖与绝壁，
自甘沉沦在此时。

〔收光。

第五出

〔半月后，感恩寺后山，“长相守”墓碑。
〔薛绍步伐迟疑上，走近墓碑，但没有面对墓碑。

薛　绍　慧娘，最近忙碌，无暇过来看你。慧娘，咱们的儿子回到薛家了，母亲长年的心病也就好了……慧娘，叶儿现在过得很好，有家，有祖父祖母，有爹娘……慧娘，公主对叶儿很好，真的很好……慧娘，公主也是可怜的，当年的事是她母亲安排的，她真的是无辜的……慧娘，琴断了，是不是……是不是你在天之灵，对我的启示？要我莫再囚困自己？要我忘记过往珍惜眼前？
徐锦娘　哈哈哈……
薛　绍　（一惊）是谁？是谁？
徐锦娘　（走出）薛驸马受招皇家女婿，显赫无比，连慧娘之妹也忘记了么？
薛　绍　锦娘？锦娘，你好么？岳父、岳母、小弟都好吗？
徐锦娘　放逐的下场能好吗？薛驸马，你会连这些都不懂么？
薛　绍　他们？
徐锦娘　拜您所赐，都死了。死得可怜可笑，死得微不足道！我一家的悲哀，换来你终生的荣耀，换来你良知的泯灭！薛绍啊薛绍，你每天对着那杀人凶手，竟能忘却我一家的冤苦，竟能忘却慧娘的深仇！
薛　绍　不！锦娘，公主也是受害之人，当年的事她一点不知，她苦苦隐忍，又收养了我和你姐姐的儿子。锦娘，做人该恩怨分清，她也是可怜的……

〔锦娘冷冷而鄙夷地瞪着薛绍，薛绍逐渐心虚，语调慢慢低下。

徐锦娘　说啊，说下去啊！用这些冠冕堂皇的理由掩饰你移情别恋的真相！
薛　绍　我……
徐锦娘　呵呵呵……终于知道羞愧了？知道我的家人是怎样死的么？边境反将驱虐流民，我等人不如狗。我爹临死竟还深信大唐的救兵会到，期盼着圣朝的福音。
薛　绍　不要再说了……
徐锦娘　可怜可笑啊！爹娘死了，弟弟也死了，他才十二岁，你可还记得他？他的脸上有对小酒窝……活泼，爱笑……（逼近薛绍）那你还记得那个和你恩爱缱绻的妻子吗？（转语气）还有那杀死你妻子的白绫？你忘记了，都忘记了！
薛　绍　不要再说了，不要再说了……

徐锦娘 薛绍！薛绍！你的良心呢，你的良心呢！

【南吕·宜春令】

情和恨，
刻骨铭，
奈何纷纭皆变更。
此心难已，
死生湮灭一场梦，
醉欢爱淡然忘却前情。
笃情永生曾坚信，
于今难寻，
音容笑貌，
唯将己恨，
（怒恨）薛绍！

【南吕·太师垂秀带】

她冤死无辜抱恨，
违许诺言铮铮。
你只惜眼前惬意欢愉，
哪还记惨痛徐门。
慧娘，
她苦盼，她痴等，
你款款沉醉眼前人。
粉饰花言为图心沁，
祈苟活诓己欺人。
丧失昔日君子品，
只遗下卑劣悲哀甚。
碑文在青天悬顶，
何处觅长相守一生诺信。

叶　儿 （上）爹爹……你果然又在这里！娘亲进了香，正寻你哩！

徐锦娘 你，就是叶儿？

叶　儿 是啊。

徐锦娘 甥儿，我是你姨母。

叶　儿 姨母？

徐锦娘 甥儿，跟姨母走吧。（上前牵叶儿）

薛　绍 锦娘，你做什么？

徐锦娘 薛绍，叶儿还我，从此你我两家各不相干。（拖叶儿欲下）

叶　儿 爹爹，我不走，我要回家陪伴娘亲。

徐锦娘　（一惊）她不是你娘亲！你不能叫她娘亲！
叶　儿　她是娘亲，是叶儿最亲的娘亲！

〔徐锦娘心底一凉，呆立。

薛　绍　锦娘？
徐锦娘　姐姐已经失去了丈夫，如今还要她失去儿子么？
薛　绍　（软弱地乞求）那你把我也带走吧，把我的人带走，心带走，带去还给慧娘！

〔太平旁上。

徐锦娘　那……那公主呢？
薛　绍　不！不要让我再见到她！
徐锦娘　（悲凉）算了，你已不是昔日的你，不配做叶儿的亲生父亲，带走又有何用？

〔薛绍凄然惨笑，望着墓碑，一步步退开。

徐锦娘　儿啊，走吧。
太　平　站住！

〔侍卫将现场包围住。

侍卫头　公主，适才奴才看到驸马与这女子拉拉扯扯……
太　平　（瞪着薛绍）他是你的儿子？
薛　绍　公主……

〔太平缓缓逼近薛绍，含着痛与恨，薛绍不敢直视。

太　平　我好恨啊！（奋力地扇了薛绍一巴掌）
【南吕·醉太师】
凄与楚，终觉醒，
百般氤氲今了明。
只当寒梅傲雪霖，
雅范世独清，
却原来卑劣一书生。
皆因华灯映面，
上元迷与幻，
半生苦楚，
悲凉错许痴心。

皆因情深致昧眼遭蒙，
丑陋面容无细看。
悲五载寂寥透骨冷，
只道寒冬去迎春色临。
昙花一现，
瞬息凋零。

薛　绍　公主，不是……

太　平　（完全听不进去）什么“长相守”，你信口开河，我倾心感动；什么伉俪遗孤，我视若己出，原来是你俩苟且之子！

叶　儿　娘亲？（欲上前，太平退开）你不能不要叶儿，你不能不要叶儿。

太　平　（爱恨交加）我不是你娘，不是你娘亲……

徐锦娘　叶儿……

叶　儿　（对锦娘）你走开，你走开！

徐锦娘　（绝望惨笑）呵呵呵……姐姐，姐姐……

侍卫头　将她拿下，带走！

〔侍卫欲上前拿锦娘。

薛　绍　不能！不能！公主，她不能死，你得救她！

徐锦娘　不用了，我不受任何人恩惠。（轻理云鬓，撞向墓碑，死）

薛　绍　（扑上前）锦娘，妹妹……死了，死了……

〔全台静寂，薛绍无声流泪——（白）公主，叶儿确是我的儿子，而她是叶儿的姨母，是我妻子的妹妹……

太　平　你说什么？

薛　绍　你还记得“长相守”的故事么？那平凡书生就是薛绍，那冤死女子就是我的妻子徐慧娘！那长相守的瑶琴就是我与慧娘的盟誓信物，这长相守的墓碑——就是我那苦命妻子的葬身之所！

太　平　妻子？你的妻子？

薛　绍　不错，正是你母亲下旨赐死的徐慧娘！我与她恩爱缱绻，誓言一生相守。你的一个异想天开，你母亲的一道圣旨，毁了我一生的美梦！她的家人被放逐边境，死于非命，这是她仅存的妹妹，今日也死在这里了。

太　平　你们隐瞒了我什么，你快讲，快讲！

薛　绍　【南吕·三学士】

五载凄悲了此尽，
倾隐事痛锥心。

上元你错将缘定，
敲碎我楼阁梦与情。
七尺白绫妻丧命，
殷祈来生续情。
【南吕·东瓯令】
新婚夜，
葬妻荆，
假祭薛族先祖名。
你红烛独对听更漏，
我惨痛悲含恨。
生灵奠祭天后爱女心，
鲜血染寰尘。

〔太平目瞪口呆站立无语，缓缓地走向墓碑。

太　平　长相守……薛绍，我该给他们偿命。
薛　绍　是该有人偿命。
太　平　你恨我吗？
薛　绍　我哪能不恨？
太　平　是该恨……
薛　绍　我曾深深痛恨！我冷落你煎熬你，都是为了恨你，也希望你能恨我！可是为什么你不恨我……
【南吕·三换头】
无暇至诚，
消融冰天雪岭。
你单纯炽热，
我难拒诚恳。
诺违羞恨，
恋新欢忘旧爱。
醉眼前深仇抛尽，
信念失魂夺命。
试图麻此心，
不受煎熬，
无路退今儿绝境临。
是我该偿命。
太　平　（奔上前）不！
薛　绍　（退开）公主，一个守不住诺言的人，值得你爱吗？

太　平　你没错，是我把悲剧强加给你的。

薛　绍　（摇头）如果我真能守住，再多一个太平两个太平，也能守住……

太　平　薛绍，求你原谅你自己，就看在我的份上，看在叶儿的份上，还有我们还没出世的孩子的份上……

薛　绍　孩子？（说不清是惊喜还是悲哀）

太　平　是……

薛　绍　（拥住太平）将来，不要告诉他，他的父亲是个懦弱卑鄙的人，让我在孩子心中，存个念想……

【南吕·金莲子】

最锥心，
缘起又缘灭痛煞人。
难诉尽，
情长爱生，
口难言心里爱。
卿且忘，此段情。

〔薛绍慢慢倒下，腹部扎着一把匕首。

太　平　薛绍……

薛　绍　长相守……慧娘，我告罪来了……（死）

〔太平抱紧呆坐的叶儿。

〔煞尾：长相守，誓不违，
谁解点点相思泪。
情生情长情捉弄，
爱歌哀歌皆成悲。

〔剧终。

戏缘·情

改编自南戏《宦门子弟错立身》

越剧

编剧：陈张立

改编思路：以原故事框架为基础，着重清理了男女主角的情感转变思路，使爱情线与原著父子情感线的联系更加的紧密，全篇围绕“情”字所展开。结合当下时代特征，对于女主角的形象进行了适当的修正重塑，使其在自重、自尊、自爱方面得到新的展示，“断情拒金”“为爱闭门”彰显其人格魅力。男主角在原有不羁的形象中着重在“情”字上开掘，夫妻情、父子情之间的矛盾使其困苦，为情抛弃所有，义无反顾，最终又因情回归，向父认错，一家团圆。

同时，根据原故事的核心，注重了地方历史文化的开掘，将杭州勾栏、温州美食、宁波三江口设置其中，力求闲笔之处有意外收获，丰富剧作的亲和力。

人物表：

马　寿——临安太守马康之子，宰相之孙，小生
王可儿——戏班女艺人，后为马寿之妻，花旦
马　康——临安太守，马寿之父，老生
班　主——戏班班主，王可儿之父，丑
香　儿——戏班艺人，旦
玲　儿——戏班艺人，旦
李仕宏——官家子弟，与马家有所交往，小生
张轩杰——官家子弟，玩世不恭，小生
四班主——其他戏班班主，丑或老生
马　兴——马寿书童，童生

序

〔舞台中间一束光照下，在锣鼓声中，王可儿盛装登台，黑暗处传来一阵呼声。
〔王可儿唱戏词。
〔张别驾出现在舞台一端外侧，同样一束光笼罩。

张别驾 启奏万岁，近日临安勾栏多有戏文滥觞，败坏纲常，引诱官家子弟，此乃隐世大患，万望朝廷下令禁绝。

〔李好古出现在舞台另一端外侧，同样一束光笼罩。

李好古 启奏万岁，目下官家子弟大多放浪形骸，不思进取，皆因家教无方、治家不严之故。戏文只是民间自娱，不能归罪。

〔黑暗中皇帝深沉的声音：临安太守何在？
〔舞台中间打亮一束光，马康出现。

马　康 （唱）居太守二十年小心谨慎，
今日里却难避左右劳神。
金殿上答一言重似千钧，
称他心如他愿何计可平？
启奏万岁，春月三分，正宜耕种，微臣请求万岁恩准，湖西劝农耕种。

〔黑暗处皇帝：准你所奏！

马　康 谢万岁。
张别驾 马年兄，你怎可袖手旁观？
马　康 湖西劝农！
李好古 马年兄，你可要仗义执言啊？
马　康 湖西劝农！
张李合 滑头！

〔张别驾、李好古下。
〔锣鼓声又起，王可儿又翩翩起舞。

王可儿 （唱）湖山新胜醉流连，
画舫舟中舞翩跹。
顾盼无处心可安，
几人识得几人怜。

〔马寿从暗处冲上台，抓住了王可儿的手，两人对视，下面一片喧哗。

马　康　我在朝堂上装疯卖傻，我的儿子马寿却为我做出了选择，而我还在为自己的绝妙主意所得意。湖西劝农！湖西劝农啊！

第一场　闹勾栏

〔勾栏。
〔张轩杰等三公子偷偷摸摸上，李仕宏堂堂正正上。

张轩杰　后面没有人跟着吧？
三公子　没有。
张轩杰　那就好！

〔张轩杰松了一口气，直起身子，擦汗。

公子甲　唉！看个戏文都要偷偷摸摸的，这叫什么事。
公子乙　还不是他老子，天天在朝堂上说戏文这个不好，那个不好，非要禁了不可，弄得我们也不痛快。
张轩杰　那你们怎么不提他老子天天在朝堂说戏文好呢！
李仕宏　你们今天拉我来，不会是拿我做挡箭牌吧？
张轩杰　哎！有你在自然就好说了。
李仕宏　那你们怎么不去找马寿？他天不怕地不怕，有他在，就更加不用担心了。
张轩杰　他被老子关在后院埋头读书呢！马康脾气又臭又硬，谁敢去触霉头。
公子甲　那不是马寿吗？
公子乙　他过来了。

〔张轩杰与三公子耳语后避退，马寿带着马兴上。

马　寿（唱）最爱湖山好风光，
乘兴而游心欢畅。
春色如画绿杨行，
水色荡漾载画舫。
两堤六桥不足赏，
再游闹市走街坊。
张轩杰　马寿，你出来放风了啊！
马　寿　这是什么话？
张轩杰　你不是被你老子关起来读书吗？怎么又溜出来了？
马　寿　读万卷书，行路万里，你懂什么。

张轩杰 哈哈，果然是临安公子中的第一人，掩饰都说得如此清新脱俗，佩服，佩服。

李仕宏 （拉过马寿）马寿，你可别上他的当，他们想去看戏文，正愁找不到做挡箭牌的呢！

马　寿 戏文？这是什么？

张轩杰 这你都不知道！

（唱）永嘉戏文称绝品，
故事曲折真奇妙。

公子甲 （唱）女子个个勾人魂，
行动风流胃口吊。

公子乙 （唱）看上一眼忘不了，
三更梦中怀里抱。

李仕宏 （唱）胡言乱语你莫听，
民间自娱智慧高。

张轩杰 （唱）头牌要数王可儿，
雌雄莫辨两混淆。

马　寿 能混淆阴阳，难分男女？

张轩杰 我一连来了半个月，都想不通她是如何生旦通吃。

马　寿 那我倒要看上一看。

李仕宏 马寿，你可要想清楚了，他父亲可是正在弹劾戏文呢！

张轩杰 马寿，他父亲正在力保戏文，不妨事，不妨事。

马　寿 好，我们一同去，我倒要看看这个王可儿有多大的本事。

李仕宏 马寿，不要去。

马　寿 言出如山，岂有反悔之理。

马　兴 公子，这事被老爷知道，非打死我不可。

马　寿 不过是出来游玩而已，顶多罚你跪几个时辰，放心好了。

马　兴 此事比不得其他，被老爷知道，公子，我的小命真的不保了。（跪）

马　寿 马兴，你何必来这一套，公子我进去看看就出来。

马　兴 公子，如今朝廷对于戏文，是禁是演，争论不下，就等着老爷这个父母官如实禀报，做最后的决断。老爷不想得罪两位大人，湖西劝农，避而不见。公子若此时去看戏文，老爷定会大发雷霆的。

马　寿 这个………

张轩杰 马寿，如果你怕看不出王可儿的破绽，在我们面前出丑，那你就不要去了。

马　寿 谁说我看不出她的破绽了？

张轩杰 那你倒是进去啊？

马　寿　好！
马　兴　公子！
李仕宏　马寿！
马　寿　（唱）弱水三千变幻多，
　　　　　　只取一瓢饮入腹。
　　　　　　纵然坎坷多险阻，
　　　　　　雪霜怎欺松柏骨。

〔众人进入勾栏，马兴跟入。
〔王可儿男装摇扇上。

王可儿　（唱）高靴足上套，
　　　　　　蓝衫身上罩。
　　　　　　掩我钗裙貌，
　　　　　　纸扇手中摇。
　　　　各位仁兄请了！但不知我是否来晚，王可儿是否登场？
张轩杰　不曾，不曾！
李仕宏　这位仁兄，面生得很啊？
王可儿　小弟是游学到此，闻听王可儿艺名，特来一睹芳容。
公子甲　就你这副穷酸样，凑什么热闹。
公子乙　走开，走开。
马　寿　唉！同是读书之人，分什么贵贱。这位仁兄，不如一同入席。
王可儿　多谢仁兄了。
张轩杰　唉，班主，班主！

〔班主匆匆上。

班　主　张公子有何吩咐啊？
张轩杰　班主，到这个时辰怎么还不开锣唱戏啊？
班　主　哎呀！张公子你有所不知，我那女儿顽皮，突然不见了，我也正在找她呢！
张轩杰　什么？我们特地来看她的，竟然不见了，我看你们是不想在临安唱戏了吧？
班　主　公子恕罪，公子恕罪，让我再去找她一找吧！
张轩杰　赶快找来。
班　主　女儿啊，你在哪里啊？赶快出来，要开锣唱戏了！
公子甲　找到没有？
班　主　没有啊！

张轩杰 赶快找。
班　主 女儿啊！你快些出来，再不出来，张公子可要发火了。
公子乙 唉！唉！找到没有啊？
班　主 张公子，我女儿不见了，真的找不到了。
张轩杰 气死我了，给我砸了！
马　寿 既然戏班有事，我们改日再来就是，何必动手呢！
张轩杰 与我砸！

〔公子甲乙举起凳子欲砸。
〔王可儿女声："且慢"，脱去衣服，露出女装。

王可儿 各位公子，王可儿这就为你们唱上一曲。
张轩杰 又来新花样了，我喜欢。哈哈哈！

〔王可儿登台唱戏文，风情万种。

王可儿 （唱）娘行听启，孩儿说与。
如今病染着身，岂是奴家推抵。
你只管苦苦，将人催逼，教奴怎地。

〔马寿惊呆。
〔伴唱：禁不住，举步上台探究竟，
惊醒了，戏中人儿心头乱。
场下热闹场上静，
戏里戏外难分辨。
〔马寿冲上台去，抓住了王可儿的手臂，王可儿大吃一惊，欲抽手而走。马寿两眼把王可儿盯得死死的，不肯松手，王可儿只得掩面躲避，用力挣扎方才挣脱马寿，惊慌下场。马寿兀自痴迷。

马　寿 世间真有这等奇事啊！

〔切光。

第二场　拜师

〔时间：接前场。
〔地点：班社住处。
〔换上平常服饰的王可儿正在看手腕处，班社的姐妹们围着七嘴八舌的，气恼不已。

玲　儿　真不是东西，居然把姐姐的手都掐出红印来了。

香　儿　那些公子哥，有几个是好东西，不过这样大胆的倒也少见。

玲　儿　是，这样不要脸的也是少见的。

香　儿　我觉得这公子与其他人不一样。

玲　儿　都是游手好闲，有啥不一样？

香　儿　可儿姐姐，你觉得呢？

王可儿　问我？

香　儿　嗯！

王可儿　（唱）香儿无意一声问，
勾起我，心底疑云一阵阵。
今日事，我也曾，细探究，
是好是坏却难分。
若说他，并非豪门纨绔子，
为什么，举止荒唐失品行？
若说他，骄横恣意纨绔子，
为什么，双眸无邪看得清？
走府过州识人多，
如此之人少见闻。
他若不是纨绔子，
必定是，纯良无染，未失天性。

〔班主内声：气死我了，气死我了！
〔王可儿、玲儿、香儿望向内。
〔班主气冲冲上。

王可儿　爹爹，出了什么事？

班　主　（唱）勾栏管事太欺人，
不该把脏水泼儿身。
搅闹是那马公子，
倒赖女儿技无能。
不给戏金倒罢了，
反索赔偿要金银。
整顿行装莫停留，
这冤枉之气我不吞。

王可儿　爹爹，这气忍一忍吧！

班　主　不行。

王可儿　这里赚得可比其他地方多。

班　主　我是爱财，也贪财，可是说我女儿，就是不行。

王可儿　（撒娇）爹爹！

班　主　咦！我为你，五脏六腑都快气得没有了，你自己怎么倒替他们说起话来了。

王可儿　我们唱戏的，走南闯北，哪有不受气的地方。要是这也不忍，那也不忍，哪里还有容身之所。

班　主　这个爹爹知道，凡事我也都可以忍，唯独是你的事，我就是不能忍。

王可儿　爹爹。

班　主　好了，收拾行装去吧。

〔马寿带着马兴上，见戏班在收拾行装。

马　寿　班主，你们这是？

班　主　技不如人，只好走了！

马　寿　（惊）谁人敢如此狂妄？

班　主　远在天边，近在眼前。

马　寿　（疑）我何曾说过此话？

班　主　公子是没有说过，可是做过。

马　寿　班主，搅闹勾栏，是马寿之过，马寿在此，向班主赔礼了。（行礼）纹银十两，以表心意。

班　主　公子，不敢当，不敢当。

马　寿　班主，我此来还有一事相求。

班　主　何事？

马　寿　可儿姑娘技艺超群，有心求教一二。

班　主　你是要拜师学艺？

马　寿　正是。

班　主　使不得，使不得。

马　寿　如何使不得？

班　主　贵贱有别，此事若被大人知道，只怕我的性命难保啊！

马　寿　凡事我一人承担。

班　主　这……

马　寿　班主还担心什么？

王可儿　公子，要学技艺不难，不过……

班　主　女儿。

王可儿　爹爹放心，我自有道理。公子，常言道“要想台上光彩，必要台下吞泪”，你要学艺不难，只需依我一件。

马　寿　哪一件？

王可儿　玲儿。

〔玲儿取水壶和碗上，交给王可儿。

马　寿　这是？
王可儿　我将壶中之水倒入碗中，公子只需头顶此碗跪在这里两个时辰即可。
马　寿　只要如此？
王可儿　只要如此。
马　寿　姑娘看好，我这就与你跪。
马　兴　公子，男儿膝下有黄金，不能跪。
马　寿　走开！

〔马寿把碗放头顶，面朝观众下跪。
〔班主看得心惊肉跳。

王可儿　（唱）一碗水，似烈火，
真金黄铜分得清。
班　主　（唱）一碗水，心头惊，
做事不知重和轻。
他是娇贵公子哥，
有个好歹罪非轻。
马　寿　（唱）一碗水，头上顶，
验我诚意显我本性。
来时忐忑如今喜，
定能学艺探究竟。
香　儿　一个时辰了！
王可儿　（接唱）他不动不摇如山稳，
我心如潮滚不停。
苦中最能识品行，
莫非他，真是沙中一黄金。
马　寿　（接唱）手酸脚麻汗淋淋，
浑身上下如虫叮。

〔马寿欲松懈。

马　兴　公子！
马　寿　（接唱）为求学艺心志坚，
再提精神牙咬定。
班　主　（接唱）手冷，脚冰，气吁吁，
女儿啊！

公子已经够诚心。

香　儿　姐姐，一个时辰也差不多了！

班　主　女儿，他是一时好奇，也未必上心，你悄悄教他点儿，也就算了。这样要是把他弄出个好歹来，可真收不了场了。

王可儿　起来吧！你怎么不起来啊？

马　寿　说好两个时辰，岂能半途而废。

王可儿　我说行，难道也不行吗？

马　寿　诚心拜师，言出必行。

王可儿　那你就跪着吧！

〔王可儿圆场关心马寿，马寿勉力支撑。

香　儿　两个时辰到了！

〔马寿瘫倒在地，王可儿急忙去扶。马寿起，两个人缓缓走向舞台深处。王可儿教授戏文，马寿跟学。

王可儿　（唱）教一支贫女送别张协曲，
是何缘由说不清。

马　寿　（唱）戏中情，人之心，
恍惚之中难分清。

王可儿　（接唱）一腔挚诚叩心扉，
叫人犹豫难决定。

马　寿　（接唱）心潮犹如钱塘水，
真情全在这一声。
娘子啊！

王可儿　（接唱）这一声恰似春雷第一声，
洒下甘霖沉梦醒。
管什么尊卑上下长与久，
酬知音粉身碎骨也甘心。
公子！

马　寿　可儿！

〔王可儿与马寿双手紧握。

香　儿　咦？

玲　儿　咦！

班　主　怎么完结！

〔切光。

第三场　绝情

〔时间：三个月后。
〔地点：戏班住处。
〔舞台一角，马兴垂手拱立，马康怒气冲冲。

马　康　（唱）不孝儿做事太荒唐，
家风脸面全丢光。
混迹戏班弃文章，
更与那女子织情网。
怒冲冲带人戏班往，
做事还须再思量。
谁人何曾不年少？
谁人何尝不轻狂？
寿儿他，外顺内刚性倔强，
此时前去显鲁莽。
父子俩，在家百事可训诫，
外人前，吵吵闹闹不应当。
且忍耐，暂消火，
暗中拆散野鸳鸯。
马兴，你把戏班班主唤来。

马　兴　是。

〔马兴下，即刻与班主上。

班　主　见过大人。
马　康　哼！
班　主　大人，学戏的事，是公子一定要学，我们也没有办法。
马　康　与你女儿暗通情愫，难道也是没有办法？
班　主　大人，他们情投意合，我也无能为力。
马　康　嗯！
班　主　大人恕罪！
马　康　好了，你也不用怕什么，我不责罚于你。你与我即刻离开临安，永远不许再来。
班　主　谢大人！大人，可否容他们临别几句？
马　康　嗯？
班　主　望大人成全。

马　康　也好，让你女儿好言安抚，免生枝节。

班　主　多谢大人！

马　康　慢来！此事不许让寿儿有所觉察，明白吗？

班　主　是，是。

〔马康和班主隐去。

〔景转戏班，王可儿在教马寿戏文。

王可儿　（唱）心底流淌泪千行，
脸上欢笑强自装。
虽说是，今日之别早料到，
临到头，仍是寸寸断柔肠。
收拾起，四海湖山一腔泪，
再面对，痴情挚爱知心郎。

马　寿　可儿，你怎么了？

王可儿　刚刚在默戏，不知不觉就落下泪了。

马　寿　因戏伤情，替古人落泪，这才是绝妙之处。

王可儿　到底你是师父还是我是师父？

马　寿　（唱）三月来相伴两形影，
戏深情深心相印。
你在台上演，
我在台下听。
你演得真，我看得明，
一招一式早已记在心。

王可儿　看你一本正经的，原来也是一个登徒子，这真是教会了徒弟，饿死了师父。

马　寿　可儿，你我之间，难道还要分这么清楚吗？

王可儿　圣人云：一日为师，终身为父。你熟读圣贤书，难道连这点也不懂吗？

马　寿　这么多日子，难道你连我这个脾气也不知道吗？我是最不喜欢这些什么“存天理，灭人欲”的假正经的。

王可儿　好哇，要不是我还留着一手，只怕你这个徒弟要反过来把我这个师父吃了。

马　寿　你竟然还留着一手？

王可儿　要不要学？

马　寿　这自然是学的了。

王可儿　这个只教一遍，可要听好了。

马　寿　洗耳恭听。

王可儿　我们唱戏的人，难免会被人刁难，遇上没有本子的戏只能临时编出戏词来。这唱起来呀，唱的是戏中人，说的是我们心底的真心话。公子，你可要听好了！

（唱）送郎君，赴帝京，珠泪难忍。

马　寿（唱）蒙娘子，待小生，一往情深。

王可儿（接唱）但愿你，此一去，鳌头占定。

马　寿（接唱）那时节，衣锦归，改换门庭。

这没有什么啊？

王可儿　马郎！

（唱）一声马郎唤出唇，
决堤江河难抑情。
我与你，萍水相逢在勾栏，
承蒙你，不嫌卑贱两定情。
今日里，送君赴考上京城，

马郎啊！

你要专心功名莫念私情。

马　寿（唱）我与你，相识勾栏有真情，
此心早属不变情。
恨只恨，父母逼我上京去，
万里相伴你一片情。
闺房寂寞你珍重，
我此生不负你的情。

怎么样？这词我可是对上来了！

王可儿　那你再听下去。

（唱）好男儿应有四方志，
不该贪恋儿女情。
妾似飞花心如石，
关山万里我只留郎君情。

马　寿　不对啊！

（唱）听可儿，字字句句用意深，
说假还真蕴真情。
心中难猜她用意，

娘子啊！

莫不是，有人要斩你我情。

王可儿　这……这……

马　寿　可儿，是不是出了什么事？

王可儿　没有什么。
马　寿　不对。你这一段戏词，实在荒唐，哪有妻子希望丈夫与自己关山万里，不再相见的？
王可儿　你接不下去就算了，何必这般遮盖。
马　寿　遮盖？我遮盖什么？
王可儿　马郎！
马　寿　这就更加不对了，我与你虽然两心相印，两情相悦。却是无夫妻之名，也无夫妻之实，平日里你只叫我公子，为什么今日里改了戏词，唤我马郎？
王可儿　（唱）玲珑心，巧机关，被他识破，
这叫我，心慌意乱如何去答应？
马　寿　（唱）她神色慌张乱了神，
必定是，心中藏隐情。
王可儿　（接唱）乱，乱，乱，泪淋淋。
马　寿　（接唱）问，问，问，急在心。
王可儿　（接唱）你不要，胡思乱想心不定，
我只是，戏我不分有些惊。
马　寿　真是这样吗？
王可儿　公子！
（唱）可儿本是江湖女，
蒙公子，一片至诚待真情。
明知你我无结果，
我是飞蛾扑火酬真情。
适才间，触景生出忧伤情，
我怕是，离别公子难断情。

〔马寿情不自禁，冲动地抱住王可儿。

马　寿　可儿！
（唱）勾栏惊艳奇化情，
心中已定终身情。
莫担忧，莫伤情，
马寿绝不负真情。
有道是，天下最贵一个情，
哪怕是，天崩地裂，山呼海啸，日月倒转，
我与你执手相伴留住这份情。
王可儿　马郎！

马　寿　娘子！

〔马兴不情愿上。

马　兴　公子。
马　寿　马兴，你来做什么？
马　兴　公子，老爷回府，不见公子，正在发火呢！
马　寿　爹爹回来了！就说我与几个同窗正在吟诗，一时半刻，回不去。
马　兴　我也是这般说的，可是老爷不信，要你即刻回去。
王可儿　公子，我这里你有空就来，还是先回府要紧。
马　寿　可儿你……
王可儿　有公子这番话，我也就放心了。你快回去吧，为了日后能多多相见。
马　寿　不要多想。待爹爹出门，我就过来看你。

〔马寿与马兴下。
〔王可儿凝望马寿背影。

王可儿　马郎！

〔班主和马康从另一侧上。

班　主　女儿，公子已经走远了，我们也走吧。
王可儿　我还看得见公子。
班　主　女儿，再看也要走的，还是不要再看了。

〔王可儿怅然回身。

马　康　可儿姑娘，我这里有纹银两百两，算我送与你们的盘川。
王可儿　大人，请自重。
马　康　莫非是嫌少？我这里还有一百两。
王可儿　三百两买我王可儿的情，真的是好多银子啊！
马　康　那你要多少？
王可儿　我要五十万两。
马　康　大胆！小小戏班女子，竟然狮子大开口，难道你想敲诈不成？
王可儿　在大人眼里，我们唱戏的，就是可以用银子买的吗？
马　康　你这是何意？
王可儿　大人！
（唱）王可儿，人轻心不轻，
自珍自重自有情。
这份情，千金难买，

这份情，世间最真。
今日里，为情断情，
又何须，大人你，
用黄白之物辱了这份情。

马　康（唱）听一言，心中惊，
看起来，他二人，
真心相印有真情。
越思越想越是怕，
宰相门第岂容她的情。
今日里，若是不断这份情，
怕只怕，死灰复燃我难收儿的心。
咬紧牙关我狠心肠，
用权压人我斩情。

可儿姑娘，既然如此，我还要你做一件事。

王可儿　什么事？

马　康　我要你对天盟誓，今生今世，不再见我儿。

王可儿　大人，你何故如此绝情？

马　康　你到底盟誓不盟誓？

王可儿　我要是不愿呢？

马　康　朝廷对于戏文是禁是演，一直没有定论，这个想必你们也是知道的。今日你若不发下这个盟誓，我明日就上奏朝廷，禁了戏文。

王可儿　大人，你好狠的心啊！

马　康　可儿姑娘，你应念我这做父亲的一片苦心。

班　主　我呸！

王可儿　爹爹！

班　主　你的儿子就是儿子，难道我的女儿，就不是女儿嘛！我们已经答应离开临安，你又何必如此咄咄逼人。来，来，来，你为了你的儿子，我为了我的女儿，我们两个做父亲的，拼一个上下高低，你死我活。

马　康　好，好，好！想我马康虽为临安太守，也不曾一日欺压百姓，今日里为了儿子，就跟你较量较量。

〔班主与马康对峙。

王可儿　大人，爹爹！你们不要吵了。这誓言我发。

班　主　女儿！

王可儿（唱）王可儿，跪尘埃，血泪淋淋，
尊一声，众神灵，细听分明。

从今后，形神枯，魂魄俱消，
再不见，马公子，绝心绝情。

班　主　女儿!
马　康　啊!

〔切光。

第四场　明情

〔地点：马家祠堂。
〔时间：接前场。
〔马家祠堂，中间上悬“为民请命”四字牌匾。

马　寿　马兴，把门打开，把门打开。
马　兴　公子，你在里面休息一会，老爷很快就来了。
马　寿　爹爹不在府中？他去了哪里？
马　兴　我说了老爷不在府中了吗？
马　寿　马兴，你快说。
马　兴　公子，不是我不说，是老爷不让我说。
马　寿　爹爹是不是去戏班了？
马　兴　公子你怎么知道的。
马　寿　（唱）假意诓我回家中，
再到戏班施威重。
调虎离山苦心用，
为的是，拆散鸳鸯各西东。
怪不得，可儿话中深意藏，
怪不得，眉间难掩悲愁浓。
如今思量破绽多，
却原来，老父背后任玩弄。
马兴，你赶快开门，赶快开门。
马　兴　公子，你死了这条心吧，这门我是不会开的。
马　寿　公子的话，你也不听了吗？
马　兴　公子，老爷有命，放你出门一步，就立即把我打死。
马　寿　好，好，你不开门，那就撞门了。

〔马寿撞门，马兴紧张观看，马寿吃痛倒地，假意高声喊痛。

马　寿　哎哟！哎哟！马兴，痛死我了，痛死我了。

马　兴　公子，你怎么样啊？

马　寿　我的胳膊断了，快扶我去看医生。

马　兴　呃！（欲开门，醒悟）公子，你稍微忍耐片刻，等老爷回来，我就给你开门。

马　寿　那就来不及了。

马　兴　公子还是忍耐一下吧。

马　寿　只怕我要残，缺胳膊断腿，叫我如何做人啊。

马　兴　这总比被……老爷打死我强吧！

马　寿　马兴，公子平日待你如何？

马　兴　公子待小的恩重如山。

马　寿　那如今公子有难呢？

马　兴　公子，你死了这条心吧，这门我是不会给你开的。

马　寿　（唱）燃眉之急不容缓，
他如青山不为动。
焦急之下无妙计，（马寿圆场，环顾四周）
一线生机在窗中。

马　兴　公子，公子。

马　寿　滚，没良心的东西。

马　兴　公子你不要生气，小的也是没有办法。

马　寿　（蹬上椅子，跳窗状）你给我滚，滚得越远越好！

〔马寿跳窗，马康上，两人面对面。

马　康　你到哪里去？

马　寿　爹爹又是从哪里来？

马　康　你到哪里去，我就从哪里来。

马　寿　爹爹从哪里来，我就到哪里去。

马　康　大胆，有你这样跟我说话的吗？

马　寿　爹爹想孩儿怎样？

马　康　你自己看看这是什么地方？

马　寿　爹爹也摸摸头上戴的是什么，身上穿的是什么，你又是何人，又做了什么事？

马　康　难道我们父子之间，也有这般说话吗？

马　寿　爹爹想让我如何说话？

马　康　儿啊！
（唱）你有气，你有怨，

有气有怨也念为父苦衷。
你祖父，官居一品声名隆，
宰相府，正直无私人称颂。
叹奈何，为父屈居一太守，
眼见得，家道日衰难继荣。
小心谨慎立朝中，
满腹委屈忧心忡忡。
唯望你，早日飞腾振翅远，
无愧祖先与家风。
谁知你，不读文章风月弄，
将来如何担任重。

马　寿（唱）与可儿，真心相爱不染尘，
虽无盟誓胜万重。
我爱她，孕山育水有灵性，
我爱她，一片纯真情义浓。
我爱她，为我忍下千般痛，
我爱她，机敏在外秀慧中。
这样的女子世上少，
我岂能，负她累她泪朦胧。

马　康（接唱）人生事，不如意者十八九，
该知晓，哪头轻来哪头重。
你看着，祖宗牌位扪心问，
是否该，光耀门楣酬祖宗。

马　寿（接唱）只要许我娶可儿，
自当发愤勤用功。

马　康（接唱）门户不当留笑柄，
如何站立朝堂中？

马　寿（接唱）娶妻是，你情我愿两心融，
门第之事太荒唐。
立朝堂，如做人，
行得端正何来恐？

马　康（接唱）人心险恶你懂不懂，

马　寿（接唱）我只知，不留遗憾在心中。

马　康　你年少无知，也就罢了，这样的任性，却是于己不利，于家不幸。

马　寿　天下之事，逃不过一个理字。孩儿我相信天不负情，人当自珍。

马　康　你……年纪轻轻，懂得什么。你可知朝堂上两派为了戏文，争得不

可开交。此时此刻，你与戏班女子，暗通情愫，岂不令人猜想！为父的一番心血，岂不是白费了？

马　寿　为家国天下，为黎民百姓，自当尽抒胸臆，这般畏畏缩缩，妄想左右逢源，孩儿不敢苟同。

马　康　你……儿啊！有道是神仙打架，凡人遭殃。张别驾、李好古都是朝廷重臣，又岂是我一个小小的太守得罪得起的？为父几十年来，不结党羽，不依附于人，清廉自守，已是万般艰辛。

马　寿　爹爹你还是临安太守，一方父母官。

马　康　你……你与我跪下。

马　寿　孩儿无错，为什么要跪？

马　康　来人！来人！与我打死这个小奴才！

马　兴　老爷，老爷，你消消气，消消气。

马　康　把他一起打了。

〔四个家人执棍上，准备拷打马寿和马兴。
〔马寿架住了棍棒。

马　寿　（唱）请爹爹，息雷霆，
容孩儿，一吐真心诉衷肠。
曾记得，年幼初读经与史，
爹爹你，便教家风诵声朗。
孩儿牢记在心底，
却不料，爹爹反倒来遗忘。
这几年，你日间叹息夜惆怅，
熬得两鬓如雪霜。
为守家业背家风，
为保自身少天良。
爹爹啊！
堂上牌匾明晃晃，
为民请命作担当。
门庭荣耀不在官多高，
在百姓口中史书上。

马　康　好啊，你竟然敢教训起你父亲来了。与我打，与我重重地打。

〔家人拷打马寿，马寿与马兴翻滚。

马　兴　老爷，不要再打了，公子他吃不消的。

〔家人停止拷打。

马　康　你知道错了没有？
马　兴　老爷，公子他知道错了，他知道错了。
马　康　我没有问你，我在问他。
马　寿　爹爹就是打死孩儿，孩儿也不认错。
马　康　啊！你……你究竟想怎么样？
马　寿　孩儿话已说完，我要找可儿去了。
马　康　你不用去了，她们已经走了。
马　寿　爹爹，想不到你竟然如此逼迫一个女子，你的良心过得去吗？
马　康　我这还不是为了你。
马　寿　爹爹在上，受孩儿一拜。
马　康　你悔过了？
马　寿　不，我要找可儿去了。
马　康　茫茫人海，你去哪里找她？
马　寿　山高水长，我不畏艰难险阻。
马　康　那要是一个月找不到呢？
马　寿　那我就找她一年。
马　康　那要是一年找不到呢？
马　寿　那我就找她十年。
马　康　那要是今生今世找不到她呢？
马　寿　那我就今生今世不回这个家。
马　康　好，好。你走，你走。
马　兴　老爷，老爷。公子，你不能走，你不能走。
马　寿　马兴，替我好好照顾爹爹。
马　康　谁也不用来照顾我。你今天出了这个门，就不用再回来了，我马家没有你这样的不肖子孙。
马　寿　爹爹保重！

〔马寿下，马兴焦急。

马　兴　老爷，公子真的走了。

〔马康一阵晕眩，马兴急忙扶住。

马　康　天啊！
（唱）回首望，空空庭院人影渺，
不由人，头晕目眩心如绞。
昏沉沉，身在何方不知晓，
生不如死泪难抛。

列祖列宗，不孝儿孙马康治家不严，无颜相见于九泉啊！

〔马康呕血。

马　兴　老爷。

〔切光。

第五场　圆情

〔一年后，永嘉小院内，大雪纷飞。
〔班主愤愤上。

班　主　（唱）背人独自暗长叹，
这情字纷乱把人缠。
好女儿，强颜欢笑宽慰我
我知她，心底泪流万般难。
骂一声，假仁假义贼马康，
你枉为一地父母官。

〔玲儿和香儿端着菜惆怅上。

玲　儿　班主，你看，姐姐又没有吃多少。
班　主　你们就没有劝劝吗？
香　儿　班主，我们两个嘴巴都说得起泡了，姐姐还是在那里说没有胃口。
班　主　一年了，就这么有一口没一口地吃着，可怎么办！
玲　儿　班主，你快想想办法吧！
班　主　我有什么办法？我现在恨不得赶到临安去，把那个狗官马康给一刀杀了。
香　儿　班主，要不你悄悄回去，把马公子找来，让他们两个人见上一面，姐姐病也就好了。
班　主　戏文一天不能正名，只怕他们是见不上面的了，哪怕我把马公子绑来，你姐姐也不会见他的。
玲　儿　那怎么办？
班　主　再去劝劝，再去劝劝。唉！

〔班主、玲儿、香儿下。
〔王可儿提枪上。

王可儿 （唱）风雪漫漫神暗伤，
冷冷冰冰痴心肠。
一场好梦不愿醒，
强寻残温对花枪。

〔临安，马康身影出现。

马　康 （唱）风雪漫漫神暗伤，
冷冷冰冰痛断肠。
一场噩梦魂飘荡，
独对家训思儿郎。

王可儿 公子，不知道你怎么样？

马　康 儿啊，你到底在哪里啊？

〔山道上，马寿艰难行路现。

马　寿 （唱）风雪漫漫神暗伤，
冷冷冰冰山道上。
好一似，尖担脱去两头空，
两头难全挂心肠。

王可儿 （接唱）花枪上，记着你我情依依，
花枪上，记着你我好时光。

马　康 （接唱）曾记得，家训初读你懵懂样，
曾记得，我喜在心中寄厚望。

马　寿 （接唱）身单影支心迷茫，
三更梦会也惆怅。
只能够，一日梦妻一日父，
也免得，你们碰面三人伤。

王可儿 （接唱）此生已是成绝望，
可儿为你守志向。

马　康 （接唱）王可儿，重情自爱实堪敬，
可惜你，出身微贱不相当。

〔马康隐去。

马　寿 （接唱）风吹雪压透骨寒，
学松柏，傲立山崖初衷不忘。
哪怕羊肠路崎岖，

寻可儿，再向前途抱一线希望。
（哆嗦着吟）弱水三千变幻多，只取一瓢饮……
好冷啊！天啊天，难道你就不怜我马寿千里追寻爱侣，把这大雪停了。且喜已经到了这山村，就在这门洞里暂且躲避一时。

〔李仕宏锦衣华服，被人簇拥上。

李仕宏（唱）自从没了王可儿，
丢了六魄与三魂。
听说她到山村中，
冒雪要把戏文听。

〔家人见马寿。

家　人　滚开！
马　寿　做什么？
家　人　参政知事的公子要赏雪听曲，你这个叫花子还不赶快滚了。
马　寿　李仕宏来了！（急避）
李仕宏　慢！（瞧）这不是马寿马公子吗？
马　寿　是又怎样？
李仕宏　看起来，王可儿就在这里了。
马　寿　你来找她做什么？
李仕宏　马康这个老糊涂不开窍，你也没有能力保护好她，那这个护花使者只有我来做了。
马　寿　李仕宏，你敢动她一下。
李仕宏　啧！在临安的时候我让你三分，你还真当自己是第一公子了？看你这个模样，又能把我怎么样？
马　寿　人在做，天在看，我有一张嘴，唱遍天下，让大家都来看看参政知事的公子是什么模样。
李仕宏　哦！看来你那三个月真是没有白学，唱出来让我看看。

〔玲儿从里面出来。

玲　儿　马公子，你可不能唱，你这一唱，就再难回头了。
马　寿　玲儿，你们真的在这里。可儿呢？
玲　儿　姐姐她……

〔王可儿内声：两位公子，我们戏班今日不唱戏，请两位公子回去。

马　寿　可儿，是我来了啊！

〔王可儿内声：马公子，你身份尊贵，何必再来呢！玲儿，关门。

李仕宏　好哉，大家都不用听了。
马　寿　李仕宏，你不是要听戏文嘛，我唱给你听。
李仕宏　好，好，太守公子唱戏文，这个新鲜。
马　寿　马寿唱戏文了，你们快来听啊！
（唱）马寿自幼受庭训，
爱好天然一片真。
苦于受累尘世中，
说话做事忒小心。
有善不能扬，
有错不能训。
是非两混淆，
何以鸣不平？
砥砺直言激浊扬清，
却不料，老父解劝良苦心。
明哲保身我也知，
掩泪吞悲我难对自心。
唯有在，戏文中，
寻得一片地清静。
唯有在，戏文中，
求得一处安乐心。
与可儿，不求虚名不求利，
相守凭的是真情。
讲什么，公子戏子天壤别，
说什么，前程前途花似锦。
人生百年如烟云，
自有后人去评定。

〔王可儿冲出。

王可儿　公子！
马　寿　可儿，你快开门啊！
王可儿　我……公子！
（唱）倚门悲泣泪如帘，

深感郎君心一片。
公子啊！
非是可儿绝真情，
我是日日将你念。
怎奈是，戏班女子人轻贱，
不尊誓言祸患添。
一道禁令从天降，
那时节，多少姐妹要泪涟涟。
望公子，多体谅，
我与你，有缘无分唯有埋心间。

马　寿　可儿，万事总有办法解决，你先开门好不好？

王可儿　公子，可儿此心属你，今生不变。此事已经没有办法，你还是早日回去吧！

马　寿　难道说，真没有办法了吗？

王可儿　公子，你就当可儿负了你吧！

马　寿　天哪——！普天之下，难道竟没有我马寿容身之处了吗？难道说违心话，做违心事，这才是天道公理不成？

王可儿　公子！

马　寿　可儿！

〔马寿与王可儿隔门下跪。

〔幕后伴唱——

弱水三千变幻多，
只取一瓢饮入腹。
纵然坎坷多险阻，
雪霜怎欺松柏骨。

李仕宏　马寿，你说话也太狂妄了一点吧，什么叫说违心话，做违心事才是天道公理？

马　寿　难道不是吗？

〔张轩杰急上。

张轩杰　差不多就行了。

李仕宏　好，好，我明白了。（取出圣旨，读）圣旨下，永嘉戏文，本是民间自娱，即日起不论官军民等，不得横加干涉。

马　寿　这是什么？

张轩杰 你爹爹上书朝廷，争执一年之久的戏文终于正名了。
马　寿 真的？可儿，你听见了吗？

〔王可儿开门相见。

王可儿 公子。
马　寿 你们两个刚才又是怎么回事？
李仕宏 刚刚只是一个小玩笑。我们接到圣旨就立刻四处找寻你和可儿，终于在这里碰上了。
马　寿 那就更加不对了，你们两个怎么会有圣旨在手？
张轩杰 这圣旨是你爹爹交于我们的。
马　寿 难道说，是我爹爹上书朝廷？
张轩杰 是的，不过他因此受到牵连，被贬明州市舶司去了。
李仕宏 都怪我爹了。
马　寿 爹爹！（欲走）
张轩杰 马寿，你爹爹临走吩咐，永远不许你上门。
马　寿 为什么？

〔切光。

第六场　觉恩

〔时间：两年后。
〔地点：永嘉戏班住处。
〔黑暗中传来一声声婴儿啼哭。光启，远处层峦叠嶂，近处竹篱茅舍，小院花草摇曳。
〔班主抱婴儿高兴上。

班　主 （唱）我格小祖宗啊！
眼睛一眨两年过，
小夫妻开花又结果。
生个儿子事情多，
我手抱孙孙唱山歌。

〔婴儿啼哭。

班　主 你小小年纪，劲道为啥噶好？一天到晚，不是吃，就是哭，我这把老骨头都要被你拆散哉。

〔香儿、玲儿悄悄上，从背后拿出拨浪鼓摇起来，婴儿哭声止，传来笑声。

〔班主发觉香儿、玲儿。

班　主　你们两个怎么回来了？东西都买来了？

香　儿　买来了。

玲　儿　不单买来了，还多了许多。

班　主　胡说八道，我给你们的钱就这么点，还能多买什么？

香　儿　班主！

（唱）今日侄儿对对周，

玲　儿　（唱）姐妹两人上街走。

香　儿　（接唱）东街遇上刘班主，

玲　儿　（接唱）洞头的海鲜塞我手。

香　儿　（接唱）鱼虾蟹蚃样样有，

玲　儿　（接唱）鱼饼配着海蜇头。

班　主　他给你们这些东西做什么？

香　儿　不晓得。

玲　儿　班主，还有呢！

班　主　还有什么？

香　儿　（接唱）西街遇上钱班主，

玲　儿　（接唱）乐清的名菜挂上钩。

香　儿　（接唱）锡饼麦饼灯盏糕，

玲　儿　（接唱）盘生搭着芋艿头。

班　主　他又是为了什么？

香　儿　还有呢！

班　主　还有？

香　儿　（接唱）南街遇上孙班主，

玲　儿　（接唱）苍南特色放下溜。

香　儿　（接唱）猪蹄煎包五香干，

玲　儿　（接唱）月饼压得我气难透。

班　主　不会还有吧？

香　儿　当然有了！

（接唱）北街遇上李班主，

玲　儿　（接唱）楠溪素面篮里丢。

香　儿　（接唱）牛肉羊肉晃悠悠，

玲　儿　（接唱）两坛应界自酿酒。

班　主　这么多东西，你们两个都拿回来了？

香　儿　（接唱）压得竹篮脱了底，
玲　儿　（接唱）抱在怀里像石臼。
香　儿　（接唱）翠花衣油得像抹桌布，
玲　儿　（接唱）气喘吁吁像头牛。
班　主　你们两个真是不懂事，这么多东西，问问清楚再收啊！
香　儿　都是放下就走，我们去哪里问啊！
班　主　看起来都知道我外甥宝贝今天对周了。香儿、玲儿，赶快去请他们过来喝酒。
香　儿　好！

〔刘、钱、孙、李四班主从竹篱笆后面冲出来。
〔香儿接过婴儿与玲儿下。

刘班主　我们来了，我们来了！
班　主　你们四个人，神神秘秘的，到底是在弄啥东西呢？
李班主　我们想给公子一个惊喜。
班　主　哎！不是我扫四位兄弟的兴。你们的心意我都知道，可是公子那边，唉！不说这些了。今天高兴，我把小夫妻叫出来，一起吃格酒，热闹热闹。不过你们记住，有些话该讲就讲，不该讲就不要讲了。

〔马寿陪着王可儿抱着婴儿上。

王可儿　爹爹！
马　寿　岳父！几位叔伯！
班　主　今天外甥对周，几位老兄弟都来给你们贺喜呢！
马　寿　多谢各位叔伯。
四人合　不敢当，不敢当。
班　主　香儿、玲儿，把东西统统摆到里间去。

〔香儿、玲儿端菜过场，孙班主拦住香儿、玲儿。

孙班主　香儿、玲儿，你们是不是忘记了一样东西？
香　儿　你这个礼物啊，我们又怎么会忘呢！

〔香儿、玲儿抬出一个巨大的月饼。

马　寿　这是什么？
孙班主　这是我们苍南特有的月饼。
马　寿　这么大的月饼？
孙班主　再过十几天就是中秋佳节，我祝公子与可儿人月两圆，白头偕老！

马　寿　人月两圆……
刘班主　老孙，你说什么呢！
王可儿　爹爹，我们开席吃酒吧！
班　主　对，对！好女婿，陪着几位叔伯喝上几杯，高兴，高兴。
马　寿　岳父，我去换身衣服再来。
班　主　也好，我们走。

〔孙班主还想解释，班主拉他下。

马　寿　人月两圆。唉！
（唱）每逢佳节倍思亲，
又是一年中秋近。
两年永嘉唱出名，
抑郁强自埋在心。
一月一封书信去，
泥牛入海无回音。
爹爹啊！
可知孩儿念你切，
可恼你，偏偏你又出严令。

〔王可儿抱婴儿上。

王可儿　郎君，你在这里想什么呢？
马　寿　哦，没有什么。孩子呢？
王可儿　香儿抱着呢！
马　寿　几位班主在做什么？
王可儿　还能做什么，在那里喝着呢！

〔刘班主和孙班主微醉上。

孙班主　公子，你原来在这里啊，让我找得好苦啊！
刘班主　来，来，我们喝酒去。
马　寿　两位叔伯，你们先去，我即刻就来。
孙班主　你刚才就说马上就来，等了半天，还是不见人。
刘班主　老孙，你看看，我们来得不巧，这小两口在说悄悄话呢！走，我们走吧！
孙班主　公子！
刘班主　走吧。
孙班主　我说一句。公子，如今做父亲了，这身上的担子又重了。

刘班主 这倒是实话，做父母的都不容易，不然哪里来的可怜天下父母心。
王可儿 多谢二位叔伯提醒，我和郎君记下了。
孙班主 这可不是戏台上演戏，一唱就是二十年过去了。这可是实打实的二十年哦！
刘班主 老孙，你又话多了，我们喝酒去。

〔刘班主拉孙班主下。

马　寿 两位叔伯倒是真性情。
王可儿 郎君，你说我们的孩儿长大了，做什么好啊？
马　寿 那还用说，我马寿的孩子，自然是唱戏了。
王可儿 我想让孩子读书。
马　寿 书自然是要读的，这戏也是要唱的。
王可儿 我想让他考功名。
马　寿 为什么？
王可儿 （唱）身随秋风似浮萍，
冲州撞府亭复亭。
走尽天涯无居所，
唱遍繁华受欺凌。
有家有艺无有根，
有绸有缎麻衣身。
脚下辛酸自己知，
岂愿孩儿步后尘。
马　寿 （唱）因情入戏痴迷深，
全为戏中情义真。
休道唱戏苦万分，
戏中事儿能教人。
若能学得戏中情，
世态炎凉了然心。
我心中，戏为天，戏为地，
戏是世间大学问。
王可儿 好，好，好，戏是你的天，你就是戏，连孩子都是戏。

〔王可儿含怒下，班主抱婴儿上。

班　主 你们这是？
马　寿 她说要让孩儿考功名，我说要让孩儿学戏，她就不高兴了。
班　主 你们啊！儿孙自有儿孙福，你们现在这么操心，将来还不知道我小孙孙自己愿意不愿意呢!

马　寿　岳父，你怎么看?

班　主　唱戏也好，做官也罢，我只要我的小孙孙平平安安就好。

〔班主把婴儿交给马寿，下。

〔马寿抱婴儿愣。

马　寿　自己愿意不愿意?这倒真没有想过啊。儿啊儿，爹爹让你唱戏，你愿意吗?

（唱）怀抱孩儿出了神，
想多想少烦恼生。
养育孩儿长成人，
难道说，他的事儿我不能定?
初为人父方寸乱，
养儿难向戏中寻。
望着孩儿甜甜梦，
一片无邪爱惹人。

倘若他不愿意，那可如何是好?我马寿的儿子不唱戏，要去考功名，我不许你去，看你有什么办法!不能不能这么做!我为什么会生出这样的心思来呢!

（接唱）想自己，老父逼迫苦用功，
烦闷如同坐监中。
自己的苦楚自己懂，
又怎能，对着孩儿施威重。

这可不是我马寿做得出来的。可是我为什么非要让孩儿学戏呢?家传、门风?面子、荣光?哎呀!哪里来得这许多胡思乱想哦!

（接唱）一团乱麻难理清，
妄诩世情藏胸中。
面对孩儿细细想，
想起了，孙叔伯的话儿醒懵懂。

他们儿女都已经长成人了，二十年这句话可算得金玉良言，意味深长啊!这二十年到底要做什么，才算得是一个好父亲呢?

〔班主急匆匆的上。

班　主　好女婿，你怎么还在这里发呆，还不去哄哄我女儿——你的好妻子。

马　寿　岳父，做一个好父亲到底要怎样呢?

班　主　这种事情慢慢想来得及的，我女儿再不哄好了，就不要怪我翻脸。

马　寿　哦，我明白了！
班　主　啊！你明白什么了？
马　寿　天下的父母心都在孩子身上了。
班　主　马寿，今天大好日子，你是不是要我翻脸？
马　寿　岳父，娘子她不用我哄，自然会高兴的。
班　主　啊！是不是生了孩子，你要作威作福起来了？马寿，看不出来，你是这样的人！
马　寿　岳父，你去告诉娘子，我是在想做父亲的道理，她就不会生气了。
班　主　真的？
马　寿　当然是真的了。
班　主　那我去跟她说说看。她要是还不高兴，我就来找你算账！
马　寿　（唱）看岳父，一片疼儿爱儿心，
为儿着忙操碎心。
到老还是不放心，
这就是，天下父母一颗心。
这哪是二十年啊，只怕是到死也不安心啊！我爹爹要是有这一半，我就心满意足了。
（接唱）为什么，老父不与岳父同？
对我严训情不容。
哪有骨肉父子情，
险些儿，拆散我夫妻各西东。

〔班主高兴上。

班　主　马寿，今天算你运气，我女儿不生气了。
马　寿　我就说吧！
班　主　你们两个，叫人怎么放心啊！
马　寿　岳父，你有什么不放心的？
班　主　你们两个，她的心思全在你身上，你的心思全在戏上，五谷不分，应酬不懂，怎么能让人放心呢！
马　寿　岳父，两年来我在永嘉可是唱了大名声，到你这里却变成了五谷不分，应酬不懂？
班　主　戏里你是百般顺利，跟神仙一样，可是戏外，你却是一塌糊涂。你要是不信，把孩子给我，你去陪他们喝酒，看你能撑过几巡。
马　寿　跟几位叔伯喝酒，那就算了吧！
班　主　我说什么来着。好女婿，岳父跟你说句实在话，看着你们小两口恩恩爱爱的，岳父心里也就放心了，哪怕是哪一天走了，也是眼闭口闭，没有遗憾了。

〔王可儿上。

王可儿 爹爹，大好的日子，你怎么说这样的话。
班　主 人老了，百无禁忌，说说又怎么样，你不也一样生气不开心呢！
王可儿 我那全是假的。
班　主 假的？
王可儿 爹爹，郎君！
（唱）人生事，古难全，
圆了这头缺那边。
自从有了小宝宝，
忽然明白慈与严。
又想起，临安旧事老公爹，
他看似无情情无限。
拆散姻缘为儿想，
家风门庭一身担。
郎君啊！
既然想念老公爹，
我愿与你同去明州求当面。
马　寿 （唱）醍醐灌顶云雾散，
顿时明了一瞬间。
人生在世当立身，
责任两字要担在肩。

〔李仕宏上。

李仕宏 说得好，说得好。
马　寿 李兄，你怎么来了？
李仕宏 你如今名满永嘉，想找你可不是一件难事。马寿，既然想明白了，还担心什么，即刻去找你父亲吧！
王可儿 郎君，我与你一同去。
班　主 对，我们一道去。

〔四班主急匆匆上。

四班主 我们也一同去。
李仕宏 好！我们到时就这样行事。

第七场　团圆

〔时间：中秋节。
〔地点：明州府三江口。
〔一轮明月高挂，远处灯火通明、锣鼓喧天。
〔马康烦躁地冲上来，李仕宏跟上。

马　康　李贤侄，我早就说过，今生今世不看戏文，你今天这又要怎么样？
李仕宏　戏文能够正名，全仗你相助。伯父，你这个大功臣不看戏文，说出去岂不是让天下人笑话。
马　康　你不要胡闹了行不行？
李仕宏　今天你不看也得看。
马　康　我就是不看。
李仕宏　那可由不得你。

〔刘班主带着人舞蹈上。

马　康　我去那边还不行嘛！

〔孙班主带人舞蹈上。

马　康　我就不信躲不开了。

〔钱班主带人舞蹈上。

马　康　真有你的。我就是不看。

〔李班主带人舞蹈上。

马　康　气死我了。
李仕宏　马伯父，看戏文又不会折你寿的，还是看看的好。
马　康　（无奈）气死我了。
李仕宏　伯父，你是不是想马寿了？
马　康　知道还问？
（唱）踽踽孤影锁清江，
风中残烛叹息长。
十六团圆已惆怅，
逼我看戏忒不良。
触景伤情痛心肠，
百人在前难改我意凄凉。

李仕宏 马伯父，既然想念马寿，为什么不许他回家呢！
马　康 家业全毁在他手，他还有什么脸面回家。
李仕宏 依小侄之见，伯父家业倒是在他手里有了长进。
马　康 休要来我面前替他求情。
李仕宏 圣人曰：民为贵，社稷次之，君为轻。伯父熟读圣贤之书，难道体会不到吗？
马　康 马寿是不是来到明州了？

〔马寿、王可儿抱着孩子从人群中冲出。

马　寿 爹爹！
马　康 儿啊！（怒）你来做甚，谁是你的爹爹？
马　寿 孩儿特来赔罪认错！
马　康 我没有你这个儿子，谁要你赔罪认错！
马　寿 爹爹请看！
四班主 永嘉艺人，恳求大人原谅公子。
马　康 你们说什么？

〔马兴兴冲冲上。

马　兴 老爷，三江口上聚集了不少福建来的戏班，替公子求情的。
马　康 什么？李贤侄，我有没有听错，我的家事，怎么来了这么多人？
李仕宏 马伯父！
（唱）有失必有得，
得失寸心知。
今日人聚众，
便是你所得。
四班主 我们艺人，一感谢公子为我们仗义执言，二谢大人上书朝廷，为戏文正名。
李仕宏 马伯父，百姓之口，青史之笔，这才是光耀门庭啊！
马　寿 （唱）跪地哀哀告父亲，
孩儿有错当面认。
悔不该，年少轻狂不听劝，
全不念，老父为儿苦用心。
让你膝下两年空，
辜负养育深海恩。
爹爹啊！
两年漂泊经风霜，

胜过圣贤读书声。
知晓世事靠自立，
心正不畏险阻惊。
从此后，圆融更上一层楼，
戏中人世皆通情。

马　康　（唱）老泪纵横心激荡，
喜见孩儿肯担当。
千万妄念全挥去，
唯留欣慰在胸膛。
儿啊儿！
昔日严训在祠堂，
背地独自叹息长。
怕儿误把歧途上，
这才家法成平常。
今日你，自选路途自立身，
为父我，岂有不认你入门墙。

李仕宏　这才是父子、夫妻一家大团圆！

孙班主　把我们苍南的大月饼抬上来。

〔巨型月饼被抬上，马康、马寿、王可儿、班主四人定型。
〔剧终。

庞涓夜走马陵道

根据同名元杂剧改编

婺剧徽戏

编剧：邵建伟

改编婺剧《庞涓夜走马陵道》的点滴思考

本剧取材于同名元杂剧，衍孙膑、庞涓恩怨故事。

我要写的是嫉妒对人类的伤害及同门兄弟自相残杀的心路历程。孙膑性格中的委曲求全和对朋友的过分信任，已经成为国民性的某种象征。而庞涓的无耻和残忍已到了让人发指的地步。我们从孙膑身上看到了貌似智者背后的软弱，从庞涓身上则看到名利驱使下扭曲的心灵。当人类的忠义、诚信，最终落叶般飘落沉寂为泥时，没有“化作春泥更护花”的诗意铺陈，而是给庞涓们的恶之花提供了一种疯长般的土壤。当然，戏的最后，庞涓被齐军箭射而死，观众肯定是叫好的，至少得到了情感宣泄。可孙膑呢？曾经亲如手足的兄弟，落到这般下场，他的内心不啻打翻五味瓶。这种说不清道不明的情感，不正是一个编剧应该深刻挖掘的吗？

人物表：孙膑、庞涓、齐娥、魏惠王、徐通、郑安平、卜商、余甲、内侍太医、齐兵、魏兵、刽子手、宫娥、武士、众臣

〔时间：战国。

〔地点：魏国都城大梁、马陵道。

序幕

〔光启。云梦岭。

〔庞涓负行囊，与孙膑并肩走上。

庞　涓　师兄，此番小弟下山投魏，若得重用，决不忘记师兄。见我书信，你可一定前来！

孙　膑　多谢师弟盛情！师弟呀！

（唱）十载抵足同学艺，

一朝分别各东西。

望师弟鞠躬尽瘁扶尧舜，

切不可滥杀无辜将民欺。

庞　涓　师兄叮嘱之言，小弟谨记在心。小弟此去当效鲲鹏展翅，不飞则已，一飞冲天；不鸣则已，一鸣惊人！

孙　膑　师弟志向高远，为兄甚是钦佩，只是……唉！

庞　涓　师兄因何叹息？

孙　膑　师弟呀，今日一别，不知何日能再相聚？

庞　涓　师兄，不如你我义结金兰，不能同日生，但求同日死？

孙　膑　好，就此对天盟誓！

二　人　（跪地）苍天在上！孙膑、庞涓，虽为异姓，愿结兄弟。日后同心协力，扶危济困，生死与共，肝胆相照！

庞　涓　大哥！

孙　膑　兄弟！（二人执手，依依惜别）

〔收光。

第一场

〔光启。三年后，魏国王宫。

〔庞涓内声：大哥——

〔孙膑内声：兄弟——

〔孙膑、庞涓从相反方向上。

庞　涓　大哥，一别三载，想煞小弟也！

孙　膑　为兄也思念你呀！

庞　涓　大哥，师父近来可好？

孙　膑　师父很好！下山前，师父再三叮嘱，要你我必须亲如手足，兄弟同心，兄带弟，弟帮兄哪！

庞　涓　师父教诲，小弟定当铭记在心！大哥，我在魏王面前再三保荐，如今下山，必定重用。

孙　膑　兄弟说那魏王礼贤下士，爱才如渴，为兄是不得不来呀！

庞　涓　是啊，有道是良禽择木而栖，贤能择主而仕。大哥，小弟下山投魏，人在大梁，心在云梦山中，每每思及兄弟之情，令人废寝忘食，日夜不安哪！

孙　膑　兄弟如此重义，愧煞为兄也！

〔内声：大王驾到！

庞　涓　大王上朝来了，大哥快快随我见驾！

〔携孙膑进宫，与徐通、郑安平及众臣肃立宫阶前。

〔武士、宫娥、内侍引魏惠王上。

魏惠王　哈哈哈！

（唱）为成霸业统九州，
　　不拘一格揽俊秀。
　　庞爱卿虚怀若谷真君子，
　　荐孙仲助孤创业美名留。

众　臣　（跪）参见大王！

魏惠王　众卿平身！

庞　涓　大王，我师兄孙先生来了。

孙　膑　草民孙仲参见大王！（跪）

魏惠王　孙先生，快快请起！

孙　膑　谢大王！

魏惠王　孙先生，听庞卿言讲，孙先生乃齐国兵法大家孙武之后，又是鬼谷子门下高徒，自然是见识不凡的了。寡人倒想问问，当今之世，用武力能否让天下归服？

〔庞涓作一鼓励手势。

孙　膑　这恐难办到！

庞　涓　大哥，这武力怎么就不能让天下归服？

孙　膑　武力能开疆拓土，却未必能取得民心。民心未得，何谈服天下？

庞　涓　这——

魏惠王　言之有理。那么先生对祖上兵法又是如何看的呢？

孙　膑　以草民之见，祖上兵法第一要义乃是道。

魏惠王 何为道？

孙　膑 道者：令民于上同意也；故可与之死，可与之生，而不畏也！

魏惠王 想我魏国，如今兵强马壮，依先生之见，可否对外用兵？

孙　膑 合于利则动，不合于利则止。

魏惠王 愿闻其详。

孙　膑 大王！

（唱）利民之战合民心，
举兵自然大功成；
害民之战民唾弃，
欲想取胜万不能……

〔庞涓一旁摇头。

魏惠王 庞爱卿，你有何高见？

庞　涓 大王，臣以为，举兵与否，不在民心在国力，只要国力雄厚，想灭谁就灭谁……

孙　膑 兄弟此言差矣！兵者，国之大事，死生之地，存亡之道，不可不察。若单凭将帅之好恶来决策，只怕后患无穷矣！

庞　涓 为将者，想的是如何百战百胜，何来遗患之说？

孙　膑 非也！将不可愠而致战，一个小小失误，断送的往往是万千兵士的性命！

庞　涓 冲锋陷阵，伤亡难免，兵士性命何足道哉！

孙　膑 兄弟何太轻贱人命焉？将视兵卒如草芥，兵卒视将如仇敌……

庞　涓 大哥，以我之见……

魏惠王 （阻止）庞卿，你且住了。孙先生，你快讲下去！

孙　膑 大王，百战百胜，非善之善也！《孙子兵法》有云：用兵之法，上兵伐谋，其次伐交，其次伐兵，其下攻城，攻城之法为不得已，不战而屈人之兵，乃用兵之最高境界……

魏惠王 高，妙！孙先生深得祖上兵法之精髓，旷世奇才呀！

徐　通 以臣看，孙先生是真正的兵学大家！

郑安平 今后我等要向孙先生多多请教哟！

庞　涓 大王，我师兄既是旷世奇才，就该委以重任！

魏惠王 好！寡人准你所请，封孙先生为军师。孙先生，寡人要你留在魏国，为我大用，即日起与庞卿共掌兵权！

孙　膑 大王，草民才疏学浅，恐难担此重任……

魏惠王 军师之职非先生莫属，先生不必推辞。众位爱卿，今日朝中琐事无须打扰，寡人要与孙军师到玉庆宫倾心长谈！

众　臣　遵旨！
魏惠王　退朝！
众　臣　送驾！
魏惠王　军师请！

〔撇下众臣，亲昵地携孙膑手下。

郑安平　嘿，大王出手真大方，一封就是个军师，与大将军平起平坐了。
徐　通　从今往后，孙军师将成大王座上客，无有庞大将军什么事喽！

〔众臣看着庞涓，轻声议论下。
〔场上灯暗，只剩一束光追打庞涓。

庞　涓　出乎意料——
（唱）此番践诺荐孙仲，
是欲借他手，好风助我上九霄。
不料事儿竟颠倒，
我成撇履他成宝。
眼见他平步青云君宠邀，
不由人幡然梦醒冷汗冒……

〔望着孙膑远去的背影，怅然若失。
〔收光。

第二场

〔光启。中秋月夜。
〔分大将军府和驿馆两个表演区。
〔大将军府表演区灯明。齐娥头不戴盔，身却穿甲，仗剑与庞涓对杀。庞涓身姿矫健，猛地跃起，宝剑直指齐娥咽喉。

齐　娥　（急跪）大将军……
庞　涓　嘀嘀，齐娥，你害怕了？
齐　娥　大将军，如此惊吓，齐娥实实经受不起。
庞　涓　哈哈哈！
（唱）且将刺杀解烦闷，
取乐不忘习刀兵。
一仗掳来齐国女，

充作家奴歌升平。

齐娥，我看你艳若桃花，楚楚动人，哪里是什么乐女，分明是撩人心魄的尤物呀，日后必有重用，哈哈哈！余甲——

余　甲　（上）参见大将军。

庞　涓　（取书简和短剑）这家书和短剑是我命人仿造的，你带上它们去驿馆找孙军师……（耳语）

〔余甲接过书简和短剑，悄然离去。

〔收光。驿馆表演区灯明。孙膑正临窗凝神。

孙　膑　（唱）中秋月色分外明，

夜深人静心不静。

布衣陡然拜军师，

魏王果然有道君。

更感念兄弟重义将我荐，

孙仲时刻铭记心。

从今后，辅助兄弟建功业，

报答一片殷殷情。

〔内声：孙先生，有客自齐国来，定要见你。

孙　膑　哦？快快有请！

余　甲　（上）孙先生，在下有礼！（行礼）

孙　膑　还礼，还礼！老弟是……

余　甲　在下余甲，魏国人氏，在齐国经商多年。令兄孙卓有书信托我送往鬼谷，谁知到了那里，才知先生已在魏国为官。

孙　膑　家兄一向深居简出……

余　甲　是这样的。三年前，我在临淄城稷门外租了间店铺，正好在令兄隔壁，一来二往就成挚友了。令兄怕你信不过我，让我把此物交与你——（递上半尺短剑）

孙　膑　飞鱼剑？

余　甲　令兄说此剑分雌雄，这是雄剑，雌剑在先生处？

孙　膑　是啊，此剑乃我孙家祖传之物，余甲老弟，失敬失敬！

余　甲　岂敢岂敢！（暗拭一把冷汗，呈上书简）喏，这是令兄亲笔所写。

〔孙膑阅家书。

余　甲　这信上都说些什么？

孙　膑　叔父病重，要我速速赶回齐国。

余　甲　哦？

孙　膑　想我孙仲，自幼父母双亡，是叔父将我一手带大的呀！

余　甲　那还犹豫什么？收拾收拾上路吧！

孙　膑　（踱步权衡）不能走，走不得呀！

余　甲　因何走不得？

孙　膑　齐魏交恶多年，我若奏告大王，大王必然不放我回齐国。若是不辞而别，又恐大王怪罪兄弟这个举荐之人……

余　甲　可你叔父重病，盼你回家，怎能违了老人家的意愿？

孙　膑　老弟，烦请你帮我捎回家书一封。

余　甲　这——也只好如此了。

孙　膑　（急写家书）余甲老弟，拜托了！

余　甲　孙先生放心，我定将家书送到！（书简放入褡裢，施礼急下）

〔收光。大将军府表演区灯明。庞涓在饮酒，齐娥跪地伺候。

余　甲　（上）参见大将军！

庞　涓　（示意齐娥退下）余甲，事情办得怎么样了？

余　甲　假信已交孙仲，还有回书一封，大将军请看。（呈上书简）

庞　涓　（急阅，念）“人非草木岂无情，叔父染恙牵我心。目下无功难启口，稍建功业即回程……”

余　甲　大将军，那孙先生对您倒是有情有义。

庞　涓　此话怎讲？

余　甲　小的假意劝他速回齐国，他一口一个怕连累于您，这才写下这封家书，不愿就此一走了之。

庞　涓　说得好听，分明是不愿抛弃高官厚禄！余甲，你此番投书，立了大功。这里有黄金一锭，你拿上它，远走高飞吧！

余　甲　多谢大将军！（接过金锭转身下）

庞　涓　大哥，我给你机会走，你却偏不走。如今齐魏交恶，刚愎自用的大王最恨通敌奸细，少时我命人仿他笔迹写就伪书一封，明日呈与大王，大王必然……不！他可是我大哥呀！

（唱）忆想当年在鬼谷，
曾遇恶狼将我阻。
危难时，是他仗义挺身出，
拼死救我脱穷途。
而今暗中害恩兄，
岂非不义类狼虎？

〔内声：大王有旨，请孙军师速往玉庆宫，有军国大事相商！

庞　涓　（勃然变色）世上既有庞涓在，人间何必有孙仲！

〔收光。

第三场

〔内侍出现在一束光中。

内　侍　圣旨下！孙膑私通齐国，心怀不轨，即刻绑赴法场处斩！（隐去）

〔光启。法场，阴霾蔽日。
〔孙膑内唱：天惨地愁一腔冤——
〔徐通、刽子手押孙膑上。

孙　膑　（接唱）我哭无泪喊无力刀剜心肺剑刺胸膛似六月飞雪彻骨寒。
朝为重臣暮为囚，
仰天泣血泪斑斑。
实难解大王为何把脸变，
莫非是朝中有人暗进谗？
堂堂七尺何惧死？
死非其所实不甘！

徐　通　孙仲，你可知罪？
孙　膑　正要动问，我罪犯哪条？
徐　通　你不该私通齐国。
孙　膑　此话从何说起？
徐　通　你可认得余甲？
孙　膑　他是为我投书之人。
徐　通　他已被人所杀，尸陈护城河边。
孙　膑　啊？
徐　通　（出示书简）这是你亲笔所写吧？
孙　膑　正是我亲笔所写。
徐　通　上面都写些什么？
孙　膑　（念）人非草木岂无情，
叔父染恙牵我心。
目下无功难启口，
稍建功业即回程。

徐　通　还有呢？
孙　膑　还有就是落款了。
徐　通　（掷书简）你自己看吧！
孙　膑　（念）“身在魏国，心怀故土，齐王不弃，自当尽忠……”啊？徐大夫，我是冤枉的！
徐　通　事到如今，下官也无能为力了。
孙　膑　我要面见大王，我要见我兄弟！

〔庞涓内呼：大哥——！策马急上。

庞　涓　大哥！
孙　膑　兄弟？
庞　涓　（跌扑而上，抱住孙膑痛哭）大哥！
孙　膑　兄弟，我是被冤枉的，你要为我辨冤哪！
庞　涓　大哥，我对不起你，我对不起你呀！
（唱）紧抱大哥泪儿淌，
未料相聚在法场。
悔不该当初将你荐，
悔不该引你来魏邦。
大哥，你知道吗？听到凶讯，小弟在大王驾前再三恳求赦免于你，大王却死不松口。唉，小弟之罪，万死难赎，万死难赎呀！（以额叩地）
孙　膑　兄弟不必自责，是孙仲躲不过今日之劫呀！咳，我一死不足惜，只是愧对师父了呀！
庞　涓　大哥此话怎讲啊？
孙　膑　兄弟不知，师父将《孙子兵法》传授于我后，为防被人所窃，已将兵书——
庞　涓　将兵书怎样？
孙　膑　付之一炬了！
庞　涓　（背白）《孙子兵法》乃旷古奇书，得此兵书者得天下。他若一死，兵书就随他长埋地下了……大哥，你放心，小弟我就是拼着全家百口，也要救你性命。徐大夫，我要面见大王，望宽限一刻，永世不忘大恩！（跨马急下）
徐　通　孙先生，你有这等好兄弟，真是前世修来的哟。来人，将孙仲押上断头台！
刽子手　是！（推孙膑上斩台）
徐　通　刀斧手！

刽子手 啊!
徐　通 时辰可到?
刽子手 时辰已到。
徐　通 延时一刻，等待庞大将军。
刽子手 是!

〔鼓声阵阵，撼人心魄。

孙　膑 （唱）鼓声咚咚催得紧，
恰似一发悬千钧。
千种冤，万般恨，
恨不得冲破地狱十八层。

〔鼓声再次响起。

徐　通 刀斧手!
刽子手 啊!
徐　通 时辰可到?
刽子手 超时一刻。
徐　通 （举斩签）与我斩斩斩!

〔刽子手挥刀。
〔庞涓内声：刀下留人——!
〔庞涓策马捧旨急上。

庞　涓 （滚鞍下马，示圣旨）徐大夫，圣旨在此!
徐　通 孙仲接旨!
孙　膑 大王!
徐　通 （念旨）“孙仲虽通齐国，尚未成事，情尚可原，然死罪可免，活罪难容，着即刖去双足膑骨，以儆效尤!”
孙　膑 天哪!
（唱）闻毒刑吓得我魂飞魄散，
剔膑骨比斩首更毒更惨。
人无膝难行走与死何异?
倒不如一命赴黄泉。（冲向石柱）
庞　涓 （急拦孙膑）大哥，不可呀!
（唱）大哥受屈泪斑斑，
我心犹如钢刀剜。
都怪小弟太无能，

未能阻止大王把酷刑颁。

徐　通　来，用刑！

刽子手　啊！

〔刽子手一刀下去，孙膑"啊"地一声惨叫，顿时昏死过去。

庞　涓　（跪扑上前）大哥，你受苦了。（颤抖着轻抚孙膑双膝）这……这太惨了呀！

徐　通　孙……孙……

庞　涓　孙仲。

徐　通　真拗口，干脆叫孙膑吧！孙膑受刑已毕，本官这就回宫复命，告辞！（下）

庞　涓　来人！背我大哥孙膑回府调养，用上等的金疮药，不可怠慢。（背白）膑刑如此惨烈，事先还真没想到！唉，大哥呀！（拭泪）

〔收光。

第四场

〔光启。一个月后，大将军府咏玉轩，夜。
〔孙膑躺卧榻上，庞涓手持短拐在窗外窥视。
〔孙膑痛呼：啊——

庞　涓　（进门）大哥，你又做噩梦了？大哥，我对不起你，我对不起你呀！（拭泪）唉！我定要找到陷害大哥的奸人，将其剥皮抽筋，千刀万剐，为大哥报仇！

孙　膑　……

庞　涓　大哥，这短拐是我让人为你特制的，等伤势好转，可举着它练练走路。

〔孙膑呆呆地看着短拐。

庞　涓　你好生调养，小弟先告辞了。（出门，至窗前窥探）

孙　膑　（看着短拐，苦笑）看起来我孙膑的后半生就要与你为伴了！

〔拿起短拐撑地，从榻上摔下，欲抓短拐，却将短拐碰得更远。

（唱）明明近在咫尺间，
　　　举步恰似万里遥。
　　　伤口撕裂疼难当，
　　　心中滴血百转肠。

似这般苟延残喘度时光，
壮志难酬成梦想。
体残尚能勉强过，
最难医治心中伤。
隐忍活着毋宁死，
且留正气横秋霜。（拔飞鱼剑）
横下心拔飞鱼引颈自戕——

〔庞涓闯入，一把夺过孙膑手中飞鱼剑。

庞　涓　大哥，你这是何苦？我的好大哥呀！
（接唱）你难道要辜负我一片衷肠？
孙　膑　兄弟休要管我，愚兄不想再苟活人世了。
庞　涓　你若一死，不是有悖我当初救你的初衷了吗？
孙　膑　当初兄弟就不该救我，你看，剔了膝盖骨，行走艰难，遭人耻笑，生不如死呀！
庞　涓　大哥，听我说，你要善自珍重，切不可自暴自弃！
（唱）大哥切莫生哀怨，
听我几句肺腑言。
你本顶天立地一奇男，
是苦难一时蒙住你双眼。
孙　膑　（苦笑）都成这样了，谈何顶天立地？
庞　涓　（唱）大丈夫志当存高远，
何妨暂将苦难抛一边。
打起精神来修简——
孙　膑　修简？
庞　涓　（唱）祖上兵法十三篇。
还有你自撰兵法有一卷，
岂可从此化灰烟？
光宗耀祖全仗你，
应将重任担在肩。
望大哥一字一句兵书写，
留下名著传千年。
大哥，你可是兵学名家孙武之后呀，你若一死，兵法从此失传，怎对你九泉之下的祖宗先贤？
孙　膑　（唱）振聋发聩，醍醐灌顶，
心中阴霾顿散尽。

拔剑自刎太荒唐，
理应修简勤发愤。
我不能辜负平生愿，
我不能愧对祖先尊。
我不能丢失锦华篇，
我不能有违同窗情。
立壮志、忘前愆，
挺起脊梁振精神。
忍耻辱，奋笔锋，
让孙子兵法耀古今！

（撑着短拐，艰难站立）我不能对不起师父，我不能对不起祖宗先贤。兄弟，我听你的话，从今日起，发愤修简！（走几步，又摔倒）

庞　涓　（急扶）大哥有此志向，小弟好欣慰也！（朝内）来人——

齐　娥　（低头而上）参见大将军。

庞　涓　见过孙先生。

齐　娥　见过……（猛见瘫坐地上的孙膑，惊）啊？他……他……

庞　涓　他是孙膑孙先生，兵学名家，旷世奇才。你能服侍他，那是你前世的造化。大哥，齐娥乃我府中使女，又是齐国人，你们言语相通，饮食相近，日后便由她照料你的饮食起居，望勿推辞。

孙　膑　啊呀兄弟，消受不起，实实地消受不起。（着急，却又不能站起）这便如何是好，如何是好呀？

庞　涓　大哥，你身边是该有个可心的人儿照料，就这样吧，改日再来问安，告辞！（下）

〔孙膑和云娘一照面，双双把头扭开，颇为尴尬。

孙　膑　姑娘请自便！（一步一步艰难地挪下）

齐　娥　呀！

（唱）看他离去身寂寥，
我百般滋味上心梢。
庞涓为得兵书费心机，
齐娥严命在身一肩挑。
逼我来侍奉，
暗中把神操。
话语记心窍，
举止察厘毫。
可怜他遭酷刑双腿伤残，
恰似那霜打草凋零枯槁……

孙先生，孙先生！

孙　膑　（上）姑娘，何事唤我？

齐　娥　孙先生，我有名字，名叫齐娥，齐国人……

孙　膑　什么？你是齐国人？那怎么上魏国来了？

齐　娥　齐魏交战，齐国不敌兵败，我们这些无助的民女就被掳来魏国了。

孙　膑　于是就成了大将军府的使女？

齐　娥　名为使女，实是玩物，每日惨受蹂躏，以泪洗面……（拭泪）

孙　膑　（一声长叹）唉，国君无能，百姓遭殃哪！

（唱）齐娥被掳来魏邦，
我闻言悲切痛心房。
皆因齐君太昏庸，
才有这民女遭劫泪汪汪。
齐娥呀，你心受辱遭创伤，
我身残废落异乡。
同是天涯沦落人，
相扶相携理应当。

齐　娥　先生，你……你真是这么想的？

孙　膑　齐娥，在我眼里，你这被掳的齐国女子，就是我的同胞妹妹呀！

齐　娥　（感动地）孙先生！

（唱）一席话，顿让齐娥泪盈眶，
多谢你，推心置腹话衷肠。

孙　膑　（唱）姑娘不必悲泪淌，
从此后愿与你患难与共度时光。

齐　娥　（跪地扶孙膑）先生！

〔收光。

第五场

〔光启。景同前场，寒冬。
〔齐娥端火盆至书桌前，朝内张望，返身拿起书简，思绪万千。

齐　娥　（唱）云低暗风飒飒雪花飘飘，
强忍泪泪偏涌心如刀绞。
怜先生陷罗网因才招妒，
我怎能害良善反帮宵小？
先生为人性敦厚，

有情有义品格高。
笔落惊虎豹，
文成日月皎；
才展山川秀，
心驰上九霄。
似这般伟丈夫世间稀少，
让齐娥常痴想心旌飘摇……

〔孙膑内声："齐娥！"

齐　娥　来了！（下扶孙膑上）先生，你这样没日没夜的书写，太辛苦了！
孙　膑　忙过今晚，就可空闲些了。
齐　娥　怎么，今晚就能写完？
孙　膑　嗯，明日就可呈于兄弟阅览。
齐　娥　孙先生，你如此拼命写兵书，就为了报答大将军的恩情？
孙　膑　除此之外，还可了却我一桩心愿。
齐　娥　什么心愿？
孙　膑　让人世间少去许多杀戮……
齐　娥　怎么？一部兵书，能让世间少去许多的杀戮？
孙　膑　《孙子兵法》虽是兵书，却最忌杀戮，它以不战而屈人之兵为用兵之最高境界。
齐　娥　孙子先生真了不起！
孙　膑　齐娥，这数月来，多亏你精心照料，要不然这部兵书就写不成了。
齐　娥　先生，言重了。
孙　膑　不，我说的是真心话。齐娥呀——
（唱）自遭膑刑罹惨祸，
心灰意冷枉蹉跎。
凄凉梦醒常寂寞，
块垒愁城向谁说？
幸喜上苍怜孤弱，
差遣齐娥来馆阁。
罗裙拂春风，
红袖舞婆娑；
毫齿闪珠贝，
明眸送秋波。
夜半梦中常痴想——（欲言又止）
齐　娥　先生有话，但说无妨！

孙　膑　齐娥呀，自从惨遭膑刑，我已看透世事。等《孙子兵法》写好，我就将它交与兄弟，让他去发扬光大。我将隐姓埋名，终老林泉，只不知谁愿伴我身边——
（接唱）荒村野乡观日落？
齐　娥（唱）闻言喜悦满心窝，
齐娥我，早想与他结丝罗。
欲待上前衷肠诉——先生！
孙　膑　齐娥……
齐　娥（羞）哎！
（接唱）女儿家心事怎明说？
先生，我给你端茶去。
孙　膑　好，好！

〔齐娥欲进内，庞涓端酒壶酒杯上。

庞　涓　齐娥——
齐　娥　大将军？
庞　涓　齐娥，孙先生兵书写得怎么样了？
齐　娥　他说今晚就可写完。
庞　涓　好！今晚兵书写完，你要好好地敬他三杯。
齐　娥　是。（接酒壶欲进内）
庞　涓　等等，兵书没写完，可千万不能让他喝！
齐　娥（警觉）这是为何？
庞　涓　休得多问，只管遵命行事便了！（下）
齐　娥　呀！
（唱）大将军，神情举止好蹊跷，
一团疑云心中绕。
兵书未写成，
不可敬先生；
兵书若写好，
侍奉要周到。
莫非酒中藏玄机？
莫非过河要拆桥？
莫非先生祸临头？
想到此吓得齐娥魂出窍。
看起来，今夜晚情势危，
心中急，如油浇。

我若对他隐情告，
违抗主命命难保。
我若对他实情瞒，
怎忍看先生枉死一命赴阴曹？

孙　膑　（兴奋地搁笔）好了，终于完稿。齐娥——
齐　娥　哦，先生！（慌忙进屋）
孙　膑　刚才门口的是谁呀？
齐　娥　是大……哦不，是大将军派人送酒来了。
孙　膑　好啊，拿酒过来。兵书完稿，正好你我同干一杯，以示庆贺——

〔孙膑斟酒欲喝。

齐　娥　（急呼）先生！
孙　膑　嗯？

〔齐娥不知所措，孙膑一笑，又举杯。

齐　娥　（上前一把夺过）先生，这酒不能喝！
孙　膑　看你脸色苍白，究竟出什么事了？齐娥，有什么话不妨与先生说。
齐　娥　这……
孙　膑　齐娥，刚才门口送酒的到底是谁？他和你都说了些什么？
齐　娥　（哭）……
孙　膑　齐娥，你今日举止失常，神情慌张，莫非有什么事瞒着我？
齐　娥　（突跪）先生，齐娥对不起先生，齐娥确有事瞒着先生呀！
孙　膑　哦？
齐　娥　庞涓让我来到先生身边，名为伺候饮食起居，实则监视于你！
孙　膑　监视于我？
齐　娥　监视先生的举止言行。刚才送酒来的不是别人，他……他是庞涓！
孙　膑　你说什么？
齐　娥　刚才庞涓亲自送酒前来，再三吩咐我，等你兵书写好敬你三杯，兵书未写好，千万不能让你喝，齐娥怕……怕……怕先生遭遇不测……（哭）
孙　膑　齐娥，庞涓府中可有余甲其人？
齐　娥　他是庞涓的心腹门客。
孙　膑　你待怎讲？
齐　娥　他是庞涓豢养多年的心腹门客！
孙　膑　（震惊）生死与共，肝胆相照，我一直不愿相信……
齐　娥　先生，你对庞涓……

孙　膑　知我家世者，唯庞涓一人。这伪造家书、午门问斩；为得兵书、驾前求情；改施膑刑、差你侍奉；环环相扣、滴水不漏。庞涓呀兄弟，你煞费苦心呀……如今又送来这酒……齐娥，拿酒来！

〔孙膑拔齐娥头上银钗，刺向酒壶，银钗变黑。
〔一声炸雷，孙膑惊呆。

齐　娥　先生，先生——
孙　膑　嘿嘿！人怎么能这样？人怎么会这样？哈哈，哈哈哈！
齐　娥　先生，你得赶快设法脱离庞涓的魔掌呀！
孙　膑　脱离魔掌，脱离魔掌……（目光定定地盯住毒酒，猛地抓过酒壶）
齐　娥　（急阻）先生不能喝！
孙　膑　休要管我！（毒酒入口，吐喷火盆，火盆中腾起一团烟雾，面目突变）哈哈哈，太上老君，我要见玉皇大帝，我要上天……
齐　娥　先生，你疯了？
孙　膑　太上老君，带我上天……（拿起竹简投入火盆）
齐　娥　孙先生疯了，孙先生疯了！
庞　涓　（急上）大哥！大哥——
孙　膑　（一把揪住庞涓）师父，快带我上天！
庞　涓　大哥，别闹了，我是你兄弟。
孙　膑　我要上天！
庞　涓　齐娥，他怎么会成这样子的？
齐　娥　（哭）刚才还好好的……
庞　涓　兵书可曾写好？
孙　膑　（指火炉）兵书在此！
庞　涓　（抢出，急阅）好兵法，好兵法……
孙　膑　（一把夺过，重投火炉）这是天书，天机不可泄漏！
庞　涓　大哥，你怎能如此对我？我对你呵护有加，你可不能忘恩负义呀！
孙　膑　忘恩负义？（笑指庞涓）嘿嘿，忘恩负义……
庞　涓　齐娥，兵书真的被他全烧光了？
齐　娥　一册不剩！
庞　涓　啊？
（唱）朝思暮想为兵书，
谁知顷刻化烟雾。
他真疯假疯尚难说，
还须设计巧对付。

〔收光。

第六场

〔光启。猪圈。

齐　娥　（拎食盒上，轻叹一声）先生，请用饭！

〔郑安平、徐通、庞涓上，个个掩鼻不迭。

齐　娥　见过大将军！
庞　涓　罢了，孙先生呢？

〔齐娥指猪圈内趴着的孙膑。

庞　涓　大哥！
孙　膑　（猛扑庞涓）太上老君，带我上天！（对猪群呵斥）你们这帮畜牲！
（唱）只知每日饱三顿，
睡倒便闻打鼾声。
玉皇封我弼猪温，
管你这帮懒畜牲。
哪个不听我号令，
剥皮熬油点天灯。
哈哈哈！
徐　通　堂堂兵法名家，落到如此境地，可悲可叹！
庞　涓　哼，他真疯假疯还说不定呢！
郑安平　庞大将军想试他一试？
庞　涓　我自有道理。来人，把那猪粪……

〔兵士将猪粪放入食盒，置于孙膑面前。

庞　涓　大哥，你饿了吧？这里有馒头，你把它给吃了……
孙　膑　（呆看半天，突然抓起猪粪塞进嘴里）这哪里是馒头，这是仙桃，好吃，好吃！
徐　通　（旁白）以为他对孙膑好，原来是装出来的。如此歹毒之人，日后恐遭报应！
郑安平　徐大夫，快走吧！
徐　通　庞大将军，我们告辞了！（和郑安平急下）
庞　涓　大哥，看你如此受罪，小弟也于心不忍，反正你也写不成兵书了……（拔剑）
齐　娥　（大惊）大将军，妾身为大将军感到可惜。

庞　涓　可惜？可惜何来？

齐　娥　妾身亲眼所见，他虽疯癫，却也有清醒之时，倘若延医救治，也许病能好转……

庞　涓　哦，齐娥之意，是在他清醒之时，可以让他继续写兵书？嗯，提醒得好，齐娥，你在此严加看守。来人，随我去请太医！（急下）

齐　娥　（回身，见孙膑手指入喉，呕吐，不相信地）孙先生？你没有疯？

孙　膑　（双目定神，浑身颤抖）齐娥！

齐　娥　孙先生？

孙　膑　齐娥——

（唱）泪雨滂沱五内焦，
猪粪填喉臭又臊。
如此羞辱世间少，
心中悲苦谁知晓？

齐　娥　（唱）先生悲苦我知晓，
你是大苦大悲藏心梢。
提得起，放得下，
能屈能伸百世豪。

孙　膑　（唱）说什么能屈能伸百世豪，
实担忧天长日久真疯掉。
与畜同争食，
猪粪当仙桃。
羞煞尊祖先，
愧对家乡众父老。
只怕是，冤仇未报，
心田已枯焦……（放声大哭）

齐　娥　不！先生，你不要这样，你是个好人，好人一定有好报的呀！

孙　膑　可我这副样子，能等到那一天吗？

齐　娥　能，一定能！

孙　膑　（伏齐娥膝上痛哭）齐娥……

〔卜商潜上，四处搜寻。

卜　商　（念）闻听孙膑罹祸灾，
齐国上下动地哀。
新王传谕招贤才，
一路搜寻猪圈来。

齐　娥　（惊起）谁？

卜　商　孙膑孙先生可居住在这里？

齐　娥　你找他何事？

卜　商　（发现猪圈一角的孙膑）孙先生，你……你怎么变成这副模样了？

孙　膑　（不理）……

卜　商　先生，我曾随师父到过鬼谷，你难道不认识我了？

齐　娥　孙先生不认识你，快走吧！

卜　商　我是来救你的。

齐　娥　休要啰嗦，快出去！

卜　商　（吟唱）白璧无瑕兮，

岂久陷泥沙？

轻轻抹洗兮，

终能放光华……

孙　膑　齐风小曲？你……真是墨子的弟子卜商？

卜　商　我是卜商，如今在齐国为臣。没想到先生被关在这种地方。

孙　膑　你真是来救我的？

卜　商　正是！先生在魏国备受凌辱之事传到了齐国，齐王万分震惊，派在下以进贡茶叶为名，出使魏邦，趁机接先生回国。

孙　膑　哦，齐王真的要接我回国？

卜　商　嗯。想我齐国，面对群雄虎视眈眈，难保朝夕。如今老王晏驾，新王登基，一心想重振声威。先生回齐国，将授以军师之职！

孙　膑　怎么能让我相信？

卜　商　有齐王手谕为凭。

孙　膑　（阅手谕，狂喜）谢大王！

齐　娥　先生，你终于等到脱离魔掌的一天了！

卜　商　孙先生，事不宜迟，你我一马双鞍，即刻登程！

孙　膑　齐娥，我们一起走！

齐　娥　不！一起走，一个也走不了。先生，你自己快快逃生去吧，我留在这里，迷惑庞涓，拖延时辰。

孙　膑　我怎么能丢下你不管哪？

齐　娥　先生呀，你不是说一部兵书能让人世间少去许多杀戮吗？为了《孙子兵法》，你也得快快逃生去呀！

卜　商　先生快走！（强行背起孙膑）

齐　娥　先生保重……

孙　膑　（从卜商背上滑落，飞跪上前，与齐娥紧抱）齐娥，我不能负了你呀！

齐　娥　先生！

（唱）幸得先生怜齐娥，

多少回梦里泪沾裳。
芳心一片早属君，
但愿来生配鸳鸯。
先生报仇雪恨日，
莫忘坟前祭一场。

先生快走！

〔猛推卜商，卜商背孙膑疾奔而下。
〔齐娥穿上孙膑外衣，解开发髻，靠在猪圈一角。
〔庞涓领太医上。

庞　涓　大哥！

〔齐娥不语。

庞　涓　（拉过齐娥）大哥，太医给你诊病来了。
齐　娥　嗯……
庞　涓　大哥，小弟盼你快些康复，好写兵书呀！
齐　娥　呃……
庞　涓　兵书写好了，我要好好地谢你，你要什么，我就给你什么。
齐　娥　嘿……
庞　涓　太医，给他把脉。
太　医　是。（为齐娥把脉，良久，大疑）孙先生这脉象有些怪。
庞　涓　怎么啦？
太　医　像个女人。
庞　涓　女人？（一把扯过齐娥头发）啊？原来是你？说，孙膑哪里去了？
齐　娥　到他该去的地方去了。
庞　涓　太医，速速奏报大王，大梁城内搜捕孙膑。一有消息，速报我知！
太　医　遵命！（急下）
齐　娥　庞大将军，你追不上了，我劝你不要白费心机。
庞　涓　他一个瘸子，能走多远？
齐　娥　你呀就是太自以为是。
庞　涓　（一把揪起齐娥）我对你恩宠有加，你为何要背叛于我？
齐　娥　齐娥知道今日放走孙先生，难逃一死。可人人心中有杆秤，齐娥如此卑微之人，尚且懂得人不能没有良心，更不可有害人之心。你身为大将军，却对一个手无寸铁、腿无膑骨、视你如亲人的大哥下此毒手，你这么做，能心安吗？
庞　涓　（一剑刺向齐娥）你……你敢教训我？

齐　娥　（忍痛怒指）多行不义必自毙，庞涓，你也会有这一天的，我在阴曹地府等着你！（缓缓倒地）

〔收光。

第七场

〔画外音："公元前342年，魏国大将军庞涓率兵伐韩。韩王求救于齐，齐威王以孙膑为军师，佯攻魏国都城大梁，迫使庞涓撤兵回救本国。面对来势汹汹的魏军，孙膑采用'减灶诱敌'之计，将其引至马陵道……"

〔光启。马陵道。夜幕降临。

〔庞涓内唱：统率大军往前趱——

〔魏兵举火把引庞涓上。

庞　涓　（接唱）齐兵不敌丧了胆。
十万伙灶剩三万，
逃亡过半已了然。
追穷寇龙潭虎穴也敢闯，
建功立业在眼前。

郑安平　（上）禀大将军，断木塞路，难以前行！

庞　涓　此乃齐军怕我紧紧追赶，故意设此路障。

魏　兵　启禀大将军，这树上好像有字。

庞　涓　看火把！

〔一魏兵举火把照树。

庞　涓　（看树上的字）"庞涓死此树下"，"庞涓死此树下……"呸！

郑安平　下面还有一行小字。

庞　涓　孙膑题……哎呀不好，快撤！

〔内声：放箭！

〔魏兵纷纷中箭倒地。

〔齐兵内喊：抓庞涓，抓庞涓！

〔大开打。魏军死伤无数，郑安平战死，庞涓被擒。

〔空灵的声音在山谷回荡：有道无术，术尚可求；有术无道，止于术！

庞　涓　孙膑，你与我出来！

〔孙膑内声：孙膑来也！
〔孙膑端坐轮车，被兵士推上。

齐　兵　（怒吼）跪！杀！
庞　涓　且慢！孙膑，某有一事动问！
孙　膑　讲！
庞　涓　我与你同师学艺，除了《孙子兵法》，别的兵书，自问研习之深不在你之下。为何六年前我率兵伐赵，败于你；今日伐韩，又败于你。这是为什么？这是为什么？
孙　膑　兵法要义“道”为首，你背道也！
庞　涓　背何道？
孙　膑　背天道、背人道、背悌道！
庞　涓　这背天道——
孙　膑　轻天子而伐列国！
庞　涓　这背人道——
孙　膑　逆苍生而杀百姓！
庞　涓　这背悌道——
孙　膑　背盟誓而害义兄！
庞　涓　这……

〔孙膑示意松绑，齐兵给庞涓松绑后下。

孙　膑　你假造书信，君前进谗，刖我膑骨，逼我粪尝。如此灭绝人性的加害于我，真的能心安吗？
庞　涓　心安？实话对你说吧，自你一番宏论博得魏王宠信那日起，我这心就未曾安过！知道我这大将军之位是怎么来的吗？三年哪，三年来我在战场上出生入死，在大王驾前小心翼翼，才换来大将军宝座，可你一来就封军师，和我平起平坐。同僚们讥笑我，说荐来师兄，自己失宠，我真蠢笨到家呀！大哥，我不想害你，真的不想害你，看着你被挖膑骨时的惨状，我也心痛欲碎。可眼看你就要抢走我的一切，我该怎么办？为了出人头地，我只好一不做二不休，在功名与情义之间苦苦挣扎，我似断了缰绳的马车，想停却再也停不下来了……
孙　膑　（唱）兄弟他直剖胸臆一席话，
　　令人唏嘘感慨深。
兄弟呀！
　　人求功名本无错，

不该背道忘根本。
不思量，无道之人难成事，
终究是徒遭讥笑留骂名。
有道无术，术尚可求；有术无道，止于术！

庞　涓　有术无道，止于术，有术无道，止于术……哈哈，哈哈哈！
（唱）孙膑论说术与道，
言似利剑刺心梢。
我与他同师学艺在鬼谷，
俱都是经天纬地百世豪。
偏偏上苍错安排，
让我与他同挤独木桥。
为赢他，恨不得脑后多生一只眼，
为赢他，恨不得心生八窍辨厘毫。
似这般劳心费神机关巧，
到头来却落个兵败马陵道。
功业尽毁大势去，
英雄末路泪自抛。
罢罢罢！不如万箭穿心在荒郊，
也免得受人讥遭人笑枉立世上苦煎熬！

〔偷偷拾起弓箭，往回跑几步，作欲射孙膑状，齐军万箭齐发，庞涓惨叫倒地。

众齐兵　禀军师，庞涓中箭而死！
孙　膑　（跌扑出车，疾呼）庞涓，兄弟——

〔孙膑目睹惨状，浑身颤抖不止……

孙　膑　（颤声地）为什么？这是为什么呀？
（唱）此情境，不由人惊破肝胆，
似觉得，冰冷切肤透心寒。
常言道，兄弟之情胜手足，
为什么？为什么？为什么手足要相残？
孙膑我，慕名师尊赴鬼谷，
与兄弟，练武习艺云梦山。
投魏前，你曾与我盟誓愿，
若富贵，患难与共不背叛。
兄弟你，果然重义将我荐，

魏王宫，受封军师偿夙愿。
总道是，携手共把功业建，
谁料想，兄弟竟会把心变。
假造书信将我害，
为得兵书计多端。
权欲蒙心迷本性，
欺世瞒天、心狠手辣，生生断送兄弟情缘。
眼前景令人心寒胆战，
兄弟惨死，我愧对师父于九泉！

〔空灵的歌声，从山谷幽幽飘来：
有道无术兮，
术尚可求。
有术无道兮，
止于术。
一部皇皇战国史，
道兮，术兮……
〔孙膑凝视庞涓尸体，泪如雨下。
〔幕徐落。
〔剧终。

看钱奴

根据同名元杂剧改编

沔阳花鼓戏

编剧：李国标

《看钱奴》乃根据同名元杂剧改编，在原剧的基础上故事有所改变，意欲塑造一个与众不同的“德不配财的看钱奴"，人物有所添加和删减。原剧所倡之宿命轮回，笔者却重在社会批判，人物的添加和删减，意在增加讽刺色彩和故事的起伏跌宕。以此警醒当今社会那些不择手段，非法获取的不法分子，终究会受到法律的制裁。

人物表：

田　仁——男 38 岁左右，泥瓦匠
田长寿——男 12 岁，田仁之养子
刘　氏——女 36 岁，田仁之妻
陈德甫——男 50 岁，田府坐馆先生
王荣祖——男 26 岁，黉门秀才
张　氏——女 24 岁，王荣祖之妻
王　氏——女 50 岁，王荣祖之姑母
胡图山——男 40 左右，郓城县县令
衙役、校卫、中军，家院、丫环，轿夫等若干
（人物年龄均为第一次出场年龄）

〔时间：古代。
〔地点：曹州郓城县。

序

〔光启。
〔一座风雅古宅，檐前镶嵌一块竖扁，扁上可见醒目大字——王氏古宅。
〔幕后合唱——

一辖世居有两户，
富贵贫穷太悬殊。
兴衰轮回无定数，
区区木匣决沉浮。

〔泥瓦匠田仁担着工具行至王氏古宅门前，王府管家将其引进后院挖土砌墙。
〔田仁喜得一木匣，打开观看，惊讶万分，见四下无人挟匣而去。
〔切光。

第一场

〔光启。
〔县衙大堂。
〔“咚咚咚咚”一阵堂鼓声响亮。
〔众衙役上，胡图山衣冠不整上。

胡图山 （念）耳听堂鼓响连天，
衣冠不整到堂前。
老爷我名唤胡图山，
人人称我是糊涂蛋。
书不览，账不会算，
我是一杯浓茶酒三餐。
祖辈为我蓄大款，
花钱买了个小县官。
这衙里衙外要办案，
全凭我太太一人担。

不巧——
太太外出没回转，
我糊里糊涂来当班。

来呀！

众衙役 有。

胡图山 传击鼓人上堂！

衙役甲 击鼓人上堂。

〔田仁持木匣上。

田　仁 小民扣见老爷。

胡图山 来呀！

众衙役 有！

胡图山 与我拖下去打！

〔众衙役面面相觑……

衙役乙 老爷，你一言没问，这一汉子一言没发，为何用刑？

胡图山 我的太太审案不也是经常用刑吗？

街役丙 夫人审案一向明察秋毫，惩恶扬善，打的可是那些顽固的恶人。

胡图山 这小子衣衫不整贼眉鼠眼的，肯定不是什么好鸟。

衙役丁 老爷，人不可貌相啊。

胡图山 那老爷咋知道他是好人还是恶人？

街役甲 全凭老爷细审细问。

胡图山 好，看老爷我的。堂下这一汉子，你姓甚名谁？

田　仁 小民田仁。

胡图山 哟嚯，人还是甜的？待我尝尝。（下位作舔动作）哎，就闻到一股汗臭味，从何甜起呀。

田　仁 老爷，我是说我姓田，单名一个仁字。

胡图山 哦，你姓田，单名一个仁字哟。我是说哪有人是甜的啰？你哪里人啦？

田　仁 祖居曹州郓城田家潭。

胡图山 因何击动本县堂鼓？

田　仁 小民有千古奇冤啦。

胡图山 千古奇冤？讲！

田　仁 郓城王邱店王荣祖之房产，包括所有田庄、布行都是我田家之祖业。

胡图山 胡……胡说，郓城县别的事幸我不晓，可王邱店王荣祖之父生前是我的茶客酒友，他家的家产怎会是你家之祖业？你还敢蒙哄老爷我呀，真乃大胆。

田　仁　哎呀，我的县太爷呀！

（唱）非是草民太大胆，
　　我家实有千古冤。
　　房屋田产被人占，
　　才击鼓鸣冤到堂前。
　　大人若是不相信，
　　房契田契铁证如山。

胡图山　房契田契何在？

田　仁　就在木匣之内，大人请观。

胡图山　呈了上来！

〔衙役甲接木匣，胡仔细观看。

胡图山　户主田奉记,田主田奉记,作坊坊主田奉记。这是你家房契田契不假，可又与王家家产何干？

田　仁　（接唱）打开这房契仔细看，
　　户主是我田家一祖先；

胡图山　（夹白）我没说不姓田啦？

田　仁　（接唱）庭院坐落王邱店，
　　独具匠心立街前。
　　看看那古宅对图案，
　　模样色彩无差偏。
　　檐牙高啄回廊缦，
　　玉石狮子门前盘。
　　翠竹古柳掩门院，
　　王邱店并无二家相比攀。

胡图山　嗯，说的倒是，这房契上的图案与王家古宅一般无二。来呀！

众衙役　有。

胡图山　这有火签一枚，速传王荣祖过衙。

衙役甲　是。（下）

胡图山　田仁！

田　仁　小民在。

胡图山　老爷还有一事不明，你居郓城田家潭，他居郓城王邱店，路隔数十里之遥，所建之祖业因何舍近求远？

田　仁　县太爷呀！

（唱）忆当年我父病榻将我唤，

颤颤巍巍对我言：
祖先经商王邱店，
置地造楼起波澜；
势单力薄遭暗算，
这才迁回祖籍田家潭。
话没说完气欲断，
赐我木匣撒人寰。
我的县太爷呀！
我本是阔绰公子富家汉，
却落得挖土砌墙几十年。
多少年，
我走村串户暗打探，
忍饥挨饿受熬煎；
多少年，
我衣不遮体食不济，
炙地卧来烧地眠。
幸有那，
王府招我修后院，
我这才，
确认真面在庐山。
恕我冒着泼天胆，
堂前击鼓来鸣冤。
恳请大人禀公断，
世代不忘你胡青天。

胡图山 好，老爷与你做主就是。

〔衙役甲上。

衙役甲 禀大人，王荣祖带到。
胡图山 传上堂来。
衙役丁 王荣祖上堂。

〔王荣祖上。

王荣祖 一心习孔圣，唯想求功名；差官将我唤，不知为哪般。（进门）生员见过父台。
胡图山 王秀才，可知老爷传你上堂为了何事？
王荣祖 身在书房，心在科场，双目微闭，冥思文章，生员焉知老爷之心事？

胡图山 岂不闻秀才不出门，尽知天下事？

王荣祖 生员愚拙，见笑见笑。

胡图山 请问，堂下汉子他乃何人？

王荣祖 哎，这不是我请来整修后院的工匠田师傅么？

胡图山 认得就好。

王荣祖 我正急着找他上工咧，他怎么在此？

胡图山 问得好，你自己看吧。（掷房契于王面前）

王荣祖 不就一本发霉的房契吗？至于这么神乎乎兮？

胡图山 不要小看这本房契呀，它可关乎你王家的荣华富贵。

王荣祖 有这么悬乎？

胡图山 你瞧这图案。

王荣祖 玉石狮子，豪宅庭院，古柳翠竹，怎跟我家古宅的风貌一般无二啊？

胡图山 你再看这房契记载的地址。

王荣祖 郓城王邱店。

胡图山 王邱店这样规模的豪宅又有几家？

王荣祖 数我王氏一家。

胡图山 你再看看这户主是谁？

王荣祖 田——奉——记。哦……

（唱）田奉记这三字让我心头一怔，
不由我满腹疑云油然生。
图案画着我家景，
奉记又是我高曾祖名。
分明是吾家房契证，
偏偏田字又写得真。
田氏工匠堂上站，
莫非与此案有纠纷。
大事面前须冷静，
公堂上我要溯源盘根。

老爷，此物从何而来？

胡图山 休要啰嗦，房契上图案、地址、户主姓名写得清清楚楚，还有何话可言。

王荣祖 奉记之名乃高曾祖之名。

胡图山 你姓王人家姓田，难道只准你家叫奉记，就不许人家叫奉记。

王荣祖 老爷，我想知道这房契从何而来。

胡图山 田仁，你且讲来。

田　仁　我家房契自然是我家祖传。

王荣祖　你家祖传？恐怕是盗来的吧。

田　仁　王府少爷休要血口喷人。

王荣祖　老爷，一个泥瓦匠出身的农夫，岂有这番祖业？再说，我王荣祖之家业乃王氏祖先世代所留，我父生前与你是故交，生员在白邱店长大，为人怎样，你一概尽知。

胡图山　你说你王氏家产是你世代祖先所留，有何为证？

王荣祖　我观此房契是从我家盗来。

胡图山　既是你家的房契应该姓王，人家分明姓田嘛。

王荣祖　恐怕有人做了手脚。

胡图山　此契字迹清晰，丝毫无有涂改之嫌。

王荣祖　哎呀，老爷呀，你好糊涂啊！

胡图山　你敢当堂骂我糊涂，老爷再糊涂，这田王二字还是认识的。

王荣祖　老爷……

胡图山　住口，你家之家产分明乃田家之祖业，老爷做主应完璧归赵。速速签字画押。

王荣祖　此乃我王家祖业，岂容你胡来，要我签字画押痴心妄想！

胡图山　你敢咆哮公堂，来呀！

众衙役　有。

胡图山　与我拖下去打。

众衙役　老爷，小的不敢。（指头）

胡图山　头上什么？

王荣祖　堂堂乡试榜首秀才谁敢。

胡图山　与我革……革了他的功名。

王荣祖　儒学先生不在，谁敢放肆。

胡图山　儒学先生该谁管啦，还不归老爷我管啦。来呀！

众街役　有。

胡图山　革去功名，拖下去狠狠地打。

〔众街役拖王荣祖下打介，王荣祖内唱——“四十板打得我皮开肉绽”，踉踉跄跄上。

王荣祖　（接唱）筋骨痛眼冒花两腿发酸。
狗县令少翰墨不容申辩，
无情杖毒打我无法无天。

胡图山　明智点画押吧。

王荣祖 本我王氏家产你要我画押何来？

胡图山 看来你苦没受够，来呀！红火链侍候。

王荣祖 且慢。我画押，画押。

胡图山 笔墨侍候。

〔衙役甲赐笔于王。

王荣祖 也罢。（画押）

胡图山 田仁，这有房契、田契拿去，住进你田家大宅，王荣祖一家扫地出门。退堂——

田　仁 大人禄位高升。

王荣祖 我好端端的家产呀。

〔切光，暗转，田仁持木匣。

田　仁 啊哈哈哈！

（唱）胡县令这个糊涂蛋，
堂堂秀才也一般般。
就凭我三寸舌不烂，
巍巍县衙过三关。
我泥瓦匠虽翰墨浅，
这房契布上了巧机关。
王字左右添一竖，
天衣无缝便是田。
田仁我本是个穷光蛋，
顷刻间房产、田庄、
布市、作坊我一锅端；
还有那，
黄金白银千万贯，
香油美酒一坛坛。
娶几房妻生几个男，
田仁我睡倒吃坐倒喝，
儿子儿孙也花不完。
啊哈哈哈……

〔切光。

第二场

〔野外。
〔北风呼啸。
〔王荣祖内唱——“夫妻被逐赶四乡流浪”。
〔王荣祖身背包裹搀扶怀抱婴儿的妻子上。

王荣祖　（唱）穿羊肠、过山冈，
一家三口，漂泊异乡。
肚无食，饥肠响，
步履难挪好不惨伤。
四肢无力神晃荡，
饥饿难耐嫌日长。
恨田仁穷途末路告伪状，
糊涂官胸无寸墨为虎作伥！
张　氏　（接唱）这真是晴天霹雳当头响，
殃及满门难布防。
王荣祖　（接唱）只可惜田庄布市入贼掌，
百年古宅不姓王。
张　氏　（接唱）可叹夫豪门贵族风流倜傥，
到如今秀才入了讨米行。
王荣祖　（接唱）自幼小习孔孟圣贤滋养，
只说是忠孝节义礼仁纲常。
张　氏　（接唱）又谁知人心难测匿假象，
王荣祖　（接唱）初涉世如稚驹学步陷泥。
张　氏　（接唱）想当初身在豪门有人傍，
王荣祖　（接唱）遭落魄方知这世态炎凉。
张　氏　（接唱）十投朱门九无望，
王荣祖　（接唱）相识者绕道而行神情佯。
张　氏　（接唱）三亲六眷故然好，
可叹衣短手儿长。

〔婴儿一阵啼哭。

张　氏　我的儿啊！
（接唱）近些日挨饥饿身无乳浆，
曾恐怕饿坏我苦命的小儿郎。

相公，这荒郊野外的连热水都讨不到一口，孩儿啼哭不止，这……这可怎么办啦?

王荣祖 娘子，我们都精疲力竭了，翻过这道岭便是姑母之家，暂在路旁歇会儿也好赶路，再迟也不在这一时半会儿呀。到了姑母家我们就有办法了，我们走吧。（下）

〔鼓乐声喧。

〔四丫环，陈德甫，田仁骑马，四轿夫抬新娘上。

陈德甫 伙计们，今天乃我们田员外大喜之期，夜幕降临，天色已晚，我说牵新娘子。丫头们，四只灯笼统统点燃，起轿啦。

田　仁 停停停……这夜幕降月亮升，点灯何用?

陈德甫 点灯添喜气，好事图吉利。

田　仁 图吉利嘛，点一只够了。

陈德甫 员外，好事成双，两只。

田　仁 两只不又要多花蜡钱吗? 一只。

陈德甫 一只就一只，起轿。

田　仁 （唱）龙驹颈上挂铃铛，
鞍上坐着状元郎；
铃铛响，马蹄唱，
状元心里好啷当。
金顶花轿套杠上，
轿里坐着美新娘；
一闪一闪嘎嘎响，
抬着花姑娘进洞房。
下一个坡上一个岗，
莫要吓坏了美娇娘。
吹起喇叭铳儿放，
敬谢山神图吉祥。

〔王荣祖、张氏抱婴儿复上。

张　氏 相公呃，今天彩头好，这荒郊野外虽没讨上一口水喝，却遇上财神哒。

王荣祖 嗯，好像是接新娘的。

张　氏 我们上前屈得一膝，幸能讨两个赏钱咧。

王荣祖 嗯，看这阵势，一定是大户人家。

〔王，张二人跪下行礼。

张　氏　我夫妻二人家遭变故，落难至此，乞求财神施舍小钱。

张　氏
王荣祖　祝财神洪福齐天，发子发孙。

田　仁　真乃晦气，陈先生，告诉他们，我就是断子绝孙，也不给赏钱。

陈德甫　员外，还是赏一个红包吧。

田　仁　什么，给他红包，还不如捅我一刀，走。

陈德甫　唉……（跟下）

张　氏　你好狠的心啦。

王荣祖　不用求他了，我们走。

〔切光。

第三场

〔大雪纷飞。

〔小酒馆。

〔店小二上。

店小二　小馆开镇上，巷深酒儿香，下河涮坛子，醉死老龙王。可今天啦，再好的酒菜也是枉然啰！

（念）大雪纷飞北风吼，

凌冰挂上了屋檐沟。

闹市冷清无人走，

家家闭门偎炕头。

无人问津闲着手，

做不成买卖心发愁。

我乃店小二，租了田员外的一间小店，开了个小酒馆，这招旗扯在半空，招揽来往客商。可恨这个田员外每月租金如长水，刁钻刻薄人太抠，隔三差五门前溜，多多少少爱占油。唉，这可咋办啰！（忙收拾桌椅）

〔陈德甫内白："哎呀，好大的风雪呀。"

〔陈德甫上。

陈德甫　店小二啊！

店小二　哟，是陈先生啦，这冷的天气还出门啦？

陈德甫　端人碗，受人管嘛！

店小二 又来替主收租啊，我……
陈德甫 那倒不是。
店小二 那你……
陈德甫 田员外乏嗣无后，多次托我给他买一个儿子，这才出来看看。
店小二 买儿子这种缺德事你也敢做？
陈德甫 有人卖就买，没人卖也不能强求啊。
店小二 这么冷的天谁敢上街呀，正好，店里无客，后面有菜有酒，我俩靠它两盅。
陈德甫 怎能白吃，我这……
店小二 别客气，请。（拉陈下）

〔王氏抱婴儿上。

王　氏 （唱）自从与兄打过赌，
没回娘家好几秋。
谁知这瞬息万变在一昼，
我娘家那百年祖业付东流。
王荣祖落泊乞讨投门首，
姑妈我赖于面情家中留。
这年头宁进一斗也不添一口，
只怪我家贫寒五谷少收。
无奈何卖娇儿谋求生路，
姑奶奶难舍孙伤心泪流。
可不巧，偏遇风大雪大路断人稀，冻得人面木手僵的，我观前面一家酒馆开着门，不免廊下避寒。

〔王氏缩着在廊下。
〔陈德甫，店小二上。

陈德甫 多谢兄弟的好酒，身子暖和多了，我走了。
店小二 陈先生好走。

〔陈出门见廊下有人。

陈德甫 哎呀不好，小二啊，你廊下冻死一人。

〔店小二出门探了探。

店小二 还剩一气，没曾冻死。
陈德甫 快扶她进门，姜汤侍候。

〔店小二喂汤唤醒。

王　氏　多谢恩人搭救。

陈德甫　观你偌大年纪，还抱着一个两岁不到的婴儿，这寒风冷冻的出门到此，却是为何？

王　氏　我……

店小二　陈先生与我都是好心厚道之人，有什么为难之事，能帮则帮。

王　氏　实不相瞒，我娘家内侄，只因家遭变故，无处藏身，投奔我家，一年多来体弱多病性命难保。可怜这刚满周岁的婴儿饿得面黄肌瘦的，实实难以抚养，欲发卖一大户人家，也好有个安身之处啊。

陈德甫　正好，我家员外家财万贯，乏嗣无后，正想买儿呢。

店小二　（拉陈）田仁这个抠门鬼是否诚心难说，你还是……

陈德甫　小二放心，我看这乃一善事，想员外多次催我，这不正好有人送上门来，真是一个锅要补，一个要补锅嘛！再说，目下婴儿命悬一线，员外买去好生教养，将来幸有飞黄腾达之日咧。

店小二　说得有道理，快去问来。

陈德甫　但不知你哪里人，姓甚名谁，这婴儿可曾愿卖。我家员外问起我也有一个答复。

王　氏　家住曹州随阳，民女王氏。蒙好心人引荐，我自然是愿意的。

陈德甫　那好，现在就去见员外。

〔切光。暗转田员外卧房。
〔田员外睡觉，鸡叫声，枕下的银子掉下惊醒。田仁一骨碌起身。

田　仁　谁！（四处张望）
（唱）强盗爱的是长绵夜，
　　员外我不敢松懈防盗贼。
　　白日里钱箱上锁铁杠别，
　　到晚来钱袋枕头腋下挟。
　　守着这元宝我心喜悦，
　　花一分犹如放我的血。
　　银钱是我的花月夜，
　　它比老婆更亲切。
　　不是我把先人蔑，
　　金钱胜过我的娘和爹。
　　多亏我平日滴水不泄，
　　才有这成箱的银子白如雪。
　　有些人我难理解，

说我赚钱太缺德。
说我的银子，
浑身沾满百姓的血。
要知道若不缺德，
何来这雪花银子白。
下窖银一不花来二不借，
要当那天下公认的大钱爷。
思来想去心头有股气儿憋，
膝下竟把儿女缺。
万贯家财无人继，
田家香火无人接。

老天爷呀！

这憋着的气儿何时泄？
我田家的香火万不能绝。

嗯，速将这白银归箱。

〔田仁搭台开三道锁，抽铁杠放钱入箱，再上锁。
〔家院内喊："员外，员外"上。

家　院　员外，陈先生买了个小少爷回来哒。
田　仁　什么？
家　院　小少爷买回来哒。
田　仁　当真？
家　院　当真。
田　仁　好，好，夫人，夫人，小少爷买回来哒。

〔二丫环陪夫人上。

刘　氏　恭喜老爷有儿子啦。
田　仁　你好好安排，布置华堂，这回要大张旗鼓迎少爷进府。我先下去看看。（下）
刘　氏　下人听着，老爷发话了，张灯结彩，迎接少爷回府。

〔众家院、丫环内应"是"上。
〔音乐声中，众家院挂上四个大灯笼，众丫环挂上一串串小灯笼，灯火辉煌，好一派热闹景象。
〔田仁复上。

田　仁　停停停，你这不会办事的败家星，不会下蛋的绿花鸡，还不快把这灯灭了。

刘　氏　你不是说张灯结彩吗？

田　仁　一只灯就够了，这灯火通明你要费我多少蜡，花我多少钱啦？

刘　氏　把灯灭了，留一盏七芯灯吧。

田　仁　哎哟，这要浪费我多少油噢。（边说边吹熄六芯）这不照样是灯吗？

〔陈德甫引抱着婴儿的王氏上。

陈德甫　员外，少爷抱来了。

田　仁　来我抱抱，儿啊你把爹想坏了，嗯，耳珠大，眼儿圆，将来必定会赚钱，来叫我一声爹，叫我一声爹呀。（边说边拍，娃哭）

刘　氏　孩小，还不会叫（接过婴儿）。依我看啦，顶平额宽啦，不中探花定中状元。

陈德甫　夫人吉言。

田　仁　我们家有的是钱，中个状元也好。陈先生让你费心了。

陈德甫　无妨，此乃员外洪福。

〔王氏接过婴儿。

田　仁　她哪里人，姓甚名谁呀？

〔陈示意王答话。

王　氏　我乃曹州随阳，民女王氏。

田　仁　（对陈）叫她下站，别把穷气染在我财主身上。

〔陈示意王氏下站。

田　仁　王氏，这婴孩是你什么人啦？

陈德甫　我刚才跟你说的。

王　氏　嗯……是我的孙子。

田　仁　可曾取名？

王　氏　名唤长寿。

田　仁　长寿？这个名字好啊。缘何发卖呀？

王　氏　只因家大口阔养儿不活。

田　仁　从买婴之后，再不曾有任何关系了。

王　氏　全依员外。

田　仁　陈先生，此项买卖必须立下文契。

陈德甫　立下文契？

田　仁　对，我说你写，笔墨侍候。

王　氏　慢，还没说买我儿多少钱？

陈德甫　对呀。

田　仁　这你放心，我堂堂大财主，不缺你这几个小钱啦，从这指甲缝里弹一点都够吃一年半载的了。

陈德甫　是啊！我们员外不会亏待你的。

王　氏　好吧，那就写吧。

〔家院递笔墨与陈。

田　仁　听着：卖婴者王氏只因养儿不活，愿将婴儿卖给财主田仁做儿，从此婴儿与王家一刀两断，无任何瓜葛，翻悔者付一千贯白银与不翻悔者。问她可曾明白？

陈德甫　这张文契你可曾听明白？

王　氏　听明白了。

田　仁　叫她按上手印。

〔王氏按下手印。

陈德甫　员外，这文契已画押。（交文契于田）

田　仁　（看文契）好，夫人接过婴儿。

〔刘氏接婴儿。

田　仁　陈先生，叫她走人。

陈德甫　（对王）你可走了。

王　氏　还没给我恩养钱撒。

陈德甫　哦，待我说来。员外，还没付人家的恩养钱撒。

田　仁　么事啊，还付她恩养钱？凭什么？

陈德甫　有道是十月怀胎，一朝分娩，儿奔生娘奔死的，何况人家千里迢迢送儿上门，就算是脚步费也该给一点吧。

田　仁　你懂个屁，这文契上写得清清楚楚，是她养儿不活卖我当儿，我替她养儿还给恩养钱她？你看，他吃饭要钱，穿衣要钱，读书要钱，日后娶媳妇要钱，我不找她要就够慷慨了，还想倒打一耙啦？

陈德甫　你……

刘　氏　老爷，这也太过分了吧……

田　仁　妇道之家不容插嘴。

王　氏　那我不卖了。

田　仁　不卖？你得给我白银一千贯！你有吗，你有吗！没有，那我抱儿走了。

〔田仁抱儿下。

陈德甫 哦……

（唱）好毒的狗财主设下圈套，
善良人被蒙骗难以识瞧；
我相信神显灵终当有报，
单看你到老来有何下梢。

都怪我不好，这是我两个月的工钱（搜钱出），你收下吧。

王　氏 我哪能要你的工钱啦！

陈德甫 我知道这两吊钱是远远不够的，权当我赔的过失钱吧。

王　氏 早知如此，我是大不该呀！

〔王收银欲走。

刘　氏 慢！

王　氏 你们骗走了我的孩子还想怎样？

刘　氏 老姐误会了，这是我的一点私房钱，你收下吧。（搜钱出）

王　氏 我……

刘　氏 老姐姐呀！

（唱）都怪我进门没生儿和女，
就因他丧天理才这般结局。
家遭报应乃天意，
反遭骂说我是只不下蛋的鸡。
一生有理变无理，
不知何处鸣冤屈。
到如今似天河水干少血气，
我只得任他捉弄和稀泥。
这二吊私房不成敬意，
歧视之女我唯尽薄力。
肚饿买点充饥食，
身冷添件粗布衣。

王　氏 （接唱）忍痛卖儿受鄙视，
感谢夫人话一席。（下）

〔切光。

第四场

〔十二年后。
〔田府学馆。
〔陈德甫上。

陈德甫 （唱）自幼学富五车书，双亲故，
耽搁学业沦为奴。
昔日田府管账务，
今入学馆又传儒。
实可叹，富豪之家多纨绔，
多有恭亲出薄屋。
长寿本是寒门子，
可塑之材苗一株。
田府土壤钱铺路，
吾担心，城门失火殃池鱼。
唯愿泣杖效伯俞，
喜摘丹桂花一枝。

〔众学儿上。

甲乙丙 学儿见过先生。
陈德甫 嗯，归位。
甲乙丙 谢先生。
陈德甫 哎，怎又不见长寿啊？长寿！

〔田长寿上。

田长寿 来哒来哒。给先生作二。
陈德甫 乃是作揖。
田长寿 作二比作一更礼貌。
陈德甫 胡说，学而不用心，自负聪明，罚你站着。
田长寿 爹说你再罚我站着，就扣你的工钱。（欲回位）
陈德甫 站住！
田长寿 你不怕扣钱？
陈德甫 为人师表，责在严教，何惧钱乎？站着。
田长寿 站就站，站着还长得快些。
陈德甫 今日查阅功课不准敷衍塞责。

众学儿 请先生查阅。
陈德甫 张山。
学儿甲 学儿在！（站立）
陈德甫 请背诵《论语》之学而篇，又作何讲解？
学儿甲 学而时习之，不亦说乎？有朋自远方来，不亦乐乎？人不知而不愠，不亦君子乎？它是说，学了还得经常去温习它，这不也是一件愉快的事吗？有朋友远道而来，不也是很高兴吗？别人不了解你也不必恼怒，不也是有道德修养的人吗？回答完毕。
陈德浦 熟背如流，解读准确，坐下。请听题：天命之谓性，率性之谓道，修道之谓教，正也者，不可须臾离也，可离非道也。如何讲解？

〔看了看田长寿，长寿侧身回避，李聪回答。

学儿乙 （站立）人的自然禀赋叫做“性”，顺其本性行事叫做“道”，按照“道”的原则修养叫做“教”,“道”是不可以片刻离开的,若可离开，那就不是“道”了。所以，品德高尚的人没人看见他也是谨慎的。
陈德甫 嗯，讲得好，坐下。田长寿！
田长寿 学儿在。
陈德甫 适才李聪所讲之故，出于何处？
田长寿 出……出于，出于金子银子。
陈德甫 胡说。
田长寿 我爹说，有金子银子什么都能买来。
学儿丙 喂，你错了。
陈德甫 苟儿，他错在何处？
学儿丙 先生，他说什么东西钱可买，可这学问是买不来的。
陈德甫 那它究竟出于何处啊？
学儿丙 此乃儒家学说，出于《四书》中的“中庸之道”。
陈德甫 你看，苟儿比你小，他都会答。你真乃不专乎。今天就此作罢，放馆温之。
众学儿 谢先生。

〔众学生出门，田长寿跟着出门。

陈德甫 长寿留下。
田长寿 你不是说放馆了吗？
陈德甫 你只顾贪玩，一概不知，岂不有辱为师之名节？
田长寿 谁说我一概不知呀，只是那《论语》《中庸》没温而已。
陈德甫 你知什么？当师背来。

田长寿 我知……春眠不知晓，处处闻狗叫。

陈德甫 处处闻啼鸟，

田长寿 哦，闻啼鸟，夜来风雨声，夜来风雨声……（看到手中的纸叠元宝）元宝不能少。

陈德甫 真乃有辱斯文,为师都替你羞也。你可知少壮不努力,老大徒伤悲呀。

田长寿 不对，我爹说，读书不必太用心，用心过度伤精神。

陈德甫 那是你父溺爱不明，岂不闻书中自有颜如玉，书中自有黄金屋吗?

田长寿 废话，你读了那么多的书，你有颜如玉，黄金屋吗?我爹没读书，他黄金白银多得是咧。

陈德甫 出此秽言实乃可恶，为师今天要好好教训你。

〔陈举戒尺打介。

田长寿 爹吔，爹吔，救命啦。

〔田仁、刘氏急上。

田　仁 陈先生，你如此凶狠，岂不伤吾儿之筋骨?

陈德甫 为师之道，严于管教，学而不专，焉中状元?

田　仁 陈先生，想我当初——

（唱）择你为我教学馆，
教学之事好商谈。
这文墨一肚迂腐呆板，
何况这现如今，
中了个状元也不值钱。
这肚内墨水装一点，
上那个茅房辨女男。
多学那赚钱术，
不怕把脑削尖。
那皮笊篱都会糊筛眼，
肥水不流外人田。
只要这灵灵光光脑会转，
轻轻松松赚大钱。
一点点积一点点攒，
我田家祖业，
堆积如山一代一代往下传。

陈德甫 员外，胸无翰墨，钱再多也是文盲汉。男儿志在四方，入仕为官方为正道呀。

刘　氏　陈先生说得极是，你还是……
田　仁　此乃愚人之见！
（唱）有了钱，能让小鬼推得磨儿转，
还入什么仕来当什么官。
任一个小官当狗唤，
任一个大官更麻烦。
行贿又不敢，
贪又不敢贪。
当清官穷光蛋，
当贪官心胆寒。
弄不好，龙颜一怒推出去斩，
诛灭九族断香烟。
岂不闻，伴君如把虎来伴，
银钱才是我吃喝玩乐，悠悠闲闲的大靠山。
刘　氏　你张口钱，闭口钱，当着孩子也钱钱钱，我看你钱迷心窍。
田　仁　对，你不会生儿，要能生钱啦，我把你背倒跑，抱倒睡，当作菩萨天天跪！谁不爱钱啦？
（唱）自古人人都爱钱，
百家姓中挂头衔。
不是人人都姓钱，
纵不姓钱心想钱。
天王老子也爱钱，
才有这天上星光钱。
龙王老爷也爱钱，
钱塘江上带一个钱。
地上的榆树也爱钱，
结的果子叫榆树钱。
山中的走兽也爱钱，
金钱豹中有一个钱。
百味良药也爱钱，
马钱子车钱草都带钱。
小孩过年要压岁钱，
老人老了要防老钱。
人活着要花钱，
人死了要烧钱。
打官司要花钱，

输了官司要罚钱。
做生意交税钱，
升官就更要花钱。
老要钱小要钱，
男女结婚不吝钱。
我要钱你要钱，
活花钱来死烧钱。
钱钱钱来钱钱钱，
棺材缝里伸出手，死都要钱。

刘　氏　你只怕是为钱脱的生啰，能不能为孩子积点德，不说这个钱？

田　仁　什么德不德呀，你敢教育我？

刘　氏　哼！

（唱）说道德讲道德，
你要好好学道德。
圣人个个倡道德，
为人不可缺道德。
先生为儿传道德，
你钻进钱眼丧道德。
你坑蒙骗太无德，
请多为后人积点德。

田　仁　哎呀，德德德……德几个钱一斤啦？

陈德甫　（旁）道不同不相为谋也！员外，老朽愚昧，别耽误少爷的美好前程，教馆之事你另选高明吧，我可没你说的那赚钱本事。

田　仁　那好，省一个人吃饭钱，我也不得付工钱。

刘　氏　陈先生，您要走嘛？工钱我来付。

田　仁　人家既是要走嘛，还在乎你这工钱啦。（边说边拉刘）让他走！（二人拉个不停）

陈德甫　长寿，你我师徒一场，有一句话跟你说。（二人耳语）

田长寿　啊！（大惊）

陈德甫　为师走了，千万不可辜负你父母的希望啊！（下）

〔田长寿陷入沉思，神情呆若木鸡。

田　仁
刘　氏　长寿，长寿。

田　仁　要你娘打蛋下面，我们好好用膳去吧。

〔切光。

〔夜，田长寿沉思上。

田长寿 （唱）人参燕窝食无味，
暖暖花被似水湄。
先生临行一句话，
道我不是田家小宝贝。
耳边私语低微微，
顿觉晴空一炸雷。
先生一向心如磊，
从不无故道是非。
我究竟出生何门第，
亲爹亲娘又是谁？
其间有何密，
百思难敲推。
我要偷偷摸底细，
拔开心中重重谜。
想我爹他怪精的，他的卧室，不管白天黑夜，有人拴着无人锁着，我要进去咋办呢？这……有了。（哭腔）哎呀，爹吔，爹吔。（不停地捶门）

〔田仁起床开门。

田　仁 我儿怎么啦？
田长寿 我……我怕鬼吔。
田　仁 这四门紧闭的哪来的鬼呀？
田长寿 我要跟你睡。
田　仁 你不怕爹打鼾啦？
田长寿 往天你儿跟先生一起睡，先生走哒，你儿怕吔。
田　仁 好好，先进来玩下，瞌睡来了跟你妈睡去。
田长寿 好。（进门）爹，你这漂亮的柜子为么事吊这多大砣小砣，还长的长短的短呢？
田　仁 陈先生走了后，就没管账的了。
田长寿 那就再请一个撒。
田　仁 傻儿子，那不又要花钱啦。
田长寿 这与管账有何关呢？
田　仁 这都是爹用惯了的吊线砣。
田长寿 是不是那泥瓦匠用的砣啊？
田　仁 对。

田长寿 爹，你还当过泥瓦匠？
田　仁 是又怎样，爹不照能成首富。
田长寿 爹，你真牛。
田　仁 牛吧。这大砣表示吊，小砣表示贯。
田长寿 为什么在线上打结呢？
田　仁 一个结表示十个数。大砣上两个结，表示二十吊，小砣上五个结就表示五十贯。
田长寿 哦，是这样啊。你这枕头下大袋小袋的又是么家伙什呢？
田　仁 嘘——（听了听）这是我们的金银，时刻要防贼。
田长寿 哦，那桌上堆的呢？
田　仁 那是些账和契约。
田长寿 那不怕贼偷？
田　仁 贼只偷钱，偷账干啥？
田长寿 能不能看呢？
田　仁 你也看不懂撒。
田长寿 看不懂学撒。
田　仁 好，学会了免得爹用吊线砣记账。（打呵欠）你先学着，爹要睡了。
田长寿 你睡吧。

〔田长寿在很多的账本中发现文契。

田长寿 文契，卖婴者王氏因养儿不活，愿将婴儿卖给财主田仁做儿，从此婴儿与王家一刀两断，永无瓜葛，翻悔者付不翻悔者一千贯白银。哎呀——
（唱）见文契犹如是晴天霹雳，
看起来陈先生所言是实。
文契上卖婴者只有一女，
难道说是我娘，哎呀，难以确立。
我到底是姓张还是姓李，
看不明解不透扑朔迷离。
啊，苦命的爹娘在何处，
看起来我长寿乃可怜孤儿。
慢来，这文契之上爹娘没提，且颇有威胁之意，我料定我家定遭灭顶之灾了。难怪先生临行前暗示于我，不要辜负父母的希望。这话中有话。我一定要振作起来，发奋攻读，寻父问母，不澄清我家冤屈，誓不为人。

〔田长寿藏好文契后看了看鼾睡的田仁，便若无其事地要娇起来。

田长寿　爹爹醒来。
田　仁　又有何事?
田长寿　爹，我看了这账本密密麻麻的，根本看不懂。
田　仁　你还小，哪能看懂呢?
田长寿　我思了又思，想了又想，爹你都上年纪的人了，还用这大砣小砣的记账，我多难受啊。
田　仁　那你想……
田长寿　我想你再接回陈先生我要发奋攻读。
田　仁　那不又要发钱啦。再说这菩萨易请不易辞，何况陈先生自命清高，不会来的。
田长寿　那你去曹州去请啦。
田　仁　那岂不花钱更多?
田长寿　爹，你不是要我会赚钱吗?
田　仁　对，这才是我田仁的乖儿。
田长寿　你花小钱，我给你赚大钱。
田　仁　此话……
田长寿　你请来更高明的先生，岂不闻名师出高徒吗?那时节一旦我名扬天下，我享皇王俸禄钱，你得百姓奉承钱，岂不钱上生钱?
田　仁　嗯，有理。好，明天派人请曹州最有名的先生入馆。

〔切光。剪影下，名师指导田长寿奋笔疾书。
〔幕后合唱——
　　登上书山不夜昼，
　　面壁酬志六春秋;
　　博览群书撰锦绣，
　　墨宝挥洒枯井留。
〔切光。

第五场

〔六年后。
〔店小二酒馆。
〔张氏帮工理菜。

张　氏　（唱）自从王家遭中落，
　　穷困潦倒世漂泊。
　　书生稚气阔家妇，

怎经这暴风雨中下陡坡。
求靠故交遭冷漠，
这才姑妈家中落下窝。
饥荒之年添三口，
连累她家也难开锅。
无奈卖儿大富家，
好似心头把肉割。
人过三秋也作恶，
姑妈一死也难扎脚。
带着身受重创半癫夫，
酒馆帮工过生活。
十几年光阴逝蹉跎，
思念我儿泪成河。
幸有店家账房关照我，
才免得沿门乞讨解饥渴。

〔陈德甫上。

陈德甫 张大婶，今天店里有人包席，正缺人手，我观你家相公近日精神不错，快叫他也搭个帮手。

张　氏 他半疯半癫，时好时坏的，还是我来吧。

陈德甫 那我们快走吧。

〔二人抬菜下。
〔四校卫、中军引田长寿骑马上。

田长寿 （唱）金秋八月赴科场，
御笔钦点状元郎。
转封八府曹州上，
郓城寻访亲爹娘。
打探先生尚健旺，
小二店中任账房。
马不停蹄朝前往——

中　军 禀大人，来此已是店小二酒馆。

田长寿 （接唱）心头之谜问端详。
你等一旁侍候，中军随我进馆。

〔众校卫下，田长寿、中军进馆。

中　军　屋里有人吗?

〔陈德甫急匆匆边答应“来哒来哒”，边热忱地上，张氏随着暗上。

中　军　你可是陈德甫老先生?

陈德甫　先生不敢，陈德甫便是。

田长寿　讲什么不敢，有道是：一日为师，终身做父。先生在上受徒儿一拜（下跪）。

陈德甫　哎哎哎，你是……

中　军　这乃新科状元，八府巡按田长寿。

张　氏　长寿?（思考状）

陈德甫　如今贵为天子门生，这怎使得，折煞老朽了（扶田起）。当初就觉得你不同凡响，实为可塑之材呀。此科高中绝非偶然。

田长寿　当年学生年幼无知，刁难先生，说来都惭愧呀。若非先生一语道密，焉有徒儿荣耀归来的今天啦!

陈德甫　我观你天资聪颖，智慧过人，却受宠无边，贪玩任性。加之员外视钱如命，眼光短浅，弃你而去尤为可惜。情急之下告你实情，幸能亡羊补牢，纯属无奈之举呀。

田长寿　先生待人至诚，绝非信口雌黄，深信先生对我怜爱有加，才实言相告。（拿出文契）当我寻出这张卖身文契后我才大梦初醒，六年来我怀揣文契发奋攻读，就是为寻父问母昭雪含冤，也不忘先生你告密之恩啦。

陈德甫　（接过文契）此文契乃当年你进府之时我亲笔所写。

田长寿　卖婴者王氏她乃何人?

陈德甫　她家居随阳，应该是你之姑奶奶。

田长寿　随阳，姑奶奶?那我爹娘何在?

陈德甫　只知你父母家遭变故逃难她家，因衣食无着难以养活，怀抱婴儿大街发卖，不巧大雪纷飞路断人稀才避寒于此，幸得店小二施救，由我引荐才卖与田家。我也不知你亲爹亲娘今在何方呀。

田长寿　中军，

中　军　在。

田长寿　备马侍候，速奔随阳。

中　军　是。

张　氏　慢。

田长寿　你乃何人?

陈德甫　她乃店里的雇工。

张　氏　奴乃张氏。

田长寿 （打量一番）（旁白）我观她虽衣冠不整，却也很素雅。（点头）嗯，其中定有隐情。你因何阻挡本院啦！

张　氏 非是奴家阻挡大人，此番去至随阳何事？

田长寿 寻找至亲王氏姑奶奶。

张　氏 我家姑母家居随阳，也是姓王，不知是否同一人也。可她在十几年前因病过世了。

田长寿 天下共姓者巨多，怎会同一人也。

张　氏 斗胆问问大人可名唤长寿？

田长寿 正是。

张　氏 那文契上的日期可是丙午年冬月十八？

陈德甫 正是，一字不差。

张　氏 大人左手手掌可有一颗朱砂痣？

陈德甫 （看长寿手掌）啊，一点不假。

张　氏 既然不假，我就是你要寻找的亲生母亲王门张氏啊。

陈德甫 长寿，快快下跪认母啊。

田长寿 母亲！

张　氏 长寿！

田长寿 娘啊！

张　氏 我的儿啊——！

（唱）见娇儿不由娘泪如雨下，
母子们能相会悲喜交加。
儿可知我王家家大业大，
作坊多田庄肥遍地桑麻。
儿的爹黉门秀才英俊潇洒，
欲上京求功名施展才华。
可恨那田仁贼阴险狡诈，
偷房契动手脚告到县衙。
狗县官胸无翰墨少文化，
受蒙蔽无主见却手掌刑法。
传父上堂去问话，
主观臆断不调查。
棒子打，夹棍夹，
儿父他文弱书生难受刑法。
屈打成招把押画，
好端端百年祖业断田家。
田仁贼鸠占鹊巢把人欺诈，

儿爹娘被逐赶沦落天涯。
夜宿暮帐下，
席地观星眨。
腹中饥肠打，
身冷任风刮，
日行羊肠路，
沿门讨菜粑。
恶狗欺我俩，
两腿留伤疤。
他秀才成癫傻，
我黑头染雪花。
思儿两行泪，
双眼快哭瞎。
十八年路漫长每况愈下，
十八年尝尽那酸甜苦辣。

田长寿 （唱）听娘亲诉苦情心似油炸，
糊涂官害百姓何止我家。
重吏治惩恶贼急在当下，
赎祖业正本清源伸张国法。
娘，不知我苦命的爹现在何处？

陈德甫 我这就去请太老爷。

张　氏 他半疯半癫，时好时坏的。

〔陈德甫拉王荣祖上。

王荣祖 我儿子卖哒，哪有什么儿子？嘿嘿，你称我太老爷…嘿嘿！

田长寿 他就是我爹？

张　氏 嗯，半疯半癫的。

田长寿 （情不自禁地）爹爹——

王荣祖 （四下看了看）叫我？嘿嘿，我可没儿子。

田长寿 我就是你的长寿儿回来了。

〔王荣祖闪到张氏身边。

张　氏 别怕，他就是我们日夜思念的长寿儿回来了。

王荣祖 我们的长寿儿没这大，没这大。

张　氏 你算算，你好好算算，（边说边打他）都十八年了啊。

王荣祖 （清醒）对呀，都十八年了，我的长寿儿该长大了。长寿！

田长寿 爹爹！
王荣祖 儿啊——！

〔幕后伴唱——
久别重逢两相依，
道不出的滋味口难咀。
是激动是幸福，
是伤心是凄迷，
泪似黄河水决堤。

张　氏 儿啊，王家一十八年之含冤全靠我儿了。
陈德甫 可田仁也不是个好对付的角呀。
田长寿 一个穷途末路的泥瓦匠能霸占我王家之百年祖业，从身无分文到郓城首富，可见他手段之“高超”了。来呀！
中　军 有！
田长寿 拿我名帖速到郓城县，只说八府巡按田大人过衙。
中　军 是！（下）
田长寿 爹，娘，陈先生，我们后面从长计议。

〔切光。暗转田仁卧室。
〔田仁上。

田　仁 （唱）人走鸿运无法挡，
鸡屎也能变蜜糖。
一旦霉运当头降，
盐坛也生蛆臭肮肮。
长寿求名京都上，
杳无音信我心发慌。
请先生六年花了几百两，
也没见那大红喜报转回乡。
昨天上街去收账，
空着肚儿饿瘪了肠。
我破费饮了酒二两，
还喝了几碗冷面汤。
为省钱没点灯笼回家往，
掉阴沟腰儿闪两腿跌伤。
哎呀，我的腰，我的腿哟，婆婆吔，快给我换蓖麻叶子，贴贴伤口。

〔刘氏上。

刘　氏　员外，蓖麻叶子贴不好的，还是买张狗皮膏药吧。
田　仁　买狗皮膏药不又要花钱吗？
刘　氏　我这就去摘蓖麻叶子。
田　仁　等等，跟我把春香丫头叫来，今天我要狠狠地打她一顿。
刘　氏　那是为什么？
田　仁　昨天我收账路过卤鸭店，见放在盘中的卤鸭油光水滑，香气扑鼻，我的蛮涎都洿了几尺长，该死的店老板他要我买它。
刘　氏　你郎怎不买呢？
田　仁　他哪里是要我买呀，分明是想赚我的钱呗。哼，没门。于是伸手抓住卤鸭翻了个身，满手沾上了鸭油，这才破费打来二两烧酒，还要了他四碗面汤。我一口汤啊,一口酒,舌头美美地舔一下手上的鸭油。这汤完酒干还有一个指头没曾舍得舔，回家后要春香用热水洗了头遍洗二遍，足足洗了一脸盆鸭油水，心想可以管我三天了，没想到该死的丫头给泼了，我的这心可疼啦。这不白白浪费我一盆鸭油水吗？婆婆，你说我该不该打她。
刘　氏　那值几何，何须动怒呀。
田　仁　去了我几顿下酒汤啊？婆婆，我还愁啊。
刘　氏　你郎愁么事撒？
田　仁　长寿儿不知在哪，一旦我两眼一闭，也不知他把我如何安葬？
刘　氏　我们家有的是钱，我要他买上好的楠木，热热闹闹送葬。
田　仁　胡说，那楠木多贵呀，岂不又要花冤枉钱啦？
刘　氏　那怎么办呢？
田　仁　我们家马棚不是有个破马槽吗，正好用上。
刘　氏　那马槽短小，装之不下。
田　仁　你用斧头砍成几节不就得了？不过，要长寿借隔壁家斧头。
刘　氏　我们家不是有斧头吗？
田　仁　你怎么是死脑筋啦，我的老骨头挺硬，把我们家斧头砍缺了岂不又要花钱磨吗？
刘　氏　你这肥头大耳的，马槽浅浅的，也装不下撒。
田　仁　把我这肥肉剔下，内货取出不就行了吗？
刘　氏　亏你想得出。
田　仁　不过，这肥肉内货卖给张屠夫，千万不能卖给刘屠夫啊。
刘　氏　却是为何？
田　仁　刘屠夫唬秤不说，还赊账。
刘　氏　好了好了，按你说的办。

〔县衙衙役上。

衙　役　府上有人吗?
田　仁　请进。

〔衙役进门。

田　仁　哟，差官驾到有何公干?
衙　役　今有贵府公子田长寿得中今科头甲头名状元，万岁厚爱转封八府巡按，现已郓城县落马，县太爷特赐八抬大轿接田老太爷过衙饮宴。
田　仁　你在怎讲?
衙　役　接田老太爷过衙饮宴。
田　仁　婆婆，这该不是做梦吧?
刘　氏　不是梦，是真的。
田　仁　那好，前面带路。
刘　氏　哎，员外，不，太老爷，你的伤还没换蓖麻叶子撒。
田　仁　做太老爷了，要么事都有还用得着蓖麻叶子吗?
刘　氏　太老爷，您还没更衣。
田　仁　对，还得更衣，当年过喜事的衣服都舍不得穿，给我穿上，还要把我吃酒用的油布袋系上。
刘　氏　要那做么事?
田　仁　那县衙的大肉大鱼吃不完，我好带回明天下酒。
刘　氏　好，都听你郎的。
田　仁　差哥稍候，更衣就走。
衙　役　太老爷请。

〔切光。

第六场

〔县衙二堂。
〔胡图山与田长寿边聊边上。

田长寿　胡知县，此番奉旨出京，巡察曹州一带，今天落马郓城，不曾冒昧吧。
胡图山　大人奉旨行事，光临本县，此乃郓城百姓之幸事，何言冒昧二字。
田长寿　本院也曾查阅几宗案卷，有一“王荣祖霸产”之案可是你亲审?
胡图山　王荣祖霸产……对，十八年前我亲审此案。
田长寿　可曾走访调查?
胡图山　这……

田长寿 可曾断得鱼清水白？
胡图山 一十八年过去，并无异义。
田长寿 如此自信？
胡图山 有房契田契为证。料无差错。
田长寿 好，那今日之事……
胡图山 按大人吩咐，一切准备就绪。
田长寿 好，如若办砸，两事并处。
胡图山 是。

〔衙役上。

衙　役 禀大人，田老太爷驾到。

〔田长寿使眼色胡图山。

胡图山 看酒菜，有请田老太爷入席。

〔田仁上。

田　仁 长寿，你把爹可想坏了呀。咋先没喜报相告啊。
田长寿 些许之事何须声张呢，再说皇命在身岂敢怠慢。
胡图山 大人心系民生马不停蹄，实乃我等之楷模呀。
田长寿 过奖了，过奖了。
胡图山 请入席就座。

〔热烈气氛中三人落座，上酒毕。

胡图山 今有田大人荣归故里，乃田府之荣耀，郓城之福也，第一杯酒，代郓城百姓给田大人接风。
田长寿 打扰了，请。
胡图山 请。
田　仁 请。
胡图山 第二杯，欢迎田老太爷县衙作客，淡酒薄肴，还望海涵。
田长寿
田　仁 胡大人过谦了，我父子打扰了，请。
胡图山 恕卑职缺智少才，在任多年无所建树，还望大人今后多多关照。
田　仁 是啊，长寿儿啊，为父能有今日，全托胡大人之福啊。
胡图山 哪里，哪里。田老太爷能从一个泥瓦匠走到今日之辉煌，实属您祖先之阴功，个人之德能也。
田长寿 怎么？爹曾经当过泥瓦匠？

田　仁　是啊，那王家卑鄙无耻，不择手段，强行霸占我田家之百年祖业，十八年前幸得胡知县拨乱反正，方始田氏祖业完璧归赵。不然，儿父我尚处水深火热，挖土砌墙之苦啊。

田长寿　那王家可曾心服口服。

胡图山　本县凭田府房契田契所断，焉敢不服。

田长寿　那王家岂不沦落风尘？

胡图山　他本该于此，有何怜惜。

田　仁　事隔一十八年，何须提及呀！我借花献佛，敬胡大人一杯，我先干为敬。

胡图山　请。

〔胡图山、田仁喝个底儿朝天。

田　仁　恕我不……不胜酒力，我……先行告便。

胡图山　田老太爷，这边请。

〔田仁下反场。

〔一道黑色幕落下，好一派阴森恐怖气氛。

〔众衙役扮鬼族模样暗上，王荣祖扮阎君模样与田仁碰个正着。

田　仁　哎呀，打……打鬼呀！

〔田仁像猫样蹿上，王荣祖端坐阎罗殿。

〔胡图山、田长寿于黑纱幕后。

田　仁　（浑身发抖）我……我这到了什么地方？

众衙役　呜——此乃阴曹地府。

田　仁　我刚才还在县衙，胡知县请我喝酒咧。怎会是阴曹地府？

王荣祖　哈哈哈，那胡知县在十八年前错将王家祖业断与田家，他为推卸责任，杀人灭口，用毒酒将你毒死了。

田　仁　啊，好一个阴毒的狗官啦。我儿长寿贵为天子门生，八府巡按，决不会轻饶于你的。

王荣祖　你的儿子？你哪来的儿子呀？只不过仗财欺人骗取了随阳老妪王氏之舅侄孙儿。

田　仁　（旁）啊，他怎么知道？

王荣祖　你抬头观看，我是何人。

田　仁　你是王荣祖？

众衙役　此乃五殿阎君。

田　仁　你不是早就饿死荒郊，成为孤坟野鬼吗？

王荣祖　不错，我这孤坟野鬼，路过十殿，倾诉满腹冤屈，感动神灵，封我五殿阎君。

田　仁　啊？！

王荣祖　你可知那随阳老妪王氏她是何人？

田　仁　她是……

王荣祖　她是我嫡亲的姑妈。

田　仁　那她的舅侄孙儿？

王荣祖　就是我的儿子王长寿。

田　仁　啊！那你是来找我报仇的。

王荣祖　非也，我执掌五殿，以慈悲为怀，冤冤相报何时有个了结呢。

田　仁　那你……

王荣祖　念你抚养长寿有功，加上你尸骨未冷，我可让你还得阳去，享受二十年荣华富贵。

田　仁　当真？

王荣祖　君无戏言。不过，你得如实交待你的真实身份，如何盗取王府木匣，如何篡改房契田契的真实姓名。

田　仁　这……

王荣祖　如若不然，将你叉进油锅打入十八层地狱，永世不得超身。

田　仁　我……

王荣祖　来呀，油锅侍候！

田　仁　哎哎哎，我说，我说。

王荣祖　讲。

田　仁　君爷呀！

（唱）田仁我田家潭村一泥瓦匠，
浑身穷得响叮当。
挖土砌墙为糊口，
肩挑泥桶走四方。
那日王府请工匠，
要我改造后院一柴房。
没挖几锹，咔嚓响，
挖出了一个黑木箱。
打开木箱眼一亮，
那房契田契箱中藏。
一边看，一边想，
咋不姓田偏姓王？
越思越想心激荡，
灵机一动好主张；

王字两边加一竖，
从此后户主姓田不姓王。
跑到县衙去告状，
没想到县官竟是个大二黄。
他不识真相将我袒，
王家公子被屈打成招赶出府堂。
我轻而易举得家当，
我享荣华他逃荒。
这本是我实话讲，
阎君爷速速将我来还阳。

王荣祖 叫他画押。

〔衙役将口供交于田仁，田仁画押。
〔田长寿一声大笑："哈哈哈……"
〔黑幕隐去，灯光通明，一副庄严公堂，田长寿威立公堂。

众衙役 呜——
田　仁 啊，怎么又到了郓城县衙大堂，长寿，我的儿……
衙役甲 巡按大人。
王荣祖 啊哈哈哈……

〔张氏、陈德甫上。

王荣祖 （唱）大胆田仁以仆欺主，
盗取木匣心歹毒。
胡图山 （唱）他伪造证据我蒙在鼓，
怪我胸无翰墨少读书。
连累秀才来受苦，
黑白颠倒太唐突。
张　氏 （唱）狗官施刑太残酷，
屈打成招害我夫。
一十八载受欺侮，
浪迹天涯无归宿。
田长寿 （唱）狗官审案法不顾，
主观臆断害无辜。
削职为民来论处，
官场之中把名除。
王荣祖 （接唱）可笑田仁一狗奴，

涂改姓名霸房屋。

陈德甫 （接唱）夺田产占作坊穷变富，

坑吝刻薄心太枯。

王荣祖 （接唱）若将那财富济民苦，

我王荣祖心里倒佩服。

陈德甫 （接唱）你仗财欺穷又跋扈，

抠门至极只进不出。

王荣祖 （接唱）你纵有金钱堆满库，

与你那卑鄙德行不相符。

老天有眼不让步，

还你穷汉一鳏夫。

一十八载枉称富，

不过是王府的看钱奴。

十八年前愿未夙，

罚你到后院把墙筑。

田　仁 （接唱）太老爷一声来吩咐，

挖土砌墙甘当奴。

（夹白）幸喜瓦桶子还没丢，大人，我马上上工。

田长寿 （接唱）好好好回府摆宴，

众 （合唱）一家团聚举杯庆祝。

〔切光。

〔剧终。

比目鱼

根据清代李渔同名传奇改编

越剧剧本

编剧：陈秋吉

新编越剧《比目鱼》所探讨的中心是爱情中“独”的特性，和历代人们（社会主流）对于戏曲及戏曲演员的看法的变迁，并赞赏戏曲演员“戏比天大”的品德和操守。

本戏把以旦角为主的原剧本改为以生角为主，并将二人投江之后化为比目鱼并被人救起还阳的剧情进行删减，以化成比目鱼偕游河川作为结局。新编越剧《比目鱼》中的“比目鱼”，和前人故事中的比翼鸟或连理枝一样，利用自然形态的并列的特征，以形喻意，来表达不离不弃的寄托。

人物表：

谭楚玉——小生。父母双亡家道中落的贫寒书生，刘藐姑恋人，为追求刘藐姑进入戏班学戏，后随刘藐姑投江而亡

刘藐姑——花旦。谭楚玉恋人，戏班头肩旦，梨园绝色，刘绛仙之女（实为从小买来的），不愿嫁给乡官钱万贯，投江而亡

刘绛仙——彩旦。刘藐姑之养母，油葫芦之妻，贪财成性，威逼刘藐姑嫁给钱万贯欲骗得万贯家财

钱万贯——老生。捐官得来的温州乡官，纨绔子弟不学无术，以一千两白银纳刘藐姑，不成

油葫芦——老生。带些小花脸的意味。戏班班头，人送外号“油葫芦”，真实姓名不详，怕事怕老婆，在钱万贯逼纳刘藐姑之事上屈从

步步高——小生。原戏班头肩小生，记性差不识字，记不住《荆钗记》等诸多剧本的唱词，但嗓子好表演好，后被谭楚玉顶替

生　查——谭楚玉书童

戏班众演员丑、老生、老旦、小旦、钱家仆人

第一场　决计

〔温州，望江亭边搭建起一座戏台。

〔刘藐姑、步步高二人在台上演出。此刻正值南戏比较成熟时期，温州街头巷尾常见有演出，《荆钗记》已有多个版本上演。

〔书生装扮的谭楚玉并书童生查上场。

谭楚玉　（念）人间荡子，四处为家。
士当贫贱，身在天涯。
宁饱他乡风雨雪，
胜过亲朋热相加。

〔观众内喊：好！唱得好！再来一段！

生　查　相公，那边好像在做戏，人家都说唱得好呢！

谭楚玉　哦？想我近日为探九山之胜，从明州来到这温州地方，倒是闻听此处女旦甚多，演的都是连台戏。

生　查　相公，今早不是有几个朋友约你一同去看戏嘛，你说文章没有写完，不去！如今写完了，不如去看上一看？

谭楚玉　生查，我出门之时忘了关窗，只恐有偷儿进门。我们还是快回去吧！

生　查　相公，就看一眼嘛！相公明日就要启程回家，来此温州地方，既是戏文胜地，若是不看上一看，岂不抱憾啊？

〔观众内喊：好！好听，真是好听啊！

谭楚玉　哎呀你呀……

生　查　相公，我们的宿处除了书就是书，不会有人偷的。相公，就看一眼，好不好嘛！

〔一阵嘈杂声、奔跑声。

谭楚玉　（唱）听吼吼喳喳，
好一似群蜂闹衙。
分明是声声赞叹，
又为何起了噪哗？

我不免去看它一看。只是那房中……（略一犹豫）哎，想我那寓所哦，
（接唱）尽是些砚头云、笔上花，
料想那偷儿不拿。
且同去看它一二，

临行前也无牵挂。

哦！原来戏做完了，那些看戏的人都转来了。我且立在一旁，待他们过去。切不可迎面撞上，有失我儒生之体呀！

〔戏班中的丑、老旦、老生、小旦一起推推挤挤吵吵闹闹上场。

小　旦（京白，念）锣鼓丝弦铙钹喳，

丑（瓯白，念）贵贱雌雄倒难查。

老　旦（冲丑，越白，念）有路不走你招骂！

老　生（顶着小旦的肩，永昆白，念）秋江艄公把舵拿。

〔小旦躲开，老生顶了个空，没站稳，忽然踩到一物，拾起一看，是只绣鞋。

〔老生窃喜，将绣鞋藏入袖中。

小　旦 你们推推挤挤的，倒把我的绣鞋踩脱了，待我穿上再走。

〔丑低头穿鞋，发现鞋子不见。

小　旦（惊）不好了，我的绣鞋不见了。你们快替我找上一找。

〔众人找鞋子。

〔老生偷笑，被众人看见。

老　旦 你个老秃驴，鬼头鬼脑的，一定是被你拾到了，快拿出来！

老　生 我没有见过啊！

丑 那就搜一搜！

〔众人搜老生身，趁机挠痒，老生忍不住，掉出了绣鞋。

小　旦 哼，这不是绣鞋吗？光天化日在人堆里调戏于我，大家一同教训教训他！

〔众人要打老生。

老　生 哎，慢来慢来，这只绣鞋我还有用处，所以不肯还她。

众　人 什么用处？

老　生（唱）转弯抹角急急走，

今夜要把“胭脂”偷！

〔老生逃下场。

丑 老旦 小旦 你个老秃驴，老秃驴……

〔一边笑骂，戏班众人一边跑下场。

谭楚玉 这些戏子好没要紧，那戏有什么好处，倒弄出这些丑态来。

生　查 相公，我倒觉得有趣得紧呢！

〔刘藐姑内喊：走啊！
〔刘藐姑款款上场。
〔谭楚玉、刘藐姑二人见到彼此，一时愣住。
〔谭、刘二人四目相对目不转睛。

生　查 相公？相公？

〔谭楚玉回过神来，不好意思，打算从另一个方向避开。
〔刘绛仙内喊：女儿，快来呀！
〔刘藐姑打算避开，不料又一次撞上谭楚玉。
〔谭楚玉盯看刘藐姑，眉目含情。
〔刘绛仙内喊：女儿，快来呀！
〔谭、刘二人再次撞上，眼波流转。
〔钱万贯上场。
〔刘绛仙内喊：女儿，怎么还不来呀？
〔刘藐姑转身正好撞见钱万贯。
〔钱万贯见刘藐姑，惊为天人，见色起意，双眼直勾勾地盯着刘藐姑。
〔刘藐姑极为不快，面若冰霜地转身离去。走了几步，回头偷看谭楚玉。
〔谭楚玉仍然一直看着刘藐姑。
〔刘藐姑下场，生查偷偷跟着下场。
〔钱万贯以为刘藐姑在看自己，心下得意。

钱万贯 （念）这桩美味惹思量，
多少馋人心底尝。
兑下白银一千两，
挥金纳妾买娇娘！

〔谭楚玉神魂颠倒，并未注意钱万贯的存在。
〔钱万贯下场。
〔生查得意洋洋地上，见谭楚玉仍在发呆。

生　查　相公？（大声）相公！你失了魂啦？

〔谭楚玉被吓一跳，回过神来。

谭楚玉　胡闹！
生　查　相公，戏好看吗？
谭楚玉　（犹自望着刘藐姑远去的方向）好看，好看得很啊！
生　查　哈哈，相公知道“她”是谁吗？
谭楚玉　她是谁？
生　查　她是缓舞班的头肩，叫刘藐姑。听人家说，她是个梨园绝色呢！出身虽贱，志愿颇高！
谭楚玉　（兴奋）真乃绝色也！施粉太白，施朱太红，增一寸太长，损一寸太短啊！
生　查　哈哈哈哈，相公，你也太夸张了！
谭楚玉　你知道什么！
（唱）几曾见妩媚娇娃，
俏形容实难描画。
更慕她妆点风姿少铅华，
还兼那韵似琼花。
恨不能日日得近，
免教我心头牵挂。
生　查　相公，你想常常看见她，容易得很啊！喏，她到何处做戏，你就跟去那处，还怕看不见吗？
谭楚玉　呆子！你懂什么！今日遇见藐姑，乃天赐的缘分。她既志愿颇高，想必不甘长做戏子。我正想访蓝桥、乞琼浆、效裴航呢！
生　查　什么？相公，你想娶她做老婆？

〔谭楚玉用扇子敲生查脑袋。

谭楚玉　你如此声张做什么？倘被旁人知道，岂不要取笑于我，道你家相公自甘下贱啊！
生　查　这……（想了想）相公，你既有心，不妨投入班中，与她一同学戏，那婚姻之事岂不是手到擒来？
谭楚玉　荒唐！这岂是士子所为？这种营生，若是同窗好友知道了，岂非伤了我的体面！
生　查　这……（略一思考）相公，有了！你不过学戏，又不是登台做戏，不算伤了体面。再说，你把这书生方巾时时戴着，想必孔老夫子也不会计较此事。今晚你假称回乡，日后进出戏班小心一些，不会有人看见的！

谭楚玉　（心动，犹豫）这……能瞒得过吗？

生　查　当然了！若是你戏还未学成，先把老婆讨到手，就更算不得什么伤体面了！

谭楚玉　唔……好！

（唱）顾不得先贤古圣，
　　暂抛撇琴剑书箱。
　　慰痴情急赴伶场，
　　学一个痴凤求凰！

〔谭楚玉兴高采烈地急急下场。

生　查　哎，相公，你等等我呀！相公，相公……

〔生查追着谭楚玉下场。

〔灯暗。

第二场　入班

〔戏班内，刘绛仙拨算盘。

刘绛仙　唉！

（唱）声容皆美赚缠头，
　　有女娉婷锁深楼。
　　愁她不知家传秘——

想我刘绛仙，自小生得姿色极好，又得二郎神保佑，在台上要我装男就做男，要我装女就做女，做起戏来又比别人另有妙处。老实人看了也要风流起来，铁公鸡看了也会变得大方。我挑那一掷千金的人儿相处几个，多的要了他半份家财，少的也分去他十年积蓄，才攒下如今这份家业。年已半百膝下无子，只从鼓楼街谯楼下捡来个女婴，取名刘藐姑。养到她十六岁，她的颜色、声貌竟是比我还好上三分。今日我把这赚钱的方法传授与她，那多么好啊！藐姑啊，藐姑哎，快出来！

〔刘藐姑上。

刘藐姑　（接唱）家声鄙贱不同流。

刘绛仙　我的儿啊！

刘藐姑 母亲。

刘绛仙 你今年已经成年，也不小了，日后也要出嫁，嫁妆当然是越多越好。只是你是个做女旦的人，另有个赚钱的法子，不在戏文里面，倒要你自幼儿会的才好。

刘藐姑 母亲，那些丧名败节的事我是不做，只从戏文里得一些本分钱财罢了。

刘绛仙 死脑筋！爷娘要从你身上挣得大家私，你倒扭扭捏捏起来了！像我们这样的戏子妇人，还要啥个名节？啥个廉耻啊？你与男子相交的时候，也像做戏一般，把这云雨绸缪之事看得淡些，这就是名节了！

（唱）倡优场烟花门第，

何须得这般拘泥？

左不过虚情假意，

得几个真财实钿。

颠倒这凤衾鸳被——

我也不是叫你逢人就接。

（接唱）传授你秘计三句。

你这辈子啊，就吃穿不愁、受用不尽了！

刘藐姑 （冷淡地）哪三句？

刘绛仙 叫做许看不许吃、许名不许实、许谋不许得。

刘藐姑 此话怎讲？

刘绛仙 与人调情不得亲近沾身、假话虚言不得使他到手、令人图谋不得把身子给他，这便是秘计了！

刘藐姑 （唱）重重机关叠叠陷阱，

好叫我代人心惊。

似这等，空张情网摄迷魂，

分明是虚话哄人。

母亲，何必弄出这许多圈套？

刘绛仙 你懂啥！这世间真情实意，不在啥个肌肤相亲，只在眉来眼去之间。譬如烟鬼遇着那寒食散，只许闻香不许吸食。一旦吸了一口，挂心的钩藤就落了地，哪有这馋嘴垂涎的光景来的好看！

刘藐姑 哼，那些淫词艳曲的戏文，女儿断断不做！

刘绛仙 （生气）你！

〔油葫芦、谭楚玉上场。

油葫芦 （念）碰着斯文客，

来充窈窕班。

谭楚玉 （念）只愁天上曲，

不愿配人间。

油葫芦 女儿，女儿啊！

刘藐姑 爹爹！

刘绛仙 死老头，叫啥叫！倷囡翅膀硬了，不听我话了！（猛然撞见谭楚玉）呃，嘿嘿，格位相公是……

谭楚玉 哦，小生谭楚玉，乃明州人氏，特来相投。

刘绛仙 投什么？

谭楚玉 小生欲想进班学戏，不知……

刘绛仙 （惊讶）啥？你一个读书人，自甘下贱到这里来……

油葫芦 （打断）哎呀你慢点，谭公子是斯文人，你不要惊吓了人家。

刘绛仙 啊？斯文人？哈哈哈哈，有铜钿人家见的多了，斯文人倒是没碰到过，没碰到过嘛，哈哈哈。

油葫芦 藐姑，快来见过这位谭公子。

刘藐姑 见过谭公子。

谭楚玉 见过姑娘！

〔二人四目相对，各自一惊。

谭楚玉 （唱）自从得见窈窕影，

抛却荒斋书与琴。

长夜独宿难安枕，

一番相思到如今。

刘藐姑 （唱）名门子弟仪容俊，

无端入班学戏文。

途中相遇顾盼频，

醉翁之意非醉饮。

谭楚玉 （接唱）心忙步忙怕耽搁，

进班胜似进龙门。

刘藐姑 （接唱）他为我，甘为下贱而不辞，

这份情，从古到今第一人。

谭楚玉 （接唱）国色从来不易逢，

求得芳心靠戏文。

油葫芦 谭公子此来，是小班之福。如此，等众人到了，一同拜师便是。

谭楚玉
刘藐姑 是！

〔幕后数板——

齐整冠和裳，
从师入戏堂。
做官升得快，
不用守寒窗。
半真又半假，
演的是兴亡。
富贵贫贱、人情冷暖，
悲欢离合、世态炎凉。
君为袖手旁观客，
我亦做戏在当场。

〔伴唱声中，老生、老旦、丑、步步高一同端三牲祭礼跑上场。

老　生　咦？这位是谁？

油葫芦　这是谭公子，看他容貌俊秀气度不凡，倒可以学个二路生行。

戏班众人　嗯，倒是不错！（揖礼）谭公子有礼！

谭楚玉　（揖礼）小生这厢还礼！

油葫芦　老婆，取三牲祭礼，好敬二郎神！

谭楚玉　敢问师父，什么叫做二郎神？

丑　这二郎神乃是做戏的宗主，像是儒家的孔子、佛家的弥陀、道家的老子。

谭楚玉　哦？那这二郎神是掌管什么的呢？

老　旦　我们这位宗主心明眼亮，公正无私。不像什么孔子老子，都有些大人不记小人过的涵养。

步步高　同班之中若有些不清不楚的事，它都能察觉。轻则生病生疮，重则降灾降祸。我们都要小心行事，不可犯了忌讳。

谭楚玉　这么灵嘛？是什么忌讳，还请赐教。

油葫芦　说的是同班之人不守规矩，做出亵渎神灵的事，或以长戏幼，或以男戏女，都是忌讳。你们都要记住了！

谭楚玉　（旁白）如此说来，我岂不投错门了？

油葫芦　谭兄弟，你既要入班，就该穿我们的衣服。喏，你头上这顶尊巾先要去了。

谭楚玉　（推辞）哦不，如今只是学戏，还不曾做戏，到了做戏之时再去不迟。

油葫芦　如此也好。

〔祭礼准备完毕，油葫芦率众人朝拜。

油葫芦 护法金汤在上，稽首虔诚拜二郎。

〔众人同拜。

谭楚玉 （背唱）只当是暗缔姻亲，
刘藐姑 （背唱）但愿得天赐鸾凰。
油葫芦 但使聪明长，开口便成腔。把身段规模，做出都成样。
谭楚玉 （背唱）那同拜的众人，
刘藐姑 （背唱）权当做西厢的红娘。
油葫芦 声名传四方！
戏班其他人 声名传四方。
谭楚玉
刘藐姑 （合唱）屈膝儿先来拜堂，
博一个生旦成双。

〔拜毕，众人起身。

油葫芦 前日，我将南戏《荆钗记》略做改动，做成了一本新的戏文。你们各自拿去，将戏文好好念熟。到时候我信口提一句，就要背到底，背的出便罢，背不出可要重打。
众　人 是。
油葫芦 步步高，这本戏由你与藐姑来做，你二人并坐，各人坐在一处，不许交头接耳，若有犯规，要请宗主责罚。

〔谭楚玉、刘藐姑暗暗失望。

步步高
刘藐姑 是！
众　人 是！

〔油葫芦、刘绛仙下场。

刘藐姑 （旁白）谭郎啊谭郎，你既有心学戏，就该做个头生，也好与我夫妻相称，这些口角的便宜，也不至被他人占去啊……

〔步步高及戏班其他人各自下场。
〔灯暗。

第三场　对曲

〔时间：三个月后。
〔灯亮。
〔谭楚玉坐在书桌前，捧着一本戏本。书桌上有一枚荆钗。

谭楚玉　（念戏本）她这般钱物昌盛，愧我家贫难斯称。伏托荆钗成好事，红叶可肯作媒人？

〔谭楚玉拎起戏本抖抖。

谭楚玉　唉，荆钗啊荆钗，楚玉倒有十朋志，奈何玉莲不知音啊！哎，王十朋荆钗为聘，不知钱玉莲如何回应啊？

〔谭楚玉拿起戏本翻了几页。

谭楚玉　（干唱）终身许了王书生，
君子一诺岂变更？
傲雪寒花甘冷淡，
羞逐流水做浮萍。
这倒是个志趣颇高的女子，与藐姑一般无二。唉，我谭楚玉啊，家道中落，功名未遂，只有立锥之地，剩下片瓦挡雨，若以荆钗为聘，不知我这个“谭十朋”，能不能配你“刘玉莲”啊！
（唱）楚玉家贫囊又艰，
配不配你才貌双全刘玉莲？
江边初遇频回首，
想必是不爱红袍爱青衫。
唉……藐姑啊藐姑，你可知我为你啊！
（唱）功名富贵全不顾，
屈尽名节心无悔。
明珠抛去雀难求，
都只为，戏房里面有严规！
同班不可相调戏，
二郎神严令难拗违。
先生拘束、父母提防，
连那同班之人都要相互察觉！
莫说是诸事难行，
寒暄也不得愿遂。
借眉眼暗暗传情，

好一似对食涎垂。
越见越是添相思，
这相思好难担待！
因此上心病难医，
怕的是形影儿难即、心意儿难猜。

我既学戏，就该做个头肩生行，一来衣冠楚楚，还有些儒家的气象。二来么……（拿起荆钗）这枚荆钗乃是我寻了檀木托人打磨而成，檀木，谭！

（接唱）纵使无分鸳鸯偕，
诉衷肠，也能把戏文来借。
我唤一声“妻”来她叫一声“夫”，
做一场应景的春梦也美。
戏台上假戏真做，
占风流，更胜过衽席绣帷。
三月来，为她消瘦、把腰肢清减，
这都是我抛不下、舍不去、前世欠下的风流债！

〔谭楚玉烦躁地翻戏本，又翻到一页。

谭楚玉 咦，这戏本上又有一句：（念戏本）凤别鸾去无时聚，谁料一朝中道析。孤灯夜雨表寸心，只为那荆钗难弃。论科举，本图看春风杏枝，甘效于飞。岂知他陷我在瘴岭烟区？愁只愁身归凤池，恨只恨分了鸳侣。人不见，气长吁。只为蝇头小名利，地北天南怨别离。唉……（思考一阵，想到什么）哎？啊呀有了！
（唱）抄写戏文表心意——

〔谭楚玉奋笔疾书，抄写戏文，复又停下。

谭楚玉 （接唱）又恐人知犯忌讳。
（略一思考）怕什么！这一班蠢材虽然识字，却不通文墨。我只消多写几个难字在里面，纵然被人看见，莫说他们全然不解，就是在班主面前，也寻不到破绽！有理有理！

〔谭楚玉写完，拿起信纸，吹干纸上的墨水印。

谭楚玉 哈哈！戏文啊戏文，这件好事全仗你了！

〔步步高、老生、老旦、丑上场。

丑 （念）诗书不读身在优，

步步高　（念）只为偷安喜浪游。

老　旦　（念）谁料长遭荆与楚，

老　生　（念）戒方终日不离头。

丑　喂,我们学了三个月,记住的不过十支曲子。那谭楚玉记性竟这样好，把全本的《荆钗记》都记了下来。

老　旦　正是！如今我们赶他不上，这可如何是好啊？

老　生　喂，步步高，不是你来做王十朋嘛？怎么，竟比不上那个小畜生？

步步高　（不甘不愿）他要卖弄聪明，显得我们不中用，我如何比得过他？

丑　好了好了，我今日定要打他一顿出出气！

老　旦　这个谭楚玉，仗着多读了几本书，就不把我们放在眼里！真正是气不过啦！

步步高　别的都还好说，最可恼他那顶方巾，偏要装出个斯文模样来，显得和我们不一样！

老　生　等会儿我们一起动手，定要把他的乌龟帽子扯下来！

〔刘藐姑上场。

〔步步高故意大声咳嗽一声，谭楚玉没听到。

〔丑、老生、老旦一起大声咳嗽一声。

〔谭楚玉吓了一跳，下意识地将手中的信纸揉作一团，把手背到身后。

谭楚玉　（拱手）哦，列位师兄请了。

〔丑、老生、老旦不理。

谭楚玉　藐姑师……藐姑姐姐（在姐姐二字上加重音）请了！

丑　喂，你学你的戏，我学我的戏，有什么相关？你倒记得飞快，专在师父面前卖弄聪明！倒显得我们不中用！

谭楚玉　这……原是我少时读书时节，略看过几本，不是卖弄。

老　生　那你为什么背得这样熟悉？偏教师父训了我们一顿，这原是你的不是！

谭楚玉　这……如此小生赔礼了！（揖礼）

老　旦　你既然学戏，就该像我们一样，为什么顶了这个乌龟壳子？哟哟哟哟，怎么不是个绿的呢？

步步高　（用扇子敲谭楚玉的书生巾）难道你多认识了几个字，就比我们好些不成？

〔谭楚玉试图回避，未果。

丑　正是，大家捶了他这壳子！

〔步步高、丑、老生、老旦一起扭住谭楚玉，作势要打。
〔刘藐姑劝架。

刘藐姑 不要吵了。

〔众人拉拉扯扯。

老　生 黄柏肚皮甘草口，才人相貌畜生心。

〔刘藐姑假意拉架，伸手拉住谭楚玉的手。拉上的一瞬间，二人定格。
〔伴唱——两下里私盟早缔就，
　　只等待贴身时候。
　　群鸦流连常避讳，
　　眼波宛转流水眸。

刘藐姑 （旁唱）劝架是假贴身是真，
　　顾不得举头有二郎神。
谭楚玉 （旁唱）两下里似锁钥相投，
　　手贴手似刺骨钻心。

〔众人复又与谭楚玉拉拉扯扯。

老　旦 出水的瘪犊子戴帽子，脑后见腮呆头儿子。
谭楚玉 （旁唱）指若柔荑似无骨，
　　玉笋纤纤忒磨人。
　　把真情实意都做了虚乔样，
　　众目睽睽暗调情。
刘藐姑 （旁唱）怎知我偷度陈仓，
　　可恼有闲杂旁人。
　　怕的是多生是非，
　　喜的是两心相印。
谭楚玉 （旁唱）背人细捻削葱根，
　　葱根在手搔人心。
　　心猿意马难安定，
　　假意翻脸怒气生！

〔谭楚玉将揉成一团的纸悄悄塞入刘藐姑手中。
〔刘藐姑顺势将纸团塞入另一只袖子中。

步步高 纵然书生识字多——
丑 头顶一只乌龟壳。

谭楚玉 （高声）你们不要太过分了！

〔刘绛仙上场。

刘藐姑 好了好了，你们都不要吵了！

刘绛仙 啊？混账东西，竟敢在这里胡闹！还不与我松手！

〔众人皆惊，作鸟兽状散开。

〔谭楚玉、刘藐姑暗自抚摸方才被对方触碰到的手，犹自沉浸在大庭广众之下暗通款曲的心情之中。

刘绛仙 混账东西，一天天正事不做，专做这些不知体统的事。

丑 原是他起头，说了些“好话”……

刘藐姑 什么好话！那宋徽宗的鹰、赵子昂的马都是好画！道人家说了些“好话”，不过是看人识文断字，记起曲子来又比你们快，故而眼热口酸！

刘绛仙 好了，把你们的王八脖子缩起来，背曲子去！

〔步步高、丑、老生、老旦灰溜溜地回归到位子上，各自背曲练功。

〔刘藐姑避到一边，偷偷打开纸团。

刘藐姑 （念）孤灯夜雨表寸心，只为那荆钗难弃……本图看春风杏枝，甘效于飞。岂知他陷我在瘴岭烟区？愁只愁身归凤池，恨只恨分了鸳侣……哎呀，他竟有这般心意，将心中之事写成戏文，我理当回复他几句呀。

〔刘藐姑打量了一下周遭的环境，见闲人在场。

刘藐姑 这……这可如何是好呢？（思考）他既借王十朋之口吐露真情，那我也应借钱玉莲之口呀！（眼珠一转）步步高！

步步高 啊？

刘藐姑 你可记得，钱玉莲是怎样祭拜王十朋、那王十朋又是怎样惦念钱玉莲的？

步步高 这……待我想想？

刘藐姑 我唱起来，你可要接上！是说那钱玉莲得知了王十朋已死，趁夜拜祭。

（唱）花落黄昏门半掩，
明月满空阶。
人不见，叹时乖；
钗犹在，好伤怀！
深处闺门重闭户，

烧此夜香盼魂归。

步步高 这有何难？戏本上说，那夜钱玉莲拈香拜祭，王十朋也对月伤神。他唱的是：

（唱）香烟袅袅浮倩碧，

哀曲……（忘词）

谭楚玉 他唱的是：

（唱）香烟缈缈浮清碧，

衷曲哀哀诉圣祇。

纸钱飘，月影稀；

血泪染，杜鹃啼。

睹物伤情越惨凄，

王十朋不是负心的！

月缺尚有团圆时，

玉莲妻啊，要相逢，除非是梦寐里再成姻契！

师兄，是香烟缈缈，不是袅袅；是清碧，不是倩碧，那时候还没有倩碧小黄油呢！何况“哀曲”二字不仅腔你唱错了，连调门也起错了。

〔众人嘲笑。

〔步步高暗自不爽。

刘藐姑 那，你还记得王十朋荆钗为聘的时候说了些什么吗？

谭楚玉 记得。那王十朋家中朝无呼鸡之食，夜无引鼠之粮，玉莲的姑姑嫌他低微，说他是“孤老院里赶出跎子来，穷断了他的筋骨”。王十朋却说：

（唱）论荆钗名本轻微，

汉梁鸿已仗得妻，

芳名至今留传世，

休将俺恁般轻视！

先朝蒙正运未通，

破窑困苦学不废。

昔日韩信时不遇，

终有风云际会期。

只待临选赴帝乡，

一朝显达登高第。

刘藐姑 （唱）我虽非比孟光贤，

那书生亦遂梁鸿愿。

玉莲不羡万顷田，
富贵不贪贫自甘。
合卺交欢喜颇浓——

〔谭楚玉拿出荆钗，跪地交给刘藐姑。

谭楚玉 （接唱）谢娘子，慧眼相待苦乐相伴！
刘藐姑 荆钗？

〔刘藐姑拿起荆钗。
〔除谭楚玉外众人皆讶异。

刘绛仙 哟谭公子，你倒真是用心良苦，为了学戏，连荆钗都备下了！你们这些嘴里嚼蛆的，下次再犯，仔细我捶了你们！
谭楚玉 （一语双关）妈妈，不知我能否做这个王十朋啊？
刘绛仙 （没听出另一层含义）藐姑，你说呢？
刘藐姑 这……（用唱词回答）
（唱）终身许了这书生，
君子一诺岂变更？
傲雪寒花甘冷淡，
羞逐流水做浮萍。
刘绛仙 好！
刘藐姑 谭……哦不，王郎！
谭楚玉 （傻笑，但依然注意周围人的表情变化）嘿嘿，娘子！

〔刘绛仙略感不对劲。
〔步步高非常生气，但因选到满意的王十朋扮演者还是很高兴。
〔丑、老生、老旦各怀心思。
〔谭楚玉、刘藐姑二人暗自高兴。
〔灯暗。

第四场　逼嫁

〔钱万贯并仆人上，仆人抱着一个沉甸甸的木箱。

钱万贯 （念）心儿火样焦，
钱财当粪抛！

〔钱万贯进门，见四下无人，咳嗽一声。

〔油葫芦闻声上场。

油葫芦 来啦来啦！（见到钱万贯）哦，原来是钱大人，钱大人请坐。
钱万贯 班主，我听说，令嫒刘藐姑要演新戏了？
油葫芦 多蒙钱大人厚爱，新戏《荆钗记》即刻就要开演。
钱万贯 好啊，这本戏倒是不曾看过，说的什么？
油葫芦 就是个书生与他妻子的事，倒也没有什么意思，怎敢劳大人动问？
钱万贯 书生和他妻子？那么，令嫒藐姑小姐想来是那位妻子了？
油葫芦 正是！
钱万贯 不知，小姐的终身大事么……
油葫芦 倒还未寻着人家。钱大人此来，是……
钱万贯 今有白银千两，一来孝敬班主，二来嘛……

〔刘绛仙急急忙忙跑上，推开油葫芦。

刘绛仙 钱大人来了，钱大人好，钱大人请坐！
油葫芦 钱大人，不知这二来是什么？
钱万贯 班主啊！
（唱）想令嫒花容月貌世少有，
须得要富贵人家配鸾俦。
怕的是富到极处引祸，
不能享福享到头；
又怕做官不得意，
苦了令嫒一生含忧。
因此，须得不大不小的财主、半低半高的乡官，才是她的良配啊！
刘绛仙 噶么哪里有介样子的人呢？
钱万贯 妈妈，你看我如何？
油葫芦 （惊）你要娶我女儿？
钱万贯 当然！这一千两银子就是聘礼！请看！

〔仆人打开箱子。
〔刘绛仙看得眼睛发直，油葫芦觉得不妥。

刘绛仙 （见钱眼开）噢哟，介许多银子！（高兴地大笑）
油葫芦 （把刘绛仙拉到一边）听说这钱大人家里已经有十八房姨太太了，藐姑若是嫁过去，岂不受苦？
刘绛仙 （打断）金山银山用勿尽，算啥个受苦？钱大人，这门婚事我答应了！

油葫芦 你先要问问藐姑，只怕她不肯。

刘绛仙 不用问，婚姻大事父母做主，叫她嫁就得嫁！钱大人，不知打算哪天迎亲啊？

钱万贯 当然是越快越好！

刘绛仙 好，明夜戏毕，花轿上门！

钱万贯 好，明夜戏毕，花轿上门！告辞！

〔钱万贯与仆人下场。

刘绛仙 钱大人走好，钱大人走好！

油葫芦 哎呀不可啊，不可！这岂不要断送藐姑的终身啊？

刘绛仙 你个死脑筋，钱家家私迭等，良田万顷，富豪之声温州皆知，这等人家不嫁，再嫁啥人啊？

油葫芦 可他家中已有……

刘绛仙 好啦！你想想看，我们得了这一千两银子，少说也买上二十个丫头，好生调教一番，日后何愁不发迹？为啥偏要留下她个不中用的？

油葫芦 可她到底是我们的女儿啊！

刘绛仙 什么女儿！她是我从谯楼下捡来的！养她到如今，难道不能换一点辛苦钱吗？此事不许声张，要不然有你好看！

〔刘藐姑上场。

刘藐姑 爹爹，母亲。

刘绛仙 （非常热情）儿啊你来了，渴不渴，饿不饿，要不要吃点东西？

油葫芦 女儿，你可有听见什么？

刘藐姑 什么？女儿刚刚到此，并未听见。

刘绛仙 老头子，你去看看那班蹄子，让我们母女俩说几句贴心话。

油葫芦 你！（看到刘绛仙凶狠的眼神，认怂）你们母女谈谈，我去看看他们。

〔油葫芦很怂地下场。

刘绛仙 女儿啊，你的喜事来了！

刘藐姑 什么喜事？

刘绛仙 （唱）人生在世一辈子，
为的是票子和房子。
指望你芳名大噪悦男子，
吃几碗现成饭赚银子。
谁知你未逢男人早要面子，
见钱财缩手缩脚死性子。

今日里有个乡官老头子，
他要你明日戏毕上轿子。

刘藐姑 （惊）母亲！孩儿早已有了丈夫，不可改嫁！

刘绛仙 （惊）你有什么丈夫？我们做爷娘的不曾许亲，难道你私订终身了不成？

刘藐姑 不，这门亲事是母亲答应的。

刘绛仙 我何曾许什么人家？是哪一个？

刘藐姑 就是做王十朋的谭楚玉，母亲难道忘了？他学戏为由，求我是真啊！

（唱）我与他盟誓早共修，
我与他甘苦曾并守。
我与他台上喝过交杯酒，
我与他对众抛绣球。

刘绛仙 （大惊）啊？！我且问你，媒人是哪一个？

刘藐姑 （接唱）你莫道把高门的锦字勾，
却不知戏文为媒早自有。

刘绛仙 （怒）纵有媒人，谁与他做见证来？

刘藐姑 （接唱）那看戏的万目同睁，
谁不道是天配的鸾凰、地造的鸳俦？

刘绛仙 （大怒）放屁！你这个小蹄子，做戏做傻掉了！戏场上的夫妻，哪里做得准的？！

（唱）谁不知虚凤假凰是信口？
你说些梦话笨似鸠！
现成美眷你不肯就，
偏学那画里鸳鸯想并头！

刘藐姑 天啊，天啊！

（唱）母亲绝了母女情，
她好似馋猿遇果、饥犬闻腥、千金卖掉了女儿的终身——
母亲，娘啊！
（接唱）想谭郎为我甘入倡优场，
为我费尽千般心。
他为我盖世奇才轻辜负，
读书人到贱籍暂安身。
藐姑是顾惜名节爱廉耻，
岂敢把戏场上的婚姻来看轻？
别人家，最怕上场喜下场，
我与他，台下避讳台上真。

看的是戏文、说的是真话，
做的是假意、表的是真情。
温州戏台可作证，
荆钗戏本可作证。
满城的看客可作证，
求母亲，成全我二人戏中缘分。

〔刘藐姑哭。

刘绛仙 女儿啊，不是做娘的心硬，只是你年纪尚小，婚姻大事你不懂啊！
（接唱）自古戏子皆无义，
靠的是千金卖笑春风口。
有几个做生的与旦作鸾俦？
有几个做旦的把生长厮守？

刘藐姑 （唱）那梁山伯与祝英台，
双双化蝶不离分。
莫诮倡优性流水，
假戏真做情也真。

刘绛仙 （接唱）那一对同窗做夫妻，
也到来生蝶梦幽！
你倒想想，那谭楚玉既是宦门之子、读书之人，要取功名易如反掌，难道为了你就把前程断送？日后他有了功名，金阶玉殿之上，你就是下一个秦香莲、敫桂英！
（唱）你不见戏里多少读书子，
一旦成名把前盟丢。
蔡伯喈高中赘相府，
陈世美皇家享温柔。
王魁郎五十黄金弃风尘，
那谭楚玉岂会在伶场一世留？
有一日他衣紫腰金功名就，
定也是耻忆前尘陷渠沟。
他倒是艳福不浅曾风流，
只怕你死到黄泉状难投。
终身许了钱万贯——
快快回房！明日戏毕，送你上轿！
（接唱）不许把艳阳搅做秋！

刘藐姑 母亲，女儿宁死不从！

刘绛仙 （冷笑）你倒忠贞不二，做娘的便是水性杨花的了？既如此，还有什么母女之情，就是逼你嫁人，也不是什么奇事！

〔刘绛仙抱起箱子，准备下场。

〔刘藐姑受打击，站立不稳。

刘藐姑 母亲这般逼我，女儿情愿一死！（意欲撞墙）

刘绛仙 （害怕）啊？（扔掉箱子拉住刘藐姑）女儿啊，你不能死，你要是死了，做爷娘的心血不是白费了嘛？你怎么这样痴傻，竟把一时的风情做了恩情。那谭楚玉虽然家道中落，却还是士子。你看他头上那顶方巾何时放下？纵然沦落风尘，他也比我们不同。

（唱）难得勾栏恩义深，

岂忍割断一片情。

我看他只为美人屈名节，

恐效王魁负桂英。

你凌波俏步伶场女，

野花怎栽金玉盆？

倘若此事流传去——

你岂不是害了他？

（接唱）到手的荣华成泡影！

刘藐姑 谭郎绝非王魁之辈！

刘绛仙 但他也是读书之人！仗义每多屠狗辈，负心尽是读书人！

刘藐姑 （急切）他不会！

刘绛仙 好了！你即刻回房！明日戏毕，送你上轿！

〔刘绛仙抱起箱子，下场。

刘藐姑 母亲，母亲！天啊，难道我这一生，要受“钱”的摆布吗？谭郎，谭郎啊！我和你同心苦守，谁料想半途而废，我好恨，我好恨啊！

（唱）实指望守得云开见月明，

中途折散愿不成。

心痛苦，难分诉，

切齿恨，怨难平！

倒不如三尺白绫寻个自尽——

〔刘藐姑打算悬梁，复又停下。

刘藐姑 且慢！谭郎为我费了无数苦心，我岂能死得不明不白，做个哑巴？

明日在瓯江边做戏，那戏台半在岸上、半在水中。《荆钗记》中，又有一出投江的戏。我把这真情写将下来，在送别之际偷偷塞入谭郎手中，“投江”之时保住清名便了！

（接唱）纵一死，我也要说清烈胆、道明贞肝，骂那贼人留芳名！

〔刘藐姑写信。

〔灯暗。

第五场　决裂

〔次日。

谭楚玉　（内唱）一场好事遭奇变——

〔谭楚玉手持荆钗急急奔上。

谭楚玉　（接唱）戏场夫妻难如愿。
为寻神女入戏班，
受尽千般讥与馋。
亲制荆钗表寸心，
旁人生怨妒好缘。
屈膝但等云开日，
云开更比波涛险！
她母亲只顾钱财不念亲情，
将她终身换做银一千。
我闻听只觉天地陷，
肝胆裂尽皆成片——

当初她念戏本的时节，曾亲口说过：“终身许了这书生，君子一诺岂变更？傲雪寒花甘冷淡，羞逐流水做浮萍。”这句话何等绝烈！只怕今日这场戏也要受许多逼凌，她才肯做。我且去等她，看她来时是何等模样！

（接唱）心似火煎寻藐姑——

〔丑、老生、老旦、步步高、刘藐姑上场。

步步高　藐姑，闻听你有了人家，真是喜事一桩啊！

老　生　是啊是啊！恭喜恭喜！

丑　嘿嘿，财主都贪色，佳人只爱钱。千金才到手，欢好比蜜甜！

刘藐姑 （笑意盈盈）正是。明日就不做戏了，今日还仗列位扶持。
戏班众人 当然，当然！
谭楚玉 （接唱）始信倡优难作缘！
她欢情溢出芙蓉面，
樱樱檀口吐真言。
她把这戏里的恩情尽抛完，
懊悔我识人不清瞎了眼。

〔众人见到谭楚玉。

刘藐姑 列位且先去准备，容我与谭公子再对一对曲。

〔丑、老生、老旦、步步高下场。

谭楚玉 （怒）戏已背熟，不对也罢！

〔刘藐姑欲哭，马上捂嘴，恢复春风满面的样子。

刘藐姑 你且莫恼，等一会儿用心看我做戏就是。
谭楚玉 我是个瞎眼的人，看你不见！
刘藐姑 谭郎啊！
（唱）我厌倦了烟花伶场卖歌舞，
厌倦了风流台下弄欢笑。
戏子低贱如奴婢，
贩夫走卒尽可嘲。
谭楚玉 （唱）早知你如此杨花性，
悔不该将书生颜面轻易抛。
寡情女子你为最，
拨弄人心数你高。
但愿你嫁入豪门享福去，
你走你的阳关道，我过我的独木桥！

〔谭楚玉折断荆钗扔到地上，气极欲走，被刘藐姑拉住。

刘藐姑 且慢，你若走了，这场戏谁来做？
谭楚玉 荆钗已断，情缘已断，这戏不做也罢！
刘藐姑 （紧张）谭郎！
谭楚玉 谭郎？（冷笑）姑娘言重，小生受之有愧！
刘藐姑 （无奈、落泪）谭郎……

〔谭楚玉怒而回头，见刘藐姑泪痕满满，心头痛楚。

〔刘藐姑转头避开谭楚玉的目光。

谭楚玉
刘藐姑 （唱）她（我）声声呼唤含凄楚，
我（他）铁石心肠也动摇。

谭楚玉 （接唱）恨她背盟将我抛，

刘藐姑 （接唱）我腹内苦楚他不晓。

谭楚玉 （接唱）恨她一言我心动摇，

刘藐姑 （接唱）狠下心将旧情一笔勾销！

谭楚玉 我且问你，钱万贯千金纳妾之事可是有的？

刘藐姑 （假装冷淡）有的。

谭楚玉 （急切）你应了？

刘藐姑 方才你不是都听见了？

谭楚玉 那，那这荆钗！

刘藐姑 什么荆钗，已是配不上我的了！

谭楚玉 （颤抖）配不上你了……

刘藐姑 （步步紧逼）可知钱家富贵、楚玉贫寒。

谭楚玉 （不可置信）楚玉贫寒？

刘藐姑 钱府有权、楚玉无权！

谭楚玉 （后退）楚玉……无权？！

刘藐姑 钱府是官、楚玉平贱。

谭楚玉 （颤抖）楚玉，平贱！

〔刘藐姑拿出一个锦囊。

刘藐姑 这里有二十两银子，权当你我一刀两断！（将锦囊塞入谭楚玉手中）

〔刘藐姑下场。

〔谭楚玉看着地上断成两截的荆钗伤心欲绝。

〔开戏锣鼓响起。

〔丑、老生、老旦、步步高跑上场。

步步高 谭楚玉，你还在这里做什么？戏要开始了！

老　生 你还不快扮起来？！傻在这里做什么？

老　旦 是啊是啊，让他去加一个垫场戏，你快扮……

丑 （打断）啊？我垫？垫什么啊？

老　旦 随便什么，先垫了再说！

步步高　你不是最会数来宝嘛！去讲两段！
老　生　我们把他拖到后面去，让他醒醒！

〔老生、老旦、步步高拖着谭楚玉下场。
〔刘藐姑跟随而上，心中悲伤。
〔灯暗。

第六场　偕亡

〔丑敲锣上。

丑　开戏咯！今日上元令节，本班演出《荆钗记》。太老爷们赏脸，小的们打起锣鼓。从前我念定场之前，肚中空虚，叫声连连。来了这温州地方，吃的是么老老格多啦。糯香米饭，肚皮朝天。鸭舌鱼丸，一买五钱。永嘉麦饼，一日两斤；温州馄饨，吃了就困；敲鱼放汤，赛过天堂；藤桥烧鸡，来了肚里。临临两碗，眯眼虾矶。般般吃尽，一点不剩。噶么今朝饭吃三碗，话出不算。讲一段稀奇《荆钗记》，众位有铜钿的捧个钱场，有人情的捧个人场。闲话不讲，看戏来哉！（敲锣）小的们！
戏班众人　有！
丑　锣鼓敲打起来！（嗽场）咳咳！王状元不就东床婿，万俟相改调潮阳地。孙汝权套写假书归，钱玉莲守节荆钗记。

〔丑敲响开戏锣鼓，跑下场。
〔谭楚玉、刘藐姑分别扮成王十朋、钱玉莲上到舞台上的戏台。
〔伴唱——生离王郎瓯江边，
　　　　死别谭郎在人前。
　　　　戏文当做真情演，
　　　　悠悠江水千百年。
〔谭楚玉背身对刘藐姑，刘藐姑将他的身子扳向观众。

刘藐姑　官人！
（唱）方成亲鲽鲽鹣鹣，
　　为功名两下抛散。
　　使奴家欢生愁腹、喜生愁脸，
　　又恐你恋荣华另娶娇艳。

〔伴奏已到，谭楚玉不曾开口，刘藐姑伸手提醒。

谭楚玉 玉莲，妻啊！休要生忧。（将刘藐姑的手甩掉）

（唱）守忠信贫而无谄，

岂肯将宅风辱玷？

成名先寄好音回，

愿此去鳌头高占门楣显！

〔伴唱——好音回，好音回，

花落泣血无路返。

“荆钗”作证鉴深情，

钗毁人亡芳魂断。

〔谭楚玉扮演的王十朋从戏台上下场。

〔钱万贯带仆人得意洋洋上场。

〔谭楚玉在舞台前方，刘藐姑在舞台后方的戏台上。

谭楚玉 （唱）一句词儿一寸恨，

她越是深情我恨越深。

难忘记暗通款曲纤玉指——

刘藐姑 可恨孙汝权那个贼子，暗施诡计偷改休书，又遇狠心继母逼我改嫁！

谭楚玉 （接唱）手心犹觉有余温。

她安心乐意嫁钱家，

我何必懊悔太痴情？

刘藐姑 忠臣不事二君，烈女不配二夫！我只有到江边投水！

谭楚玉 （接唱）荆钗定情也断情，

戏毕临选求功名。

刘藐姑 我钱玉莲好命苦也！

谭楚玉 （接唱）怜她风尘不由己，

恨她改嫁是无情人！（发现手中的锦囊）

刘藐姑 我要骂！骂那黑心的贼子，你逞淫荡、恃骄奢，我情愿一死！

谭楚玉 （唱）临别嗟受二十银——

待我将它丢入江中！（正要丢）不对呀，二十两银子为何轻如薄纸？（打开锦囊）

（接唱）原来暗藏绝情信！

谭楚玉 （冷笑）还说是二十两银子权作你我了断，却是轻飘飘一张纸！藐姑啊藐姑，你竟欺我至此！让我看看，她还有何话！（打开书信）

刘藐姑 十朋夫啊！你妻不忘昔日之言，一心嫁你。

谭楚玉 （念）谭作荆钗永牵挂，

藐姑岂是砒霜心！

可恨萱堂忒逼凌，
怎堪书生毁前程。

刘藐姑 如今我投江而死，你须自珍，不必思念！

谭楚玉 （念）玉莲虽有荆钗志，
拚死不过女儿身！
傲雪寒花甘冷淡，
愿投流水效浮萍！
（大惊，恍然大悟）她！她是要寻死！
（接唱）如梦初醒魂炸裂，
方知晓无眼无目、无情无义、无知无识是我口不择言负心人！
（大叫）玉莲，妻啊！

〔刘藐姑从戏台上纵身跳入瓯江之中。
〔钱万贯一阵慌乱，指挥仆人们救人。

钱万贯 救人，快救人！

〔仆人们喧哗忙碌。
〔谭楚玉悔恨不已，缓慢挪动至江边，心空身空，陷入麻木。
〔静场。

谭楚玉 （唱）你是冰清玉洁明月心，
我却是懵懂无知鲁莽身。
非是楚玉负你情，
呼告魂灵听剖因。
乍相逢一见倾心，
入班学戏为亲近。
檀木荆钗绕梦萦，
借戏盟誓待青信！
不料你母亲利熏心，
卖你为妾太毒狠！
你视死未有愁容色，
我却是轻折荆钗伤妻心。
懊悔未听妻言语，
痛我未懂含义深。
望瓯江，水粼粼，
未断流，先断魂。
好一似巫山云散、秦岭雪消、阆苑花残、瑶台月缺，一鞭残色，遥指向剩水残霞日昏昏。
你守节捐躯都为我，
我生亦何欢霜染鬓。

〔钱家仆人私下奔波，想法救人。

仆人们 救人，救人啊！

钱万贯 （气急败坏，跳脚）快救人！这可是我花了一千两银子买来的！

谭楚玉 你们不用喧闹，藐姑不是别人，是我谭楚玉的妻子！她既已去，我便随她去了！

（唱）藐姑妻，你停一停来等一等，
我怕那鱼虾群戏将你芳魂惊。
你缓缓行来慢慢走，
水晶宫里与妻同行！

我那妻啊，你慢些走！

〔谭楚玉急跳下台。
〔众人惊忙。

众　人 你们看，这是什么？

〔谭楚玉、刘藐姑二人化作一对比目鱼。
〔伴唱——沧海鬼神惊，
天怜变鱼形。
如彼游川鱼，
比目不离分。
〔灯暗。
〔剧终。

望湖亭

据沈自晋《望湖亭》改编

昆剧

编剧：汪莉

本剧改编自明代沈自晋之《望湖亭》，并结合了冯梦龙《三言两拍》之《钱秀才错占凤凰俦》相关内容。

故事梗概为：纨绔子弟颜俊不学无术。一日与表弟钱青游洞庭，偶遇少女高秋芳，迷其貌美，急央媒婆去说媒。但高家小姐要以才择婿。颜俊自知貌丑才短，委实难中高家之意，只得告求于寄食己家的表弟钱青，令其代往相亲，钱青无奈应允。钱青甚中高家之意，亲事遂成。孰料高家为夸耀乡里，定要新郎亲自迎娶，颜俊无奈，只得再次逼钱青代往。不料返程时，洞庭湖上风浪大作，舟船无法过湖。为不误良辰，高家决定在其家完婚。钱青百般推阻无效，被迫与高秋芳入了洞房，但秋毫无犯。第二日携新娘同归。在望湖亭上颜俊听闻钱青已代他拜堂成亲，怒火中烧，痛打钱青，并闹至公堂。后经县令的成全点拨，秋芳的机智谋略，终于摆脱颜俊。最终，秋芳与钱青结为夫妇。

人物表：钱青、高秋芳、颜俊、小翠、高赞、高金氏、尤少梅、李县官、钱小乙、颜母、众仆人、众衙役

第一折　偶遇

〔颜府书斋。

〔钱青上。

钱　青　冬去春回又一年，从来旅况皆萧然。梅花书屋恍如仙，孤身寄居且

心坚。小生钱青，祖贯临安，本是世家子弟，怎奈双亲早逝，家境转贫。唉！可叹小生孤踪飘蓬，幸得姨母看待，收留颜府，潜心攻读。前日犯了春寒，身子疲倦不快，不免收拾案牍，将息一日。

〔颜俊、尤少梅上。

颜　俊　礼乐攻吾短，
尤少梅　山林引兴长。
颜　俊　新来的李县令，乃是我爹爹的门生，约了我到洞庭湖畔的望湖亭赏景饮酒，怕他要吟诗作对，我不能应酬，还是唤表弟作陪为上。
尤少梅　只怕叫他不动。

〔颜俊，尤少梅进门，三人见礼作揖。

钱　青　表兄来了？
颜　俊　尊体平和了？
钱　青　今日舒坦些。
颜　俊　那便是好了。我特地来叫你去洞庭湖陪新来的李县令，游玩游玩。
钱　青　这使不得。
颜　俊　左右尊体不健，不好用功。况结识县老爷，多有方便，有何不好。
钱　青　我一介书生，好好读书便是，又哪有甚么方便之说?
颜　俊　又来古板。反正你去也得去，不去也得去。
尤少梅　钱相公的书，是读到肚子里的，出去消遣一回，把这些文字松一松，岂不快哉?
钱　青　倒讲得有理。
颜　俊　那就带上你的笛子，走吧。

〔颜俊、尤少梅拉起钱青往外走。
〔三人下。
〔灯暗转。
〔洞庭湖畔，望湖亭边。
〔秋芳、小翠上。

小　翠　（兴奋，快步）小姐，快来，这边有一个亭子，我们且到里面歇息赏景吧。
秋　芳　果然是好景致，怎奈借托烧香之名来此游春，恐久不归，老爷夫人责怪呢。
小　翠　无妨，无妨，轿夫的赏钱都给足了，封了口了。
秋　芳　你呀。

【仙吕·引·卜算子】
白鹭镜上飞，
缥缈远山翠。
何处谁人吹悠笛，
散入春风里。
迎春风笛声远逸。
顿生欢喜，
顿生欢喜。

颜　俊　（接唱）（最喜）游玩嬉戏，
（把）书籍丢弃。

〔看到秋芳，惊喜。

（接唱）最相宜，
山水游客醉，
亭中伊人美。

颜　俊　小乙，快快靠岸。不对不对，离那亭子稍远些，免得惊动了她。

〔船靠岸，颜俊欲接近秋芳。

钱　青　表兄，男女有别，此去有辱斯文，怕是不妥。

颜　俊　不睬你这假道学。

〔颜俊进亭里。

颜　俊　【前腔】
轻罗霞袂，
羽翠环佩。
俏身儿仙风透骨，
俏颜儿堪比花蕾。
逞娇呈美，
逞娇呈美。
（俺直）垂涎欲滴，
魂失魄离。
但未知，
仙客归何处，
公子尤可追？

〔小翠见颜俊丑状，呵斥。

小　翠　你，闪开些。哪有这般不达时务，不知检点的。

〔钱青见状，欲拉颜俊出亭，拉不住，一个趔趄，长笛落地，摔到秋芳跟前。钱青去捡，一个抬头，正好与秋芳四目相对。

钱　青
秋　芳【长拍】

面泛红绯，
面泛红绯。
春风乍起，
吹皱一弯静水。

秋　芳（接唱）蓦然一见，
（好一个）芳华少年，
布衣裳难抑清辉。
（惊得俺）羞怯脸低垂，
是这般境地，
难免怜惜。

钱　青（接唱）（好比是）一道霞光开生面，
质如梅，胜似梅。
（无心）冒犯（忙）作揖赔罪。
望不计嫌隙，
受礼莫推。

〔礼毕，拉着颜俊走。颜俊挣脱。

颜　俊【短拍】

何处仙姬，
何处仙姬。
恳请相告，
（好叫俺）前后相随。

小　翠　呸！
（接唱）丑怪休无礼，
说甚么前后相随，
（归家）照镜（就凭着）鹰头雀脑，
恁妄想，
飞凤入雀帷。

〔小翠护着秋芳往外走，颜俊欲拦。

尤少梅 李大人来了。

〔颜俊忙放手，但是两眼依旧直勾勾地看着秋芳。李县令上。
〔小翠、秋芳急下。

李县令 唉！不想恩师之子，竟不肖至此，可叹也。

〔切光。

第二折　劝媒

〔颜府厅堂。
〔颜小乙上。

颜小乙 你道好笑不好笑，旱田掘鳝是生要。大官人在洞庭游玩，遇见了个美貌姐姐，就魂也不在身上了，要那尤少梅去打探做媒，这几日饭也不吃，睡也不着，急断了肚肠，干等那尤少梅回话。

颜　俊 （内叫）小乙，怎么还在这里闲话，还不去看看老尤回来了没有。

颜小乙 就去了，嗳，这般逼催。

〔尤少梅上。

尤少梅 【数板】

今朝去高家，巧嘴说大话。
明明丑八怪，吹成一朵花。
白丁成秀才，张口文章夸。
指望做成媒，两头红包拿。

〔颜小乙正好开门。

颜小乙 哎呀，（对内喊）尤相公转来了。

〔颜俊急上。

颜　俊 眼望升捷旗，耳听好消息。老尤，有劳往回，怎么样啊？

尤少梅 此媒，难成。他家小姐，要找个精诗文、通音律的少年英才。还说出身不论，若是有才，愿倒贴十里红妆。

颜小乙 这倒是与钱相公蛮配的。

颜　俊 蠢材，不要多嘴。十里红妆，好大的口气！那你就说我就是才子，不就好了？

尤少梅 说了。他却道要面见为实，要相女婿。这倒怎生处置？

颜　俊 我哪里会得作诗。

尤少梅 唉！所以说，此媒难成。

颜　俊 老尤，你若做成此媒，你欠下的五十两银子就当做媒钱，不用还了。

尤少梅 当真？

颜　俊 不着数，是畜生。

尤少梅 唉！算了，人家要相女婿。要会作诗，懂音律。

颜　俊 会作诗的，懂音律的……小乙，你是怎么讲的？

颜小乙 我说与钱相公蛮配的。

颜　俊 蠢材，那你还不去请钱相公。不对，先去老夫人那边，如此这般对她讲，再说我，相思得了病，两日不吃不喝了。再去请钱相公来。

〔小乙下。

颜　俊 老尤，我欲李代桃僵，此番美事定成。（对尤少梅耳语）

〔钱青上。

钱　青 赴考临期，心下更凄。囊中羞涩，盘缠无有。若向姨母开口，实难启齿也。

【北正宫・滚绣球】

俺钱青命孤苦，
幼孩时父母故，
得姨母接济调度。
十年间寄居颜府，
勤攻读在书塾。
叹芳信难及早，
孤身孑然悲凄楚，
人寄篱下暗涕哭。
日暮云低雁归屋，
落寞人呵归何处？
心怆似霜不能舒。
唏嘘呜呼。

我居书斋，早晚勤功苦读，最苦表哥，常来骚扰，今日唤我，不知所为何事，心中猜疑，不免前来应酬。

钱　青 表哥见礼。（见过表少爷）

颜　俊 表弟见礼。

钱　青 不知表哥，今日唤我，所谓何事？

颜　俊　今日么，小乙先上酒来。我们且饮酒说话。不过是有小事相烦表弟则个。
钱　青　小弟但可效劳之处，无不从命，只不知甚么样事？
颜　俊　那你是应了？
钱　青　只怕是小弟身单力薄，无有用处。
颜　俊　则个么，容易得很，作个诗罢了。
钱　青　作诗么，好说好说，小弟应允从命便是。但不知要作什么诗？
颜　俊　你且听我说来。

【叨叨令】
（我）年已二十亲未娶，
（相中个）绝妙佳人愿成侣。

钱　青　如此恭喜表哥。
颜　俊　只不过，还有下文。
（接唱）托人说媒却被拒。
（恁地要）诗词音律样样俱。

尤少梅　还要人过去当面相亲。
颜　俊　（接唱）兀的不难杀人也么哥。
兀的不愁杀人也么哥。
（我只得）央求表弟，（替我）相亲去。

钱　青　这可使不得。不如表哥，自今日始，攻读诗书，不消多时，便可打动芳心。
颜　俊　等我学会了，她早嫁人了。
钱　青　（作揖）表哥请谅。小弟木讷，这指鹿为马之事，实难为之矣。我们弟兄还是不去作为上。
颜　俊　我今年二十无妻，真苦煞人了。

〔钱青黯然。颜母上，众人忙行礼。

颜　俊　母亲，我非要娶高家小姐不可，非她不娶。你劝劝表弟，替我去罢。
钱　青　姨母，甥儿惶恐，若是揭穿，斯文扫地，名誉全毁。这撒诈捣虚，实在荒唐。强娶淑女，违人心意，更是不美。
尤少梅　一切有我老尤在旁担当，绝不出错。再说，洞房之中，进了鸳鸯帐，哪有不欢喜的。文才又不可当饭吃。
颜　俊　是啊，我会把她哄得美美的，服服帖帖。
颜　母　甥儿，你待如何？
钱　青　小子实难从命。
颜小乙　吃了这些年的饭，也不来报恩。
颜　母　奴才，要你多嘴。（颜俊一脚踢倒颜小乙，接着打）

钱　青　表哥住手。

颜　母　甥儿看在姨母面上，替表哥去一趟罢。去罢归来，我与你准备行装，前去赶考。我就他一个畜生儿子，不依了他，他不吃不喝，有个长短，叫姨母怎生做人呀。你就可怜可怜我这老姨母罢。（哭）

钱　青　【脱布衫】

若推辞，颜宅难居。
况姨母，救我贫孤。
难煞人，无有出路。
无奈何，行将就错。

也不知那家小姐，何许模样，若是不愿嫁与表哥，我岂非种了恶孽呀。可怜，我无有退路。

颜　俊　表弟是应允了吧。（长揖到底）颜小乙，你这个蠢材，还不跪地认罪。

尤少梅　五十两银子到手。

颜　母　唉，养个浪子无奈何。

【小梁州】

蛮横小子道理无，
（惹得半百娘）终日里长叹短吁。
欲训难语，
勉为其难替他谋。
暗思虑，
娶妻（将他）来管束。

钱　青　罢罢罢。

【前腔】

姨母恩豢俺且顾，
助表哥，去会淑女。
（勤攻读）待来日，
展宏图。
自立门户，
做堂堂丈夫。

姨母，小子应允罢了。

颜　俊　小乙去取我最好的衣衫，叫表少爷换上。

颜　俊　【煞尾】计谋成功心欢愉。

钱　青　（接唱）被迫相亲实屈辱。

颜　俊　（接唱）喜滋滋（要将）美人娶。

钱　青　（接唱）苦兮兮（要把）恶人做。

颜　俊　（接唱）急切切（心）如小鹿。

钱　青　（接唱）（苦闷难言）脚如铁铸，路难赴。

〔颜小乙取衣上，众人替钱青换上。

颜　俊　请把你家的玉笛带上。哈哈哈。
钱　青　唉！

〔切光。

第三折　笛聘

〔高家厅堂，仆人们忙着打扫布置。
〔高赞夫妇上。

高　赞　【南·南吕引子·生查子】
海屋喜添筹，
画堂摆佳宴。
高金氏　（接唱）但望得佳婿，
顺遂平生愿。
高　赞　夫人，今日晨起，喜鹊闹枝头，我看这回，怕是好事近也。
高金氏　正是。老爷，适才我思虑，欲让我儿，效仿文君，亲选才子，我以为亦是美事，不知老爷允许否。
高　赞　哈哈哈，好好好。只要女儿顺心便是好的。
高金氏　如此，有请女儿。
小　翠　（幕后）是，有请小姐。

〔小翠引秋芳上。

秋　芳　【南·南吕·宜春令】
穿庭院，
步碧轩，
踏青苔露湿金莲。
（恁见）芙蓉舒卷，
照影池台凌波绚。
蓦然见鸳鸯缠绵，
羞煞也（忙举着）绢扇遮面。
（忆）那日，
（他）踏舟扬笛，

气度翩翩。

〔小翠引秋芳进厅堂。

小　翠
秋　芳 拜见老爷夫人。（拜见父亲母亲）

高　赞
高金氏 免礼。

高金氏 我儿，颜家公子片时即到，你可有甚主张。

秋　芳 女儿不想出嫁。

高　赞 此言差矣！女大当嫁么。

高金氏 就让女儿做个文君，隔着屏风相郎君。倘若人才风流，你就唤小翠端出好茶来。倘若文采风流，你就咳一声，老爷可请上座。若是音律也绝妙，那你就咳两声，老爷请他华堂赴宴，好事成也。

高　赞 夫人之计甚妙也。

仆　人 老爷夫人，客人到了。

高　赞 有请。（秋芳躲屏风后）

〔少梅、钱青、颜小乙上。进门行礼。

尤少梅 见过高老爷、高夫人。

钱　青 见过高老爷、高夫人。晚生稽首。

高　赞
高金氏 免礼。

钱　青 看这家庭院广阔，华堂雅致，父母慈爱，如此门厅；比之俺，孑然一人，寄之篱下，替人做嫁衣裳。思之郁然呵！

【前腔】

深庭院，

碧玉轩，

（徒惹得）意难平苦闷暗咽。

秋　芳 （屏风后，探头一瞥）呀！

（接唱）（瞥眼见他）眉眼清俊，

丰姿卓越，

（神采）轻流转。

原来就是他啊。

高　赞 颜相公，今日本因喜事而来，怎会这般浑身无采。

（接唱）猜疑也，

（他为何）郁郁不欢，

（眉）紧锁，眼角带怨。

〔钱青慌，欲辩无言。

尤少梅 （急）高老爷有所不知，公子一向书房勤读诗书，甚少出门。今日船过洞庭，风浪甚大，他是晕船了。

钱　青 是啊，是啊，小生惭愧，文弱太甚，难经风浪。

秋　芳 是啊，是啊，他是劳累了，爹爹也忒多事了。小翠，快去啊。

小　翠 小姐是要如愿了啊。（倒茶出）公子，请用茶。这乃是经年雪水烹的茶。

钱　青 多谢款待。

〔高赞、高金氏相视而笑。

高金氏 原是老爷多虑了。
（接唱）（老爷）谨言，
旅途劳顿，
难免欠安疲倦。

高　赞 嗯嗯，是老儿多虑了。哈哈哈。

尤少梅 高老爷，不是要作诗么？随意出题便是。

高　赞 颜公子，你从洞庭来，就以洞庭为诗，如何啊？

钱　青 小子听命。
（念）湖光山色两相合，渔船向晚酒当歌。
短笛吹过芦花荡，如何风波欺客弱。

秋　芳 【绣带儿】
才思捷文采赡然，
美哉栩栩少年。

小　翠 （接唱）（今日见）这书生气度（更）翩翩，
小姐她脸泛红胭。

〔秋芳屏风内咳了一声，接唱——

（丫环所料）无差，
小姐心意俺能辨。
这光景红线将牵。

高　赞 （接唱）屏风内咳声已起，
料想此番可圆夙愿。

高　赞 颜公子，请上座。

钱　青 小侄不敢。

高　赞 不必推辞。（仆人看坐）

钱　青 小侄谢过。

高　赞　看公子，持玉笛而来，可否……

小　翠　过三关，这是第三关。

钱　青　如此遵命。

【前腔换头】

惶恐，

持玉笛心如淹煎，

羞惭待吐真言。

欲开口又自疑犹，

难难难怎个两全。

〔钱青欲吹笛。

秋　芳　（接唱）（笛）声扬，

分明是有愁兼恨，

孤窦深闺之心颤。

（试问）锦屏外幽梦谁边，

（惟愿）莫负韶光如花美眷。

秋　芳　他定是怕求亲不成，因而笛声凄楚，真可怜也。

小　翠　小姐，我咳还是不咳？

秋　芳　你明白的。

小　翠　我不明白。那还是不咳算了，免得犯错。

〔秋芳急拉小翠衣袖。

〔小翠笑而咳，但只咳一声，秋芳又拉衣袖，小翠再咳。

高　赞　哈哈，好事成也。华堂大开宴席，宴请颜公子。颜侄，老夫愿把女儿许配与你了。

〔秋芳对小翠耳语，小翠出，对高赞耳语。

高　赞　只是那聘礼么？

尤少梅　高老爷，聘礼明朝可到。金银珠宝，尽你挑。

高　赞　我家不要金银珠宝，就要贤侄这支玉笛。

钱　青　万万不可。这是我祖传的。

高　赞　我女儿将是你们颜家之人，这笛自然带回颜家，难道我老儿还留着不成？

钱　青　这笛，这……

高金氏　小翠，取十两银子送结尤相公吃酒。

尤少梅　又是十两，发财了。（转向钱青轻语）钱相公，新娘过门，笛子自然带回给你。（转向高赞）高老爷，公子他应允了，就以笛为聘。

高　赞　高家嫁女，十里红妆。但有一件，必要新郎亲自来我家迎娶，我再送亲前往。

〔钱青急，对尤少梅使眼色。

王媒婆　高老爷，按此地之俗，俱是由父亲送亲前往的啊。

高　赞　你有所不知，只因我择婿与别个不同，由此，常被人讥笑，说我女儿要变成了老姑娘，待到后来，嫁个癞蛤蟆。而今，我得此佳婿，是定要让四方亲友邻居看看的。尤相公，事成之后，再奉上五十两酒钱。

尤少梅　五十两？发财了，钱相公就应允了吧。

钱　青　不可啊。高老爷，我实说了吧……

〔尤少梅忙捂住钱青。

尤少梅　你要想想你表兄。

钱　青　如此表兄定然恼怒。

尤少梅　你擅自多言，他更恼怒。就算不愿，也要回去和他商议再做打算，这是他的姻缘，不是你的姻缘。（钱青愣住）

尤少梅　高老爷，就这样定了。

高　赞　哈哈哈。

钱　青　唉！

〔尾声（幕后合唱）——

（这厢是）欢天喜地得佳婿，
（那边是）李代桃僵奈何天。
（且看这）错乱姻缘怎个圆。

第四折　洞房

〔秋芳闺房。
〔幕后音：送入洞房。
〔颜小乙上。

颜小乙　钱相公替我家公子来迎亲，想不到大雪飘飞，湖水成冰，北风呼啸，船不能行。高家老儿硬说不能误了佳期，在他家完婚。这要是生米煮成熟饭，那我也要被公子丢进油锅了。待我与钱相公叮咛一番。

〔钱青拉着红绸牵着秋芳而出，小翠在一旁扶着。身后紧跟着高赞和高金氏、尤少梅。

高金氏 老爷，洞房非你所能进的，你还不回转？
高　赞 哈哈哈，我乐糊涂了，这就到前厅饮酒去。想来是上天怜我爱女之心，特意留女儿在我家成亲。老尤，你我前去喝酒。

〔高赞下，尤少梅垂头丧气跟着下。一干人等进了洞房，扶新人坐定。小乙门口张望。

高金氏 看时辰已晚，天寒地冻的，且让新人歇息。梅香，把酒热过，炭火加足，我们散去吧。
小　翠 夫人，早安排妥当了。

〔梅香扶着高金氏欲离开。

梅　香 新郎官，老夫人要走了。
钱　青 哦，哦，送夫人。
梅　香 怎么还称夫人？
高金氏 哎，并不妨事。
梅　香 真是丈母娘看女婿，就是欢喜。
高金氏 恁的多嘴。

〔众人下，钱小乙示意钱青出来。

钱小乙 小的想和钱相公说句话。
钱　青 钱青心知，愿对天盟誓，做个君子。

〔小翠回头，见钱小乙还在，便让夫人先走，她回转身呵斥。

小　翠 主子们洞房花烛，你鬼头鬼脑的做什么？

〔钱小乙急下，小翠把门锁了。

小　翠 哈哈，现在再无人相扰了。

〔小翠下。
〔钱青来回踱步，复又坐下。

【南吕·懒画眉】
　　帘外雪急劲风嚎，
　　夜色苍茫万物凋，

洞房和煦似春朝。
无限苦闷愁且焦，
惆怅难堪在今宵。

孤男寡女处在一室，恐万口莫辩，我且出洞房，去别处随意歇息。（起来开门，发现门已锁）苦啊！莫不是败露了不成？（更紧张）哎呀呀，真是自作孽不可活也。嗯嗯，我且装睡，那小姐，看我已入眠，自会歇息。

〔秋芳久未见新郎掀盖头，掀开盖头，见钱青已经靠桌子入睡。

秋　芳【前腔】
云液凸盏烛光摇，
锦帐银屏卷绛绡，
洞房和煦似春朝。
无限欣忭羞且娇，
一刻千金在今宵。

春宵一刻值千金，无奈新郎瞌睡深。想必是路途奔波，又宾客应酬许多，他劳累有加。只恐长夜漫漫，如此入睡，难敌冬寒。（站起来，走向钱青）待我近前，唤他入榻安睡。（看钱青，欲叫）哎呀，待唤他，有口难张，羞煞我也。（欲推钱青）待我推他醒来。（羞，手停住）哎呀，想他自会醒转的吧。我且歇息罢。（回头，坐下，又觉不安）我与他既成夫妇，何必拘泥，他要是冻病了，可不叫人心痛呵。（又站起来，走到钱青身边）相公请醒来，相公请醒来。（钱青不醒）相公请醒来。（手推，钱青无奈而醒，又猛地站起来低头后退）

秋　芳　相公初来我家，怕是不适么？
钱　青　还好，还好。
秋　芳　如此，请相公坐下说话。（搬椅子让钱青坐，钱青瞥见秋芳容颜）
钱　青　呀！（愣住）你是？是你啊！
秋　芳　是我。（羞）
钱　青　早知是你，我便不来相这个亲了。
秋　芳　说的甚么？
钱　青　哦，哦，没有甚么。（瞥见秋芳）
【前腔】
新月拢眉不需描，
春桃抚脸自带娇，
幽花意态胜琼瑶。
可怜纵使西子貌，

唉！（长叹）终也是
月挂水中不可捞。

秋　芳　（含羞）相公请了。

钱　青　（慌张）小姐请了，请了。骗人本是不该，骗她更是不忍，我且与她实说了罢。只是，实难开口呀。

秋　芳　见相公忧闷不堪，不知何故？

秋　芳　【前腔】
（本该是）燕尔新欢乐淘淘，
（却见你）深锁双眉愁不消，
（更哪堪）一旁独坐甚无聊。
有甚忧愁，但请道来，有俺同当。

钱　青　（向前一步，欲言又止）见她恳切，我……

钱　青　（接唱）尴尬心事愿相告。
她诚心至此，俺愧疚磨心也。只是叫我怎生开口呢？嗯嗯，有了，我且步步试探与她，再慢慢地讲来。也只得——
（接唱）离奇情由迂回表。

秋　芳　请相公实情相告。

钱　青　小姐，我若是贫寒孤苦之人，你待如何？

秋　芳　你本是贵家子弟，说此作甚？

钱　青　我，我就是问问。

秋　芳　富贵定当胜过贫寒。我家常做施舍之事，见到这些穷人家，真是可怜，幸得你我出生富贵，不用受那些苦楚。

钱　青　再问小姐，颜俊若是酒囊饭袋草包一个，你嫁还是不嫁？

秋　芳　看来，他是试探我的真心来了。哎呀相公，嫁鸡随鸡，你就是个癞蛤蟆，我也真心愿意。（羞）

钱　青　她说富贵好，又道草包也能嫁。小姐，我再来问你，我若是欺骗了你，你待如何？

秋　芳　那要看是大事，还是小事了。小事么，就免了。

钱　青　那若是大事呢？

秋　芳　啊呀，不好。他怕是有甚外心，有了红颜知己了。如此，待我吓他一吓。若是大事么，相公可知，我家有四大金刚。

钱　青　甚么是四大金刚。

秋　芳　就是雇的打手。前番有人骗了我家钱财，我爹爹下令，把那人打个半死，躺了半年不能行走。

钱　青　半年？那赴考都无望了。（呆住）

秋　芳　相公，相公，你怎么啦？

钱　青　只是表哥，表哥。
秋　芳　表哥如何？
钱　青　表哥在家都备好酒席了……（忙打住）
秋　芳　哦。（笑）风雪难归，实是无奈。可喜我们终成连理。（羞）夜深了，且歇息去吧。
钱　青　歇息？不可啊，不可。
秋　芳　看来，是吓坏他了。有了，我且与他吹笛吟曲，让他松懈些。相公，我们吹笛吟曲如何？（取笛）这笛子，我定当倍加珍惜。
钱　青　笛子还是要归还我家的。
秋　芳　啊？
钱　青　哦，哦。我说笛子，要带回去的。
秋　芳　本该如此。相公请先吟来。
钱　青　（吟曲）雉朝雊兮清霜，
惨孤飞兮无双。
念寡阴兮少阳，
怨鳏居兮彷徨，彷徨。
秋　芳　相公差矣！今日大喜，怎可吟此无妻之曲？
钱　青　我本是无妻之人也！
秋　芳　你说的甚么？
钱　青　没有什么，没有什么。小姐也请教一曲。
秋　芳　不敢班门弄斧。献丑。
（吟曲）鸾回镜兮欲满，
香篆萦兮昼永。
碧窗影兮笼纱，
燕余双兮轻舞，轻舞。
钱　青　好！
秋　芳　相公，（羞）倦了。
钱　青　哦，哦，哦。倦了？怎么就倦了？我还没有吹笛呢。
秋　芳　倦了，近日劳累甚，况夜已三更了。
钱　青　那小姐自去歇息吧。
秋　芳　相公亦请歇息罢。
钱　青　哦，哦，哦。（看到酒桌上的酒，计上心来）小姐，我们先饮酒可好啊？
秋　芳　也好。
钱　青　【南·仙吕·解三酲】
夜沉沉红烛尤照，
秋　芳　（接唱）夜沉沉更漏声敲。

钱　青（接唱）酒入愁肠似苦药，
秋　芳（接唱）直须醉，醉今宵。

〔钱青看秋芳喝完便倒酒，反复。

钱　青（接唱）心事纠结难讨饶，
进退两难怎生了。
秋　芳（接唱）愿偕老，
朝朝暮暮，
暮暮朝朝。
秋　芳　相公，俺已不胜酒力，我们歇息罢。
钱　青　我们再饮三杯，再饮三杯。（忙又倒酒）
秋　芳　这，这（喝下酒）……真乃冤家！（醉倒）
钱　青【前腔换头】
似梦忽醒人杳渺，
苦难心事何处抛。
相对无言情难告，
空嗟叹，断蓝桥。

〔钱青对着秋芳，长揖到底。

钱　青（接唱）情丝斩断金缕耗，
辜负多情无限娇。
深懊恼，
一身憔悴，
黯黯魂消。
小姐，姨母有恩于我，我有诺与她。况他家是官宦门第，有钱有势，想来你也会愿意的。

〔切光。

第五折　亭遇

〔颜俊家中。
〔颜俊上。

颜　俊　迎亲偏遇大风雪，真是忧心。不知昨日，高家是什么光景？（坐立不安，不住地在门前张望）

〔颜小乙急上。

颜小乙 公子，快快准备，新娘午后就到家了。

颜　俊 那么昨日如何处置？

颜小乙 高家只怕错过好日，定要结亲，钱相公，已经替你权作新郎了。

颜　俊 （大惊）既结了亲，昨夜晚，钱相公莫非是在新人房中安睡的。

颜小乙 昨夜晚喝酒，喝得新娘大醉。钱相公对小的说道，他只要周全颜家之事，若有越轨，天神鉴察。

颜　俊 （大怒。一巴掌将颜小乙打在一边）这你也信他？来人，与我备马，我要到望湖亭候那忘恩负义的狗才。

〔颜俊、颜小乙下。

〔灯暗转。望湖亭。高家仆人、高赞上。

仆　人 （上，张望）老爷，前面就是望湖亭了。

高　赞 那去请小姐姑爷上岸。小姐的花轿且安排妥当，吩咐轿夫要稳当些，小姐身子不适，不可有所闪失。

仆　人 是。（仆人下）

小　翠 小姐嫁了姑爷也忒高兴了，昨夜醉酒，现在还是昏昏欲睡呢。

高　赞 多嘴。

〔钱青、钱伯上。秋芳恹恹然，由小翠扶着出。

小　翠 小姐，下船了，可小心些。

钱　青 【中吕·粉蝶儿】

（见）船靠岸堤，
俺这厢心如水沸。
这苦也悔恨难追。
恐误他，终身事，
（自教俺）平生抱愧。
（如此）左右徘徊，
倒不如道明干系。

近乡情更怯，我心似油煎。想那高员外，待我礼遇有加，高小姐么，更是情深意厚。我若是把他们带往表哥家中，再逃之夭夭，心实难安。事已至此，已是无奈何了。打个半死，半年，就是一年不下地，也随它去了。谁叫自己做错了事呢。

〔秋芳上轿。

小　翠　老爷，姑爷，小姐上轿了，可教轿夫启程吧。
钱　青　且慢，（跪下）俺有话说也。
高　赞　贤婿跪地，所谓何事啊？
钱　青　我不是洞庭人士，我家住钱塘。
高　赞　无妨，祖辈迁徙，也是有的。
钱　青　错也，我家境贫寒，并非富贵。
高　赞　令尊告老还乡了？也无妨，老汉家，不愁银钱。
钱　青　错，错也。与小姐成亲的不是我，是颜俊。
高　赞　啊？你不就是颜俊吗？
钱　青　我……

〔颜俊带着仆人气呼呼地上。张望间，看到钱青，跑过去，把钱青一脚踢翻，而后拿拳便锤。高赞见状，惊且怒。

高　赞　何方狂徒，竟然无辜殴打我女婿。（揪住颜俊）我要带你见官去。
颜　俊　见官？我也正想带你们去见官呢。

〔李知县带着衙役上。

李知县　本县李新，洞庭县主是也。今日接到恩师公子书简，说被人夺了妻子，要我处置官司。甚是怪也。
衙　役　大人，颜公子与一干人等到衙门外候着了。
李知县　带他们上来。

〔颜俊犹自扭住钱青上，钱青跪下，高赞随后上。

钱　青　表哥冤枉人了。
高　赞　狂徒忒荒唐。
颜　俊　你忘恩负义。请知县替我做主，他们合谋骗了我的亲事。
李知县　哦！（指着高赞）看你一把年纪，更不像是泼皮，如何与人合谋骗人婚姻呢？细细招来。
高　赞　唉！此话何来去啊？小人高赞，为女择婿，相中女婿才貌，将女许配。三日前，女婿上门迎亲，因被风雪所阻，小人留女婿在家，完了亲事。今日送女到夫家，不期遇见此等无赖，将女婿毒打。小人问其缘故，却是那无赖买嘱媒人，要哄骗小人的女儿婚姻，却将这姓钱的后生，冒名到小人家中骗亲。我女嫁的是颜俊，成亲的是钱青，这真是千古奇闻，出此计谋，实在可恶。这其中曲折问过媒人便知。

李知县 带媒人。

〔尤少梅上，跪下。

李知县 你就是媒人？哦。看来他们是弄假成真，以非为是。颜俊费了许多事，却被人夺了头筹，就此发恼，只是起先哄骗实是不该。只是恩师余威，不能明枪实棒的处置，只得见机行事。钱青，你待怎讲？

钱　青 大人，小人参与骗婚，实是该死，但小人与高家小姐，是清白相处的，并无冒犯。天地可鉴啊。小人万死不辞，可不能辱了小姐名节。

颜　俊 你放的狗屁，昨夜都洞房花烛了。

李知县 颜兄慢来，且听他们道来。

高　赞 （急）大人，请替小人做主啊。我家女儿何其无辜呀。

颜　俊 李大人，请先治钱青的罪，他恩将仇报。

钱　青 大人，小人与高小姐，吟诗吹笛，劝她喝酒，把她灌醉了，小人方才和衣睡于地上。你可问过高家小姐。

高　赞 大人，小女醉酒是实。

李知县 且唤高家小姐。

衙　役 唤高家小姐。

〔小翠扶秋芳上。

秋　芳 【醉春风】

（瑟瑟）寒风刺骨冷，
（萧萧）冬景满目凄。
激愤羞愧哪堪提，
涕，
涕。
（欢喜甚）美满姻缘，
（原来是）沆瀣一气，
骗婚舞弊。

秋　芳 见过大人。

李县令 原来是她。高秋芳，我来问你，钱青与你独处洞房，秋毫未犯，是也不是？

秋　芳 羞煞也。

李县令 讲来。

秋　芳 吟诗吹笛，劝酒声声，小女大醉。请大人替我做主。

李县令 只恐涉及私情，她难说实话。我可唤一老稳婆，验明高氏清白，再做定论。来呀，去唤稳婆来。

〔一衙役答应而下。梅香扶秋芳同下。

秋　芳　真个苦也。
颜　俊　大人，待查明真伪，一定要还我公道。
高　赞　大人，如此骗婚实是可恶至极，请大人替我女儿做主呀。

〔衙役上。

衙　役　禀大人，稳婆说道，已经验明，小姐贞洁无差。

〔各人闻听，神态各异。

李县令　果然君子也。
颜　俊　（一愣，随即大喜）我向表弟赔礼了，都是兄长我的错，错怪表弟！（向高赞）拜见岳父大人。（向李县令）李大人辛劳了，现在一切明朗，请到舍下喝杯喜酒，哈哈哈哈哈。
高　赞　且住，啊呀大人，你可要替小人做主啊。
颜　俊　岳丈大人，你该高兴才对啊。
【迎仙客】
（高小姐）乃是俺，
娶的妻，
八字合，婚书来回。
婚书上可是明白写着颜俊、高秋芳，喜结连理呢。更何况……
（接唱）（俺堂堂）尚书府，
（显）赫门楣，
（与俺联姻）夫贵妻随，
（且随我欢欢喜喜）同归，（莫把）前嫌计。

〔秋芳握笛带着小翠上。

秋　芳　慢来。
【红绣鞋】
（这壁厢）忘耻装腔作势，
（那壁厢）无语低首衰颓，
（俺只得）自作主张自权宜。
纵（使）玉碎，
碾成灰，
（断不能）落污沟，

将身委。
教我嫁与那颜俊，是万不能的！大人！

李县令 你欲何为？

秋　芳 大人，小女子择婿，钱郎冒颜公子之名而来，实是不该。但，小女子选的是人，嫁的是人，并非是颜俊这一名字而已，此其一。小女只收一聘物，就是这只笛，却是钱家祖传之物，如此，小女子当受聘于钱家，此其二。小女子与钱青拜的堂，成的亲，此其三。由此三点，大人该判我归于钱家。

李县令 这……这小娘子倒是颇有胆识。看他和这钱青倒是一对，待我劝解一二，成全则个。嗯哼，颜兄，强扭的瓜不甜，强绑的鸳鸯会飞，你是堂堂尚书公子，何患无妻，我看就让他们去吧。

颜　俊 实无此理！今日她是肯也要跟我归家，不肯也要跟我归家，我要她生死随我颜俊。李大人，我要娶妻，早就娶了，就是没遇见合眼缘的，偏着秋芳小姐方对了我的心意，你休要阻挠，我爹爹可是等着抱孙子的。

李县令 【石榴花】
呆蛮公子逞淫威，
此事（要）费心机。

颜　俊 （接唱）七品县令秤砣移，
可笑（白）费心机。

钱　青 （接唱）看来难将幽情遂，
可恨俺懦懦无依。
（他）情深一片何容易，
（俺）（空）断肠泪悲涕。

颜　俊 来呀，准备花轿迎新娘回家。

〔秋芳大悲，痛哭。

颜　俊 娘子莫要哭了，脸儿哭花了，可不好看。

李知县 高小姐，你不要哭了，脸儿哭花了，就不好看了，你今日就做不了新娘了。颜兄，我已备下酒菜，日已正午，且吃了酒宴再走不迟。高小姐嘛，也可到后堂歇息一会。你待如何？（颜俊犹豫）

秋　芳 脸儿哭花了，就做不成新娘了？我看着大人有成全之意，只是颜府势大，不敢得罪，我且计谋停当。（挺身对堂上）既然是颜公子眷顾非常，那我就应允罢。只是妆容有损，不便即刻启程，有待我整妆打扮。公子辛劳半日，也该歇息一会。

颜　俊　应该，应该！吃酒，吃酒！请岳父表弟同行。

颜　俊　【斗鹌鹑】

　　（忽然间）路回风转，

　　（撩得我）难掩狂喜。

李县令　（接唱）（看她）风向突变，

　　心有计诡。

高　赞　（接唱）（她）违背初心太离奇，

　　教老父，费猜疑。

钱　青　（接唱）（恁道是）富贵相宜，

　　（自古）贫寒莫追。

颜　俊　岳父请到内堂饮酒。

秋　芳　爹爹请去饮酒，我自有主张。

〔高赞叹息。

秋　芳　小翠，你来。（对小翠耳语。）

【上小楼】

　　（恐）前程尽毁，

　　（俺）急中生智，

　　匆匆定计，

　　（愿）探得端倪，

　　化解危机。

小　翠　小姐，我心慌慌的。

秋　芳　（接唱）（俺们要）神情定，

　　身形稳。

　　切莫慌悸。

小　翠　嗯。我晓得了。

秋　芳　（接唱）暗祷告，（俺）心愿得遂。

小　翠　小姐，我们且去准备吧。

秋　芳　【煞尾】（做一个）迷局儿，来解围。

小　翠　（接唱）压心慌，细操持。

秋　芳　（接唱）（待得）云开雾散霓虹瑞，

小　翠　（接唱）团团圆圆共欢喜。

〔小翠伴秋芳下。

〔切光。

第六折　和合

〔县衙后堂。
〔众人在喝酒。
〔一衙役领小翠上。小翠慌慌张张。

小　翠　老爷，不好了，不好了。出大事了。
李县令　何事惊慌至此？
小　翠　小姐她，小姐她……
高　赞　小姐她怎么了？
小　翠　小姐她……。她说从此无脸见人了，这脸不要也罢，用花剪在脸上划了一二三四五，整整五刀。满脸鲜血，吓杀人了。
高　赞　啊。女儿，女儿。（急下）
李县令　有这等事？这真是大大的祸事也。

〔颜俊使眼色给颜小乙，颜小乙紧跟着高赞下。

钱　青　（怔住，猛地站起来，欲跟未跟……）
【商调·山坡羊】
蓦地里噩耗忽降，
顿然间天摇地晃。
直教俺心乱似麻，
怎知她自毁来相抗。
痛断肠，
教人泪汪汪。
洛水梦断幽怨长，
洞庭风寒凝冰霜。
心凉，
悔恨尤仓惶。
仓惶，
摧花我做戕。

〔颜小乙上。

颜小乙　相公，吓杀人，满脸鲜血，不敢多看。
颜　俊　去去去。
钱　青　苦也。小姐，都是我害苦你也。

〔高赞上。

高　赞　女儿情急定计谋，老汉随她把戏做。见过大人。

李县令　怎个说法？

高　赞　女儿虽容颜尽毁，然既是出嫁之女，应该跟从女婿归家。小人已命人请医包扎，处置停当，即可送到女婿家中。

李县令　哦？这个么？

高　赞【前腔】

颤兢兢当头喝棒，
惨戚戚苦酒已酿。
喜滋滋娇羞嫁娘，
乐陶陶花轿儿上。
（谁料想望湖亭畔）玄机藏，
恁地遭祸殃。

老夫送女出嫁，岂有未到夫家便返家之理？恐亲邻取笑甚。再则，小女凄惨遭遇，女婿不能脱了干系，望他善待小女。

颜　俊　哎呀！

【黄莺儿】

此事费思量，
美王嫱变丑娘。
（她）乖悖违戾性儿强，
只恐（俺）难降。

李大人，这小姐该是我表弟的妻子。表弟与他——

（接唱）双双拜堂，
花烛洞房，
对饮一夜欢酬唱。

高　赞　你这小人。

（接唱）太无良，
恁惹祸端，
事发硬推搪。

李县令　颜公子的本意是，这高小姐，该是钱青带了回去？

颜　俊　是是是，该是他带了回去。

李县令　那可不成，八字婚书可是你的名字呢？

颜　俊　这个可不算数。

李县令　不算数？

颜　俊　不算数。

李县令　那钱公子，你意如何？

钱　青　小人，愿娶高家小姐。

李县令 【前腔】

此事要思量，
美王嫱变丑娘，
外柔内刚性儿强。

这王小姐，你敢娶么？

钱　青 她与俺呵！

（接唱）双双拜堂，
花烛洞房，
对饮一夜双酬唱。
更何况，
恁惹事端，
害她受难怎推搪。

李县令 她容貌尽毁，他日你绝不反悔么？

钱　青 容颜相看只一时，心通意合可一世。我愿弃一时之美，而顾一世之琴瑟和谐。

李县令 好！如此，我就判高小姐与你成夫妻。

〔小翠上，跪。

小　翠 大老爷，我家小姐说，要颜相公写下凭证。

李县令 哦，写下凭证？颜兄，你写还是不写？

颜　俊 好好好，我写写写。

李县令 （窃笑）来呀，笔墨伺候。

小　翠 我已经拿来了。

颜　俊 （写）高家小姐自此与我无涉，归与表弟钱青为妻。（写完急道）大人，小人已经写好了，我家中还有急事要办，先行告退。（急下）

李县令 小翠，去唤你家小姐出来相见。

高　赞 大人，恐小女不便见人呢。

李县令 我道无妨，且唤她上来。

〔小翠扶着秋芳微微颤颤地上，秋芳戴面纱。

秋　芳 （跪下）见过大人。

李县令 秋芳今日本官做主把你判与钱青为妻。

秋　芳 谢大人眷念。只是请大人做主，我谁都不嫁了，请判我回家，带发修行去罢。

钱　青 小生愿相伴终生。

秋　芳 我福薄无缘。只是感念钱公子不嫌容貌，愿娶俺回家，俺愿意十里红妆相赠公子，攻读功名。这玉笛，也还给钱家罢。

李县令 那我就判了。

钱　青 （急跪）大人，不可也。我不要十里红妆，只要娶小姐为妻。

【琥珀猫儿坠】

难掩悲怆，
欲言泪满眶。
（俺）行骗在前脸无光，
（掩却这）情真意切真心肠。
惶，
惶，
婚姻无望，
断了心肠。

小姐定是恼恨我欺骗了他，难能可信，因而求取归家。又怜我尤甚，以十里红妆相助于我，不必寄人篱下。如此深情，我岂能辜负再三。大人，小姐若是不肯嫁我为妻，我我我，（抽衙役的刀）我也毁了容貌，与小姐一道便是了。（举刀欲划脸，刀子被另一衙役一棍打落。钱青拿起棍子）老爷，小姐说过，若是我欺骗了她，就将我打个半死，半年不得下地，况我骗婚有罪，理该受罚，请大人下令。

李县令 衙役，打个半死，要多少大棒？

衙　役 大人，至少五十大棒。

李县令 那好，就先打他五十大棒。（衙役按住钱青，欲打）

秋　芳 且住。（急。掀开面纱）

【前腔】

皇天在上
成就好鸳鸯。
感他情真暖心肠，
不离不弃恩义长。
（喜气）洋洋，
待俺向前，
细说端详。

秋　芳 老爷，小女知错，谢罪。

李知县 好说。

〔见秋芳脸，钱青惊。

钱　青 【前腔】

花容依旧，

　　　　活色玉生香。
　　　　乍眼一见喜欲狂，
　　　　为解疑惑问端详。
　　这是怎么一回事啊？

秋　芳　（接唱）（俺本）无妨，
　　　　只为脱困，
　　　　佯装成伤。

李县令　好好好。

钱　青　大人也是事先得知的么？

李县令　大人人在事外，看得明白。这戏做得妙啊，哈哈哈，有趣有趣。

秋　芳　（再拜）谢大人成全，小女亦是知大人有成全之意，方敢行此险招。

李县令　钱青虽然有错，但有君子之风，守信义，有情意。秋芳虽是女辈，不慕富贵，有勇能谋。真是天生一对。今日本官就做个事后媒人，你们夫妻双双回家去吧。

钱　青　（拜）多谢大人，只是表兄难缠，恐连累大人。

秋　芳　李大人只判他颜俊不要的毁容新娘，让钱青带了回家。后来的事，与大人有何干系？何况他还签字画押了呢。

李县令　哈哈哈。好好好。

钱　青　【尾声】休言好事从天降，

秋　芳　（接唱）两厢情真恩义长。

二　人　（合唱）画就眉儿汉张敞。

〔切光。

〔落幕。

〔剧终。

崔家女

据南戏《朱买臣》改编

戏曲

编剧：陈照阳

南戏《朱买臣》流传千年，经京剧、评剧、越剧、川剧、东北拉场戏等剧种不断移植改编，已然成为各剧种戏迷耳熟能详的传统剧目。历史上“朱买臣”确有其人，其妻崔家女在历代剧作家的笔下和戏曲舞台上大多成为了嫌贫爱富、刁钻薄情的反面角色，借以烘托落魄文人的涅槃重生。但有人认为，世事有果缘有因，古今无非凡人心。

当年的女主人公必然经历了我们当今世人很少挖掘的困窘和无奈，她的人生抉择也必然是人性使然。《崔家女》蜕变于《朱买臣休妻》(《马前泼水》)，但以崔玉仙为故事核心，以新的角度讲述崔玉仙的女性悲剧。

人物表：

崔玉仙：女。一、二、三场37岁，四场52岁
朱买臣：男。一、二、三场40岁，四场55岁
张木匠：男。一、二、三场38岁，四场53岁
众农夫、众叛兵、众衙役、众百姓

〔时间：西汉。

一场

〔男声伴唱——

历史烟云几部书，
一书欢笑一书哭。

今人眼中一场戏，
正史野史两糊涂。
〔开幕曲中，大幕徐徐开启。
〔天幕上山峦叠嶂，舞台上高树耸立。

朱买臣 （幕后唱）乱世中背井离乡读书人，

〔朱买臣一手拎柴草一手拿书上场。

朱买臣 （接唱）朱买臣下涯小镇讨生存。
平日里读书空闲砍柴草，
穷书生一手柴草一手诗文。
砍一捆潮湿柴草为生计，
擎一本残破诗文为官门。
柴草换来下锅米，
若有余钱换诗文。
读书人手无缚鸡之力气，
一小捆残枝败叶似千斤。
读书人，砍柴人，
怀才不遇落魄人。
糟糠白丁崔家女，
灶台远处耳不闻。
索性不思万难事，
书中自有好乾坤。

〔放下柴草，坐在柴草上翻书，众农夫上。

农夫甲 呦！樵夫读书，稀里糊涂。这书能当成砍柴斧，还是书能吓倒银杏树啊？
农夫乙 这穷酸朱买臣，四十无后又无功名，一败涂地一事无成。
农夫丙 家事不立，国事难攀，屡试不中，还不认命。饿着草包肚子坐着白日梦，可苦了他那娇妻崔玉仙了。
农夫丁 倒不如光棍张木匠有门手艺吃得饱饭。
农夫甲 读书人，咱不懂。读书人都把自己当成龙。
众农夫 龙？我看他就是一条虫！
（合唱）空腹端书端不动，
万般无用是书生。
农夫甲 （唱）不懂家中娇妻苦，
农夫乙 （唱）不愁家中米斗空。

农夫丙 （接唱）不管草棚透风雨，

农夫丁 （接唱）不扶家里倒油盅。

从农夫 （合唱）整天做着白日梦，

梦里光耀他祖宗。

白活半辈七尺汉，

好一个——

农夫甲 （接唱）七尺来高、

农夫乙 （接唱）一百多斤、

农夫丙 （接唱）破衣烂衫、

农夫丙 （接唱）胡子拉碴、

众农夫 （合唱）行走的巨婴。

（大笑）哈哈哈哈……

朱买臣 （被惊扰）诸位乡邻，何事发笑？

农夫甲 何事发笑？河里的事不好笑，岸上的事才好笑——

众农夫 哈哈哈哈……

朱买臣 我真是被你们笑得糊涂了。

农夫乙 你呀，就没明白过。

朱买臣 此话怎讲？

农夫丙 我们和你没有话讲，榆木脑袋白活一场。房无一间地无一垄，四十来岁心都没长。

农夫丁 朱买臣，崔家女跟着你，真是可怜哦。我家女儿要是嫁给你这样的，我非让她休夫不可。

朱买臣 你们……

众农夫 哈哈哈哈哈……

〔崔玉仙扛着更大一捆柴上。

朱买臣 娘子受累，交给买臣，快交给买臣！

〔忙去接柴，没拿动，随柴踉跄倒地。

众农夫 哈哈哈哈哈……

〔崔家女怒视众农夫，众农夫自觉无趣，悻悻而下。

〔崔玉仙扛起柴，又拎起朱买臣砍的柴，欲下。

朱买臣 娘子……

〔崔玉仙止步。

朱买臣 娘子，我在山上砍柴，你也上山砍柴，眼看日上三竿，餐食未备，买臣已然饥肠辘辘，你还是，快回去烧饭吧！

〔崔玉仙放下柴，回头看着朱买臣。

朱买臣 哦，娘子去张兄弟家赊些米肉，我去镇上卖柴，卖得银两回来便去偿还。（吃力地扛起柴，边下边说）我在镇上回来再打它一斤烧酒，被农夫取笑，心中烦闷，酒肉下肚，方能排解忧烦。（下）

〔雷声轰鸣，雨声满地。崔玉仙走到台前，慢慢抬头望天，眼含泪水。

崔玉仙 （唱）一霎时乌云压顶雷声错，
十月雨冰冷袭人如倾河。
任凭这衣衫湿透刺骨冷，
崔家女心潮翻滚起浪波。
十七岁嫁入朱家为人妇，
二十载岁月伶仃枉蹉跎。
出阁时不图夫家有富贵，
欣喜得书生买臣学问多。
即便是夫婿不把龙门越，
农家院夫唱妇随也快活。
我不怕粗茶淡饭平淡日，
只要是温饱夫妻心力合。
现如今夫妻二人近不惑，
夫君他从未担起当家责。
不分五谷难种地，
不懂经商怕奔波。
不善交往淡亲友，
不怜苦妻手茧磨。
地无一垄贫如洗，
房无一间住草窝。
书本摞高做床枕，
笔墨满砚当吃喝。
一心只做黄粱梦，
黄粱梦罢梦南柯。
草棚破旧玉仙补，
夫君对书唱高歌。
擎书砍柴柴捆细，

玉仙每每砍更多。
每日里卖柴卖来钱几个，
更多是买书买墨买酒喝。
我不求买臣送我香粉末，
我不要蚕丝绸缎美绫罗。
我只求夫君担得夫君担，
我只要陋舍稳固米满锅。
巧妇难为下锅米，
撂下颜面我去赊。
不知我满面是泪还是雨？
崔玉仙心中苦闷对谁说？

〔委屈哭泣，张木匠穿蓑衣上。

张木匠 朱家大嫂？山中大雨倾盆怎不回家？
崔玉仙 （惊觉）哦，是张家兄弟。我这就回家……
张木匠 （脱下蓑衣给崔氏）雨水凉，别冰坏身子……
崔玉仙 （忙推脱）使不得使不得，山野村妇，不怕风雨。
张木匠 朱家大嫂，想当年兄弟我年少学徒，随师父去吴县做工，在你娘家打做陪嫁箱柜，也算是老熟识了。恰巧如今你家搬到下涯，成了乡邻，你就不必和我张木匠客套。
崔玉仙 当年张家兄弟憨厚模样嫂子记得，时过境迁，往事难提了。
张木匠 是啊，二十年过去了！
崔玉仙 张家兄弟，我——
张木匠 大嫂，有什么话但讲无妨。莫不是遇到了难事？
崔玉仙 张家兄弟，你手艺在身，家有闲粮，近日柴价跌落，朱家拮据。能否借与大嫂一些米肉，待买臣回来一并偿还？
张木匠 嗨，朱家大嫂！
（唱）木匠我一人吃饱全家饱，
都靠我木工活计手艺高。
三间木屋自己造，
桌椅板凳自己敲。
别家雇我做活计，
赚来钱串鼓腰包。
缸中盛满细粮米，
梁上挂满腊肉条。
家中缺米我家舀，

无肉我家梁上挑。
乡邻旧识不计较，
木匠帮忙举手之劳。

崔玉仙　多谢张家兄弟！

张木匠　朱家大嫂先行回家躲雨吧，稍候我把米肉送到草棚。

崔玉仙　有劳张家兄弟。（下）

张木匠　朱家大嫂……

崔玉仙　（止步回身）张家兄弟，还有何事？

张木匠　（真诚地）一个女人家，真是……苦了你了！

〔崔玉仙顿觉心酸，忍泪跑下。
〔张木匠心疼地望着崔氏的背影，切光。

二场

〔池塘边草棚，黄昏。
〔草棚被风雨吹倒，一幅破败景象。
〔崔玉仙背身站在倒了的草棚旁，背影落寞。

崔玉仙　（唱）残秧败果总能遭霜冻，
茅屋草房偏偏经雨风。
风风雨雨命中已注定，
可怜玉仙难从也得从。（慢慢拾起倒落的家当）
都说穷家值万贯，
栖身只靠茅草棚。
风雨掀翻容身地，
犹如天塌地也崩。
头顶一片黑洞洞，
眼前一片昏蒙蒙。
脚下一滩泥泞泞，
耳旁阵阵轰隆隆。
浓霜只打无根草，
祸来直奔无福翁。
雷雨刚过天又晚，
何时才能见光明？

〔咳嗽不止。张木匠拿米肉上。

张木匠 朱家大嫂，木匠拿来米肉了——（看到破败景象）这茅草棚经不住风雨的，待我明日拉来木料修它一修！

崔玉仙 多谢张家——（咳嗽）

张木匠 淋雨着凉了吧？用不用找郎中？

崔玉仙 不用劳烦了，米肉我收下，明日偿还吧。家中破乱，不宜留客。张家兄弟请回吧！

张木匠 那好吧！

〔崔玉仙一边咳嗽一边艰难地撑起草棚，木匠刚走又留步观望。

张木匠 这怎是女人家做的啊？（帮忙收拾草棚）朱家大嫂，你歇着吧，这是男人干的活儿。

崔玉仙 （连忙阻拦）使不得。我做不得的，我家夫君回来就做得了，不敢劳烦张家兄弟——

〔二人手碰到一起，崔氏察觉，触电般分开。

张木匠 朱家大哥他不会修的……

崔玉仙 那我就慢慢修。

张木匠 有木匠我在呢！

崔玉仙 我家——没钱雇工了！

张木匠 木匠爱财，取之有道，不要工钱也修得。（做活儿）

〔崔玉仙无力地坐在木桩上。

崔玉仙 待我夫君回来，我夫妇二人拜谢张家兄弟！

张木匠 木匠粗人，不必拜谢！

崔玉仙 （自言自语）真想买臣也是这般粗人一个！

张木匠 大嫂说什么？

崔玉仙 没什么！张家兄弟，你而立已过，为何还孑然一身？

张木匠 三年前糟糠病亡，我立誓守灵三年不娶，期限刚过。

崔玉仙 倒真是个好汉。日后少不了媒妁登门的。

张木匠 大嫂，想当年闺阁之中你虽不是在大富之家，但也衣食无忧风华娇贵。怎落得如今这般田地啊？

崔玉仙 我——我现在还好。买臣心怀圣贤，总会有出头之日的。

张木匠 二十年前你爹也是这样对我们说你家相公的。

崔玉仙 哎，如若父母未故，在如今看着女儿如此过活，想必会操碎了心呀！

张木匠 朱家大哥书痴一个，朝中无人难出头啊！

崔玉仙 别无他法呀。

张木匠　我舅哥是会稽郡功曹，他念我有情有义，言说会稽郡府衙差役一职尚有空缺，让我扔下手艺，随他吴县当差。

崔玉仙　（羡慕地）张家兄弟真是好人好命！

张木匠　好啥啊？我不愿去。

崔玉仙　官衙当差，赚取俸禄，高人一等，缘何不去呀？

张木匠　木匠靠手艺吃饭挺好的，赚的不比当差役的俸禄少，吃的比官家公食还要好，何必给别人跑腿打杂呢。再说，我没有学问，不懂得官家规矩，官府里走不开的。人嘛，要有自知之明。

崔玉仙　真是可惜呀！

张木匠　朱家大嫂，我朱兄满腹学问，做差役绰绰有余呀！

崔玉仙　官差一职，原本我夫妻梦寐以求，如今，做梦——都不敢想了！

张木匠　大嫂，我可向我舅哥引荐朱兄，但是成与不成，现在难说……

崔玉仙　张家兄弟抬举引荐之恩，对我家夫君如同再造，崔氏我没齿难忘。不管成与不成，请先受嫂子一拜！（跪拜行礼）

张木匠　（连忙搀扶还礼）大嫂对木匠免礼，木匠受不起！

〔二人手掌再次搭在一起，木匠连忙收手。

张木匠　木匠不懂礼数，大嫂见怪！

崔玉仙　张兄弟无心失礼，大嫂不怪。

张木匠　（看到地上菱花镜）这菱花镜——你还留着？

崔玉仙　家道败落，当初的嫁妆悉数变卖，唯有这菱花镜舍不得。你认得这菱花镜？

张木匠　这菱花镜框，是木匠当年在你家府上一天一夜刻出来的。

崔玉仙　这镜框当年是你雕刻的？

张木匠　原本讲好的打箱打柜没有这个小活计，我是看崔姥爷在集上买的菱花镜粗陋，背着师傅我偷着刻将出来。当年笨拙，铲刀铲掉了拇指指甲，再没长出来。

崔玉仙　嫂子一直不知啊。手拿来我看……

张木匠　（把手背到身后）粗手又残又丑，别脏了大嫂的眼。

崔玉仙　原来，崔氏早就欠张家兄弟的。

张木匠　（欲言又止，终于鼓起勇气地）大嫂，木匠沉积的心事，二十年难以吐露，此时能对大嫂言说吗？

崔玉仙　张家兄弟，只要你能排解忧烦，大嫂倾听便罢。

张木匠　（欲言又止，终于鼓起勇气地）玉仙……

崔玉仙　你……你在如何称呼我？

张木匠　玉仙呀！

（唱）一声玉仙唤出口，
千言万语上心头。
当年学徒小木匠，
崔府与你初面谋。
血气方刚少年汉，
当你仙女下琼楼。
我知玉仙将出嫁，
木匠卑微不敢求。
羡煞娶你朱公子，
不是大富即王侯。
作罢木工回家走，
暗把情怀心里收。
二十年来情难忘，
你的容貌刻心头。
梦里碰过玉仙手，
醉后敢想共枕头。
你家搬来下涯后，
心中又惹旧情愁。
见你劳累我心痛，
见你贫苦我心揪。
人生苦短余多久？
眼看青丝变白头。
蟾蜍不奢天鹅肉，
如今天鹅陷泥沟。
反扎罗裙随我走，
共度余生好春秋。
木匠我知寒知暖知疼爱，
玉仙你不再为那生计愁。
今日斗胆表心事，
应与不应是打是骂你任由。

〔跪地。

崔玉仙　（冷冷地）张家兄弟，你觉得崔氏是轻浮市侩、嫌贫爱富之女吗？
张木匠　木匠不敢，木匠是诚心对你，倾心与你呀。玉仙……
崔玉仙　（怒喝）我是你朱家大嫂！
张木匠　木匠无心轻佻，只是心中事不道与心上人怕日后追悔。大嫂不应，情理意料之中。只当木匠未提，大嫂休怒！

崔玉仙 回去吧！

张木匠 木匠……告辞！（躬身退步）

崔玉仙 拿走你的东西！

张木匠 米肉尽管去用，权当木匠赔罪，不必偿还……

崔玉仙 拿走！

张木匠 好好好，我拿走！（拾起米肉，转身走）

崔玉仙 买臣去会稽郡当差一事……

〔张木匠背对不语。

崔玉仙 我明白了，不再奢求！

张木匠 就算你我两方世人，我也希望你能安生如意，不再凄苦，木匠定会尽力而为。（下）

〔崔玉仙坐在树桩上，咳嗽中满腹思绪。

〔朱买臣一手抱酒坛一手拿书上。

朱买臣 我回来啦，娘子快倒酒端菜，倒酒端菜呀。（看到草棚）哎呀呀，草棚倒了，草棚倒了……娘子，这可如何是好啊？

〔玉仙咳嗽不语。

朱买臣 这天快黑了，我怎么睡啊？

崔玉仙 （咳嗽中起身）我来修……

朱买臣 快修吧，快修吧，我帮娘子！

崔玉仙 你读书去吧。

朱买臣 那就依娘子。（看到空的锅）我们晚上吃什么？

崔玉仙 今早的米粥还有大半碗，吃去吧！

朱买臣 吃粥？

崔玉仙 只有粥了。

朱买臣 我卖柴这般辛苦你让我吃米粥？我打来一坛烧酒你让我吃米粥？你赋闲在家让我吃米粥？

崔玉仙 你说我赋闲在家？我一日能得几刻赋闲？你可给过我一天赋闲的日子？

朱买臣 算我说错话。娘子啊，我不是让你去张家兄弟那里赊点米肉吗？又不是不偿还，我放不下颜面，你妇道人家怕什么？

崔玉仙 我的颜面不算什么？

朱买臣 张家兄弟为人仗义，娘子求助于他不失颜面的。再者说，餐食不饱，读书难以静心呀！

崔玉仙 你读书又有何用？

朱买臣 书中自有……

崔玉仙 书中的盛宴能果腹吗？书中的蜃楼能挡风吗？别在书中躲避困窘了，你年过不惑，该有些担承了！

朱买臣 崔氏，你此话……何意？

崔玉仙 我们的家，还像家吗？我好累呀！

朱买臣 娘子！

（唱）娘子你辛苦劳累我知晓，
为人妻谁不为夫苦操劳。
你帮我上山砍柴磨破脚，
我同样赶集卖柴手粗糙。
你觉得借粮赊肉难开口，
还不是买臣卖柴把账销。
你心疼茅草小棚风吹倒，
我更疼百卷诗书水里捞。
你嫌我一时落魄不得志，
我何时嫌你徐娘眉不描。
你言说书中盛宴不果腹，
高中时顿顿烧肉自长膘。
你又说书中蜃楼不遮雨，
提名时官家府邸玉枕高。
那一众山野村汉把我笑，
你怎能也在话中带着刀？
先人训三从四德为妇道，
你不该对着夫君话轻佻。
这一次为夫大量不计较，
再一回一纸休书与你交。

崔玉仙 你说什么？

朱买臣 再用言语击伤与我，买臣……休妻！

崔玉仙 朱买臣，崔氏嫁到朱家二十年，虽然贫苦但任劳任怨。今日大雨浇心，房倒屋塌，我稍倾苦水你便动休妻之意？

朱买臣 休不贤之妻，天经地义。我烦闷在心，若再戳我痛处，（拾起菱花镜）你我夫妻，犹如此镜！（摔）

〔崔玉仙傻傻地望着破碎的菱花镜，拿起酒坛，举坛痛饮。

朱买臣 你做什么？妇人饮酒，成何体统？

崔玉仙 （放下酒坛，淡淡地）朱买臣，写休书吧！

朱买臣 你……说什么？

崔玉仙 你休了崔氏吧！

朱买臣 崔氏，你当买臣不敢？

崔玉仙 你敢！

朱买臣 娘子，休要置气言说伤人之语啊。

崔玉仙 伤人的不是崔家女，伤心的才是崔玉仙。

朱买臣 （哭腔的）买臣适才怒不择言，无意数落娘子，娘子息怒……

崔玉仙 （拾起破碎的菱花镜）破镜难圆，就此分离吧。

朱买臣 娘子，买臣若是离开了你，（跪下）我如何生活呀？

崔玉仙 你可谋得会稽郡官差，虽是底层小吏，倒可官府里安身立命，生计不愁了。

朱买臣 娘子说的……是真的？苍天有眼，买臣满腹文采终于被官府所知了，娘子在家收到了官文聘帖？官文在哪里？快拿来我看！

崔玉仙 张木匠的舅哥在会稽郡做功曹，张木匠会把你举荐给功曹大人。

朱买臣 是张家兄弟举荐？

崔玉仙 从今以后你好自为之吧！

朱买臣 崔氏，做了官夫人，更要懂得言行礼数，不可再对买臣妄自菲薄。休妻一事，暂且搁下，倒是你好自为之吧！

〔崔氏惨笑。

朱买臣 你……你这般发笑，却是为何？

崔玉仙 我崔玉仙没有做官夫人的好命！

朱买臣 你不可再醉话胡言，买臣刚有起色，抛弃糟糠，世人如何看我？再者说，在我穷困潦倒之日你离我而去，将来我飞黄腾达之时你定后悔难当！

崔玉仙 你涅槃立志，能终得出头之日，玉仙才更觉欣慰。我不会后悔。

朱买臣 你在这破败草棚离我而去，世人会如何看你？你就不怕后人耻笑吗？

崔玉仙 崔氏沧海一粟，不足以名留后世。倘若作为嫌贫爱富寡义薄情之书中女流去告诫后人当以承担夫妻之责，那未尝不是一件功德好事，任由去传说吧！

朱买臣 你官差夫人不做，妇道一人如何生计？

崔玉仙 张家兄弟勤劳担当，对我真心实意。你休了我，崔家女反扎罗裙另嫁张家！

朱买臣 （难以置信地）崔氏？
崔玉仙 从今日起，你走你的阳关道，我过我的独木桥吧。
朱买臣 你……已有打算？我终于明了，原来，你和张木匠暗地里早结勾当，奸夫淫——
崔玉仙 （怒喝）朱买臣！
朱买臣 （怒喝）崔家女！
崔玉仙 情分已尽！
朱买臣 情分已尽！
崔玉仙 恩断义绝！
朱买臣 恩断义绝！拿来笔墨，买臣我——（颤抖流泪）休！妻！

〔切光。

三场

〔字幕：两个月后。
〔渐渐给光，张木匠家小院，整洁朴素，井井有条。
〔女声伴唱——
　　一纸休书两离分，
　　从此天涯陌路人。
　　苦命红颜崔家女，
　　命运推到张家门。
〔崔家女在院落中忙着活计，张木匠手拿木匠工具和布兜上场。

张木匠 玉仙，快进屋吧，外面凉了。
崔玉仙 木匠从吴县回来了？我活计还没做完，不冷。
张木匠 我来做！早就对你说了，你在张家，只管缝连补绽洗衣做饭，屋外的活儿都由木匠做。我在会稽官衙做完工，顺路买了点新鲜瓜果，你去吃吧。
崔玉仙 我去洗给你吃。
张木匠 我不吃，买给你的。
崔玉仙 木匠，在吴县官衙做木工，几天来受累了吧？
张木匠 还好，我舅哥关照与我，不过是为了让我赚点工钱，并不累。
崔玉仙 他……还好吧？
张木匠 谁？啊！朱兄当差两个月，已经得心应手，衙门也受用朱兄的学识，只让他收发撰写官文。过几日太守大人去京城面见皇上，解读奏本，还要朱兄陪伴押车前往呢。

崔玉仙 如此，我就放心了。

张木匠 你心里，还是放他不下。

崔玉仙 休书在手，再无干系，怎能放他不下？

张木匠 那今夜，你就别睡在柴房了。

崔玉仙 木匠，两个月前我来到张家之时，我与你就言明，玉仙虽改嫁张家，但玉仙心绪平复之前，你不可奢求夫妻之实。当时你若不应，我不会进这个家门的。你不让我睡在柴房，我便收拾行囊，露宿街头！

张木匠 玉仙，我也是不忍你在破漏柴房睡不好啊。

崔玉仙 破漏柴房，也比茅草棚安稳多了。

张木匠 那从今日起，我睡柴房，你睡牙床。

崔玉仙 那怎么行——

张木匠 就这样吧，夫妻之实我不奢求，我睡在哪里自己说了还不算吗？我去房里给你换行李！（头也不回地下）

崔玉仙 木匠——（叹气）

（唱）两月前两月后天改地变，
天下知二婚女负心玉仙。
身在这木匠家简朴宅院，
与买臣恍如那隔世前缘。
崔氏我尊严尽身份卑贱，
木匠他对待我不弃不嫌。
衣常换肉常添知冷知暖，
隔身远敬如宾毫无怨言。
按理说崔氏应心得意满，
缘何对安乐窝难动心弦。
崔家女对情缘心灰意断，
无所欲无所求苟活度年。
哎！
世间女子啊，
难！难！难！

〔朱买臣上。

朱买臣 玉仙……

崔玉仙 朱大人！（忙行礼）

朱买臣 张兄弟回来了吧？

崔玉仙 木匠回来了，朱大人找木匠有事？我去叫他——

朱买臣　你还好吧？

崔玉仙　吃得饱穿得暖，怎会不好！

朱买臣　好！自从到吴县当差，通过功曹大人联络到身在京城官居中大夫的同乡好友严助，严助书信邀我京城谋职。近日我将随太守大人京城议事，顺便看望严助共谋前程。此一行山高路远，归日无期。买臣……向玉仙道别！

崔玉仙　朱大人升迁有望，可喜可贺！

朱买臣　（从怀中拿出崭新的菱花镜）你陪嫁来的菱花镜，被我摔得破碎。这一个菱花镜，赔偿与你！

崔玉仙　不必了，再新再贵也不是原来的那一个。菱花镜破碎了就破碎了，人老珠黄不再用了。

朱买臣　玉仙！

（唱）苦乐先诉菱花镜，
谁家女子忘妆容。
破镜难圆换新镜，
买臣心债清算平。
从此再无相见日，
天南海北各西东。
可怜当年婵娟女，
伴我多年一场空。
今生你我不同命，
都怪买臣气不争。
倘若轮回有来世，
早早立世早功成。
不官不富不先娶，
得志再把娇妻迎。
如是来生缘再续，
我愿再相逢！两世债并同！（下跪）

崔玉仙　（泪流满面）买臣……保重！

朱买臣　玉仙……

〔张木匠上。

张木匠　朱兄，何时来到我家？快进房说话。

朱买臣　（偷偷拭泪）哦，张家兄弟，功曹大人让我带话，叛贼刘濞的余党近日偶从山中暗处突袭乡镇民居，掠取民财，大人意让你一家去吴县府衙躲避一阵，以免不测。

张木匠 木匠晓得了，请朱兄回去转告我舅哥，明日我便携家眷启程吴县。
朱买臣 如此，买臣——告辞。
张木匠 朱兄，吃顿便饭再回去吧，车马劳顿，权当歇息了。
朱买臣 买臣急着向功曹大人交差，不便久留。
张木匠 那好吧。
朱买臣 兄弟！
张木匠 朱兄还有事？
朱买臣 玉仙命苦，曲身与我二十年，如今你要好好对待于她。
张木匠 这是木匠家务事，朱兄言深了。
朱买臣 兄弟莫怪，买臣——告辞！（欲走）

〔残兵甲乙丙丁跑上。

张木匠 你……你们是什么人？
残兵甲 我们跟随吴王起兵谋权败北，人鸟兽散，东躲西藏，脑袋别在裤腰带上，活一天算一天，钱财酒肉，想活命就拿出来！
张木匠 军爷莫急，有话好说，酒肉管够，酒肉管够。
朱买臣 木匠怎能这般胆小，接济叛军我告你通敌！
残兵乙 这么说，你胆子不小喽？（拿刀步步紧逼）
朱买臣 我乃会稽郡府衙差役，奉劝你们快快离去，否则我禀告太守大人，剿灭你们叛军余毒。
残兵丙 会稽郡府衙差役？没谋反的时候我们的官儿比你大多了。今日正是吾皇东帝归天百日，我就用你这个小差役为吴王祭灵！
张木匠 （拦住）军爷饶命，我给军爷拿出家当便是。（跪下）
崔玉仙 军爷，木匠小户人家，钱财不多，但足够诸位军爷宽绰月余。军爷所需，悉数拿走，我家权当无事发生。
残兵丁 呀，这半老徐娘倒还有些风韵。兄弟们，咱们活一天快活一天，不如……
崔玉仙 你们要干什么？

〔众残兵猥琐大笑步步紧逼。

朱买臣 （捡起木匠铁斧）无理叛党，我和你们拼了……（冲上前去）

〔众残兵拔刀转向朱买臣，朱买臣停住，众残兵逼近朱买臣，朱买臣步步后退，铁斧落地。

残兵甲 看来，你是她相公喽？
朱买臣 欺弱小女子，与文人动粗，你们，你们……天理难容！

残兵乙 怂货，我倒要看看老天今日容不容你！（举刀）

张木匠 （拿钱串跑上）军爷息怒，小木匠把家里银两都拿出来了，军爷笑纳！

残兵丁 银两我们笑纳，这个娘子，今天我们也要笑纳了。

张木匠 军爷不可，（跪倒）她是我娘子啊。

残兵丙 呀，男娶三妻四妾天经地义，一女侍二夫倒真新鲜。既然都有俩了，别差我们几个了，今天——

崔玉仙 （拾起铁斧抵到自己脖子上）我死给你们看！

朱买臣
张木匠 （合）玉仙！

残兵甲 你——还在乎名节吗？

崔玉仙 （铁斧抵颈，一步步走到台前）我崔玉仙，纵是千人耻笑，遗臭万年，但无愧于心，名节天地可鉴！

残兵甲 好！你今日若想保住名节，我想要他们其中一个人的一只手，我们便即刻出门。

崔玉仙 你想怎样？

残兵甲 吴王待我等手下兵将如兄弟手足，今日东帝百天之祭，不坏你名节，也要砍下一只手来告慰东帝在天之灵。（对朱、张二人）这只手，你俩谁献出来？

〔走到朱买臣面前。

崔玉仙 朱买臣已然休妻崔玉仙，我与他早无夫妻之名。

张木匠 玉仙？

〔残兵甲走到张木匠面前。

崔玉仙 玉仙我改嫁木匠寄人篱下，两个月来异床异梦，我与他并无夫妻之分。

朱买臣 崔氏，你说什么？

崔玉仙 买臣心怀大业，不日进京，怎能残缺复命？木匠仁厚勤劳，手艺谋生，怎能残疾过活？崔玉仙贱人贱命，活是累赘，死不足惜，死活不过世间一笑话，就让玉仙的一只粗手来换取男人太平吧！（举斧欲砍手）

朱买臣 不要……

〔张木匠抢过铁斧，砸向自己膝盖，应声倒地，众人措手不及，愣在原地。

崔玉仙　木匠！

残兵甲　我要手，你砸断自己腿干什么？

张木匠　（有气无力强忍疼痛的）军爷，手艺人还要靠手养家，木匠砸碎了膝盖，您高抬贵手吧！

残兵甲　行，你对自己够狠！（捡起钱串）兄弟们，咱们走！

〔众残兵下。

朱买臣　张兄弟，等我去叫郎中。（跑下）

崔玉仙　（扶住张木匠）为何不让崔氏砍手，木匠，你好傻呀！

张木匠　这些年的家底，被人拿走了，木匠七尺的汉子，以后也瘸了。崔氏，你要是想回到朱家，就回去吧，看得出朱兄心里还念着你。

崔玉仙　崔氏改嫁，覆水难收。你瘸了，下半生，崔氏扶你走！

〔切光。

四场

〔伴唱：台下一眨眼，
　　　　台上十五年。
　　　　风云总变换，
　　　　戏文写不全。

〔字幕：十五年后。

〔渐给光，吴县长街，太阳初上。

〔崔家女素衣素面，缓缓扫街。

崔玉仙　（唱）转眼间改嫁张家十五载，
　　　　崔氏我皱纹深刻两鬓白。
　　　　张家妻老守田园过半百，
　　　　回吴县扫街做工在长街。
　　　　想当年木匠挡贼腿砸坏，
　　　　被抢走苦攒多年血汗财。
　　　　身残人一蹶不振活计少，
　　　　倒换来玉仙心扉翻滚开。
　　　　他家中打柜我帮手，
　　　　我烧水做饭他添柴。
　　　　他出门赶路我做拐，

我犁田耕地他会栽。
今年木匠更多病，
木工再难做得来。
下涯老屋已变卖，
吴县城中置院宅。
长街总有零工做，
闹市方便买药材。
半路夫妻老来伴，
纵然清苦也释怀。
今日太守新到任，
扫街妇手不停歇扫尘埃。

〔张木匠一瘸一拐地拎食盒上。

张木匠 玉仙，快歇歇，我给你送饭来了。

崔玉仙 天刚亮，你病体弱，怎不再睡一会？

张木匠 年岁大睡得少喽，我做的餐饭，都是你爱吃的。

崔玉仙 哪有夫君烧饭的道理？你该等我扫完长街回去再给你做。

张木匠 现在我手艺活儿干不了了，在家里干点儿活也是应该。十多年，你跟着木匠，没享福啊。

崔玉仙 享福受罪，都是常人体会。难得你对崔氏不嫌弃，有体谅。

张木匠 当初若不是你离开朱兄，想必现在也随着朱兄在京城里做着官夫人呢。听人说，朱兄在京城做了三品中大夫，和今日到任的新太守官职比肩。玉仙，你后悔不后悔？

崔玉仙 后悔？当年我若不弃买臣，我与他应该早就客死下涯了。

张木匠 玉仙，你改嫁于我，是不是为了换取朱门的官运？

崔玉仙 （淡淡摇头）境遇人心，谁能说得清呢？一辈子都快过去了，任由后人评说吧。

张木匠 找个避风处吃饭吧。

〔崔氏点头，二人互相搀扶下。

朱买臣 （幕后唱）受皇封太守新任会稽郡，

〔众衙役二龙出水肃立两侧。

（上场接唱）有谁知新官原是砍柴人。
怎觉得阔别吴县三生久，
朱买臣衣锦还乡蒙皇恩。

那年买臣休妻后，
一头扎进官府门。
跑跑颠颠做杂役，
写写算算行官文。
学识博得同僚信，
声名远播传京门。
同乡严助官三品，
举荐圣上用买臣。
兢业伴驾十余载，
官居三品步青云。
恰逢官缺会稽郡，
皇上封我掌印人。
太守我不骑大马不坐轿，
一路步行近乡邻。
大长街还是当初那条路，
当年我集市卖柴路边蹲。
木牌楼还是当初那样旧，
当年我柴倚牌楼念诗文。
香樟树还是那排香樟树，
当年我香樟树下躲雨淋。
天还是这方天，
云还是这片云。
土还是这捧土，
人还是不是当初的人？

〔众百姓上。

众百姓 新任太守到了？……叩见大人！（众人行礼）
朱买臣 免礼免礼，诸位乡邻，不认得我了？

〔众人打量。

百姓甲 哎呀，这不是吴县的樵夫……不对！吴县的书呆子……不对！吴县的书生——朱买臣吗？
众百姓 朱买臣？……真是朱大人？
朱买臣 对！买臣回乡做官了！
百姓甲 大人还乡，吴县之福，百姓之福啊！
众百姓 吴县之福，百姓之福啊！

朱买臣 诸位乡邻，当年我一文不名，沉吟书本，砍柴高歌，没少受人取笑。你们没想到买臣还会有今日吧？

众百姓 哪有啊……打小我们就看你行………

朱买臣 哈哈哈……买臣做了父母官，笑过我的，既往不咎，帮过我的，皆有封赏！

〔崔氏和张木匠搀扶上。

众百姓 太守大人有大量……乡亲有福啦………

张木匠 朱兄？……

崔玉仙 买臣？……

〔众百姓让路于两旁，窃窃私语。

朱买臣 玉仙！张家兄弟！

张木匠 新任太守，是朱兄？

崔玉仙 （忙跪地）太守大人驾临，崔氏未尽扫街之责，罪该万死，大人恕罪！

朱买臣 你在此——扫街？

百姓甲 崔氏搬回吴县一年了，老木匠腿残多病，难做活计，崔氏每日扫街薪酬微薄，也是别无他法啊！

众百姓 崔氏有眼无珠……咎由自取……追悔莫及喽！

崔玉仙 崔氏接着打扫，就此告退。（下）

张木匠 我帮你扫街……（欲下）

朱买臣 张家兄弟，我想与你闲聊叙旧。尔等回避。

众衙役 是！

〔百姓行礼后作鸟兽散，衙役列队退下。

朱买臣 木匠，下涯一别，十年有余，风水轮转，今非昔比了。

张木匠 听闻今日新太守降任，万万没想到是朱兄你呀！

朱买臣 我就是想让曾经耻笑买臣之人看到，朱买臣不是樵夫命运，我就是想让曾经舍弃买臣之人看到，朱买臣终为人上之人！

张木匠 朱兄……

朱买臣 （厉声地）叫我大人！

张木匠 大人！

朱买臣 张木匠，我流落下涯之时，你接济过买臣的困窘，我不曾忘！我投靠无门之际，你举荐了差役的前程，我也不曾忘！反贼掠夺之时，你不惜家财，砸断腿骨保三人性命，我更不曾忘！如今，我还你钱币千两，良田百顷，屋堡十座，够么？

张木匠 朱……大人，木匠受不起呀！
朱买臣 收下吧，你该得的。
张木匠 大人，木匠代玉仙给您磕头谢恩了！（欲磕头）
朱买臣 （扶住木匠，未让其跪下）木匠，这是给你自己的。
张木匠 大人……何意？
朱买臣 你我年近花甲，还赏得几时美景？你擎着家当续弦年轻女子吧！我与崔氏原配共处二十年，买臣我专情念旧，难以忘怀。我回到家乡做官，崔氏，也回到我身边共度余生吧。
张木匠 你……你……你想仗势夺妻？
朱买臣 当初的你，何尝不是如此呢？
张木匠 不行，木匠不应，我什么都不要，我就要玉仙。
朱买臣 崔氏她会愿意一直和你这样下去吗？
张木匠 玉仙她不是嫌贫爱富之人！她不是！
朱买臣 你替玉仙想想吧！她扫街度晚年，你心安吗？
张木匠 这……
朱买臣 （怒喝）张木匠！听从买臣言，会稽郡辖内你可遍地安家，享尽富贵；不听太守劝，哪里会有你们的安身立命之处？
张木匠 你……你……
朱买臣 木匠，我不想这样呀！
张木匠 朱买臣，我……我别无选择，是吧？
朱买臣 兄弟！朱兄我，求你了！（跪下）
张木匠 （无助落泪）玉仙陪伴十五年，我值了。休书，我去写！馈赠，我不要！张木匠野草一根贱命一条，无福享受，我愿自生自灭！
朱买臣 张兄弟……
张木匠 好生对待玉仙，她要的，不是富贵！（下）
朱买臣 衙役！

〔一衙役上。

衙　役 大人！
朱买臣 把木匠带到郡府，让主簿官帮其书写休书，再任其挑选宅地良田。
衙　役 是！
朱买臣 宣崔氏！
衙　役 太守大人宣崔氏觐见。（下）

〔崔氏上。

崔玉仙 （跪拜）太守大人，街头巷尾已清扫干净。

朱买臣 起来说话。崔氏，受苦了！

崔玉仙 大人，崔氏该告退回家了。（欲走）

朱买臣 你的家，在我的府衙。落叶都该归根了。

崔玉仙 此话，草民崔氏不明。

朱买臣 玉仙！

（唱）你与我年轻时夫妻一场，
二十年浴风雨共灶同床。
为夫我立世晚缓慢成长，
你即当结发妻又当老娘。
回想起当年事自私混账，
荒废你花开时青春时光。
你要我写休书改嫁木匠，
皆因你对买臣失望心凉。
进张家为我换官差职位，
买臣得今日里位列朝纲。
夜深时念旧人牵肠挂肚，
梦醒时念旧情挂肚牵肠。
旧事终究成过往，
权倾一方掌家乡。
买臣我不计前嫌圆破镜，
贤妻你苦尽甘来福分长。

崔玉仙 （万千滋味杂陈，忍泪）大人，崔氏已忘怀过去，安于现状了。

朱买臣 安于现状？现在你有什么？

崔玉仙 锅碗瓢盆，鸡毛蒜皮，相互体谅的百姓滋味。难懂大人平步青云，巅峰扶摇。

朱买臣 我平步青云？你可知官场杀戮不见血光？你可知伴君如伴虎寝食不得安？你可知我对辩公孙弘孤注一掷？你可知我征讨东越王含同死之心？

崔玉仙 大人今日来之不易，好好珍惜。民女走了。

朱买臣 不许走！

崔玉仙 大人？

朱买臣 随我回府衙。我的府衙不再是茅草窝棚了，在我身边，你不再为砍柴所累，你不再为无米所愁，你不再被村夫所笑，你不再——

崔玉仙 太守大人！崔氏改嫁张家，被人误解戳背十五年！如今崔氏年过半百，你要我一辈子成为笑话吗？

朱买臣 你曾言道，崔氏沧海一粟，不足以名留后世。倘若作为嫌贫爱富寡义薄情之书中女流去告诫后人当以承担夫妻之责，那未尝不是一件功德好事，任由去传说，记得吗？

崔玉仙 今时今日，你意欲何为啊？

朱买臣 我要你每天看到朱买臣的风光，每天品味嗟来之富贵。

崔玉仙 大人！你官居三品，我一介民妇，两不相干，各走各路吧。我家木匠在哪里？

朱买臣 你家木匠？他收下了我馈赠的钱财宅地，独享荣华去了

崔玉仙 木匠不会那样做。

朱买臣 一边是荣华富贵，一边是苟且偷生，容不得他草民自己选择。

崔玉仙 适才你留下木匠，莫不是为了言语胁迫与他？

朱买臣 这一方我曾苟活的天地，如今一草一木一民一命都是我朱买臣的囊中之物，谈何胁迫？

崔玉仙 （不认识般的）官场十五年，你怎会有这般变化？我崔家女，已不是当年的崔家女；你朱买臣，还是当年的朱买臣吗？

朱买臣 （迟疑地）当年的朱买臣……死了！

崔玉仙 （从怀里拿出菱花镜）摔碎了菱花镜，修得来！摔碎了人心，补不好！

朱买臣 这是——我赔给你的菱花镜？

崔玉仙 我本想做个永久的念想，看来不必了，拿回去吧。

朱买臣 玉仙，回心转意随我回府吧！算我买臣补偿与你，让我兑现当初迎娶你时的承诺，否则我寝食难安、死不瞑目啊。

崔玉仙 你还是为了自己的心安！崔氏觉得，于己无关。（欲走）

朱买臣 崔氏，你死也不愿再倚靠朱买臣？

崔玉仙 （大笑）女子何必倚靠男人？我崔氏何时倚靠过朱大人？何谈“再”字？你要杀要剐，我在我的破瓦寒窑等着！（欲走）

朱买臣 站住！

〔众衙役上，拦住崔氏。

崔玉仙 朱买臣，你想就此动手吗？

〔朱买臣背身颤抖，话语哽喉。

崔玉仙 假如，你还念在当年情分，请不要伤害木匠！崔氏……受死。

〔朱买臣猛回身，紧抓住崔氏手腕。

朱买臣 （一字一句地艰难地说出）找到木匠，随他豪宅大院安身去吧。

崔玉仙 大人？

朱买臣 买臣（挥泪）……不送！

〔衙役幕后喊："大人……"。跑上，众百姓跟上。

衙　役　大人，张木匠府衙外撞墙自毙！

〔朱买臣惊住。

崔玉仙　（泪水夺眶）木匠，木匠，（碎心地）夫君……（跑下）

〔朱买臣瘫坐在石墩上。
〔众百姓交头耳语，议论纷纷。

百姓甲　我明白了，定是崔家女看朱大人飞黄腾达，追悔当初，想要破镜重圆，祈求太守大人重归于好。瘸木匠此时无依无靠，走投无路，撞墙自杀了。

众百姓　有道理……肯定是……

〔衙役幕后喊："大人……"。跑上。

衙　役　大人，崔家女投河自尽！

〔朱买臣猛地从石墩上站起，双目圆睁，泪眼模糊。

百姓甲　我又明白了，定是崔家女看朱大人飞黄腾达，追悔当初，想要破镜重圆，祈求太守大人重归于好。朱大人难以接受薄情寡义、嫌贫爱富之崔氏，崔氏进退无路，无颜苟活，投河自尽了。

众百姓　大人，他说得对吧？

〔朱买臣热泪横流，千言万语如鲠在喉。

众百姓　大人，您说话呀……

朱买臣　（撕心裂肺地）玉——仙——

〔回声回荡：玉仙——玉仙——玉仙——
〔大幕徐徐关闭中，伴唱起——

幕起幕落人生戏，
戏里戏外叹唏嘘。
叹你叹她叹自己，
几人明白几人迷？

〔剧终。

2018年6月

琵琶记

据元代同名南戏改编

越剧

编剧：李斌斌

我力争在改编突出昆曲《琵琶记》中的现实主义部分，更多突出其悲剧性：蔡伯喈中举后被迫割裂出身，作为特权阶级新成员生活在战战兢兢中的身不由己；蔡公蔡婆一生贫困，出于改善生存的渴望对中举寄托以无限美好想象，最终死于饥寒交迫的悲惨。这种悲剧性是《琵琶记》穿越千年依然能在当代寻找到共鸣的根源。毕竟当今社会，依然是城乡二元，许多寒门学子蜗居城市，辛劳奔波，身无立锥之地，却还不得不背负家乡父老的高期盼。

人物表：

蔡伯喈——寒门士子
赵五娘——蔡伯喈发妻
牛小姐——丞相千金
蔡　公——蔡伯喈父亲
蔡　婆——蔡伯喈母亲
张太公——蔡伯喈邻居
王宦官——宫中宦官
放粮官——陈留官员
惜　春——牛家丫环

第一场　南浦嘱别

〔南浦码头。
〔赵五娘和蔡伯喈相携登场，依依不舍。

赵五娘　（唱）晨昏定省孝子道，八旬亲在游怎远？
你和我，成婚两月恩爱深，
为什么，功名念将恩爱搅？

蔡伯喈　娘子，你误会我了。爹娘膝下只我一子，岂无眷恋之意。奈何我哭哀哀推辞了万千，他们听了那张太公的劝，却非要我上京。

赵五娘　那张太公怎说？

蔡伯喈　他拿着文书上门，说我恋新婚，逆亲言，贪妻爱，不上进。

赵五娘　我们夫妻恩爱，与他何干？为何如此多事。罢罢罢，我也不能再拦，再劝。否则，人人要道我不贤。

蔡伯喈　娘子，你切莫这么说。爹爹被功名利禄蒙了心肠，全不顾你我夫妻情深，家中二老无人奉养，是他们不对，非是你不贤。

赵五娘　官人，你为人子，不当埋怨爹爹。

蔡伯喈　非是我要埋怨，只愁他影只形单，我这一去，有谁照顾他二老呢。

赵五娘　官人放心，自然有我。

蔡伯喈　爹娘来了。娘子，你且擦去眼泪。

〔蔡公欢欢喜喜地登场。

蔡　公　（唱）天子颁下辟贤诏，
郡中有吏来相召。
吾儿十载勤读书，
经时济世才学高。
我催他进京应选，
博一个门楣光耀。
（回头看身后）老婆子，别在后面磨磨蹭蹭，快快过来。

〔蔡婆满面愁容地登场。

蔡　婆　（唱）年老眼昏耳又聋，
人寿有穷日日少。
膝下只得一独苗，
盼他成婚抱孙早。
老贼强逼儿赶考，

心中怄气把头摇。

〔蔡公、蔡婆走到蔡伯喈、赵五娘身边。

赵五娘 （行礼状）公公！婆婆！
蔡伯喈 （行礼状）爹爹！娘亲！
蔡　公 孩儿，你行李收拾妥当，如何在南浦码头边上，徘徊不去？
蔡　婆 老贼，他若出去了，家中别无第二人，只有一个媳妇，如何不吩咐几句。
蔡伯喈 爹、娘，孩儿没别事。只是在此约了张太公来，想把爹妈拜托与他，教他早晚应承。孩儿庶可放心前去。
蔡　公 原来如此。你放心，我们家与张太公邻里几十年，他自会照顾我们。
蔡伯喈 爹，我真的必须去应选吗？我虽读书万卷，那功名却并非吾意啊。
蔡　公 你！逆子，到了此时此刻，你还心志不坚么？我辛苦劳作，起早贪黑，累得双鬓如雪，苦守清贫供你读书，就图个改换门闾，你竟敢不去？

〔蔡伯喈当场跪下。

蔡伯喈 儿岂敢不孝！爹爹辛劳，都在儿眼中，只是孩儿实在难去啊。双亲年老，光阴还能有几时？我要行孝正当今日。

〔赵五娘也跪下。

赵五娘 公公莫要发怒，他自然是要去的。
蔡　婆 够了！你冲两个孩子撒什么气？伯喈是个孝顺孩儿，你何苦这样逼迫他去争名夺利，弄得一家人骨肉分离。他这一去，可教媳妇怎生过呀？我们如何抱孙？
蔡　公 岂能为了抱孙，耽误孩儿前程？你啊，真是老糊涂了。
蔡　婆 你才是糊涂了！你才是糊涂了！
蔡　公 你这婆娘，休要乱我儿心智。

〔蔡伯喈磕头。

蔡伯喈 爹、娘，切莫争执。孩儿去赶考便是，去赶考便是！

〔张太公上。

张太公 这是怎么了？蔡公，且息怒，快让伯喈和五娘子起来。
蔡　公 这忤逆子，束发读书十余载，如今我叫他上京赶考，他却推三阻四，如此不孝，怎不叫人气闷。

〔蔡公转头不理会他们二人。

〔蔡婆忙扶着蔡伯喈和赵五娘起来。

蔡伯喈 太公，你听我说，我虽然读万卷书，可那论功名却非吾意。只愁双亲俱老，梦魂不到春闱里，便教我做到九棘三槐，怎撇得萱花椿树。我这一番孝心衷肠，只有天知道啊。

张太公 秀才，不如听我说两句。子虽念亲老孤单，亲须望孩儿荣贵。你趁此青春，不去更待何日？

蔡伯喈 此行纵然荣贵，怕亲老等不得。

蔡　公 （气冲冲地）十载青灯，半世黄齑岂能枉挨？当然要及早去换那金章紫绶。到时候，我和你母亲才能在人前挺直腰杆啊。

蔡　婆 （掩面哭）你只想着人前，却不想身后吗？你我都已八十高龄，又没个七男八婿，他如何去得？

蔡　公 你怎说这话，如今去赴选的，家中都有七子八婿么？

蔡　婆 你如今眼又昏，耳又聋，又走动不得，你教他去后，倘有些个差池，谁来看顾你？真个没饭吃便饿死你，没衣穿便冻死你，你知道么！

蔡　公 你妇人家理会得甚么？孩儿若做得官时，也改换我门闾，如何不教他去。

蔡伯喈 爹爹说的是。只是双亲年老，光阴有几。终不然为着一领蓝袍，却落后五彩斑衣。

蔡　公 畜生，我教你去赴选，也只是要改换门闾，光显祖宗。你却七推八阻，有许多说话。

蔡伯喈 爹爹，孩儿岂敢推阻。怎奈爹妈年老，无人侍奉。万一有些差池，一来人道孩儿不孝，撇了爹娘，去取功名。二来人道爹爹所见不达，只有一子，教他远离。孩儿以此不敢从命。一旦分离掌上珠，苦忍将父母饥寒死，博得孩儿名利归。纵然锦衣归故里，补不得名行有亏。孩儿一片孝心，爹爹明鉴。

蔡　公 不从我命，也由你。你且说如何唤做孝。夫孝，始于事亲，中于事君，终于立身。身体发肤，受之父母，不敢毁伤，孝之始也。立身行道，扬名于后世，以显父母，孝之终也。是以家贫亲老，不为禄仕，所以为不孝。你若是做得官时节，也显得父母好处，兀的不是大孝是甚么。

蔡伯喈 这……爹爹说得是。但孩儿此去，知道做得官否？若还不中时节，既不能彀事亲，又不能彀事君，却不两下耽搁了吗？

张太公 秀才所见差矣。老汉尝闻古人云：幼而学，壮而行；怀宝迷邦，谓之不仁；孔席不暇暖，墨突不待黔；伊尹负鼎俎于汤，百里奚五羊皮自鬻。也只要顺时行道，济世安民。自古道学成文武艺，货与帝王家。秀才，你这般才学，如何不去做官？

蔡　婆　太公，你都有好言劝我孩儿去赴选，我有个故事说与你听。

张太公　老汉愿闻。

蔡　婆　在先东村李员外，有个孩儿，也读两行书。他爹爹每日闹炒，只是教孩儿去求官。孩儿吃不过爹爹闹炒，去到长安。那里无人抬举，他遂流落去街上乞食。见个平章宰相，他急忙在地上拜着，叫声抬举他。那宰相道，我与你做个养济院大使，去管你爹娘。这孩儿自思道，做个养济院大使，如何管得自己的父母。比及他回家，不想他父母无人供养，流落在养济院里居住。他父母见孩儿回来，说道我教孩儿去得是，今日我孩儿做个头目，众人也不敢欺负我。你如今劝我孩儿去赴选，千万叫他做个养济院头目回来，众人也不敢欺负我。

蔡　公　孩儿，莫听你母亲的胡言乱语。你道是无人供养，我若是你做得官来时节呵，三牲五鼎供朝夕，须胜似啜菽并饮水。你若锦衣归故里。我便死呵，一灵儿终是喜。

张太公　老员外说得是啊。秀才，你为甚十年窗下无人问，只图个一举成名天下知。你若不锦衣归故里，谁知你读万卷书。

蔡伯喈　既然如此，我去赶考便是。太公，卑人如今出去，家中并无亲人，爹妈年老，只有一个媳妇，却是女流。凡事全赖公公相与扶持，家中倘有些小欠缺，亦望公公周济。卑人倘有寸进，自当效结草衔环之报，绝不敢忘恩。

张太公　秀才，不必忧虑。自古道千钱买邻，八百买舍。老汉既忝在邻居，你但放心前去。若是宅上有些小欠缺，老汉自当应承。

蔡伯喈　如此多谢公公。

蔡　公　孩儿，既蒙张太公金诺，必不食言，你可放心早去。

蔡　婆　五娘你送伯喈到码头去，我和你爹在那边亭子里等你。（拉住蔡公离开）且让他们夫妻说说悄悄话吧。

〔蔡公、蔡婆、张太公退场。

〔蔡伯喈、赵五娘执手相看泪眼。

蔡伯喈　娘子，我要走了。

赵五娘　（唱）官人啊，此去经年水迢迢。

蔡伯喈　（唱）娘子呀，你虑那水远山遥？

赵五娘　（接唱）奴不虑山遥水远。

蔡伯喈　（接唱）那是虑衾寒枕寥？

赵五娘　（接唱）官人啊，奴不虑衾寒枕寥，应试后，早回程把平安报。
挥归鞭，多思陈留家乡水，
休恋着，十里红楼佳人俏。
不念我，芙蓉帐冷影孤单，
也思亲，桑榆暮景无依靠。

蔡伯喈 （接唱）娘子你，宽心等，脸上带笑，
我岂肯，恋花柳，音信杳杳。
路迢迢，关山远，分情破爱，
从今后，分两处，相思滔滔。

赵五娘 （接唱）懊别离，悲断弦，愁思自晓。

蔡伯喈 （接唱）虑高堂，风烛年，暮景谁保。

赵五娘 （接唱）肠已断欲离未忍，

蔡伯喈 （接唱）泪难收悲痛难消。

〔蔡伯喈与赵五娘拜别。
〔蔡伯喈上船去，赵五娘遥遥拜别。

合 （唱）空留恋，谩凝眸，关山阻隔。
泪汪汪，舟将行，片帆渐远。

〔切光。

第二场　奉旨招婿

〔幕外合唱——
急办行装赴试闱，
父亲严命怎生违。
一举首登龙虎榜，
十年身到凤凰池。
〔京城驿馆。
〔蔡伯喈身着状元袍服。

蔡伯喈 （唱）苦读十载终得酬，
锦绣文章夺魁首。
不负二老与爱妻，
状元及第占鳌头。
从此尽展凌云志，

不必再忙稻粱谋。
富贵还乡依锦绣，
从此阖家乐悠悠。

〔店主上。

店　主　恭喜状元郎，贺喜状元郎！
蔡伯喈　多谢多谢！
店　主　状元郎乃文曲星下凡，今日高中，可否为小店留一二墨宝？以为庆贺，激励后进啊？
蔡伯喈　我入京以来，承蒙店主照顾，自然要留一二词句，以昭店主恩德。
店　主　（欢喜地）好好。我已准备下笔墨纸砚，状元郎请留墨宝。

〔店主领着蔡伯喈到几案前，铺开笔墨纸砚。蔡伯喈拿起笔，挥毫泼墨。店主拿起墨宝，大喜。

店　主　一举鳌头独占魁，谁知平地一声雷。明朝跨马春风里，尽是皇都得意回。好诗，好诗。多谢状元，我这便让人去裱起来。

〔店主下，蔡伯喈安坐桌旁。
〔媒婆上。

媒　婆　状元郎大喜，状元郎大喜！
蔡伯喈　（疑惑而有礼）多谢多谢。您是？
媒　婆　状元郎，你可知道我是谁？

〔蔡伯喈摇头。

媒　婆　（大笑，念）刘媒婆，性子聪俊如刀口。
奔波忙，一路疾走腿脚瘦。
京城里，我的名声传四方。
吃的是，东家西家谢媒酒。
最怕那，假作更帖被人告。
好亲事，一夕成了冤和仇。
谁不知，为传芳信仗良媒。
谈笑间，说合那天成配偶。
蔡伯喈　（客气地）原来是刘媒婆。只不知您来这里是？
媒　婆　状元郎，你可知朝堂上有一位牛太师？

〔蔡伯喈点了点头。

蔡伯喈 牛太师官居宰执，富贵盈门，我自然听过。

媒　婆 你可知，他家有一位贤德的小娘子，也是仪容娇媚，似一片美玉无瑕。体态幽娴，半点难勾引的芳心。如几层清水彻底，在珠翠丛中长大。府中宣传太师要招女婿，我特来给状元郎和牛小姐说亲。

蔡伯喈 （大骇）不不不！我一介寒门书生，怎配得牛小姐。

媒　婆 小姐是瑶台阆苑神仙，状元是天禄石渠贵客。若做了百年夫妇，才不枉天成良缘啊！

蔡伯喈 （连连后退）刘媒婆，蔡伯喈无福无德，难配小姐。

媒　婆 你当真不愿？

蔡伯喈 当真不愿。

媒　婆 状元郎，你可知道，牛太师势压中朝资倾上苑。家中有琼楼酬月十二层，锦障藏春五十里。那是写不尽园林景致，描不就庭院风光。走动的是紫绶金貂，摆列的是朱唇粉面。这样的人家，旁人求也求不来。况我这个小娘子不比别的小娘子，一来是丞相之女，二来她才貌兼全，必须有文章有官职有福分的，方可中选。这是千载难逢的机缘，你不要错过。

蔡伯喈 不、不、不……我家中已有结发妻，怎能停妻再娶。

媒　婆 我当是什么大事。状元郎是文曲星下凡，那等乡野村妇怎与你匹配。古往今来，富贵易妻，也是寻常事。如今你身份不同了，自当与牛小姐婚配。这京城之中，又无人知道你曾有妻，一封休书送回去，再赠些银两，让她另嫁，这事不就两全了？

蔡伯喈 千里关山，一家骨肉。教我怎忍抛撇。媒婆万万不要再说。

媒　婆 （冷下脸）状元郎可想好？你现下是状元，骑马游街琼林宴，风光无限。却也是初入官场，新人一个。牛太师势压朝班，威倾京国。你却与他相恶，只怕他转日回天。那时须有个决裂。你若不珍惜这福分，传扬出去，今后朝中还有哪个敢用你？你要辞婚，这话我是不敢说，要说，你自己去说吧。

蔡伯喈 （唱）媒婆逼临心发愁，
她用名利来相诱。
得罪太师祸非浅，
两难之境谁来救。
攻诗书，知礼仪，从来知礼，
怎忍使，名亏缺，父母蒙羞。
上辞书，抛却这名缰利锁，
从此后，江湖河海任飘游。

媒婆，既然如此，我手书一封，你带回去给相府，就说我辞婚。

媒　婆　（大惊失色）状元郎可要想好啊，这可不单是辞婚的事。

蔡伯喈　我知道！辞官奏折我也随后便上，反正，父母在堂也需我去侍奉。

〔蔡伯喈转身到案前写下辞书，递给媒婆。

〔媒婆拿了辞书连连摇头，转身下场。

〔蔡伯喈拿起书卷，安坐在椅子上阅读。

〔光影变换。

〔王宦官上。

王宦官　自家是汉朝一个小黄门，往来紫禁，侍奉丹墀，领百官之奏章，传一人之命令！蔡伯喈——

〔蔡伯喈从椅子上起来，恭敬地上前。

蔡伯喈　黄门大人！

王宦官　圣旨已到，跪听宣读！皇帝诏曰：孝道虽大，终于事君；王事多艰，岂遑报父！朕以凉德，嗣缵丕基。眷兹警动之风，未遂雍熙之化。爰招俊髦，以辅不逮。咨尔才学，允惬舆情。是用擢居议论之司，以求绳纠之益。尔当恪守乃职，勿有固辞。其所议婚姻事，可曲从师相之请，以成桃夭之化。钦予是命，裕汝乃心。谢恩！

蔡伯喈　（惊慌失措）黄门大人，烦你与我再去奏知官里，我已上奏本辞官归乡，这婚事不可啊！我家中还有结发妻。

王宦官　咳！这状元好不晓事，圣旨既下，木已成舟。你哪有什么结发妻，千万不要再说糊涂话了。

蔡伯喈　黄门大人，那你带我自去拜还圣旨如何？

王宦官　呀！这状元好怪么？这所在你如何去得？你可知君无戏言，圣旨既下，木已成舟。圣上喜你年少才高，这才赐官职又赐婚，你当好好谢恩才是。

蔡伯喈　（唱）丹凤诏下万事休，
相府权势将我留。
万里关山音信杳，
怎向双亲诉因由。
我这里，回首迢迢泪哭干，
她那里，举目凄凄盼归久。
衰老双亲幼娇妻，
从此靠谁来庇佑？

王宦官　状元郎，你何须虑焦。人世上本就离多欢少，大丈夫当万里封侯，岂能守着故园空老。毕竟事君事亲一般道，人生怎全忠和孝。你做官与亲添荣耀，高堂管取加封号。与他改换门闾，岂不大好。（王宦官牵起蔡伯喈的手）走走走，牛太师选定今日与小姐毕姻，请状元早赴佳期。

蔡伯喈 （悲泣）无奈何君命难为，只能够寄信五娘，着她忘了我这负心人，另嫁高门。双亲啊，名缰利锁难脱，伯喈忠孝难两全。

〔蔡伯喈和王宦官一并下场。
〔转场喜堂。牛丞相夫妇欢欢喜喜在堂上坐。
〔蔡伯喈换成新郎装扮，愁眉苦脸，牵着红盖头遮面的新娘牛小姐上场，向两人见礼。

媒　婆 一拜天地。二拜高堂。夫妻对拜。

〔幕后合唱——
　　回首高堂日已斜。
　　游人何事在天涯。
　　红颜胜人多薄命。
　　莫怨春风当自嗟。
　　书寄乡关心酸痛，
　　争奈君王不见怜。
　　凭伊千里寄佳音，
　　频看飞雁珠泪涟。
〔切光。

第三场　糟糠自厌

〔拐子上。

拐　子 我本是长安城里闲散子弟，游手好闲度时光。近日却得了一桩好差事，帮那新科状元蔡伯喈送家书和安家银子去他家乡。嘿嘿，蔡状元那家乡，远在千里之外，一路过去少说也得三五月。这灾荒年，我何须受那个苦。拿着他这笔安家银子，自去逍遥便是。天大地大，哪个能来抓我。

〔拐子大笑而下。
〔里正上。

里　正 （摇头叹息）身充里正实难当，杂泛差徭日夜忙。官司点义仓，并无些子粮。动不动去了破帽，打得我黄肿成病，几番要自缢投河，不要了这条性命。今日上司官点义仓放谷，赈济贫民。仓中并无粮米抵应。苦往常间把义仓谷子偷将家去，养老婆孩儿了，哪里有粮还他。没奈何，我只得把家私并老婆儿子都卖了，才赔得少许粮来周转。

〔放粮官上。

放粮官 亲承朝命赈饥荒，跃马扬鞭到此方。
里　正 里正接老爷。
放粮官 起开，速开义仓，支与百姓粮，从实支收休要谎报。
里　正 是，是，是。

〔里正取出箩筐和称，摆出赈济粮食的样子。
〔赵五娘上。

赵五娘 （唱）高冈黄土漫成堆，
奴家辛苦一身累。
丈夫去后遭饥荒，
衣衫首饰尽典卖。
公婆年老待供奉，
家计萧然势颓败。
今日官司放粮日，
闺门妇人提篮来。
但求苍天多垂怜，
赐我稻米把家归。

〔赵五娘来到放粮处。

放粮官 妇人，你姓甚名谁？来此怎的？
赵五娘 告相公，奴家姓赵，名五娘。公公蔡崇简。因儿夫出外，特来请些粮米，以救公婆之命。
放粮官 你丈夫哪里去了，使你妇人家来请粮？
赵五娘 相公赶考未归，家中别无兄弟，只得我一人看顾着年迈的双亲。我不忍见公婆受饥，只得出了闺门来请粮。
放粮官 倒是个孝顺妇人。里正，支粮与她。

〔里正上下打量赵五娘。

里　正 赵娘子且随我来。
赵五娘 （欢欣地）多谢相公。

〔里正从装粮的筐里舀了些稻米与赵五娘。
〔赵五娘拿着粮袋离开。

赵五娘 相公大恩大德，必不忘记。

〔放粮官欣慰地点了点头，转身下场。
〔里正悄悄追上赵五娘。离了官衙，里正抓住赵五娘。

里　正 （拽住粮袋）你这小娘子快把稻子还我。
赵五娘 （吃惊地）相公与奴家的稻子，如何还你？
里　正 哼，这是我卖老小卖家私换来的稻，你如何拿去。
赵五娘 里正官人，休要用强！可怜奴家艰辛。
里　正 可怜你甚的，这般时年，我做不得方便，你将稻子还我便罢。

〔里正夺了粮袋，下场。

赵五娘 （唱）无良里正将我追，
公婆望粮不见回。
家中无米只剩糠，
迟早都成饿死鬼。
千死万死终是死，
前方枯井早投胎。
蔡郎他，当年叮嘱托爹娘，
怎忍心，不孝罪名将他害。
我死留他影孤单，
谁与他白头相偎。
（擦拭眼泪）家中还有些许粮食，我年轻，就把些谷膜米皮来吃，苟延残喘，好好侍奉公婆吧。

〔赵五娘下。
〔转场蔡宅。
〔赵五娘上。

赵五娘 （呈上托盘）请公婆用早膳。

〔蔡公、蔡婆看了一眼，了无兴趣地坐下。

蔡　婆 媳妇有果蔬么？
赵五娘 没有。
蔡　婆 有下饭么？
赵五娘 也没有。

蔡　婆　前日早膳还有些下饭，今日只得一口淡饭。再过几日，连淡饭也没有了，快抬去。
蔡　公　咳，这般时年，胡乱吃一口充饥，还要分甚么好歹。
蔡　婆　这饭怎么吃？快快拿下去。
赵五娘　婆婆息怒且休罪，待奴家霎时将去再安排。（捧着托盘转身离去）

〔赵五娘离开厅堂，下场。

蔡　婆　定是她犯着独食病，背地里自买些鲑菜。
蔡　公　这……不会吧？她哪来的钱粮。
蔡　婆　怎么不会？自那日去衙门领稻米回来，她便常悄悄躲在厨房，独自吃食。我们悄悄跟去看看，便知道了。

〔蔡公、蔡婆下场。
〔转场厨房。
〔赵五娘躲在厨房抹泪，拿着碗吃糠。

赵五娘　（唱）珠泪垂，二亲怒让我心愧，
恨蔡郎，离家三年不返归。
乱荒年岁夫婿远，
软怯不济一裙钗。
衣饰尽典骨支离，
糠秕干涩难骗胃。
苦人吃着苦滋味，
欲吞不去心中哀。
糠与米粮相依倚，
却遭筛簸来撒挥。
好似我，与蔡郎，贵贱相隔，
分两处，无见期，重逢日远。

〔蔡公、蔡婆悄悄上场。

蔡　婆　媳妇。你在这里吃什么？

〔赵五娘慌忙将碗藏在身后。

赵五娘　奴家不曾吃甚么。（蔡婆抢夺赵五娘身后的碗）婆婆你吃不得。
蔡　公　这是什么？
赵五娘　这是谷中膜，米上皮。
蔡　婆　这，这是糠呀！如何吃得？

赵五娘　吃得，吃得，已经吃惯了。

蔡　婆　（抱住赵五娘痛哭）媳妇，我原来错埋怨了你，我错埋怨了你。你怎么也不解释？

（唱）到如今，始信糟糠妇德贤，
老贼啊，怪你教儿逐富贵。
今日饥荒骤然至，
却将全家来祸害。
冻饿狼狈全自取，
问你究竟悔不悔？

蔡　公　（唱）老乞婆，休要万事将我赖，
这时年，我非神仙难探窥。
饥荒年，家家户户都断粮，
谁家不，把那饥饿来忍耐。

谁似你这般埋怨我。我死，我死。今日饥荒也是死，被你埋怨不过也索死。

赵五娘　公公、婆婆，不要争吵。若叫外人听去，只道是媳妇不会看承，以致公婆日夜吵闹。婆婆，这灾荒岁月，谁也料想不到。公公叫伯喈赶考，也是望子成龙，怪不得他。

蔡　婆　是。

赵五娘　公公，婆婆心直口快，如今饥馑难挨，难免有些火气，你不要放在心上。

蔡　公　是。

赵五娘　二老且去歇着，我把米粥热一热，给你们吃吧。

蔡　婆　不，我陪你吃糠。这糠，你吃得，我自然也吃得。

〔蔡婆夺过碗，一口吃下糠，立刻被噎到，倒了下去。

赵五娘　（慌张地）婆婆，婆婆。

蔡　公　老太婆？老太婆！

赵五娘　（痛哭）伯喈还没回来，你怎么就去了！

蔡　公　（失魂落魄地）老太婆去了？都怪我，都怪我。为什么要逼儿子赶考，为什么眼红那功名利禄。伯喈一去不复返，如今也不知是生是死，我何苦还在这世上活着！（捂着心口倒下）

赵五娘　公公？公公？

蔡　公　媳妇，只恨我当初把你相耽误。三年来，你殷勤侍奉，来生，我做你媳妇，报你深恩。

赵五娘　公公，媳妇无能，三年来没有给二老一个饱暖的日子。你身死后有谁来祀？你明明有孩儿，却不得相看顾。

蔡　公　媳妇，我死后，你将我骨头休埋在土。

赵五娘　公公百岁后不埋在土，却放在哪里？

蔡　公　都是我当初不合教孩儿出去，误得你受苦。我甘受折罚，任取尸骸露。

赵五娘　公公休这般说，旁人会笑话我。

蔡　公　媳妇，不笑着你，留与傍人道蔡伯喈不葬亲父。怨只怨蔡伯喈不孝子，苦只苦赵五娘辛勤妇。

〔赵五娘伏在蔡公身上大哭。

赵五娘　公公，你莫要丢下我五娘一个人呀。

〔张太公提着一袋米，缓步上场。

张太公　哎呀呀，这是怎么回事？老员外？老安人？

赵五娘　（哭泣）张太公，我婆婆吃糠噎死了。公公一急，好像也不行了。

张太公　我听说你领的米粮教人抢去了，特意送粮过来，竟然还是迟了！这叫我将来如何面对伯喈！他临走之前，千叮咛万嘱咐，让我好好照顾你们。

蔡　公　张太公，你来了。

张太公　老员外，你可还好？五娘子，快去端一碗米粥来。

蔡　公　不必了。（将手旁棘杖递给张太公）我要走了，三年来蒙你照料，我媳妇诸般辛劳你都看在眼中。将来，我那不孝儿若是回来，你就用这棘杖代我教训他这不孝的儿子！

张太公　老员外，你坚持住。伯喈也许很快就要回来了。

蔡　公　等不到了，也不必等了。

〔蔡公合眼。

赵五娘　公公！公公！伯喈，你怎么还不回来啊！

〔切光。

第四场　琴诉荷池

〔闲庭槐影，小院荷塘飘香。

〔蔡伯喈手持折扇上。

蔡伯喈　（唱）闲庭深院荷畔亭，

水殿帘栊映碧荫。
相府富贵实难当，
成婚经年苦伶仃。
帘垂请昼竹影摇，
我在书房独立身。

〔蔡伯喈走到书房桌边，拿起一本书翻了翻，却又烦躁地放下。

蔡伯喈 当日，我请店主帮我寻一可靠人送信去家乡，向二老和五娘说明天子赐婚之事。结果，人去了年余，至今没个回信，几番打探，那送信人也不知下落。唉，也不知道爹娘和五娘在家乡是否安康？五娘，她，她是否怨恨我这负心绝情人了。

〔蔡伯喈走到一旁，闷闷不乐地弹琴。

蔡伯喈 （唱）寒暑相催南风熏，
离别经年没信音。
碧酒金樽懒去斟，
却把闲愁付玉琴。
强对南熏奏虞弦，
指下余音似悲鸣。
只见满眼风波恶，
尤念南浦嘱别情。
被亲强来赴选场，
被君强官为议卿。
被婚强效鸾与凰，
衷肠事说与谁听。

〔牛小姐手持团扇，袅娜上场，仰慕地看着蔡伯喈弹琴。

牛小姐 （唱）梅雨初歇天气晴，
熏风乍转华屋新。
簟展湘波纨扇冷，
遥闻琴音到水亭。

〔蔡伯喈停下手，起身，客气地侧身而立。

牛小姐 （欣喜地）相公，原来你在这里抚琴。这琴是相公从家中带来的吗？（俯身抚摸琴弦）

蔡伯喈 我原先得此材于爨下，制成此琴，取名焦尾。自来此间，久不整理。

今日当此清凉，所以试操一曲，以舒闷怀。

牛小姐 奴家久闻相公高于音乐，丝竹之音，杳然绝响。斗胆请再操一曲，相公肯么？

蔡伯喈 夫人要听琴，我自然无所不肯。那我弹一曲雉朝飞何如？

牛小姐 （摇摇头）这是无妻的曲，不好。

蔡伯喈 说错了，如今弹一曲孤鸾寡鹄何如。

牛小姐 两个夫妻正团圆，说什么孤寡？

蔡伯喈 不然弹一曲昭君怨何如？

牛小姐 两个夫妻正和美，说什么宫怨？相公，当此夏景，只弹一曲风入松好。

蔡伯喈 （点头）这个却好。

〔牛小姐侧身一旁，蔡伯喈坐下抚琴。琴响几声。

牛小姐 相公，你弹错了。

蔡伯喈 呀，我倒弹出思归引来。是错了，是错了。待我再弹。

牛小姐 相公，你又弹错了。

蔡伯喈 呀，又弹出个别鹤怨来。待我再弹。

〔牛小姐按住蔡伯喈。

牛小姐 （嗔怒地）相公，你如何这般会错意？莫不是故意卖弄，欺侮奴家。

蔡伯喈 （慌忙起身）我岂敢有此心，只是、只是这弦不中用。

牛小姐 这弦怎的不中用。

蔡伯喈 我只弹得惯旧弦，这是新弦，我弹不惯。

牛小姐 （转嗔为喜）原来是这样！那旧弦在哪里？

蔡伯喈 （黯然地）旧弦撇下多时了。

牛小姐 为什么撇了？

蔡伯喈 （叹息地）只为有了这新弦，不得不撇了那旧弦。

牛小姐 （扑哧一笑）相公说得好生奇怪。这事哪有什么不得不？何不撇了新弦，用那旧弦呢？

蔡伯喈 （凝视牛小姐，叹息地）夫人，我心里岂不想那旧弦，只是新弦又撇不下。

牛小姐 （拉着蔡伯喈的衣袖，撒娇地）你啊你，新弦既然撇不下，还思量那旧弦怎的。你弹琴心不在焉，还特地编了这许多话与我说。

蔡伯喈 （苦笑）夫人，旧弦已断，新弦不惯。旧弦再上不能，撇了新弦难弃。我一弹错，二弹再错，怕是一错再错。

牛小姐 相公，不过是弹曲子罢了，说什么一错再错？你方才弹的曲子，又是寡鹄孤鸾，又是昭君宫怨，还有那思归别鹤。这些愁叹，相公，你是想着谁吗？

蔡伯喈 （心惊地）哪想着谁？夫人莫要乱猜了。这般好凉天，正是此曲堪听，又被风吹别调罢了。来来，我再弹便是。

牛小姐 相公，既然无心弹琴，便不勉强了。我去叫惜春上些酒水，我们夫妻对着荷花，细细品茗，也不辜负这好风光。

〔牛小姐转身下场。蔡伯喈看着牛小姐离去的身影，轻轻叹息。

蔡伯喈 （唱）相府千金温柔性，
难消我愁烦余忿。
新弦旧弦怎抉择，
竟落入两难之境。

〔切光。

第五场　卖发葬亲

〔赵五娘一身孝服，悲戚戚上场。

赵五娘 （唱）自从鸾凤经年分，
谁人为我梳鬓云。
妆台懒临生暗尘，
耽搁鸾鬓度青春。
连丧双亲无计策，
金刀下处奴心焚。
一片孝心难尽说，
只怨结发薄幸人。

〔赵五娘狠心剪下长发，抚着长发痛哭。

赵五娘 真不如当日早入空门，去做个尼姑，也免去今日的艰辛。这头发这般苦，不是那珠围翠拥兰麝熏，也不知能卖几个钱，够不够我那苦命的公公婆婆下葬。只盼那些买头发的人，念我裙布钗荆受饥寒，休与我论价。这便去前街卖了吧。

〔赵五娘缓缓行了几步，来到前街。

赵五娘 （作叫卖状）卖青丝发，卖青丝发！（凄惶落泪，瘫倒在地）天呐，怎地无人理睬。公婆的尸骸怎么办？谁人遮盖。

〔张太公上。

张太公 五娘子，你为何倒在街上？

〔赵五娘仓皇起身，故作无事。

赵五娘 太公，没什么，只是跌倒罢了。

张太公 五娘子，你的长发。你手里拿着头发做什么？

赵五娘 （哭泣地）奴家公婆俱没了，家中无钱资送，只得把自己头发翦下，欲卖几文钞，为送终之用。

张太公 原来是这样。你怎的不来和我商量，就把这头发剪下了。

赵五娘 这饥荒年，太公家中也是不易。先前，已经多番送我米粮，怎好再来相烦。

张太公 你说哪里话，五娘子。我与你家公婆素来交好，更何况，你家夫君出门前嘱我照顾你们一家老弱。你无钱使用，我须担待啊。你将头发剪下，又跌倒在长街，都缘我之罪。

赵五娘 不不不，这与太公何干呢！太公有这份心，我公婆在地下也感戴。只是这灾荒年，奴身怕也没几日可过，到时候身死无人埋，太公啊，谁来还你这份恩情？

张太公 五娘子，你青春年少，不要说这些不吉利的话。你先回家去，我着人送些布帛米谷与你用。丧葬的事，也不必担心。

赵五娘 （奉上长发）如此，多谢太公，还请收下这头发。

张太公 也罢。这是孝妇的头发，你特意剪断来送公婆的。我且收了，留在家中，不惟传留做个话名，后日蔡伯喈回来，拿与他看，也使他惶愧，不愧了你这片心意。

〔赵五娘、张太公先后下场。

〔转场，蔡公、蔡婆坟前。赵五娘卷起裙子，裹着一抔土站在坟前，身旁放着一个琵琶和一个画卷。

赵五娘 昨日承蒙张太公关照，将公婆灵柩搬到山上，造了一所坟茔，把公婆安葬了。只是无钱再请人，这泥土只得自己搬运。

（唱）空山静寂无人影，
　　麻裙裹土将坟镇。
　　白杨衰草送二老，
　　我凭十爪起土坟。
　　心穷力尽形枯槁，
　　鲜血淋漓衣袄浸。

念起蔡郎忿难忍，
公公图他折桂令。
骨血亲，却竟然，葬礼不到。
我正该，收行囊，京城问讯。

〔张太公上场。

张太公 （大惊）五娘子，这坟茔你都安置好了？我还想着帮你再寻人搬运泥土。

赵五娘 多谢太公一片好意。五娘自己能把事情办好，便不劳烦您了。

张太公 （摇摇头）你这手，可是受罪了啊。五娘子，你当真是孝顺妇人，伯喈娶到你，是三生有幸。待他回来，我定将这一切都告诉他，好叫他羞愧。接下来，你有什么打算？

赵五娘 如今二亲已葬，我想上京寻夫，无论蔡伯喈是死是活，总要寻到个音信。

张太公 这灾荒年，你一个弱女子孤身上路，这不妥啊。你留在家乡，还有邻里照顾，这一路上京，吃什么用什么？五娘，不如在家再等等，也许伯喈快回来了。

赵五娘 （拿起琵琶，坚定地）我打算改换衣装，扮作道姑，将琵琶做行头，沿街上弹几个行孝的曲儿，换一口吃食。太公不必为我担心。我已在家等了三年，不能再等了。我今日便要行了。

张太公 （看到地上的画卷）那这是什么？

赵五娘 这是我为公公、婆婆画的肖像。这几年，我和公婆厮守苦熬，如今要走了，也不舍得他们。好在，奴家自幼薄晓得些丹青，便画取了公婆真容，背着一路去也似相依相伴。但遇小祥忌辰，展开与他烧些香纸，祭奠些酒饭，也是奴家一点孝心。

张太公 你这份孝心真可感天动地。你这画一定逼真，借我看看。

〔赵五娘展开画卷，给张太公端详。

张太公 （拭泪状）老员外、老安人，画得像，画得像啊。
（唱）死别多成梦里灵，
谩劳孝妇写遗影。
可怜不得图家庆，
画工精不负丹青。
千愁万恨在眉峰，
衣衫破损鬓须损。

只怕蔡郎不识面，
赵女空描别后神。
五娘子，你既然要远行，我这几贯钱与你，也算我路上稍稍助些盘缠。

赵五娘 太公已帮我太多，怎么还能再收太公资助。

张太公 不妨事，你快收下吧。你一个女子，孤身外出怎能没有银钱傍身。

赵五娘 多谢太公。奴家去后，公婆坟茔，望太公看二老昔日之面，早晚看管。

张太公 这个不妨，你且放心前去，老夫自会照看。

〔赵五娘向张太公躬身告辞。

赵五娘 如此，五娘告辞。

张太公 五娘子，且慢，老夫还有几句话嘱咐你。

赵五娘 请太公指教。

张太公 （唱）当日分别初成婚，
你容颜娇媚正青春。
如今却遭饥荒苦，
你瘦骨嶙峋非旧形。
更何况，一别三年如隔世。
你须记，知人知面不知心。
逢人下气问虚真，
久留京城必有因。
慢说千般苦与泪，
且用琵琶诉心声。
未可便说是原配，
未可便说剪香云。
未可便说丧双亲，
未可便说包土裙。
先提老张这亲邻，
先谈家乡旧名姓。
探得他有思旧意，
方可全抛一片心。

赵五娘 多谢太公教诲，五娘铭心镂骨，不敢有忘。

张太公 五娘子，早去早回。

〔切光。

第六场　琵琶诉衷

〔牛府，牛小姐闺房。蔡伯喈上场，牛小姐紧随其后。

牛小姐　相公，你这是要去哪儿？

蔡伯喈　夫人，我去书馆坐坐。

牛小姐　相公，春光这般好，不如陪我去花园转转？

蔡伯喈　（客气地）我还有份奏折要写，不如让惜春陪夫人去吧。

牛小姐　（唱）相公啊，这些年，紫襕玉带身上佩，
每日间，猩唇豹胎来加菜。
五花头踏马前摆，
三檐伞儿头上戴。
你为何，眉头深锁无事戚，
成日里，悲戚萦怀独自哀。

蔡伯喈　（唱）紫罗襕，倒是教我身上碍，
皂朝靴，怎敢去胡乱撒挥。
忙茶饭是最伤胃，
愁酒杯我不敢醉。
只盼着待漏随朝，
春花秋月任自在。

牛小姐　我知道相公平日公事辛苦，要不然，我叫爹爹与你调一个清闲位置？

蔡伯喈　多谢夫人好意，那倒不必了。我寒窗苦读一番所学，为朝廷尽力筹谋，本就是分内之事。

牛小姐　你总是愁眉苦脸，我也是担心你。这些年，你一直随我在相府居住，是不是家中有什么不如意？明说与我知道。我们夫妻一体，我总是要帮你的。

蔡伯喈　夫人多虑了，我对家中没有什么不满意的。

牛小姐　莫不是，秦楼楚馆中有什么得意人儿，让你牵肠挂肚？你放心，我虽是相府千金，也识大体。

蔡伯喈　不不不，哪有这样的事。夫人，你莫瞎猜了。

牛小姐　（唱）夫妻该以诚相待，
你却是哑谜难猜。
你总是愁眉苦脸，
究竟那心事何来。

〔蔡伯喈背对着牛小姐。

蔡伯喈 （唱）夫人缠得我无奈，
千言万语口难开。
她虽则温柔贤惠，
牛太师威势相随。
夫妻且说三分话，
谋外任隐忍为怀。
（转身面对牛小姐）夫人，真的没有什么，你莫要瞎猜了。时候不早，我去朝中点卯了。

〔蔡伯喈下。

牛小姐 相公？相公！

〔牛小姐无奈坐在梳妆台前，对着梳妆台发愁。

牛小姐 菱花镜啊，菱花镜，我与他共枕同衾这些年，他心里分明有事啊。

〔惜春上。

惜　春 小姐，可是不喜欢这妆容？要不要换支钗来戴？

牛小姐 （摇了摇头）不是，我只是在想相公。

惜　春 姑爷？姑爷刚刚去书房了呀。他有什么值得小姐犯愁的？他状元及第，相貌风流，斯文儒雅，可是老爷千挑万选出来的，天下第一等的好女婿。

牛小姐 是啊，是天下第一等的好女婿。罢了，说了你也不懂。

惜　春 小姐，你是不是觉得闷了？最近有个道姑在街坊间唱道情，有些名气。我着人请了她来，不如让她与你说说外面的事，解闷开心？

牛小姐 左右无事，你去把她唤来吧。

〔惜春下场，很快又引着道姑打扮的赵五娘上场。

赵五娘 夫人稽首。

牛小姐 道姑何来？

赵五娘 贫道远方人氏。

牛小姐 到此何干？

赵五娘 特来府中抄化。

牛小姐 你有什么本事，到此抄化？

赵五娘 贫道不敢夸口，大则琴棋书画，小则针指工夫，次则饮食肴馔，颇谙一二。

牛小姐 （惊讶地）我看你也是梳妆淡雅，丰姿堪描堪画，又有这等本事，在街坊抄化也是可惜，不如在我府中吃些安乐茶饭如何？

赵五娘 若能如此，贫道感恩匪浅。只怕自身没福气，无可称夫人之意。

惜　春 哎呀，小姐，她是远方人士，要详细问了来历，方可留她。

牛小姐 这就问了便是。

惜　春 道姑，你是从幼出家的，还是在嫁出家的。

赵五娘 贫道在嫁出家的。

牛小姐 从幼出家的怎么说？在嫁出家的怎么说？

惜　春 小姐，从幼出家是没丈夫的，在嫁出家是有丈夫的。那道姑是有丈夫的。

牛小姐 呀，险些儿差了。他既有丈夫的，府中便难以收留。惜春，一会儿，你多打发些斋粮与她，叫她别处抄化去。

惜　春 道姑，小姐说你有丈夫，便多打发斋粮与你，别处去抄化罢。

赵五娘 天呐，我不该有丈夫的。小姐，其实贫道非因抄化来，却是来寻丈夫的。

牛小姐 寻丈夫？你丈夫姓甚名谁，为何夫妻不在一处？

赵五娘 （背对牛小姐和惜春）夫人问我丈夫姓名，若直说出来，恐怕夫人嗔怪。若不和她说，此事又终难隐忍。我如今且把蔡伯喈三字拆开与她说，看他意下如何。（上到牛小姐跟前）夫人，贫道丈夫姓祭名白谐。人人都说道在牛府中廊下住，我千里迢迢过来，就是来寻他的。

牛小姐 呀！竟是我府中人。惜春，你去问问院子，怎么回事。若真在我府上，也叫他过来，我好成人之美。

惜　春 哎呀，哪里还用问别人。小姐，我在府中这么多年，从来没听说过什么祭白谐。道姑，你别是打听错了吧？

赵五娘 人人都道他在府上居住。若不在府上，莫不是死了吧。那叫我以后依靠何人啊？（哭泣状）

牛小姐 道姑，你不要哭。这样吧，你且在我府中住下，我让人帮你在左右街坊家也打听打听。

赵五娘 若能如此，小姐恩同再造。

牛小姐 只是你在我府中，不能做这般打扮，还是换一件衣衫吧。

赵五娘 贫道有十二年大孝在身，不敢更换。

牛小姐 大孝不过三年，如何有一十二年？

赵五娘 贫道公公死了三年，婆婆死了三年。薄幸儿夫，久留京城，一去不还。我替他带六年，共成一十二年。

牛小姐 竟有这等行孝妇人！道姑，你公婆为何双双命掩黄沙？

赵五娘 （唱）荒年家贫势颓败，
儿居京华不见回。
难忍饥饿吃糟糠，
年老体弱性命毁。
造孤坟，麻裙包泥入坟茔，
手指伤，血痕染衣痛难挨。

牛小姐 （唱）道姑她，这番话令我心惊，
想蔡郎，久别二老难回归。
故而他，几次三番辞官去，
想来是，思亲心切心有愧。
道姑，你是哪里人士？

赵五娘 贫道，陈留人士。

牛小姐 陈留？我相公也是陈留人。你知不知道他？他名唤蔡伯喈，是陈留出来的才子，年前得中状元。

赵五娘 原先在陈留，倒不知道。进了京城，大名如雷贯耳。

牛小姐 那你知道他原先在家乡，是什么样子吗？

赵五娘 知道。

牛小姐 你当真知道？快与我说说。

赵五娘 （唱）他本是，陈留草庐一秀才。
早娶妻，夫妻恩爱画眉黛。
三年前，离别父母上京畿。
成就他，相府贵婿梁栋材。
只可叹，家中二老饥荒死，
却劳那，五娘造坟将孝戴。

惜　春 你说什么？休要胡说！我家姑爷怎会有原配夫人。

赵五娘 姑娘若是不信，只管派人去陈留打探。

惜　春 小姐，你不要听她的。她前头还说，在陈留时，不知道姑爷大名呢。

牛小姐 惜春，你不要说话，让我静一静。
（唱）听言语，叫我心中多凄哀。
细思量，蔡郎言行多可追。
莫非是，家中真有旧妻房。
怪不得，新弦旧弦常萦怀。
痛痛痛，琴瑟和鸣成空想。
错错错，爹爹逼婚将我害。
难难难，污名已成怎洗清。
罢罢罢，让贤居下将错改。

道姑，我问你，你可知那原配姓甚名谁，现在何处？

赵五娘 夫人，她姓赵名五娘。你寻她作甚？

牛小姐 我原不知这里的纠葛，如今既然知道，自然要纠正这错中错。命人去将那赵氏女请来，将这妻位让贤与她。

赵五娘 夫人当真这么想？

牛小姐 自然。怕只怕，这一路苦辛，她不肯来，不愿来，倒叫我望得眼巴巴。

赵五娘 （背对牛小姐，唱）

这番话，是真愧还是假悔，
她当真，如此贤惠成人美？
我已是，三年艰辛难忍耐，
赌一赌，博个结果早身退。

夫人，若要识蔡伯喈妻房——

牛小姐 她在哪里？

赵五娘 远在天边近在眼前。

牛小姐 （惊得起身）是你？祭白谐，祭白谐，原来是蔡伯喈。（立刻上前）姐姐，受我一拜。

赵五娘 （扶住牛小姐）夫人，快快起身。我怎么受得起你这般大礼。

牛小姐 公死为我，婆死为我。你在家乡吃苦受罪，我却安然无恙。这礼，你定受得起。姐姐，我这便安排你和相公相见。

赵五娘 见他？这……

牛小姐 姐姐，你莫非心中怪他？你不要怪他。其实，他在这里，并不开心，心中也常惦念着你们。只是他辞官不可，辞婚不可，才不得不留下。

赵五娘 夫人，他当初也是没奈何，爹爹强逼他赴科考，却是辞爹不肯听他话。

牛小姐 只为三不从，竟然做出这天大的灾祸来。姐姐，你随我去更换衣衫，我带你去书馆见他吧。

赵五娘 慢。多年不见，我容颜憔悴，他怕是认不得我这容貌了。我这里有公婆画像，夫人若慈悲，容我题诗一首，再挂在他书房之上。我的笔迹，兀自如旧。他若认得我翰墨，心有触动，我再去见他。

牛小姐 好，都听姐姐安排。

〔切光。

第七场　书馆重见

〔蔡伯喈书房，蔡公、蔡婆的画像挂在中堂。
〔蔡伯喈上。

蔡伯喈　（唱）当年素服一书儒，
于今腰下佩金鱼。
虽居凤阁鸾台上，
萤窗雪案不可辜。
事业要当穷万卷，
庶可留志于诗书。

〔蔡伯喈走到书案前翻书。

蔡伯喈　（接唱）读尚书，虞舜至纯孝顽父，
阅春秋，颍考叔尝羹思母。
我如今，高官厚禄享清福，
却反倒，父母恩情全辜负。
那书中，哪句不说孝和义，
叹双亲，教儿读古圣文赋。
反教我，撇却椿庭萱草堂，
失糟糠，常吟白头心凄楚。
比似我，负义亏心台馆客，
倒不如，守义终身田舍夫。

〔蔡伯喈失落地在书桌旁坐下。

蔡伯喈　也不知二老和五娘在家乡，过得怎么样。

〔蔡伯喈忽然注意到堂上挂着的画像。

蔡伯喈　这里怎么会有两幅画像？待我取下，仔细看看。
（接唱）细端详，好似我双亲样模，
这笔触，也似我媳妇画涂。
画中人相貌虽似，
衣衫破损容颜枯。
五娘孝顺针指巧，
必不会亏待翁姑。
天下面貌有厮像，
此画定是放置误。

〔蔡伯喈翻过画，细看背面。

蔡伯喈 这背面竟然有诗一首。（细看诗句）“昆山有良璧，郁郁璠玙姿。嗟彼一点瑕，掩此连城瑜。人生非孔颜，名节鲜不亏。拙哉西河守，胡不如皋鱼？宋弘既以义，王允何其愚。风木有余恨，连理无傍枝。寄与青云客，慎勿乖天彝。”这……这画到底是谁放在这里的？待我问一问夫人便知。夫人，夫人！

〔牛小姐上。

蔡伯喈 今日，谁人到我书馆中来？

牛小姐 没有人。

蔡伯喈 这画后题诗，墨迹未干，定是有人刚刚题的。

牛小姐 什么诗？让我看看。（拿过画卷看诗）相公，这诗是何意？你与我解一解。

蔡伯喈 这诗里用典，句句说的是，能忠不能孝，能孝不能忠。说贫贱之交不可忘，糟糠之妻不下堂；说树欲静而风不止，子欲养而亲不在。这句句说的都是我，等闲怎敢如此。

牛小姐 句句说的是你？糟糠之妻不下堂，子欲养而亲不在？

蔡伯喈 （大惊）夫人，你是不是知道了什么？

牛小姐 我且问你，那不奔丧和那自刎的，哪一个是孝道？那不弃妻和那弃妻的，哪一个是正道？

蔡伯喈 那不奔丧和弃了妻的是乱道。

牛小姐 且如你这般富贵，腰金衣紫，假有糟糠之妇，褴褛丑恶，可不辱没了你？

蔡伯喈 夫人，你说哪里话！纵是辱没杀我，终是我的妻房，义不可绝！

牛小姐 有你这句话，便知你不是个负心薄幸人。我定当做个贤妇，管教你夫妇会合在今朝。姐姐，你快上来吧！

〔赵五娘上。

蔡伯喈 她是谁？

牛小姐 相公，她从陈留郡为你来寻讨。

蔡伯喈 （凝神细看）娘子，是你！你怎么穿着破袄，衣衫缟素，莫不是我双亲不保？

赵五娘 官人，从别后，遭水旱，我两三人只道同做饿殍。

蔡伯喈 张太公不曾周济你么？

赵五娘 只有张太公可怜，叹双亲别无倚靠。

蔡伯喈 后来却如何？

赵五娘 二老颠连相继死。

蔡伯喈 原来我爹娘都饥荒而死了？那这画像就是爹娘真容？

赵五娘 （唱）不，这不是真容。这画像，描不出他心头苦，
描不出他饥症候。
描不出，望孩儿睁睁两眸，
只画得，他发飕飕衣衫污。
若画做庞儿带厚，
却不是五娘舅姑。

蔡伯喈 陈留到京城，路途遥远，你哪来的盘缠？

赵五娘 乞丐把琵琶拨，怎禁路遥。

蔡伯喈 （唱）听言语，痛伤噎倒心头堵，
邕不孝，父母恩情俱相负。
娘子啊，为我受恼受劬劳，
葬爹娘，替我戴孝衣缟素。
我早该，脱巾帽，解却衣袍，
上辞表，踏归途，祭拜父母。

〔幕外合唱——
只为君亲三不从，
致令骨肉两西东。
今宵剩把银缸照，
犹恐相逢是梦中。

〔切光。

第八场　风木余恨

〔蔡公、蔡婆坟前。张太公拄着拐杖，缓步上。
〔灯暗。

张太公 （唱）青山古木何时了，
断送伤心人多少。
孤坟谁与扫荒苔，
连冢阴风吹钱钞。
老汉曾受赵五娘嘱托，教我为她看管坟茔。这两日有些闲事，不曾看得。今日特来走一遭。

〔张太公做洒扫坟茔状。

张太公 老员外、老安人，自古道：未归三尺土，难保百年身；已归三尺土，难保百年坟。只怕你难保百年坟，我老夫在日尚来为你看管，若老夫死后，教谁添上你三尺土哦。

〔赵五娘、蔡伯喈一身缟素，携手上场。众侍从侍女随行。

蔡伯喈 （唱）伤心满目看荒郊。

赵五娘 （唱）青山隐隐人寂寥。

蔡伯喈
赵五娘 （接唱）恸哭无声长夜晓，
将泉下双亲相吊。

蔡伯喈 （接唱）他乡万点思亲泪，
不能滴向亲坟包。

赵五娘 （接唱）如今有泪滴家山，
叹息双亲魂已遥。

〔蔡伯喈扑向坟前跪下。

蔡伯喈 爹、娘，不孝儿蔡伯喈回来了！

赵五娘 公公、婆婆，我把伯喈带回来了。

〔张太公惊疑不定地看着二人和侍从。

张太公 五娘子，蔡伯喈，你……你们回来了？

蔡伯喈 张太公，我回来了。

张太公 蔡伯喈，你回来迟了！

蔡伯喈 我知道。

张太公 不，你不知道！（举起棘杖欲打蔡伯喈）我今年已七十岁，比你爹爹少一旬。他去时，身旁无有孝子摔盆，心中无限惦念，只能交托与我。我这就代他打你三杖，你服是不服？

蔡伯喈 不孝儿，受杖！

赵五娘 不，太公不要！

蔡伯喈 娘子，你让开。

赵五娘 太公，他不回来也是不得已的。

张太公 我问你，你如今腰金衣紫，铜锣开道，想来是荣归故里。这些年，你在京城做什么？

蔡伯喈 我……我考中了状元。

张太公 上科发榜已是一年前的事，你那时为何不回来？

蔡伯喈 我也没有办法。天子赐婚，牛太师强留，只得在相府成婚，羁留至今。

张太公 原来如此，原来如此！

（唱）中状元，当朝太师女婿招。
天子赐，一介寒士身难逃。
遇荒年，贤惠女，糟糠自捱。
解衣裙，终有尽，老弱无靠。
公婆猜疑她藏私，
亲见后双双痛倒。
为造坟麻裙包土，
为殡敛将头发绞。
这等贤妇世间少，
你如何酬她苦劳？

蔡伯喈 娘子，这些事，你为何都不与我说？

赵五娘 相公，过去的事，还说它做什么。

蔡伯喈 我当年不该上京，不该考科举，我若在家中，怎会让你和爹娘如此受罪。

张太公 你便是留在家中，又能如何？你一介书生，手不能提肩不能挑，灾荒年，更无人可依赖。你若留下，你们夫妻俩不过是另一对老员外老安人。

蔡伯喈 那至少也是一家团聚。

张太公 不要说丧气话了。你考中状元，至少也圆了你爹的一桩心愿。他生前不能享你的禄养，死后亦得沾你的恩典。祭拜之后，上京好好做官便是。

蔡伯喈 上京？不，我不能再上京了。

张太公 不上京？你留在这里做什么？

蔡伯喈 我若上京，娘子在京城何以自处啊。

赵五娘 是啊，那京城中还有牛氏夫人，终没有我栖身之处。

〔王宦官、牛小姐上。牛小姐已大腹便便。

王宦官 （唱）传丹诏，奔千里，路途遥遥。
劝孝义，道旌表，将贤名昭。
蔡伯喈、赵五娘，听旨！

〔众人跪下听旨。

王宦官 圣旨已到，跪听宣读。皇帝诏曰：朕惟风俗为教化之基，孝悌为风俗之本。其有克尽孝义，敦尚风化者，可不奖劝，以勉四海。议郎蔡邕，笃于孝行。富贵不足以解忧，甘旨常关于想念。虽违素志，竟遂佳名。委职居丧，厥声尤著。其妻赵氏，独奉舅姑。服劳尽瘁，克终养生送死之情，允备贞洁韦柔之德。糟糠之妇，今始见之。牛氏善谏其父，克相其夫。罔怀嫉妒之心，实有逊让之美。曰孝曰义，可谓兼全。斯三人者，朕甚嘉之。使四海亿兆，皆当仪刑斯人，垂范将来。风移俗易，教美化行。唐虞三代，诚可追配。是用宠锡，以彰孝义。蔡邕授中郎将，妻赵氏封陈留郡夫人，牛氏封河南郡夫人，限日赴京；父崇简赠十六勋，母秦氏赠天水郡夫人。于戏！风木之情何深，式彰风化之表；霜露之思既极，宜沾雨露之恩。服此休嘉，慰汝悼念。谢恩！

〔蔡伯喈呆立当场。

牛小姐 相公，还不快快谢恩。

蔡伯喈 夫人，你，你也来了？这人间孝者亦多，我何足称孝。这圣旨，如何接得。

张太公 伯喈，话不能这么说。老夫当初也只道你贪名逐利，撇了父母妻室，不肯还家。到如今，明分晓，其中皆有原因。圣上下旨奖赏与你，耀你门闾，进你官职，孝义名传天下知。这才是你对老员外老安人的至孝啊！

王宦官 蔡议郎，快快接旨！

赵五娘 相公，你谢恩吧！

蔡伯喈 谢主隆恩！

〔众人起身。王宦官将圣旨交付给蔡伯喈。

王宦官 蔡议郎，你收拾一二，便随我上京，亲谢皇恩吧。

〔王宦官带着众人离开。场上只留下蔡伯喈、赵五娘、牛小姐三人。
〔蔡伯喈捧着圣旨，一脸茫然。

蔡伯喈 娘子。

赵五娘 相公，你回京去吧。圣上封我为陈留郡夫人，以后我便安心留在陈留，替你照顾公婆坟茔。你和妹妹回去好好过日子吧。

蔡伯喈 夫人，你，你这孕身？

牛小姐 你离京之后，才发现的。从京城到陈留，这孩子已六个月了。

赵五娘 妹妹比我贤良，将来可以为蔡家留下好香火。相公，你们走吧。

〔赵五娘背对二人，在蔡公、蔡婆坟前跪下。蔡伯喈依然茫然，牛小姐上前牵起他的手。蔡伯喈不得不跟着牛小姐离开。

〔幕后合唱——

莫道名高与爵贵，
须知子孝与妻贤。
可惜二亲饥寒死，
博得孩儿名利归。

〔幕落。

〔剧终。

乱世情缘

据元杂剧《红梨记》改编

川剧·高腔

编剧：孟立敬

《乱世情缘》是根据传统剧目《红梨记》改编的。在战乱中的一对倾心恋人赵伯畴和谢素秋，阴差阳错，无缘相见。豪强逼迫，乱世相扰，有情人总被分离，付真心终得团圆。在该剧本的改编中，去除了原来故事中神鬼的戏份，符合当前的戏曲创作要求。我着重将原本中《醉隶》一折进行了重新的解读，增加了其唱词的文学感和情节的幽默感，再次塑造"醉隶"这一关键形象。通过对于原有剧本的整合和改编，使得剧情更加符合现代戏曲舞台演出需求，更方便在舞台上给观众呈现这段乱世情缘。

第一场　月圆人散

〔灯市，众百姓上。

众百姓　看灯去啦！花灯好啊，好花灯。

（唱）汴梁城中风光好，

金莲万朵天街照。

千盏花开映碧霄，

万户灯耀笙歌闹。

火树星桥，

龙灯凤烛相辉映。

恨奸贼荒年偏把丰年报，

说什么功盖尧舜，

雨顺风调。

须预借元宵，

恐日后阴晴不保。

似这等昏君无道把民扰，
看将来法理难饶。

〔钱孟博、赵伯畴：带醉上。
〔钱孟博【园林好】，内放“头子”。

钱孟博 （帮）城郭日落悲歌泣，
山河破碎满苍夷。
罄竹难书奸逆罪，
恼恨君皇难明理。
明朝龙泉双手持，
不灭王贼誓不归。
赵伯畴 【前腔】
权臣当道社稷危，
鬼火幽幽夺明辉。
空负鸿志难作为，
功名半世总须臾。
海清河晏平生慰，
挽手西施五湖归。
（帮）挽手西施五湖归！
钱孟博 醉了，打轿来。
赵伯畴 向哪里去？
钱孟博 禁城看灯去。
赵伯畴 这三杯……
钱孟博 堂倌，拿酒来！
赵伯畴 走呀。
钱孟博 走呀。
赵伯畴 错了错了，走这边。
钱孟博 走这里！贤弟，你来看，那才是禁城。
赵伯畴 还是去梨香园的好。
钱孟博 还是走紫禁城的妙。（相互扭打）

〔灯差、灯官上。

灯　差 （向官）这趟差事总算是交了。
灯　官 改日有请！
灯　差 那娃就走这头啦。

〔钱孟博扭灯差，赵伯畴扭灯官。

钱孟博 对，就是走这里。（灯差惊）
灯　官 等一下，我还有话说。
赵伯畴 有话进院再说不迟。（灯官惊）
钱孟博 今年花灯好得很啊！
灯　差 （喜）承蒙夸奖，小人是初次经办！
灯　官 进院？
赵伯畴 难道仁兄还不知道梨香园的谢素秋嘛？
灯　官 那是我们汴梁城中大名鼎鼎的头牌歌妓，怎会不知道？
赵伯畴 那才好啊，我们弟兄挽手而行。
钱孟博 看了灯，再去沽饮几杯如何？
灯　差 那怎么要的？
钱孟博 走。（与灯差下）
赵伯畴 你误了我的大事啦！
灯　官 没有啊？学士公，要认清楚哦。你看看我是谁？
赵伯畴 （惊）你是……
灯　官 下官乃是总管九门的灯官。学士公你吃醉了。
赵伯畴 灯官？（酒略醒）啊？学生失礼啦！（放开手，找钱孟博）孟博兄，醉成那个样儿。转来，转来！
灯　官 呀！妙呀妙呀！你看这两个“酒对水”。（下）
谢素秋 【前腔】

天渐晚月爬苍穹，
娇嫦娥不知谁宠。
车马萧萧心头动，
未知谁是那书生？

（帮）未知谁是那书生？

师傅，奴家与解元公相约，师傅可曾面见他本人呢？
姚咏庵 为师不仅亲自见了本人，而且约之再三，言到：解元公啊解元公，莫要忘了“月上柳梢头”哟！解元对我说：学生不会忘记这“人约黄昏后”的！怎能负约？怎能负约？
谢素秋 如此说来，他会来的？
姚咏庵 解元是至诚至信之人，怎会不来？
谢素秋 他要来。师傅，你看那远处一笼灯火来了！

〔众校尉拥车上。

校　卫 梨香园听着：相府有差，谢素秋即刻过府侍宴！

〔谢素秋欲不去。

姚咏庵 去吧。

〔谢素秋将诗文付姚咏庵，上车，将帘打起频望。

谢素秋 【合同】
（帮）望不见人儿来到，
盼不回书生应召。
腹中有气气难解，
心中有恨恨怎消！

校　尉 走！

〔谢素秋等人下，钱孟博、赵伯畴上。

钱孟博 【红衲袄】
酒逢故人千杯少，
（帮）千杯少！
（接唱）难得他乡遇挚交。
叹愚兄为官雍丘多烦扰，
民情庶务费新劳。
你看这预借元宵乐逍遥。
银花火树灿星桥。
哪能如贤弟洒脱笙歌笑，
似这般把酒问月度良宵。

赵伯畴 【前腔】
弟赴京城候科考，
久客汴梁心无聊。
想前年弟兄泣别济州道，
今朝重逢识音貌，
本应与兄把酒笑。
怎奈有约在今宵，
多只因小弟消遣谱曲调。
无非是欲借宫商慰寂寥，
谁曾想韦娘一曲争相效。
梨香院素秋才志高，
弟也曾走访伊人人皆渺。
她几番相约几番召，
从今晨姚咏庵老亲来将我叫。
她等到月挂星河上柳梢，

你看着银盘水泻人寂静，
怕只是此番相会又徒劳！
（帮）此番相会又徒劳。

钱孟博 【前腔】
劝贤弟定要务正道，
锦绣前程莫轻抛，
鱼跃龙门抒怀抱，
自有那如花似玉美娘娇。

赵伯畴 【前腔】
都言世间知音少，
文君求凰曲格高。
伯牙子期成绝调，
秦楼明月夜吹箫，
此中不足为外人道。
仁兄不解反嘲笑，
稍时相见便明晓。
行来不觉过画桥，
月夜深巷闻犬叫。
梨香园门儿半掩静悄悄，
檐前红灯迎客到，（探望）
纱窗无语烛影摇。
院内有人否？

姚咏庵 解元公来了，请坐。
赵伯畴 有劳。
姚咏庵 这位老爷是？
赵伯畴 这是雍丘县钱大老爷。仁兄，这就是教唱曲的姚咏庵师傅。
姚咏庵 钱大老爷。
钱孟博 姚老师傅。
姚咏庵 不敢，小老儿！钱老爷请坐，赵平，赵平，好大的瞌睡，赵平。
钱孟博 不用啰唣他们，夜已经深了。
姚咏庵 老爷同解元公都是稀客，难得来。

〔赵平上。

赵　平 （打哈欠）师傅叫我？
姚咏庵 客来了，泡茶。
赵　平 只有涪州叶子温州水，火早熄啦。

姚咏庵 那就摆酒来。

赵 平 那就只有冷烧酒啦。

姚咏庵 冷酒有热肠，拿来取暖也是好的。

赵 平 没有热香肠，只有冷盘子菜。

钱孟博 姚咏庵师傅，我们酒已经喝过，不用也罢。

姚咏庵 贵客驾到。（对赵平）哪有那么多的话，快去，快去！

赵 平 （不耐烦）是是，快去！快去。

赵伯畴 姚咏庵老师傅，怎不见你的高足，莫不是已经就寝啦？

姚咏庵 她……这里有诗句，解元公请看。

赵伯畴 （念）君来妾往总彷徨，
有心无缘难见郎。
怅恨预知深几许？
碧云横叠暮山横。
啊？老师傅，这诗句何来啊？

姚咏庵 此诗句乃是我徒弟所留。自从得到解元所制新谱以后，爱如拱璧，一经弹唱，里中姐妹无不赞叹。她久欲和解元公相见，今朝之约，已非一日，不料又成空想了。不恭之处，还望解元公见谅。

赵伯畴 又走啦？

姚咏庵 是，是。

赵伯畴 她又往何处去啦？

姚咏庵 王相府催她去侍宴。

赵伯畴 莫不是那王辅？

钱孟博 不是奸相，更是何人？

赵伯畴 几时能回？

姚咏庵 相府应差，三日不知，五日不晓。

赵伯畴 哎。

姚咏庵 归期无定啊！解元公请，钱老爷请。

赵伯畴 （拍案）哎，竟然来迟了一步。

钱孟博 她是官妓，上差也由不得她呀。

赵伯畴 【前腔】
你看这寒冬夜静风萧萧，
深院无人太寂寥。
醉后那堪愁更酒，
拼将苦酒把愁浇。（自把盏连连饮酒）

钱孟博 【前腔】
劝贤弟风华年正少，

他日金榜把名标。
莫为了花明柳绿三春好，
忘却这鹏程鲲路万里遥。
待来朝高中早把音信报，
忽听得角楼更鼓咚咚敲。
（帮）角楼更鼓咚咚敲。
现已经三更啦，愚兄要转回住处，适才之言，望勿见罪。

赵伯畴 仁兄一番忠言，我怎会见怪。你我兄弟相见不易，怎料又要分别相去。待愚弟我送你一程。

钱孟博 外面风雪甚大，不必了。（下）

赵伯畴 姚咏庵师傅，此处可有纸笔？待小人与素秋姐回书。

〔赵平上纸砚，赵伯畴来写。

赵伯畴 【前腔】
素秋浓情无限娇，
生愿许她琴瑟调。
又恐夜深花已去，
请谁人去把书信捎？
（帮）请谁人去把书信捎？
老师傅，我这里有书信一封，今夜可有人与我送与素秋姐可好？

姚咏庵 赵平，快去与你姐姐送书信去。

赵　平 夜深了，我不去。

姚咏庵 你小子越来越坏啦。你当真不去？

赵　平 我明天去。

赵伯畴 我这里有几文铜钱，拿去买茶吃。

〔赵平面露喜色，接钱。

姚咏庵 解元公快放下。赵平，不许接，小心我告你姐姐，你快去。

赵　平 不要就不要，风大雪大，大半夜送信。（一把抢过铜钱，跑下场）记着给我留门啊！

〔幕内：【尾声】
解元来得不凑巧，
今朝不见盼明朝。

第二场　豪宴薄情

〔众家园拥着王辅上。

王　辅　（帮）官居极品，
势压群臣，
谁似我天颜常近！
下官王辅，宋天子驾前为臣，官拜太傅之职。只因现今海内相安，朝廷无事，我就上本一奏，说今冬天气和暖，诚恐正月里阴晴难定，应该及时行乐。就此隆冬腊月，令民间大放花灯。龙心大喜，近日来宴设内廷，特令下官陪侍，因此一连数日，不得回家。倒是把下官累坏啦，难得偷闲片刻。家院，昨日大内应差的歌姬班头叫什么名字？

院　子　名叫谢素秋。

王　辅　叫来没有？

院　子　等候多时啦。

王　辅　叫他们都上来。

院　子　是。

〔歌姬上场。

四歌姬　见过相爷。

王　辅　罢了，你们哪个名唤谢素秋。

院　子　禀相爷，谢素秋刚刚过府，正在更衣。

王　辅　快快与我叫来。

〔谢素秋上。

谢素秋　来了，小女子谢素秋见过相爷。

王　辅　你就是谢素秋？来得好。家院，看宴来。

〔众舞。

谢素秋　【香柳娘】
（帮）叹青楼寄身。
叹青楼寄身，
柳娇桃嫩，
怨憎绮罗烟火阵。
怪双娥蹙平，
处处落花痕，
年年送春恨。

判行乐及辰，
（帮）判行乐及辰。
只恐是后月今宵，
阴晴无准。

王　辅　唱得不错，只是太过于冷清了。谢素秋过来，再近身来。想我府庭之中，姬妾虽多，却没有你这般姿色。从今以后，就留在相府之中，陪伴老夫如何？

谢素秋　相爷，奴本烟花，怎堪留在相府！

王　辅　你要知道，本相实在怜悯你！你来看：
【风入松】
贵为当朝一品臣，
浩浩权势谁敢侵。
你几世修来这福荫，
残花败絮当夫人。
今日从了相爷命，
捧你手中做宝珍。
莫作姿态速应允，
我管你三心二意。
却为何迟疑不定？
岂甘心？
秋月春风染裙钗，
长做娼门卖笑人。
（帮）秋月春风染裙钗，
长做娼门卖笑人。

谢素秋　【课课子】
多谢相爷美盛情，
娼门素秋幸见怜。
相府妻妾数不清，
天下富贵集一身。
九州美色都归尽，
何差倚门卖笑人。
愿相爷积福与儿孙，
恕却奴家章台贱品。

王　辅　了得。
【棉搭絮】
骂声贱人没福分！

敢道本府没仁心。
说什么天下美色都归尽，
这是尔自甘贫贱，
卖笑娼门，
可惜你无此福分。
也罢！
（唱）速速去，
莫停留。
（帮）莫停留。
谢素秋　奴家谢过相爷。（假下）
王　辅　呀！
【风入松】
环佩玉鸣云鬓横，
秋波暗送摄魄魂。
这美色要人性命，
难舍她窈窕娉婷。
（帮）难舍她窈窕娉婷。
转来！
谢素秋　唤奴家转来，相爷又有何吩咐？
王　辅　本相要问你，可知你家相爷官居何职？
谢素秋　奴出入侯门相府，已非一日，相爷的官位嘛？哪有不知晓的道理。
王　辅　既晓得，你且讲来。
谢素秋　相爷请听。相爷乃是当朝赫赫有名的太傅，加封楚国公。
王　辅　着。
谢素秋　位居元宰，宠冠群僚。
王　辅　着，说得对。
谢素秋　圣上是太上道君皇帝，相爷是小王太傅。
王　辅　着着着，越发说的对啦。
谢素秋　奴家不但知道相爷的官位，而且还知道相爷有许大的功劳。
王　辅　本相是有许大的功劳，你可讲来。
谢素秋　奴久闻里巷的人言：有一日圣上站立在墙边，意欲上墙观景。奈何无有梯子，多亏相爷你将腰这么一弯，用背乘住圣上双脚，才得爬上墙头，彼时官人连声叫好：好一个爬墙的天子。那天子也大声笑道：多亏你这筑岩丞相！
王　辅　嘿。（假笑）道起本相的笑话来啦。你这丫头能知什么？我且问你，你既知本相权高势大，就应该依从才是。

谢素秋 【前腔】

功高权重盖群臣，

昏皇帝也得让三分。

庶民谁敢来违命，

株连九族和满门。

我相爷在朝居极品，

珍宝贡品尽侵吞，

万千美色藏朱门。

贼心不足蛇吞象，

竟将权势逼钗裙。

宁死不从玉石焚，

留的千秋骂宰名。

（帮）留的千秋骂宰名！

王　辅 了得！你这贱人，我倒有心抬举与你，你反而言语诋毁本相。难道你欺我的宝剑不利？

谢素秋 剑嘛？你家姑娘倒是要试试。

王　辅 本当将汝杀了，哼。我将你拘在府中，难道怕你飞上天不成！你是从了本相的好，若不然啊？哼哼。

谢素秋 又怎样？

王　辅 若不然——我能把你怎样！花婆走来。

〔花婆上。

花　婆 老奴见过相爷。

王　辅 花婆子，你把这贱人带去关在后花园。速去。

〔谢素秋、花婆欲下。

王　辅 转来。本相的人倘若差了你的头发，小心你……

花　婆 知道，走吧！

谢素秋 （念）纵有牢笼难杀羽，

此身由我不由人。

〔谢素秋、花婆下。

王　辅 （念）任你心坚如铁石，

本相自有化铁炉。

〔同下。

第三场　明栈暗度

〔四金将上。

四金将【清江引】
萧萧铁骑路迢迢，
塞满关山道。
弯弓雕翎靠，
铁甲寒光耀。
看弹指间，
奔汴梁。
如电扫。（下）

〔众百姓惊惶奔跑。王府中丫环、院子抱着箱子惊惶奔跑，与花婆对上，将花婆撞倒在地。花婆一手提灯，一手提饭篮，倒地再起，灯已经熄灭，吹烛不燃，摸饭篮菜饭还未打泼，作摸路状。

花　婆　鬼撵起来啦！把我老婆子撞倒在地上。月亮啊月亮，你真真的是好懂事好乖哦。不然，就叫我老婆子打黑摸啦！（摸出钥匙开门）素秋、素秋，快把灯掌出来用饭啦。

〔谢素秋掌灯上。

谢素秋　来了。
（吟诗）宫商曲调寄相思，
谱中有誓两心知。
此时人远天涯近，
求知相会在何时。
妈妈转来了。

花　婆　喔……饭菜来了。你，你用点吧？

谢素秋　奴不用啦，妈妈。

花　婆　不用？你看你姑娘来了这么久，水米也未曾沾，你饿的倒好久啊？快用点，不用？不用老婆子我要怄气了啊！

谢素秋　妈妈，奴家真的是不想用。

花　婆　你真的不用那就算啦，你要用的时候跟我老婆子讲。

谢素秋　谢谢妈妈。

〔谢素秋拿起桌上的琵琶，临窗对月空弹《水殿风凉》。

花　婆　姑娘，你是真真的弹得好啊。我且来问你，刚刚弹的是什么曲子？

谢素秋　《水殿风凉》。

花　婆　怪不得吹得人条条颤哩，是现在的人教的？

谢素秋　是一姓赵的解元新谱的。

花　婆　赵解元谱的这么好听。不晓得那人生的多好看啊？

谢素秋　人才只有好看呀！

花　婆　人才好看，这样说来，你一定是喜欢他啦？（谢作羞涩状）你看你羞成那样子。素秋，等老婆子跟你说，刚才你这一调有调无词，听起来有些乏味。现在捡有词的调弹来可好？

谢素秋　难得妈妈不嫌弃奴家。不知妈妈是要听古书，还是今文？

花　婆　老婆子把古书都听厌啦，今文又有啥子听头。何不把你的心事弹上一听呢？

谢素秋　妈妈请坐，听奴家慢慢诉来。

【棉搭絮】

（帮）弦未成曲珠泪垂，

思量身世不胜悲。

朱颜倚门多憔悴，

浮萍杨花漫天飞。

盼郎归，

奴本无罪，

身陷牢围。

奴这厢万千愁绪无人慰，

我把这柔情衷肠诉与谁？

心儿破碎，

泪儿连缀。

都言上苍有慈悲，

为何不怜花被摧。

忽听得金鸡远唱，

更鼓频催。

（帮）更鼓频催。

妈妈，现在几更啦？

花　婆　三更。

谢素秋　【前腔】

谯楼更鼓声声催，

晚风阵阵入帘帷。

锦帐红烛人未寐，

此身犹自受羁绊。
叹奴家娼门犹难回，
自惭淤泥污珠翠。
今朝宝瑟抛朱袂，
明日银筝唱别悲。
一声声断送红颜憔悴，
樽前有泪背人挥。
怨爹娘狠心舍儿入娼门，
只落得迎来送往泪暗垂。
说什么青楼女辈，
万人之妻，
人皆可侮，
人皆可睡。
一任它乌云遮月辉，
一任它风霜摧芳菲。
守身如玉奴不悔，
对月明誓盼郎归。
说什么断线风筝随风飞？
怕的是残红败絮自轻微。
未知赵郎在何地，
却恐他蓝桥等待自伤悲。
似这般梅花深院重重闭，
耿耿长夜倍凄凄。
未知这归期何是，
何是归期？
哎呀呀，
奴的妈妈娘呀，
你看奴岂不凄悲？
（帮）你看奴岂不凄悲？

〔花婆哭。

谢素秋 妈妈怎么啦？
花　婆 莫弹了莫弹了，把我的心气病都要逗发啦。
谢素秋 妈妈莫慌，奴家不弹奏了就是。
花　婆 素秋，老婆子问你，你为啥把相爷得罪啦？
谢素秋 妈妈，他要逼奴与他呀。

花　婆　逼你与他！你从不从呢？

谢素秋　奴抱定一死，绝不顺从老贼。

花　婆　（背白）嗨呀！看不出来这姑娘的性子这样的刚烈啊。

【前腔】

朱颜玉貌惹人痴，
花容憔悴招人迷。
金钗珠翠盘龙髻，
娉婷身罩水罗衣。
朱唇轻启银牙碎，
声似鸣玉音如丝。
丹凤眉飞青且细，
玉琢粉饰朱颜碧。
无一处不逗人心欢喜，
对答两句很安逸。
身容样貌无挑剔，
只是那一点点火炮性子要差些。
可怜身为娼门妓，
不由得人越想越生气。

（帮）忽听得脚步声响来得急。

〔丫环急上，花婆跨出门看，碰头，谢素秋侧耳偷听。

丫　环　妈妈，适才管家回来传话，说是金兵现已将汴梁团团围住，满城百姓都在纷纷逃命啦！

花　婆　相爷呢？

丫　环　相爷已到金营议和去了。说是要许了番邦许多金银财宝，还要送一百二十名歌姬前去！

花　婆　还说了些什么？

丫　环　传话回来，一定要看好谢素秋，莫让她跑了，稍后一并解送去金营。还吩咐家人收拾细软，以防不测。众家姐妹们都在收拾装车。妈妈，你也赶快准备，我，我先走啦。

〔丫环下，花婆回身进屋，故作镇静状。

花　婆　啥子事慌慌张张的！（眉眼）对了！对了！（转向素秋）这有饭菜，你且讲究用一些？我去拿点东西就来。

谢素秋　妈妈慢去转来，奴家知道。

【课课子】

家国安危系妇人，
迫赴番邦惊断魂。
此时不逃待何时？
挣断枷锁脱牢门。

〔谢素秋取碗筷假装要用，目送花婆入内，急忙放下碗筷，熄灯，反扣房门，穿花拂柳下。
〔花婆背着包袱上，黑暗中撞到了一起。

花　婆　素秋？你……你……想逃走？
谢素秋　妈……妈妈，我并没有逃走。（惊慌）
花　婆　你的胆子真不小。
谢素秋　妈妈放奴一条生路吧。（跪倒）

〔花婆用手蒙住素秋嘴。

花　婆　噤声！灯。

〔管家提灯上，花婆用手一推，素秋倒地爬向花丛。管家上前灯一照，见是花婆，急忙把身上的钥匙取出交于花婆。

管　家　这。
花　婆　（一喜，忽作镇静）你把这东西交给我作啥子？我不管。
管　家　我还要出城，你不管谁管？你背着包袱干什么？
花　婆　你们都要逃命，我这命就不值钱？你来得好，帮我把这拿出去丢在车上。（递包袱）
管　家　我的事还多得很。你还是自己跑一趟吧！（管家转身下场）
花　婆　转来，转来。（管家不理。低声唤）素秋快来！

〔花婆扶起素秋，两人分花拂柳圆场，开后门，手牵手急走。

花　婆
谢素秋　【合同】

彩凤出笼伸彩翼，
今朝展翅便高飞。
急忙忙走出园去，
不卜明朝何处归。（内吼）
（帮）不卜明朝何处归？

谢素秋　哪里来的喊杀之声？（火光）妈妈，你看那边焰火冲天，莫非是金兵要进城啦？

花　婆　不怕！走！

〔谢素秋、花婆下。

第四场　何处寻卿

〔金兵冲上，众多百姓惊慌失措地逃走，花婆、素秋在人群中冲下。

〔四校尉引车辆，王辅上。

校　尉　两街旁的人役闪开，丞相的车辆来了。

王　辅【水红花】

忆往昔九州多娇，
叱咤间河山飘摇。
宋天子爱臣有道，
将宰相当做儿曹。
哪曾想金兵势豪，
须臾间汴梁难保。
幸本相与金交好，
赴番营求和讨饶。
金大帅誓过陈桥，
众番将不肯轻饶。
多亏我能说会道，
（帮）才保的项上头脑！

自金邦发来大兵，将汴梁围住，竟指名本相军前议和，且要黄金五百万，白银五千万，牛马五万头，彩缎五万匹，百二十名歌姬……（思索）啊！想那谢素秋这个贱婢，胆敢冲撞本相，索性将她做个顺水人情，也能解我这口恶气！事事应承之后，大金丞相连连夸本相是个知趣的好人！叫我把家小送回原籍陈州，再到金邦效劳。是我回的相府，那谢素秋竟自逃走了！可恼！可恨！本相只得另选一个姿色美的顶替而去。小校们，回陈州去也。正是：

（帮）一朝天子一朝臣，
兵荒马乱且藏身。

【前腔】

出相府落魄失魂，
乱军中逃命狂奔。

怕只怕路窄冤家遇，
一个个将我难饶。

〔众金将持刀冲上，将车马夺去。金将持刀威胁王辅，王退下。金将下，王辅和管家随从绕场上。

王　辅　坏了！这番邦达子不讲信义，竟将我家钱财劫掠而去。待本相去找他大帅要回？去不得，这金兵有十数万之众，不知是哪营哪哨所抢？我去索要，他不退还，反说我败坏他军誉，众怒之下，给我一刀。忒，这才不值得啊！也罢，只需留下这三寸不烂之舌，何愁富贵不来！走，走向哪里去？到金营去找官做，去不得！目前大宋局势未定，金邦怎会重用与我。我不能去，还是回陈州原籍去。原籍路隔千里，我这样回去，多有不便！去不得啊。金邦不能去，陈州不能回，我又去向何处……有了，此不远处有一雍丘小县，那个姓钱的官儿还与本相有一面之缘，我不免去暂且一避。金兵南下，我便回陈州。金兵北回，我便回汴梁。总归的有官做。就是这个主意。管家、军校，走起。

管　家　老爷，咱们去哪里啊？

王　辅　打马雍丘县。

〔赵上。

赵伯畴　【一枝花】

（帮）寻素秋乱民中转，
辗转到顺天门前。
寻素秋乱民中转，
辗转到顺天门前。
急迫迫高声来唤，
心慌慌人影难辨。
汴梁城百姓慌乱，
市井间哭嚎震天。
儿在哭母又呜咽，
火光起烟雾弥漫。
多少人妻离子散，
多少人悲痛难言。
恨金贼无端作犯，
兴兵马作乱中原。
索金银其数无算，

要珠宝成千上万。
干戈举尸横血溅，
铁蹄下百姓倒悬。
无道君东幸避难，
拜番邦议和求安。
乌纱坠武将怯战，
敌横行无人敢挡。
我与贼有何仇怨，
谢素秋迫赴军前。
提此事，心憎怨，
怒火满腔恨馋奸。
王辅贼，贼啊贼！
手中若有龙泉剑，
（帮）管叫尔狗头难保！

想此番金兵围困汴梁，生去梨香院前，意欲和素秋姐逃难，那谁知院门紧闭，空无一人。是生又追至王府，那王府已经是一座空宅。听闻人言，王贼将素秋姐与一干姐妹百二十余人送至金邦和番。我才追赶前来，但又不知道素秋姐在何处？天呀天，但愿我们见上一面才好！呀，看那方尘土蔽天，像是车马来了，待生登上城楼一观。（上城楼，差馆押车下）

【前腔】

（帮）远看那轮蹄四溅，
阵阵起尘烟。
远看那轮蹄四溅，
阵阵起尘烟。
马儿叫，车儿喧；
路人嚎，胡旗翻；
天地乱，河山惨。
风云突变，
日月难现，
乾坤黯黯。
这凄怨，
这凄怨遗恨年年。
问苍天兵戈几时休？
你看那长提人乱。（下楼）
那楼厢焰火映天，

城壕外金兵狂喊。
（帮）是谁的车马出顺天？
瞧见了！车上挂着乐鼓琵琶，那一定是她啦。素秋姐，生望的你好苦啊！待生转过捷道。
【前腔】
尘沙滚滚遮漫天，
恨不能身插双翅到车边！
急急行远远观看，
宝马香车行之在柳道前。
素秋姐呀！
生与你未结下一面之缘，
似参商永离难相伴。
你缘何学那王昭君远嫁祁连，
怀抱琵琶投北番。
你空负沉鱼落雁，
凤求凰徒托空弦。
顾不得生与死也要会卿一面，
卿呀卿！
这一死也就与卿结个鬼缘。（闯车）
救素秋追之在马儿前，
车儿边，
一乘一骑，
一骑一乘都寻遍。
挽住了缰绳，
撩起了车帘，
壮大胆不管是谁家宅眷。
（帮）也顾不得有人阻拦。

官　差　大胆狂生，你在闯些什么？

赵伯畴　你家老爷是来此寻人的。

官　差　你来这里寻的什么？不准寻。

赵伯畴　既不许寻，你家老爷要看。

官　差　不许看。

赵伯畴　既不准寻，又不准看，你手持宝剑，恶狠狠地把你家老爷挡定，你仗势些什么？

官　差　皇王诏旨，丞相的差遣！

赵伯畴　尔是何等的军国大事，有这等的要紧？

官　差　狂生！俺家不说，谅尔不知，站立在一旁，你且听了。只因为金主喜欢吾国女色，俺奉了王丞相之名，押送谢素秋一班歌姬前往金营听用。

赵伯畴　你说什么？

官　差　押送谢素秋一班歌姬前往金营听用。你问来何用？

赵伯畴　这……你有所不知，生与素秋系表兄妹，特地赶来送她一程。可许生相见否？

官　差　此乃军国大事，不可见。

赵伯畴　你家老爷都来了，不见也得见。

官　差　了得。胆大狂生，你分明就是来阻延俺的行程。龟儿子，赶快给老子爬。（推生倒地，转身挥车）走！

〔官差押车走。

赵伯畴　【尾声】

日月无光天地暗，
今朝难见何时逢。
琵琶声怨胡地天，
羌笛不解娼门怨。
我在南朝你在番，
被这关山阻断，
怕是能万里魂牵！

（哭）素秋姐，等着，学生来了。（下）

〔探马，跑旗，金兵将上。

探　马　报。

金　将　何事来报？

探　马　李刚大军，杀奔黄河而来！

金　将　再探。（探马下）

金　将　巴都儿们，兵撤四十里。

金　兵　喳。

〔探马上。

探　马　报。

金　将　何事？

探　马　北路姚平仲率领二十万大军犹如潮水而来！
金　将　（惊恐）再探！令下，我军全撤白河。
金　兵　喳！

〔同下。

第五场　歹命难逃

〔王辅在雍丘县县衙后花园赏花。

王　辅　【红衲袄】
急匆匆逃出汴梁乱，
慌乱乱来到雍丘县。
哪管他皇帝老儿在何方？
丞相我要大难临头雀归山。
虽说兵荒马乱，
然我位极人前。
雍丘钱县令殷勤献，
相爷我心中多舒坦。
昨日里让他安排酒与宴，
今天更要歌妓女来承欢。
（帮）乱世出的奸佞官，
不顾烽火舞翩翩。

〔钱孟博上场。

钱孟博　雍丘县钱孟博拜见相爷。（跪地）
王　辅　罢了，罢了。钱县令，生灵涂炭，百姓遭殃。逃出汴梁，亏得钱县令照料。
钱孟博　相爷贵为当朝一品，本就当礼遇与您。
王　辅　雍丘县小，出行扰民。昨日酒宴甚合我口，眼看天色将暗，今日晚宴，嘿嘿，钱县令还是找些歌姬前来。一来为你我有鸿鹄大志之人在雍丘相遇助兴，二来把为圣上逃出牢笼祈福。你以为呢？
钱孟博　（帮）心有千般不愿从，
怎奈老贼权位重。
是，相爷。
王　辅　那就等钱县令好消息啦。

〔王辅大笑退场。

钱孟博 【风入松】

好一个无道君，
抛弃百姓独自奔。
好一个奸佞臣，
冠冕堂皇恋钗裙。
我好恨，
恨我空有诗书满纶巾，
不敢替民解怨恨。
我好怕，
怕我金榜题名天下闻，
一朝丢官复清贫。
罢、罢、罢，
且去安排酒宴去吧！
（帮）书生空有锄奸志，
犹豫不决太可惜。

〔钱孟博下场，宴会场景，王辅居中坐，钱孟博陪侍，管弦演奏《清平乐》，乐声不整齐，舞女助兴。

王　辅 钱县令，这雍丘县也算是地近汴梁，你就找这等姿色与我助兴。（大怒）

钱孟博 （惊慌）相爷有所不知，雍丘地小人稀，虽有几处勾栏瓦舍，也有营妓在册，但都是些乡野村妇，怕是不能入相爷的法眼。这几位已经算是十分好的啦！还望相爷见谅。

王　辅 【风入松】

小小县令敢欺我，
将来罪责难逃脱。
虎落平阳还是虎，
龙翔浅滩还复活。
他日金殿祸难躲，
看尔如何定风波。

钱孟博 【前腔】

相爷此间少神伤，
小臣遣人走街巷。
怡红柳翠和教坊，

定有拨弦玉瑶娘。
来人呐，今日何人当值？

〔皂隶许仰川醉步上场。

许仰川　（唱）醉眼昏花脚步斜，
辨不出高低平凹。
听得老爷唤，匆忙脚步行。自家非别，雍丘县正堂衙差许仰川便是。县太老爷，小人当值。（打酒嗝）

钱孟博　大胆的狗才，老爷们尚未吃酒尽兴，你倒有些熏醉啦。我且问你，近日来县内有没有什么地方有新入籍的绝色歌姬舞女？

许仰川　回禀老爷，咱们这雍丘县本就芝麻粒儿大小，歌姬拢共就那么多，还绝色？怕是绝色的找不到，丑绝的绝对有啊！

钱孟博　狗才，找得到绝色歌姬还好，找不到，我就治你个饮酒误事之罪？

许仰川　（一哆嗦，酒略醒）老爷您这不是难为我嘛？待我想想，待我想想……嗨，还真有啦？

钱孟博　哪里有？快说，办好了相爷有赏。

许仰川　回禀老爷，前几日有一位留寓于此的教坊姐们儿，弹得一手好琵琶，满县城的人都争相去听她弹琴唱曲，怕是怕都得排着队去啊！就是您家中母老虎管的厉害，所以听不到消息。

王　辅　既有绝色佳人，那就速速请来。钱县令，管它人多人少，你一道令下，她难道还不乖乖地前来？

钱孟博　这……这……
（帮）为官雍丘几春秋，
未欺行市未扰民。
许班头，你就拿着府衙的帖儿，好生将人请来。切勿惊吓到人家。

许仰川　是，老爷。

〔许仰川下场。

王　辅　（不屑）没想到钱县令还是位体恤黎民的好官啊！
（帮）小小县令今欺我，
此仇不报非君子。

钱孟博　相爷过奖啦！
（帮）恶相过境黎民扰，
心中有愧脸上烧。

〔许仰川幕内喊：来了，来喽！谢素秋上。

谢素秋 【棉搭絮】

多亏花婆相救援，
逃出牢笼免灾患。
一路行，
满目生灵涂炭。
一道逃，
到处妻离子散。
来到雍丘县，
可怜无盘缠。
一曲琵琶寄思念，
未知赵郎何时现？
花婆与奴度日难，
唯靠琵琶赚银钱。
风花雪月人前笑，
曲终人散珠泪弹。
忽闻县衙传奴去，
心慌慌不知道为哪般？
咬紧牙关且应答，
怯生生抱琵琶进华堂。

奴家来了！

钱孟博 今请小姐前来，多有冒犯，还望海涵。为有相爷过府，特请小姐堂下抚弦相伴。

谢素秋 奴家明白。

（帮）入衙担心虎狼事，
原是丝竹配酒席。

〔弹琵琶，唱《叨叨令》

你将这言儿语儿，休只管唠唠叨叨地问；
有什么方儿法儿，解得俺昏昏沉沉的闷；
俺对着衾儿枕儿，怕与那腌腌臜臜的近；
谈甚么歌儿舞儿，镇日价荒荒獐獐的混。
兀的不恨杀人也么哥，兀的不恨杀人也么哥，
俺只愿荆儿布儿，出了这风风流流的阵。
想当初香儿火儿，罚下了真真诚诚的誓；
不见他身儿影儿，掉下些孤孤凄凄的泪；
也不念我肠儿肚儿，可怜煞痴痴呆呆地望。

兀的不气杀人也么哥！兀的不气杀人也么哥！
为甚么神儿圣儿，似这等糊糊涂涂的账！

王　辅　【梭梭岗】
听曲声声入耳甜，
闻音弦弦落眉间。
此曲世间稀少现，
把盏转睛细细观。
哎呀，竟然是你！

谢素秋　【梭梭岗】
耳畔忽听一声响，
琵琶弦断心底慌。
抬首细看堂上客，
满腔怨恨心头荡。

王　辅　谢素秋，好贱人。来人呐，把她给我绑起来。

谢素秋　贼相。

钱孟博　相爷，这是？

王　辅　这贱人本是汴梁城中梨香院的谢素秋，诋毁与我，我押在府中。本欲送与番邦和议，怎耐他竟然私自跑了，哼哼，贱人，亏你上天入地，还是逃不出我的手掌心儿。

钱孟博　（唱）梨香院地儿脑中想，
谢素秋名儿腹中藏。
莫不是汴梁相逢日，
赵贤弟心头相思娘？
（帮）如何救她脱此祸，
心中无计脑中乱。

许仰川　（迈着酒步上）
（接唱）县太老爷，绑还是不绑？

王　辅　绑！

钱孟博　慢着。

王　辅　钱县令，你这是要跟本相作对嘛？绑起来。

谢素秋　【棉搭絮】
恨上苍，
空有青天自不青。
骂声地，
徒负苍生难救命。
天啊天，

百姓望你风调雨顺丰年庆，
你却乌云遮日不见晴。
地啊地，
黎民盼你五谷丰登家业兴
你却狼烟四起国无宁。
今朝又与奸贼逢，
红颜素秋本薄命。
长城万里素秋望，
黄泉路上独身行。
盼相逢，
孟婆一碗不相忘，
来生与君拜花堂。
素秋宁死不受辱，
骂声奸相命不长。
芳草萋萋恨昭阳，
万世骂名等尔偿。

〔谢素秋撞柱。

钱孟博 谢素秋，谢素秋！
（帮）香消玉殒红颜丧，
贤弟相问何相告？

王　辅 把这女子给我拖出去示众，敢违抗老夫就是这个下场。

许仰川 县太老爷，这？

王　辅 我是相爷，我说的话难道不管用？

许仰川 我是个小官，只得听老爷的。（打酒嗝）

钱孟博 【课课子】
可恨奸贼太嚣张，
飞扬跋扈逞猖狂。
红颜可杀不可辱，
丈夫何惜一任官。
拼却一身肝与胆，
杀了奸相慰苍生。
许班头，把这王辅贼相与我砍了。

〔许仰川上前一刀杀死王辅。血溅面颊。

许仰川 啊？不对。县太老爷，你这是坑死娃子我哦？我杀的是丞相啊。（哭）

第六场　醉隶醒人

〔醉隶上。

许仰川　自从那日杀了奸相王辅，老爷是夸了又夸，夸我会办事，升我做步班班头，赏了我五十两银子。这春风得意的小日子啊，没事就喝两杯。今天再吃酒啊？

（念）吃不得。明天会：
头戴帽子黑似漆，
身穿一件皂布衣，
腰系一根丝鸾带，
手拿军器一块蔑。
俺，
雍丘县得意的皂隶——许、仰、川。（做醉酒状）

今天清晨我家老爷坐堂，审了一桩案子，那个尼姑同和尚打架，和尚把尼姑打冒了火，那个尼姑顺手一逮，就把那个和尚的毛辫子扯掉了。那个和尚也不示弱，回手一爪，就把尼姑的胡子扯脱了。我家老爷退了堂，我莫得事情，就在门口石狮子前跟一个哥子拉到茶馆头去喝酒。

（念）我俩吃了三盘酒，
一共喝了两瓶菜。
打头一盘吃的是，
灿灿黄糖炒白糖，
龟子甜瓦瓦的。
二盘酱油炒麸醋，
龟子酸溜溜的。
三盘豆瓣炒尖椒，
龟子辣哄哄的。

我正吃在高兴之处，我那个娃儿就跑起来了。我就一走，一走走到三堂。老爷令我拿着贴儿去请赵相公吃月赏酒。受人之托，当忠人之事。俺这里还需往书房去。

（帮）穿花拂柳醉步走，
来到后堂见赵郎。

〔许仰川穿花拂柳圆场。

许仰川　【粉蝶儿】

醉眼生花，
蒙眬的醉眼生花。
步履偕，
辨不出高低平洼。

咋个的呢？往天吃酒，吃在肚子头。今天这个酒，吃到脚杆上去了。往天不走，它霹雳跨啦，霹雳跨啦往前跨。今天我要走路，它又偏不走。给我两个扯拗拐，我肯信，你还犟得赢我。呸！俺将这手儿搬，运走前爬，恰好似激流中，折舵的舟，好叫俺难撑难驾。走得俺气喘体乏，好一似秋江如画。拢了。

〔许仰川走进花园。

许仰川　好香！这里还有好大一座花园。

【红绣鞋】

只见那，
异种奇花满架，
翠竹篱绕蒹葭。
只听得，
柳荫中喳喳水鸭声，
嘟扎呀哈。
这壁厢蹴鞠场，
那壁厢秋千架。
惹得人意迷离，
脚步儿斜。

我昨天晚上就晓得，今天在这里，要绊一跤。我要起来。早晓得爬起来，还要绊一跤，我不该起来。

（帮）一路走来一路摔，
我是班头不是牌。

许仰川　拢了。我家老爷教我的，见了他们读书人，说话要低声雅气些。赵相公，赵相公，没在屋头，这个耳朵赶场去了。赵相公，我找他那一个耳朵。奴家都来了！

〔赵伯畴开门。

赵伯畴　谁人在叩门？原来是许班头。

许仰川　赵相公请了。我家老爷请我来叫你去吃月赏酒。

赵伯畴　这是什么话。想必是你家老爷，叫你这个奴才来请我去饮酒赏月。

许仰川 好像是这个话。

赵伯畴 那就拿来?

许仰川 什么?

赵伯畴 你家老爷的请帖。

许仰川 我交给你了的。

赵伯畴 你什么时候给我的?

许仰川 我刚才进来的时候。我两只手给你，你三只手接到的。

赵伯畴 狗东西，醉得不成话了。

许仰川 我找一下。莫忙，嘿嘿，原来在我帽子里头。我把老爷都揉皱了。这是你的请帖。

赵伯畴 【梭梭岗】

素秋骂贼香消玉，
空留华堂空对月。
兄长相约本应去，
怎奈睹物怕思人。
醉隶不明相思苦，
声声相催书房出。
且找借口脚步住，
（帮）且找借口脚步住。

这醉隶，他竟自睡着了。许班头，醒转来，醒转来。

许仰川 恩?敲敲打打干啥子?有话就说。

赵伯畴 你去回禀你家老爷，就说我不去了。

许仰川 啥子事情不去了。

赵伯畴 我不得闲。

许仰川 啥子事情你不得闲?

赵伯畴 我的文章没有完篇。

许仰川 你啥子事情又不完篇?

赵伯畴 我冒了风寒。

许仰川 你为啥子要冒风寒?

赵伯畴 你这狗才，可恶!

许仰川 啥?你骂我可恶?三张草纸画个人脑壳——你好大的脸面。我家老爷好心请你，你打狗还要看主人，竟骂起我来。你为啥不去?县太爷请你，你都推三阻四的，平常哪个敢?走不走?不走，我就把你绑去啦。

赵伯畴 你家解元相公有心事，那有什么闲心饮酒，你个好不知趣的人。天下最不知趣的就是你啦。

【新水令】

凤隔鸾分空抱恨，
图什么荣华功名？
丹桂嫦娥成幻境，
倒不如渔樵归隐。
苍天无情，
人间坎坷集一身！

许仰川　赵相公，娃知道。你在那西院，书也懒读，文章也懒着做，一天光是哭哭啼啼，就好像那思春的猫儿一样。

赵伯畴　（微怒）你这狗才，越发不像话啦！

许仰川　赵相公，您说我家那婆娘一天到晚管着我，不让我吃酒，你说这是我一个大男人？羞不羞啊？

赵伯畴　休？你这长相有人要就不错了。还休？

许仰川　休，对啊。休……我就把她休了，休了。我许班头能找不到婆娘，休了她再娶一个。赵相公，你说这休字怎么写呢？

赵伯畴　一个人一个木，就是个休字。

许仰川　不对，不对。赵……赵相公，我家老爷说了：人丑了才能羞，漂亮的才不羞。你说对不对？你说……对不对？

赵伯畴　人丑了才休，人丑了才羞？对啊。羞愧啊，哎呀！为了一朝红颜，我竟然忘记了读书人的本性。真是羞煞我也。罢、罢、罢，我且今夜离去，他日得中功名，才有脸见钱兄啊。羞啊！

许仰川　对，休？羞！……（醉酒在地言）

第七场　人圆情圆

〔赵平上。

赵　平【红衲袄】

水若秋波山如画，
衣上征尘伴骏马。
不知何时能还家，
索儿弦儿伴卿嫁。

（对子）二十四桥明月在，
不见玉人箫声来。

金贼造反，我逃难出来，幸好遇着一个南方客人，将我带来临安。这临安汴梁，路隔千里，只说这辈子回不了家乡的！哪晓得赵伯畴赵相公高中了状元，这又授了开封府佥判，马上便要起身到任，我找到这里来。若非当日前我为他跑过腿，他哪得能照顾我！这一下差事也有了，家乡也得回了，看起来勤快些还是有好处！我同状元公由临安行了数日，昨夜宿在此地。此地离雍丘不远了，我不免催他启程。请状元公启程了。

〔赵伯畴、人役上。

赵伯畴 到了雍丘，早报我知。开道！

赵　平 禀状元公，已到雍丘衙。

赵伯畴 人役退下。看我名帖，前去通传。

赵　平 是。门上哪位在？

许仰川 做什么的？

赵　平 赵状元前来会你家老爷，这有名帖。

许仰川 哪个赵状元？

赵　平 赵伯畴赵状元。

许仰川 （喜）咹，是他中了？（回想前事，惧）想当初老爷让我请他吃酒赏月，谁料我酒后吐了什么鬼话，他连夜不辞而别，老爷一气之下，让我不做班头做门头。哎。请状元公稍候一时，有请老爷。

钱孟博 何事？

许仰川 老爷，他都中了！

钱孟博 谁？中了什么？

许仰川 赵相公中了状元回来了！老爷，他不该记头回那件事，帮娃方圆两句。

钱孟博 （喜）他要是中的，你事有老爷做主。快快敞开中门，有请。（许仰川传）贤弟，哈哈！

赵伯畴 仁兄，哈哈！

钱孟博 贤弟乃当今名士，今弟荣归，使小邑增色不少！

赵伯畴 若非当年承蒙仁兄教诲，伯畴哪里有今日。仁兄在上，受小弟大礼参拜。

钱孟博 哪有大拜小之理，不拜也罢。

赵伯畴 拜。

钱孟博 贤弟快快请起。

赵伯畴 不知班头许仰川何在？

钱孟博 贤弟，他就在门外候着。当年之事，他是酒后之言，还望海涵。

赵伯畴 （微怒）把他带上来。

钱孟博 （为难无奈）许仰川进来拜见状元公。

〔许仰川上，惊吓跪倒。

赵伯畴 当年你做的好事。
许仰川 老爷，救小人则个。
赵伯畴 （偷笑）许班头请起。
许仰川 小的不敢起。
赵伯畴 （偷笑）许班头请坐。
许仰川 小的不敢坐。
赵伯畴 （拍案，大声吼）坐！

〔许仰川跳起蹲坐在椅子上，赵伯畴、钱孟博大笑。赵伯畴起身拜许仰川。

赵伯畴 当初许班头一个“羞”字唤醒了我这糊涂人，请受我一拜。
许仰川 状元公，你可吓死小的我啦。
赵伯畴 许班头，你这老婆休没休呢？
许仰川 老爷告诫我：什么糟糠之妻不能忘，窝头老婆要爱惜。再说你跑喽，老爷不让我做班头做门头，我还是有啥子脸皮休婆娘嘛。
赵伯畴 哈哈，那我就替你家老爷提拔你当班头。可以休妻了吧？
许仰川 不休啦，不休啦。再“羞”走一个人，怕是我门头都当不成啦。
钱孟博 你个狗才，状元公开口了，自然做数，还是做你的班头吧。
许仰川 谢谢状元公，谢谢老爷。状元爷，您赏小的做了班头，小的给你送个婆娘，要的不嘛？
赵伯畴 你这狗才，还没吃酒就说醉话。
许仰川 （做女声）奴家来了。

〔谢素秋上，赵平惊吓。

赵　平 （惊）打鬼，打鬼！
赵伯畴 混账小子，哪里有鬼？
赵　平 这……这这，那……那那。
赵伯畴 快说。
赵　平 这是我那死去的姐姐。
赵伯畴 胡说，朗朗乾坤，青天白日，哪来的死去还阳之人？
谢素秋 （哭）赵平！我的好弟弟呀！
赵　平 （惊）打鬼，打鬼！
钱孟博 贤弟，那就是你的心爱人！
赵　平 【梭梭岗】

自去年离了家下，

姐与弟各奔天涯。
先闻和番去塞北，
又闻雍丘堂前亡。
缘何死去又生还，
又何只身来这达？

谢素秋 【前腔】
囚花园贱相势大，
说逃命多亏花婆。
生天脱逃又逢贼，
保贞节碰柱求死。
（帮）多亏钱老爷救起性命。
怕赵郎情痴误前程，
瞒生讯告死因愿君奋发。
谁料想痴情人志塌意垮，
小醉隶酒后言歪打正着，
才有今喜相逢此番情话。

赵伯畴 （接唱）中状元其实太傻，
当了面却不识她。
钱仁兄待弟不假，
这姻缘多亏有他。

〔花婆持红梨上。

许仰川 （接唱）恭喜你名扬天下，
赵伯畴 （接唱）幸未曾辜负此花。
赵　平 （接唱）这舅子总不会假，
钱孟博 （接唱）这才是千秋佳话，
真叫人喜煞爱煞！
乱世中莫讲奢华。
今宵暂住我西衙！
（帮）明朝花前月老搭，
月老搭。
哈哈哈哈！

〔剧终。

2017年10月于成都

一捧雪

据清代同名传奇改编
越剧

编剧：林振立

越剧《一捧雪》之编剧心得

越剧《一捧雪》根据明末清初剧作家李玉（号苏门啸侣）《一笠庵新编一捧雪传奇》改编。原作属于昆曲，共30出。为了适应现代舞台演出特点，越剧《一捧雪》撷取其中精华部分，编成六场戏，即《赴京》《豪宴》《索杯》《代戮》《刺汤》《昭雪》。全剧以玉杯“一捧雪”为线索，讲述了明朝奸臣当权，忠良受到陷害，后平反昭雪的故事。剧情由喜到悲，由悲到喜，跌宕起伏，反映了忠诚与背叛、知恩图报与忘恩负义、大仁大义与不仁不义等不同价值观之间的激烈博弈，最终颂扬了忠诚、贞节与仁义等美好品格。剧本初稿完成后，得到了著名剧作家胡应明老师的悉心指导，对细节方面进行了完善，在此表示感谢！

人物表：

莫怀古——玉杯“一捧雪”主人，官至太常寺正卿
莫夫人——莫怀古之妻
雪　艳——莫怀古之妾
莫　昊——莫怀古之子
莫　诚——莫家仆人
汤　勤——裱褙工，官至北军都督府经历
戚继光——蓟州总兵
严世蕃——司空，权相严嵩之子
陆　炳——锦衣卫指挥史
将　官——严世蕃手下
兵丁、狱卒若干

一、赴京

〔明朝，嘉靖年间，严嵩、严世蕃父子专权，飞扬跋扈，官场腐败。
〔京杭大运河码头长亭。
〔莫怀古携夫人等一行人上。
〔飞雪迎春，梅花绽放。

莫怀古 （唱）皇恩浩荡到莫家，
太常寺里做正卿。
怀古告别妻与子，
欲赴京都要履新。

莫夫人 （唱）春风十里送夫君，
依依惜别到长亭。
此去京华多保重，
飞鸿传书笔要勤。

莫怀古 夫人，我要走了。我走了以后，昊儿要靠你扶养成人，让你辛苦了！昊儿稍大以后，夫人送昊儿到方先生私塾读书，确保培养成才！

莫夫人 老爷，你放心走吧！昊儿，我会悉心照顾。昊儿稍大后，我会送他去方先生私塾读书，教养其考取功名，光宗耀祖。

莫怀古 如此，多谢夫人了！昊儿，要听母亲和方师傅的教诲，好好读书！爹爹要去京城做官了，有空再回来看你和你母亲。

莫　昊 爹爹，孩儿记住了！爹爹，你要早点回来！我和母亲等你回来！

莫夫人 莫诚，此去京城路途遥远，你要好生照顾好老爷，千万不要让老爷挨饿或着凉！这是刚温的一壶绍兴黄酒，路上带着喝。老爷喜欢喝酒，你就用“一捧雪”玉杯，给老爷斟点儿，但不要喝醉误事。

莫　诚 请夫人放心！莫诚一定细心照顾老爷。老爷、夫人，小人有一事相求，不知当讲不当讲？

莫怀古
莫夫人 莫诚，请讲！

莫　诚 多谢夫人！小人跟老爷赴京后，小儿文鹿，我放心不下，他娘死得早，孤苦无依，从小跟随莫公子玩。这次莫公子要到方先生处读书，能否带小儿文鹿陪读？

莫怀古 莫诚啊，你放心，文鹿这孩子聪明伶俐，我也很喜欢，和莫昊一起到方先生处读书，我觉得是好事一桩，夫人，你觉得呢？

莫夫人 好，好，就让莫昊和文鹿一起去读书！

莫　诚 （跪拜）多谢老爷、夫人！莫诚没有了后顾之忧，定当专心全力伺候好老爷！

莫夫人 莫诚，快快请起。雪艳，老爷去京城后，生活起居就由你照顾了，你要陪伴好老爷。白天，弹个小曲给老爷解解闷，夜晚，给老爷暖暖被窝揉揉腰。

雪　艳 夫人，雪儿记住了！

（唱）飞雪迎春大地白，
红梅花开枝头伸。
夫人教子守家园，
雪儿陪夫上京城。

莫怀古 （唱）春风得意马蹄疾，
妻教子来妾陪身。
京杭运河水淼淼，
建功立业情深深。

莫夫人 莫诚，拿“一捧雪”来，我为老爷斟上一杯酒饯行。

莫　诚 好的，夫人。

莫夫人 老爷，请喝下这杯酒，我们在此告别。

（唱）春寒料峭赴帝京，
玉杯盛酒来暖心。
祝愿夫君旅途顺，
母子在家候佳音。

莫怀古 多谢夫人！

（唱）祖传九代一捧雪，
冬暖夏凉玉杯情。
此去赴京随身带，
庇护怀古保康宁。

莫　诚 老爷，船要开了，我们走吧！

莫怀古 夫人，告辞了！昊儿，听母亲的话，好好读书！

莫夫人 老爷，一帆风顺！旅途平安！早点写信回家！

〔莫怀古、莫诚、雪艳上船，莫夫人、莫昊下。
〔苏州客栈后花园。莫怀古、雪艳、莫诚上。

雪　艳 老爷，我们去花园看看，有什么风景没有？

莫怀古 雪儿，好的，莫非你看到了什么？

雪　艳 花园中，有假山和亭台，我在亭台弹琴给老爷听吧？

莫怀古 好啊！我们走吧！莫诚，去倒一杯酒来！

莫　诚 好的，老爷！（下）

莫怀古 雪儿，花园雪地里好像躺着一个人，我们去看看。

雪　儿　呀！老爷，吓死我了，真的是一个人也！好像冻得昏死过去了。

莫怀古　莫诚，快拿酒来！

莫　诚　来了，来了，老爷！（上）

莫怀古　这里好像有一个人冻僵了，你用“一捧雪”倒一杯给他喝下去。

雪　儿　老爷，我来！（雪儿把这个冻僵的人抱起头，靠在自己怀里，慢慢地往他嘴里倒酒。那人慢慢地睁开了双眼，坐了起来。）

莫怀古　你是何人？

汤　勤　拜见老爷！小人姓汤名勤，号北溪，在苏州以裱褙书画为生，可惜贪玩，输了钱财，无家可归，又冷又饿，刚才昏睡过去了。多谢老爷救命之恩！

莫怀古　原来是闻名天下的汤裱公，久仰久仰。我有许多名人书画正想裱褙，不知你有没有意向留下帮忙？

汤　勤　如此甚好！多谢相公！（跪拜）

莫怀古　汤裱公，请起！我姓莫，名怀古，此去京城赴任太常寺正卿。一路上，有你做伴，也多一个知交。

汤　勤　原来是莫老爷，久仰大名，能与莫老爷相交，小人真是三生有幸。敢问这两位是？

莫怀古　汤裱公，这位是贱内雪艳，这位是家人莫诚。

汤　勤　汤某见过雪艳娘子。

（唱）冰肌玉手俏容颜，
九天仙子落凡尘。
犹抱琵琶半遮面，
乐声阵阵动心弦。

雪　艳　汤裱公，不必多礼。

（唱）才子巧手夺天公，
沦落人间没烟尘。
回归正道务正业，
书画世界见臻品。

汤　勤　雪娘教诲的是。在下一定痛改前非，跟着老爷做出一番事业。刚才在梦中，似乎有一盏玉杯靠近嘴边，一股温热进入腹中，敢问老爷，这玉杯能否再让我一睹芳华？

莫怀古　哈哈哈，我途中又得一才子相伴，可喜可喜！莫诚，拿酒来，让汤裱公再喝上一杯。

莫　诚　好的，老爷。（拿玉杯“一捧雪”上）

汤　勤　莫老爷，好酒，好酒啊！你这玉杯，也是奇珍异宝也。

（唱）玉杯晶莹梅花绕，
酒入盏中似雪飘。
蟠桃宴上曾相识，
齐天大圣乐逍遥。

莫怀古 汤裱公，好眼力。此杯美名“一捧雪”。
（唱）祖传九代捧玉杯，
冬暖夏凉有奇效。
同根同源和氏璧，
至真至纯传家宝。

汤　勤 一捧雪，此名诗情画意，配这玉杯，实至名归，相得益彰！莫老爷，你这“一捧雪”玉杯是当世无价之宝也，务必好生保管，不要让一些好贪之徒盯上啊！

莫怀古 汤裱公，真是学识渊博，慧眼识珠，真是我的知已也。我这一路上，已遇文人汤裱公，我还去会一名武将，就是蓟州总兵戚继光将军。我与他是莫逆之交，听说他刚去蓟州上任，我入京前先去拜访他，你是否有兴趣，一同前往？

汤　勤 莫老爷与我一见如故，救我于穷困潦倒之时，真是恩重如山，无以为报。这次若能与莫老爷一起拜见戚将军，更是三生有幸，绝无推辞之理！

莫怀古 汤裱公，有请！

汤　勤 莫老爷，有请！（下）

〔蓟州城衙门花厅。

戚继光 我乃戚继光，蓟州总兵是也。在此等候莫相国公子莫怀古兄。莫相国与我有恩，莫兄今天到京城上任，路过蓟州，我约他一叙。莫兄，来了吗？

〔内声：莫老爷到。

戚继光 快快有请！

莫怀古 （上）晚弟拜见世兄！有扰世兄了！

戚继光 莫兄，你我世交兄弟，不必见外。快快介绍你的随行人员。

莫怀古 这位是贱内雪艳，这位是家人莫诚，这位是途中刚刚结识的书画裱褙才子汤勤。

雪　艳
莫　诚 拜见戚将军！
汤　勤

戚继光 继光欢迎各位！有请！

（唱）一路风尘到蓟州，
京都门口迎故交。
恭喜莫兄赴大任，
相国九泉应含笑。

莫怀古 戚兄，感谢你的盛情款待。有请！
（唱）北国苍茫风雪萧，
舟车劳顿渐疲劳。
戚兄城头歇歇脚，
明日上京精神好。

戚继光 莫兄，此去京城，务必保重。（耳语）严相国当权，严公子也是恃强凌弱。你去严府拜访，可要当心。这个汤裱褙，贼眉鼠眼，心术不正，可能是只中山狼，你要有防备之心。

莫怀古 多谢戚兄提醒，怀古铭记在心。（下）

〔切光。

二、豪宴

〔严府万花楼。

严世蕃 我严世蕃是也，别号东楼，官拜司空，家父严嵩，乃是内阁首辅，当朝宰相。你看，今日万花楼内张灯结彩，热闹非凡，设宴为莫相国之子莫怀古接风洗尘。家父严相国和莫相国素来交好，今次，莫公子怀古上京补官太常寺正卿，我要好生款待。如今，京城文武百官，皆是严府门生，言听计从，风调雨顺。我为礼部侍郎，忙时写写奏章票拟，闲时赏赏书画古玩，日子倒也畅快。莫大人来了没有？（内声）莫大人到。

莫怀古 好大的万花楼，雕梁画栋，富丽堂皇。晚弟拜见严世兄！

严世蕃 免礼，免礼，莫世兄，请上坐！

莫怀古 多谢严世兄！严世兄，你这里高门大户，气势恢宏，让晚弟大开眼界，不妨带晚弟参观参观？

严世蕃 莫世兄，我平生最大喜好就是收藏古玩字画，闲暇时把玩一番，趣味无穷。你也是相门之后，想必家中也藏有大量的古玩字画吧？

莫怀古 不怕严世兄见笑，先父在世时，并不喜欢古玩字画，所以很少有人送，更何况也是没有闲钱来买。惭愧，惭愧！这次过来，带了几幅字画，均系父亲好友赠送，不知严兄是否喜欢？

严世蕃 哦！那一定是字画中的精品，呈上来看看！

莫怀古 （向莫诚）把所带的字画，向严老爷呈上！

莫　诚 是，老爷！（取画呈上）

严世蕃 （展开画轴）好一幅《山居图》，线条老辣，意境深远。哎，这幅画的装裱太精致了，功夫十分了得，让整幅画锦上添花呀！莫兄，你这是哪里装裱的？

莫怀古 这是苏州汤裱公汤勤先生所裱。晚弟这次上京，途经苏州时，正好碰见汤裱公因欠债沦落街头，就带在身边，顺便装裱了这几幅画，没想到，受到严兄的欣赏。

严世蕃 原来如此，汤勤人在哪里？

莫怀古 （向莫诚）请汤勤过来拜见严大人。（耳语）叫汤勤换身衣服过来。

莫　诚 遵命，老爷。（下）

汤　勤 （跪着跑进来）小人汤勤，拜见严大人！

严世蕃 你就是汤勤？好，快快请起！听莫世兄说，你是苏州汤裱公啊，在当世书画装裱界颇负盛名！为何沦落到如此地步？

汤　勤 启禀严大人，小人平生喜好吃喝玩乐，装裱这个手艺活儿赚不了几个钱，入不敷出，遂沦落街头，有幸被莫老爷收留，混口饭吃。

莫怀古 严世兄，汤勤是裱褙界的人才，留在我寓所也是浪费，不如到严兄府中，大有施展才华之天地，不知严兄，肯否收留？

严世蕃 莫世兄,严某正有此意。汤裱公,我严府万花楼有数不清的古玩字画、奇珍异宝，还有一堆字画未经装裱，你可否愿意留下来，帮我打理一番？

汤　勤 严老爷大恩大德，乃汤勤三生三世修来的福气。汤勤深感荣幸，愿效犬马之劳！

（唱）云开雾散见青天，
　　　没落人生出头来。
　　　万花楼中皆富贵，
　　　严府门前好当差。

严世蕃 汤裱公,你得感谢莫老爷的知遇之恩,没有他的推荐,你也见不到我。哈哈哈！

（唱）相见恨晚识知音，
　　　功夫不负有心人。
　　　收罗宝贝生慧眼，
　　　敢教藏品皆为真。

莫怀古 严世兄，祝贺你遇见汤裱公，从此，万花楼中古玩字画，大放异彩，更上层楼！

（唱）梧桐枝头凤凰栖，

锦上添花喜上喜。
汤公从此务正业，
严府恩荣要珍惜。

汤　勤　莫老爷，汤勤承蒙你的再造之恩，感激涕零！
（唱）苏州街头莫公留，
京城严府把我收。
再生父母恩情高，
青山不改水长流。

严世蕃　莫世兄，汤裱公，来来，我们一起看一下万花楼收藏的宝贝。
（唱）商周钟鼎列东厢，
唐宋书画布西厢。
此楼金玉铺满堂，
奇珍古董如琳琅。

莫怀古　严世兄，藏品如此丰富，愚弟看得是眼花缭乱，晕头转向，可见世兄在其中花费了大量心血，实在令人佩服！

严世蕃　莫世兄过奖！东西太多了，一时半会儿也看不过来，莫世兄以后有空经常过来，慢慢欣赏，才能乐在其中。

汤　勤　严老爷，汤勤觉得，藏宝阁还须打理一番，分门别类，提升改造，才能赏心悦目，人见有爱！

严世蕃　汤裱公，说得有理。果然是名闻天下的苏州第一裱。万花楼藏宝阁以后有了汤裱公的打理，定能大放异彩，让世人瞩目。（向内）准备开宴啊！

〔内声：好的，老爷，准备开宴。

严世蕃　今天宴席上，准备演一出什么戏码？

〔内声：老爷，今天演出《中山狼》。

严世蕃　好，《中山狼》开演。莫世兄，汤裱公，我们一边看戏，一边喝酒，不醉不归啊！

莫怀古　严世兄，有请！

汤　勤　严老爷，有请！

〔酒过三巡，散场。

莫怀古　严世兄，感谢今日盛情款待，愚弟不胜酒力，先行告退！下次有机会再登门拜访！请留步！

严世蕃　莫世兄，客气了！你我兄弟，不分彼此。招待不周，请多包涵！走好！

不送啦！

〔莫怀古下。

汤　勤　严老爷，你的藏宝阁还缺一样东西。这个东西，世所罕见，前朝曾是皇宫藏品，后流落民间，日前，刚好被小人发现踪迹。

严世蕃　什么东西？在哪里发现？真有此物，本司空重重有赏！

汤　勤　（跪地）感谢严老爷提携之恩！这个宝贝就是玉杯“一捧雪”，晶莹剔透，冬暖夏凉，十分神奇，玉杯“一捧雪”的主人便是莫老爷莫怀古。

严世蕃　（大怒）莫怀古，你我世代相交，明明知道我喜欢这些奇珍异宝，却私藏不送，欺人太甚！汤裱公，你明日带三百家丁，到莫怀古处，把这玉杯与我取来。

汤　勤　小人遵命！（下）

〔切光。

三、索杯

〔莫怀古寓所。莫怀古、莫诚上。

莫　诚　老爷，汤勤回来了。

莫怀古　汤勤回来了，他在哪里？快请进。

莫　诚　他在门外，我叫他进来。

汤　勤　（上）汤勤拜见老爷！

莫怀古　汤裱公不必多礼。看你这身官服，严世兄对您不错。

汤　勤　严恩主对我很好，让我做了北军都督府经历，五品官衔，这都要感谢莫老爷的推荐之功，汤勤铭记在心！

莫怀古　恭喜汤裱公。汤裱公谦逊了，是你自己的能耐，我只是做了顺水人情。

汤　勤　严恩主喜爱古董字画，他听说你家藏有传世玉杯“一捧雪”，很想得到它，莫老爷能够做个顺水人情，送给严恩主？

莫怀古　严世兄怎么知道我有玉杯“一捧雪”，莫非是你告诉他的？“一捧雪”是我祖上相传九代的玉杯，绝对不能在我手里传给外人，这个顺水人情做不得。

汤　勤　严恩主神通广大，什么宝贝能够逃过他的法眼，何须我来告诉他？严恩主已经升你为太常寺正卿，难道你不该把这个玉杯送给他？

莫怀古　谁不知道太常寺正卿是一个空衔，值得用“一捧雪”换回？

汤　勤　值得，值不得，你自己掂量掂量！严恩主想得到的东西，你给也要给，不给也要给。

莫怀古　岂有此理！汤勤，你这个忘恩负义的东西！明知道“一捧雪”是我的命，也要强索吗？“一捧雪”就在寓所中，有本事拿到你就拿去吧！

（唱）晴天一声霹雳响，
老夫误养中山郎。
恩未报来怨先结，
宁为玉碎不瓦全。

汤　勤　莫老爷，不要敬酒不吃吃罚酒，倘若你不肯把玉杯给我带回，我只好强搜了。严恩主已经派兵把寓所团团围住，一只苍蝇也飞不出去，不要说这么大的一只玉杯。莫老爷，得罪了！将士们，搜！

（唱）原本高兴取杯还，
无奈拒赠气氛僵。
顺水推舟舟不行，
恩断义绝情义伤。

莫怀古　汤北溪，你这个小人！哼！（下）

兵丁甲　（上）报告汤大人，前院没有。（下）

兵丁乙　（上）报告汤大人，后院没有。（下）

雪　艳　（上）汤老爷，好端端的玉杯不见了，我们也找不到了。莫非是你们当中，监守自盗，还望汤老爷严查！

（唱）饥寒交迫雪地卧，
玉杯暖酒救人还。
如同知己同上京，
美言相荐登大院。
愿冀才华步步升，
知恩图报情谊长。
为何浮云遮望眼，
忘恩负义虎作伥？

汤　勤　雪艳娘子，多有得罪！莫老爷昔日与我有知遇之恩，汤某感激不尽！现在汤某在司空严爷手下听差，在其位自当谋其政。严爷对莫爷也有提携之恩，莫爷为何不能知恩图报，一个小小玉杯，为何推三阻四？我见过比莫爷更大的官，向严爷送过更好的宝贝。世道如此，敬请莫老爷和雪艳娘子，见谅！（抱拳）

（唱）人生一路如浮萍，
飘泊何处是故乡。

今朝有酒今朝醉，
难得糊涂走四方。
美人句句故有理，
寒风阵阵心底凉。
玉杯自有归宿地，
好马尚要配好鞍。

雪　艳　汤老爷，你还是走吧！我们莫家不欢迎你！（下）

汤　勤　雪艳娘子！今天就到此为止。待我回禀严爷后再做定夺！告辞！（下）

莫　诚　（上）老爷，汤勤走啦？

莫怀古　（上）莫诚，刚才你去哪儿啦？为什么不留下来陪我应对汤勤？

莫　诚　老爷，我刚才躲在外面去了。

莫怀古　你这个与汤勤一样忘恩负义的东西，知道老爷有难，还躲起来见死不救！

莫　诚　（咳，咳，咳）老爷，不要生气。我怎么会与汤勤一样呢？你看，玉杯在我这里，完好无损。（在怀里拿出玉杯）

莫怀古　啊！玉杯在此。寓所不是被兵丁围得水泄不通的，你怎么出去的？

莫　诚　我看前门、后门都有兵丁把守，就从狗洞里钻出去的。（咳，咳，咳）

莫怀古　莫诚啊，你不断咳嗽，难道风寒了，刚才让你受冻了，来，我倒一杯酒给你喝，暖暖身子！（用“一捧雪”倒一杯酒递给莫诚）

莫　诚　（把酒喝下）多谢老爷！（咳，咳，咳）

莫怀古　莫诚啊，你能化险为夷，真是莫家的福星啊！你要注意保重身体啊！
（唱）严府觊觎一捧雪，
忘恩负义裱褙汤。
幸好莫诚护玉盏，
金蝉脱壳保周全。

莫　诚　老爷，此地不宜久留。严世蕃找不到玉杯，肯定不会善罢甘休，我们还是走吧？

莫怀古　罢了。这太常寺正卿也不过是个虚衔，这顶乌纱帽不要也罢。我们回去钱塘吧！

莫　诚　老爷，钱塘万万去不得，你的家恐怕也要被抄了。

莫怀古　家也回不了，天下之大，竟无我莫怀古容身之处。可怜我的夫人和儿子莫昊，他们还蒙在鼓里。

莫　诚　老爷，不如我们投奔蓟州总兵戚继光将军。

莫怀古　也好。莫诚，马上收拾行礼，我们连夜离城。

莫　诚　是，老爷。

莫怀古　雪儿，笔墨伺候。我先写封信，差人送到钱塘方先生家中，要求方先生收莫昊为义子，改名方昊，以保我儿平安。

雪　艳　（上）是，老爷思虑周全，公子日后考取功名，可让莫家东山再起。

莫　诚　（内声）老爷，收拾好了，我们走吧！（莫怀古、雪艳下）

〔切光。

四、代戮

〔严府万花楼严世蕃上。

严世蕃　岂有此理！岂有此理！汤勤在哪里？

汤　勤　（上）严爷，小人在。

严世蕃　你说莫怀古有传世玉杯“一捧雪”，为何把莫怀古的寓所翻了个底朝天都毫无影踪？莫非，是你谎报军情？

汤　勤　（忙跪下）小人绝无半句虚言，若有欺瞒，愿遭天打雷劈。玉杯是小人亲眼所见，肯定还在莫怀古手里。

严世蕃　看你说得真切，姑且相信你一回。你先起来吧！明天，我们再去搜查一遍？

汤　勤　严爷，莫怀古把玉杯看成命一样，在他心中玉杯比这个太常寺正卿值钱多了，今天得罪了严爷，现在肯定惊恐万分，也许已经弃官逃走了。

严世蕃　逃走？将官可在？

将　官　（上）在。

严世蕃　速到莫太常寓所侦察一番，速去速回。

将　官　是。（下）

严世蕃　莫兄啊，莫兄，你又是何苦呢？你明知我东楼喜欢的东西，却不奉上，好不识趣！

（唱）识时务者乃俊杰，
榆木脑袋酿悲哀。
有宝不献实欺人，
掘地三尺夺玉杯。

将　官　启禀老爷，莫太常寓所已经空无一人。

严世蕃　好你个莫怀古，果然是心中有鬼。汤勤，笔墨伺候。

汤　勤　是，严爷。

严世蕃　待我写个牌子，再启奏皇上下旨，太常寺正卿莫怀古，私藏国宝，弃官逃走，责令地方文武衙门，捉拿归案，就地斩首，押送首级回京复命。将官哪里？

将　官　（上）在。

严世蕃　速带兵丁，捉拿莫怀古，斩首回京复命。

将　官　是。遵钧旨。

汤　勤　严爷，你可知莫太常会逃往哪个方向？

严世蕃　南方，他家在钱塘，不往南方，他要去哪里？

汤　勤　严爷有所不知，莫太常聪明无比，这时节肯定不会回家自投罗网。

严世蕃　不回南方？他还有什么地方可去？

汤　勤　小人跟随莫太常进京，在路上曾遇到蓟州总兵戚继光将军，戚将军曾经邀请莫太常去蓟州一叙。

严世蕃　原来如此。将官，带兵丁速往蓟州方向。

汤　勤　慢。严爷，莫太常的漂亮小妾雪艳罪不至死，就先带回来。

严世蕃　将官，就按汤爷的意思办。

将　官　是。遵钧旨。小将告退。（下）

严世蕃　汤勤啊，你真是诸葛再世，神机妙算。哈哈哈。（下）

汤　勤　严爷谬赞，小人承受不起！哈哈哈。

（唱）自作聪明莫太常，
玉杯插翅亦难飞。
关山万里索命来，
春风抱得美人归。（下）

〔幕后合唱——
手捧玉杯泪盈盈，
饥寒交迫雪花飞。
锦衣玉食成云烟，
浪迹天涯把命催。

〔蓟州城头。莫怀古、莫诚、雪艳上。

莫怀古　莫诚，前面可是蓟州城头？

莫　诚　是的，老爷，我们快到了。

雪　艳　莫大哥，我累了。

莫　诚　匆匆而走，带的东西都吃完了。雪艳姐，我去找点吃的给你充饥。

莫怀古　莫诚，快去快回。

莫　诚　好的，老爷。（虚下）

莫怀古　雪艳娘子，让你受苦了。你靠在我怀里歇息一下。

雪　艳　多谢老爷。

（唱）九世家传一捧雪，
忘恩负义汤裱褙。

冰雪梅花心自洁，
同甘共苦保玉杯。

将　官　（上）这里有两个人，过去看看。

兵　丁　（上）是。

将　官　（走近一看）原来是莫老爷，小将对不住了。手下，将此二人绑住，押往蓟州城。

兵　丁　是。

莫　诚　哎呀！不好！

（唱）荒郊野外饥择食，
官兵闪到如惊雷。
老爷娘子落虎口，
莫诚全身如鸡呆。（下）

戚继光　（上，跟着两名兵丁）深夜来访，你们是谁？

将　官　在下严司空门下将官，奉旨捉拿犯官莫怀古，押解总兵府，就地斩首，回京复命。

戚继光　啊！莫怀古所犯何罪？可有令牌？

将　官　回禀戚将军，莫怀古私藏国宝、弃官畏罪潜逃。这是令牌。

戚继光　犯官莫怀古何在？

将　官　将士们，将犯官莫怀古、雪艳押上来。

兵　丁　是。（押上）

戚继光　犯官莫怀古、雪艳，你可知罪？（使眼色，不要说话）

将　官　戚将军，快将莫怀古斩首，我们好回京复命。

戚继光　夜已深，不宜斩首。暂且押入虎牢，明日五更再行斩首。将士们，一路辛苦了，先安排歇息。本将略备酒菜，请将士们慢用。

将　官　既然如此，就等明日五更，我们来监斩就是。（将官押莫怀古、雪艳下）

戚继光　莫兄啊，莫兄，你为何会遭此横祸？

（唱）昨日分别祝高升，
今朝锒铛好狼狈。
定是那汤勤小人，
恩将仇报莫名罪。

莫　诚　（上，跪下）戚将军，我是莫诚。

戚继光　莫诚，快快请起！

莫　诚　戚将军，快快救救我家老爷吧！

戚继光　莫诚，到底是怎么回事啊？

莫　诚　戚将军，那汤勤把“一捧雪”玉杯的秘密告诉了严司空，严司空就差汤勤来要这个玉杯。这个玉杯在莫家已传九代，老爷视作生命，哪会献出？于是，汤勤就对寓所进行了强搜。

（唱）司空一怒搜莫寓，
　　我钻狗洞暂解围。
　　老爷不想坐待毙，
　　不料差官早一步。

我家老爷冤枉啊！戚将军，救救我家老爷！

戚继光　莫诚，当今朝廷，严氏父子玩弄权柄，得罪不起，如今令牌已下，如同圣旨，不可违抗。我虽与你家莫爷情同手足，也是无计可施啊！

莫　诚　我家老爷满腹诗书，才华横溢，壮志凌云，一片大好前程，不可就此断送。何况，家有妻儿，多有牵挂。我莫诚从小无爹无娘，是莫家收留了我，还为我娶妻生子，虽然妻子已经去世多年，但小儿文鹿现在也和莫公子一起读书。莫家待我恩重如山。现在，是我莫诚报恩的时候了。我感染风寒已久，可能不久于人世。（咳，咳，咳）戚将军，我愿意代老爷受刑，请戚老爷恩准。

（唱）知恩图报理当然，
　　莫诚视死也如归。
　　此去黄泉心坦荡，
　　敢教日月同增辉。

戚继光　莫诚，你的大恩大德，我代莫兄谢过。

（唱）视死如归真英烈，
　　偷生在世命卑微。
　　杀身成仁报恩公，
　　谁言寸草三春晖。

来人。

兵　丁　在。

戚继光　将莫诚押入虎牢，明日五更斩首。将牢中犯人莫怀古、雪艳，带来见我。

兵　丁　是。

〔莫怀古、雪艳上。

戚继光　莫兄，你受苦了。（戚继光与莫怀古相拥而泣）上次分别时，我已经提醒过你，要小心身边这个汤裱褙，果然是他居心不良，陷害你。你推荐他到严府当差，就是一步坏棋啊！当今世上，谁不知道严家父子玩弄权政于股掌之间，陷害了多少忠良，大家敢怒不敢言，你倒好，敢往枪口上撞，倒大霉了吧？你到我这儿来，居然差官也赶上了，显然还是汤勤泄露了情报。不过，你的性命已经无忧了！哈哈哈！

莫怀古 戚兄，没想到在这种情况下，遇见你，真是有愧啊！ 不是要砍头了吗？还说我的性命无忧，开玩笑吧？

戚继光 你养了一个汤勤，这是一只恩将仇报的中山郎，但是，别忘了，你还有一个莫诚，对你忠心耿耿，他可是知恩图报的好人啊！刚才找到我后，大义凛然，决定代你受刑啊！

莫怀古 代我受刑？我没听错吧？这可使不得，万万使不得呀。我莫怀古一身正气，可不能在这节骨眼上坏了名声。

戚继光 莫兄，这是真的。莫诚跟我说，你们莫家待他恩重如山，收留他，还为他娶妻生子，他的儿子还与你的儿子一起读书，他无以回报，决心代你赴死。

莫怀古 戚兄呀！我和莫诚相伴几十年，就如亲兄弟一般，我怎么能让他代我赴死呢？我真的做不到！

戚继光 莫兄啊！你有所不知，莫诚感染风寒已久，恐怕不能痊愈，将不久于人世，他想利用这将死之躯，代你受刑，也是功德一件啊！

莫怀古 莫诚啊！（痛哭）你真是我的好兄弟啊！你才是对我恩重如山啊！我莫怀古下辈子愿意做牛做马伺候你啊！为了你，我要好好活着！

雪　艳 莫诚大哥啊！（痛哭）你为莫家劳累一世，还要为老爷代死，我雪艳感激涕零！

〔幕后合唱——

　　相见时难别亦难，
　　梨花带雨泪相催。
　　锦绣前程一刹那，
　　飞来横祸为玉杯。

〔切光。

五、刺汤

〔严府万花楼。

严世蕃 莫怀古携国宝玉杯，弃官而逃，据探子回报，昨夜已经在蓟州城外束手就擒，现在应该已经斩首。将官，在哪里？

将　官 启禀严爷，小将在此。

严世蕃 莫怀古人头是否带来？

将　官 已经带来，在此桶中。

严世蕃 是否随身搜得玉杯？

将　官 玉杯不在。

严世蕃 哎呀呀！汤勤可在？快去检验人头是否属真？

汤　勤 严爷，小人来了。（把手伸向桶中）启禀严爷，此头非莫怀古。小人陪同莫怀古上京，曾经帮他梳头，莫怀古后脑勺有一块拳头大小的突出，而这个人头没有。

严世蕃 人头是假的？

汤　勤 确实是假的。

严世蕃 此事非同小可。汤勤，笔墨伺候，我要拟票启奏圣上，下旨捉拿徇私舞弊的蓟州总兵戚继光。

汤　勤 小人在。

严世蕃 蓟州总兵戚继光，在莫怀古私藏国宝逃窜一案上，徇私枉法，着锦衣卫指挥史陆炳捉拿审查。（把笔一扔）将官，在哪里？

将　官 在。

严世蕃 将戚继光押解回京。

将　官 是。

严世蕃 汤勤，你以北军都督府经历的身份监审此案。

汤　勤 小人遵钧旨。

（唱）一箭双雕莫和戚，
　　　严府当差好风光。
　　　北溪绝非池中物，
　　　扶摇直上龙凤翔。

〔灯暗转。

〔锦衣卫。

陆　炳 本官锦衣卫指挥史陆炳，今天接到一桩离奇的案件，审头，就是判定这死人的头是真的还是假的。手下，带犯人。

狱　卒 陆大人，犯人带到。（带戚继光上）

陆　炳 堂下犯人，报上姓名。

戚继光 在下蓟州总兵戚继光。

陆　炳 原来是戚将军，沙场征战，威名远扬，失敬失敬！不知所犯何罪？

戚继光 在下秉公执法、光明磊落，何罪之有？

汤　勤 戚将军，你偷梁换柱，欺君犯上，可惜逃不过我汤勤的法眼，你杀的不是莫怀古，而是另有其人。

戚继光 汤勤小儿，你莫要血口喷人！朝廷所派将官，当场监斩，你可让他们当堂作证。

陆　炳 将官，在哪里？

将　官 小将在。

陆　炳　斩首之时，你们可都在场。你们何时到达蓟州，又何时离开蓟州？

将　官　小将在场。小将二更捉拿莫怀古押往蓟州，五更斩首后，离开蓟州。

陆　炳　这三个时辰，你们都没有离开犯人？

将　官　启禀陆大人，我们一路追赶犯人，到蓟州，把犯人押入虎牢后，已是疲惫不堪，倒头就睡了，醒来时已是五更时分。

陆　炳　混账东西，你就不怕这中间会移花接木？

将　官　戚将军为人坦坦荡荡，小将有严府令牌，戚将军绝不会做偷鸡摸狗的小人之事。

陆　炳　汤大人，你怎么看？

汤　勤　还有一个证人，可以带来审问一番。

陆　炳　是谁？

汤　勤　一个美人，就是莫怀古的小妾雪艳娘子。

陆　炳　此女在哪里？

汤　勤　就在堂外。

陆　炳　快带进来。

雪　艳　冤枉啊，大人。

（唱）风萧萧兮易水寒，
官人一去不复返。
秉公执法戚将军，
夫君含恨赴九泉。

陆　炳　雪艳娘子，你丈夫去世之前，你当真一步没有离开？

雪　艳　大人，蓟州城虎牢，阴森寒冷，小女子一直躺在夫君怀中取暖，半步不曾离开。及至五更，亲眼所见，夫君身首分离，天人永隔。大人啊，我夫君死得好冤啊！

（唱）钱塘赏梅天伦乐，
转眼赴京把命丧。
谁在人间充阎王，
我做鬼来要伸张。

汤　勤　雪艳娘子，咱们借一步说话。陆大人，我曾寄居莫怀古寓所，结伴而行，与雪艳娘子有点旧交情，可否，让汤某说几句悄悄话？陆大人，你再审戚将军。再会。

陆　炳　汤大人，你既与雪艳娘子相识，就见一下吧！（下）

汤　勤　多谢陆大人。

汤　勤　雪艳娘子，你听我说。

（唱）苏州客栈梅花园，
一见倾心雪艳娘。

花容月貌入梦来，
欲见美人日夜想。

雪　艳　汤勤，你这个忘恩负义的小人。
（唱）流落街头饿成狗，
莫公可怜留身旁。
一展裱褙真才学，
灿烂前程五品官。
汤勤啊，可怜你！
无中生有拟罪名，
恩将仇报中山狼，
咬死恩公心何安，
天打雷劈恶鬼缠。

汤　勤　雪艳娘子，事到如今，我只好告诉你，你的生死荣辱握在我的手中。我说人头是假的，你和戚将军都得死。我说人头是真的，那你和戚将军就可以不用死。你不想死了莫怀古，还要连累戚继光吧？哈哈哈！

雪　艳　真和假，都是你说了算？

汤　勤　当然，我说真就真，我说假就假。你不会希望我说人头是假的吧？

雪　艳　你说人头是真，有什么条件？

汤　勤　你答应嫁给我，我就说人头是真的。绝不食言。

雪　艳　那你在严爷面前如何交待？

汤　勤　人死之后，尸体变形，后脑勺的骨头塌进去了，自然摸不出来。何况，你是证人，已说莫怀古死之前一直没有离开你。

雪　艳　严爷怪罪下来，你不怕吗？

汤　勤　不怕，只要你嫁给我，天塌下来，都不怕。哈哈哈。

雪　艳　什么时候成亲？

汤　勤　今天晚上就成亲。

雪　艳　好，我答应嫁给你。你去准备洞房花烛吧！

汤　勤　好呀！娘子！稍候花轿迎娶。
（唱）生死予夺做判官，
抱得美人入洞房。（下）

雪　艳　（唱）委曲求全救恩公，
洞房花烛把戏唱。（下）

〔灯暗转。洞房，汤勤和雪艳新郎、新娘打扮持酒杯上，醉态。

汤　勤　我汤勤，今天真是双喜临门，既杀情敌，又娶美人，痛快，痛快！娘子，在哪里？

（唱）昔日沦落遭人欺，
今朝荣华富贵享。
欲夺玉杯下杀手，
兄弟难逃戚公斩。
雪地梅花总相忆，
一见倾心雪艳娘。
美人相抱酒入口，
酥胸起伏在梦乡。

雪　艳　（假装酒醉）夫君，再来一杯。
（唱）前夫已死新夫来，
花开花谢喜满堂。
玉杯已碎人遭罪，
雪艳青春正飞扬。
人头是假亦是真，
真真假假如梦幻。
酒不醉人人自醉，
洞房花烛是天堂。

汤　勤　娘子，再来一杯。

雪　艳　再来一杯。

汤　勤　再来一杯。

雪　艳　再一杯。

汤　勤　再……（倒地呼呼而睡）

雪　艳　（突然从烛台上抽出剪刀刺向汤勤）哈哈哈！
（唱）君杀莫诚我刺汤，
报得恩公永安康。（自刎）

六、昭雪

〔三年后的清明节，蓟州城北。莫怀古、雪艳之墓。莫昊、莫夫人上。

莫　昊　小生莫昊，前太常寺正卿莫怀古之子，今状元及第，陪母亲到父亲、雪姨坟前祭奠。
（唱）父亲含冤赴黄泉，
雪姨保贞敢刺汤。
地府相会泪满眶，
娘想夫君夜辗转。
方师教导很有方，

状元及第美名扬。
监察御史巡四方，
严氏贪污进牢房。
真相大白父平反。
圣上降旨建牌坊。
九泉之下父瞑目，
贞洁烈女永流传。（上香，拜）

莫夫人 老爷，雪艳妹妹，我来看你们来了。
（唱）忘恩负义裱褙汤，
索杯抄家到钱塘。
妾身流徙戈壁滩，
餐风露宿命残喘。
幸得戚公军队过，
一息尚存在营房。
昊儿金榜题名时，
接母衣锦喜还乡。
严氏东楼已倒台，
沉冤得雪莫太常。
你我夫妻恩情在，
清明时节一炷香。（上香，拜）

莫怀古 （上，上香，拜）

莫夫人 呀！世上竟有如此相像之人。
（唱）夫君去世已多年，
莫非显灵出坟场？

莫　昊 母亲，为何惊讶？

莫夫人 你看此人，与你父亲莫怀古如此相像，难道是鬼魂现身？

莫　昊 他与我父亲相像，待我去问一问。请问先生，贵姓大名？

莫怀古 我姓莫，名怀古，钱塘人氏。

莫　昊 莫怀古是我爹爹，他已经死了，葬在此墓中。呀！你是人还是鬼魂？

莫怀古 你是我儿莫昊？昊儿，你都长这么大了？让爹爹仔细看看！

莫　昊 母亲，是爹爹的魂魄显灵了。

莫夫人 老爷，真的是你，你的魂魄显灵了？

莫怀古 我是莫怀古本人，不是魂魄显灵，你们仔细看看。

莫　昊 你若是爹爹，墓中所埋是谁？

莫怀古 墓中人，是你莫诚叔叔，在危难时刻，他挺身而出，代我而死。在平反昭雪之前，我只好隐姓埋名，流落江湖。莫诚代我而死，我心存愧疚，经常会跑到坟前祭奠一番。

莫　昊　原来如此。莫诚叔叔代父而死，义薄云天，恩重如山，我要认他为义父，好生供奉、祭拜！（再上香，祭拜）

莫怀古　昊儿如此明礼，大器也。

（唱）莫诚汤勤两男儿，
天差地别成极端。
汤勤忘恩把我害，
莫诚仁义代我亡。

莫夫人　老爷，你还活着。

（唱）哭天撼地君显灵，
感天动地真人还。
往日阴霾一扫光，
疑是幻境入梦乡。

戚继光　（上）莫兄，愚弟看到你一家团圆，甚是高兴。玉杯“一捧雪”完璧归赵，请收下。

莫怀古　多谢戚兄！救命之恩，乃是大恩大德，请受小弟全家一拜。（众拜）

莫夫人　戚恩公，多谢刀下留情，救我夫君一命！西北流徙，穷困潦倒之际，又救我一命！妾身以“一捧雪”玉杯斟酒，敬戚恩公！（跪）

戚继光　夫人，礼重了，请起。我的命还是雪艳娘子所救，我要把这杯“一捧雪”的酒敬给雪艳恩人。（跪，洒）

（唱）蓟州城外兄落难，
莫诚代戮公逃荒。
汤勤陆炳把头审，
怀疑是我柱换梁。
亦真亦假在汤勤，
雪艳认真入洞房。
汤勤新婚酩酊醉，
雪艳刺汤自杀亡。
头颅为真我无罪，
我葬雪艳陪太常。

〔幕后合唱——
忠贞二人恩义重，
酒洒坟前思绵长。

〔剧终。

八戒新传

据杨景贤元杂剧《西游记》改编
木偶剧

编剧：郑新华

《八戒新传》是根据元杂剧（杨景贤）《猪八戒招亲》整理编写的。无论是原剧或是小说《西游记》中的猪八戒，都是贪色自私、好吃懒做，有好处上没利益就溜，动不动就摔担子要散伙的人物形象。但笔者在整理编写此剧时，觉得猪八戒虽然爱耍小聪明、说谎、爱占小便宜，是个浑身都是毛病的主；但是随着社会的发展，尤其是人们的审美观念及审美情趣的变化，对猪八戒的看法有了很大的转变。认为他虽然毛病多,但也不失优点。他心宽体胖，随遇而安，天生乐天派。最重要一点会怜香惜玉，对爱情忠贞执着，是《西游记》师徒中情商最高的一个人。因此在整理编写此剧时，在尊重原著的基础上，从挖掘猪八戒身上的闪光点入手，结合现代人的审美观，塑造一个虽鲁莽粗俗又不失深情善良的新的猪八戒的艺术形象。

人物表：猪八戒、斐海棠、唐僧、孙悟空、沙僧、斐太公、斐夫人、梅香、桃花仙子、玉帝、观音、二郎神、朱大郎、欢喜罗汉、蜈蚣精、雉鸡精、哮天犬、牛头、马面、天将、家奴、小妖

引子

〔天庭。瑞气氤氲，弦乐悠扬。

〔蟠桃园内，桃花仙子正和众仙女采摘仙桃。

〔帅气俊朗的天蓬元帅略带醉意地探头探脑上。左右窥视后，纵身摘下一个仙桃，正欲溜下，被桃花仙子发现，斥责着一把夺过仙桃，天蓬元帅拉着桃花仙子袖子央求，桃花仙子用力挣脱，不料袖子

撕裂，露出玉臂。

〔桃花仙子羞愤地在玉帝面前哭诉，玉帝龙颜大怒，龙袖一挥，天将左右架起天蓬元帅扔出天门。

〔追光中，跌落人间的天蓬元帅翻滚着，挣扎着，慢慢地蜕变成肥头大耳的猪八戒。

第一幕　惊艳苦恋

〔黑风洞洞府内。怪石嶙峋，幽深阴谲。一道清泉从高高岩罅中飘洒而下，腾化成一层迷雾，更使洞内显得神秘莫测。

猪八戒　（独自饮酒，神情落寞地，唱）

自离天廷落凡间，
寂寞无聊苦难言。
眼看人间天伦乐，
憧憬温馨度华年。

唉，只怪俺老猪醉后嘴馋，偷吃仙桃，又撕落桃花仙子衣袖，被桃花仙子告到玉帝那里，说俺偷取仙桃，行为不端。玉帝一怒之下就把俺打入凡间。谁知又投错了胎，变成这副模样。只好躲在这黑风洞做个山大王。前几日出游，在裴家庄附近遇见一个貌似天仙的小娘子，呀，那长得真是——

（接唱）出水芙蓉玉亭亭，
柳眉凤目水灵灵。
一颦一笑魂魄散，
弄得老猪是茶饭不思夜难寝！

来人！

雉鸡精　（急上）大王，有何份咐？

猪八戒　蜈蚣精还没回来？

雉鸡精　哎哟，大王你都问了八回了，还没呢！

猪八戒　哼，没用的东西，打探个人这么费劲！

〔蜈蚣精内喊：大王——（匆匆上）

猪八戒　（高兴地）打探到了那小娘子是谁家的吗？

蜈蚣精　禀报大王，小的足足跑了两个村庄，五条街，几十户人家……

猪八戒　（不耐烦地）废话少说，到底找到那小娘子没有！

蜈蚣精　（打快板似的）大王，那女子姓裴，名叫海棠，年方十八，是山下裴家庄裴太公的独生女，自幼许配邻村朱大郎。只因太公嫌弃朱大郎华而不实又家道破落，便心生悔意，婚礼一再拖延未办。故裴小姐至今待字闺中，想要婚嫁看来有点难！

猪八戒 （欣喜地）太好了，如此说来，俺老猪还是有机会的啊！

蜈蚣精 （迟疑地）不过裴小姐她……

猪八戒 裴小姐怎么了？

蜈蚣精 据说裴小姐不信其父之言，依然对朱大郎一往情深，暗中差丫环梅香与其通信，急盼朱大郎前来接她一同私奔他乡。可那小子怕吃苦又胆小，推三阻四，死活不肯前来赴约。

雉鸡精 （幽怨地）哼，自古都是痴情女子薄情郎！

猪八戒 哈哈，这样的痴情女子俺更喜欢，朱大郎不要俺要！小的们！

众　妖 在！

猪八戒 准备好花轿，随俺下山，今晚本大王要与裴小姐拜堂成亲！

雉鸡精 （吃惊地）啊，今晚拜堂成亲，大王，万一裴家不同意……

蜈蚣精 管它同意不同意，抬上花轿，抄起家伙，抢亲啊！

众　妖 对，抢亲喽！

猪八戒 （狠狠啐了蜈蚣精一口）呸！谁说抢亲！惊动街坊，吓坏裴家老小，俺饶不了你们！俺要来个“智娶裴小姐”！

众　妖 “智娶”？！

猪八戒 （嘴里喷出一股白烟，一转身，粗陋不堪的猪八戒化变为风度翩翩的朱大郎）

众　妖 （惊喜，纷纷大叫）哇噻，大王太帅了，大王酷毙了！

猪八戒 哈哈……（对蜈蚣精）你再去趟裴家庄，就这么说……（和其耳语，蜈蚣精捣蒜似的拼命点头）

〔收光。

第二幕　易容骗婚

〔裴家庄外桃花林。林边溪水潺潺，桃花灼灼。

梅　香 （急上，四下探望，向内招手）小姐，快来！

裴小姐 （上，唱）裴家庄外桃花开，
花情蝶意喜满怀。
盈盈春心关不住，
香风引郎来摘采。
郎呀郎，快快来，

小妹等你赴琼台。

梅香，朱郎说的是桃花林吗，怎么还不见踪影！

梅　香　是呀。今天下午，他的小厮来和我约好的！小姐你别焦急，朱公子会来的！

裴小姐　（娇羞地）谁急了！梅香，朱郎真的今天要接我一起走了！

梅　香　是的，是的，他说被小姐真情打动，要带着小姐投奔他乡，花好月圆了！我到前面看看——（上高处张望，忽高兴地）呀，小姐，来了，朱公子来了！

〔猪八戒化成朱大郎上。蜈蚣精和小妖化成小厮等模样抬着轿子跟上。

猪八戒　（急切地）小姐，小姐——

裴小姐　（欣喜又羞涩地）朱郎，你……你来了！

猪八戒　（忍不住奔上前去欲抱裴）小姐，俺想死你了！

裴小姐　（吓了一跳，羞赧地避开）朱郎，你……

蜈蚣精　（忙拉住猪八戒，低声地）大王大王，你现在是朱大郎，要斯文些！

猪八戒　（恍然，忙端正身子）对，对，俺现在是朱大郎，不是猪大王！（整衣，对裴彬彬施礼）啊，小姐，小生因思汝心切，一时忘情，失礼之处，还请恕罪！

裴小姐　（低低回眸一笑）朱郎不必多礼，知道就好了！（忽想到什么，犹疑地）朱郎，多日不见，你容颜未改，为何声音有变？

猪八戒　（一愣）声音有变？不会啊，俺，我一直如此！

裴小姐　从前你声音圆润，洪亮，今日却粗重又沙哑！

猪八戒　啊，这……（自言）真要命，俺老猪人可变，声音不会变……这……

蜈蚣精　（急中生智）啊，小姐，我们家相公因思念与你，茶饭不思，夜不能寝，急火攻心，喉咙发胀，时间一长，声音就变成这个样子了！

猪八戒　（掩面，装哭声）苦啊……

裴小姐　（深受感动）朱郎——

猪八戒　现在好了，小姐，从今往后，我们日夜相伴，琴瑟和鸣，再也不用受这般相思之苦了！

裴小姐　（激动地盈泪欲下）朱郎，但愿你我今生同甘共苦，白头偕老，也不枉我俩苦恋一场！

猪八戒　（不禁被裴的深情所动，真诚地）是的，是的，小姐，我一定不负你对俺，不，对我的深情厚谊，我……

蜈蚣精　（捅捅猪八戒，话中有话地）相公，时间不早了，我们还是带小姐快走吧，免得夜长梦多，坏了好事。

猪八戒 好，好，小姐，不，娘子，上轿！

裴小姐 （娇羞地点点头）梅香，你回去吧，好好侍候老爷夫人！

梅　香 （揩泪）小姐，你多保重。（依依不舍下）

裴小姐 （朝着裴家庄方向深情地下拜）父亲、母亲，恕女儿不孝了！

猪八戒 （掀起轿帘）娘子，别磨蹭了！（急扶裴入轿）快进去吧！

蜈蚣精 起轿喽！

猪八戒 （大喜）哈哈……（一阵白烟过后，朱大郎又变为猪八戒，弯腰伸腿地）哎呀妈，装斯文太累了，还是做老猪自在！走，回黑风洞拜堂成亲！

众小妖 （乐呼）大王娶亲喽！

〔灯光急暗。

第三幕　倾情逼嫁

〔黑风洞洞房内。红烛高照，喜乐悠扬。

〔裴小姐伏案啼哭。雉鸡精在一旁劝慰。

雉鸡精 （端着一盘点心）夫人，别哭了，吃点东西吧，这是大王特地为你做的！

裴小姐 （一手打落点心）不吃，不吃……

雉鸡精 （捡起点心）哼，身在福中不知福！（扔进嘴里）不吃我吃！

〔猪八戒一手拿酒壶，一手拿酒杯醉醺醺上。

猪八戒 （念）本想抱新娘，
甜蜜入洞房。
娘子死不依，
叫俺脑筋伤。
（问雉鸡精）怎么样，夫人回心转意了没有？

雉鸡精 （使劲咽下点心）大王，她的心比洞里的钟乳石还硬，劝不动啊。哼，大王，她如此不识抬举，不如把她杀了，另娶他人算了！

猪八戒 胡扯，把她处死了，我娶谁去？

雉鸡精 （妖媚地）大王，我们黑风洞里仰慕您的人多了去了！我也是你的崇拜者！

猪八戒 滚一边去，这辈子我就喜欢裴小姐了，别来烦我，快滚！

雉鸡精 （低声嘀咕）哼，耳大嘴巴长，粗皮厚似墙，谁稀罕！（扭着屁

股下）

猪八戒　（笑容满面地）娘子——

裴小姐　（怒目而视）滚开！

猪八戒　哎哟，娘子，咱们既然入了洞房就是夫妻了，来，我们喝杯交杯酒！（近前欲抱，裴一闪避开）

裴小姐　（叱责）走开，谁和你是夫妻！你是何方妖怪，竟然假扮朱郎骗我上山，快放我出去！

猪八戒　俺不是妖怪，俺本是天蓬元帅，只因违反天条才被打入凡间，又投错了胎，变成这副模样……

裴小姐　你这丑八怪，还说什么天蓬元帅，我已经被你骗了一次，不会再上你的当了！

猪八戒　娘子，俺老猪虽然长得丑，可我很温柔，我会对你好的，你要什么我都会给你……（又欲抱裴）

裴小姐　（抓起酒杯扔向猪八戒）别碰我，你这妖怪，快放我回去！要不我爹知道了，定请张天师来降妖捉怪！

（唱）我爹请来张天师，
　　神通广大人皆知。
　　布下天罗并地网，
　　法号声声风雷驰。
　　定将你，五花大绑送菜市，
　　剥皮抽筋还凌迟！

猪八戒　（乐了）哈……看不出小娘子娇娇弱弱的心还挺狠，不过你怎么样我都喜欢！还有，张天师可是我的老朋友，你爹请他来没用！俺老实告诉你，你就是请玉皇大帝来俺老猪也不怕！

裴小姐　（气急）妖怪，你……

猪八戒　娘子，这辈子俺认定你了。再说了，俺除了长相难看了点还有什么配不上你！

裴小姐　妖怪，你听着——

（唱）我自幼许配朱大郎，
　　青梅竹马情义长。
　　他相貌堂堂文章好，
　　十里八乡都夸奖。

猪八戒　娘子，人不可貌相，海水不可斗量，那小子虽然外表光亮，但中看不中用，贪图名利，不能与你同甘共苦，有何屁用！

裴小姐　胡说，朱郎不是这样的人！你是妖怪，哪懂得人间儿女之情！

猪八戒　嘿，他姓朱，我也姓猪，我这个猪比你那朱强……

裴小姐 （冷笑）不知羞耻的东西，你怎能和朱郎比？来，来，来，你照照镜子！

猪八戒 俺才不照镜子呢，反正俺里外不是人，吃力不讨好！行了，行了，别扯那么多了，今晚你到底是从还是不从！

裴小姐 （坚决地）宁死不从！

猪八戒 （气得哇哇叫，欲举手打又不舍）气杀老猪了！来人——

〔雉鸡精和小妖急上。

雉鸡精 来了，来了……

猪八戒 （气呼呼地）把她关到洞后山神庙里，好好看管！

雉鸡精 是，带走！（小妖押裴下，谄媚地）大王，你放心，我一定让她尝尝我们黑风洞的厉害！

猪八戒 （踢了雉鸡精一脚）放屁，好吃好喝供着，少一根汗毛，拿你是问！

雉鸡精 （揉着屁股，委屈地）大王，你对她还不死心？

猪八戒 哼，本王不但不死心，还有的是耐心！

雉鸡精 （怨怼地）哼，送上门看不见，得不到偏想要，男人啊就是贱！

〔收光。

第四幕 传帕救裴

〔黑风洞后山神庙外。峻石嵯峨，古木参森。

〔孙悟空和唐僧上。

唐　僧 （唱）山叠嶂，水纵横，天低云暗，
晚风急，路崎岖，举步艰难。
取经哪怕千般苦，
舍生忘死往前闯。（一个趔趄差点摔倒）

孙悟空 （急扶）师父小心！

〔远处传来女子呼救声：救命啊……

唐　僧 （倾听）悟空，你听，山中好像有女子的呼救声……

孙悟空 师父，这深山冷岙，附近又没有人家，哪来的女子呼救？说不定又是哪路妖精想害师父设的圈套，不用理她，我们还是趁早赶路吧。

唐　僧 悟空，出家人慈悲为怀，救人一命，胜造七级浮屠，还是去看看吧。

孙悟空 好，好，好，师父菩萨心肠，没办法，去看看。

〔师徒同下。
〔灯光急暗转明。
〔山神庙内。

裴小姐 （唱）深山古庙空悠悠，
遭骗被禁泪长流。
思朱郎，想父母，
盼人将我囹圄救。

〔雉鸡精和小妖上。

雉鸡精 （阴阳怪气地）夫人，大王又让我们给你送东西来了！有吃有穿，还有珠宝呢。你看——
裴小姐 （抓起衣物珠宝摔掉）谁稀罕他的东西，快放我回去！
雉鸡精 （一把抓住裴）你这不知好歹的女人，大王对你这么好，还不知足，要不是大王护着你，我早把你清炖红烧配老酒吃了！
裴小姐 （挣扎）放开我，救命，救命啊……

〔孙悟空和唐僧上。

孙悟空 （大喝一声）妖怪，休得放肆，吃俺老孙一棒！
雉鸡精 （吃了一惊）你是何人，敢到这撒野！
孙悟空 你管爷爷是谁！看打！
雉鸡精 （见情形不对，欲溜被悟空拦下，双方打斗片刻，眼看不敌，乘黑烟逃走）
裴小姐 （盈盈下拜）小女子谢二位长老搭救，不知长老从何而来？
唐　僧 贫僧乃大唐和尚，因去西天取经，路过此地，听到小姐呼声，便前来施救。女施主，你是何方人氏，为何流落到此呢？
裴小姐 长老呀——
（唱）小女子家住裴家庄，
闺名就叫裴海棠。
家有良田千百顷，
自幼许配朱家郎。
可恨那，妖怪骗婚扮朱郎，
苦苦相逼入洞房。
我宁死不从被囚禁，
因此啼哭在庙堂。
孙悟空 女施主，那妖怪都被俺老孙打跑了。你可以回家了。

裴小姐 不可，刚才被小长老打跑的只是那黑风大王的手下，那妖王要是不见了我，定会找上门来，那我家岂不遭殃了吗？

唐　僧 啊，这可如何是好。悟空，救人要救到底，快想个万全之策！

孙悟空 （挠头）这这……（忽眼一亮）哎，有了。女施主，待会儿你去见妖怪，就说婚姻大事，要有父母做主，如今你已托信告之爹娘，如爹娘应允，就在裴家大门高挂红灯笼为号，只要一见红灯笼，便放你回去，然后再让他到裴府成婚。

裴小姐 （花容失色）什么，到裴府成婚，这岂不更糟了！

孙悟空 女施主请放心，只要你将那黑风大王骗进你家，我自有办法降他，为你以绝后患！

裴小姐 （欣喜地）如此多谢小长老了！

唐　僧 女施主，还要你修书一封，交贫僧带给令尊大人，作为凭证。

裴小姐 这古庙那有纸笔……有了，我这里有一方手峭，可作为凭证，我爹娘一看便知。

唐　僧 如此甚好（接过手帕），贫僧告辞了！

裴小姐 有劳二位长老！

〔灯光转暗复明。
〔裴府厅堂。裴太公和裴夫人愁容满面上。

裴太公 （念）家门不幸，
女儿不见。

裴夫人 （接）茶饭不思，
心似油煎。

裴太公 唉，连日里拷问梅香，她一口咬定是朱家小子带着棠儿私奔了，可那小子死活不认带小女走了，如今朱家反倒告到官府，说我有意赖婚，向我要人，这……如何是好！

裴夫人 （抹泪）都是你这老不死的，要是早点把女儿嫁给朱家不就没这事了。都是你害的。女儿你在哪里啊……

裴太公 我也是为女儿好，那朱家小儿不是个善类……

〔家奴匆匆上。

家　奴 报太公，门外有两位自称是大唐和尚求见！

裴太公 （挥挥手）带他们去用斋饭，别来烦我了！

家　奴 他们说有小姐的消息！（拿出手帕）

裴夫人 （惊喜察看）啊，这是裳儿的手帕！

裴太公 快快有请！

〔家奴下。唐僧师徒上。

裴太公 （急切地）圣僧请了，真可知我家小女在哪儿啊？

孙悟空 恭喜裴太公，贺喜裴太公，你家小姐做了黑风山大王的压寨夫人了。

裴夫人 （惊倒）啊，黑风山大王夫人……

唐　僧 悟空，休得胡言。施主别怕，我们师徒二人西天取经，路过黑风山，见到被妖怪掠去的裴小姐。

裴太公 啊，小女真被妖怪掠去了……

裴夫人 圣僧，小女如今怎么样啊？

唐　僧 （唱）二位施主放宽心，
小姐至今尚安宁。
那妖怪，只是逼她来成亲，
别无恶意断芳龄。

裴夫人 阿弥陀佛，请圣僧救救小女吧！

孙悟空 二位施主放宽心，我们已和令女商议好了，只要把那妖怪引到庄上，俺老孙定将其擒住，保你们一家平安！

裴两夫妻 （感激涕零）多谢圣僧搭救，多谢圣僧……

孙悟空 （抚着肚子）行了，行了，好话就别说了，跑了一天的路，肚子饿扁了……

裴太公 （慌忙）请圣僧到后堂用斋！

孙悟空 这还差不多，吃饱饭才好打妖怪啊。嘻嘻嘻……

〔收光。

第五幕　闹房掠师

〔黑风洞洞厅。篝火通明，鼓乐激扬。
〔雉鸡精和小妖在鼓乐中翩翩起舞。
〔猪八戒边喝酒边欣赏。

猪八戒 （突然把酒杯一扔，焦躁地）别跳了，下去，都下去……唉，裴府怎么还没消息！

雉鸡精 （幽幽地）哼，又发花癫了！（讨好地）大王别急，会有好消息的……

〔蜈蚣精内喊：大王——（上）

猪八戒 （急迫地）怎么样啦？

蜈蚣精 禀报大王，小的见到裴府门口挂起红灯笼后，便按大王吩咐送小姐回府了。临回时，小姐要小的告诉大王，今晚就请大王前往裴府拜堂成亲！

猪八戒 （喜出望外）真的，裴府一切准备妥当了？

蜈蚣精 小的看见裴府张灯结彩，鼓乐喧天，亲朋满座，看样子只等大王驾到就可花好月圆，送入洞房了！

猪八戒 好哇，哈……我就知道小姐不会负俺老猪的一片心意！小的们——

众　妖 在！

猪八戒 带上彩礼，即刻前去裴府成亲！

雉鸡精 （急拦）且慢，大王此去恐怕凶多吉少，万万不可贸然前往，要三思啊！

猪八戒 （脸一沉）此话怎讲，有何不妥？

雉鸡精 大王呀——

（唱）那小姐，自从见过那俩和尚，
前后态度大变样。
察言观色令人疑，
其中必有鬼名堂！

猪八戒 这……（挠头）哼——

（唱）两个和尚何惧怕，

雉鸡精 （着急地）大王不可大意，那长雷公嘴的毛脸和尚，功夫了得，小的曾吃过他的苦头！

猪八戒 （坚定地）俺不怕，只要能和裴小姐成亲，就算前面是刀山火海，俺也敢闯！走，去裴府成亲！（下）

雉鸡精 （顿足）大王，大王……完了，完了，这恋爱中男人的智商就是零！大王……（追下）

〔灯光急暗。
〔少顷复明。裴府洞房内，喜烛闪耀，红幔低挽。
〔孙悟空化装成裴小姐端坐床上。

孙悟空 （念）化身小姐样，
擒妖入洞房。
但等妖怪到，
吃俺金箍棒。

〔猪八戒内喊：娘子，娘子——
〔孙悟空忙吹灭烛火，端坐床上。

猪八戒 （喜滋滋上）娘子，俺来了，（黑暗中摔了一跤）哎哟，娘子怎么不点灯啊？

孙悟空　（装小姐声音）谁叫你长成这副模样，我怕怕呀！

猪八戒　娘子，咱们既然成了夫妻，你就不用怕了嘛。（摸到孙悟空的脸，一惊）啊，娘子，几日不见，你的脸上怎么长毛了啊！

孙悟空　（忍不住哧地乐出声）俺脸上本来就长毛的呀！

猪八戒　（吓得跳起来）你……你不是裴小姐，你是谁？

〔灯大亮。

孙悟空　你这呆子，睁大猪眼看看俺是谁！

猪八戒　（惊诧地）你……你不是那个大闹天宫的弼马温吗！怎么是你？

孙悟空　哈，哈，妖怪，既然知道你爷爷，还不快快就擒！

猪八戒　俺不是妖怪，俺本是天蓬元帅，只因犯了天条，被贬下凡。你这弼马温，不去取你的真经，为何要来破坏俺老猪的婚事！

孙悟空　你诈骗民女，强占人妻，罪该万死！

猪八戒　弼马温，俺老猪曾有恩于你，你反倒恩将仇报，还妄称什么齐天大圣！

孙悟空　（哂笑）胡扯，你何曾有恩于俺？

猪八戒　当年，你被如来压在五行山下，我奉玉帝旨意，率兵围剿花果山水帘洞，俺看你的猴子猴孙可怜，不忍下手，给你留下猴根。没想到如今你却来坏俺的婚事，想断俺猪家的后代，你……好狠心！

孙悟空　好，好，既然如此，俺老孙也卖你个面子，只要你放过裴家小姐，从此不来裴家庄骚扰，俺就放你一马。

猪八戒　（愠怒地）弼马温，你给俺听好了——

（唱）小姐是俺的心上人，

　　俺拼死也要结成亲。

　　你大闹天宫显身手，

　　想搅俺婚事难得逞！

孙悟空　（也恼了）呆子，俺好言相劝你不听，那就吃俺老孙的金箍棒！

〔两个人打成一团，渐渐地，猪八戒不敌孙悟空，便卖个破绽，化一股青烟逃走。

孙悟空　呆子，别走，别走——

〔太公、夫人、小姐急上。

裴太公　小长老，不好了，你师父被那妖怪掠走了！

孙悟空　（气得哇哇叫）该死的妖怪，打不过俺，却把师父掠走，俺要到黑

风洞打得他灵魂出窍，救出师父！（欲下）

裴小姐　（忙拦住）小长老，那黑风洞深不可测，洞洞相连，地形复杂，且又妖孽众多，你一人势单力薄，怎能救你师父？

孙悟空　这……如此说来，我只能去灌江口请二郎神帮忙了。

裴太公　小长老，那二郎神能降住此妖吗？

孙悟空　施主有所不知，二郎神有只哮天犬十分厉害，它鼻子灵，行动快，在洞里追妖历来是它的拿手好戏。俺老孙就曾吃过它的亏。

裴太公　那就有劳小长老快去快回！

孙悟空　告辞了，俺老孙去也！（腾云驾雾而去）

〔收光。

第六幕　收徒话别

〔黑风洞洞口。大门紧闭。

〔孙悟空叫阵，二郎神带着哮天犬在一旁等候。

孙悟空　妖怪出来，快快还我师父！要不俺老孙荡平黑风洞，抽你的猪筋，扒你的猪皮！

〔大门突然洞开，猪八戒提着九齿钉耙怒冲冲出来。蜈蚣精、雉鸡精等小妖跟上。

猪八戒　弼马温，还你师父可以，你要先还我娘子，否则休想！

孙悟空　妖怪，你死到临头还做美梦，先吃俺一棒！

猪八戒　欺人太甚，让你也尝尝俺老猪九齿钉耙的厉害！

〔二人缠打在一起。打了几个回合，猪八戒劣势渐显，欲溜，被二郎神拦住。

孙悟空　二郎神，这厮交给你了，我去救师父！（下）

二郎神　大圣放心，我陪这傻猪玩玩！

猪八戒　（气恼地）二郎神，俺老猪娶媳妇，碍你什么事，你来凑什么热闹！

二郎神　你本是天蓬元帅，神仙不可与凡女相配，你这是又犯天条了，故我特来捉拿！

猪八戒　（冷笑）呸，神仙不能与凡人婚配，屁话！二郎神，你妹妹三圣母不就嫁了凡人，你还有脸说俺！你就知道欺负俺老实人！

二郎神　（气得七孔冒烟）哇呀呀，气杀我了！哮天犬，给我往死里咬！

〔哮天犬吠吠吼叫着扑向八戒，八戒往地上一滚，化变成一头大公猪与之展开激烈搏斗，谁知不敌，不一会儿便败下阵来，被哮天犬死死咬住，被擒。

蜈蚣精 （欲冲上去）大王，大王——

雉鸡精 （一把揪住蜈蚣精的耳朵，拖回来）傻瓜，大王完了，黑风洞完了，快逃命去吧。

〔众小妖一哄而逃。

〔孙悟空扶着唐僧上。

唐　僧 （对二郎神）阿弥陀佛，多谢上仙搭救。

猪八戒 （怒骂不止）弼马温，二郎神，你们坏了俺的亲事，俺老猪决不饶你们！

孙悟空 你这蠢猪，死到临头还嘴硬，看打！

〔空中现出踏着祥云而来的观音。

观　音 悟空，住手！

孙悟空 菩萨，你留这瘟猪何用？

观　音 天蓬元帅，我念你虽然为妖，但善念犹存，如你愿同悟空共保唐僧西天取经，将来定可取得正果，不知汝可否？

猪八戒 多谢菩萨指点，弟子愿跟随师父西天取经，决不反悔。但弟子还有个心愿，请菩萨恩准。

观　音 是何心愿？

猪八戒 弟子取经回来，如与娘子有缘，俺还要回裴家庄和娘子团圆。

观　音 唉，你虽愿皈衣佛门，但尘缘未了，世间之事唯情字难解，我也管不了许多，随缘去吧！

猪八戒 谢菩萨！

〔观音驾着祥云和二郎神等离去。

猪八戒 （对唐僧）徒儿拜过师父！

唐　僧 徒儿请起。

猪八戒 师父，师兄叫孙悟空，你给俺也取个法名吧。

唐　僧 善哉，你法名就叫猪悟能。从此后，你要戒断五荤三素，别名就叫八戒吧。

猪八戒 谢师父。

孙悟空 嘻嘻，八戒？这呆子什么能戒得了！

〔收光。少顷复明。

〔裴家庄外桃花林边。裴家老少送唐僧师徒起程。

唐　僧　多谢施主盛情款待，贫僧告辞了！

裴太公　圣僧不必客气。我这里略备盘缠，请圣僧笑纳。

唐　僧　阿弥陀佛，出家人不收取钱财，多谢施主好意了！

猪八戒　（大大咧咧地）丈母娘，银子俺们不要了，可俺老猪的衣衫给二郎神的哮天犬撕破了，能不能给俺老猪弄件新的衣衫穿！

裴夫人　猪长老，早给你备下了，女儿，快快呈上来。

裴小姐　（从梅香手里拿过衣衫，递给八戒）长老——

（唱）长老莫嫌请穿上，
此衣可挡风雨寒。
但愿随你一路行，
取得真经圆梦想。

猪八戒　（唱）娘子你，一片芳心存善良，
针针线线情意长，
接过寒衣心头暖，
前路迢迢永相伴。

这衣服真好看，有劳娘子，多谢娘子……

裴小姐　（啐了口）呸，谁是你的娘子！

梅　香　这衣服当然好看，原本小姐是要送给朱大郎的，可那朱大郎……

裴小姐　梅香……

梅　香　（负气地）你不让我说我偏说，那朱大郎说小姐进过黑风洞，她的东西不干净了，嫌弃不要……

猪八戒　（火冒三丈）小兔崽子，裴小姐冰清玉洁，敢说小姐不干净，我这铁钉耙打他个九窟窿冒泡……

唐　僧　八戒，休得无理！

猪八戒　娘子，等俺取经归来，再来和你快快乐乐过日子！

梅　香　（打趣地）猪长老，你若取经成功，修得正果，得道成佛，还会来我们裴家庄呀，你可别再骗我们家小姐了！

猪八戒　（急咒）俺老猪对天发誓，这辈子只爱小姐一人，决不食言，否则……

裴小姐　（不禁羞红脸）猪长老，你这是做什么，谁要你起誓！

孙悟空　你这呆子，天不早了，还是赶紧走吧。

猪八戒　（恋恋不舍地）娘子，你一定要等俺，等俺回来……

〔唐僧师徒告别下。

〔裴小姐立于桃花树下，一股异样的情愫悄悄地在心头萦绕。

〔幕后唱——

桃花逐水向西流，
女儿心事无尽头。
可怜天下多情女，
离却旧怨添新愁。

〔收光。

第七幕　惩恶重逢

〔幕在一阵惊恐、慌乱的呼救声中启：起火了，快救火啊！
〔裴府火光冲天。众人提水端盆急速穿梭救火。

裴太公　（捶胸顿足地）我的房子，我的房子……（突然昏厥倒地）
裴夫人　（痛心疾呼）老爷，老爷……（也软软倒下）
裴小姐　（撕心裂肺地）父亲，母亲……

〔收光。少顷灯光复明。
〔十六年后。裴家庄外桃花林边的茅草房。秋风飒飒，桃叶飘零。
〔裴小姐衣衫破旧，面容憔悴地一边咳嗽一边纺纱。

裴小姐　（轻抚胸口，唱）

富在深山有远亲，
穷在闹市无人问。
自从裴家遭大难，
世态炎凉体会深。

〔梅香匆匆上。

梅　香　小姐，不好了！
裴小姐　何事惊慌？
梅　香　那朱大郎又来催我们搬家了，说这里是风水宝地，朱家要把祖坟建在这里了！
裴小姐　（忧愤地）真是岂有此理。自从裴家遭了大火，父母双亡，家道败落，如今只有这间茅草屋，能搬到哪里安身！
梅　香　他还说，再不搬迁，就，就……
裴小姐　就怎么样？
梅　香　就烧了这茅草房！
裴小姐　（气愤地）这个负心的势利小人，枉为我当年对他一片真情，经常暗中资助他攻读诗书，谁知如今他娶了官家女儿，便仗势欺人，压榨乡邻，全忘了当年救助之情。

梅　香　小姐，我早就看出这厮不是个东西。当年一听你给妖怪掠走，他吓得扭头就跑，后来还嫌你和妖怪拜过堂，死活不肯娶你。

裴小姐　裴家遭难，他不但不救，还趁机霸占裴家良田家财，真是无耻之极，恶贯满盈！

梅　香　（咬牙切齿地）我真想掏出他的心来，看看到底有多黑！

裴小姐　唉，如今想来，还是那猪长老说得对，长相好的，心不一定好。朱大郎相貌堂堂，却狼心狗肺，猪长老丑陋粗俗，却忠厚诚实。

梅　香　（暗喜）小姐，你的意思是猪长老是个好人喽？

裴小姐　梅香啊——

（唱）想当年，黑风洞里来逼亲，
　　每日里，好茶好菜好点心。
　　不打不骂不施暴，
　　柔声软语显温情。
　　如此妖怪天下少，
　　每念此景泪湿襟。
　　但愿他，取经路上少灾难，
　　求菩萨，金光普照保太平。

梅　香　（故意取笑）哎哟，小姐，多年不见，想念猪长老的好来了！

裴小姐　（不禁飞红了脸，嗔道）死丫头，谁想念他了！再说这么多年过去了，也许他早已忘了裴家庄。

梅　香　小姐，猪长老他……

裴小姐　行了行了，不说他了，我们还是快收拾东西吧。

〔收光。
〔少顷，灯光复明。
〔舍卫国祇树给孤独园内。

唐　僧　（念）历尽艰辛到西方，

孙悟空　（念）一路除妖克难关。

沙　僧　（念）如今取得真经归，

〔八戒捧着仙果上。

猪八怪　（接念）功成名就归大唐。

孙悟空　师弟，你又去偷园中仙果了？

猪八戒　师兄也太小看俺老猪，如今俺是净坛使者了，还会去干那种勾当。

沙　僧　二师兄，那你手里拿着的是什么呀？

猪八怪　这是此园中千年银杏，又名返老还童果，吃了此果能延年益寿，百病全无。我好话说了一箩筐，守园的罗汉才给我一颗呢。（说着小心地把果子放入袖内）

唐　僧　八戒，我们都得道成佛了，还在乎这颗果子！

孙悟空　（笑道）师父，你以为这呆子是给自己要的，他是要送给裴家庄的那位小姐！

沙　僧　（恍然）对，对，这一路上，二师兄念念不忘的就是这位裴小姐。

唐　僧　八戒，时光荏苒，这么多年过去了，裴小姐恐怕早已成家生子，你还去找她，可有不妥？

猪八戒　（认真地）师父，俺离开裴家庄时，发过誓言，取得真经后一定要回裴家庄找娘子，不管娘子有无成亲，我都要回去，信守诺言。

唐　僧　也罢，你不忘初心，实属难得，一切随缘吧。阿弥陀佛！

猪八戒　多谢师父成全！

〔灯光转暗复明。

〔裴家庄外桃花林的茅草房。

〔朱大郎正指挥家丁，把茅草房里的东西朝外扔砸。

裴小姐　（强撑着病体，气喘吁吁地）不许砸我东西！

朱大郎　（骄横地）叫你搬，你不搬，敬酒不吃吃罚酒，快给我走开！

梅　香　（气得大叫）朱大郎，你这挨千刀的负心贼，亏了小姐当年对你一片深情，你就这么报答她！

裴小姐　朱大郎，你……你不是人，但凡心中有过一丝爱念的人，也做不出这等下作之事！

朱大郎　哈哈……爱意？什么叫爱，那不过是哄哄你这些大小姐的戏言而已。本大官人平生只爱银子、房子、漂亮女子！如今你家徒四壁，体弱色衰，还有什么资格跟我谈爱，看见你都让我恶心！

裴小姐　（气得浑身发抖）你……畜牲……

（唱）听罢一番无耻论，

气得我，咬牙切齿怒火喷。

当年你家破落时，

我暗送衣食和纹银。

你感泪涕下曾发誓，

说什么，今生只爱我一人。

到如今，你食言，心狠手辣，

全不顾，情爱德义昧良心。

贼子呀，人间自有公道在，

到头来，定遭报应悔终生！（一阵晕眩，欲倒，梅香忙扶住）

梅　香（愤恨地）朱大郎，我们要到官府去告你！

朱大郎（狂妄地）好啊，你们去告吧。我岳丈是知府里的师爷，你们敢去告，就叫你们把牢底坐穿。来人，把这茅草房给我烧了！

〔家丁举着火把欲点火。

〔牛头、马面举着令牌，提着铁链上。

牛　头（大喝一声）住手！朱大郎，我奉城隍之命，将你捉拿。

朱大郎（大惊失色）二位尊神，你们是不是搞错了，我给城隍庙月月烧香，年年上供，虔诚有嘉，城隍爷为何来捉我去阴曹地府！

马　面朱大郎，不是城隍爷要捉拿于你，而是今日有个西方来的圣僧代民参告你：横行乡里，祸害一方，作恶多端，丧尽天良，不把你上刀山下油锅，不足平民愤！

朱大郎（扑通跪在地上）冤枉，尊神饶命……

〔牛头、马面把铁链往朱大郎脖上一套，拖走了。

梅　香（拍手称快）苍天有眼，恶有恶报，朱大郎终于完蛋了！（抄起扫帚，追打家丁）你们这些恶仆，还不滚蛋，也等着下油锅！

〔家丁们吓得连滚带爬逃下。

裴小姐（感激，向上天参拜）感谢上苍，感谢圣僧，为民主持公道，拯救苍生，民女感激不尽！

〔一阵轻烟袭来，猪八戒神采飞扬地现身而出。

猪八戒（嬉笑着）娘子，感谢上苍就可以，俺老猪就免了！

裴小姐（惊诧地）你，你是……

梅　香（欣喜地）哎，你不是猪长老吗！

猪八戒正是贫僧。娘子，俺老猪回来了！

裴小姐莫非到城隍爷那里告状的圣僧就是你！

猪八戒（自得地）正是在下，娘子，俺老猪取经回来就去裴家庄找你了，谁知你家毁亲亡，受人欺辱，俺一气之下告到城隍，惩治了这恶棍！

裴小姐（欲下拜）多谢长老搭救……

猪八戒（轻轻扶住裴，痛惜地）娘子你受苦了！从此以后，俺不会让别人欺负你了……

梅　香（欣悦地）猪长老，你真的不走了吗？

猪八戒 我……

裴小姐 （轻轻挣脱八戒的手）当然要走了，猪长老如今功成名就，得道成佛，前程无量，怎能留在这小小裴家庄……

〔一道亮光闪过，欢喜罗汉驾到。

欢喜罗汉 净坛使者听了，如来佛祖命你：今日太阳下山前，要赶到灵山任职，错过时辰，永不起用！

猪八戒 （双手一揖）请转告佛祖，俺老猪不去当什么净坛使者了，俺要留在人间，当年观音菩萨答应过俺的！

欢喜罗汉 （一愣）什么，留在人间？哎呀，猪老弟啊，你千辛万苦才修道成佛，为何不去极乐世界快活，而要留在这三灾九难、纷杂忧烦的滚滚红尘里受苦？

猪八戒 （动情地）因为俺发过誓一辈子要和心爱的人儿在一起！要同她云游四海，普度众生。

欢喜罗汉 （乐了）阿弥陀佛，善哉善哉，那我就回去复命了，祝你和心上人时时欢喜，日日快乐，广结善缘，做一对人间的神仙眷侣。告辞了！

〔欢喜罗汉腾云驾雾而去。

猪八戒 （欢心喜地）娘子……

裴小姐 （冷冷地）猪长老，不，净坛使者，我不是你的娘子，我也不会和你一起云游四海。梅香，送客！

梅　香 小姐你……

猪八戒 （心痛地）娘子，难道你还看不上俺老猪？

裴小姐 （倔强地）别说了，净坛使者，你走吧！（决绝地转身欲离去）

猪八戒 （大声地）不，俺不会走的！娘子，你忘了，当初俺说过取经回来要回裴家庄，和你一起开开心心过日子的！

裴小姐 （哀怨地笑了笑，摇摇头）唉，时过境迁，物是人非，还说这些做什么，就当它是一句戏言吧。

猪八戒 （真挚地）不，俺说过的诺言一定要实现！娘子，你还不明白老猪的心？不管你变成什么样子，在俺老猪的心中你永远是最美的最好的！

裴小姐 （浑身一颤）我……

猪八戒 娘子啊——

（唱）自从别后去西天，
　　牵肠挂肚常思念。
　　逢年佳节想起你，

面朝东方情绵绵。
露宿僻野想起你，
遥望星空夜难眠。
除妖斗魔想起你，
勇气倍增斗志坚。
只因为西行路上心有你，
再苦再累心也甜。
从今后普度众生走天涯，
永做那神仙眷侣在人间。

裴小姐　（百感交集，掩面而泣）八戒……

猪八戒　（从袖子里拿出仙果）娘子，这是我从舍卫国给你带来的千年银杏果，吃了能百病消融，返老还童，长生不老！

梅　香　（惊喜雀跃地拿过果子）真的！小姐，快吃，快吃啊！

裴小姐　（将信将疑地）这……

猪八戒　吃吧。

〔裴小姐捧着仙果，仙果闪烁出金色的光芒，宛如八戒一颗玲珑剔透的心，不禁热泪如珠。一闭眼把仙果送入口中，刹那间，裴的浑身闪出一团毫光，渐渐地，毫光散去，出现一个明眸皓齿，娇媚如花的少女。

〔猪八戒深情款款地迎向裴，两人相拥在一起。

〔幕后合唱起——

山青青，水粼粼，
千山万水总是情。
不忘初衷人称颂，
美丽传说到如今。

〔歌声中，桃花林的桃花开了，远远望去，旖旎多姿，灿如云霞，八戒和裴小姐相依漫步于桃花林下……

〔剧终。

2017年10月

下凡记

据《槐荫记》改编

戏曲

编剧：柳隐溪

故事梗概

青州大旱，高昌侯率众祈雨，七仙女贪玩闯祸——干旱变水患，高昌侯董家突然遭难，少年董永不得已随父下丹阳。

七仙女也因闯祸受到天庭之罚，与土地公公一道，随董氏父子下丹阳，一路上哭哭笑笑，有欢悦有悲伤。该剧以欢快活泼、小清新谐趣而又兼具一定深度的方式，讲述了三个年轻人的成长故事。

创作思路

改编老戏的关键，是塑造好不同于以往的人物。本剧对三个年轻人的人物设定如下：七仙女是一个养尊处优的傲娇女孩，从天上来到人间玩耍。对于她来说，“人类”是一个无所谓的整体，但是，当她面对一个个鲜活生命的时候就不同了，接通了神性的人性的东西，她慢慢地理解了人，抛弃了傲慢与偏见，知道了珍惜，懂得了爱。董永原本无忧无虑地生长在高昌侯府，未料天降横祸，他从一个无忧无虑的少年，成长到关心他人、为他人着想，再到宁愿“万般苦千钧担”都由自己来承担。傅小姐的自杀并不简单，当代很多年轻人，一经挫折，便草率地结束自己的生命，造成了“追不回的冤魂，挽不回的伤痛”，本是不应该发生的事情。

董永的“成年冠礼”是一场重头戏。有很多参加过“成年礼”的现代大中学生，他们都清晰地记得，在亲身经历这个仪式之时，自己心中引发的震撼——这不仅仅是一个成年的仪式，还是一种实实在在的成长。

书中道理好吟唱，一朝变故岁月长。
董永一夜遭家难，孤身稚肩怎担当？

人物表：

七仙女——天孙公主，家境优越、任性的少女，常常好心办坏事儿，从随心所欲的天仙，到懂得凡间真情愫的有血有肉的女子。

董　永——家道败落，受尽人间冷暖世态炎凉，从依恋孝父，到坚强孝父。

董　父——一个因得罪权贵而遭流放的父亲，从单纯心疼孩子，到帮助他真正成人。

傅小姐——性情柔弱，却禀性刚烈，从为情所困舍亲自尽，到悔悟亲恩。

傅员外——一个小心翼翼为儿女世俗的得失考虑太多没想到却害了孩子的父亲。

土地公、槐荫树——诙谐幽默的老头儿，东家犯错他挨罚，穿针引线不可少。

傅管家、众仙女、众学童等

序　祸起

〔清灵的乐声中，稚嫩的童谣声起——

拍拍手，拉拉钩，
并肩走，春到秋；
扮爹娘，家家酒，
抱个娃娃乐悠悠，
唉哟咧，乐呀乐悠悠哦！

〔孩子们欢悦的“咯咯”笑声中幕启。舞台前方一角，几个少年无忧无虑，时而拍手嬉戏，时而摇头晃脑地读书，时而又好奇地看看高台上的大人们。

〔伴唱：哎嗨咿哟、喂——

爹娘好叫、不好当哎，

有泪不流背人垂啊、好发愁哟喂！

〔舞台后方的高台上，庄重肃穆的祭天祈雨仪式正在进行。

〔内声：上谕，青州大旱，赤地千里，盖因高昌侯失德，敕令其负荆待罪、祭天祈雨，不得有误！

董　父　高昌谨遵！（背缚荆棘，持剑遥拜）祈祷神明：失德皆在高昌，无关父老乡亲！（叹）唉，得罪权贵担罪愆，奉旨负荆祭上天！

（唱）惟愿昊天睁开眼，

看这哀鸿遍，黎民受熬煎；

惟愿苍天神灵显，

莫把生灵践，甘霖润禾田。

老天老天，快快降雨来啊——！（祭拜）

七仙女　（上）哎，来了来啦——！青州大旱祈降雨，盼着要风雨雷电诸神仙！我呀，抢了雷公的鼓，收了电母的钹，哄了雨师的龙盂，还拐来了风伯的飞镰哟！

（唱）凌云驭风离鸾殿，

衣带飘拂到人间。

思慕红尘七仙女，

（帮腔）莲步舞翩跹呐，啊咿呀哟！

土地公，哎呀土地公公哎，你快点哪——！

土地公　（内）哎，来了来啦——！（土地公非常狼狈地身背铜铙钹、龙盂、火焰状鹿角等法器，怀抱一面大鼓，气喘吁吁、步履蹒跚上，擦汗[①]）哎哟，我的个七公主哎，你跑这快做么事撒？为了赶上你的步伐，我这双老寒腿都跑直哒！

七仙女　土地公啊，你几冇得爱心喏，人家急等着要下雨咧！你看我，一个人身兼数职都不喊累，雷公电母、雨师风伯，都跑不过我咧！

土地公　（旁）那是别个让到你撒，不是他们让到，你个小丫头能得逞？哪有这么容易的事哦！

七仙女　前面就是青州，快来下雨，快点啊！咦，好像还要先打个雷吧？（举起鼓槌就擂鼓）

〔土地公想阻止已来不及，雷声隐隐轰鸣。祈雨的人们开始看天，

① 注：此时土地公公还是正常身高。

孩子们也暂停了嬉戏。

土地公 哎哎，七公主啊，打雷之前应该先掣电、扯闪哪！

七仙女 啊？还要先扯闪哪？哦，那就扯咧！（动用铙钹，一道闪电“欻”的一下，猛然划过）

土地公 （猝不及防）哎哟我的个娘呃，眼睛都晃瞎了！莫扯了莫扯了，打雷刮风，刮风！

七仙女 哦对，还要刮风，那就刮起来咧！（兴奋地动用各样法器）

〔一霎时电闪雷鸣，淅淅沥沥下起雨来。

〔民众涌上高台，与祈雨队伍相拥；大人欣喜，小孩雀跃：下雨啦——

七仙女 哎哎，真的下起来了，下起来了咧！（越玩越开心）刮风！扯闪！打雷！下雨！嘻嘻，好玩，好好玩喏！

〔电闪雷鸣、狂风呼啸，一阵紧似一阵，大雨瓢泼。人们撑伞躲雨。大人们的欣喜，逐渐转为担忧。

董　父 苍天啊苍天，雨水够了，不能再下了！

土地公 七公主，不能再下了，唉哟不能再下了啊！

七仙女 （兴奋地）嗯——！我还冇玩够咧！刮风！扯闪！再扯一个！哈，好玩好玩！打个雷，要大炸雷哟！啊哈，下雨，下雨呀——！（欢蹦乱跳地下）

〔背景天幕上洪浪滔天，山呼海啸，民众在风雨中踯踣。有的孩子身穿华服，还在顾自玩耍；有的由大人牵走，开始与大人一样感受到痛楚；少年董永在华服少年中，不时地望一望祭祀队伍那边的父亲。

〔伴唱：哎嗨咿哟唉——

暴雨倾盆不停歇呀，

大旱转眼变大涝哦、百姓苦啊喂。

〔内声：高昌侯接旨！

〔董父惶恐跪拜。

〔内声：上谕，青州大旱又大涝，皆因高昌侯失德，深负朕望，敕令褫夺其爵禄，逐出青州，刻日启程，不得违误！

董　父 （惊倒）哎呀！

〔几个大汉上前，夺去董父冠带。

〔少年董永大惊，抛开手中书卷，分开众人狂奔上前：爹爹，爹爹——！

〔灯暗，追光。

〔伴唱：回眸青州望，天地白茫茫。
　　　　娘亲吐血去，阿爹忧愤伤。

董　父　永儿，为父对不起你……

董　永　（哭）爹爹，离开青州，我们到哪儿去呢？

董　父　到哪儿去么……

〔观众席中站起槐荫树：当年董、傅两家曾经在槐荫树下订立婚约，姻亲姻亲，姻缘亲情，就到丹阳来嘛！

董　父　对，就投奔姻亲傅员外，到丹阳去！

董　永　好。（转身欲走，想起还要搀扶父亲）爹爹！

〔伴唱：书中道理好吟唱，
　　　　一朝变故岁月长。
　　　　董永一夜遭家难，
　　　　孤身稚肩怎担当？

〔灯暗。

第一场

七仙女　（倒退着上场）咿呀，哪来这大的水呀？！这房子也淹了，树也倒了，连路都看不见了咧！水多嘛，倒还是蛮好玩的，就是这水呀太浑浊了些，不够漂亮啦！

〔土地公疲惫地跟上，无奈地摇头。

七仙女　（甩胳膊）唔，好像还蛮有点累咧，还玩不玩咧？

土地公　还玩？！您早就玩过了头哦！（看，惊）哎呀，不得了，天将来了！

〔内威严声：七公主！

七仙女　嗯？哪个喊我啊？

土地公　哎哟！那边，那边，天将喊你！完了完了……

七仙女　哦，啊？为么事完了啊？

〔内威严声：七公主听了！

七仙女　哎——听到在！

〔内威严声：你无视天庭天规，擅自动用诸神法器，降雨成灾，闯出大祸，造成了大难！

七仙女 啊？我玩一哈就闯了祸？哎，是他们自己求的雨咧……

〔内威严声：不仅闯下大祸，还连累了高昌侯，本当严惩，但念你年幼无知，特命你跟随董家父子前往丹阳，不得有误！

七仙女 啊——？！还要陪他们去丹阳啊？

土地公 伢儿咧，这就不错了！

〔内威严声：土地！你有教唆之嫌，罚你永伴那槐荫树哑木头，随行之外，削去半截身，以示严惩！

土地公 啊？！还要削去半截？哎呀，削不得！削不得呀——！

〔数声炸雷平地起，土地公左跳右闪，蹲下躲雷，顿时矮去一半。

七仙女 （被雷惊吓抱头，委屈地）哎呀土地公啊，他们欺负人喏——（回头不见土地公，四处张望）咦，人咧？

土地公 这里这里！眼睛朝下看！

七仙女 哎呀！你怎么……（比划）这样了啊？

土地公 （趔趄）托您的洪福撒！我说七公主啊，你就莫委屈了，这个做神仙啊，要敢做敢当，错了就改，还是好神仙嘛。

七仙女 我哪里错了，哪里错了嘛？

（唱）明明是他夜与昼，
负荆烧香把雨求。
我本好心来帮衬，
风雨雷电样样足！

他求雨、我下雨，倒成了我的错？！

土地公 嘿——人家求的是甘霖“润”禾田吧？您倒好，把禾苗都捂得看不到了！田也淹了啊是屋也垮了，连路都下冇得了！还害得董家父子背井离乡……

七仙女 好了！（跺脚,委屈地）我是想,要下就下个够嘛……是他自己倒霉，跟我有么事关系嘛？算了，算我错，我错了还不行？哼！

土地公 （旁）这个样子，哪里像认错的哟？不过现在的伢儿啊，都这样！（笑）刁蛮公主难伺候，这一路上啊，只怕是有得我受的哦！七公主啊，时候不早了，那边董氏父子也该上路了，我们也走起来咧？

七仙女 哦，那就走起来咧！

〔音乐起，土地公和七仙女下。
〔董氏父子上。

董　永（唱）昔日出门高头马，
金雕银鞍饰骅骝。
今朝路边伴尘土，
怕见乡邻遇人羞。（埋头）
董　父（唱）永儿年仅一十六，
忧思悄然隐明眸。
尚未行得弱冠礼，
少年欢乐一朝丢。（背身咳）

〔伴唱：哎嗨咿哟、唉——
含悲忍泪朝前走，
父子落魄离青州。

父子合（唱）披星戴月苦跋涉，
荒野空闻鸟啁啾。

〔土地、七仙女上。

土地公（唱）一步一挪一悲怆，
董氏父子下丹阳。
七仙女（唱）下丹阳就下丹阳，
为何两眼泪汪汪？
呀？明明是他们害得我挨罚受罪的，他倒还抹起眼泪来了？嗯，我叫你哭、我叫你抹！（欲作法）
土地公　哎呀我的七公主哎，这父子两个已经够惨了，再整出个三长两短……
七仙女　生死有命、富贵在天！
土地公（挺胸）见死不救、枉为神仙！（缩回，示意：好好，您请便）

〔七仙女作法，风起。

董　永　呀，哪里来的一阵妖风？
七仙女　什么，妖风？嘿，他敢说我是妖啊？我……我是仙女呀！我爸是玉——
土地公（捂她嘴）唉哟我的姑奶奶，说不得、说不得！（拉到一旁）
董　永　咦？仙女？刚才谁在说话？

〔突然狂风陡起。土地责备地瞪七仙女，七仙女茫然，赶紧摆手：这回不是我，真的不是我呀！

董　永（唱）转眼天色变了样，
飞沙走石北风狂！
寒风呼啸暴雨骤，
天涯何处将身藏？

〔董氏父子在风雨中踯躅。

董　永　爹爹！忍看爹爹倍遭难，不由指天怨上苍！老天神灵不长眼，祸害无辜为哪桩？！

〔七仙女生气上前，土地急拦。

董　永（四顾）呀，好大的杀气……

董　父（摆手）永儿！
（唱）庙堂安知江湖苦，
天庭怎晓凡尘伤？

董　永（唱）从来高院尊荣养，
出门方知世凄凉！
爹爹！

董　父　永儿！

〔董氏父子走场：顶风冒雪、跋山涉水，相互扶持。七仙女一开始还气鼓鼓、幸灾乐祸，渐渐也滋生同情。

董　父（病倒）永儿，爹爹怕是不行了，你带着婚约信物，自去丹阳吧！

董　永　爹爹说哪里话来？孩儿与爹爹永不分离！

董　父　你这苕伢，再这样走下去，你我只怕都要死在路上了！

董　永　孩儿情愿陪爹爹一起……

董　父　瞎说！好，永儿与爹不分离，不分离！儿啊，爹爹腹中饥渴，你去前面山路看看可有果蔬，摘些来吧？

董　永　好，爹爹稍候，孩儿去去就来！（扶父坐靠好，下）

土地公　哎呀，不好了！

七仙女　怎么不好了？

土地公　这个老爹爹要寻死啊！

董　父　永儿，永儿！爹爹不能再连累你了！（翻身向前）

土地公　哎呀，他要跳崖！

七仙女　啊？那你快拉他回来呀！

土地公（摇头摊手）他倒霉，跟我有么事关系嘛！

七仙女 你……哎呀老爹爹跳不得，跳不得哟！（将董父往回拖）
土地公 （将董父往前推）生死有命、富贵在天！
七仙女 （将董父往回拖）见死不救、枉为神仙！
土地公 （往前推）是他害你挨罚受罪！
七仙女 （往回拖）是我害他革职抄家……（醒悟）你……你……你转起圈圈来套我哇？你个死矬子啊！

〔二人放了董父，顾自追打。董父凭空被推来搡去，忽而停了，他疑惑地看了看，试着往前走，起跳——

土地公 哎呀，不得了，跳了，跳了哇！（扑上前，夸张舞蹈，垫在董父身下，土地公垫底，二人晕①）

〔静场。

七仙女 土地公？……哎呀土地公公啊！（哭）
土地公 我还冇死咧！
七仙女 啊？你吓死我了，吓死我了！（且哭且笑）
土地公 哎哟，我的个小祖宗咧，莫摇，莫摇了哇！等哈冇跌死、却被你摇死哒！快搭个手把他挪开，等我喘口气。

〔七仙女帮忙搬董父，搬了一半，突然想起：我快去把董永喊过来哟！下。
〔董父起而复落，土地公又被压下。

土地公 唉哟我的个娘哎，个有前手冇得后手的！如今的伢们真是不好伺候哇！

〔七仙女仿佛牵线一般，牵着董永的眼神，舞上。

董　永 呀，好生奇怪啊！
（唱）董永道旁寻果蔬，
忽然神魂凭空游。
恍若仙姬前路引，
兜兜转转停山丘。
爹爹？
董　父 老天呀老天，为什么死都不让我痛快死哦？儿啊，爹爹这样拖累你，几时是个头哦！
董　永 爹爹，你这是为何哇？

① 可参考《班昭》两师兄接住班昭“从楼上跳下”的片段，其实只是平地换个位置，灯光营造情势。

（唱）想当年，爹爹也是魁梧汉，
到如今，须发皆白青筋虬。
想当年，爹爹为儿挡风雨，
到如今，慈颜好似一叶秋！
白发随风人消瘦，
不由董永痛心头。
当年爹娘呵护我，
如今孩儿却不能为您解忧愁！

董　父　永儿……

董　永　爹爹！爹爹在时，孩儿一顿吃得少了，爹爹便会心疼；爹爹若是去了，孩儿便是成天不吃不喝，又有谁会知晓？爹爹若是去了，却叫孩儿孤身一人，如何挨过啊？（单膝跪在父亲前面）孩儿背你走！

董　父　永儿！
（唱）猛见我儿跪尘埃，
止不住的珠泪泪满腮！
怎忍孩儿受苦累，
怎教孩儿承祸灾，
忍抛孩儿孤身去，
原是为父的卸担、大不该！
儿啊，上路！
（接唱）父子相携、荆棘踩，
鬼打的围墙也要把它开！

〔灯暗。

第二场

〔众人且舞且行。

土地公　（唱）栉风沐雨路漫长，
董永父子下丹阳。

七仙女　（唱）下丹阳嘞下丹阳，
他行路来我帮忙。
山长水远无歧路，
风停雨歇有艳阳。
嗯，帮忙的感觉，就是爽！

土地公 就怕你越帮啊——越忙！

七仙女 么撒？

土地公 冇得么事！

董　永 好奇怪嘞好奇怪！

（唱）总有仙影眼前晃，
总有气息传芬芳，
欲待追逐却消散，
忽隐忽现费思量。

〔董永追扑，七仙女闪开，偷笑。

（接唱）莫非劳顿生幻觉？
安定心神莫彷徨！

〔伴唱：哎嗨咿哟咧，专心赶路莫彷徨哇。

董　永 （唱）前面来到大河岸，
也无桥梁也无舟。

董　父 （唱）叹声老天绝人路，
空耗光阴逐水流。

七仙女 （唱）说什么老天绝人路，
叹什么光阴逐水流。

土地公 有我们七公主，逢山开道、遇水叠桥！

七仙女 嗯，就是！（受到夸奖很开心，挥扇飞舞）

（唱）凌空架起桥一座，
天仙彩虹跨两头。
叫声董永你快快过，
七姐我好将彩虹收。

桥搭好啦——！咦？这当中怎么还缺了一块咧？哦，刚才心急了，冇注意这里哟！土地公，这个缺口帮我撑一哈咧。

土地公 （意外）啊？

七仙女 （撒娇）就一哈嘛！

土地公 （无奈）好好好！

〔土地公舞开长绸抛两边，表示将两段桥连接上了，自己努力撑住。
〔七仙女牵董的眼神看桥。

董　父 （愣）哎呀！莫非我眼睛发了花？

董　永 （愣）莫非我脑袋出了差？

七仙女　（得意）哈哈，是我巧手织锦翻了个花——！
（唱）七彩桥梁现白昼，
董　父　（唱）好像海市出蜃楼。
董　永　（唱）待我仔细来查看，
三人合　（唱）是真还是幻？
亦真亦是幻！
踩一踩、探一探，
蹦一蹦、盘一盘！
董　永　嘿，是一个实实在在的桥咧！爹，这里有桥，可以过河了！

〔董永兴奋地朝前跑，醒悟，又跑回来搀扶董父，土地公表演被压得一晃一晃直唉哟。

七仙女　（得意）么样？七公主好吧？咦，你这个样子好好玩喏！（扭来扭去地学土地公）唉哟，唉哟，哈哈哈……
土地公　（白）伢儿呃，莫学了，法力都散了啊！阿……阿——嚏——！

〔“大桥”原本就摇摇晃晃，随着这声喷嚏，终于分崩离析。
〔董氏父子猝不及防，滚落河中。

七仙女　啊？我是不是又闯祸了？哎呀，错了错了，不是这样的，我是准备帮忙的嘛！倒回去重来一遍，倒回去呀！（施法）

〔众人配合，剧情倒退状。

土地公　（闪了腰）哎哟我的个娘呃，这把老骨头算是赔给她哒！您做好事，莫要再闹了！（发狠、在空中猛地一点）停！回车键！下一关。
七仙女　下一关？！

〔众人配合，剧情跳跃状，定住。
〔两个神仙坐在地上，为难地看着定住的董氏父子，大眼瞪小眼，发愁。
〔伴唱：长长的路，高高的山，
无尽麻烦，该怎么办？

土地公　干脆，一不做，
七仙女　二不休！
土地公　（稍犹豫）甩了他？
七仙女　（一咬牙）抬过去！
土地公　抬……（惊讶，做抛物线状）抬过去？（哂）就你？

七仙女　我……（眼珠一转计上心来，笑眯眯）嘿嘿……（取出难香）

（唱）燃起难香烟袅袅，
　　　且将六位姊姊邀。
　　　织就锦带助七妹，
　　　省却艰辛路途遥。

〔六位仙女飘然现身：七妹！

七仙女　大姐，二姐！哎呀姊姊们哪！小妹有一事相求，如此这般，恳请六位姊姊襄助哇！

大　姐　（与众姊妹相互点头）七妹，这有何难，我们助你就是！

〔众仙女彩扇齐飞，天幕上丝线飞舞。

〔合唱：哎嗨咿哟嗨——
　　　天仙织锦助七妹，霞光虹影斗芳菲。
　　　谁家少年生得好，却惹七妹不思归？（笑）

七仙女　你！（顿足）你们都是坏人喏！

〔董氏父子昏然状在彩帛锦带中配合众仙，写意舞蹈。

董　永　（唱）碜可可风餐露宿风雨坠，
　　　迷糊糊腾云驾雾九霄飞。
　　　好一似梦遇仙姝得神助，
　　　昏昏然徒生虚幻淡伤悲。

土地公　嘿嘿！

（唱）有仙姝不是梦遇，
　　　这小子傻人傻福。

众仙女　（唱）问七妹送至何处？
　　　姊妹须速踏归途。

七仙女　（唱）江夏郡丹阳云梦，
　　　有古树槐荫一株。

咦？槐荫树咧？

土地公　（拿起树枝跑过）哎——！来了来了！槐荫树来了！

〔众仙女簇拥董氏父子倚靠在一旁的石凳边。

七仙女　（凝视昏睡中的董永）呀——！

（唱）一路匆忙未细辨，
　　　蓦然瞧来心事添。

这少年，憨厚老实相貌好，
可叹他，身世凄凉惹人怜。

大　姐　七妹，我们走了。七妹？

七仙女　（回过神）啊？

大　姐　我们走了，你也一道回去罢？

七仙女　哦……（仍回首）
（唱）一路上，风霜雨雪真情现，
董郎他，历尽艰辛苦转甜。
到丹阳，佳人美眷长相伴，
七女我，悄然离去心可安。
心、可、安……？

大　姐　七妹？

七仙女　啊？来了！（转头看董永，流露出些许依恋，终于转身，随众仙女下）

槐荫树　送诸位公主！（取下树枝跳出）送神仙姊姊！

〔灯暗。

第三场

土地公　（对着树枝）你就是那个董、傅两家在树下定亲的槐荫树？（顶树枝变成槐荫树）嘿嘿，长得矮了点——不过，跟您还是蛮搭的。（取下树枝变土地）呸却，搭个呵欠！哼！……不对啊，你不是个哑木头咩？不能讲话不能动，那不是憋屈死了？（眼珠一转，笑）
（唱）哑木头、原地守，
清早醒来乐悠悠。
乐悠悠、（我）就开口，
顺便四处遛一遛。
要把那人间喜事，
喜事乐事一并收哇！
嘘，有人来了！（摆好姿势不再动）

〔傅管家上。

董　父　（醒转，迷惑）儿啊？

董　永　（晃脑袋，寻）爹爹！

董　父　这是在哪里？

董　永　（看见傅管家，行礼）敢问老丈，这是哪里？

傅管家　这里是丹阳，前头傅家庄！
董　永　已经到了傅家庄？这里可有一位傅员外？
傅管家　（打量）你是哪个呀？
董　永　我姓董名永，从青州来……
傅管家　你就是董永？哎呀,原来是姑爷来了！你等到,我去喊老爷！（跑下）
董　永　哎！（欣喜回头）爹爹！
董　父　（欣慰）永儿！
董　永　（扶爹坐下，从怀中取出一柄银梳，憧憬地）傅小姐……
（唱）忆当年青青梅子伴竹马，
赠银梳两小无猜笑槐花。
似飞梭青葱岁月倏忽逝，
今日里燕燕于飞续春华。
傅员外　（内）续春华？春华不一定能秋实哦！

〔傅员外带管家上，傅小姐远远地怯生生上。
〔董永满怀希望地迎上前。

傅员外　你就是……董永？
董　永　见过傅伯……
傅管家　是傅员外！
董　父　傅兄，亲家！
傅员外　董大人……哦不，董……兄，别来无恙啊？
董　父　唉，一言难尽。
傅员外　朝堂的事情，我也听说了。你这是……
董　父　带着犬子，投奔亲家来了。
傅管家　亲家？哪个是你的亲家呀？
董　父　什么？
董　永　伯父，有婚书在此。
傅员外　婚书？呵呵，董永啊，你要娶谁？你来看看你们两个般不般配？
（唱）一个是锦衣绢裳芙蓉面，
一个是破衣烂衫糗容颜。
奉劝你莫把婚约再叨念，
来呀，纸笔、银子！拿了钱，
（接唱）作速将这退婚的契约签！
董　永　退婚？
傅小姐　退婚？哎呀，爹爹！
傅员外　嗯——？

傅小姐　（畏惧，退缩）……

傅员外　退了婚约，你父子就可暂且在此落户栖身了，否则，休怪我无情。

董　父　你，你当真要悔婚？！（气闷，董永搀扶至一旁坐下）

〔七仙女上，惊：悔婚？

槐荫树　七公主？你么还冇走啊？

七仙女　我？我想回来看看新娘子，哪晓得看到个负心人喏！

槐荫树　我看这傅小姐容颜和善、眼眸清澈，不像是个负心人咧。

七仙女　那她为么事……呀，看她眼含深情，面容凄楚，默默垂泪。嗯，一定是胆怯懦弱怕她爹爹！哎呀，那这一桩好婚约，岂不是可惜了么？……有了！我来帮你壮一壮胆！（舞扇）傅小姐呀——

（唱）愁云罩面有何用？
　　　燕雀入云赛飞鸿。

傅小姐　（受法力影响，陡然壮胆）爹爹！

（唱）爹爹退婚好无理，
　　　婚约岂能当成空？

傅员外　（大感意外）你？

（唱）契约不过一张纸，
　　　要紧关头须变通！

你懂甚么，还不退下！

〔傅小姐胆怯后退。

七仙女　（唱）赶紧再将仙扇舞，
　　　法力用时恨稀松。

傅小姐　（壮胆上前）爹爹！

（唱）为人怎可无情义，
　　　危难之时心宜同！

傅员外　（惊）放肆！

（唱）为父何尝无情义，
　　　百两纹银拱手送！

退下！

七仙女　（唱）三舞仙扇来壮胆，
　　　助你振翅翱苍穹！

〔傅小姐再上前。

傅小姐　爹爹！

傅员外 儿啊！为父已经为你应下了一桩好亲事！

（唱）待嫁得太守公子保安泰，

从此后富贵豪门向你开。

老爹爹一心一意为你好，

乖女儿改弦更张勿徘徊！

七仙女 啊？使劲儿扇！

〔傅小姐愈来愈激动。

傅小姐 豪门？爹要女儿嫁人还是嫁门？！董郎家遭劫掠，他有何过错？

（唱）高昌侯董氏也曾豪门列，

磅可可一朝落难历浩劫！

今日里纵然攀得朝天阙，

又怎知明朝不变墓自掘？

若要嫁豪门公子你去嫁，

儿情愿贫贱夫妻守婚约。

并非是富贵安泰我不爱，

实难信无有真情怎相携？

傅员外 儿啊！

（唱）非是为父良心丧，

非是为父铁石肠，

董家不仅遭贫困，

朝廷罪臣惹祸殃！

他爹乃是得罪了当朝权贵的人，走到哪里能有个好？为父实在是不能让女儿吃苦受罪啊！

傅小姐 吃苦受罪，女儿愿意！

傅员外 （受到震撼）儿啊！（老泪纵横）纵然我儿愿意，老父心中又何忍？！

傅小姐 （哭）爹爹——

傅员外 （哭）儿啊——

傅小姐 爹爹心意，女儿知晓；女儿心愿，还望爹爹成全！

傅员外 我儿当真？

傅小姐 当真。

傅员外 我儿不悔？

傅小姐 不悔！爹爹若是阻拦，女儿情愿一死！

傅员外 啊？……唉！也罢，我儿既是如此有情有义，为父也不便强行阻拦，只是，苦了我的孩儿啊！

七仙女 哎呀，累死我哒！（擦汗，开心）喂，小憨头，我帮你保住了婚约哎！

槐荫树 嘿，这小子真是傻人有傻福哇！

董　永 （唱）听他父女一番话，
句句肺腑吐真章。
小姐她处处为我想，
董永又怎能累她伤？
身受贫寒更蒙罪，
手捧银梳细思量……（打定主意）
保婚约害小姐，我心何忍？
他退婚拒认亲，又有何妨？
一颗心两下里，她势难牵绊。
万般苦千钧担，我一肩承当！
小姐，这是你送的定情银梳，还给你。傅伯……员外，这婚约，退了吧！

众　人 （惊）啊？

槐荫树 他要退婚？！冇搞错吧？

傅小姐 （怯怯地）你，你是当真？

董　永 嗯！（言不由衷）这……这样的势利亲家，不攀也罢！

傅小姐 你！（又惊又羞，转身奔下）

董　永 小姐！

〔管家端上银子，董永谢绝。

傅员外 女儿！（对董永摔袖）哼！（追下）女儿——！

董　永 小姐，我……
（唱）忍痛说出违心话，
痛似潮水覆难收！

〔合唱：哎嗨咿哟嗨——
待来生，若有缘，
再与小姐共鸾俦。

七仙女 哎？我忙前忙后帮了半天，他自己把婚退了？哼！（顿足）

槐荫树 盼星星盼月亮，盼出恁个结果，嗨！（委顿）

七仙女 憨子！呆子！苕货！（转念）这个傻小子，一心为那姑娘着想，宁可自己受苦，也不肯拖累他人，倒也可爱……（羞涩含笑看董永，可一会儿神色又转黯然）呀——！

〔合唱：违心退婚多难受，

他难受来我也愁。

〔灯暗。

第四场

〔清灵的乐声中，稚嫩的童谣声起——

冬至节，宗庙祭，

办筵宴，做新衣，

戏彩祈福拜神祇！

唉哟咧，拜呀拜神祇哦！

〔孩子们欢悦的“咯咯”笑声……

〔伴唱：哎嗨咿哟、唉——

冬至大节寒风起哎，

破窑相对心戚戚、命相依哟喂。

〔远处隐约传来欢笑，鼓乐声声。

土地公 那傅家小姐自从退婚之后，天天看着那把银梳子伤心落泪哟。唉，那边伤心人，这边人伤心喏！

（唱）可怜他父子流落寒窑苦，

幸有我土地法术御寒侵。

七仙女 （唱）虽挡得数九寒冬北风隐，

挡不了冷暖人世佳节临。

土地公，怎么办喏？

〔土地公摇头叹息，二人隐过一旁。董父咳嗽；董永背褡裢上。

董　永 （唱）耳听得鼓乐声声多欢庆，

反衬这寒窑破洞更冷清。

帮短工，低眉垂首累筋骨，

强欢笑，心似沉潭夜不明。

我回来了！爹爹，买到了一些米和药。

董　父 永儿，你去给人做下工了？

董　永 （掩饰）呃，没有啊，这个，是卖字的钱！

董　父 卖字？

董　永 卖字。

董　父 （旁白）纸笔都放在寒窑里，他无有纸笔怎卖字哦！

（唱）他那里，满面愧色强欢笑，

董　永　（唱）暂且将，满腹委屈肚中藏。
董　父　（接唱）我负疚：为父不肯附权贵，
　　　　连累孩儿未及弱冠遭祸殃。
董　永　（接唱）我怀愧：孩儿失悔未进取，
　　　　劳动老父白发病体徒忧伤。
董　父　（接唱）孩儿孩儿，小小年纪，
　　　　难为你早早尽尝世态炎凉。
董　永　（接唱）可怜爹爹，养儿教儿，
　　　　不肖儿只奉得半碗薄浆！
　　（哭）爹爹……
董　父　（哭）永儿……

〔二人不期然间相对，忙又改作笑颜。

董　永　（惊）爹爹因何落泪？
董　父　（笑）爹爹高兴。
董　永　哦，高兴就好，高兴就好。

〔一旁聆听的七仙女、土地公忍不住抹泪。

董　父　（笑）好，好！呵呵……
董　永　爹爹因何发笑？
董　父　我笑哇，永儿你真是爹的儿子，吃苦受穷也不低头哦！只可怜我儿尚未成年，这世间的路，还有好长。
董　永　爹爹！
　　（唱）旷野幼苗经风雨，
　　　　武帝临朝年十七。
　　　　些许小事休在意，
　　　　成未成年莫再提。
董　父　说得是，这些东西原也不必拘泥，只是我汉家男儿，成人冠礼极其重要，如今，也只好因陋就简了……对！今日里，为父就借这冬至佳节的鼓乐，为你行了成人冠礼！
董　永　行冠礼？啊，有劳爹爹！
董　父　这正宾和赞者，却是要规规矩矩地请人啰！儿啊，你出门去，不拘老幼，请二位乡邻前来便是。
董　永　孩儿遵命！（下）
七仙女　咦？听说男子二十而冠，这董永才十几岁咧！
土地公　这叫穷人的孩子早当家。

七仙女 哦。哎，他要请正宾和赞者？有了！我们来帮他父子，过佳节！
土地公 啊？么样过啊？

〔七仙女拉土地公耳语，急推下。

董　父 趁我还有一口气在，与永儿行了冠礼，也好放心走了。
（唱）从来是撑起家园仗父辈，
　　怎奈我获罪沦落痛余悲。
　　怕只怕不久人世空遗恨，
　　愿我儿翎羽早丰振翅飞。

〔董永带上乔装改扮、装扮错位的七仙女、土地公。规矩庄重的玄端礼服穿在土地公身上，却显得特别滑稽；矮身的他走起路来，还得牵起长长的衣摆。

董　永 爹爹，正宾和赞者来了。
董　父 好，永儿，沐浴更衣，穿童子服。
董　永 是！（下）

〔董父打量七仙女、土地公，看得二人有点不自在。
〔董父忽然上前，向他们深深一揖，把二人吓了一跳。

董　父 多谢二位乡邻，帮助见证小儿成人！
七仙女 （不自在）啊，不谢不谢！
董　父 （再揖）理当重谢！
七仙女 （蓦地）我说不谢就不谢嘛，总谢个么事？
土地公 （拉她到一旁）七公主啊，这大的火气？冲我行，莫冲他老人家撒！
七仙女 我，我不想受这个谢嘛……
土地公 哦——我明白了！你是受之有愧！
七仙女 （急）才不是呢！哼！
土地公 （旁）呵呵，刁蛮公主不肯承认啰！
董　父 有劳二位！（向土地公）就请这位老先生做正宾，（向七仙女）请这位做赞者吧！永儿！
董　永 哎，来了！（穿采衣童子服上）

〔寒窑外鼓乐声声，由远及近。

董　父 （从包袱中取出一件深衣）永儿，礼拜正宾、赞者！

〔董永揖礼拜。

土地公 免礼免礼！
七仙女 （还礼，好奇地看他）
董　父 初加！

〔董父将深衣递给七仙女，一同为董永穿上；又取出缁布冠递给土地公。

董　父 加冠！

〔土地公公拿着礼冠，够不着董永。
〔七仙女忍不住笑，董永也有些忍俊不禁。

董　父 永儿，人之高低，不在个头，不在贵贱，不在贫富，而在品行！向德高的长者躬身，不丢人。

〔董永一怔，看看父亲，看看土地公，终于敛容屏息、后退一步行拜礼，向着土地公深深地鞠躬下去。
〔土地公郑重地将礼冠给董永戴上。董永再拜。

土地公 呃，好像要说些么事的吧？我忘记了！
董　父 （颂）吉月令日，始加元服。
弃尔幼志，顺尔成德。
土地公 啊，对对对！
（接）寿考维祺，以介毕福！（见董父欣慰点头，松了口气，有点小得意）
董　父 再加！
土地公 （打个趔趄）……

〔董父取皮弁冠，土地公给董永戴上。董父取一柄小剑给董永佩上。

土地公 咳咳，吉月……干脆您一哈——都说了吧！
董　父 （颂）吉月令辰，乃申尔服；
谨尔威仪，淑慎尔德；
眉寿永年，享受胡福。

〔董永敛容拜。

董　父 三……
七仙女 还要加？
土地公 呃，我说董爷啊，这三加就算哒吧？
董　父 算哒？

土地公 算哒！

董　父 啊？

土地公 啊？

二人同 哈哈哈……

董　父 不行！

（唱）初加缁布冠，不忘本初难；

再加有皮弁，从此是儿男！（指其刚加的佩剑）

三加是爵弁，祖先祭祀权。

我儿从今后，艰险等闲观。

〔土地公和七仙女在董父唱时为董永三加。

土地公 对头！

（唱）艰险等闲看，方是好儿男。

董　父 （唱）激扬浊与清，真假明分辨。

是非有曲直，天道酬勤贤。

从今后——

土地公 （唱）从今后，

烈日小火炉，风暴似微澜。

董　永 （唱）春光明媚照，雨露润心田。

七仙女 （唱）携手共耕读，鸟鸣桑树颠。

土地公 哦？携手、耕读？（笑，七仙女赧然）

四人合 （唱）挣得个天清地朗，

快活似神仙哪，哟喂——

〔天幕上星辰点点闪烁，月朗风清。众人沉浸其中。

七仙女 土地公啊，

土地公 嗯？

七仙女 什么时候，给我也行个成人礼吧？

土地公 啊？

七仙女 好不好嘛？！

土地公 唉哟，好好好啊——！

〔窑外湖面微波起伏，鼓乐声渐行渐远。

〔内声：小姐？啊，小姐——！不好啦，小姐自尽了！

傅员外 （内呼）女儿！女儿啊！（急上）还我女儿，还我女儿！

〔众人惊。

〔傅员外拉过董永，将银梳子摔在他面前。

董　永　啊，定情银梳？小姐她……

管　家　退婚后，小姐天天抱着银梳子哭，哭到今天就，（自缢动作）死了！

董　永　啊？！小姐，小姐啊——！（向外冲）

董　父　（急火攻心）唔……（捂胸口，退，倒）

〔董永听见众人惊呼，回头。

董　永　（喊）爹爹，爹爹——！

〔灯暗，众隐。董永追光。

董　永　（唱）子欲养而亲不待，
霹雳裂天云低回！
孩儿方成弱冠礼，
爹爹魂命赴泉台！
苍天无情夺父去，
空留孩儿顾影哀。
爹爹呀——为什么，
为什么子欲养而亲不待？
为什么任儿千呼万哭，你——
不醒来，不醒来？

爹爹在时，孩儿一顿吃得少了，爹便会心疼；如今董永，再也没有爹爹了，再也没有爹爹了！（呜咽）

〔灯暗。

第五场

〔追光，七仙女急追土地公上。

七仙女　土地公！哎呀土地公公哇！你就不能帮他爹爹和傅小姐活转来吗？

土地公　（叹息）阴阳隔绝，你我无法越界啊。

七仙女　（着急）那，那怎么办嘛？

〔灯亮。傅员外背身，董永微微垂首。

傅员外　怎么办？你倒问我怎么办？这地，不葬外人！

董　永　员外，我只是期望能够让爹入土为安，哪怕是葬在村外的东山……
傅管家　东山也是我家傅老爷的。
董　永　那西坳……
傅管家　西坳自然也是傅老爷的。
董　永　南坪呢？
傅管家　傅老爷的！
董　永　北坡！
傅管家　统统都是！
董　永　那就葬在我这寒窑旁！
傅员外　呵！
董　永　员外！
傅员外　董永——！你没了爹爹，我丢了女儿！
董　永　（缓和）员外，只要父亲能安葬，要我怎样都可以。
傅员外　（冷笑）卖身为奴也可以么？

〔众人大惊。七仙女欲上前，土地公摆手。

董　永　（愣怔）卖身？为奴！
（唱）董永虽曾耽纨绔，
董永虽未勤读书；
不念高堂侯爵府，
一朝落难伴寒乌；
却也知，为人尊严最可贵，
强项令，帝王面前不低头颅！
傅员外　（吩咐）纸笔、钱！
（唱）今日你签下卖身契，
葬父银两我替你出！
董　永　卖身？葬父！

〔伴唱：哎嗨咿哟嗨——
男儿可杀不可辱，
切莫卖身屈为奴！
〔众人配合他思虑、转念——
为父签下卖身契，
纵然为奴又何惧？

傅员外　（拂袖）你先去想想，想好了再来说！

〔七仙女目送董永下。

七仙女 （唱）董永他左也难来右也难，
七女我失悔当初太冥顽！
想不到柔弱小姐性刚烈，
想不到慈爱老人离人寰。
董郎他一朝失亲又失爱，
不由人恼恨员外拆良缘。

〔七仙女愠怒上前，忽止步：呀——！

（接唱）傅员外白发苍苍一夕老，
却叫我心中陡然起波澜。
若能劝员外息怒勉为善……（眼一亮）
须得帮傅家小姐返尘寰！
思来想去无良策……
阴阳界上追魂还！
土地公，我们去把傅小姐追回来！

土地公 七公主，人死不能复生呐！

七仙女 那也要追！

〔灯光、烟雾营造荒野景象。
〔七仙女跑圆场入阴阳界，土地公难以阻拦，只得紧跟。
〔伴唱：一个是柔弱小姐最刚烈，
一个是刁蛮公主最柔情。
都道那阴阳隔绝难越界，
要为卿天上人间辟蹊径。
〔傅小姐魂步上。

傅小姐 （吟）苦——啊！
（唱）一段白绫一条命，
一番挣扎一颗心。

土地公 （唱）一场生死众牵挂，
并非一命一颗心！

七仙女 （唱）惜员外老来丧女痛难扼，
最是悲白发人送黑发人。
傅小姐一段白绫容易去，
抛舍这伤痛予人怎忍心？

傅小姐 生就的真情真意真性情，难违心！

土地公 从来儿生父母苦，拉扯成人费苦辛；爹娘骨血天地合，十月怀胎方成形。世间人心最性灵，此心彼心心连心！员外一夜白了头，董父一命归了阴，董永一夕魂魄丢，失了爱侣失恩亲。年轻人，有什么沟沟坎坎过不去，要做这亲痛仇快无情无义的苕事情？嘟，还不赶快醒一醒！

傅小姐 （惊）呀——！

（唱）一番话好似醍醐灌了顶，
　　猛回头愧疚难抑泪满襟。

董郎，爹爹——！

〔众人欲上前，谁知一阵阵阴风陡起，傅挣扎着被卷开。

〔伴唱：追不回的冤魂，挽不回的伤痛！
　　人死难复生，悔恨千万重！

傅小姐 （被卷到后方高台上，回首望）爹爹！对不起！（拜）孩儿来生，还做您的女儿，再报亲恩！

〔烟雾中，傅小姐随风隐去。

〔灯暗。

尾声

〔烟雾散去，场景回到赴阴阳界之前。

傅员外 来呀，去看看董永想好没有？

傅管家 是。（下）

〔七仙女走圆场，焦急思虑。

七仙女 （唱）未能追得魂魄返，
　　良愿祈天也枉然。

有了！

（接唱）施仙术乔装变幻傅小姐，
　　学莲步红巾翠袖遮容颜。

〔云雾腾起处，七仙女变幻为傅小姐：爹爹！大家意外看见她，都愣住。

傅员外 你是？

幻小姐 爹爹，是孩儿我啊！

（唱）冰魄九泉思回转，
游魂百挣返阳间。
未料一夜爹苍老，
愁煞三千华发添。

傅员外 女儿，果真是你？我的好女儿啊！

（唱）若早知我儿性情甚刚烈，
为父不该斩情缘。
十数载父女情深一朝断，
思念娇儿泪涟涟。

孩儿，你撇下为父好苦啊——！

幻小姐 爹爹呀！

（唱）原谅女儿多莽撞，
抛舍爹爹赴黄泉。
千回百折拼一返，
也为董郎进一言。

傅员外 女儿啊！你一片深情对董永，为父认了；后来退婚，是为父欠考虑，也只得认了！可是如今，你为他抛舍老父而去，为父看见他就想起你，叫为父如何不难过？

幻小姐 爹爹！

（唱）董郎一夜遭家变，
千里陪父越百川。
难得他，未及弱冠担重负，
难得他，咽泪欢笑慰慈颜。

傅员外 （唱）董永他，上无片瓦遮风雨，
下无寸土鼠也嫌。
他爹还曾获大罪，

我若是帮他葬爹呀——

（接唱）又折本来又遭难！

幻小姐 爹爹！你忘了么？你曾亲口允诺：退了婚约，他父子就可暂且在此落户栖身了！既可栖身，便可安葬！

傅员外 儿啊，你——

幻小姐 爹爹！

（唱）爹爹为儿魂梦牵，
董郎为父，垂首求告在堂前。

人间难得真情在，
女儿爱煞，这重情重义好儿男！
爹爹，就当是替不肖女儿了却心愿罢！

傅员外　（动容）唉……我儿不知，为父早已预备下一万钱，与他葬父。只是这心中块垒难消，为我儿难过！

幻小姐　爹爹！（拜）孩儿来生，还做您的女儿，再报亲恩！

傅员外　女儿，女儿啊！董永——

〔云雾腾起，幻化的傅小姐隐去。傅管家、董永上。

董　永　见过员外。

傅员外　看在我可怜的女儿面上，也不要你终生为奴了，给你一万钱葬父。

董　永　多谢员外！只是，不知还有甚么条件？

傅员外　没有条件。管家，一万钱给他。

傅管家　是。（递钱）

董　永　员外！董永，无功不受禄。

傅管家　嘿，你个苕伢儿！

傅员外　（点头）董永，像你爹！你真的肯卖身葬父？

董　永　当年爹爹为我，扮作牛马将头低，今日董永葬父，又何惧三年卖身低头去为奴？

傅员外　好伢儿，不用你为奴，契约签你三年工，三年期满，还你自由身！

董　永　嗯！

〔天幕上展开契约，一个巨大的手印按下。
〔七仙女飘然降临前台一侧，深情呼唤：董郎！
〔剧终。

2017 年 9 月

玉禅师翠乡一梦

据明代徐渭《玉禅师翠乡一梦》改编

小剧场戏曲

编剧：栗晓云

《玉禅师翠乡一梦》是明代剧作家徐渭《四声猿》中的一部短剧。古语中有“盖猿丧子，啼四声而肠断”之句，徐渭的四部短剧以《四声猿》为题，隐含了悲剧的意蕴。徐渭一生命运坎坷，常以桀骜狂狷之眼观物。《玉禅师翠乡一梦》把原本不相及的“佛门”“妓女”“官场”“复仇”融为一炉，揭露了当时时代背景下，作者眼中官场和佛门的尔虞我诈，以及禁欲主义“存天理、灭人欲”的虚伪。也下探到人性最深处，点出了“复仇”的荒诞。我从这部作品中看到了某种“现代性”的意味，它和西方存在主义哲学思想下的一些戏剧作品似乎可以遥相呼应，比如萨特的《禁闭》。在改编时，我保留了原作内容上的荒诞感，而在形式上进行了探索和创新，以小剧场戏曲的形式来呈现它，使它脱去部分晦涩和怪诞的成分，更加易于认识和理解。

徐渭身世畸零而又惊才绝艳，《玉禅师》内容荒诞、语言晦涩、格式不拘、内蕴愤激……改这部作品，像在啃一块无处下口的骨头，只有抱抛砖引玉之想，勉力为之。使其去芜存菁，重新焕发光彩，还待后来之方家。

人物表：

玉　通——生，修行之人。50 来岁

柳宣教——生，临安府尹。初登场 30 来岁

柳　翠——旦，柳宣教女。18 岁

红　莲——旦，营妓。18 岁

懒道人——丑，玉通弟子。40 多岁

月　明——生，玉通师兄。50 来岁

柳差人——架子花脸，柳宣教心腹。初登场 30 多岁

衙役、僧侣若干

〔时代：明代。
〔地点：临安。
〔镜花水月、如真似幻的背景前。

序幕

懒道人 （破帽遮颜上）俺乃西湖边竹林峰水月寺玉通大和尚座下弟子懒道人。说起俺的师父啊，那真真上知天文、下知地理、当代高僧、佛界领袖。这世上事呀，无有他不知的，无有他不晓的。听说他有位师兄月明和尚，一时云游在此。师父说了，俺那月明师伯前知五百年，后知五百载，示现神通种种。在这修行界的江湖地位，比俺师父还厉害的。那可是俺嫡亲、嫡亲、嫡亲的亲师伯，俺赶着去伺候伺候，问问俺何时能顿悟飞升，再不济让俺师伯给疏通疏通，当个住持也是肥差一件，俺师傅也是迂腐太过，只说是让俺好好修行。嗨！瞧瞧，他们来了！俺先避过一旁，探探这位师伯的口风。（下）

玉　通 （得道高僧模样，器宇轩昂，迈着方步上）俺家玉通和尚是也。与师兄月明和尚，本是西天两尊古佛。这一世来到临安，见山水秀丽，就于西湖边竹林峰水月寺，修行二十余载，渐觉心猿稍定，古井息波。然而近来肉身渐显衰颓，可叹光景无多，证果不易啊！修成正果，不知还得几世轮回？

月　明 （模样普通，慈眉善目一老者）俺家月明和尚是也。四海云游，今日特到这西湖边，来会师弟玉通和尚。玉通夙有慧根。不想这一世有个大劫，俺赶来点拨于他。唉！世事翻覆，百折千回。回归本心、悟得自性不易啊！说起这个禅宗修行，俺好有一比，就好像如今官员们的品级，由七八品的芝麻官到一二品的朝廷命官，不知有多少的贤愚浮沉。又像那高塔上的梯级，从一二层爬到八九层，不知有多少的跌扑起伏。

玉　通 师兄！阔别二十载，不想今日在这西湖边重晤。

月　明 师弟清修，越发精进。临安安逸，师弟有意随我云游否？名山大川，花鸟走兽，万千气象，生机无限。遍历人间烟火，正是修行好去处啊！

玉　通 师兄美意，不胜感念。弟二十年前发下誓愿，一日不证果，一日不离这临安竹林峰。如今正果未成，无颜下山矣！

月　明 修行不拘山上山下，只在念中心中。

玉　通 修行人知止有定，身住心住，不必再去别处找寻。

月　明 果真能定？

玉　通　果真。
月　明　咳，师兄终是饶舌了！师弟保重！告辞，后会有期。
玉　通　（与月明相视一笑）后会有期！

〔月明下。

懒道人　呀！不妙不妙！俺这位师伯，看着和蔼，比我师父还桀骜狂狷。看来住持之梦又泡汤了！也罢，也罢！俺懒道人本是追求仕途功名一书生，屡试不第、穷愁潦倒、生来不合时宜。为了糊口度日，才拜在玉通师父座下十余载，非僧非道、非俗非雅混到如今。冷眼看这世道浇漓，肉食者鄙，素食者愚，书生皆为名和利。从前壮志早已隳尽。现今一懒到底，没事儿说几句真话，钻空儿弄些真金白银。仕途经济、修行成道是一概不想，也算是苟全性命、逍遥自在。

〔声音渐隐。
〔玉通、月明下。
〔切光。

第一场　前情

〔临安府衙。
〔柳宣教上。

柳宣教　想我柳宣教，及第登科，雁塔题名年最少，一夜看尽长安花。美哉！快哉！现托陛下洪福，除授临安府尹，好不畅怀也！
柳差人　大人，衙门外各色官员、士绅员外前来拜见。
柳宣教　有无一位高僧在内？
柳差人　倒是有几位秃头，可没见穿僧装的哪！
柳宣教　（不悦，自言自语）看来玉通是没来喽？
柳差人　敢问大人问的可是三年前那位避而不见的玉通和尚？
柳宣教　正是此人。三年前本官尚是临安贫薄一书生，心有块垒浇不得，立雪山门之外，求他迷津指点，度苦畏途。他避而不见，座下懒道人，欺我孤贫，出言羞辱。故发奋苦读，得中进士。现今我衣锦还乡，他……他他仍然不来拜见么？
柳差人　不知天高地厚！属下这就去拿他前来！
柳宣教　嘿嘿，这种自以为得道之人，请不来，拿不来。我倒要看看他是真得道，还是假得道？玉通啊玉通！

（唱）道可道，非常道，
苦中苦，熬中熬。
祭出法宝把妖照，
是否古井息心稍？

柳差人 大人有何妙计？

柳宣教 红莲何在？

柳差人 宣红莲哪！

〔红莲上。

红　莲 （背躬）脂粉腰间软剑盘，未曾上阵早心寒。官老爷们呀，你们热时用得我莲儿着，只恐霜后难教柳不残。我红莲是个营妓，风月场上专家，专为官场老爷们解决难题来的，此时新老爷又有宣召，不知又有何刁钻难题，苦也……

柳宣教 （告诉衙役）如此如此，这般这般。

衙　役 （告诉红莲）如此如此，这般这般。

红　莲 （点头）如此如此，这般这般。

三　人 哈哈哈哈！

红　莲 唉！且说这新到的府尹大人柳宣教。闻得他年少多才，像似个担当的气魄；但恐金沙未汰，不免夹带些泥滓。这多年阅历风月，遍尝冷暖，红莲眼中看来，这官场不清净，这佛门也要不清净啦！造孽啊造孽！话虽如此，待我拿出些手段，佛门前走一遭！

〔柳宣教、红莲、柳差人、衙役同下。
〔切光。

第二场　入彀

〔竹林峰。
〔水月寺。
〔舞台分两边，门里门外。
〔红莲上，门外徘徊。

红　莲 昨日蒙府尹老爷，因怪玉通长老不去迎参，在我身上，要设个圈套，如此如此。倘得手了，又教把那话儿收回回复他，做个证验。我想起来，玉通是个好长老，我怎么好干这样犯佛菩萨的事？咳，官法如炉，也只得依着他做了。

〔玉通上。

玉　通　懒道人何在？

〔丑扮道人上。

玉　通　懒道人，你来这佛堂前烧了一炷香，却去把门儿顶上，待我打一个坐。有随喜的，你说这小庵儿，是大殿分出的，没好游乐处，要游乐请到大殿上去，就回话者。

〔懒道人应，做烧香顶门的动作。
〔玉通打坐。

红　莲　来到此间，不免敲他门着。

〔红莲敲门。

玉　通　懒道人，这般风雨潇潇的，天又将黑了，什么人敲门？好回话，你就回话了他。

〔懒道人出看。

懒道人　什么人打门？

〔红莲不应。

懒道人　原来不曾有人。

〔红莲复敲门。
〔懒道人出门左右看。

懒道人　原来是鼠儿咬门。鼠辈鼠辈，惊破咱家好梦。

〔红莲生气，复敲门。

懒道人　原来是猫儿扑门。野猫夜猫，不是好猫。睡觉去喽！
红　莲　（着急）你开了，我便和你说。
懒道人　（杭州话）古怪！又是个阿妈们的声音。（开门）这么大雨，天又黑了，你着一身孝来我这庵里呵，做啥子？
红　莲　今日是清明，我因祭扫亡过官人的坟墓，来时轿儿歇在清波门里。不想路远走得我脚疼，坐得久了，淹缠得天又黑、雨又下。我一面教小的儿进去招呼轿子，眼见得城门又关了，连这小的儿也不出来了。前不着村，后不着店，幸遇你这贵庵，要借住一宵。明日我回去，备些小意思儿来谢你。

懒道人 解的，且待我告过师父。

〔懒道人在玉通前做告诉状。

玉　通 那妇人老也小？

懒道人 只不过十七八岁，一法生得绝样的！

玉　通 这等却不稳便，叫她去，可又没处去。也罢，你把一床荐席，就放在左壁窗槛儿底下，叫她将就挨挨儿罢。

〔懒道人铺席。
〔红莲闯入问讯。

玉　通 快不要！快不要！快到那窗儿外去。

〔红莲假做肚疼欲死。

玉　通 懒道人，快烧些姜汤与这小娘子吃，想是受寒了。

懒道人 姜这里没有，要便到大殿上去讨。半夜三更，黑漆漆着啥要紧。

〔懒道人下。
〔红莲复假做肚疼欲死。
〔玉通唤懒道人不应。

玉　通 小娘子，你这病是如今新感的，还是旧有的？

红　莲 是旧有的。

玉　通 既是旧有的，那每常发的时节，却怎么医，才医得好？

红　莲 不瞒老师父说，旧时我病发时，百般医也医不好。我说出来也羞人，只是我丈夫解开那热肚子，贴在我肚子上，一揉就揉好了。

玉　通 看起来，百药的气味，还不如人身上的气味，更觉灵验。

〔红莲复假做昏迷。
〔玉通唤懒道人不应。

玉　通 不好了！这场人命呵，怎么了？验尸之时，又是个妇人！官府说，你庵里怎么收留个妇人？我也有口难辩。道人又叫不应，也没奈何了。

〔玉通背红莲入内。
〔切光。

第三场　坐化

〔玉通急跳出场。

〔红莲随上。

玉　通　罢了！罢了！我落在这畜生圈套里了。

【新水令】

我在竹林峰坐了二十年，
欲河堤不通一线。
虽然是活在世，
似死了不曾然。
这等样牢坚，
这等样牢坚，
被一个小蝼蚁穿漏了黄河堑。

红　莲　师父，吃蝼蚁儿钻得漏的黄河堑，可也不见牢。

玉　通　我且问你，你敢是那个惯撒奸的红莲么？

红　莲　我便是，待怎么？

玉　通　你这红莲，敢就是绿柳使你来的么？

红　莲　也就是，又怎么？师父，你怎么这等明白？

玉　通　我眉毛底下，嵌着双闪电一般的慧眼，怕不知道。旧时新官上任，俺三教九流，都按籍相迎。老僧二十年闭门不出，因此也不去随众庭参，也不去应名受点，似这等清闲自在，不曾想一时遭人暗算。

红　莲　哎呀，慧眼也漏了几点！可惜师父一时迷了心窍！也怨不得谁了！

玉　通　【步步娇】我想起泼红莲这个贼翊皞，

红　莲　师父，少骂些。也要认自家一半儿不是。

玉　通　（接唱）我与你何仇怨？

梨花寒食天，
装做个祭扫归来风雨投僧院。

红　莲　（背躬）不是这等，怎么圈套得你上？

玉　通　（接唱）又乔装病症，

急切待要赴黄泉。
绕禅床，
只叫行方便。

玉　通　可惜我这二十年苦功，一旦前功尽弃！都是红莲这泼贱！

红　莲　师父，少骂些。

玉　通【得胜令】

你又不是女琴操参戏禅，

却原来是野狐精藏机变，

霎时间把竹林堂翻弄做桃花洞。

红也么莲，

你为谁辛苦为谁甜？

替他人亏心行按着龙泉，

粉骷髅三尺剑，

花葫芦一个圈。

西也么天，

五百尊阿罗汉从何方见？

南也么泉，

二十年水牯牛着什么去牵？

红　莲（接唱）黄也么天，

五百尊阿罗汉你自羞相见！

清也么泉，

照不见钓鱼钩，

你自来上我牵。

玉　通【侥侥令】

摩登浑欲海，

淫咒总迷天。

我如今要觅如来何由见？

把一个老阿难戒体残、

老阿难戒体残。

红　莲　师父，我还笑这摩登没手段。若遇我红莲呵，由他铁阿难，也弄个残，铁阿难也弄个残。

玉　通【收江南】

则教你戴毛衣成六畜道，

变虫蛆与百鸟餐。

巧计奸心直便到日月天。

俺今来这番，

俺今来这番，

又几回筋斗透针关。

透针关，

几时圆满？

面着壁少林北鸩，

停着舟普陀东岸，
投着胎锦江西畔。
到如今转添业缘，
说什么涅槃寂圆。
呀！则一灵儿先到柳家庭院。

红　莲　师父，俺呀，俺则就去回话柳爷衙院。

〔玉通推红莲出。

红　莲　你闭门推出窗前月，我既做梅花有主张。

〔红莲下。

玉　通　原来这场业障，从这一不参见起。可惜坏了我二十年苦功，这呵，怎么放得他过！俺如今不免翻一个筋斗，投入在柳宣夫人家胞内，做他个女儿。长成来为娼为歹，败坏他门风。这也只是眨眼的光景不费了修为大事。只是这柳的那厮轻薄，一定有几句言语来问我的嘴，俺也不免预备下几句回答。又别写一纸帖儿，吩咐懒道人，如此如此打发。却端坐驱神，竟奔柳家走一遭去。

〔玉通打坐。

玉　通　自入禅门无挂碍，四十三年心自在。只因一点念头差，犯了如来淫色戒。你使红莲破我戒，我欠红莲一宿债。我身德行被你亏，你家门风被我坏。

〔玉通写遗嘱付懒道人。

玉　通　如有柳府差人到庵，可教他香炉脚底下，取帖回话。（念偈）红莲弄得我似猢狲，我且向绿柳皮中躲一春。浪打浮萍无有不撞着，则恐回来认不得旧时身。

〔玉通坐化。
〔光渐暗。

第四场　诘机

〔竹林峰水月寺。
〔懒道人上。

懒道人　昨儿个大殿上，师父说，则才山下赶老虎，解的不敢回来宿。不知这女子怎的了。呀！女子不见了。呀！师父又坐化了。怪也！这是啥子缘故？我晓得了，是一个观音指化师父去了。呀！香炉底下，又有一个帖子。（读帖）呀！原来这个女子，就是红莲那妖女！是柳老爷使来干这桩圈套，俺师父中了计了！这个帖儿，就是回话他的。又有一个帖子，呀！是我师父的遗嘱。

〔柳差人上。

柳差人 （对懒道人）领柳爷的吩咐，教拿这个帖儿与玉通长老，问红莲这一桩事，看他怎的回话。

懒道人 俺师父为这桩事，性命都送了，还问啥哩。

柳差人 柳爷要在我身上讨回话，可怎的了？

懒道人 你拿帖来我看。差人，回话倒有，在香炉底下，你自担将去。且住！我且问你，这件事是啥缘故？

柳差人 有啥缘故，你们的师父忒气傲心高，不去参见俺柳爷，故此使红莲那娼根来如此如此。你们师父精拳头救火，着了手，是那的缘故。我且裱褙匠赎横披，去回话去。老道请了。

〔柳差人下。

懒道人 原来如此。不想这柳老爷一朝为官，便如此阴损诡谲，心性失常。我且报知殿上大众，把师父或是火化或入龛造塔，悉凭他们心愿。

【清江引】

我在庵中打二十年馊斋饭，
长偷眼，
把师父看。
他坐着似塑弥陀，
立起就活罗汉。
咳，柳老爷则怕他放不过红莲案。

（幕后唱）泼红莲砒妆蜜卖，
玉禅师身死名败。
佛菩萨尚且要报怨投胎，
世间人怎免得欠钱还债。

〔懒道人背玉通下。
〔切光。

第五场　冤报

〔临安。

〔柳宣教家中，院内萧条，家徒四壁。

〔柳宣教病床上咳喘。

〔柳差人上。

柳差人　可怜我家大人一世要强，现今落得如此地步。不过两三年间，老爷被问罪丢官，小姐沦落为妓！老爷急怒攻心，一病不起呀！唉！呼啦啦大厦倾，树倒猢狲散！偌大家中，就剩老爷和老仆我俩人了！

〔柳差人来到柳宣教病床前。

柳宣教　（吃力地）我眼看是不成了，你也自谋出路去吧！

柳差人　老爷说哪里话来，除了跟定老爷，我也是无有去处哇！

柳宣教　我早就不是什么老爷了！没想到还有你，你……你不肯离弃我这有罪之人呀！

（唱）身后有余忘缩手，
眼前无路想回头。
思想前尘机关透，
逼死玉通是根由。

柳差人　老爷这是想到窄处去了！人间几曾见因果报应？你不见良善的受贫穷更命短，造恶的享富贵又寿延？你不见朱门酒肉臭，你不见路有冻死骨？老爷千万要振作呀，常言道：山重水复疑无路，柳暗花明又一村哪！

柳宣教　你不懂，你还不懂哪！造化如炉，天网恢恢，不曾饶过谁啊！君不见起朱门？君不见朱门倒？你可知良善的更命短是还前生债？你可知享富贵难以到白头？你可知学儒教误我一世？你可知傲慢心人生大劫？

（唱）悔不该贪嗔痴迷失本性，
蜗角名蝇头利费尽苦心。
恨只恨使毒计行为不慎，
暗地里逼死人罪责难容。
面对着得失心严审追问，
脾气骄肚肠窄枉称为人。
叹今生眼蒙尘糊涂太甚，
愿来生赎罪愆重新做人。

柳差人 老爷……何必自责太过！有谁又一开始就全知全能？有谁能一生中毫不犯错？有谁能知前情后报？

柳宣教 天道无关善恶，只依本性啊！明心见性者虽贫寒早死苦楚少，心垢蒙尘者虽富贵长寿苦楚多，你不懂，你不懂哪……

柳差人 老爷，我便是因为不懂才佩服老爷，终身追慕老爷的呀！老爷是高人……

柳宣教 高人！高人！哈哈哈哈！

〔吐血，气绝。

柳差人 （放声大哭）大人，大人！

〔光暗。
〔切光。

第六场　识机

〔湖光山色。
〔临安大佛寺。
〔月明上。

月　明 大众你道俺是谁？

〔幕后接——你是谁？

月　明 俺就是住下那个水月寺玉通和尚的师兄，本是西天一尊古佛，今来再世，改名作月明和尚的就是。俺有一师弟玉通，我相未除，欲根尚挂，致使那柳宣教使计用红莲。他却报怨投胎，自陷为娼，唤名柳翠，至今十有七载。俺祖师怜悯他久迷不悟，特使俺来指点回头。咳，也好难哩！这个呵，又像一件什么？像医瞎子一般。用金针拨转瞳仁，则怕拨不转。拨得转，他倒依旧光明，又叫作狮子拔倒太行，或者也拔得来。只是拔来时，不知费了我多少气力。但这件事，不是言语可做得的。俺禅家自有个哑谜相参，机锋对敌的妙法。我猛地照见这柳翠，今日与徽客凤朝阳来西湖游耍。那柳翠先来这大佛寺里等他，我待柳翠来时，自有个道理。

〔月明佛寺内打坐。
〔柳翠上。

柳　翠　（念）一自朱门落教坊，几年苏小住钱塘。画船不记陪游数，但见桃花断妾肠。妾身柳翠的便是。从俺爹爹丧过，宦囊萧索，日穷一日。直弄到我一个亲女儿出身为娼，追欢卖笑。不幸之幸，近有一个相好的徽客，唤名凤朝阳。他倒也嘲风弄月，好义轻财，靠着他才过得个日子。今日约我到湖上看桃花，教我先到这大佛寺等他。我已到了，他怎么还不来？

〔红莲做游行状，见和尚。

柳　翠　你这长老，从哪里来？

〔月明举手指西，又指天。

柳　翠　一手指西，一手指天，终不然你是西天来的，又胡说了。也罢，就依你说，你从西天来，下界何干？

〔月明手打自头一下，手装三尖角作“厶”，又装四方角作“口”，又装一圈作月轮。

柳　翠　（比比划划，念念叨叨）若凑合来，是个台字。团圈儿是个月字，却又先打头一下，分明是个投胎的说话。我且问你，你和尚家下界投胎，与你何干？你却捏这样怪话。咳，是个疯和尚了。

〔红莲回身唱。

柳　翠　【新水令】

俺则为停舟待客绕回廊，
没来由撞着个疯魔和尚。
我问他来历处，
他一手指天堂。
又卖弄着西方，
又卖弄着西方。
临了呵，
装两个字似投胎样。

咳，虽是个疯和尚，却来的怪。我不知怎么，又忽然动心起来，一定要仔细问他，便不游湖也罢。那师父，你这投胎的话头，有些蹊跷。你好对我一说么？

〔月明取纱帽自戴，作柳尹怒状。复除帽放桌上，又自戴女面具，向桌跪，叩头作问答起去。

红　莲　这个套数，一法使人可疑，待我试猜一猜看。

【步步娇】

他戴乌纱背北朝南向，
似官府坐黄堂上。

这嘴脸便不像俺的爷，临了那几步趋跄，却像得俺爷。

他回身几步忙，
仔细端详，
真厮像俺爷模样。
临了呵，
又打发那红妆，
似领伏兵去那里做烟花将。

柳　翠　师父，我看你那纱帽，与那女娘家脸子，想必是一个官儿，差这妇人去做什么勾当么？

〔月明戴女面，走数转作敲门，却又倒地作肚疼自揉状。却下女面放地上，起戴僧帽，倒身女面边，解衣作揉肚状。

柳　翠　这个势，可却似这个妇人肚子上有些什么缘故，一个和尚替他去舞弄。这舞弄呵，有什么好处？这一出可又难猜。（对月明）师父，我也猜不得这许多了，你明说了罢。

〔月明急扯旦耳环，又作猜拳状。

柳　翠　教我还猜，也罢，你再做手势来。

〔月明指眉心。

柳　翠　这又是头了。

〔月明摇手，又怒目指眉心。

柳　翠　不是头，是恼了。

〔月明戴女面指眉心。

柳　翠　恼这妇人了

〔月明下女面，换纱帽，又指眉心。

柳　翠　又恼这官儿了，却怎么？

〔月明指自身，又指头。

柳　翠　又是恼了？

〔月明摇手。

柳　翠　不是恼，还是头。

〔月明又用手如前三次，装成胎字。

柳　翠　又是投胎了，却不通．

〔月明取净瓶中柳一枝，又将手作一胎字，双手印扑在柳枝上。

柳　翠　（心惊）呀！这胎终不然投在我身上了？我想起来？这个冤家对头，敢我也曾造下来？

〔月明大笑。

月　明　都不中用，费力！费力！（高声念）红莲弄我似猢狲，且向绿柳皮中躲一春。浪打浮萍无有不撞着，只怕回来认不得旧时身。呸！

〔月明大喷柳翠一口。

柳　翠　（大叫）我知道了！我知道了！早知灯是火，饭熟已多时。

〔柳翠丢下头髻，脱下女衣。
〔月明急向褡裢内取僧帽偏衫与柳翠穿戴。
〔月明、柳翠交叩头数十。

柳　翠　【园林好】
　　谢师兄来西天一场，
　　用金针拨瞳仁一双。
　　止拈撮琉璃灯上，
　　些儿火熟黄粱，
　　些儿火熟黄粱。
【收江南】师兄和你四十年好离别，
月　明　师弟，你一霎时做这场，
（合）把夺舍投胎不当烧一寸香。
柳　翠　师兄，俺如今要将，
月　明　师弟，俺如今不将，
（合）把要将不将都一齐一放。
月　明　（接唱）小临安显出俺黑风波浪，
柳　翠　（接唱）泼红莲露出俺粉糊粘糨，

（合）柳家胎漏出俺血团气象。

〔月明、柳翠交替唱。

月　明　（接唱）俺如今改腔换装，
柳　翠　（接唱）俺如今变娼做娘。
月　明　（接唱）假神仙云庄月窗，
柳　翠　（接唱）真配合鸳鸯凤凰。
月　明　（接唱）这一切万桩百忙，
柳　翠　（接唱）都只替无常背装。
月　明　（接唱）两弟兄一双雁行，
柳　翠　（接唱）霎时到西方故乡。
（合）呀，才好合着掌回话祖师方丈。

〔场上锣鼓齐鸣。
〔月明、柳翠急下。
〔幕后：大临安三分官样，
老玉通一丝我相。
借红莲露水夫妻，
度柳翠月明和尚。
〔切光。

尾声

〔镜花水月，如真似幻的背景前。
〔月明竹杖芒鞋上。
〔柳翠，也就是前世的玉通僧装上。
〔懒道人气喘吁吁跑上。

月　明　师弟，别来无恙乎？
柳　翠　惭愧，惭愧！
月　明　人生不过幻境一场，情天恨海，冤报无穷。透彻了这段微光心事吧！
柳　翠　谢师兄点化！已彻悟因果，觉今是而昨非。不想我玉通经此一劫，才得见前世今生，窥道之一二。可谓悲欣交集呀！
懒道人　（哭）师伯，师父没了，弟子在这临安也待不下去了，求师伯收留！
月　明　（指红莲）你且看她是谁？
懒道人　呀！像是害了俺师父的红莲！师伯，你怎地认识她？

月　明　他是你转世投胎的师父，说来话长，待你师父慢慢告诉你。

柳　翠　（做玉通平时神态）懒道人，俺且不说俺的来由，且说几句法门大意。俺法门像什么？像荷叶上露水珠儿，又要沾着，又要不沾着。又像荷叶下淤泥藕节，又不要龌龊，又要些龌龊。修为略带，就落羚羊角……

懒道人　（喜极而泣，跪拜）呀！真是师父！懒道人今亲见奇迹，觉心中光明，再无挂碍。

月　明　（大笑）懒道人也悟了！

柳　翠　咳，老话说，鸳鸯绣取凭君看，莫把金针度与人。师兄功德无量。

懒道人　师伯，师父！这正是：鸳鸯绣取任君看，偏把金针度与人呀！

〔三人下。

〔光暗。

〔剧终。

2017 年 11 月

誓戒记

小剧场五出昆剧

编剧：黄骁

《誓戒记》创作思路

新编小剧场昆剧《誓戒记》是我的结业作品，剧本创作灵感来源于“三言二拍”里《二刻拍案惊奇》的卷二十八《程朝奉单遇无头妇　王通判双雪不明冤》，我截取了其中的一小段落，并对原故事进行了比较大幅度的改编。

我对自己的期望是对故事性有所突破，力求在剧本的对话和衔接上做到紧凑、轻松、有悬念。这是一个和谎言有关的“罗生门”，也是一个有些荒诞，又带有劝诫教育色彩和禅宗意味的故事。经过黎继德老师的悉心指导，我将人物性格、心理变化、场次安排又进行了一些调整，希望呈现出一个轻松愉快但又不失教育意义的小剧场昆剧作品。

人物表：

四　娘——正旦，酒馆老板娘
钱　余——付丑，富家子弟
严　四——鞋皮生，酒馆老板
胡　二——小丑，江湖药贩
郑　良——老生，镇上通判

引子

〔郑良持扇上。

郑　良（念）若无人性怪诞念，
怎有满纸荒唐言。
真假实伪何处在？
粉墨登场表一番。
列位看官！
话说那大明嘉靖年间，
国中兴，家太平，百姓生活安定。
然江南小镇有一“诚真”酒馆，
却闹出一桩荒唐之事。
一夫一妻开酒店，经营不善为鼠患，
因钱闹出人命案，只得官衙寻裁判。
事情复杂，人性繁乱，究其缘由，
且随我，寻寻觅觅，
去这江南小镇看它一看。（欲走忽停）
哦对，列位问我，姓甚名谁，来自哪里？
暂且先按下不表。
有道是：“我生本无乡，心安是归处。”
人生百年，求得心安，便是懂得警戒。（下）

〔切光。

第一出　买药

〔胡二上。

胡　二（念）江南瓯越这一带，
除患医人良方卖。
拿捏全凭一双手，
踏实生得金银财！

小人胡二，乃这江南小镇上的一个小药贩。场面虽小，但我卖之药，小到除虫灭鼠，大到治病救人，应有尽有。分量拿捏，十分讲究，稍微出点差错，或就天上地下，不容半点马虎。这不，张村刚卖完，我准备再到李村看看去。（下）

〔四娘上。

四　娘　北曲【仙吕·点绛唇】

女本自镇市行街，
烹调酒菜。
经营叹楼店伤坏。
怨鼠患难平息，
多将夫君赖。

待当家时不当家，及至当家乱如麻。一天到晚七件事，柴米油盐酱醋茶。小女四娘，在这镇上与夫婿经营一家酒馆，无奈最近店里总闹鼠患，灭除不绝，生意惨淡。

【幺篇】

但却说鼠患成灾，
频生僻怪。
停歇罢回想由来。
旧树死新芽活，
来回成常态。

我那夫君，每次出门买鼠药，都不能根治鼠患，那老鼠死去了又活来，折腾得我们也死去活来。今日换我出来，一定要把货真价实的鼠药带回家，咦？（向四周张望），刚才好像有一郎中…

〔钱余匆匆上。

钱　余　小姐！

南曲【仙吕·剑器令】

论资产堆金积财，
讲感情朝令夕改。
女子若施眉黛，
便恰似心荡焚摔。
漫道那水性杨花，
谈情说爱。

在下钱余，家中略有资财，在镇上被称作了朝奉。真所谓饱暖生淫欲，每日里吟诗作画，赏月观花，春心荡漾，只待有不同佳人相伴。刚才适逢一绝色女子，沿集市走去，方赶忙追来，以求结识。我这里不差金银，今夜若能与她共度春宵，岂不是…（窃笑，严肃，收拾妆容，对四娘）咳咳，敢问姑娘，在此何寻呢？

四　娘　请问公子，刚才是否看到一位江湖郎中在此卖药？

钱　余　（思考，装）噢噢对，是有一卖药郎中，好像在……请问姑娘寻他作甚？

四　娘　我家酒馆近日总闹鼠患，试过多种鼠药，皆无效果，那老鼠刚消停没两天，就又出来偷食。真是愁煞人也。

钱　余　噢！原来是买药灭鼠。

〔胡二上。

胡　二　除虫灭鼠，治病救人！药到病除！卖药卖药！

钱　余　哎呀！姑娘快看，那卖药的来了！

四　娘　哎，这位郎中，可有鼠药？

胡　二　有！我家鼠药，那可威力无边！您来多少？

钱　余　（抢话）我们小姐店里闹耗子，你快拿出最好的药来！

胡　二　原来是姑娘店里闹耗子。那好说，你拿走了我这耗子药，我保证你家耗子……

四　娘　多少银两？

胡　二　呃，（转眼珠）一袋药，五十铜板！

四　娘　这等昂贵？先前夫婿外面买药，只需十个铜板。

胡　二　姑娘！这你就不懂了！

北曲【仙吕·天下乐】

卑下清晨将药物筛，
拾捡吹拍，
岂不棒哉。
整日里精挑细选搓掇掰。
公道，
你病快快买回家，
好端端不再来。
抵过拐骗坑蒙被商贩宰。

你要是买药治病，我保你药到病除；你如果买药灭鼠，我保你一网打尽！

四　娘　出门着急，未带足银两，这可如何是好？

钱　余　（急忙）姑娘！你我有缘，这区区药钱，不如由我来给！（掏钱）

四　娘　公子！这可使不得！（伸手拒绝）

钱　余　哎姑娘，姑娘，使得，完全使得！等一会儿我跟你回家，你拿了钱再还给我，不就可以了嘛……（趁机抓住四娘的手）

四　娘　你……（推手拒绝）

胡　二　我说呐，你们到底买不买。有钱就买，没钱啊，我走了！

四　娘　且慢！好好，那就先有劳公子垫付，随我回到酒馆，我一并还你！

钱　余　嘿嘿，我就说嘛！

南曲【仙吕·解三醒】

我费工夫寻觅出缤纷彩，
不作美的把花容信手埋。
敢则是丰神出脱的天然胎，
因此上她化为云雨去风波海，
差送了春风桃李美人来，
倒换得普陀水月观音拜。

姑娘答应我去她家了，嘿，今晚有戏！喏，五十铜板！

胡　二　（收钱）噢对！我忘了说了，这五十铜板，是半个疗程，哦不，是半个周期的，一般灭鼠，需要一个周期，看你急用，整个加起来，收你八十吧。

钱　余　什么？还要？你这做生意可不能…

胡　二　童叟无欺，价格公道，不买我就走了…

钱　余　（看了眼四娘，赶忙）别别别，买！（又掏钱）给！（瞪了胡二一眼，将药递给四娘）

四　娘　谢谢公子！请公子随我回去，我好速速还上！

钱　余　不急，不急，走！（色眯眯看着四娘，又瞪了一眼胡二，与四娘同下）

胡　二　北曲【仙吕·煞尾】

琼楼挂嬴牌，
玉宇鸣天籁。
这片刻性情怎耐？
只把机灵来售买。
这鼠药经我微筛，
入喉咙四蹄乱踹。
两袋出得八十块，
掏光口袋。
君来喝彩，
赚得盆满大诙谐。

嘿嘿，几天时间，光这耗子药，卖出不少价钱。太阳快落山了，周围再转转，回村去了！（下）

〔切光。

第二出　卖妻

〔严四上。

严　四　北曲【南吕·一枝花】

　　苦哉！
　　那一天怨雾凝，万里愁云蔽。
　　昏黯黯，红日惨无光，
　　冷飕飕，阴风似箭劈。
　　好教俺无计施于。
　　总是那箪瓢屡空成何济！
　　盼不到财神劲旅兼程至。
　　可怜那云霄麟凤，
　　顿做了困釜穷鱼！

读书科举难及第，落榜赋闲困生活！在下严四，科举频频落榜，没有读书立身之命，筹得家中钱财，与娘子一同打理这家小酒馆。怎奈鼠患闹不止，门前冷落鞍马稀，没的生意。前些日我买来些鼠药，无济于事，今日换娘子出去买，还未归来。我再稍等片刻！哎？我又听到里屋老鼠声了。（下）

〔四娘和钱余上。

四　娘　公子这边请！这家酒馆，就是我家小店了。

南曲【南吕·东瓯令】

　　做媳妇，哭啼啼，
　　昨夜三更出绣绮，
　　今朝起来没寻去，
　　教我没把臂。
　　一重愁翻做两重凄，
　　使我泪珠离！

出门买药，耽搁半日，花费颇多，希望有用。不知我那夫君，在家可好，哎，这样的日子，真是度日如年。（钱余在四周打探，观望，对内）我回来了！

严　四　（上）你可回来了。（比划）刚才在里屋有这么大一只老鼠，那……（看钱余）这位是？

钱　余　我乃镇上朝奉，姓钱名余，今日遇到你家夫人……（坏笑）

四　娘　我今日去买鼠药，银两不够，多亏这位公子帮忙垫付。你快去取八十铜板，还了公子。

严　四　（自语）什么？买副老鼠药要八十铜板？前几天我买也就二十，肯定是被坑了！（对四娘）你先去屋里看看，不知那些老鼠躲到哪里去了。

四　娘　只怕又是晚上出来祸害,那就糟糕了。（对钱余）公子请先坐下歇息，我进屋准备一些酒水，去去就来。（下）

钱　余　哎哎？娘子，我这还没跟你…

严　四　敢问朝奉，我记得这鼠药也就二十铜板，为何要八十才买下呢？

钱　余　怎么，嫌贵？嫌贵就不要买啊！

严　四　不不，感谢朝奉的仗义帮忙。只是我家酒馆一直闹鼠患，没个客人，只怕长此以往，就维持不下去了。（欲哭）你等下，我这就去给你取银两……

钱　余　（转眼珠）且慢！小哥，我问你，你这一年卖酒，得利多少？

严　四　靠朝奉福荫，借此度得夫妻两口，便是好了。

钱　余　可有盈余？

严　四　若有得一两二两盈余，便也留着些做个根本，而今只好绷绷拽拽，朝升暮合过去，那得盈余？

钱　余　假如有个人帮你十两五两银子做本钱，你心下如何？

严　四　小人若有得十两五两银子，便多做些好酒起来，开个兴头的糟坊。一年之间度了口，还有得多。只是没寻那许多东西，就是有人肯借，欠下了债要赔利钱，不如守此小本经纪罢了。

钱　余　我看你做人也好，这样，假如我不仅不要你还这药钱，且再与你三十两，作为卖酒本钱。只求你有一点好心到我，你心下如何？

严　四　朝奉难道是在说笑。教小人怎么样的才是好心？

钱　余　北曲【南吕·四块玉】

心心心今将正直诛，
倒有那奸情趣。
镇日价淫声美色伴红衣，
酒杯儿送入迷魂剂。
哪里管娘子危？
哪里管郎君窘？
哪里管夫和妻别处离？

我喜欢你家里一件物事，是不费你本钱的，我借来用用，仍旧还你。若肯时，我即时与你三十两。（掏钱）

严　四　啊，朝奉这话，我怎么听不明白了！我家哪里有朝奉用得着的东西？况且用过就还，有甚么不奉承了朝奉，却要朝奉许多银子？

钱　余　你是个晓事人，定要人说个了话，你自想家里是甚东西是我用得着的，又这般值钱就是了。
严　四　除了小人夫妻两口身子外，要值上十两银子的家伙，一件也不曾有。
钱　余　哪个说是身子外边的？正是身上的！
严　四　（恍悟）朝奉没正经！怎如此取笑？
钱　余　我不取笑，这么说吧，现钱买现货，愿者成交。若不肯时，也只作罢了，你把药钱给我便是，桌上这钱我也收走了，怎好强得你？
严　四　（慌）别别，请容我再想一想（犹豫）……

南曲【南吕·懒画眉】

殢雨尤云一梦离。
日转瑶阶去，始忘遗。
漫携仙子下云霓。
觑香腮，犹思枕上情迷。

钱　余　老哥，这样吧，我再给你加二十两，总共五十两银子。今夜初更时我去你家假装吃酒，你自到外边哪里去避一避，等你二更时回来，事已过了。两个时辰，轻松赚了五十两，这样可好？
严　四　五十两，朝奉可当真？
钱　余　大丈夫一言既出驷马难追，何况这点银两，对我根本算不了什么，我只想要……
严　四　（再三犹豫）那好！承朝奉不弃，晚间我整好酒在小房中，特请朝奉一叙，朝奉就来吃个。不过，今夜之事，天知地知你知我知，可万万不能传到街坊邻里中去！
钱　余　老哥放心！只是，不知你家娘子，愿意与否？
严　四　交给我吧！我必说服与她！朝奉只管今夜初更时来便是。
钱　余　好！（自语）果然利动人心，他已商量得情愿了。今晚请我来，必然就成事。（对严）这是二十两，你先收下，事成之后，另外三十两如期奉上。正所谓：贪爱沉溺即苦海，利欲炽燃是火坑。（下）

〔四娘端酒菜上

四　娘　哎？刚才那位朝奉，去了哪里？
严　四　噢，离去便了！
四　娘　八十铜板可还与他？
严　四　还了，还了！此事我正要问你，为何我买鼠药只花去二十铜板，而你却用了八十？
四　娘　或许是一分价钱一分货，我想不如花钱买个踏实。
严　四　踏实？我看这袋子和以前的一样，保不齐是一样的东西。你被骗了！

四　娘　啊？被骗？

严　四　哎，这点小钱，不提也罢。娘子，你不是整日嫌咱们家里穷吗？我这里有一件能一挣大钱的事情。

四　娘　什么事，说来听听。

严　四　娘子，刚才那个朝奉离开，留下一笔钱，我想让你——

北曲【南吕・骂玉郎】

你和他欢会在西廊里，
行了些风花，
勾了些云雨。
这些时甘一死也干休矣。
待今宵跟他去，
呀呀呀厮撞着，
好教我也难停履。

四　娘　（惊）你说什么，用我的身体来还钱？

严　四　不要说得这么难听，我想我与你在此苦挣一年，挣不出几两银子来。看他的意思，倒肯在你身上舍得花大钱。我们不如将计就计哄他，与了他些甜头，便拿他一大银子也不难了。（指鼠药）这也远强于一盏半盏的与别人论价钱。

四　娘　你堂堂男子汉，见了这个东西，怎就舍得老婆养汉了？

严　四　不是舍得，难得财主家倒了运来想我们，我们拼忍着一时羞耻，一生受用不尽了。

四　娘　你这贼禽兽！我当初与你成亲，只是图你人好，没想到为了钱，这你也想得出来！

严　四　我这不也是为了你好？自从我科举屡次落榜，我早就看透了，在这个混账的世界，我们又不是什么阀阅人家，就守着清白，也没人来替你造牌坊，天天闹耗子没客人，我们以后吃什么？

四　娘　严四！（上去抓打）你这个卖老婆的穷光蛋，我今天就是死，我也……

严　四　（掌掴致四娘摔倒）你这不知好歹的婆娘，（掏出银两）这是朝奉给的定钱，今晚初更时他将过来吃酒，等他来时，只说我偶然出外就来的，先做主人陪他，饮酒中间他自然撩拨你。你看着机会，就与他成了事。待我二更时回来，正好与他拿取剩下钱财，不知不觉的落得赚了他几十两银子，岂不妥当？（见四娘沉默，突然变温和，去搀扶）娘子，算我求你了好不好？

四　娘　（绝望）没想到，这点银两，就让你变成这样。

严　四　嘿嘿，等咱们有了钱，把这酒馆好好打理一下，把老鼠彻底清除，我相信日子会越来越好的！对了，李村的老李约我今晚去他家吃酒，

我便先行去了。你先收拾一下，今晚回来，我们一起迎接新的生活！（下）

四　娘　几年夫妻恩情浅，一朝钱财向往深。这些日子任劳任怨，勤俭持家，没想到换来的却是这个结果，说什么美好未来，什么富贵荣华，竟都要拜这样一个绝望的交易所赐！

南曲【南吕·懒画眉】

为换金银来卖妻。
性恶生交易，怎靠依？
巧言花语难成谜。
悔情深，同床共枕成敌。

北曲【南吕·四块玉】

情情情今将内人逼，
怎有那恩和义。
恶念可催生利益必逐驱。
这银两变换杀人器。
哪里管妻子危？
哪里管家眷苦？
哪里管今和明哭叫啼？

（向外张望，还以为严四会回来，悲伤，拿起了刚买来的鼠药）

南曲【南吕·尾声】

天长地久君须记，
此日里恩情不暂离，
从此后情词莫再提。

〔拿着鼠药进里屋，下。

〔切光。

第三出　命案

〔钱余上。

钱　余【普贤歌】

从未无往而不利，
向来好事就多磨。
人生怎奈何？
喝酒是非多，

趁机半路溜走我。

今夜刚要出门，遇到几个平日里的兄弟，非要我去吃酒，我推说没工夫得去，他却问有甚么贵干？我这心里忙乱，一时造不出理由来。见我没的说，他们以为我无事可做，便讲怎能如此推故扫兴？后来又同了几个少年子弟，一推一攘的，牵的去了。到了那里，被带住了身子，好不耐烦。三杯两盏，觥筹交错，划拳行令，我逃了席就走，到这里已快有二更天气,终于可以见到他家娘子。（酒晕）咦？奇怪，明明到了附近，怎么寻不到那家酒馆？

〔胡二上。

胡　二　海到尽头天做岸，山登绝顶我为巅。生意如同春前草，财源好似雨后泉。今日这买卖，可真是赚了一笔。不管是人药虫药，卖的都相当之好。哦？这里正好有家酒馆，我可得好好犒劳一下自己！哎？店里好像没有人。（发现钱余）怎么他也在这？可不能让他发现买亏了。

钱　余　（指酒馆招牌）酒馆！找到了！（发现胡二）哦？小药贩，你也来喝酒？

胡　二　原来是公子你！我这是路过，路过。（欲走）

钱　余　等下！

胡　二　啊？（惊怕）

钱　余　我问你，你可有解酒之药？

胡　二　小的只有治病医人之药和除虫灭鼠之药，没有解酒之药啊！

钱　余　哦，好吧，罢了！

胡　二　嗳！（又欲走）

钱　余　且慢！

胡　二　啊？（又惊怕）又怎么了？

钱　余　（憨笑）有没有，那种药？

胡　二　哪种？

钱　余　（贱笑）就是，那种！

胡　二　啊？公子，到底是哪种？

钱　余　咳，就是，相思寒食散，益肾合欢丹，旱苗喜雨膏，金枪不倒丸（坏笑）。

胡　二　噢，你说的是春……有，当然有！五粒一两，您来多少？

钱　余　（痛快地）给我来十粒！

胡　二　好嘞！（收钱交货）我说公子，我看你已微醺，颇有醉意，为何光顾这酒馆，还要买这房中药，莫非另有他事？

钱　余　呃，那倒没有。多嘴……你管这么多干什么？

胡　二　嘿嘿，没事就好，您以后需要什么药，尽管找我！我先去了！（频频回头，下）

钱　余　小小药贩，惊我一身冷汗。（往里望）好在这酒馆里屋房门不关，心下意会了！

北曲【中吕·红绣鞋】

只见那异草奇葩漫没，
翠生生绕砌芦箔。
只见那画船隐形在垂杨落，
这壁厢疏竹篱，
那壁厢秋千垛，
好教俺意儿迷脚步磨。

时间不早了，想必他家娘子早已屋内等我多时，我当速速进门。（停下）不行，如此关键当口，我可不能打无准备之仗。（吞服，进店，并未闩门）哎呀，好生紧张！娘子，娘子？我来了……奇怪，店中房子苦不深邃，房中灯烛明亮，酒肴罗列，悄无人声，不见一个人影。莫非，娘子已在床上等我？（把桌上火移来一照，大叫）啊！（上前测呼吸，惊恐）这这这……

北曲【中吕·幺篇】

只见那胆战心惊略过，
好端端失掉魂魄。
只见那汗毛卓竖在床边躲，
这壁厢鸿门宴，
那壁厢阴谋裹。

我乘兴而来，却见如此惨象，这可如何是好？我我我……竟教俺胆心惊醉意抹。（欲逃，撞柱，晕厥，灯灭。）

〔严四上。

严　四　南曲【中吕·泣颜回】

提起泪无说，
忆相逢淡月蹉跎。
天应错与，
风萍露柳繁多，
等闲招惑。
劣身奇将上了他虚脾火。
便今朝赚取何如，

分薄朝奉奚落评说。

唉！二更时分，料朝奉事体已完，还好趁吃杯儿酒，一步步踱将回来，从容到家。咦，为何店门开着？那朝奉好不精细，既要私下做事，门也不掩上。奇怪，屋里黑黑的，不像有人。（点灯）啊！怎的起？怎的起？（测无呼吸）娘子！

钱　余　（地上躺着，渐醒，晕状，欲解衣）好热！好热！

严　四　朝奉！你！你你你！我妻子已是肯的，有甚么言语冲撞了他，便把来杀了？你干的好事！为何要杀我娘子？（抓打）

钱　余　（清醒）我今晚到你家，并不见一人，只见你妻子已杀倒在床，怎的说是我杀了？

严　四　不要胡搅蛮缠，不是你是谁？（看到鼠药）你，你，你毒杀我妻？！

钱　余　我心里一直惦记着你的妻子，若是见了，奉承还恐不及，怎舍得杀她？你须访个备细，不要冤我！

严　四　好端端两口住在家里，我走时还没事，是你来起这些根由，而今却把我妻子杀了，还推得哪个？

钱　余　我我我冤枉！

北曲【中吕·斗鹌鹑】

气腾腾能怎屈缩，
气腾腾能怎屈缩，
急煎煎火燎顿挫！
恨煞煞奸究凶残，
恨煞煞奸究凶残，
明晃晃毒谋安设！
恼得我血性冲冲怒气多，
休得要枉冤我！

严　四　（抓打）你可别想跑！

南曲【中吕·尾声】

一生为客恨情多，
只顾金银思想矬。
再寻伤心何处可。

我要和你见官去，好好还我个人来！（拉拽）

钱　余　身正不怕影子斜！谁怕谁！去就去！（同下）

〔胡二悄悄上。

胡　二　门前一本装正经，屋内二更探实情。嘿嘿，我又回来了！都怪那公子欲言又止，话里有话，一看就是有所隐瞒。我虽挣得高利润，但也不愿错过他们秘密之事！今日那小哥必有隐情，想瞒过我胡二，怎是容易！（探头，观望）呀，如此安静，莫非好事已成？（进屋，摸黑）呀，如此黑暗，莫非人都离开？（碰到四娘）呀，这是什么情况？莫非吃了毒药？（摸四娘人中，摸自己口袋）莫非？哎呀，赶紧救人呀！（暗场）

第四出　追凶

〔郑良上。

郑　良　北曲【越调・天净沙】

这的是血淋淋生活之上突发，
气冲冲县衙殿里拼杀，
乱糟糟描述案情真假。
原来真相之中也有黑白混淆伎俩！
纵是火辣辣欺压责骂，
明晃晃实情在府署官衙。

本官郑良，在这江南小镇做了一个通判。这些年断过一些大小之案，正所谓寒蛩秋夜忙催织，戴胜春朝苦劝耕；若道民情官不理，须知虫鸟为何鸣？官职无大，民事无小，为民请愿，体察民情，方得为官之本。

小　差　报告大人，门外有人击鼓鸣冤！

郑　良　太阳刚刚升起，人间便有冤情。放人进来，准备升堂！

〔严四、钱余拉扯上。

严　四　快走，你这个杀人犯！等了一晚上，天亮了我一定要将你绳之以法！

钱　余　血口喷人！根本不是我杀的！

严　四　不是你，难道是我？告到县衙，我看你还能抵赖！

郑　良　你们是何人，为了何事，来此告状？

严　四　回大人，小人严四，和妻子四娘是开酒馆度日的。是这钱某看上了小人妻子，乘小人不在，以买酒为由来强奸她。想是小人妻子不肯，他就毒杀致死了。哎，我那可怜的四娘……（欲哭）

郑　良　哦？钱某，你如何说？

钱　余　大人休听他栽赃！严四夫妻卖酒，小人是他的熟主顾。严四昨日来请小人去吃酒，小人因有事去得迟了些。到他家里，不见严四，只见他妻子不知被何人毒杀在房。小人慌忙之中受到惊吓，与小人并无相干。

郑　良　他说你以买酒为由去强奸他妻子，你又说是他请你到家，他既请你，是主人了，为何他反而不在家？这还是你去强奸是真了。

钱　余　委实是他来请小人，小人才去的。当面在这里，老爷问他，他须赖不过。

严　四　呃，请是小人请他的，小人未到家，他先去强奸，杀了人了。

郑　良　既是你请他，怎么你未到家，他倒先去行奸杀人？你其时不在家做主人，又到哪里去了？你二人言语遮遮掩掩闪烁其词，其间必有隐情。

严　四
钱　余　这……（心里有鬼地对视）

郑　良　这隐情想必隐藏于你二人的内心之中！既然隐瞒，来人，夹棍伺候！

严　四　哎哎，大人。

南曲【越调·小桃红】

一声令下棍来夹，
想我命，真惊吓也，
别妻生出一个苦疙瘩。
恨说谎怨疵瑕，
都只为别出丑，少纷哗，
做包藏，来惊耍也。
恨煞那逐利奢夸，
生隔断头莲水，
断送我和睦生涯。

大人，有话好说，小人忘了说了。其实钱某看上了小人妻子，许了小人银两，要与小人妻子同吃酒。小人贪利，不合许允，请他吃酒是真。小人怕碍他眼，只得躲过片时。后边到家，不想妻子被他毒死在床，他逃跑不成，被我逮了个正着。

郑　良　原来是你卖妻贪得这不义之利。既然如此，那就是钱某在说谎！来人，夹棍伺候！

钱　余　哎哎，大人。

南曲【越调·前腔】

一声令下棍来夹，
想我命，真惊吓也，
娇淫生出一段枉勾搭。
中诡计陷凶杀，
现只想脱身去，速回家，
讲证词，成沙哑也。

恨煞那惹草沾花，
生隔断淫之念，
断送我来日说夸。

有话好说，有话好说！小人也忘了说了！其实是小人喜欢他妻子，要勾搭她是真。可严四已自许允请小人吃酒了，小人为甚么反要杀他妻子？其实晚上到他家时，他妻子已不知为何被毒死了。小人慌了，受到惊吓，实与小人无干啊。

郑　良　原来是你先起淫念，造成了这一桩悬案。你们为何刚才都不说实话？

严　四　大人，小的以为案情很简单，不想让自己卖妻得财这事，公之于众啊！

钱　余　大人，小的也尚未婚娶，不想让人都知道我有淫念啊！

郑　良　一个案件，两种口径，搞得三番五次交代原委。想必这次你们二人也都说了实话，既然事已至此，本官可先暂不追究。

严　四
钱　余　多谢大人开恩！

郑　良　但这人命真相，必须查出！（自语）不过，似乎又变得扑朔迷离了！

北曲【越调·斗鹌鹑】

他叫俺小官儿终日磨刮，
不住的临察真假。
俺不是火眼金睛，
怎觑出自什么炉塔？
人世上，那有个假话真言，
落得个不绝哓咋。
小官儿求真相，寻实话，
日间来向交流，自有那烂漫天真。
到晚来，皮相里说尽浮夸。

严　四　大人，我请钱某吃酒卖奸是真，可钱某去时，必是我妻子推拒，他一时杀了也是真。平白地要谋奸我妻子，本就不是良人行径，如果不能自证，这人命自然必须是他钱某抵偿了。

钱　余　你欲加之罪何患无辞！大人，小人见了美色没能把持住，起了贪心，的确是小人的罪了。但至于人命，真是委实不知。不要说他请小人吃酒，已是默认当愿从的了。即使有些勉强，也还好慢慢央求，何至下手杀了她？大人可不能听他胡言，冤枉于我！

郑　良　看你这据理力争之情，似乎也有几分可信。莫非这凶手真的另有他人？

严　四
钱　余　这……

郑　良　凶手尚难确认，本官还有一虑，（对严四）你家妻子，现在置于何处？
严　四　（欲哭）我那亡妻，就躺在我家床上，我真是…
小　差　报告大人！门外有人击鼓，说是来报案的？
郑　良　报案？快快放人进来！
严　四　报案？难道是凶手来自首了？
钱　余　我就说我不是凶手，你看吧！会是谁呢？

〔胡二上。

严　四　怎么会是他？
钱　余　这个卖药的，这次来县衙是卖的什么药？
胡　二　报告大人，小的胡二，是这个镇上卖药的郎中。
郑　良　胡二，此时击鼓，莫非所来之事与本案有关？
胡　二　大人，且听我讲来！

南曲【越调·五般宜】

遇着这心生春，性药卖他，
又想见淫之念，好奇你家。
我走走得转步起奸猾。
却只见服毒自尽，无人坑煞。
我这里前来报案，望早把人妻救驾！

郑　良　此事出自何因？
胡　二　回大人，小的之前在镇上卖药，结识了这家娘子和这位朝奉。晚上路过酒馆，见得朝奉喝了酒过来，还找小的买了春药。小的对他的举动非常好奇，便在三更时分又绕了回来，想去看看有何好事？
严　四　噢！原来你还想偷窥，真是小人也！
钱　余　还以为你是凶手，原来就是个偷窥汉！那……凶手会是谁呢？
严　四　凶手？还不是你吗？你可休想抵赖！
钱　余　你别胡说八道！小心我……
郑　良　（打断）你俩住嘴！（对胡二）你继续讲来！
胡　二　昨夜三更时分小的走到这家酒馆，本想一睹春景，却发现屋内安安静静，一片漆黑，没有丝毫动静。进了屋去，小的发现他家娘子就躺在床上，看样子是中了毒，奄奄一息，身体格外虚弱。
严　四　什么？虚弱？你说，我家娘子，还活着？
胡　二　正是，我过去时她正处于危险边缘，但尚有微弱脉搏，后来我赶紧抓药让她服下，现在几个时辰已过，想必已无大碍！
严　四　呵，呵呵，呵呵呵，苍天有眼啊！
钱　余　哈，哈哈，哈哈哈！这么说来，就没我事咯？

严　四　你先别想跑，等我照顾好娘子，再来收拾你！

钱　余　你娘子死里逃生，本是好事，且现在已证明与我无关，还找我作甚？对了，你该做的，是把之前收的我的钱，还给我！

严　四　你……（二人争执）

郑　良　停！公堂之上，岂容你们如此无礼！你家娘子生命无碍，皆大欢喜，但个中缘由，本官却认为并不简单！

北曲【越调·煞尾】

愿平安性命心无挂。

当谢你及时救驾！

凭着我一点疑心来缴察！

本官决定，所有人一同前去严四的酒馆，将公堂移至家内，有关之事，询问四娘，再做最后裁决！（同下）

〔切光。

第五出　誓戒

〔四娘上。

四　娘　北曲【双调·新水令】

夫妻流落客孤寒，

叹婚姻半生虚幻。

空想关冷暖，

枉论暑和寒。

天地之间，

玉砌雕栏，

可悲气冲霄汉。

小女四娘，本以为吃下那鼠药，已是离魂之躯，未曾想药效降低，又搭郎中相救，才捡回这一命。（抹泪）

北曲【双调·幺篇】

含辛茹苦叹苍天，

恨生活怎可圆满。

福华如梦魇，

穷苦在跟前。

你我之间，

尽吐词言，

愿心安空肠断。

只是一觉醒来，想这生活，又倍感凄凉……（躺下休息）

〔严四先于郑良、钱余、胡二上，后者随后同上。

严　四　娘子！娘子啊！

南曲【双调·醉翁子】

帘卷，

看明月秦楼正满，

吼罪孽心声，愧当家管。

今晚，烟雾云鬟，

家近迷楼一处看。

曾相见，

是那一种琼花，种下情堪。

娘子，我知错了，我千不该万不该，不该为了钱而出卖你，我真该千刀万剐！（扇自己）谢天谢地你没有事，娘子，原谅我吧！

钱　余　啊呀呀，娘子果然无事，这么说来，一切都是虚惊一场。

郑　良　钱某，他家娘子虽然没有大碍，但你淫念先生，才导致了这场变故，一切皆由你而起！

严　四　对，对，要不是他出大钱买我家娘子，哪有这么多糟心的事！大人，你可得严惩他！

钱　余　不不，大人，不要听他一面之词。老天保佑他家娘子平安无事，小的已经知错，保证下不为例！不如这样，作为补偿，我再出二十两。

严　四　用这点钱就想赎罪？

钱　余　我……

四　娘　当初他花钱买我，给了你多少？

严　四　先是二十两，事成之后再……（意识到）哎呀娘子，我的错，这一切都是我的错！

郑　良　钱某，你淫念先起，犯下这诱奸之过，补偿银两也实属应该。好在，如今未出人命，你也有真诚悔改之意，这样也罢。

钱　余　大人，补偿之事，小的必将言而有信，愿听从发落。不过，关于此案，小的尚有疑问。

郑　良　莫非你的疑问，乃关于这鼠药？

钱　余　正是！昨日卖药之时，小的和他家娘子一同在场。这位江湖郎中一嘴夸得他所卖之药，最后四娘还是高价买下，可谁知，这高价买下的竟然也是掺了假的！

严　四　（看胡二）噢，我想起来了，你就是前两天卖我鼠药的那个郎中吧！

胡　二　我……

郑　良　严四，详细讲来！

严　四　大人，小的家中酒馆鼠患不止，前几天出去买药，正是这个郎中卖给小的鼠药，说童叟无欺，保管药到鼠除。但是，这老鼠是一直除不彻底，我家又接二连三地找他买了几次，这药可是一直没有断啊！

郑　良　胡二！若没有你唯利是图，也不会牵出诸多后患！你可知罪？

胡　二　大人，小的早就知错了！否则也不敢来报案啊！

北曲【双调·驻马听】

回首昨天，拍拍羞惭满日间，
举头新雁，呀呀哀怨伴天寒。
止望发财投小利赚大钱，
划地似军骑羸马连云栈。
且相逢觑财东如匹似闲，
堪恨无端叫愧生心眼。

小的利欲熏心，为求多卖出，降低了药性，还抬高了价钱！请大人开恩，小的保证以后绝对不会再犯了！

严　四　大人，都是他利令智昏，否则哪有这么多糟心的事！大人，你可得严惩于他！

郑　良　卖药掺假，牟取暴利，胡二，罪加一等！

胡　二　小的知罪，小的甘愿受罚！

钱　余　严四，你叫大人严惩他，可以，不过你也要弄明白，要不是卖你娘子的是降了药性的鼠药，要不是胡二昨晚的医治，你家四娘现在，可能早就……

严　四　啊呀，也对！

南曲【双调·锁南枝】

天般爱，海底深渊，
感激世情山与川。
蓦忽地仇主变恩，
闪得我心惊战！
心如刺，泪似泉！
咳！一霎时，咬牙关，
不觉得步摇颤！

感谢郎中卖了假药，还要感谢郎中及时救助我家娘子！娘子，这一切，都怪我啊！

钱　余　（笑）你说你，先要惩罚他，又要感谢他，你纠结不纠结！

严　四　大人，胡二卖假药确实罪该处罚，但念及这药没有要我家娘子性命，且胡二后来又抓药诊治，也当将功补过吧！

郑　良　胡二，本官看在你良心发现，救人及时，又有当事人相劝，故可不定罪于你。但你骗人之心不可再有，否则定将依法严惩，你可接受？

胡　二　小的接受，谢大人开恩！

郑　良　钱余，你虽非罪魁祸首，但淫念害人，也当归罪！方才所说赔偿之事，须尽快落实，且不可再犯！

钱　余　小的记住了，请大人放心！

郑　良　严四，你家娘子损伤过重，你须认真照顾助其康复。你因有图利卖妻之念而难说无罪，但看在你也是受害者，本官也一时难以定夺。鉴于是家内之事，本官决定将判决权交给你妻，由她来对你做出最后的判决！

严　四　谢大人！（对四娘）嘿嘿，娘子，我以后会好好照顾你的，你快跟大人说吧！

四　娘　大人！

北曲【双调·煞尾】

男人受苦遭磨难，
恰便似蛟龙未济逢干旱。
战策兵书，杖剑瑶环，
惆怅功名，因何太晚。
涉水登山，好过空长叹，
执手相看，誓戒离家待回转。（背身）

严　四　啊！誓戒，让我，离家……（沮丧跪下）

郑　良　本官宣判，四娘中毒一案，尘埃落定！胡二因卖药掺假，牟取暴利，本当重罚！看在及时救助四娘，以及大有悔改之意，本官判罚胡二去镇上义务医病救人三天，以示惩戒；钱余因淫念过重，间接致四娘服药自尽，本当重罚！看在四娘生命无碍，以及钱余知悔改，愿意补偿，本官判罚钱余赔偿二十两以示惩戒，并起誓不得再生淫念是非；严四因图财卖妻，导致妻子服药自尽，虽现已无碍，但意念罪深，就依四娘意愿，誓戒离家，以做约束训诫……

〔暗转，幕落。

〔剧终。

娇红记

根据明代孟称舜《娇红记》改编
昆剧

编剧：章静

原著《娇红记》是明代孟称舜所著的传奇本，取材于北宋宣和年间一个真实的故事，并根据元代宋梅洞小说《娇红传》改编。剧本讲述王娇娘和书生申纯的爱情因不被准许而双双殉情的悲剧。《娇红记》所表现的男女青年争取婚姻自由的主题，在元明间的戏曲中曾被反复表现过。但是，《娇红记》没有停留在它以前的爱情作品已达到的高度，无论在人物形象的塑造还是反映现实的深度上，它都有其自身的特点，闪烁着新的思想的光辉，被列为中国古典十大悲剧之一。

原本中有四十多出，由生娇初会、隔窗对语、筵席辞酒、以花（诗）寄情、兰室分煤、拥炉共火、暴雨负约、剪发盟事、感疾问候、闺阁云雨、辞娇归省、遣媒被拒、生宿妓家、托魅避难、亭上话情、窃鞋风波、妒及飞红、后园盟誓、飞红请妗、申生告归、舅官眉州、兄弟联捷、报喜眉州、堂侧诉苦、妖魅申生、曲事飞红、娇红合心、娇虑成疾、鬼事大白、妗以病死、舅满任归、申主家事、红遣媒人、怜怜失言、帅子求婚、不请自歌、小婢告舅、生辞娇回、舟中私语、以死抗婚、生殉情死、合葬江边、婚化鸳鸯等四十余段相互联系的场景构成。改编后保留经典，如隔窗对话、兰室分煤、拥炉夜话、以花寓意、醉酒爽约、得病问候、云窗私和，以及丫环劝阻、父母阻婚、豪门横刀，殉情化鸳鸯的情节，着重突出男女主人公细腻婉转的感情。以闺阁、庭院作为情节的展开空间，刻摹人物情感的变化曲线，由浅入深，由表入里，由一见钟情，到至死靡他，增加层次感和递进的逻辑关联。

完整理出娇娘爱恋绝唱的心路历程：娇娘初次见面的忸怩、互相试探中的进退和迎合、娇生交流中的一语双关、拥炉共火时的窃窃絮语。有负约的怅恨、盟誓的决绝，有和合时的甘之如饴，有分离后的刻骨想念，有小女子的多愁和忌妒，也有以死殉情的果敢和无畏。

人物表：申纯、王娇娘、飞红、王文瑞、赵氏、帅公子、马小三、戈小十、媒婆、龙套若干

第一出　会娇

〔初春，眉州通判府。
〔申纯上。

申　纯　【新水令】
行行步步看花放，
遍郊墟，暖风轻荡。
看对对衔泥燕，傍人飞，
为春来说与多愁况。
小生姓申名纯，字厚卿，祖籍汴州人也。随父亲流寓成都。八岁通六经，十岁能属文。去秋与俺哥哥同赴选场，不利而归。胸中郁郁，难以自遣。有母舅王文瑞现为眉州通判，今欲以探亲为名，到彼处散闷。小行来到此，看眉州好风景也。说话间到了门首，有老院子在此候门。老院子，小生申纯也。

家　院　呀，申官人到了。老爷正着我等候，待我前去通报。（向内报）

〔王文瑞、赵氏、飞红同上。
〔申纯施礼拜见。

申　纯　舅妗，容小甥一拜。
王文瑞　贤甥免礼，且问你爹妈可好么。
申　纯　双亲无恙。舅妗想俱万福？
王文瑞 赵　氏　侥幸也好。
申　纯　表弟表妹俱好么？
王文瑞　我儿善父尚小。
赵　氏　我女娇娘比你稍小，倒是知书性颇良。
申　纯　可曾婚配？
王文瑞　未遇良缘，使人惆怅。
赵　氏　说来你俩还未曾见过。飞红请小姐来见表哥。

〔飞红下，同王娇娘上。

王娇娘　【懒画眉】

乱云鬟低绾现汉宫妆，
（掩鬟）这金钗敢溜下也。
鬟儿边，斜亸著一枝金凤凰。

飞　红　申家哥哥在此，夫人催着哩。

王娇娘　（接唱）道是老夫人宴客华堂上。

待我且偷觑咱，
呀，却是个玉面鹔裘楚楚郎。

〔王娇娘出见。

赵　氏　哥哥远来，孩儿可把酒劝哥哥一杯。

〔王娇娘把酒，申纯接。

申　纯　呀，这妹子长的恁般好也。

【玉交枝】

蓦见天仙来降，
美花容云霞满裳。
天然国色非凡相，
看他瘦凌波步至中堂。
翠脸生春玉有香，
则那美人图画出都非谎。
猛教人魂飞魄扬，
猛教人心迷意狂。

王娇娘　申家哥哥好一表人才也。

【前腔】

神清玉朗，
转明眸流辉满堂。
他虽是当筵醉饮葡萄酿，
全不露半米儿疏狂。
淹润温和性格良，
尽风流都在他身上。
不争他显峥嵘，珠宫画廊，
也不枉巧温存，锦帏绣床。

申　纯　我见了那妹子，可忘了与舅妗敬酒。请问舅妗，平日也饮些酒么？

王文瑞　我与你舅母居常饮酒不过数爵。

申　纯　贤妹也饮些么？

赵　氏　她天性不饮。

〔王娇娘低头害羞。

申　纯　【前腔】

可人模样，
天生就，春风艳妆。
他妹妹，我哥哥，
则是侧身偷眼低低望。
想他是年少娇娘，
蓦然间翠靥红生两颊旁。
怕道不关情，
怎便把春情扬？
猛教我神飞醉乡，
猛教我魂飞翠乡。

王文瑞　贤甥量好，可开怀饮数杯。

赵　氏　飞红斟满酒。

申　纯　长者赐，不敢辞，但小甥矢志功名，一向体弱，不能多饮。

〔王娇娘和飞红低语。

王娇娘　看申家哥哥似不胜酒力了。

飞　红　（低笑）小姐初见，怎便恁般相知哩。

王娇娘　我看他！

【前腔】

停杯相向，
言笑处，风生画堂。
他那壁，我这壁，
偷睛两下频来往，
爱他个年少才郎。
虽然阻隔筵前花数行，
则乍相逢早已私相傍。
敢一样神飞醉乡，
敢一样魂飞翠乡。

飞　红　我觑申家哥哥和小姐呵！

【玉抱肚】

两下低鬟相向。
我心中猛然暗想：

多管他佳人才子，
都一般儿风流情况。
一个待眉传雁字过潇湘，
一个待眼送鱼书到洛阳。

〔申纯酒醉。

王文瑞
赵　氏【玉山供】
蓦见他形劳意攘，
待来朝花前举觞。

申　纯　小甥委是醉也！
（旁唱）我见他抵春纤推整云翘，
王娇娘（旁唱）我见他湿青衫暗倒霞浆。
赵　氏　飞红，可送小姐先归绣房去。
飞　红（接唱）酒阑客散，各自的归回庭帐。
俺小姐呵，
道去也回头望。
王娇娘（接唱）自情伤，
今后呵，
甚心儿向窗前重绣好鸳鸯。

〔申纯目送王娇娘与飞红下。
〔暗场。

第二出　和诗

〔眉州通判府花园。
〔申纯上。

申　纯【凤凰阁】
无情无绪，
几个流莺声度。
起来闲步小庭除，
怕有玉人来去。
玉人何处？
刚剩得形单影孤。
一番笑语未分明，

道是无情又有情。
我几次低头自惆怅，
小姐呵，
你做了“熟梅天气半阴晴。”

小生为娇娘，留此月余，时与相会中庭之上。看她似真似假，如迎如拒。如今怎得与小姐相见，把这衷肠诉她，她或也动念。

〔王娇娘上。

王娇娘 （念）细雨纷纷润绿苔，
春风催却牡丹开，
为怜花信匆匆去，
斜倚栏杆泪满腮。

（叹气）觑惜花轩外，牡丹又早开也。春色三分，能几时乎？我想花容易老，人同朝露，使我对之，可胜惆怅！

〔申纯向王娇娘作揖。
〔王娇娘惊到。

申　纯 请问姐姐在此看甚么？（王娇娘不答，转看花）姐姐，你看槛中牡丹数本，欲开未开，似有惆怅之意。小生不揣，题诗二首在此。

〔申纯递诗给王娇娘。
〔王娇娘羞接，申纯再三递送，王娇娘接诗。
〔飞红内喊：小姐，小姐……
〔王娇娘一慌，把诗甩还申纯，匆匆下。

申　纯 呀，小生今日这相会，又则枉然也。

【浣纱溪】
将今日，
思前度，
直恁般奚幸煞吾。
你当日呵，
一分春色三分语；
今日呵，
万种春情一句无。
情怎诉，
空则是将人儿来撇下。
我想来，

倒不如早办取归去何如。

我今衷肠无可告诉，则索性题诗绿窗之上。（题诗于窗上，下）

〔飞红上。

飞　红　俺飞红今年二八，与小姐同庚同月而生。陪伴小姐于绣房。小姐自一见申家哥哥之后，于心忽忽若有所系。我每问之，小姐只是不答。小姐小姐，果然你要做崔莺莺，难道我做不得红娘呵不成？俺看申家哥哥，果然性格聪明，仪容俊雅，休道小姐爱他，便俺见了，也自……（含羞）今日老爷不在家，奶奶又睡着，不见小姐踪影，莫不是看春光好景，行园游玩去了么？且待俺寻来，小姐，小姐……

〔王娇娘上。

王娇娘　【风马儿】

独对纱窗人寂寞，

打叠起翠钿窝，

向中庭闲步看花朵。

东风悄悄，

无语怨情多。

我刚遇申生翠栏之侧，题诗相赠，意欲答他几句；听得丫环声唤，蓦然惊散，闷坐在此，这伤心天气，可怎生消遣也。

飞　红　姐姐，你闷坐在此怎么？今日老爷出去了，奶奶又睡着，我和你闲步消遣些儿。

王娇娘　这等俺和你闲步来。

〔王娇娘、飞红游园。

王娇娘　【啭林莺】

潜身转入花台左。

呀，啥声儿响，敢有人来也。

飞　红　不是人，是那鸟呵，

（接唱）弄风筝啄响庭柯。

王娇娘　（接唱）行过雕栏也，

绿阶寂寂苔痕锁。

飞红你看，敢那生已来了？隔纱窗怕有个人呵。

飞　红　（瞧）他还未回哩。姐姐，你看他书舍中好清幽潇洒也。

（接唱）似这等锦衾绣窝，

更残红数点，

落在案上呵，
花零落香钿翠朵。

王娇娘　（接唱）四壁上题咏恁多也。
细吟哦，
四壁上新诗泄漏情多。

飞　红　窗上有诗，墨迹未干。

王娇娘　（读）日影萦阶睡正醒，
篆烟如缕午风平。
玉箫吹彻霓裳调，
谁识鸾声与凤声。

好诗也！

【簇袍莺】
胸如锦，
情似魔，
剪春光绣绮罗。
才华高占风流座，
敢赛得相如过。
云亭水榭，
伤心事多。
花辰月夕，
伤情意多，
笔尖写出愁千个。
傻哥哥，
沈容潘鬓，
取次暗消磨。

飞　红　这生卖弄才学，姐姐也和他一首儿。

王娇娘　他这等相思，皆因我而起。
（和诗）春愁压梦苦难醒，日迥风高漏正平，
魂断不堪初起处，落花枝上晓莺声。

飞　红　和得好诗。姐姐，你和申家哥哥正是一对儿。

【簇御林】
题红怨，
血泪多，
把衷肠诉与他，
新诗字字同声和。
恰一样愁无那，

两情合。
那生归来见了呵，
也则道今宵织女，
空自渡银河。

王娇娘 飞红，你说什么话！（甩袖下，飞红跟下）

〔暗场。

第三出 访丽

〔勾栏瓦肆。
〔马小三、戈小十上。

马小三 （念）只我名为马小三，
戈小十 （念）只我唤作戈小十。
马小三 （念）胁肩谄笑不须羞，
戈小十 （念）世上而今都一律。
马小三 小十哥，我和你昨日在张二爷家喝得烂醉，今帅大爷着人来唤，索去走一遭。
戈小十 兄弟，我和你百般活计样样无，单单博得自家这张口。走，走。（下）

〔帅公子上。

帅公子 【一江风】
小儿郎，
富贵天生相，
出壳从娇养。
仗爷娘，
心头爱惜，
掌上奇擎，
当做珍珠样。
不须纸半张，
不须字半行，
生小儿脚踏在人头上。
俺帅公子便是。父亲现为西川节镇，势焰熏天，生来所欲，无不如意。但只一件，俺自少性格风骚，最爱的标致女子，此间有名妓丁怜怜，姿容秀丽，日日唤来陪酒伴宿，终是烟头粉面，未称吾愿。今要于成都十郡内，不论远近，寻个绝色女子，聘作浑家。昨已唤马小三、戈小十两个商议，怎生还未到？

〔马小三、戈小十上。

马小三 戈小十 大爷，你唤我两个来，怎么说？

帅公子 你两个真是钻心的虫儿，你道我心中为着哪件，可猜一猜。

马小三 我猜来，敢有人欺负大爷哩？

帅公子 哪个吃了豹子胆，敢欺负本公子。

戈小十 敢是要唤丁怜怜来侍候？

帅公子 残花败柳，搂过就抛脑后。哎，房内少个人儿等我。

马小三 这有何难，娶一位大娘便了。

帅公子 我正想娶大娘，哪里有绝样标致的？你等只拣绝样标致的说来我听，我娶她，不怕她不肯。

马小三 戈小十 大爷真要标致的么？有，有。

马小三 有一个西施，一个文君，

戈小十 一个杨贵妃，一个崔莺莺。

帅公子 呸，这都是死的。

马小三 戈小十 如今世上哪有活的人？孟夫子、孔夫子，只好把几个死的说说罢了。

帅公子 休胡说，快讲来。

马小三 戈小十 我等讲来，大爷不要火动。

马小三 孙家有个赛玉，李家有个碧仙，

戈小十 周家有个湘芷，伍家有个如莲。

马小三 这还不打紧，一个姓王名娇娘，真有沉鱼落雁之姿，闭月羞花之貌。仙姬队里无双，神女群中第一。

帅公子 （颠倒）咦，我死哩！你等可引了画工，把那些女子的真容，乘间偷画来我看。还再打听有好的也画将来，待我查了的当，差人去求婚便了。

马小三 戈小十 是。

〔暗场。

第四出　拥炉

〔眉州通判暖阁。
〔王娇娘独坐。
〔申纯上。

申　纯　昨日小生偶出，姐姐到我房内，依韵和诗一首。她万种芳情，已见于此。申生申生，你相思可盼得着也。傍晚春寒料峭，今以谢诗为名，寻娇娘至暖阁，看她怎么。姐姐呵！

【懒画眉】

你一首新诗将泪雨飘，
可敢也漏泄春光在柳条。
俺将一分情当九分瞧。
知他年小伤情早。

（见王娇娘，作揖）谢姐姐新辞和出风流调。

王娇娘　（害羞还礼）

【浣沙溪】

哥哥你运彩笺，
多才调，
一字字见出风标。
妹子呵，
则是枝头小语啼春鸟，
幼女花前学弄箫。

申　纯　姐姐好诗。

（接唱）休道虽的呵，
则你那一万种芳情，
尽在此中了。

王娇娘　（羞接唱）莫相嘲，
说甚的女孩家和新诗，
把春情泄漏柔条。

〔生见灯烬。

申　纯　敢问这是灯煤耶，烛花也？
王娇娘　灯花耳。
申　纯　好灯花也，小生到不如它呵，

【红纳袄】

它曾傍妆台画出螺黛巧，

它曾入鸳帏照见双凤小，
它也曾陪笑靥特地把繁花爆，
它也曾照朱颜闲将绣枕描。
你亲手儿常自调，
用意儿收的好。
是佳人积久方成也，
可不道蜡炬成灰泪未消。

小生敢求一半灯烛封家信，不知许否？

〔王娇娘首肯。

申　纯　求姐姐分烬与我。

王娇娘　我素手儿亲自剖，休教油煤儿污绣袄。（牵申纯衣角，擦拭手上灯油）我分灯烛，哥哥怎可作无事人耶？将郎衣试处轻轻也，可正是翠袖分灯点绿绡。

申　纯　（笑）小生岂敢不要留下入赘？

王娇娘　（怒）【秋夜月】

我与你兄妹交，
有甚乔做作。
你出的话儿直恁将人相奚落，
看人一似闲花草。

（欲走）我告诉爹娘去，说你戏谑与我。

〔申纯牵王娇娘衣。

申　纯　【东瓯令】

望妹妹休焦躁，
且担饶，
将不犯触芳容早变了。

（跪）我则向阶前跪倒，
跪倒忙赔笑。
是不合胡言道，
做的个廉颇下马背荆条。
好姐姐饶我罢。

王娇娘　不饶，怎么？

申　纯　我则直跪到明朝。

〔王娇娘扶申纯，申纯搂，王娇娘退开。
〔王娇娘背坐暖炉边。

〔申纯寻思片刻，执起桌上瓶中花枝，掷花于王娇娘前。
〔王娇娘惊视，起身拾花。

王娇娘 哥哥为什么掷此花？
申　纯 【喜梧桐】
将好花，
折在手，
未识花心可也得似人心否？
撇下花枝，和你两休休。
你果若无情呵，
免为你添僝僽。
从今后再不、再不向花间走。
王娇娘 【前腔】
花泪盈，
花枝瘦。
知他也为关情，
害得这伶仃瘦。
人面花容，
一样两悠悠。
还怕道人心不似花容久，
风吹的零落、零落在黄昏后。
申　纯 姐姐已承诺，无得翻悔。
王娇娘 （笑）诺什么？
申　纯 姐姐自想。
王娇娘 窗外寒风甚劲，哥哥可坐此共火。

〔申纯坐于王娇娘旁。

王娇娘 哥哥衣厚否？恐春寒浸体呵。
【金梧桐】
春寒悲翠衣，
独坐消清昼。
怕你客中人，
容易伤春瘦。
申　纯 （接唱）我客衣常苦单，
您相念情何厚。
则我这寸断柔肠，
你可还也相怜否？

王娇娘 （笑）何事断肠？妾当为兄谋之。

（接唱）你断肠为甚，

索与从头剖。

申　纯 姐姐无戏言。我自遇姐姐后，魂飞魄扬，不能著体。夜更苦长，终夕不寐，求一诉衷情而不可得。我每细察姐姐，言语态度，亦似非无情者。及言深情味，则变色以拒我。岂真不谙世事而故为此？（落泪）

【簇袍莺】

我为你担愁病，

宽翠裘，

眄佳期掩泪眸。

冰弦赋尽求凰奏，

你狠文君还知否？

妆台千里，

琴心怎投。

玉容咫尺，

诗谜怎酬。

料凡夫做不得那神仙偶。

诉情由，

今生薄福，

早自办归舟。

王娇娘 （叹气）申生，申生，你的衷肠我已尽知，我的衷肠你可知道么？

申　纯 姐姐既有此情，为何反复拒我？

王娇娘 岂不知男女婚姻，当图久长。兄既有情，当归告尊亲，遣媒说合，怎可尽享眼前苟且？

申　纯 万一求婚不允，何以为计？

王娇娘 只要两下心坚，事终有济。若事不济，妾当以死相谢。

申　纯 姐姐此言，小生当铭刻肺腑。

王娇娘 妾心所虑，还则有一件。

申　纯 姐姐所虑何事？

王娇娘 【前腔】

我和你，

两意投，

欲言时还自羞。

痴心女子从来有，

您俏相如敢知否？

怕则怕茂陵秋草，
抛人白头，
汉宫红叶，
飘残御沟，
等闲容易将人逗。
甚情由，
落花飞絮，
干自问东流。

申　纯　（向天发誓）姐姐不必过虑，小生若有负心，皇天共鉴。

申　纯
王娇娘　【猫儿坠桐花】
两人心事，
一样害春愁。
夜夜朝朝无尽头，
生生死死几时休。
今日呵，
妾意郎心两泄漏，
愿天公有意、有意把姻缘就。

〔飞红上。

飞　红　小姐，夫人寻小姐哩。（王娇娘随飞红同下）

〔暗场。

第五出　婚拒

〔眉州通判府。
〔媒婆上。

媒　婆　【普贤歌】
媒婆惯会使花唇，
我做媒婆更有名。
东家去说亲，
西家去说亲，
十处说亲十处成。
媒婆媒婆，
道路奔波，

未知今日，
命运如何。
申家公子回家，说看上母舅家表妹，求双亲差人求婚。我奉申老员外之命，来此求亲。管门大叔在哪里？

家　院　（上）婆子哪里来的？

媒　婆　我是成都特差来求亲的，望大叔通报。

家　院　少待，这就禀报。（下，复上，请媒婆进门）

〔王文瑞、赵氏上。

王文瑞　你是谁家所差？

媒　婆　【玉山供】
奔驰方定，
为申家郎，
特来问亲。

王文瑞　哪个申郎？

媒　婆　就是老爷姑爹家那申官人呵，
（接唱）恰天生，
才子佳人。
美夫妻，
翠鸾堪并。
门阑喜庆，
是夙世红丝牵定。
姑爹和姑奶奶拜上老爷呵，
道是两下姻缘好，
念前情结取今日此姻盟。

王文瑞　【前腔】
承他来命，
我心中实不愿听。
只一件，小女和申郎，本是个兄妹，怎做得夫妻匹聘？

媒　婆　这有何妨。申官人才俊聪明，是老爷素晓得的，招这女婿也不枉了。

王文瑞　虽然他才华独胜，怎奈人伦大义，内兄弟不可成婚。

媒　婆　还望老爷允诺。

王文瑞　儿女大事，且与夫人商议。（下）

媒　婆　还望夫人做主张哩。

赵　氏　请小姐出来。

〔王娇娘徐步上。

赵　氏　申家哥哥差人求亲于你，我与你父皆以为你二人为兄妹，不可匹配。不知我儿何意？

王娇娘　母亲，我……

媒　婆　小姐玉貌花容，和申官人锦心绣腹，正是一对儿。夫人休错过了这门好姻缘呵。

赵　氏　要结良缘，须按人伦。此事作罢，好走不送。（下）

媒　婆　老爷夫人坚执不从，小姐自家说一声也好。

王娇娘　媒婆，我是女孩家呵！

【江儿水】

锦片前程事，
怨天公不作成。
休，休，我拼做个鸳鸯尽老成孤零；
绕树南飞乌鹊冷，
怎肯把琵琶别抱秋江暝。（泪下）

媒　婆　好好一头亲事，因老爷夫人不肯，打散一对鸳鸯。

〔暗场。

第六出　密会

〔眉州通判府花园。
〔飞红上，王娇娘暗随，遇家院，王娇娘躲。

家　院　大姐，这是上哪儿去？

飞　红　给申公子送药。

家　院　（悄声）申公子求婚被老爷拒绝，怎么又回来了？

飞　红　听说申公子回家后病危，那处地偏，好郎中少。姑太太求老爷，看血缘亲情上，让申公子回来眉州，治病救命。

家　院　可怜，可怜。（下）

〔飞红与娇娘，行至申纯房前。
〔申纯病卧榻上。

申　纯　【孝南枝】

从今日，忆往初，
俺把梨花笑掷同拥炉。

他道事若不济，
当以死谢。
细语诉衷情，
相期做夫妇，
到如今鸾飞凤孤。
小玉窗前，
一般悲楚。
提起前宵，
总是伤心处。
他教我勿以婚事不成为念，
我怎生得不相念也。
虽是他毒意爹扯碎了鸳锦书，
拚今世呵，
定要和你生同衾，死同墓。

〔王娇娘进房。

王娇娘 申郎，申郎。
申　纯 （榻上坐起）姐姐，姐姐，想煞我也。
王娇娘 申郎病体可好?
申　纯 姐姐，可忘了我么……
王娇娘 连日无便，不及来看你。你道我忘了呵，则头上的可知道哩。
【驻马听】
薄幸刘晨，
间别天台隔世尘。
我为你慵临宝镜，
羞整花钿，
倦理香云。
小窗人静几黄昏，
挑烬坐看残灯晕。
憔悴因君，
玉容减却梨花粉。
申　纯 我自那日去后呵，
【前腔】
感梦劳魂，
一日相思十二辰。
似黄姑织女，

两地分开，
阻隔音尘。
啼痕点处翠绡新，
不疼不痛多愁闷。
为尔伤辛，
银河路杳无由问。

王娇娘 申郎，你果然消减了，须解开愁怀方好。
【前腔】
休为伤情，
瘦祥伶仃憔悴人。

申　纯 （接唱）我愁怀怎生解得？
叹阳台路阻，
旧恨新愁，
欲去无门。

王娇娘 之前郎中诊视如何？

申　纯 郎中怎生治得！只除姐姐可以救我。

王娇娘 我不会下药，何以救你？

申　纯 姐姐岂忘临别之言乎？
（接唱）当初许我结姻亲，
曾将剪灯花表真情。
今日等闲便忘却，
花稀叶绿改深盟。

王娇娘 （哭）临别之言，妾何忍忘？
（接唱）千缕青丝一缕心，
红丝遭剪泪沾襟。
暮暮朝朝思未了，
海棠花发到如今。

申　纯 既如此，何坐视我死而不救乎？

王娇娘 申郎呵！
【针线箱】
您意儿天长地永，
我脉脉地芳心自懂。
倘果我今生不得谐鸾凤，
争似当日翠衾休共。
感谢你痴情不改灯烛梦，
难道我花月空抛一夜风？

（拜）越教人知重。
　　我今后呵，
　　把两衷情，
　　都一样的诉与苍穹。

〔申纯与王娇娘携手。

申　纯
王娇娘【东瓯令】
　　鱼和水，
　　两和同，
　　才子佳人情意浓，
　　到头有日成欢宠。
（见旧诗）
（申）旧馆窗几依然，
　　所题诗句濡翰如新，
　　岁月已迁，可伤人也。
（合）堪叹惜，
　　多悲痛，
　　年前景物眼儿中，
　　忽地似飘蓬。

申　纯【绣带儿】
　　堪夸，
　　灯儿下娇娇恰恰，
　　似相逢梦里巫峡。
　　妆点煞锦绣鸳帏，
　　镇风流花月窗纱。
　　娇娃，夜深更永花睡罢，
　　且和你效绸缪凤鸾同跨。
　　订婚店红丝暗加，
　　早则是殢玉留香，
　　恣情欢洽。

〔申纯牵王娇娘，入榻。

申　纯【太师引】
　　锦绣榻，
　　春无价。
（看袖）软香罗，

红生翠加。

王娇娘 （接唱）羞答答看怎的？

想今宵被窝里情爱，

可一似两鹣鹣共戏晴沙。

娇羞弱体惊扎撒，

香汗惹细雨濛花。

娇声颤莺啼暮衙，

当不的这嫩腔腔云殢雨呜嘬。

〔两人携手上。

王娇娘 更漏将尽，怕人知觉，我且去罢。

申　纯 姐姐，怎忍去也。

【前腔】

灯影下，

多娇姹。

（搂）痛相怜，

情倾意洽。

王娇娘 （指袖，接唱）

认取这点胭脂，

春生衣袖。

（剪袖）留此为他日之验，

愿你后日呵，

休忘却今夕韶华。

我女子也，情牵意惑，珠乖礼法，幸稍秘之。嘱檀郎莫向人絮刮，轻轻地葬送儿家，空留做风流话巴。

申　纯 小生怎敢，鸡声催晓，虬漏已残，如今只得告去。

王娇娘 （接唱）来宵呵，则和你早相会在那花荫月影帘下。（下）

〔暗场。

第七出　帅构

〔酒肆。

〔帅公子上。

帅公子 【挂真儿】

夙世常拖花酒债，

天生就风流满怀。
锦帐牙床，
黄昏晓旦，
少个人儿陪侍。

俺生年二十，素性只贪酒色，一心只想得个美人愿毕。前已着马小三、戈小十两个遍去寻访，图画真容来看，这几时怎生还未见回话？急得我似热地上蚂蚁，好耐烦不得哩。

〔马小三、戈小十持画上。

马小三 戈小十 【光光乍】
生小学成乖，
说骗作生涯。
钻懒帮闲人无赛，
高占莺花风月寨。

俺两个奉着大爷的命，寻访美人，图画真容。如今共得九人，急忙回大爷话去。

帅公子 你两个去了许久，方才回来，急得我夜夜心头火出。如今共访得几个美人？快将图来我看。

马小三 戈小十 我两个费了万般心力，共觅得九个。大爷瞧着，一个个教你麻倒哩。

【驻马飞】
承命宣差，
遍访多娇女俊才。
大爷你觑：
他倾国倾城态，
绝世应无赛。
嗏，菩萨坐莲台。
挂在书斋，
日夕烧香，
项礼千千拜；
拜得多娇活现来。

帅公子 （看画）咦，真好标致哩。
【前腔】
一见疑猜，
恰似神女纷纷下楚台。
春月生光彩，

春柳凝娇态。
嗏，杏脸与桃腮，
笑影咍咍，
似语如生，
斜倚栏杆，
侧瞧着教人麻上来。

马小三 大爷，挂起来你看。（挂画）

帅公子 （看）看了几遍，这幅美人最销魂，被她媚眼如勾，勾得我浑身酥软。这是谁家女子？

戈小十 眉州通判家的小姐，王娇娘。

帅公子 娇娘，娇娘，名字也娇滴滴的。咦，我的美人，我的心肝！怎生得到手，和你罗哩哩罗哩。

戈小十 大爷不须急性，世上嫁女的，只要有财有势。凭着你这般财势，求她哪一个不肯？多用些金帛，娶她到家，随你受用哩。那时只不要忘了咱两个。

帅公子 如此，俺将端茶递水给二位。

马小三 （犹豫）只一件，此女容貌虽美，闻他已有外遇，恐非全身。不若就这美人中另拣一个。

【江儿水】

解语如花貌，
论人间兀自有。
这娇娘呵，
他一枝已折他人手，
青青不似当时旧，
春光尽向章台漏。
说与您知心韩寿，
要结鸳俦，
怕少甚好人家的闺秀。

帅公子 看来画中的美人也都不如他，娶老婆似此也勾了，别的管甚么！

【川拨棹】

他国色天生就，
我姻缘成好逑。
但得他肯配风流，
更说甚条枝嫩柔。
便道似落残花趁水流，
俺做渔郎待怎休。

如今这等的事尽多。我明日央人和老爷说，就去求亲便了。

马小三 （念）画里容颜绝代无，

戈小十 （念）若教对面更如何。

帅公子 （念）似将项礼焚香拜，
梦里须教一会吾。

〔暗场。

第八出　惊鸾

〔眉州通判府花园。
〔王娇娘上。

王娇娘 【卜算子】
昼永香闺静，
日照纱窗影。
睡起看花倍可憎，
红蜡残脂冷。
【捣练子】
情脉脉，
思依依，
夜夜烧香拜子规。
旧恨新欢人不觉，
暗中只有两心知。
我自与申郎阐明心境之后，两下情好倍甚。今春闲无事，意欲缓步寻芳，只恨不得申郎为伴。（行至花园）
【金梧桐】
春来绣户轻，
满眼花枝映。
为怕花飞，
踏遍芳红径。
这春色与去年总一般也。年年淑景来，岁岁因他病。不见俺申郎，减却了寻春兴，枉教人辜负良风景。

申　纯 俺躲过飞红，行来到此。呀，前面牡丹丛畔，伫视凝睇的，恰是小姐哩。
【东瓯令】
雕栏畔，

六曲屏，
蓦见佳人独自凭。
看他浓妆淡抹皆妍靓，
倚翠柳，
将身映，
欲言不语百媚生。

〔两个人照面。

王娇娘 独步芳园，喜兄到此。
申　纯 （接唱）则见他含笑喜相迎。
王娇娘 今日喜的丫环们俱和俺娘亲在中庭有事，申郎既到此，可同我园中同步一会。
申　纯 小生奉陪。姐姐，
（接唱）你觑名园寂寂悄无踪，
王娇娘 （接唱）堕阶萦藓舞愁红。
申　纯 （接唱）腻粉半拈金靥子，
王娇娘 （接唱）暖香犹满绣熏笼。
【皂罗袍】
满目韵光争盛，
喜园林静悄，
好鸟和鸣。
嫣红嫩紫列芳屏，
残英遍地胭脂冷。
春风过影，
花香细生，
朝霞低映，
红妆倍明。
行来处处撩人兴。
申　纯 对此好景，不觉春情顿起呵。
【大圣乐】
绰罗衣杨柳风轻脸微酣，
心半酲。（牵王娇娘衣）
我和你潜踪悄悄穿芳径。
王娇娘 哪里去?
申　纯 前面百花轩畔，深隐无人。趁着那草铺绣叶成茵，百花影里交鸳颈，可正是好处相逢情思增。

王娇娘 说也羞人，放尊重些。
申　纯 觑他如嗔似喜，佯推半领，早把人掉了魂灵。

〔申纯搂王娇娘，娇娘推。

王娇娘 【前腔】
嘱东君，
且自消停。
申　纯 这里无人见也不妨。
王娇娘 （接唱）羞答答，有天瞧，待怎生。
申　纯 小生情至，不能自已。
王娇娘 （接唱）自古道风流不在成欢幸。

〔鸟鸣，王娇娘惊。

王娇娘 兄休性急，兀的不有人来也。
申　纯 哪里有人，却是鸟声，打断一天好兴。还有一件，我和你既盟为夫妇，今后休得再以兄妹相称。趁此无人之处，先厮唤一声，娇娘我的妻。（王娇娘应）妻，你也叫我一声。
王娇娘 （低唤）申郎夫。（申应，娇娘落泪）
【解三酲】
可正是凤呼鸾应，
两下里相敬相亲，
猛教人欢娱极处生悲哽。
申　纯 娇娘妻，你怎掉下泪来？
王娇娘 （接唱）我和你既相爱，
恨不得早相成。
枉则是说衷肠，
一说一个天儿暝，
则这两字夫妻尚兀无准诚。
还思省，
空则向花前携手，
语笑同行。
申　纯 论我和你呵！
【前腔】
似这交飞鸾凤影，
也当的秦女吹箫楼上声。
（掩泪）我则在凄凉尽处思欢庆。

（试娇娘泪）我和你既相爱，
不在早相成。
把夫妻两字世世牢相订，
钿盒金钗表志诚。
今日里厮奚幸，
花前携手，
笑语同行。

王娇娘 申郎你果不负所盟，奴死亦瞑目也。
申　纯 盟言在昔，今日不索重题，致生悲感。且趁此好景，荼蘼架外一玩去。

〔两人携手行。

申　纯
王娇娘 【掉角儿】
早行过芙蓉翠屏，
又来到荼蘼香径。
曲栏边几般儿野草闲花，
也解的一般般并头相映。
我与你两心坚，
拚今世、待来生，相厮并。
合欢双庆，
云亭树影，
花亭鸟声，
助游人欢情乐事，
许多情兴。

〔内喊：天气晴好，牡丹盛开，夫人请去一看。
〔赵氏一干人上，撞见申纯携手王娇娘。
〔暗场。

第九出　婚变

〔眉州通判府中堂
〔王文瑞、赵氏在场。

赵　氏 老爷，那日我见娇娘和申纯如此，才发觉两人暗中有首尾。
王文瑞 岂有此理。申生这个乱人伦的畜生，把他找来，要打死他。
赵　氏 老爷，他已被我第二天寻了因由，打发回家了。

王文瑞 把娇娘叫来，要当面训斥不知羞耻之人。
赵　氏 （压低）老爷，此事不要再做声张，隔墙有耳。
王文瑞 这，唉，意难复，气难平。

〔家院上。

家　院 老爷，门外有帅府之人求见。
王文瑞 帅府？快请。（赵氏下）

〔马小三、戈小十上场，向王文瑞行礼。

马小三
戈小十 俺两个是帅府中人，有天大喜事，送来宅上哩。
王文瑞 二位是帅府上客，可以请坐。有何喜事，乞言其详。
马小三 听告：
【锁窗寒】
君家有女婵娟，
俺大爷呵，
正青春，人少年。
一双两美，
合配文鸳。
因此上，
把鸾书遣订，
祈谐仙眷。
老爷呵，
你不须把雀屏招选，
天然赐下这好姻缘，
我料伊不胜欢忭。
王文瑞 二位不知，这门亲事虽好，只一件呵——
【前腔】
他家甲第云连，
奈我寒门声望悬。
攀高结贵，
事不周全。
戈小十 这何妨，他家虽将相蝉联，老爷也是眉州通判，也算门当户对的。
王文瑞 况小女呵！
（接唱）残妆陋质，
难谐仙眷，

望伊把好辞回转。

马小三 这怎辞得？他家已备下黄金千镒，白璧十双，彩缎百匹，珍珠二斛，就要遣聘哩。

戈小十 这段姻缘，多少公侯贵女，求而不许，你怎倒推辞起来？

王文瑞 只是寒门不敢相攀。谩言有玉种蓝田，想这段姻亲，非是吾愿。

马小三 王老爷，你莫非还不知俺爷威势。要相求，也不怕你不肯。

王文瑞 此间豪门尽多，岂必寒舍。

马小三 【前腔】

论他家威镇西川，
怕没甚豪门成契缘。
只俺大爷呵，
贪求淑女，
意厚情坚。

戈小十 老爷是仕途上人，怎不晓得势利二字？令爱许了他家呵，豪亲结好，荣华无限。

王文瑞 不许怎么？

马小三 你道帅爷是武官，奈何不得你。他现有势剑铜荆，得先斩后闻。况且兄弟俱在当朝，果若逞威权，你风波难免，两般利害任君便。

戈小十 只怕今时不许，后日悔之晚矣。说甚这段姻亲，非是吾愿。

王文瑞 （背白）正是那帅家威福，一省中谁不畏他？况兼女儿如今做下事来，如今刚好许他，也不辱没家门。（对马、戈）二位拜上帅爷，他既俯求，我必当驱驰？

马小三
戈小十 一言为定。告辞。（下）

〔暗场。

第十出　泣舟

〔长江边，滚滚瞿塘三峡险恶。
〔飞红上，跟两个轿夫抬轿上。

飞　红 俺小姐多才多貌，更是多情，一见申生，便以终身相托。不料又为帅家所夺。小姐因而抱恨，病渐伶仃，将次已是九分九了。我听小姐眠思梦语，只要一见申生。我潜书去唤申生，申生已到河下，约小姐悄地往他舟中一见。

〔申纯乘舟而至。

申　纯【梅花引】

幽情万种和谁说，
猛伤嗟，泪成血。
经过几朝放，
一刻惊魂三四转，
盼不得那玉人儿影见也。
心似秋来蕉上雨，
身如春后树残花。
相思滴滴愁难尽，
病走天涯何处家。（下）

〔王娇娘病容，飞红搀扶上。

王娇娘【秋蕊香】

睡倒愁肠千折，
抬身起，半晌痴呆。

飞　红（接唱）风里残花几开谢，

王娇娘 飞　红（合唱）这病儿奄奄害也。

王娇娘　飞红，我自申郎去后，已近一月，看看病势将沉。只盼再见他面。

飞　红　小姐，劝你休太伤怀，免断送了身躯。

王娇娘　飞红，你岂不知我心事呵。

【沉醉东风】

我为他香肌瘦怯，
痛伤嗟，无明无夜。
便做道湘川竭，
石灰山裂，
俺心儿怎生休歇。

（合）枕边梦蝶，
花边泪血，
拼的生生死死，
随着天儿共灭。

飞　红　那崖下停的船儿，是申生的。姐姐，我扶你下了船。我在外面候着。

〔申纯上，扶王娇娘。
〔飞红下。

申　纯　姐姐一别数月，怎病到这等了？

王娇娘　申郎，我和你别虽几月，却胜似三秋了。（执申纯手，恸）

【好姐姐】

叹嗟，
分离一月，
恰胜过数年隔别。
命闪残灯，
待随着风儿便灭。

（合）伤情切，
觑着这满川上下飘红叶，
不似我和你，
恁相看眼内血。

妾与郎相见，便以此身许之于郎，不料今日竟不能如愿也。

【三月海棠】

想着那情意惬，
荼蘼架底相逢夜，
可便似秦楼笑咏，
玉管吹彻。
伤也，月老注不成鸾凤侣，
天公折散了鸳鸯帖。
恨岳高，泪波竭，
做的个参辰日月，
不交接。

申　纯　这都是小生命薄所致，姐姐休自嗟怨呵。

王娇娘　【玉交枝】

拥炉时节，
对花前，
把盟言共设。

申　纯　（接唱）盟言虽有，也则休题了。

王娇娘　（接唱）盟言要忘也怎忘得，
我如今这红颜拚的为君绝，
便死也有甚伤嗟。
则一件呵，
郎青云万里，厚择佳配，共享荣贵，妾不敢望。
但郎气质孱弱，自来多病，身躯薄劣，
怎当得千万折？

怕误了你，
误了你他年锦帐春风夜。
（合）这情怀，教人怎撇？我便向黄泉，如何便贴？

申　纯　（泪）姐姐，你一身自不保，仍直顾念小生。小生此心，久已诉之老天了。

【前腔】
伤悲呜咽，
你声声言辞痛切。
从前旧事都抛舍，
怨天公直恁、直恁将人磨折。
我如今富贵二字早置之度外，
泼功名，视做春昼雪。
那婚姻事一发休提了，业姻缘看比残宵月。
（合）这衷肠，谁行诉说？这冤恨，何时断绝！

〔飞红上。

飞　红　小姐郎君，省些啼哭，老爷将回，须以分手了。

申　纯　飞红姐，我与你姐妹恩情，你所尽知，今此一见，恐成永别，却教怎生分手也？

飞　红　世事无常，安知此后，不可复合？只要小姐善自珍重，保重身子罢了。

王娇娘　休道盟言中变，难以再合。便得再合，今我身子狼狈如斯，谅也不能长久了。

飞　红　老爷要回，姐姐快些上崖罢。

〔王娇娘扯申纯衣。

王娇娘　今日一别，便是永别了。

【川拨棹】
今日个生离别，
比着死别离情更切。
愿你此去，早寻佳配，
休为我这数年间露柳风花，
数年间露柳风花，
误了你那一生的，
一生的锦香绣月。
（合）一声声，肠寸绝。
一言言，愁万叠。

申　纯　姐姐果为小生而死，小生断也不忍独生了。

【前腔】

掌上珍珠似我心上结，
岂料今为了千古别。
誓和你共死同生，
誓和你共死同生，
怎再向别人，
别人行同欢共悦。
（合）一声声，肠寸绝。
一言言，愁万叠。

王娇娘　今生自是休了，只不知来生再得相会也否呵？

【前腔】

今日生离和死别，
恰正似花不重开月永缺。
我不能够与你，
我不能够与你做的片晌夫妻，
刚博得个三生话说。
（合）一声声，肠寸绝。
一言言，愁万叠。

飞　红　千别万别，终须一别。老爷已回，快上崖去罢。（扯旦）

〔王娇娘扯申纯哭。

王娇娘　【哭相思】

是这等苦离恶别，
要相逢则除梦中来也。

〔飞红扶王娇娘下。
〔申纯泣望。

申　纯　哎，小姐去了。教人怎不痛绝也呵！

【尾声】

归舟满眼伤愁绝，
听何处离鸿哀咽？
敢则是俺玉人呵，
痛煞煞哭声儿还在也。

〔暗场。

第十一出　双逝

〔申宅。
〔申纯愁容上。

申　纯【破齐阵】
数叶芭蕉萧瘦，
房空帐冷魂孤。
哀雁天边，寒蛩草际，
几阵暗风吹雨。
黯黯残灯浑无焰，
垂死萧萧鬓影疏，
梦中人到无？
三十三天离恨高，
我今更上一层霄。
悠悠魂去无寻处，
怕见残灯助寂寥。

我自与姐姐相别回来，枕旁滴滴，尽是啼痕，袖上行行，无非泪血。她今亲期已迫，未知生死如何。思想起来，便把青天作纸，峨眉山为墨，瞿塘三峡当砚水，湘川上竹竿为笔，怎写的尽俺满腔中愁恨也。

【普天乐】
我和她，
舣孤舟江头哭，
哭的来肠寸断。
伤情处，天昏惨，
烟水模糊，江涛呖，
惊走游鱼。
算世间那似我衷肠苦！
您独拼的红颜向冥涂，
我怎还忍别画眉妩。
记的拥炉共语，
誓双双并结生死鸾书。

若小姐果然为我而死，我少不得也相从了。

〔家院上，见申纯。

家　院　公子,眉州舅老爷差人报信,他家小姐,不幸已亡,有书信在此。(下)

申　纯　(惊介)小姐亡了?天呵!兀的不痛杀人也。(拆信)呀,内有飞红寄来小姐诀别诗二首,读之胸怀千裂。天,天呵!我,我申纯早则死也。(昏死,徐醒)

【香柳娘】

想当初偶然,
想当初偶然,
花间相遇,
拥炉细把衷肠诉。
你今朝死也,你今朝死也,
魂向楚天隅。
我梦中怎能睹?
痛从此间阻,
痛从此间阻,
行云径迷,
断红难续。

我与娇娘,情深义重,百劫难休。她既为我而死,我亦何容独生。我今留诗与爹娘哥哥为别,只索自缢,随小姐于地下罢了。(含泪题诗)窦翁德劭如椿古,蔡母年高与鹤齐。生育恩深俱未报,此身先死奈虞兮。(掷笔悲)爹娘、哥哥,非是我不念深恩,忍得半路相抛。想古来义夫烈士,不惜杀身,以践一诺。我昔与小姐有誓,生不同辰,死当同夕。今他既待我九泉之下,我便欲悔背前盟,谅老天也断不相容了。

【尾声】

今生无分重完聚,
我一灵儿早飞向瑶台高处居。
枉活了这二十四所也,
则当做人世三生一梦余。

〔自缢。

〔暗场。

尾声

〔清明时节，细雨如霏。
〔一座新坟，上刻“鸳鸯冢”。
〔王文瑞、赵氏携飞红等一干人上坟。
〔幕后合唱——
死生交，
鸾凤友，
一点真诚永不负。
则愿普天下有情人做夫妻，
一一的皆如心所求。
燕子楼前月色冥，
鸳鸯冢上柳梢青。
百年秋景愁常在，
一枕春酲梦未醒。
〔王娇娘、申纯仙装上。
〔冢上飞起一对鸳鸯。

飞　红　这一对鸳鸯，飞翔上下，自初时到今，捕之不得，逐之不去，活是小姐和申官人相亲相爱的景象。这敢是两人精魂所化也?
〔众人惊。
〔幕后合唱——
天长久，
似一川水东流。
巫山上，
何日暮云收?
湘江岸，甚时泪痕休?
古今月，昏夜照松楸。
算前和后，只有恩情最难朽。
君不见，鸳鸯冢，千载锦江头。
生死荣枯转眼同，白杨日夕起悲风。
年华有尽情无尽，何必人生非梦中。
〔剧终。

桃花扇（前本）

根据孔尚任《桃花扇》改编

戏曲剧本

编剧：韩建

诚恐负“桃花”

——《桃花扇》改编体会

孔尚任的鸿篇巨作《桃花扇》，以侯方域和李香君的悲欢离合为贯穿线索，以复社才子与魏党走卒的政治斗争为主要冲突，“离合之情”与“兴亡之感”紧密结合是它独特的魅力所在。我在下笔改编之初，就定下了在关注并充分展现侯、李爱情的发生、发展过程的同时，对于南明王朝风雨飘摇的历史也给予相当多的笔墨，避免使作品成为“侯李传”甚至“香君传”，而削弱了本应产生的沧桑感和厚重感。为此，我依据史料增加了多尔衮下书劝降史可法以及史可法收义子的情节，突出表现了人物忠君爱国、视死如归的精神风貌；依据史料丰富了阮大铖的心理活动的描写，使人物从“纳交奉迎”到设计陷害侯方域的心理变化更加清晰、可信；将原著较为平淡的“逢舟”一场改为人物生离死别的重场戏，突出了战乱对于百姓的残害。在最初撰写时，还设计有“投辕”一场，主要用于在前本中表现南明王朝复杂的人事纠纷对于国家造成的动荡不安，因能力不足，显得有些游离于主线之外，在最终定稿时不得不忍痛割爱，是为憾事。

对于李香君这个人物，我认为应当避免以往一些改本过度着眼于风骨、气节却缺乏必要的铺垫，而使人物呈现出脱离年龄、身份的“失真”感，决定将其定位在一个“小女人”在乡愁情绪和心态的驱使下，对于安身立命之所的苦苦追求上，将她对身世的感叹、对爱情的追求，都建立在寻一个安居乐业之所的基础上，为此，我在作品中大胆添加了一位全新的人物——翠英。她既是勾起李香君乡愁的支点，更以她的善良以及为救李香君而死的事实，使其成为李香君更加痛恨清军以至于不能原谅降清的侯方域的决定性因素，使这一渴求家园、追求爱情的人物最终割舍可以提供家园的爱情的行为更加可感、可信。

以自身文之所浅、智之所低，面对名著，想法多多，最终的呈现却难以尽如人意。深知力不逮，诚恐负“桃花”！今有幸借作品集一角，惶恐奉出，就正于方家。

人物表：侯方域、李香君、杨文骢、阮大铖、李贞丽、寇白门、卞玉京、翠英、苏昆生、阮福、阮贵、保儿、陈三、店主、街坊若干

第一场　初逢

〔金陵，秦淮河畔。

〔侯方域内唱：春闱不第叹时运——

侯方域　（上，接唱）满目繁花亦伤神。
鼙鼓动地谁人问？
江山胜处黯销魂。
家书难托添烦闷，
何来闲心赏城春？

杨文骢　（随上）侯兄！侯兄不必烦闷，南闱不第，不过是一时不顺，宝剑藏鞘，美玉在匣，何愁不能出头？你看这秦淮水榭，佳丽如云，你我何不赏玩一番？
（唱）秦淮画舫来复往，
佳丽如云伴笙簧。
柳絮骀荡花怒放，
劝侯兄且展愁眉、饱览金陵好春光！

侯方域　（唱）乍暖风烟满江乡，
风雨梨花摧晓妆。
黄尘匝地怎能不思量？
鼙鼓声震岂肯丢一旁？
笛声吹乱客中肠，
金粉难掩王气伤。

杨文骢　侯兄，这就是你的不是了！在下见兄客居金陵，十分寂寞，特意约兄一同赏春，兄如此伤怀，倒叫在下无趣了。不如你我就此分

别。告辞。

侯方域 杨兄见谅！在下失言了！杨兄美意，岂能不知？如此杨兄请！

杨文骢 这才是了。侯兄请。

〔二人同下。

〔李香君上。

李香君 （唱）愁看春光似秋景，
骄阳永难照孤星。
乡关不知、烽烟阻路、楼头只留寂寞影，
难道说迎来送往到终生？
一时悲情如潮涌，
何人与奴消愁容？（缓缓走向一旁）

〔翠英内喊：救命！跑上。店主、陈三追上，围堵翠英。翠英看见李香君，连忙跑了过去。

翠　英 姐姐快快救命！

〔店主上前欲拉翠英。

李香君 且慢！青天白日，朗朗乾坤，你等竟敢强抢民女？

陈　三 我当是谁呢，原来是香君姑娘。

李香君 有你陈三在内，一定不是什么好事。

陈　三 小小年纪，休出恶言！

李香君 姑娘今日话已出口，难道你再卖我一次？

陈　三 当年你被拐子拐来，不是我慈悲为怀，将你买下，又送你到媚香楼，你哪里会有今天这么好的日子？早就饿死了！

李香君 当年拐子欺我幼小，将我拐卖，令我至今不知乡关何处！说什么慈悲为怀？我来问你，不为银两，你为的何来？

陈　三 愿打愿挨！你休要多言！今天这事，是她母亲情愿将她许人，得来彩礼才能安葬她父。

翠　英 姐姐休听他满口胡道！
（唱）避战乱举家人金陵投奔，
中途路遇流寇险些伤身。
未遇亲我的父忽把命殒，
我的母又染病求告无门。
曾向店主借银两，
他诓我到此把医寻。

设计要把奴身卖，（跪倒）
求姐姐救弱女难忘大恩！

李香君 （扶翠英）快快起来。自我长大成人，不断有人指着他（指陈三）给我说，当年就是他把我卖到媚香楼的。今日之事，不问自明！

店　主 你家久住我店房，欠下这店钱、饭钱，还有你爹的棺材板钱，让你学一辈古人卖身葬父，你还不愿意？好，拿钱来！怎么？拿不出？那就得乖乖跟上陈大爷走！

翠　英 我寻到亲戚，即刻还钱！

陈　三
店　主 （齐）那要是寻不到呢？

李香君 寻到亲戚，自有亲戚偿还，寻不到亲戚，你来看——

陈　三
店　主 （齐）看什么？

李香君 还有你家姑娘！

陈　三 好！一言出口，驷马难追！

店　主 拿钱来！

李香君 欠你多少？

翠　英 五两纹银。

店　主 五两？小丫头，你也不算算，棺材钱，店钱，饭钱，告诉你，连本带利，二十五两！

李香君 好大的血口！

店　主 怎么，拿不出来？

李香君 （急忙在身上找，发现没有带，吃惊）……

店　主 没钱呀，陈大爷，拿人！

李香君 且慢！（慌忙中褪下玉镯）拿去！（店主连忙去接）慢来！我这饰物，足以抵你那点银两，待她母亲病愈，自当离去。这几日，你不可为难与她。

〔苏昆生暗上。

店　主 那是，那是！（接玉镯，跑下）

陈　三 哎，我的呢？别跑！（回头对李香君）贱人，你敢坏我好事？

苏昆生 陈三！（上前保护李香君）

〔陈三见对方人多，一跺脚，追店主下。

翠　英 恩人！（跪倒）如此大恩大德，我张翠英没齿难忘，今生难以报答，来世结草衔环，也要报答恩人！

李香君　（搀扶）快快起来！

翠　英　不知恩人高名上姓？日后也好叫翠英报恩。

李香君　我乃秦淮河一片浮萍，哪里称得上高名上姓。

苏昆生　她姓李，名叫香君。

翠　英　恩人在上，受翠英大礼参拜！

李香君　快快请起。

翠　英　（站起）恩人，我母亲还在店中等我的消息，翠英不敢久停，就此告别了。

李香君　快快回去吧。

〔翠英施礼，下。李香君目送。

李香君　（唱）实可怜异乡人身遇困境，
她一去三回首泪眼含情。
她有幸伴慈母得归乡井，
待来日烽烟靖共贺升平。
倘若是得佳婿阖家欢庆，
乘花轿离娘屋喜气盈盈。
她有靠我无依孤身只影，
只落得强颜欢笑度余生。
人世间难觅这知己踪影，
归故里配佳偶尽在梦中。

苏昆生　香君！只因你近来终日伤感，为师与寇、卞两位姑娘才陪你出门赏春，一转眼就不见你的人影！原来在这里扶危济困，善莫大焉。

李香君　她归乡井，我……哎！师傅，思想起来，怎不伤情？

苏昆生　当年贞娘买你，也不知晓你原籍在何处。你如今为此伤神，又有何益？

李香君　难道就学那柳絮浮萍，终老此生？

苏昆生　哪能如此？想这金陵遍地才子，岂能寻不见一位如意的郎君？到那时自然终身有靠，何须多虑？来来来，将为师新教的那首曲子唱上一唱，也好排解烦闷。

李香君　师傅，船来了，咱们上船回去，徒儿边走边唱。（唱《牡丹亭》）

〔侯方域上。

侯方域　鼙鼓动地，王气已伤，这些商女竟然还有心思唱曲，真乃是：（大声）商女不知亡国恨！

〔两人闻言吃惊，李香君回头望了一眼。

李香君 这不知亡国恨的又何止是商女！

〔切光。

第二场　访香

〔金陵街头。
〔杨文骢内喊：侯兄，走啊！上。侯方域随上。

侯方域 （唱）六朝金粉未消亡，
　　春波碧烟染晴窗。
　　佳丽画舫来复往，
　　奚囊萧索怎访香？

杨文骢 侯兄！
（唱）佳人凭栏待君往，
　　少年莫误好春光。
侯兄，今日媚香楼会那李香君，想你二人，一个平康第一，一个复社魁首，郎才女貌，有在下穿针引线，定能成就一段佳话。

侯方域 烽烟不息，国事堪忧，客居他乡，奚囊萧索，况那日河畔心绪烦乱，一时出言讥讽，佳人早已恼怒。成就佳话，只怕已是空谈。

杨文骢 若无前日一场误会，在下还想不到要撮合你们。侯兄，那日在下分明看见你遥望佳丽，目不转睛，想是早已心驰神往，今日这话恐怕有些言不由衷。

侯方域 那日不过惊鸿一瞥，还是背影，只是她小小年纪，出言却似有些见地。与那些个俗脂粉有些不同。

杨文骢 若是俗脂粉，在下岂能与侯兄引荐？侯兄，你我紧走几步。
（唱）新莺欲啼多娇媚，
　　恐你从此不思归。
眼前便是媚香楼，待我上前叩门。

〔杨文骢叩门。

保　儿 （上，开门）原来是杨老爷。快快请进。

杨文骢 （与侯方域进门）保儿，贞娘可在？

保　儿 杨老爷您今日来的不巧，妈妈去卞姨那里了。

杨文骢 香君也一同前往了吗？

保　儿　姑娘新学一曲，正在楼上演练。

〔内传来李香君演唱《牡丹亭》的声音。

侯方域　生生燕语，呖呖莺声，搅乱我一腔柔肠！
杨文骢　侯兄，少时你更要乱了一腔柔肠！
侯方域　惭愧。
杨文骢　保哥儿，你快快上楼通禀，就说有一位公子慕名而来，请香君下楼相见。
保　儿　杨老爷与公子先用茶，待我上楼传话。

〔杨文骢、侯方域落座。

保　儿　（上楼）有请姑娘！
李香君　（上）保哥儿，因何唤我？
保　儿　杨龙友杨老爷引荐一位公子，说是慕名前来，要见姑娘。
李香君　且慢！想我前日河畔游玩，偏有一狂生耻笑我等，说什么“商女哪知亡国恨”，远远望去，这位杨老爷似乎就站在不远处。让我瞅瞅，他今日引荐之人是不是那位狂生？（往楼下望去）哎呀！正是那人！好笑也！
（唱）河畔冷言吐出唇，
　　　貌似胸怀忧国心。
　　　不登朝堂酬壮志，
　　　偏向柳巷来探寻？
保哥儿过来，你下楼去对那书生言讲，这媚香楼头，只有商女欢歌，不知那亡国之恨，请他移驾别处！（欲下）
保　儿　这话从何说起？
李香君　（思索）若是如此回话，杨老爷必然动怒，妈妈回来，少不了又是一番口舌。（对保儿）保哥儿，这几句话不说也罢！你就说姑娘我忽染风寒，头痛欲裂，不能见客，敬请杨老爷海涵。（转身下）
保　儿　（一边下楼一边自言自语）今天真是怪了，平日里杨老爷前来，妈妈与姑娘总是高接远送，今天可好，不见！（对杨文骢）杨老爷，十分不巧，我家姑娘忽染风寒，头痛欲裂，今日不能相见，请老爷海涵。
杨文骢　适才还在抚琴演曲，怎么突然有了风寒？

〔李贞丽上。

李贞丽　原来是杨老爷到了。

杨文骢 贞娘回来了。这位是河南侯朝宗侯公子，乃慕香君之名而来。

保　儿 侯朝宗侯公子？哎呀，姑娘好似常常提起他。

李贞丽 （对保儿）嗯，还不快去打茶！（保儿下，李贞丽对侯方域）原来是大名鼎鼎的侯公子，公子请坐。

侯方域 小生侯朝宗，书剑飘零，客居金陵，这坊间传闻，多系过誉之词，妈妈不必当真。

李贞丽 公子盛誉，我们这秦淮水榭，门户人家，也是有所耳闻的。今日大驾光临，让我这媚香楼蓬荜生辉！快快请坐。

杨文骢 贞娘，你回来的正好，今日我专程引荐侯公子来会香君，她却称病不出。

李贞丽 杨老爷引荐贵人，焉有不见之理？您与公子楼下吃茶，待我上楼去看。

〔杨文骢等人下。

李香君 （上，偷望，暗道）哎呀，妈妈回来了。她定要责怪与我。

李贞丽 （上楼）香君在哪里？

李香君 （装病）哎哟，哎哟，妈妈回来的正好，儿我病了。

李贞丽 我出门之时，你还在演曲，怎么就病成这样？

李香君 儿我忽染风寒，身体越发沉重了。（李贞丽欲摸李香君额头，李香君躲闪）儿当真是病了。

李贞丽 （抓住李香君的手，又摸了一下她的额头）你这丫头，竟然说起谎来了！难道不怕家法？

李香君 （委屈地）我好苦命！在外受人讥讽，回家还要遭受家法。

李贞丽 何出此言？

李香君 妈妈有所不知，前日我在秦淮游玩，遵师傅之命，吟唱了几句，谁料楼下这个狂生出言讥讽，他道我“商女不知亡国恨”，惹儿恼怒，因而托病不出。

李贞丽 （暗笑，心生一计）儿呀，你素日仰慕那侯朝宗侯公子，今日这位公子比那侯公子还要出众，你还是见上一见。

李香君 妈妈说哪里话来？想那位侯朝宗侯公子乃簪缨世家，祖上东林树帜，他又身具八斗之才，世人赞他：诗成惊风雨，笔落泣鬼神。也曾替乃翁草拟屯田奏议，洋洋万言，条畅练达，谁人不知，哪个不晓？更难得一腔豪情，耻与阉党为伍，堪为复社魁首，岂是这楼下之人可比？

李贞丽 如此说来，那侯公子倒是世间少有了。

李香君 正是世间少有。妈妈莫要再为这个狂生辩解。

李贞丽 （暗笑）不辩解了！我这就去回了他们。（下楼，李香君退下）

〔杨文骢等人上。

杨文骢 贞娘，香君怎么还不下来？

李贞丽 是她人小心大，不想见秦淮河畔出言讥讽的人。

侯方域 当日出言鲁莽，多有得罪。

李贞丽 公子莫急，她虽不见你，心中却时常挂念那簪缨世家、复社魁首的侯公子。

侯方域 惭愧！

杨文骢 原来如此，贞娘，附耳过来。（耳语）

李贞丽 我也正是这个意思。

杨文骢 （大声）侯兄，此间佳人难见，你我去往丽春坊吧。

李贞丽 （大声）香君，楼下的侯朝宗侯公子要去丽春坊了。

〔李香君内喊：公子慢走！冲下楼来。

李贞丽 儿呀，这位就是你仰慕的侯朝宗侯公子。

〔李香君与侯方域对视，忽觉羞涩，低下头来。杨文骢、李贞丽见状退下。

李香君 （唱）见君始知玉树荣，
温雅俊姿比琇莹。
笔落风惊神鬼泣，
叫奴怎能不动情？

侯方域 （唱）玉肌纤腰似柳弱，
细步缓行显婀娜。
螓首丹唇真国色，
引人心中荡春波。

小生河南侯朝宗，一向渴慕，今日才遂心愿。

李香君 侯公子！

（唱）知君生就折桂手，
慕君才情冠九州。
曾拟万言屯田奏，
一时声名盖诸侯。

侯方域 （唱）市井言语谬夸赞，
倒叫朝宗生汗颜。
前日出言有冒犯，

惟愿佳人多海涵。

李香君（唱）秦淮河畔歌潮涌，
哪及公子忧国情？
心中挂念烽烟靖，
耻与阉党结同盟。
今日得见三生幸，
说什么海涵与谅情？
适才不该使小性，
险些错失与君逢。
愿公子量大心宽宏，
莫使奴愁在眉梢、悔在心中。

〔杨文骢、李贞丽、苏昆生、卞玉京、寇白门、保儿暗上。

杨文骢 哈哈哈哈！贞娘，侯公子客居此地，正在物色名姝，我看他二人郎才女貌，十分般配，不如让他梳栊香君，也了却你一桩心愿。

李贞丽 杨老爷好意举荐，我还有什么话说，只是……

杨文骢 贞娘不必迟疑，你的心意我已知晓，不过为那聘礼之事，包在我的身上，三百金是否称心？

李贞丽 哪里用得了许多。

杨文骢 妆奁、酒席，缺一不可。三日之后，便是佳期，到时少不得要讨一杯喜酒来喝。侯公子，今日倾心佳人，定情岂能无诗？

侯方域 小生带有宫扇一柄，就此题赠香君，永为订盟之物。

保　儿 我来捧砚。

寇白门 这个砚儿，还得香君来捧。

〔李香君捧砚。

侯方域（题扇念）夹道朱楼一径斜，
王孙初御富平车。
青溪尽是辛夷树，
不及东风桃李花。

苏昆生 好诗！果然名不虚传！

卞玉京
寇白门 我等皆为辛夷树，哪及这朵（指李香君）桃李花？

侯方域 惭愧！

杨文骢 好诗！正是：催妆艳句惹人醉，直叫刘阮入天台。

众（大笑）哈哈哈哈！

〔切光。

第三场　侦戏

〔石巢园厅堂内。幕后传来歌妓演唱的声音。

〔阮福上。

阮　福　哎！想我家老爷当年在京城，乃魏千岁门上常来常往之人，不料魏千岁犯了事，我家老爷也被连累，入了逆案之册，来到这金陵城中，买下这所大宅，教习歌舞，百般纳交权贵豪绅，只是这些人都好似那无底洞，隔三差五就来讨要，不是当朝贵胄，就是京官亲戚，那个也得罪不起，这不，今天又来了两位，待我禀明老爷。有请老爷！

阮大铖　（上）哎！

（念）权飞烈焰炽，
　　势败灰尽寒。
　　每日思想起，
　　闭户空羞惭。

阮福，何事？

阮　福　禀老爷，那张、李两家又来告借。前日借去的还没有还呢。

阮大铖　哎！奉迎千次，一次得罪，便前功尽弃，借给也就是了。我来问你，适才复社才子冒辟疆等人在鸡鸣埭饮宴，差人前来借戏。我差阮贵带人前去，顺便打探他们说些什么，怎么到这个时候还无消息？

阮　福　阮贵还没有回来。

阮大铖　回来速禀我知。

阮　福　是。（退下时与跑上的阮贵撞了个满怀）

阮　福　你怎么才回来呀，老爷等急了。

阮　贵　待我回禀。（走进大厅）禀老爷。

阮大铖　阮贵，命你随歌妓前去，可曾听到他们在席间说些什么？

阮　贵　禀老爷，小人到那鸡鸣埭上，那几位公子酒过十巡，戏演三折，闻听他们对老爷新作大加赞赏，说老爷是真才子，笔不凡，论文采，主骚坛！

阮大铖　妙妙妙哉！几位才俊倒是老夫的知音。哈哈哈哈。想他们越往后看，还不知要说出什么夸赞之语？

阮　贵　谁知那几人后面竟然说道：却为何投崔魏，称干儿，忝羞颜，如同猪狗……

阮大铖　（怒）住口！了不得，竟骂起老夫来了，气杀我也。你且退下！

〔阮贵退下。

阮大铖　（唱）词章才子寄风雅，
　　科第名家冠京华。

谋进阶燃秸相拜竟夜话，
前局翻鲲鹏倒做枯林鸦。
纳交奉迎却闻讥讽共唾骂，
蕊寒香冷何来翩翩蝶恋花。
把这欺谩权忍下，
死灰燃休怨某心狠手段辣。

想我阮大铖，只因错投魏公之门，入了钦定逆案之册，无奈在此教习歌舞，纳交朝绅。前日文庙丁祭，本欲净洗羞面，不料反遭复社少年一番痛辱，今日刻意纳交，奉上歌舞，又被一番辱骂，思想起来，羞恨难当。此仇定当报还！只是尔等气焰正炽，不知有何法儿，可以结识纳交，使其罢兵卸甲。正是：有心雪深耻，可叹无计施。（下）

杨文骢　（上，念）只为侯李梳栊事，
石巢园中访故交。

圆海兄哪里？圆海兄哪里？怎么不见人影？（看见桌上诗笺，念）“拂袖行吟归去来，草堂猿鹤莫相猜。云霄自愧无修翮，雨露谁为弃不材。”圆海兄呀圆海兄，我只道你戴罪隐居，教习歌舞，却怎么这归隐诗中隐约升腾起几分怨气？难怪复社之人说你：“居心叵静！”

阮　福　（上）原来是杨老爷到了。

杨文骢　阮福，园门大开，你家老爷呢？

阮　福　正在内室，禀老爷，杨老爷到！

阮大铖　（上）原来是龙友兄到了，有失远迎，恕罪恕罪。

杨文骢　圆海兄何必客气？倒是杨某不请自来，登堂入室，告罪了。

阮大铖　杨兄快快请坐。前日文庙受辱，多亏杨兄讲情，阮某先谢过。杨兄，你还不知，今日复社几位公子有贴前来，要听新曲《燕子笺》，本以为他们眼中还有老夫，有意借此纳交，谁知奉上歌舞，反遭他们席间一番辱骂，思想起来，可恼啊可恨！

杨文骢　复社人等，不是秀才领袖，就是公子班头，与阉党势不两立，圆海兄当年于东林破门而出，又随冯铨向魏奸叩马献策，与东林复社已非一日之仇，一时之怨，若要其收兵休战，绝非易事！

阮大铖　难道在下从此闭门不出？

杨文骢　那倒未必！为弟倒是有个法儿，不知当讲不当讲？

阮大铖　龙友兄快快讲来！

杨文骢　那河南侯朝宗现在客居金陵！其祖上曾东林树帜，他又系复社魁首，登高一呼，言无不从。近闻侯生钟情秦淮佳丽李香君，圆海兄若肯出资三百金为其梳拢，讨其欢心，再托他两下劝解，必然一举双擒。

阮大铖　妙计也！那侯生乃某年侄，本当照料，阮福，快去取来银两，交杨

兄处置。事成之后，定当重谢！

杨文骢 你我之交，何必言谢！

阮大铖 有劳杨兄了。（二人对视大笑）

〔切光。

第四场　却奁

〔媚香楼，李香君闺房。

李香君 （唱）夜来情满罗帷帐，
梦醒犹闻枕边香。
连日来同声鼓瑟、合韵鸣琴互酬唱，
恰似那地生连理、水出并蒂比翼双。
愿只愿郎心不改永相傍，
愿只愿他年随郎返故乡。
愿姑嫜爱我如同珠在掌，
愿妯娌和睦贤名传八乡。
与侯郎暮观斜阳映轩窗，
晨看朝霞驱露霜。
人夸我有幸配佳偶，
天生一对锦鸳鸯！

自那日杨老爷作伐，托身侯郎，真乃三生有幸。连日来夫唱妇随，恩爱无双！只是异日侯郎辞别，叫我怎处？

（唱）晨露怎把烈日见？
烛火岂敢立风前？
侯郎异日离别去，
何处再觅可依肩？
怕只怕情到浓处深作浅，
想到此不由奴愁锁眉间。

哎，前路茫茫，祸福难料，倘若奴家注定只能作哀鸿孤雁，怨天尤人，又有何益？唯盼侯郎痴心不改，天随我愿！近日，心中有一事不明，这妆奁酒席之资尽是杨老爷所赠，想侯郎与杨老爷并无深交，况且杨老爷赋闲已久，想来囊中未必十分充裕，哪有这么多金银赠与侯郎？想到此难免心中不安。我请侯郎今日当面问个明白，只是天到这般时候，却怎么还不见归来？（下）

侯方域 （上）杨兄误我！
（唱）一时失察恐遭谤，
只怕清誉付汪洋。
好似那鱼儿吞钩鸟入网，
心有主意口难张。
我与香君一见倾心，喜结鸾俦，琴瑟和鸣，恩爱无双。只是她对杨兄所费梳栊之资心生疑惑，叫我前去问个明白，这不问还则罢了，一问才知晓那妆奁酒席所费乃出自阮大铖之手！想我复社之人与他誓不两立，倘若被外人知晓，只怕我清誉从此被污！我观香君不仅色艺双绝，尤重名节、识操守，非寻常烟花女子可比，我若与她说明退还妆奁之意，想来她不会为此翻脸变心。只是我与她新婚燕尔，这话有些难以启齿。（犹豫，思索）有了！我不免假意劝她留下妆奁，看她如何应对。我便是这个主意！哎！无奈学做秋胡样，且把妆楼作桑园。（上楼）

〔李香君上。

李香君 侯郎回来了。
侯方域 回来了。
李香君 侯郎，可将妆奁之事问明？
侯方域 倒也问明。杨兄囊中果然并不充裕，梳栊之资嘛，你也不必深究了。
李香君 事关你我，怎能不问？
侯方域 问明缘由，难道你有金银赠还他人？
李香君 不明缘由，何来良策？侯郎快快讲明！
侯方域 这梳栊之费出于怀宁之手。
李香君 哪个怀宁？
侯方域 便是那怀宁阮大铖。
李香君 （吃惊）哎呀，侯郎，你中了那贼的圈套了！
侯方域 此话怎讲？
李香君 想那阮大铖趋附权奸，名列逆案，世人无不唾骂。今日他赠你妆奁之资，看似淳淳纳交，恐其另有用意，此番与贼同流，公子你自处于何地也？
侯方域 香君！
（唱）原谅他不慎投阉党，
李香君 （接唱）他依附权奸害忠良。
侯方域 （接唱）他赞我东洛才名有意纳交非虚妄，
李香君 （接唱）诚恐君从井救人有损清誉招祸殃！

侯方域　（接唱）俏佳人理应配花钿锦帐，
囊中匮怎好梳栊女红妆？
李香君　侯郎此言差矣！
（唱）奴敬郎一门簪缨、东林树帜、复社魁首孚重望，
奴慕郎八斗之才、诗惊风雨、笔泣鬼神好文章。
今日里郎与奸人有交往，
到明日市井纷纷说短长。
人在世当自律名节来讲，
我怎能贪图银钱累及侯郎把清誉伤？
愿侯郎似苍松傲然岭上，
莫学那杨花柳絮任风扬。

〔李贞丽暗上，楼梯口偷听。

李香君　（接唱）我这里忙摘去凤钗金铛，
我这里忙褪下锦衣云裳。
且将这珠翠锦衣掷地上，
侯郎啊，奴的夫，
看香君布裙荆钗有何妨！
李贞丽　（奔上楼）香君，你这是要干什么？
李香君　侯郎，你今日就将这些妆奁归还杨老爷，酒席所费，我叫妈妈替你还上。
李贞丽　哎呀，你讲的什么疯话？
李香君　妈妈不肯还，我情愿上街沿门卖唱，也要还上！
李贞丽　香君！
侯方域　好啊！
（唱）媚香楼头名节讲，
羞煞多少须眉郎。
你深知兰艾耻相傍，
我岂能薰莸同器装？
归时决意退银两，
只恐出言将你伤。
你一片赤诚为我想，
恐我不慎立危墙。
说什么荆钗珠翠云泥样，
粗布裙不及那黼衣绣裳。
去雕饰更显出天仙模样，

香君呀！
（接唱）我敬你风标不学世时妆！
香君，归来之时，我心已决，梳栊之资定要退还。只是怕你伤心，因而巧言相试。这资费不仅要还，我还要请杨兄捎去两句话儿。

李香君 哪两句话儿？

侯方域 皂白青黄皆善辨，白璧岂染阉党瑕？

李香君 好啊！定要捎去，气气那个居心叵测之人！只是侯郎，既然你主意已定，却来假意试探，也太小量奴家了！

侯方域 我这里与你赔礼了。（作揖，又对李贞丽）妈妈，我看香君，摘了几朵珠翠，脱去一身绮罗，这容貌呀竟又增添了几分……

李贞丽 你二人霎时雨过天晴，只是这妆奁……

〔保儿内喊：杨龙友杨老爷到！

李贞丽 待我去迎。（下楼）

李香君 他来得正好，侯郎……

侯方域 我自有道理！（下楼）

〔李香君收拾地上的衣物，随下。

杨文骢 （上，苏昆生随上）贞娘。（见侯、李下楼）侯兄，在下特来寻你。

侯方域 杨兄，阮圆海所赠梳栊之资……

杨文骢 侯兄清晨造访，又拂袖而去，我已猜到了你的心思。也怪杨某当初急于撮合，阮圆海又想与侯兄纳交，便没有再三考虑，此乃杨某之过。此事侯兄要如何处置，听凭侯兄。只是今日登门，却有涉及江山安危的紧要事情……

侯方域 什么事，杨兄请讲。

杨文骢 侯兄有所不知，那左良玉以军粮缺乏为由，撤兵武昌，就食南京，熊明遇熊兵部束手无策，杨某献计，求侯兄修书一封，以退左军！

侯方域 鞑兵雄踞关外，流寇烟尘未歇，左帅坐镇荆襄，方能保得半壁河山，如今擅自移军，只怕危及社稷。只是在下修书，又怎能令其退兵？

杨文骢 尊翁乃左良玉之恩师，请兄代尊翁修书，劝其退兵。

侯方域 未奉明旨，草率移镇，恶名难逃，左元帅此举欠妥！待我修书！（迟疑）修书却也不难，只是左军辕门严肃，闲人难以进入，这书信如何送达？

杨文骢 这倒确实是件难事！（看苏昆生）想这市井之中又如何能寻得下像苏师傅这样有随机应变之智、舌战群儒之能的人呢？

苏昆生 杨老爷莫用这激将之法，若不嫌弃老朽无才，我愿担此大任！

杨文骢 苏师傅愿担此大任？只是这荒村古道，甚不安宁。

苏昆生 流寇屡骚扰，塞马欲南来。闻听人言，这江南富庶之地，已是田园荒芜，炊烟渐稀。某虽无才，也怀报国之志，更有匹夫之勇，此番前去——

（唱）鼓唇舌要劝大军返，

我好比蒯彻走淮南。

侯方域 好一个蒯彻走淮南！待我修书！

〔切光。

第五场　别楼

〔一束追光中，阮大铖站立。

阮大铖 （念）锁开帆扬江风顺，

萧墙更惧启私门。

左良玉擅自移军，侯方域竟然一封书信退了大军，老夫写下一封密信，言说左军南来，侯方域身为内应。令阮福这个奴才前去送信，怎么还不见转来？

阮　福 （上）禀老爷，小人已将书信呈与马大人，马大人看罢书信，便入厅议事。想那厅中之人，十有八九平日里得过咱家的好处，侯方域身为内应之事已被坐实。马大人言说回府之后，即刻差人捉拿审问。

阮大铖 嘿嘿，哈哈！侯方域呀，小孺子，老夫无奈与尔结交，尔等却佺羞辱于我，今日定叫尔知晓老夫的手段。

（念）谗言三及冤曾参，

陈恒何曾弑齐君。

哈哈、哈哈！（大笑）

〔暗转。媚香楼外。

〔众街坊上。

街坊甲 （唱）前日左军移师忙，

众街坊 （齐唱）就食金陵朝野慌。

侯公子一封书赛过那百万兵将，

力退左军美名扬！

三山二水齐欢唱，

保　儿 （上，接唱）这都是我家公子功劳非寻常！

众街坊 （齐唱）是、是、是，非寻常，公子美名传四方！

保哥儿，回去可要多多拜上你家公子，还有香君姑娘，就说我们打算送匾拜谢呢！

保　儿　送什么匾呀，不如多多送上一些好吃的，我保儿也好沾沾光！

众街坊　小鬼头，就知道吃！

〔众人大笑。

〔杨文骢上。

保　儿　哎呀，杨老爷来了。杨老爷，你听听，大家要给我家公子送匾感谢呢！

杨文骢　（愁容满面）修书退兵，本是奇功一件，只是这祸福相依，世事难料呀！

〔众街坊见状悄悄离去。

保　儿　咦，怎么个祸福相依，世事难料呀？

杨文骢　不必多言，快去开门，我有急事要见侯兄。

保　儿　杨老爷你自己去叩门，我还要到市上去买些胭脂花粉呢。（跑下）

杨文骢　凶信传来，只怕无心再用那些胭脂花粉了。开门来！

李贞丽　（上）原来是杨老爷！

杨文骢　侯兄现在哪里？

李贞丽　正在楼上。

杨文骢　快快有请。

〔侯方域、李香君闻声同上。

杨文骢　哎呀侯兄，大事不好！

侯方域　杨兄为何惊慌？

杨文骢　侯兄修书劝退左兵，原是大功一件，谁料阮大铖公报私仇偏说左军之来，侯兄定为内应！今日清议堂议事，告下个“私书往来，勾结左兵，以为内应”的罪名，马士英马督抚回府便要派人捉拿与你，在下特来报信。

侯方域　好个贼子，竟为了却奁之事，下此毒手。

李香君　侯郎，事已至此，你还是速速远走高飞为好！

侯方域　你我燕尔新婚，叫我如何割舍？

李香君　侯郎素以豪杰自命，紧要关头却怎么偏偏显出儿女之态？

杨文骢　侯兄可有避难之所？

侯方域　漕抚史可法乃家父门生，我只好去往扬州，投奔于他。

杨文骢　如此甚好！侯兄珍重，在下再去打探消息，但愿能行缓兵之计，助侯兄逃走。

侯方域　（拱手）多谢杨兄！

杨文骢　告辞了！（下）

李贞丽　香君，还不快与公子收拾行囊。

〔侯、李同下。

李贞丽　（望着他们的背影，摇头叹气）这才是：人在家中坐，祸从天上来！（下）

〔侯方域背行囊上，李香君随上。

李香君　侯郎！
（唱）今日送郎天涯走，
不由叫人泪双流。

侯方域　（唱）媚香楼头方聚首，
谁料顷刻话离愁。

李香君　（接唱）难忘罗帏缠绵景，
难忘灯下山海盟。

侯方域　（接唱）难忘宫扇寄真情，
难忘相对奏琴笙。

李香君　（接唱）也曾私语痴情话，
也曾笑比并蒂花。

侯方域　（接唱）也曾亭园投棋马，
也曾晴窗戏分茶。

李香君　（下楼，接唱）意绵绵唯盼长相聚，
悲切切怎忍两分离？

侯方域　（随下，接唱）情深深鸳梦堪追忆，
弱怯怯怎经风霜欺？

〔李贞丽上，打开院门。
〔李香君与侯方域、李贞丽一同出门。

李香君　（唱）出门来只见那天低云暗，
鸳失伴雁失行尤恨权奸。
子规悲怨长亭远，
孤舟寂寥野渡边。
忍看风拂柳丝绊，
愁见霜欺梅凋残。

郎此去奴挂念饥寒饱暖，
痛别离却不知相逢何年？
奴不惧狂蜂浪蝶来扰乱，
怎比我铅华尽洗磐石坚。
从此闭楼将郎盼，
为郎守节望郎还。
诗稿宫扇是良伴，
待明朝，奸佞除、烽烟绝，奴再与郎话团圆。

〔街上一阵喧闹，行人奔走悲号。

李贞丽 （唱）街面上众乡邻悲号奔走，
侯方域 （唱）难道说有祸事又降九州？

〔卞玉京、寇白门上。

卞玉京 （唱）噩耗传大明朝圣京失守，
寇白门 （唱）我主爷煤山缢把这江山社稷来抛丢。
卞玉京 侯公子，你这是欲往何处？
侯方域 奸贼陷害，我只好去往他乡投军报国。街上如此景象，却是为何？
寇白门 原来公子你还不知，适才北方传来噩耗，京师失守，圣主煤山自缢，这大明江山已失半壁！
侯方域 李香君 （齐）哎呀，不好！
李贞丽 侯方域 （唱）泪眼婆娑望圣京，
李香君 （接唱）宫阙犹在人不同。
李贞丽 （接唱）可叹白练送王命。
卞玉京 寇白门 （接唱）是何人心怀这社稷苍生？
侯方域 （接唱）怕的是山残水剩塞马来问鼎，
李贞丽 （接唱）从此江南不安宁。
李香君 （接唱）趁此时速逃走且莫久停，
逢乱世把国恨强压心中。
此一去路迢迢郎君珍重，
贼兵狠权奸恶你莫露行踪。
侯郎！（哭）
侯方域 香君！（哭）

〔切光。

第六场　画扇

〔石巢园内。

阮大铖　（上）可叹崇祯帝宾天，大明江山半壁易主，多亏马士英马大人联合四镇，拥戴福王，设立新朝，他是首功一件，已然入阁辅政。想我阮某出头之日也为时不远了。昨日听马大人言道，新补漕抚田仰田大人有意于赴任之前纳一小妾，我顿时心生一计，将那李香君夸了又夸，赞了又赞，马大人闻言欣喜，要让田大人纳此佳丽。嘿嘿，我可莫说是侯方域呀李香君，复社之仇，却奁之羞，某家要你一并偿还！

〔暗转。
〔媚香楼内。
〔李贞丽内喊：香君，香君！随着喊声李香君奔上，李贞丽、卞玉京、寇白门追上。

李香君　妈妈，劝嫁之语再莫要说起。
李贞丽　香君！
李香君　妈妈！
（唱）当初妈妈将奴聘，
幸与侯郎结鸾姻。
不该又将田府允，
难道说不知儿要唱白头吟？
李贞丽　香儿！
（唱）想当初千挑万选将你聘，
为我儿新莺初啼遇良人。
侯生一去无音讯，
留你独自望残春。
寇白门　（唱）守空楼贞娘从未把你催，
卞玉京　（唱）你孤苦看在眼里疼在心。
李贞丽　（接唱）那田府新铮铮春官匣印，
身后更有马家人。
愿儿朱门享富贵，
不忍你夜夜暗伤神。
李香君　（接唱）孩儿我薄福薄命是穷身，
非是那大富大贵朱门人。
李贞丽　（接唱）不忍见你雁失群，
你偏要长空独叫云。

今日不受田府聘，
只怕是半世辛劳顷刻化灰尘。
旁人养女求富贵，
贞娘养女累自身。
苍天可知我悔恨，
都怪我千番教养、万般宠爱十几春。（哭）

李香君 （见状痛哭）妈妈！（跪下）
（唱）怎忍见妈妈悲声放，
哪有女儿不疼娘？
虽无十月胎恩养，
十几年雏肥母瘦辛劳非寻常。
儿也曾思念家乡哭声亮，
儿也曾累及慈母病在床。
儿愿似花虽落子在枝上，
儿愿学一身技奉养萱堂。
新莺啼为儿择配费思量，
中雀屏幸有才郎诗催妆。
郎远走儿自守空楼将郎望，
洗粉黛，罢歌喉，楼头节烈旗飞扬。
从此不作他人想，
求妈妈再与儿遮风挡雨做主张！
妈妈！（哭）

李贞丽 儿啊！（大哭）

李香君 妈妈！（同哭）

杨文骢 （上）开门来！

寇白门 听声音好像是杨老爷。

李贞丽 待我去迎。（下楼）

〔寇白门、卞玉京扶李香君下。

李贞丽 （开门）原来是杨老爷。

杨文骢 贞娘，那新补漕抚田仰田大人要纳香君为妾，听说已将彩礼送来？

李贞丽 正为此事发愁，香君她执意不肯。

杨文骢 贞娘有所不知，那田仰欲纳妾赴任，是阮大铖从中挑唆，又得马士英作伐，才动了要纳香君之意。那田仰明日就要赴任，今夜便要完婚。

李贞丽 这该怎处？杨老爷，这香君的性情你也是知道的，自侯生走后，她自守空楼，不肯改志，今日之事，恐怕要起风波。

杨文骢 一家中堂，一家漕抚，权重势大，我等都得罪不起，此事如离弦之箭，难以挽回！我也素知香君性情，恐她又生出事端，才赶来报信。那田府的差人即刻就要来抬人。

李贞丽 香君现在楼上，杨老爷与我再去劝说。

杨文骢 她与侯生的姻缘是我作伐，如今又要劝她改换门庭，实实叫人难以启齿。

李贞丽 这般时候，哪里还顾得了许多。快快随我来。

〔二人上楼。寇白门、卞玉京扶李香君上。

李香君 杨老爷，你的来意我也知道，想当日杨老爷作伐，妈妈主婚，将奴许与侯郎，满堂宾客，俱是媒证。（拿起宫扇）这把诗扇，乃侯郎定情之物，自郎别去，傍奴妆台，田府之事我是万万不能应允！

（唱）阉党妆奁尚不受，
岂与奸贼结鸾俦？

杨文骢 （唱）中堂朝野只手擎，
漕抚新贵敢不从？

李香君 （接唱）说什么朝野只手擎？
道什么新贵敢不从？
立志守楼将郎等，
不负昔日山海盟。

李贞丽 （接唱）侯生他黄鹤一去无讯息，

杨文骢 （接唱）你何必强撑节妇旗？

李香君 （接唱）想当初杨老爷张罗婚配，
今日里讲此话怎称须眉。
侯郎他此去报国志不坠，
我为他守节哪怕蝶嗔蜂怒飞？

杨文骢 （接唱）守节立志堪旌表，
香君你何不细想，那马士英、田仰，权倾一时，一言既出，岂是你等抵挡得住？你若以卵击石，必然连累贞娘人等，祸及这媚香楼。更有甚者，侯兄虽然远走避祸，只是那史将军的军帐也属马士英辖制，倘若惹怒与他，只怕侯兄也难以立足，再翻起修书旧账，更是要大祸临头了！
（接唱）劝香君莫为亲人把祸招。

李香君 （唱）此话犹如警钟敲，
楼头难煞女儿娇。
恨只恨马贼、田奸行霸道，
不从贼要与妈妈、侯郎把祸招。

恨上心头牙关咬，
香君胸中卷怒潮。
可笑你错来花红轿，
我要把定情扇变刎颈刀。
睹诗扇思郎君不忍远眺，
罢、罢、罢，
拼一死我何惧玉碎香消？（触柱，倒地）

杨文骢 快快救人！

〔寇白门、卞玉京忙扶李香君下。

李贞丽 香君！痴儿！
（唱）香君立志不肯往，
顷刻鲜血溅云裳。
她好似三月春花正芬芳，
又怎忍立逼她命丧无常？
那田府仗权势要来强抢，
倒叫我陷两难缺少主张！

〔鼓乐声渐近。保儿上。

保　儿 妈妈，不好了，田府差人现在门口，要闯进院中找人。
杨文骢 你快去对他们说，就说杨老爷我在此等待新人梳妆，请他们稍候。
保　儿 是。（下）
李贞丽 杨老爷，这便如何是好？
杨文骢 （端详李贞丽，心生一计，上前耳语）……
李贞丽 （吃惊）啊……
杨文骢 你看香君如此烈性，纵然强行前往，恐怕又生事端，到那时马、田一党岂能饶恕与你，倒不如李代桃僵。
李贞丽 李代桃僵……
（唱）花轿要抬新人去，
鼓乐震天声声逼。
香君刚烈决意拒，
眼见风波难平息。
杨老爷定下调包计，
亲人顷刻要分离。
他那里正为妙计暗得意，
怎知我如坠冰窟身无依。

无奈了梳妆打扮把儿替，
权向朱门将身栖。
事到临头，我也只好依从杨老爷这两全之计，临行之时，我有一物相赠，也不枉你我相识数载。（取出香囊，交与杨文骢，匆匆下楼离去）

杨文骢 我道是何物，原来是一个香囊。想今日，香君守节，贞娘从良，既消了圆海之怒，又全了中堂之威，田漕抚也得了一位美眷，杨某出此妙计，可谓一举数得。杨文骢呀杨龙友，这危急关头，还是少不得你哟！（得意一笑，再看香囊）我观这囊儿倒有几分眼熟，（再看）哎呀！这香囊……

（唱）忽见旧物思潮涌，
回想昔日秦淮情。
也曾楼头傍倩影，
也曾灯下描妆容。
情到浓时香囊赠，
谁料她从此藏心中。
我只说妙计周全红鸾梦，
怎知她心底暗自放悲声。
这一旁守节立志撼天动，
那一旁李代桃僵显真情。
人皆言欢场情如纸薄、辞旧迎新、笑语欢声动，
今始知楼头节风可帜、义烈可表、叫某无地容。

〔看地下溅血的宫扇——

（接唱）烈女血溅诗扇柄，
恰似桃花分外红。
我这里挥舞羊毫勾画定，
我这里权把草汁做靛青。
画一柄桃花扇留做凭证，
兴亡事烈女情尽在其中！

〔伴唱：秦淮呜咽柳低垂，
忍看分离易水悲。
溅血成就桃花扇，
一片痴情诉与谁？

〔剧终。

桃花扇（后本）

根据孔尚任《桃花扇》改编

戏曲剧本

改编：韩建

人物表：侯方域、李香君、史可法、阮大铖、杨文骢、李贞丽、苏昆生、翠英、寇白门、卞玉京、马士英、史德威、中军、差官、大太监、小太监、船夫甲、船夫乙、船夫丙、逃兵甲、逃兵乙、清兵甲、将士、街坊若干

第一场　劝降

〔扬州城，史可法军帐。

〔史可法率众将士上。侯方域随上。

史可法　下官兵部尚书史可法。自我主宾天，马士英等人迎立福王，设立新朝，命我督师扬州。想我身居兵部，每日以不能收复中原为耻，此次正好戮力报效。因此每日操练兵马，以备重返中原。只是这粮饷屡屡被扣，军心不稳。四镇武将又龙争虎斗，同室操戈，如此军马，何来杀敌保国之力也？

（唱）君王煤山把命丧，

新主金陵设朝堂。

不养兵反来扣粮饷，

他怎知龙城飞将操练忙？

为国何惧踏浊浪，

岂容塞马旌旗扬？

泪眼遥把中原望，

何一日枞金伐鼓返故乡？

侯方域　（唱）阁部督师孚众望，

忧国事振军威两鬓渐苍。

史公，连日为国操劳，彻夜不眠，还需多加休息，不可过于劳累。

史可法 清军虎视眈眈，我军中却已有怨声，纵有天险，也不过是退守苟安，粮饷又屡屡被扣，朝廷不思发来粮饷，却频令护送扬州乐工、歌妓入朝，一方秣马厉兵，一方却歌舞升平，全不念大明仅剩这半壁江山！

军　卒 （上）报！报元帅，清军营中有书信到来。

史可法 呈来！

〔军卒呈上书信，史可法看信。

史可法 好气也！

（唱）窥我幅帧如盗寇，
反诬我忘却君父仇。
分明已把狼心露，
眼见得血雨漫神州。
说什么与某把福禄绶，
忠义臣北望陵庙、克尽臣节、誓与大明斩敌酋！

侯世兄！

侯方域 史公！

史可法 摄政王多尔衮修书与我，一面以利禄相诱，一面又强词夺理，气焰逼人，说它是一封劝降书，倒不如将它看作进军江南的宣战书。只怕清军不久便要移师南下，我必须再去各要塞巡察，烦劳世兄代某修书，回上那多尔衮，就说史某克尽臣节，岂能随俗浮沉，一息尚存，定当竭股肱之力，鞠躬效命，以报大明！

侯方域 史公不必为此信分心劳神，我想这长江天险，易守难攻，只要我军将士齐心抗敌，何惧敌军骁勇？

（唱）此信如同战书到，
铁蹄弩箭惊江涛。
不惧塞马把战挑，
将士齐心灭儿曹！

军　卒 （上）报！报元帅，四镇总兵争闹不休，已到辕门外，要见元帅！

史可法 你待怎讲？

军　卒 有黄、刘三镇不满兴平侯高杰高总兵镇守扬州，享受繁华，要来与之争抢，已到辕门之外，声言要见元帅评理。

史可法 好恼也！

（唱）一个个堂堂胆气豪，
尔就该挨肩雁序称同胞。
眼见清军旌旗到，
更应合力复北朝。
却为何阋墙相争闹，
眼睁睁同室把戈操。
看起来贼易讨部将难调，
气得我血涌目胸卷怒潮。

侯方域 史公万万不可急火攻心。四镇擅自争夺，本当军法从事，只是如今正值危难，凡事当以抵抗清军收复中原为先。不如令黄、刘三镇仍回原地静候调遣，兴平侯高杰封为先锋，派往睢州驻防。

史可法 如此甚好！兴平侯此去，还需世兄相随，以为参军，为其多多谋划。犹如老夫亲去一般！来人！

中　军 （上）有！

史可法 传令下去，黄、刘三镇仍回原地静候调遣，兴平侯高杰封为先锋，派往睢州驻防，侯先生以为参军，随军前往。四镇若有违抗，军法凛然，本帅绝不容情！

中　军 遵命！（下）

军　卒 （上）报！报元帅，兵部令符到！

史可法 有迎！

差　官 （上）史可法听令！

史可法 臣在！

差　官 有左良玉假借清君侧之名，发出一道檄文，欲从武昌发兵进讨金陵，着扬州督军史可法立即率兵前往御敌，不得有误！

史可法 这……遵命！

侯方域 元帅，这……？

史可法 （沉重地）外敌未除，内患又起，此番调某远离要塞，万一长淮不宁，沿江一带便无一坚城可以御敌，清军自然长驱直入，到那时存亡即在顷刻之间！苍天呐，为何不佑我大明？

〔伴唱：楚歌围城如累卵，
祸福存亡顷刻间。

〔切光。

第二场　寄扇

〔媚香楼内。

〔李香君丝帕缠头，忧心忡忡地坐在桌旁。

李香君　（唱）寒风料峭透锦袄，
空帐冷衾罢笙箫。
残阳懒将孤影照，
何人与奴把愁消？

想奴家一时无奈，要自尽全节，可怜妈妈为奴挡灾，忍辱前往，眼前床榻依旧，不知归期何年？这都是权奸霸道，害我母女、夫妻不得团圆。

（接唱）权奸无端行霸道，
害侯郎异乡苦奔逃。
又害我揉碎如花貌，
血痕一缕在眉梢。
叹妈妈舍了笙歌、易了妆容、无奈李代桃，
怎忍看床榻犹在、锦衾犹温、可怜归期遥，
到如今夫妻难见、母女难逢、鸿雁天涯渺，
不由我恨在心苗、怒在眉梢、怨气冲九霄！

（拿起桃花扇端详）这柄宫扇，乃侯郎定情之物。自郎别后，傍奴妆台。那日奴家持它护身，其后又血溅于它，杨老爷见血痕红艳，添了些枝叶，竟成就一片桃花。桃花扇呀桃花扇，你可知奴的一颗痴心、一片痴情？

（接唱）桃花薄命、扇底飘零、恰似奴写照，
只见这疏疏密密、浓浓淡淡、是奴点点鲜血抛。
想去岁秦淮春光好，
侯郎携扇探红绡。
喜堂红烛星眸照，
霞染娇容似粉桃。
觥筹交错琼筵闹，
情诗引奴涌春潮。
郎避祸远走天涯道，
乱世难把家书捎。
扇儿呀！
多谢你伴奴遣寂寥，

扇儿呀！
你也曾楼头险作刎颈刀。
睹物思郎凭栏眺——

〔另一表演区起光，侯方域眺望远方。

侯方域 （唱）凭栏眺，关山阻隔恨路迢。
河防危急，关山阻隔，家书难托，佳人难逢，思想起来，好不伤心也！
（接唱）投史公枕戈达旦为国来报效，
愁的是塞马未到、北贼未讨、自家平地掀波涛。
高将军自恃功高特狂傲，
诚恐他与总兵阋墙自鏖。
残夜漏尽起号角，
巫峡恨浓听松涛。
在异乡犹思去岁春意闹——
李香君 （唱）春意闹，郎将真情付羊毫。
侯方域 （接唱）结鸾俦人夸姻缘好，
李香君 （接唱）芙蓉帐鸳鸯枕共渡鹊桥。
侯方域 （接唱）理新妆晨画春山比京兆，
李香君 （接唱）入兰房夜舞鸾靴奏笙箫。
侯方域 （接唱）持琼觞微醺恐你花前倒，
李香君 （接唱）赏冰轮赋诗恐郎将奴嘲。
侯方域 （接唱）风乍起寒鸦惊飞凶讯报，
李香君 （接唱）忍分离郎走荒村踏枯槁。
侯方域 （接唱）踏枯槁，身处异乡心烦恼，
李香君 （接唱）心烦恼，孤守楼头泪暗抛。
侯郎呀！
奴不想侯郎你宫花簪帽，
奴不想侯郎你凌烟名标。
盼只盼除奸佞狼烟尽扫，
又恐怕疆场挥戈你血染袍。
思前情犹恨韶光少，
看今朝人隔银汉遥。

〔李香君表演区切光。

侯方域 香君！

〔内喊：许总兵反了！

军　卒　（上）报！侯参军，大事不好！
侯方域　何事惊慌？
军　卒　许总兵设计杀害高将军，手持人头，出城降清，睢州失守！
侯方域　哎呀不好！高杰性情乖张，不听我劝，与那许定国屡生事端，到如今只落得命丧睢州。许总兵呀许定国，你鲜廉寡耻，枉食王禄！待我逃回扬州，速报元帅得知！（下，表演区切光）

〔李香君表演区起光，李香君上。

李香君　苏师傅要去扬州寻访故交。有心托他与侯郎捎去书信，只是奴纵有千言万语，却不知从何说起。也罢，想奴这千愁万绪，尽在扇头，就请师傅把这柄扇儿寄去吧！权作一封别致的家书！

〔内喊：秦淮沿岸各家旧院听了，礼部有命，采选歌女、乐工，进宫演习歌舞，所有人等，即日前往礼部听选，如有违抗，一律捉拿收监。

李香君　这……？又有祸事临门了！（面露愁容，呆呆站立）

〔切光。

第三场　骂筵

〔阮大铖私邸赏心亭。
〔马士英、阮大铖携随从上。

马士英　（念）琼瑶楼阁朱微抹，
阮大铖　（念）金碧峰峦粉细勾。
阁老请看，在下这座赏心亭，正是赏雪之所！
马士英　美景满目，可惜无心赏玩。
阮大铖　阁老大人有什么烦心之事？
马士英　昨日，老夫进宫面圣，见圣上闷闷不乐。老夫先问圣上，莫非忧愁清军南犯？再问莫非是为了正宫未立？三问可是焦虑逆臣谋反？如此三问，圣上均道：非也！非也！圣上言道，心中只为一件！
阮大铖　圣虑高深，我等不能窥测。圣上可曾言明是哪一件？
马士英　圣上言道，阮大铖所献《燕子笺》，乃中兴之乐，正好点缀升平，今日已是正月初九，角色尚未选定，万一误了灯节，岂不叫人万分扫兴！一年能有几个元宵佳节？
阮大铖　原来如此！阁老且放宽心，在下这部《燕子笺》坊间早已流传，乐工、歌妓烂熟于心，前日在下已奉礼部之命采选了一些歌妓，只需指教一二，定能使圣心大悦！阁老，不如此时把新选歌妓带到此地验看，阁老意下如何？

马士英 这倒是一个好主意。

阮大铖 来人，赏心亭设宴，再叫前日选来的那些歌妓席前侍奉。

随　从 遵命！（随即设宴）

阮大铖 阁老请！（马、阮二人入席）

杨文骢 （急上）闻听阮大铖奉礼部之命采选秦淮歌妓，教习歌舞，香君也被抓来。诚恐又起风波，放心不下，特来一探！

随　从 杨老爷到！

阮大铖 杨兄到了，快请入席。

马士英 妹丈到了。

杨文骢 阁老，阮兄，闻听阮兄教习歌舞，特来观赏。

阮大铖 今日阁老大人在此为圣上选歌女，解忧烦，杨兄一并入席，饮酒听曲。快请！

杨文骢 谢座。

〔李香君、寇白门、卞玉京等人被带上。

李香君 （唱）呼啦啦传诏到秦淮，
恶狠狠抢奴下楼来。
黑压压狼烟锁要塞，
兴冲冲歌舞在亭台。
恨悠悠胸闷步懒迈，
气昂昂骂贼头难抬。
（抬头看，白）哎呀！怎么杨老爷他也在此？
（接唱）这一个曲意来奉迎，
那一旁霞浆满玉钟。
恨上心头怒潮涌，
香君要做女祢衡。

马士英 为首这个，看来年纪尚小。报上名来。

李香君 奴家李……

杨文骢 （急忙插话）她乃秦淮李贞丽。

阮大铖 闻听李贞丽已过三旬，怎么如此年少？

杨文骢 秦淮人家，不过善用胭脂花粉装扮罢了。（对李香君）李贞丽，快快演唱一曲，以祝雅兴。

李香君 我不会唱曲。

马士英 满口胡道！不会侍酒唱，怎得秦淮名？
李香君 我有满腹冤屈，难以唱出。
马士英 小小年纪，能有什么冤屈？
李香君 冤屈似海，不知从何说起！
（唱）遭陷害亲人远走悲声动，
母女生离再难逢。
席前难忍心中痛，
饮琼浆哪知民间血泪情？
杨文骢 （暗示李香君）李贞丽，今日命你唱曲，并非为你伸冤。
李香君 也罢！奴这冤苦，不值一诉。思想起这国仇，不由人恨上心头！
（唱）塞马铁蹄踏江浪，
眼见黎庶苦断肠。
尔不该持禄固宠媚君上，
厚颜苟安赏霓裳。
马士英 小小歌妓，竟敢胡言乱语，这还了得？
阮大铖 小小歌妓，竟敢冲撞阁老大人，来呀！与我掌嘴！

〔家丁、随从上，要抓李香君，寇白门、卞玉京急忙保护。

李香君 （唱）防川逊于防民口，
不闻骂名遍九州。
阉党义子魏家狗，
何曾真心为国谋？
阮大铖 大胆！给我拉到雪地，吊起来狠狠打！
杨文骢 阮兄息怒！阮兄息怒！
阮大铖 想一秦淮歌妓，无人主使，怎敢如此猖狂？今日定要挖出身后唆使之人！给我打！

〔家丁拉开卞玉京、寇白门等人，抓住李香君。

李香君 好贼子！
（唱）铁心石腹何愁冻？
冷对烛下众流萤。
绳墨追曲乱朝政，
不思北上复圣京。
汨罗江水沉冤重，
野鹿为马在秦庭。
休向弱质逞骁勇，

何惧纵暴羌浑同！

阮大铖 反了！反了！与我拉下去，狠狠地打！

〔家丁拉李香君下，寇白门、卞玉京等追下。

杨文骢 阮兄息怒！这一贱人如此无礼，自然该打！只是与这些下等之人动气，传了出去，只怕有损阁老的清誉。再者，圣上急需人才进宫演曲，共庆升平，这李贞丽乃秦淮名妓，上等之选，将她打煞，若圣上不满，何人担待？不如早早将她送入内庭，捡个苦差事，让她去做，磨磨她的性情，如若演曲急需，也能应一时之急，阁老意下如何？

马士英 妹丈讲的也有几分道理。

〔内喊：于公公到！

大太监 （急上）哎呀，阁老大人，好不容易找到您！

马士英 于公公，何事慌忙？

大太监 适才扬州发来十万火急军情，清兵已将扬州团团围困，圣上请阁老速速进宫议事。

马士英 快快备轿！快快备轿！妹丈随我一同入宫！

阮大铖 阁老，这乐工、歌妓……

马士英 哎，这时哪里还顾得上这些？（与杨文骢急下）

阮大铖 正要用《燕子笺》赢得圣宠，这一下，恐怕燕子惊翅飞，中秋月难圆了！我还是为自己早打主意的才是！（急下）

〔切光。

第四场　宫苑

〔南明宫苑一角。

〔李香君上。

李香君 （唱）嗖嗖冷风吹碧瓦，

森森宫墙落寒鸦。

受欺凌血泪暗吞下，

思侯郎泪眼望天涯。

身无双翼怎飞去，

终日里愁入骨髓难自拔。

这才是宫墙阻挡春风入，

长门紧锁碧桃花。（晕厥）

〔翠英上。

翠　英　（唱）弱女被逼入宫苑，
　　浣衣局内走一番。
（见李香君晕厥，连忙上前搀扶。认出李香君）哎呀，这不是恩人吗？恩人醒来，恩人醒来！

李香君　（唱）昏沉沉只觉魂魄散，
　　恍惚中辨不清地狱人间。

翠　英　恩人醒来！

李香君　你是……

翠　英　恩人不认识我了，您还记得吗？那年秦淮河畔，恩人仗义相救，我才没有被坏人卖掉。

李香君　原来是翠英妹妹。你又怎到此地？

翠　英　自那日与恩人分别，陪伴母亲扶柩回乡，谁料偏遇上宫中选秀，县大老爷又把我抓进宫来，只怕永无出宫之日。要不是老母尚在，我早就悬梁自尽了。恩人因何到此？

李香君　家破人亡，往事不堪回首。又得罪权奸，因而到此。翠英姑娘你今日来此作甚？

翠　英　我家娘娘丢了一块绢帕，说只怕是落在浣衣局了，命我来找。

李香君　衣物成百上千，如何寻得？

翠　英　找寻不见，我回禀就是了。恩人暂且忍耐，我听娘娘说，大局不稳，如若有出宫之日，我请恩人随我一同回归故里，粗茶淡饭，侍奉恩人。

李香君　多谢姑娘好意，只怕是永无出头之日。

翠　英　纵然没有出头之日，恩人也要多多忍耐。我去回禀了娘娘，恳请她放我来此，一来是陪伴恩人，二来也替恩人多干些活儿，恩人你要多歇息，养养身子。

李香君　好妹妹！
（唱）一番言语说出唇，
　　恰似那冬日骄阳暖我心。
　　冷寒宫中现知己，
　　不是手足似亲人。
万万使不得！

翠　英　恩人莫要推辞，当初我与恩人萍水相逢，是您仗义执言，相救与我，翠英虽然没有什么见识，也知滴水之恩当以涌泉相报，更何况，恩人方才都叫翠英一声妹妹了，姐姐有难，妹妹岂能袖手旁观？

李香君　妹妹！

翠　英　恩人——姐姐！

〔小太监上。

小太监　哎哟，姐姐妹妹的，跑到这里来结拜了，也不看看是什么地方！我说李贞丽，你的好事来了。

李香君　浣衣局中，哪有什么好事？

小太监　圣上有意要听《燕子笺》，都念叨多日了，乐工倒是齐全，只是这歌妓人手虽多方寻找，还是不够，今日，是我灵机一动，想起你来了，怎么样？好事来了，还不赶紧孝敬孝敬咱家？

李香君　我被抓入宫，身无长物，说什么孝敬二字，你若觉得此乃好事，何不毛遂自荐？

小太监　哎哟，咱家要是个母的，还能轮到你吗？还敢犟嘴，我抽你！（欲打）

翠　英　姐姐！（上前保护）

〔大太监鬼鬼祟祟上。

小太监　哎哟，干爹！

〔大太监吓得摔倒在地，手中的东西撒落一地。

小太监　（连忙帮着拾东西）干爹饶命！干爹饶命！奴才该死，惊到您老人家了。干爹您这是？

大太监　小子，你怎么在这里？

小太监　前几日不是说圣上要听《燕子笺》吗，奴才……

大太监　那都是哪辈子的皇历了？今日传来消息，扬州已被团团围困，城破就在顷刻之间，告诉你，圣上已悄悄逃出宫去了。

小太监　啊？这可怎么办？

大太监　怎么办？大难临头各自飞吧！

小太监　我明白了，您这是偷了宫里的东西，准备从这后门逃出去？拿来吧！（抢过大太监手里的东西）

大太监　大胆！（欲抢回）

小太监　（一脚将其踢倒）去你妈的！（跑下）

大太监　狗崽子！回来，回来！（追下）

翠　英　哎呀，姐姐，听他们的话，这宫里已经乱了，皇上都跑了。

李香君　天赐良机，你我也寻机逃走吧。

翠　英　姐姐随我来！（搀扶李香君下）

〔切光。

第五场　沉江

〔扬州城。史可法辕门内。
〔史可法戎装上，史德威等将士随上。

史可法　众三军！
众　有！
史可法　清军兵临城下，扬州危急，想这扬州城关系重大，一旦失守，犹如长江开锁，危及金陵，我等定要奋勇杀敌，誓与扬州共存亡！倘若上阵不利，
众　守城！
史可法　守城不利，
众　巷战！
史可法　巷战不利，
众　短接！
史可法　这短接不利么，
众　与敌玉石俱焚！
史可法　好！同仇敌忾，玉石俱焚！众三军！速速把守要塞，听我号令！
众　遵命！（下）
史可法　（叫住史德威）史将军慢走！史将军，你随我征战多年，从来视为心腹，本帅膝下无子，你我又是同姓，本帅有意收你为义子，不知将军意下如何？
史德威　爹爹在上，受儿一拜！（跪拜）
史可法　快快起来！儿啊！你道为父临阵收子，为着何来？
史德威　孩儿不知！
史可法　清军骁勇，扬州临危，倘若失守被擒，不便自尽，就请你给我项上一刀！
史德威　孩儿不能！
史可法　哎呀儿呀！你若一刀结果我的性命，便是为我着想，全我名节；你若不忍杀我，我又无法自尽，落入贼手，必遭凌辱，如此看来，杀我便是救我，留我便是害我，救我、害我，全在你一念之间！德威儿在上，受我一礼！（欲拜，史德威连忙扶住）
史德威　（慌忙跪倒）折煞孩儿！（扶起史可法）

〔内起喊杀声。
〔内喊：报！北门失守！

史可法　杀！（与史德威冲下）

〔史可法率兵与敌厮杀上。

〔明军不敌，史可法被围，史德威冲上，急救，兵卒掩护史可法逃下，史德威断后，不敌，身亡。

〔暗转。

〔长江边。史可法内唱：惨败遍野哀鸿怨！

史可法（踉跄奔上，接唱）

扬州从此相见难。
紫宸高，金阙远，
泪望金陵某羞还。
求功名我也曾秉烛达旦，
食王禄尽职守哪敢偷闲？
掌漕运整吏治贪官尽免，
执兵符守要塞重任在肩。
龙楼欢哪顾将士饥和暖？
苦腾挪岂容壮志付空烟！
弱军废垒空哀叹，
瘦马残壕对谁言？
悲切切血泪衣尽染，
恨悠悠身奔长江边。
惊涛恰似湘累怨，
亡国之臣不堪怜，
脱袍褪靴摘冠冕，
幸有这万里江水遮羞颜！

〔史可法欲投江，一名军卒追上。

军　卒　元帅！万万不可！

史可法　你看这茫茫大地，留着史某何处安放？罢了！（投江）

军　卒（大哭）史元帅！

〔侯方域内喊：元帅！与几名将士奔上。

侯方域（唱）闻听元帅江岸走，
（问军卒）你可曾见到元帅？

军　卒　元帅他、他、他投江自尽了。

侯方域　哎呀！元帅！（大哭）
（接唱）恨江水把丹心侠骨一并收！
元帅罹难，国之不幸！众位将士，快快收拾起元帅衣冠，战乱平息之后，妥善安葬！以便后人祭奠！

〔众将士收拾起衣冠，下。

侯方域 元帅呀，史公！

（唱）你忠心为国把城守，
赤胆为民阻敌酋。
白昼要塞忙奔走，
夤夜秉烛为国谋。
金陵珍馐伴广袖，
玉液笙歌满龙楼。
充耳不闻鼙鼓骤，
唯君舍命护金瓯。
元帅纵有擎天手，
怎撑这恶浪江心一破舟？
史公英灵今远走，
朝宗该向何处投？
罢、罢、罢，休、休、休，
豪情壮志一笔勾！
怕什么江山蒙垢，
愁什么黎庶堪忧，
铁蹄下偷生埋首，
意灰心寒、唯有泪眼对江流。

〔切光。

第六场　逢舟

〔长江上。
〔李香君内唱：江岸旌旗卷烟尘——
〔李香君、翠英乘舟上。

李香君 （接唱）北来战火要临门。
不惧霜冷扬州奔，

翠　英 （接唱）姐姐有颗侠女心。

李香君 （接唱）你不该伴我赴军阵，
理应故里去寻亲。

妹妹，闻听人言，清军已将扬州团团围困，此番前往扬州，恐怕是才离狼窝，又入虎口。当初骂筵之时，姐姐我已存必死之心，倘若扬州城破，我等也难苟活，不如投奔侯郎，我二人死也要死在一起！只是妹妹家中尚有老母，理应归返故里，不该随我共趟烟尘。

翠　英　姐姐说哪里话来？当初姐姐救我，绝非为了今日之报，姐姐大病初愈，身旁焉能无人侍奉？想我翠英久有报恩之心，这也是苍天恋念，让我有此机会。待我将姐姐托付给姐丈，再回去寻母不迟。

李香君　好妹妹！

船夫甲　天色已晚，两位还是回舱歇息吧。

〔李香君、翠英相扶回舱。

〔李贞丽、苏昆生分别乘船上。

李贞丽　（唱）逃离险境心惊战，

苏昆生　（唱）杀伐哭喊动地天。

李贞丽　（接唱）求活命只觉行船缓，

苏昆生　（接唱）扬州城危山河残。

船夫乙　这一娘子！

船夫丙　这一老丈！（齐）你看天色已晚，已然远离扬州，我等缓行一阵，前面也已能望见江岸了。

李贞丽
苏昆生　（齐）只要能逃离险境，缓行也可！（各自归舱）

〔岸上传来更鼓声。

李香君　（出舱）听得岸边更鼓声响，看这滩浅水缓，行舟艰难，夜静霜寒，想起我那侯郎，叫我好不伤怀也！

（唱）乌云遮月衣寒透，
棹动水流泛篷舟。
已别秦淮碧波久，
深锁宫苑泪交流。
为寻侯郎扬州走，
愁对这，
船飘飘，情悠悠，
飘飘长往、悠悠思绪、愁眉望扬州。
为郎血花溅楼头，
思前情倒叫我泪哽咽喉。（入舱）

〔李贞丽出舱。

李贞丽 （唱）胆战心惊过要塞，
清兵铁蹄跨江淮。
李代桃僵朱门迈，
恶妇赶我出户来。
逃命只求人安泰，
贞娘我，
心沉沉，神昏昏，
沉沉心痛、昏昏欲倒、远眺凤凰台。
不知香君今何在？
望金陵不由我珠泪满腮。（入舱）

〔五更鼓响。苏昆生出舱。

苏昆生 （唱）江水东去浪千叠，
风中缓行舟一叶。
投辕曾到武昌界，
寄扇只为真情切。
听闻军民遭兵解，
到如今，
身冷冷，雾蒙蒙，
冷冷长夜、蒙蒙泪眼、忍对残宫阙。
岸边哀笛声呜咽，
国破碎恐我等也难逃此劫！

〔李香君、翠英、李贞丽先后出舱。

李香君
李贞丽 （齐）天色渐明！昨夜听闻那边船上悲叹之声不断，待我一观。
苏昆生
李香君 那边船上好像是妈妈，妈妈！
李贞丽 （观望）哎呀！那边船上好像是香儿，香君！
苏昆生 那边船上好像是贞娘，贞娘！
李香君
李贞丽 （齐）船家，船家！快快将船靠岸！
苏昆生

〔三只船先后靠岸，几人下船相见。

李香君 妈妈！师傅！（扑入李贞丽怀中）
苏昆生 贞娘！香君！

李贞丽 香君，苏师傅，天怜我等，今日在此相逢。

李香君 妈妈你——

苏昆生 贞娘你（齐）怎样到此？

李贞丽 田仰之妻十分悍妒，将我赶出府来。我身上少衣，腹内缺食，是一路当卖首饰，才得归来。未到扬州地界，便闻杀喊之声，连忙雇舟南来，想往金陵与你们相会，谁料在此相逢。儿呀，你这是要去往哪里？

翠　英 妈妈，姐姐这是要赶往扬州！

李贞丽 这是？

李香君 这是儿结拜姐妹，名叫翠英。

苏昆生 秦淮岸边一别，今日又得重逢，你二人还结为姐妹，真是缘分！

翠　英 翠英见过妈妈。见过苏师傅。

李贞丽 少礼了。儿呀，清军已将扬州团团围困，杀声震天，你一羸弱女子，如何去得？

李香君 妈妈，师傅，自你们离去，儿我先遭暴打，后入深宫，真真是一言难尽！前日宫中大乱，昏君、权奸纷纷逃窜，我与妹妹才逃出虎口。闻听卞姨、寇姨意冷心寒，去往栖霞山修道。我想这乱世之中也难苟活，奔上扬州，与侯郎生死相依，也不枉我为他遭受的这番苦情！

（唱）离却虎狼千林雾，
　　　才逐鲸鲵万里波。
　　　纵然扬州城阙破，
　　　与郎同死不苟活！

李贞丽
苏昆生 （齐）痴儿，你贸然前去，若侯公子反来寻你，岂不错失？

李香君 这……

翠　英 姐姐，妈妈说得有理。你贸然去寻，公子赶来，寻你不见，岂不揪心？

李贞丽 你还是随妈妈回上媚香楼，等候侯公子。

李香君 既然如此，也只好随你们回返了。

〔内喊：逃兵抢人了！众百姓跑上。

〔李香君、李贞丽、苏昆生、翠英被冲散，下。

〔李贞丽被两名逃兵追赶，上。

逃兵甲 哈哈，往哪里逃？快快献出财物，饶你不死！

〔苏昆生暗上。

李贞丽 几位军爷，我乃是从扬州逃难而来，身上并无财物。

逃兵甲 老子管你逃难不逃难，不交，要你项上人头！

苏昆生 国遭危难，民有灾祸，军爷何必雪上加霜？

逃兵甲 管你什么国难不国难，老实告诉你，那皇帝老儿已经不知去向，他的皇宫大内，老子也要去搜上一搜，更不要说尔等这小小百姓了，快点！

逃兵乙 （打量李贞丽）没有财物，可有人呀！老子当兵十载，耽误了找女人，来呀，给我抓了回去，让老子也快活快活！

〔逃兵乙抓住李贞丽，下。苏昆生见状上前营救。追至江岸，被逃兵甲拦住。

苏昆生 不救国难，反而肆意抢劫，行比盗寇，真如禽兽一般！

逃兵甲 老儿找死！（一刀杀死苏昆生，跑下。苏昆生尸首跌入江中。船夫甲上，见状急忙躲在树后。）

〔李香君内喊：妈妈！妹妹！上。

〔船夫甲急忙上前拉住她。

船夫甲 你妈妈被逃兵抢走了。那位老丈惨遭毒手，尸首落入江中。

李香君 啊？妈妈！师傅！（哭）妈妈！（欲追下）

〔内喊：清兵杀过来了！

船夫甲 快走。（拉李香君上船）

〔清兵甲冲上，欲追。

翠　英 （上，见状急喊）姐姐快跑！

李香君 （在船上喊）妹妹！

船夫甲 快走！（撑船离岸）

〔清兵甲追到岸边，翠英扑上去抱住清兵甲的腿，清兵甲飞起一脚踢开翠英，翠英又冲上，咬住清兵甲的手，清兵甲一刀杀死翠英。

〔内传来李香君的喊声：妹妹！

〔切光。

第七场　毁扇

〔一束追光起，光束中李香君扑倒在地。

李香君　翠英，好妹妹！
（唱）可怜你父早丧凄凉贫境，
可怜你深宫院愁对苍穹。
妹好比石缝草苦苦求生，
妹好比含苞花静待春风。
妹好比那飞鸟刚出樊笼，
却为我长江岸刀下丧生。
说什么报滴恩当以泉涌，
难道说殒青春能不伤情。
好妹妹一诺恰似千金重，
好妹妹侠肝义胆骨铮铮。
哭妹妹思侯郎悲声大恸，
风嘲奴花笑我厚颜偷生。

〔起光。
〔栖霞山下，一座茅庵内外。

寇白门　（上）香君，你怎么倒在地上。（搀扶起）门外风大，你久病未愈，我还是扶你回庵中躺下吧！

李香君　妈妈被逃兵掳走，师傅和翠英妹妹又惨死敌手，侯郎如今生死不明，每思至此，不由我牙关紧咬，恨上心头，又如何能躺得住？

寇白门　贞娘去向不明，苏师傅难以复生，你纵然望穿双眼，也看不见侯公子的踪影，又何苦站在这风口伤心伤神呢？（叹气）你还不知，那杨老爷……

李香君　杨老爷怎么样了？

寇白门　适才听人言道，扬州沦陷，杨老爷镇守金山，复又退守仙霞关，终因寡不敌众，他为国捐躯了！

李香君　啊！杨老爷！（哭，跪倒）为奴引荐侯郎，原谅我一时使性；护奴免嫁田仰，施巧计李代桃僵；媚香楼头作画，成就那一片桃花；国难死守仙霞，方见您孤臣忠勇之心，报国之志！杨老爷英灵莫要远走，受香君一拜了！
（唱）一叩首尊老爷艺苑三绝人称赞，
二叩首谢老爷递奴红绳配夫男。
三叩首敬老爷不惧生死赴国难，

守危城壮志更比磐石坚。
亡灵已赴天涯远，
浩气仍令敌胆寒！
杨老爷！（剧烈咳嗽）

寇白门 又咳嗽起来了，快回庵躺下歇息吧。（扶李香君回庵坐下，关门）来，快把药喝了吧。（递药碗）香君，卞妹山上求道，数月来几番劝你，你就是不听，偏要守在这山下茅庵。我劝你还是上山调养为好。

李香君 （摇头）我要在此大路旁随时打探侯郎的下落。

寇白门 （叹气）哎！

〔侯方域上。

侯方域 闻听香君在这栖霞山下结庐而居，特来寻找。眼前有一茅庵，待我上前叩门。

〔侯方域正要叩门，听见里面有人说话，驻足静听。

李香君 只要得知侯郎平安，奴家便放心，纵然他不来寻奴……

寇白门 怎么样？

李香君 奴家也不怪他！寇姨你细想，倘若侯郎平安无恙，以他素日言行，定然纵横江湖，联络复社人等，为匡复大明四处奔走。郎有鸿鹄之志，我岂能用儿女私情相扰？我托苏昆生苏师傅送去的那柄诗扇，曾溅染奴的鲜血，惟愿它伴郎左右，犹如奴随行一般！
（唱）倘若侯郎得脱险，
他必然求匡复国事为先。
人鼎沸想是侯郎振臂喊，
尘飞扬定是侯郎舞征鞭。
似看到他奋不顾身常涉险，
似看到他勇斩敌酋报仇冤。
诗扇有幸将郎伴，
我岂能私情将他缠？
纵然此生再难见，
也不枉奴为他血溅衣衫！

寇白门 好一个痴情的女子呀！

侯方域 （低声）好一个痴情的女子呀！
（唱）言似春风肺腑出，
不枉我千里寻名姝。
我已看破红尘路，
含羞剃发着异服。

相见恐她心生怒，
她向汉家我向胡。
难道说牛女从此不把银汉渡？
难道说同路人变霄壤殊？
既到此怎能将她负？
既到此怎能独自踏归途？
满腹忧虑向谁诉？
思前想后步踟蹰。

〔卞玉京着道装上。望见侯方域背影。

卞玉京 这位客官，莫非迷失路径？（侯方域转身）哎呀，原来是侯公子！香君！香君！

〔门内听到喊声，寇白门急忙开门。

寇白门 侯公子，果真是你！

〔李香君挣扎站立，喊：侯郎！侯郎！门外三人急忙进屋。

侯方域 香君，你怎么成了这般模样？
寇白门 忧思萦怀，又身染重病，只盼公子早日相见。
侯方域 香君，你受苦了！
（唱）眼见香君怀悒怏，
怎不叫人痛肝肠？
李香君 （唱）身染疾，心惆怅，
空望残阳照疏窗。
侯方域 （接唱）身在异乡心忧虑，
深恐风霜将你欺！
李香君 （接唱）心如磐石何所惧？
海誓山盟志不移！
侯方域 （接唱）曾向楼头觅倩影，
纱裂幔残好伤情。
李香君 （接唱）松涛寒鸦常惊梦，
屡向路人问行踪。
侯方域 （取出桃花扇，接唱）
扇面桃花艳如旧，
血染情寄香永留。
李香君 （接过桃花扇，接唱）
难效诗扇将郎守，

心念情牵复何求？
桃花是奴血染透，
最可叹画扇之人一命休。（剧烈咳嗽）

侯方域 （叹气）哎，龙友兄！

李香君 侯郎，妈妈遭田府抛弃，途中被逃兵掠走，如今生死不明；苏师傅被逃兵杀死，尸首落入江中，不知飘向哪方？我那翠英义妹，为了救我，被清兵残忍杀害，史阁部、杨老爷死守孤城，为国尽忠。侯郎，如今是国有难，民遭殃，你定要四处奔走，联络各处义士，匡复大明呀！（剧烈咳嗽）

侯方域 香君，你病成这样，快快躺下休息。

〔侯方域连忙扶李香君坐下，脱下斗篷为她盖上。

〔寇白门看见侯方域身着清装，惊讶地“呀”了一声，卞玉京急忙暗中阻止。

〔李香君睁开双眼，闻声望去，

李香君 侯郎，你这是……莫非你怕遭遇清兵，特意乔装改扮？

侯方域 非也！

李香君 莫非你又把那却奁之计重演，身着清装，特来试探与我？

侯方域 香君，你莫要猜测，听我慢慢讲来，是我剃发异服，欲回乡应试，求取功名。

李香君 哎呀！（晕厥）

〔侯方域、寇白门、卞玉京齐喊：香君！

李香君 （唱）侯郎他改弦易辙功名求，
只觉得天旋地转魂魄丢。

〔睁开双眼，看见侯方域，用力将其推开。

（接唱）眼前是杨柳如烟春色秀，
却只觉春去绿凋迎霜秋？
相见反令心寒透，
诗扇无语也蒙羞。

侯郎呀侯郎，奴身居秦淮，也曾见过几多达官贵胄、雅士风流，只因君才高八斗，又侠肝义胆，才托身于君。自郎避祸扬州，奴家孤守空楼，歌罢舞休，唯恐辱没侯郎清誉。那田府差人强抢，奴家宁愿撞柱一死，也绝不向权奸低头！烽烟四起，军情危急，奴焦虑万分，昼夜难眠。扬州失守，奴担心郎君安危，又身染重病，难以行走，可是身虽难行，心早相投，我想侯郎，素怀壮志，身逢乱世，必然要为国分忧，为民解愁，无论闽南、粤东，川北、浙西，必有侯郎的身影在奔走！奴家万万没有想到，江山易主，史阁部、杨老爷尸骨未寒，侯郎你竟甘作贰臣。难道你就不怕愧对列祖列宗，愧对史阁部、杨老爷，愧对奴这一片痴情吗？

（接唱）你本是东林名家后，
国有难恰把壮志酬。
虽说是读书人难掼铠甲戴兜鍪，
也不该临危把身抽。
扬州城将士血染透，
仙霞关杨老爷勇战敌酋。
史阁部铮铮铁骨、凛凛正气、一缕英魂江中游，
郎不该乞怜剃发狗辫留。
分明有重构山河经纶手，
竟使这东林帜倒、复社坛塌、叫奴如何遮面羞？

侯方域 香君！

（唱）宫破壁颓村郭冷，
尸横骨槁鸟哀鸣。
铁骨重臣埋梅岭，
易主紫宸立寒风。
残局阑珊何人整？
破舟江心惧浪冲。
衰苗怎将疾风迎，
愿与你携手归乡度余生。

香君，我特来接你同归故里。

李香君 故里——

（唱）自幼儿遭拐卖家门难回转，
苦命女青楼卖笑实堪怜。
形无靠多想此生终有靠，
身无依多想寻觅可依肩。
郎梳栊香君我心欢意满，
郎有情奴有意不羡神仙。
多少次梦中常把姑嫜来拜见，
多少次梦中与郎携手在故园。
叹只叹美梦终成幻，
天呐，狠心的天！
心已碎泪已干我怒向苍天！

寇白门
卞玉京 （齐）香君病体沉重，怎能远行？

李香君 纵无病体，怎能同行？（深施一礼）侯公子！

（唱）香君我青楼栖身羸弱女，
刀斧加身志不屈！
深谢君昔日梳拢真心意，
深感君千里来寻情未移。
叹只叹道不同再难相聚，
旧罗衫怎能配侯君新衣？
君步青云庙堂立，
高梧自有凤来栖。
这诗扇曾将你我深情寄，
君赠我我还君已无泪涕。
怎奈它已尽染弱女血迹，
恐与这新发异装难相依！
且将这一片桃花尽毁去，
请君速归莫迟疑！

〔奋力撕扇，气喘吁吁，体力难支，寇白门、卞玉京连忙上前搀扶，李香君稍作停歇，又拼命撕扇。

侯方域 香君莫可！哎，天妒你我，竟叫这万般恩爱付之东流！

李香君 （已再难支撑，挣扎着奔向侯方域）侯公子，你好！你……

〔气绝。

侯方域
寇白门
卞玉京 （齐）香君！

〔伴唱——
香魂犹在唱绝调，
山水同悲玉肌消。
儿女浓情情难了，
桃花扇底送南朝！

〔剧终。

2017年9月30日一稿于西安

人面桃花

根据南戏《崔护觅水记》改编

昆剧

编剧：谭孝红

自古以来，爱情是个永恒的命题，人们始终在追求纯洁的爱情，可是爱情始终被太多的世俗所羁绊，有没有来自内心共鸣的爱情？拙作也许还是一个理想。爱情，来自性情相投，来自共同的爱好和追求，才应该是最甜美的；可是，现实中的人，要吃穿住行，想高攀迁升，等等，太多的欲念，在社会还未高度发展的时候时时成为真爱的蛀虫。所以，我认为，生产力越发达，社会越高度发展，到了人人按需满足的未来，爱情就应该只考虑心灵的合拍了。拙作为了表达这理想，表现得很明显很直白，可能会被批评太直接；有些文词方面也还待提高。

人物表：

崔　护——秀才，青年。
叶　蓁——官宦之女，青年。
翠　玲——叶蓁随身丫环。
叶　父——叶蓁之父，官员。
书　童——崔护书童。

〔时间：唐朝年间。
〔地点：桃花村等。
〔序幕（幕后伴唱）——

去年今日此门中，
人面桃花相映红。
人面只今何处去？
桃花依旧笑春风。

第一场　觅水

〔光启。桃花村，桃花盛开，桃花丛中茅草屋一座。
〔崔护上。

崔　护　【仙吕入双调】【夜行船序】
春色妖娆，
莺飞柳摆腰，
桃花尤灼耀。
村野外，
正是赏花微妙。
吾崔护也，乃博陵一书生，今日春光甚好，特来看那漫山遍野的桃花红，也好把平时埋在书堆里的闷气透一透！
（接唱）纷纷，
桃瓣红云，
争妍比俏。
氤氲，
兰麝逐风来，
人若熏香醉摇。
只是陶醉中不觉已是口干舌燥，前方一茅屋，何不敲门乞水？（上前敲门，无人应）有人无？（无人应）有人无？

〔翠玲、叶蓁上。

叶　蓁　这荒山野岭的，会是谁啊？
翠　玲　小姐请放心，待我先去看看。
叶　蓁　小心为好。
翠　玲　是。（走近门，从门缝偷看）小姐，只是一人。
叶　蓁　待我看看。（走近门，从门缝偷看）不像坏人，倒像一位书生。
崔　护　书生崔护路过此地，赏花有累，口渴如焦，可否借水一瓢？
叶　蓁　门外听音，倒觉得斯文，不妨轻启门扉，先从门缝偷看。（暗暗地开启门缝偷看）果真一位书生啊！
【沉醉东风】
望俊郎衣带轻飘，
意踌躇面容善好。
门不应，人未理，
临风仍不躁。（试着开门一小半，因害羞瞬间又关上）

崔　护　唉！不见响动，想必是无人居住，那就走喽。

〔叶蓁开门，发出响声。

崔　护　唉，原来有人！

〔叶蓁立刻又关门。

崔　护　怎么又关起门来了？（上前敲门）

叶　蓁　谁呀？

崔　护　在下书生崔护路过此地，赏花有累，口渴如焦，可否借水一瓢？

叶　蓁　既然是书生，可否形容如何之渴？

崔　护　口内焦躁，如同冒火啊！

叶　蓁　唉，此乃莽夫之语，非书生之言啊！

崔　护　那要如何？

叶　蓁　我出一上联，你若对出了，说明你是书生，那就开门；若对不出，那就在门外待着，继续“冒火”吧！

崔　护　这下可好了，求水居然还如同应考！不过，想我沉迷四书五经多载，理当无所畏惧，请——

叶　蓁　听好了——屋内水静，无端遭惹击门声阵阵。

崔　护　（思考片刻）有了——花间燕语，着意引逗乞水心诚诚。

叶　蓁　嘻嘻，心里有几分憋屈啊？

崔　护　那倒不敢。

叶　蓁　好吧，算你过了一关。还有，且听好了——春雨润万物，独不润门外一陌客。

崔　护　花开美千树，全为美屋内此婵娟。

叶　蓁　想不到这位相公还蛮会说些好话啊！准是渴得受不了了！我偏要让你等等。还有——

崔　护　还有？

叶　蓁　是的。不过此回你出上联。

崔　护　我出？出什么？这似乎倒是为难了。（思考）这倒有了，且听啦——此门虽柴扉，却似铜墙铁壁擂出几分累。

叶　蓁　嘻嘻，终于有些不耐烦了！好吧，且听着——这人也书呆，却不提脚挥掌推个半月开。

崔　护　岂敢，岂敢啊！

叶　蓁　嘻嘻，真是书呆子气啊，不过倒也令我几分激越！

（续唱）感楹联为其心照，

蕴藉可褒，

冰心可着，
沁我心旌，
芳魂处颤摇。
好吧，暂且开门。（把门半开数次，却又不好意思地突然关上）
崔　护　这是为何？
叶　蓁　翠玲，还是你来开吧。（躲在桃树后）
翠　玲　……好吧！（开门）
崔　护　（进门）哇，好难进的柴门院落，好难喝的水啊！（行礼）多谢小姐！多谢小姐！
翠　玲　（调皮地）那是的！
崔　护　方才小姐真是好才气啊！
翠　玲　嘻嘻，（调皮地）那当然呐！
崔　护　（环顾四周）只是这院落空空，还有你的父母亲呢？
翠　玲　今日不在。
崔　护　这……
翠　玲　怎么啦？
崔　护　那我不喝水啦。
翠　玲　这是为何？
崔　护　你我孤男寡女，授受不亲啊！
翠　玲　（故意调笑地）这有啥关系？
崔　护　此话怎讲？
翠　玲　你我二人，这山林深处，又何人能晓？
崔　护　（惊讶）这……小姐何出此言啊！
翠　玲　嘻嘻，难道不是吗？
崔　护　不敢，小生不渴了！
翠　玲　岂有不渴之理，若不嫌弃，还可以随我屋内饮水。
崔　护　岂敢，岂敢，小生得走了！
翠　玲　嘻嘻，那就待我端水过来。
崔　护　亦是不必了。（欲走）
翠　玲　嘻嘻，真是个书呆子！你走吧！
叶　蓁　（从树后缓缓出来）客官暂且留步。
崔　护　（吃惊）啊！居然还有人！（凝视叶蓁良久）桃花丛中是美仙！
【尹令】
桃掩玉颜姣好，
黛蛾蝉鬓如裱。
步履轻盈袅袅，

三生愿偿，
林野淑女胜宫娇。
你是——？

叶　蓁　【前腔】
暗窥此郎君子，
幽静庭院不乱绕，
不似花蜂随眺，
三生盼偿，
相逢一朝永相邀。

翠　玲　相公，她才是我家小姐叶蓁姑娘，刚才和你对对联呢！
崔　护　（行礼）见过小姐！
叶　蓁　（行礼）相公有礼啦！
崔　护　在此山野遇见如此貌美之女，还能吟诗作对，真是三生有幸啊！
叶　蓁　相公过奖啦！翠玲，快快内屋取水。客人早已渴了。
翠　玲　是。（下）
叶　蓁　敢问先生家在何方？
崔　护　崔护乃博陵人也，距此上百里，曾前往京城求学，今日回乡，路过此地。
叶　蓁　家中有些什么人？
崔　护　父母安康，兄弟姊妹数人。
叶　蓁　还有谁？
崔　护　就如此。
叶　蓁　（害羞地）可否有家室？
崔　护　……尚未婚配。
叶　蓁　哦……
崔　护　敢问小姐，可曾自幼居于此？
叶　蓁　这……哎！不提也罢。

〔翠玲端水上。

翠　玲　相公请用茶。
崔　护　（接水）多谢。（饮水）哇！好甘甜的水啊！
（吟哦）桃花丛中来觅水，
敲门数声不启扉，
一旦揽杯酣畅饮，
甘甜胜过酒醉归。

叶　蓁　好诗也，小女子也献丑一首。

（吟哦）此郎敲门怎不累？
几番周折终启扉，
好在杯水前嫌释，
直叫女子脸霞绯。
小女子惭愧了——
崔　护　哪里，今日能幸会小姐，已是莫大的福气！
【川拔棹】
山野间，
巧相逢，
盼良宵。
愿桃花中一只美娇，
桃花中一只美娇，
情如水，夕夕朝朝。
（二人合）缘于水，
遇于桃，
盼月圆，
度良宵。
叶　蓁　翠玲，到屋内取笔墨来。
翠　玲　是。（下）
叶　蓁　相公可曾作画？
崔　护　有过。
叶　蓁　今日你我相遇是缘分，只是相距甚远，一别便不知何日相见，可否以画相留？
崔　护　好呀！此法甚妙！
叶　蓁　你我彼此给对方绘就肖像一幅，可否？
崔　护　好呀！
叶　蓁　不过，我有个要求。
崔　护　请讲。
叶　蓁　请仔细看清我啦！
崔　护　（诧异）看清你？
叶　蓁　对！仔细正面看我。
崔　护　（不好意思）这……
叶　蓁　看啦！（正面给他看，又有点不好意思）
崔　护　（鼓起勇气偷看）看了……
叶　蓁　咱俩各自给对方绘就一幅人像画。
崔　护　原来如此！

〔翠玲上，给两人分别端去笔墨纸和小案台。崔护、叶蓁各自绘画，有时相互偷看对方几眼。翠玲在两人之间来回走动，附和着“相公，你可别把我家小姐画丑了哦”“好美呀！”“真若眼前人啊”等语。绘毕，两人各自展现，再特意给对方看。

叶　蓁　（害羞）相公，画得如此之美！

崔　护　你不也把我给美化了？

叶　蓁　【前腔】你比西施俏，

崔　护　（接唱）君潘安貌，

二　人　（合）起心潮。

依恋中如漆似胶，
依恋中如漆似胶，
欲别离内心煎焦。
缘于水，
遇于桃，
盼月圆，
度良宵。（互赠画）

叶　蓁　相公，此地不宜久留。

崔　护　这是为何？

叶　蓁　一言难尽啊。你回去继续念书，可曾好读《诗经》？

崔　护　小生常沉迷其诗。

叶　蓁　相公可记得《诗经・桃夭》一首？

崔　护　自然记得，桃之夭夭，何其灼灼……男女之情何其真挚！

叶　蓁　是的啊。瞧我这到处都是桃花，我最爱这诗了。相公回去后好好诵读，权当是念给我听！我也会在远方陪着你读的。

崔　护　是。

叶　蓁　待桃熟之时，端阳正午，我们到五里之外的小桃亭再聚。

崔　护　好啊！

叶　蓁　相公，时辰不早了。我父亲今日要来看我，请先回吧！

崔　护　是！小生告辞。

〔二人依依惜别。

〔光渐暗。

第二场　逼嫁

〔桃花居室内。叶父上。

叶　父　（敲门，同时谨慎地看四周）蓁儿，快开门。

〔叶蓁上。开门。

叶　蓁　孩儿见过父亲。
叶　父　哎呀，我说蓁儿啊！
【北黄钟】【南画眉序】
草屋蒿，
避婚斯处怎煎熬。
快依了父命，
早日开窍，
嫁与方家多傲骄，
权高过父比廊庙。
荒郊野岭怎长住？
我仕途你婚配全无保！
叶　蓁　父亲啊！
【北出队子】
小女心傲，
意中人自个挑，
父母强求我窝心绞，
向隅暗泣多煎熬。
只怕是父前程女婚爱都全抛！
叶　父　蓁儿啊，为父的也是不得已啊！那方家权高过父，不依的话恐怕难保我乌纱帽啊，在这乡下躲得了初一也躲不过十五啊。
叶　蓁　父亲啊，您就干脆言女儿已亡故吧。
叶　父　万一被知，可是欺上之罪啊！
叶　蓁　反正女儿是不愿依从那方家，就算是在这乡下待一辈子！
叶　父　我说孩儿啊，那方家公子哪里不好啊！
【南滴滴金】
面庞清秀志端庄，
琴棋书画能知详，
诗书苦读盼科闱，
必是蟾宫折桂郎。

他日妻荣夫贵，
哪需今日破功夫多计量！
人生岂长？
欲求何方？

叶　蓁　父亲，孩儿也见过其人，初眼看去也确是一表人才，只是言谈之中总不能合拍啊！

【北四门子】

我言《诗经》颂劳意深沉，
他道只是为百姓在鸣冤。
我爱高山流水清音调，
他喜温艳曲软绵绵。
月清风，
伴我恬。
尘世嚣，
他别样爱噪喧。
我欲东，
他望西，
蓦然间相觑无言。

叶　父　哎！哪有这么多名堂啊！为父就你这么一个女儿，什么都依了你，终究如何是好啊？

叶　蓁　父亲，大不了回乡，就做桑农百姓吧！

叶　父　你……！哎！

〔切光。

第三场　相思

〔舞台对半分，一边代表叶蓁家，一边代表崔护家。叶蓁家挂着崔护画像，崔护家挂着叶蓁画像。

〔崔护、叶蓁上，各自在自家对着画像边舞边唱互诉相思之情。

二　人【仙吕入双调】【步步娇】

桃灼灼红艳恍然别，
相思日益烈。
茶不香，
食不味，

他声似耳边贴，
迢遥迥远，
滞行的痴情热。
恨不能时光飞遽端阳刻。

崔　护　对了，那叶蓁姑娘不是交待我诵读《诗经》里面的《桃夭》吗？我再诵读看看，不知远方的蓁姑娘可曾熟记？
（诵读）桃之夭夭——

叶　蓁　灼灼其华。

崔　护　之子于归——

叶　蓁　宜其室家。

崔　护　桃之夭夭——

叶　蓁　有蕡其实。

崔　护　之子于归，

叶　蓁　宜其家室。

崔　护　桃之夭夭——

叶　蓁　其叶蓁蓁。

崔　护　之子于归，

叶　蓁　宜其家人。

崔　护　好诗啊！特别是“桃之夭夭”“其叶蓁蓁”两句，不就是写着那叶蓁姑娘吗？

叶　蓁　“之子于归，宜其家室”，不就是我的心愿吗？何时才能于归啊？

叶　蓁
崔　护　（舞、唱）

桃之夭夭，灼灼其华。
之子于归，宜其室家。
桃之夭夭，有蕡其实。
之子于归，宜其家室。
桃之夭夭，其叶蓁蓁。
之子于归，宜其家人。

叶　蓁　崔生啊，愿你早日过来，媒妁相娶。你可能还不知道吧，小女子正被逼婚啊……

崔　护　蓁姑娘啊，愿我早日考取功名，洞房花烛夜，双喜临门！

叶　蓁　桃熟之时，我们相会，把大事定好。

崔　护　桃熟之时，我必远涉赴会，蓁姑娘等好。

〔二人挥袖惜别。
〔切光。

第四场　赴约

〔小桃亭。

〔翠玲上。

翠　玲　今日已是端阳来临，正是小姐与那相公相会之日。小姐，快些起身。

〔叶蓁上。

叶　蓁　来了。却见这桃果累累，好一派生机盎然！

【南吕】【梁州序犯】

草木苍苍，

莺声婉转，

桃果累累迎端阳。

佳期已至，

早赴桃亭等郎。

翠玲，走起——

（接唱）山径旖旎，

裙裾风飏，

小步芳尘畅。

愿将相思曲诉衷肠，

愿小寸金莲早入他华堂。

翠　玲　小姐，那小桃亭快到了。

叶　蓁　你且看看，亭中是否有人？

翠　玲　是。（探看）好像有人。

叶　蓁　那你再上前看仔细些。

翠　玲　是。（探看）好像无人。

叶　蓁　到底是无人还是有人？

翠　玲　待我再细看。（故意几次探头查看）有人，无人，无人，有人。哎！还是无人……

叶　蓁　啐！丫头，到底是无人还是有人？

翠　玲　小姐息怒。确实是无人。

叶　蓁　那我们在此等候。

翠　玲　为何不到亭中去？

叶　蓁　自古都是男子先到为敬。

翠　玲　哦，原来如此！

叶　蓁　哎，莫非是昨日雨后路难行？

翠　玲　嗯，何况今日过节路途人多。

叶　蓁　但愿如此吧。

翠　玲　小姐，那有一个人影了，待我去看看。（向前走几步，探看，回）看背影就不像那位崔相公，走近一看，是一个挑夫在那歇息。

叶　蓁　（有点无可奈何地）哦。

翠　玲　小姐再等等嘛。（指着远方的亭子）唉，换了个人，那背影有几分像崔相公哦。

叶　蓁　（急忙地）快前去看看。

翠　玲　是。（向前走几步,探看,回）看背影确实像那崔相公,可是走近一看,却是一个不认识的书生。

叶　蓁　哎！怎么回事？

翠　玲　小姐别急，再等等。

叶　蓁　也只能如此。（等待）

翠　玲　小姐，亭中真有一人，与那崔相公像极了。

叶　蓁　（焦急）快去看看！

翠　玲　是。（向前走几步，探看，回）看背影确实像那崔相公，可是走近一看，还是一个不认识的书生，而且他在等候他的女子，一会就一起走了……

叶　蓁　哎，如何是好啊。

翠　玲　小姐，我看您也不必太较真吧，毕竟和他是一面之缘啊。

叶　蓁　我想他会来的！许是他生得意外？

【商调】【山坡羊】

病恹恹莫道他身染疾患？
奄息息莫道令堂痒未安？
困扰扰莫道崔郎遇恼烦？
急惶惶莫道崔家遭天乱？
去去去，胡思令目眩。

翠　玲　哎，这世间实在是少有您这么为相公着想的人啊。那我们干脆就到那小桃亭直接等候吧。

叶　蓁　也只能这样了。

〔二人走圆场，来到小桃亭，继续等候，不时地张望远方。叶蓁显出几分忧郁，翠玲显得有几分焦躁。

翠　玲　小姐，你看还是没有那崔相公的影子。

叶　蓁　再等等吧。

翠　玲　只是日头渐落，天色已晚啊。我就怀疑他是不是……

叶　蓁　住嘴。继续等下去。

翠　玲　那崔相公属于你的自然会来，不属于你的，就是你等也等不来啊。即要天黑，赶紧回去吧。

叶　蓁　哎！此时不来，难道这些时日都是我在单相思吗？

（接唱）莫非崔郎在戏情？

莫非崔郎久生变？

爱怜，

痴情女泪襟涟。

难言，

不期男，心可安！

不不不，那崔相公不是这样的人啊！

翠　玲　小姐，那就明天再来候吧。（拖叶蓁）

叶　蓁　你先回吧。

翠　玲　老爷岂不打死我？（继续拖叶蓁）

叶　蓁　（无奈地被翠玲拖着走，哭泣）呜呜，崔相公啊，你今日何处去了？（与翠玲慢下，不时地反顾小桃亭）

〔光渐暗。

第五场　重访

〔第二年桃花开时。

〔桃花村背景。

〔崔护、书童上。书童担着行李。

崔　护　【双调】【三仙桥】

野径春光好景，

舞蜂蝶，

桃花尤艳，

我却惶惶恐恐，

鸟鸣心更惊。

书　童　却是为何？

崔　护　（接唱）去年里失约处，

眼下斯地，

教我一想一泪零。

书　童　哦，原来与姑娘有约，那是美事啊。

崔　护　（接唱）想家母他处逼婚紧紧，
　　　　　　直逼我逃婚赴考匆匆，
　　　　　　空负了蓁姑娘端阳候等、候等。
　　　　　　哪晓得科场难定，
　　　　　　惆怅中今暂返乡探亲情。
书　童　明白了。
崔　护　（接唱）蓁姑娘，
　　　　　　君可鄙夷是我崔郎之行径？
书　童　相公，前方有一户人家了！
崔　护　（探看）哦！到了！果真是那屋子啊！
　　　【中吕】【驻马听】
　　　　　　草屋静临，
　　　　　　桃红依旧似海深。
　　　　　　悔端阳失信，
　　　　　　怕见红颜，
　　　　　　步履沉沉。
书　童　嘻嘻，要见到美人了，还忧什么忧啊！我就在这等你，你自个儿去吧！（卸下行李担子）
崔　护　你是哪里话啊！
书　童　（故意躬身行礼）相公请！
崔　护　书童，你先去。
书　童　哪能我先去啊？
崔　护　你先去。
书　童　我不去。你去。
崔　护　你先去——
书　童　这是为何？
崔　护　我不敢去啊！
书　童　要是别人，跑过去都来不及呢！你却不敢，这到底是为何啊？
崔　护　你不懂啊！你快去敲门便是。
书　童　那这担子可就你挑过去啊！
崔　护　少啰嗦，快快去便是。
书　童　是。（下）
崔　护　想我和那叶蓁姑娘一年未见，还曾失约。今日突见，怎不心慌意乱！
　　　（接唱）玉人若在先叩首，
　　　　　　失约一事恳宥情。
　　　　　　再杯水徐斟，

细语温情端详审。

〔书童上。

书　童　相公，那屋敲门无人应啊。

崔　护　你是如何敲的？

书　童　我是先敲几下，无响动，然后我又边敲边借口说“客人路过，口渴难当，可否借水一瓢”。

崔　护　哎呀呀，敲门就是，千万不提“借水一瓢”啊！

书　童　这是为何？

崔　护　休再啰嗦，只管敲门就是。再去。

书　童　是。（欲下）

崔　护　等等。如果再敲无人应，你不妨往屋内呼“翠玲”。

书　童　翠玲？那我怎么敢啊，可是相公的对象。

崔　护　错了。那是那小姐的丫环。

书　童　哦，那也蛮漂亮吧。

崔　护　休得胡言。

书　童　那好吧，说不定我会和她有缘呢！（下）

崔　护　敲门无人应，是不愿开门，还是外出了，还是叶姑娘她……出嫁了？哎！只怪自己失约啊……桃之夭夭，其叶蓁蓁……叶蓁姑娘，你今在何方？

〔书童上。

书　童　相公，敲门叫了好几声“翠玲”，我还叫得甜甜的，可就是没人应。哎，看来我也是缺福分喽。

崔　护　哎呀，你这书童！说不定是把事情闹坏了。走起，我将亲自敲门去。

书　童　那这担子可是你来挑喽。

崔　护　我挑便是。（欲挑）

书　童　呵呵，还是我来挑啦。（挑担）

【越调引子】【祝英台近】

乐逍遥，
担子挑，
陪他找美人蕉。
书生多情，
野岭藏娇娇。
但愿他日此福临我，
艳遇桃花，

且消受倜傥风骚。
到了，相公，敲门请起。

〔崔护欲去敲门，却欲敲又止，徘徊犹豫。

崔　护　【中吕】【越恁好】
手欲敲又还，
欲敲又还，
我心可惶然。
若美人启扉相望，
我何面目两相看。
终究是我愆深情义欠，
终究是我愆深情义欠。
伊人若无奈心已非，
痛煞我心离。

书　童　相公，你就敲吧。里面无人呢！
崔　护　真无人？
书　童　你再不敲，那就我来敲给你看吧。
崔　护　且慢。还是我来敲吧！（敲门，谨慎地）有人吗？（无人应，再敲）有人吗？（敲数番，越来越激动）有人吗，有人吗？叶蓁姑娘，叶蓁姑娘——（见无人应，失望地）真是无人啊！再看看这门前，台阶青苔染绿，落花满地无人扫，确是久无人居。叶蓁姑娘离开此地了啊，离开此地了啊……！
【中吕】【驻云飞】
门扉严森，
虫鸣水声犹自怜。
去年三春润，
桃红吐芳魂沁。
哎，今朝屋冷闷，
寂然苦困。
愁汛。
今桃红似血，
入肠一寸寸。
千古佳人难成姻，
伊人芳踪何处寻。
书童，取笔墨来。
书　童　是。（呈笔墨）

崔　护　（高呼）叶蓁姑娘啊——（在门上边写边念）去年今日此门中，人面桃花相映红。人面只今何处去？桃花依旧笑春风。崔护题。

（写完，唱）

去年今日此门中，
人面桃花相映红。
人面只今何处去？
桃花依旧笑春风。

〔幕后伴唱：

去年今日此门中，
人面桃花相映红。
人面只今何处去？
桃花依旧笑春风。

〔光渐暗。

第六场　重返

〔桃花村叶蓁居处。门扉上仍有崔护题的诗。

〔翠玲上。

翠　玲　我家小姐自去年端阳失约事之后，就一直病恹恹，害得老爷到处给她寻医问药。这次又到他乡找郎中，一去就是几个月。哎，那方家又在逼婚。我家小姐真是屋漏偏遭风雨哦。今日回来桃花村，继续养病避婚。小姐，请慢来，我已经把这山路荆棘扫开。

〔叶蓁上。

叶　蓁　翠玲受累了。

翠　玲　（上前搀扶叶蓁）小姐慢着行就是。

叶　蓁　哎，又快到家门了，翠玲，你看这一路桃花盛开，又不禁想起了去年之此时啊。

【商调】【水红花】

去年春红诗情催彩辞，
化虚无，
一线长泪。
今朝桃红映残躯，
可伤悲，

泪滴心肺。
愈近门扉惴惴，
撒落桃红霏。
从今含悲满山隅也罗。

（哭泣）呜呜——

翠　玲　小姐，你就别再想那不诚信的负心郎啦！老爷和那些给你看病的郎中，都是这么劝你啊！

叶　蓁　哎！自古都是苦煞痴情女啊。

翠　玲　我就不信，天下这么大，唯有那崔相公就是你的合意之人。

叶　蓁　话是这么说，可心底还是忘不了他啊，但愿他还没有忘记我……

翠　玲　哎！小姐，已到家门了，还是先快些进屋吧。

叶　蓁　且去开门。

翠　玲　是。（欲开门，突然发现门上有题诗，吃惊）小姐，瞧，这门上居然有人写字了。

叶　蓁　什么？我来看看。（念）去年今日此门中，人面桃花相映红。人面只今何处去？桃花依旧笑春风。崔护题。啊！崔相公啊！你是何日来访？！

【山坡羊】

情真真香墨留痕，
意切切人影却去。
娇艳艳桃红化杜鹃，
凄惨惨寒冰残躯入。
空留我，
独影尤长望。
有缘偏不聚是何故。
恨不能身飞九天遍搜寻。
号呼，叫声声郎在无，
呜呼，哭哀哀郎不复。

崔相公啊！为何却是彼此擦肩而过！（哭泣）呜呜——误此良机，只恐今生再也无缘崔相公矣！（无力，欲倒）

翠　玲　（赶紧上前扶住）小姐，小姐，你可要挺住啊！快入屋内歇息。（扶叶蓁入内）

〔光渐暗。

第七场　死生

〔桃花村叶蓁内宅。叶蓁躺在病榻上，翠玲在照看。

翠　玲　小姐身体刚好了一些，可看了这门上的诗，一折腾，反而加重了！小姐，你可要宽心些啊！

叶　蓁　翠玲啊，只恐怕这次是难以病愈了。

翠　玲　那崔相公还会来的。

叶　蓁　迢迢数百里，他这一过，如何再来？何况他很可能以为我们不再居此处了。

翠　玲　这……

叶　蓁　（强起身，面向远方）崔相公啊，崔相公。去年今日此门中，人面桃花相映红；人面只今何处去？桃花依旧笑春……风……（倒榻而亡）

翠　玲　小姐，小姐。（发现叶蓁已亡）小姐啊——（哭泣）呜呜——（向屋内呼喊）老爷，大事不好啦！

〔叶父急上。

叶　父　怎么啦？

翠　玲　小姐她……走了……呜呜——

叶　父　（吃惊，靠近叶蓁）蓁儿，蓁儿，（发现无反应）我的蓁儿啊！

【正宫】【叨叨令】

你九泉赴，
为父断肝肠，
婚约本好事，
多风光，
体面又顺当，
念崔郎，
你魂魄恍恍，
命终丧。
痛杀也么哥，
痛杀也么哥。
孰害人？
悲长叹。

我的儿啊！究竟谁害死了你啊？方家？为父？最是那崔徒？（哭泣）

〔崔护上。

崔　护　【南吕】【懒画眉】

那日叩门人不遇，
返程一径步踟蹰。
桃花相逢深情至，
桃花情深岂可渎！
忙将步履迈回转，
再访桃红寻丽姝。

（听到哭声）今日屋内怎么有哭声啊？悲痛得很啊！不过也好，里面有人，说不定就能见到蓁姑娘了。（敲门）请开门。

叶　父　谁啊？

翠　玲　我去看看。（开门）这不是崔相公吗？

崔　护　正是！（兴奋地）翠玲！终于寻得，终于寻得啊！

叶　父　（上前）谁？崔相公？

崔　护　（行礼）小生正是。

叶　父　呔！原来你就是那门前题诗的崔护！（悲愤地）偿我儿命来！偿我儿命来！

崔　护　这是为何？

翠　玲　你这崔相公啊，自从我家小姐看了你的题诗，病情加重，终至病逝而去——

崔　护　（惊诧）什么？蓁姑娘她，她怎么啦，她在哪儿？

翠　玲　（指着病榻）她在那儿。

崔　护　她，她……（急向病榻）蓁姑娘，你醒醒啊。我来迟了啊！

【中吕】【红绣鞋】

去年人面桃花，桃花，
今朝命绝桃花，桃花。
几相思，梦贴颊，
待相见，阴阳跨，
明相恋，情殇煞！

蓁姑娘，想不到，待相见，已是阴阳两重天啊！

叶　父　哎！你这臭书生，引诱我儿，还在此猫哭耗子假慈悲，偿命来！我得把你告入官府，打入死牢！

崔　护　大人，岂能如此啊！小生已是不胜悲痛！

叶　父　（举手欲打未打）唉！

崔　护　（附着叶蓁大呼）蓁姑娘，崔护于斯！崔护于斯——

〔叶蓁手微动。

翠　玲　（吃惊，害怕）老爷，小姐的手微微动了一下。
叶　父　（吃惊）啊？！
崔　护　蓁姑娘，崔护于斯！崔护于斯——

〔叶蓁手慢慢挥起来。

翠　玲　老爷，您看，真的动来起啦！
叶　父　女儿，女儿！
崔　护　崔护于斯，崔护于斯！
叶　蓁　（微弱地）崔郎，崔郎——
崔　护　娘子，娘子——
叶　蓁　（慢慢起身）崔郎，崔郎——
崔　护　（扶起叶蓁）娘子，娘子，我回来啦！
翠　玲　小姐，你是人还是……
崔　护　是人如何，是鬼又如何，都是我的娘子！（与叶蓁凝眸相视，翩翩起舞，与叶蓁同唱）

【中吕】【上小楼】

是魂是人？
是人是魂？
是魂又是人，
是人又是魂，
魂人相孕。
莫惊慌，
天善良，
移身可贴近。
情所撼阴魂亦转人。

叶　蓁　崔郎，你终究还是来了！
崔　护　岂有不来之理！
叶　蓁　去年端阳为何不曾赴约啊？
崔　护　哎呀！

【仙吕入双调】【豆叶黄】

乍相逢凝噎，
往事千言。
是老母逼婚紧催，
都只为配与富商女，
无奈我逃婚离家，
失约罪愆。

到今日满心惭愧，
到今日满心惭愧，
诉不尽心结万万千。

叶　蓁　原来如此，可苦煞我也！哎，你母亲因钱而希望你婚配富有之人；我家父亲又何尝不是如此，希望我嫁权势之家。哎，想你我性相近，情共鸣，为何结缘却是如此之艰啊？这世间，难道就无一份纯纯粹粹的情啊！

【正宫】【普天乐】
清涧流，
无污垢，
人间情，
何似有。
只为那金钱和权势，
生出那些情丝丑陋。
（合）他怜我慕，
同步悠悠。
本应顺顺当当情厮守，
不提防惨凄凄梦断西楼，
愿情真真红尘无羁绊，
纯粹粹鸾凤同俦。

叶　父　女儿啊！……我不是在做梦吧！

崔　护　大人，我此番把您女儿的命偿还了。

叶　父　那，那我把女儿许配与你！

叶　蓁　爹爹，此话当真？

叶　父　此话一掷千金！

【越调】【蛮牌令】
情动魂还身，
注定天地缘。
乌纱也不顾，
二人梦得园。

叶　蓁　谢过父亲大人！

崔　护　谢过岳丈大人！

叶　父　只是……你可曾获取功名？

崔　护　这……

叶　蓁　（怨怒）父亲！你又纠结于此！
（接唱）因功名，

多少情殇连连。
率真性，
长情绵绵。
父反复，
我必疾又患，
魂归阴庭全云烟。

叶　父　不敢，不敢了啊！我的宝贝儿。你们二人齐飞吧！

翠　玲　嘻嘻，小姐终于圆满了！

崔　护
叶　蓁　【大石】【念奴娇序】

桃之夭夭，
其叶蓁蓁，
灼灼其华，
几度回轮。
情如水，
端的是思处无尘。
桃红，
人面相映，
几度笑春风，
无贪无奢魂还人。
唯愿情，
纯纯正正，
无邪驻乾坤。

〔剧终。

幽魂记

昆剧

编剧：魏玮

昆剧《幽魂记》改编自美国著名电影《人鬼情未了》。我当初观看此电影时，就被男女主角的爱情所打动。本次培训我较系统地接触了昆剧的创作，虽知其艰难，但仍想尝试，培训结束后，我就将此电影移植成昆剧作品。在创作过程中，我尽量将人物、故事本土化。但由于初次接触昆剧，未窥其门径，尚生涩稚嫩。剧本情节拘泥，主题不够明晰，文辞因袭过重，情感表达不够到位。通过老师的指点，知道了自己的问题所在，在今后的剧本创作中，我希望能够改正缺点，弥补不足，创作出较好的昆剧作品。

人物表：

生——王正。35 岁，张氏之夫
旦——张氏。30 岁，王正之妻
贴——春燕。25 岁，丫环
净——李墨。34 岁，贪官
丑——胡大仙。37 岁，通灵人
末——钱牢。50 岁，贪官
副净——黑三。28 岁，杀手

第一出　赏月

〔生上。

生　【满庭芳】江左风流，兰亭声远，三槐世泽长年。胸藏星斗，笔健挽银汉。

决胜文场论战，千军扫折桂长安。心澄澈，纤尘未染，冰操雪霜寒。身如皎月明，心莹玉壶冰。表里俱澄澈，心迹喜双清。小生姓王，名正，字浩然。陇西人士。椿萱早丧，兄弟孤穷，幸自博通经史，日诵千言，得试礼部，科甲连登，官拜大理评事，娶妻张氏，才貌端妍，颇称贤淑，今携妻至永嘉彻查赈灾银贪贿一案。每日里，早入公门至晚归，夜深案牍薄书堆。娘子那厢麝烟苒苒生银兔，蜡泪涟涟守空闺。今夜恰逢中秋，清夜无尘，月色如银，唤娘子出来赏玩则个。一言未了，娘子早到。

〔旦上。

旦　【绕池游】瑶簪花钿，兰径香风满。中秋夜，玉蟾清婉。（贴）天心月圆，人逐良伴，愿家家似月正圆。

〔旦见介。

旦　相公万福。
生　永结同心好，关雎求窈窕。
旦　菟丝附女萝，月夕与花朝。
生　娘子，中秋之夜，安排宴席，置酒赏月可好?
旦　早向玉厨静处，躬调肴馔，杯盘罗列，绿樽浮蚁，只待相公归来。
贴　老爷，你没回来之前，夫人就命我到书房找你五趟了！我以为今夜你也要住在府衙之中呢！
旦　春燕！
生　贪看案牍常侵夜，不听笙歌直到秋。期会薄书时更久，奔忙竟忘玉闺愁。还望娘子见谅！
旦　相公言重了。请相公随我至后堂，将食案抬出，你我在庭中赏月可好?
生　如此甚妙！（生、旦下）

〔净上。

净　【光光乍】贪赂私囊满，嗜贿擅弄权。朱户豪奢多珍玩，浊世深谙凡尘染。仕途自古无公道，谄佞趋时保素餐。自家李墨，字元光。官拜永嘉县令。与王评事有同科之谊，早闻王大人孤介耿直，存史子鱼秉直之风，两袖清风，效羊续悬鱼之节。今日正逢中秋，携酒至王大人门首，试探一番。（敲门介）可有人否?（贴上）（开门介）
净　我是你家老爷旧友，劳烦姐姐通报一声。
贴　走走走！
净　为何赶我?
贴　我家老爷说了，提着东西上门的统统赶走！

〔生上。

生 春燕，为何在此吵闹？

贴 老爷，此人提着东西上门，我赶不走他。

〔净见介。

净 王大人万福。

〔生见介。

生 原来是元光贤弟！早知贤弟在此为官。只因这几日公事繁忙，未暇相见。

净 早该为大人设酌洗尘，但闻大人清正廉洁，到任首日就杖责企图行贿之人。为避贪贿之嫌，在下不敢贸然登门。

生 你我昔日同登金榜，今日同处为官，甚是有缘。只是这酒，还请贤弟带回。

净 自当从命。大人之案，可有进展？

生 此地之事扑朔迷离、错综复杂，此地之人泥沙俱下、鱼龙混杂，愚兄初到此地，府衙之事还请贤弟多多助益。

净 在下自当尽心竭力。听闻大人前日搜检了被杀的库银管事之家，可有查获？

生 只搜得账册一本，还未细细核对。

净 大人英明神武，必破得此案，今逢中秋，不敢叨扰，就此告辞。

生 拙荆已备下酒宴，你我在此赏月，岂不好？贤弟稍等片刻，我唤拙荆置酒，去去就来。（生下）

净 不敢相扰。

〔副净上。

副净 月黑踰城夜，风高放火天。持刀夺性命，盗佛铸私钱。自家黑三，做的就是杀人越货的买卖，若想断人命，简单！出钱。

净 他今晚就在家中，可以动手了！

副净 这银子？

净 不会短你银两！转来，还要细细搜查，可有账册一本？如若找到，重重有赏。

副净 遵命。（副净下）

净 谁若阻财路，将他命来图，送至阴曹府，黄泉做鬼奴。（净下）

〔生、旦、贴上，贴置酒介。

生 元光贤弟竟未相候。
旦 中秋之夜，乃团圆之期，想必回家团圆去了。
生 既如此，你我入席吧。
旦 【梁州新郎】中秋家宴，小庭深院。光迸流霞觞满，觥船潋滟，绛河清浅，皓月婵娟。不比寻常三五，今夜团圆。当年初见衫斜掩，春心偷眼觑羞近前，脉脉柔情朝暮欢，如鱼水，两情眷，花朝月夜长相见，延皓魄，诉深愿。
生 我知娘子心中之愿。
旦 你且说来。
生 娘子满饮此杯，我便道来。（旦饮介）
生 【前腔换头】愿成双似月长圆，愿携手珠帘深院。惟深情犹欠，难得长闲。因念凭肩盟誓，枕臂私言。春日同饮芳醪暖，共炎天枕簟意缠绵，秋赏双星渡河汉，冬日里鸾凤影，观梅绽，鸳鸯为侣真堪羡，同心结，永相伴。
旦 正是我心中所愿，相公，今日杯酒欢欣，行个令可好？
生 今夜月色正好，咱们行个“月”字流觞的令如何？
旦 正合我意，酒面要一个“双”字，酒底要一个“圆”字，三句叶韵。
生 只是两人未免冷清。
旦 春燕，与我们同行此令可好？
贴 夫人啊，我可不懂什么双，什么圆的，求夫人不要难为我。
生 谚语俗语，随意便好。
贴 既如此，俺今日也风流一番。
生 娘子先请！
旦 霜庭按舞月娟娟。
生 东坡之句。
旦 （举杯介）双螺未学同心绾。
生 小晏之词。
旦 （饮介）不知桂影为谁圆。
生 陈克之词，娘子谢韫之才，班姬之质。好，好！该我了。这“月”嘛，胸中朗彻水月澄。
旦 方回之句，正如相公心性。
生 （举杯介）五马双旌何处逢。
旦 刘长卿之句。
生 （饮介）光辉圆魄衔山冷。
旦 李洞之语，好啊！春燕，该你了。
贴 这，这，这……月，月……月饼香软酥又甜。（生、旦笑介）

〔举杯。

介 双只烤鸡在眼前。（饮）
口水长流肚儿圆。

〔生、旦笑介。

生 春燕所言虽俚俗，却也有趣。娘子，我们再共饮一杯吧。（生、旦饮介）

旦 【节节高】初醺脸霞丹，媚酡颜。池上月华开宝鉴。风微暖，玉罘干，闲庭畔。酒香花气难挥散，金盘露洗秋光淡，（合）白首人间并双鸳，瑶台阆宫何足羡。

生 【前腔】清宵月正圆，至更阑，风回水殿幽香漫。帘栊卷，醉管弦，开玳筵，欢娱莫作容易散，人生有限情无限，（合）白首人间并双鸳，瑶台阆宫何足羡。

生 愿年年今夜，人月双圆。

〔副净蒙面上。

副净 （杀介）看刀！

生 你是何人？为何杀我？

副净 有人出钱买你性命！

生 娘子，快逃！（旦、贴下，副净杀生，扯下生的玉佩，生死。旦带人上。副净下）

旦 （哀介）相公！

旦 【尾声】黑云遮月恶徒窜，双泪红垂长问天，横祸飞来谁人管？

〔切光。

第二出　叹命

旦 （上）（哭介）【山坡羊】泪淋淋鸳鸯折颈，痛哀哀孤星照命，凄茫茫神催魄轻，苦伶伶独坐如衰病。哭得我瘦骨侵冰，雨泪樽前怆悲情。残杯月落空无影。
苦啊！
（接唱）细想前情涕频倾，伶仃，前欢谩绕萦，伤情，横窗月难再明。
中秋之夜，罹此横祸，相公啊，你怎忍心舍我而去！

生 【前腔】（鬼扮上）凄迷迷七魄无归似病，影飘飘三魂神虚不应，冷飕飕难禁寒侵骨轻，乱纷纷恰似梦蝶翻无定。秋月颜色冰，茫茫目不瞑。风残烛暗昏难醒，好一似身委虚舟踉跄行。幽清，踟蹰步前楹，寒凝，玄云合翳月星。

我竟昏死过去，想那歹徒已被擒住。娘子！你为何痛哭流涕？娘子她为何不语？想是痛彻心扉，哽咽不能言。娘子，深夜风寒露冷，我为你披上衣衫。（拿衣介）为何我拎不起这衣衫？

〔贴携素帏上。

贴 夫人，素帏已备下。
生 春燕，是何人亡故？春燕，春燕！为何她们都视我如若不见。
贴 夫人，莫要再哭了，这双眼要啼出血来了！我再去将白烛取来。（贴下）
生 【金络索】灯昏素帏清，月照人初定。暗夜流萤，深院门庭静，寒鸦几点声。娘子她泪频倾，语噎声悲不忍听。凄然冷落怜孤影，悲悼何人赴青冥，真薄命。
旦 心空月堕泪成冰，叹人间风雨无情，独自飘零，天令我真薄命。
生 娘子，我来与你拭泪。为何连这锦帕我也拎它不起？（拎介）这是何故？
贴 （上）夫人，县令李墨大人求见。
生 他来做甚？
旦 请。
净 （上）账册未寻到，念之心中焦。携棺来吊唁，诓她账册交。

〔生见介。

生 元光兄，有礼了！元光兄，难道你也视我而不见！这到底是为何啊？

〔净见介。

净 夫人节哀，听闻府上横遭祸端，我连夜赶来。
旦 劳烦李大人了。
净 夫人莫要多礼，大人曾说找到账册一本，为重要物证，夫人可知放在何处？
生 他为何关心此物？
旦 相公他从不与我说府衙之事。
净 原来如此，我置下一副棺木，请夫人到院中看看合适与否。
旦 大人费心了，我这就随你去。
净 夫人泪水未干，外面露重风冷，我为夫人拭泪。（净欲为旦拭泪，生怒介）
生 元光，你怎可如此！将手拿开！

〔旦躲闪介。

旦 不劳大人。（旦持镜抹泪，生站在镜后，惊介）
生 【琥珀猫耳坠】（生拂镜介）

莫不是尘侵鸾镜，难显我身形，举袖拂尘使镜明，重持鸾镜照身形。心惊，镜里无影，镜里无形。

这是为何？为何？

净 夫人，这几日家中若有事，在下且听吩咐。

旦 谢过大人。（净、旦下）

生 你们等我一等。（旦闭门介）（生头穿门介）为何头可穿门而过？手足亦可？这，这是何缘故？（仆抬花圈上）高风传乡里，亮节昭后人。悼王浩然！悼王浩然！呀！原来我被歹人所杀，尸寒骨冷，已成一幽魂！真痛煞我也！

【前腔】颜渊忒短命，盗跖享长生，气结心冤恨难平，可怜娘子泪空零，愁盈，阴风泠泠，寒夜无明！

【尾声】含哀气咽涕沾颈，相隔阴阳难复生，耳畔悲啼不忍听。

第三出　通灵

〔生上。

生 【生查子】残夜月波凉，步入青莎巷。寻访通灵人，万窍含悲怅。

早闻青莎巷内有位胡大仙，能通阴阳，特来寻访。（生下）

〔丑上。

丑 搬神弄鬼戏当场，用意图财昼夜忙。巧笑逢人须诈伪，通灵慌骗自当行。自家姓胡，名大仙，在青莎巷内开一卜肆。你问我见过鬼吗？说起来话长，先君曾言我家祖辈皆可连通阴阳，与鬼交语，我已年近不惑，却未曾见过一鬼。然祖传之业，怎可抛废，且做戏逢场，将人来诓。

〔生上。

生 这便是传闻之所在。胡大仙，胡大仙！难道他也听不见？

〔外上。

外 胡大仙，听闻你能通阴阳，老汉有一事相求，前日，老妻被马冲撞而亡，这几日常托梦于我，说她魂魄不宁，愿胡大仙与她相通，问她因何不宁？

丑 此事何难！且待俺招她魂来。敢问夫人名讳？

外 老妻名唤李翠花。

丑 杳杳冥冥，阴阳同生，生者为形，亡者为气，九幽诸魂现真形，太上打道君急急如律令，李翠花何在！快快来见！她已在此地。

生 她在何处？并无此魂。

丑 夫人已经在你身旁，有什么话，你只管问吧，她仅能停留片刻。

外 翠花，为何你连日不宁？

丑 她说这几日魂魄不宁，只因郊外孤魂勒索于她。哎呀，夫人衣衫褴褛，面黄肌瘦，甚是可怜啊！

外 那如何才能使她安宁？

丑 她说须求得灵符镇住孤魂。

外 何处可求得灵符？

丑 此处便有，只需纹银二两。

生 莫听他言！他在诓你！

外 且问老妻，须求多少贴？

丑 她说十贴便可。

生 十贴？这黑心烂肠的奸猾之徒！

外 竟有如此多孤魂相扰，老妻甚是可怜，求胡大仙赐十个灵符予她。

丑 她说多谢夫君，此处不可久留，她要回去了，愿你多加保重。

外 胡大仙多亏你，我才知老妻惨状，多谢相助。（外下）

丑 这二十两银子可真好赚。

生 诓骗之行，无耻之极。

丑 关你何事？

生 你能听见我说话？

丑 这屋中空无一人，你，你是何人？

生 我名唤王正，是一屈死冤魂。

丑 啊！看来先君并未骗我！各路神灵，（跪介，拜介）我以后再不行骗，莫让这冤魂来缠我！

生 既然你能听到我言，我有一事相求！

丑 你快走吧，莫再纠缠。

生 此言晚矣！你若不答应，我便不眠不休，在此叨扰。并将你无耻之行告之其他孤魂，让他们都来找你！

丑 魂老爷，魂老爷，求你发发慈悲吧，有何事，你快说吧。

生 【啄木儿】中秋夜罹祸殃，荡垢涤瑕触恶党。遭杀戮，魂魄飘荡。幸遇你能通阴阳，且随我赴书堂巷，相告娘子我魂未丧。莫让她断尽相思寸寸肠。

丑 看来能通阴阳也未必是好事，我自认倒霉，随你走一趟吧。

生 有劳了。（生、丑下）（旦、贴上）

旦 【前腔】纱窗静枕簟凉，莲烛啼痕怨漏长，夜无眠，秋月如霜。滴不尽珠泪千行。零星往事细思量。吟风赏月终难忘，只道当时是寻常。

贴 夫人，你已经两天水米未进了，你多少得吃点啊！

旦 春燕，我不想吃。
贴 那我扶你回房休息吧。（旦、贴下）（生、丑上）

〔丑叩门介。

丑 快快开门，你家老爷回来了！
生 莫要胡言！
贴 （上）何人在外叫嚷？（开门介）你是何人？
丑 我乃城东青莎巷胡大仙，善占卜、通阴阳。今带你家老爷之魂回来，还不相迎？
贴 哼！大仙？我看你倒像个骗子！快滚！
丑 好好好，我走，我本来也不想来呢！
生 莫走！你若走了，我就日夜缠你！
丑 魂老爷，我算怕了你了！你倒是想个办法，让咱们进屋啊！
贴 你与何人言语？
丑 我说了你家老爷之魂就在我身旁。
生 你且对她说月饼香软酥又甜，双只烤鸡在眼前，口水长流肚儿圆。
丑 什么乱七八糟的？
生 你倒是快说啊！
丑 他让我对你说月饼香软酥又甜，双只烤鸡在眼前，口水长流肚儿圆。

〔贴惊介。

贴 你如何知道这些？
丑 当然是你家老爷告诉我的。
贴 我看你是偷听的！（旦上）
旦 春燕，因何在此吵嚷？
贴 这骗子中秋之夜在我家门外偷听，如今想来骗钱。
生 娘子！
丑 夫人，我带你相公魂魄归家，他有话要与你说！
旦 我从不信鬼神之事，相公新丧，我伤心至极，你且到别处去吧。
生 娘子，他并未诓骗于你！
丑 她听不见你说话。
旦 春燕，你速将李大人请到府上，说此处有人行骗。
贴 是。（贴下）
丑 魂老爷，你倒是再想办法啊，你若无计可施，我便走了。
生 莫要走，你且对她说中秋夜，行月字流觞之令，她最后一句说的是陈克之词：不知桂影为谁圆。

丑 你慢点说慢点说。你家相公说中秋夜，行月字啥令？
生 月字流觞。
丑 月字流觞令，你最后一句说的是陈克之词：不知桂影为谁圆。

〔旦惊介。

旦 那你可知他第一句说的是什么？
生 胸中朗彻水月澄。娘子还说方回此句正如我之心性。
丑 胸中朗彻水月澄。你还说方回此句正如他之心性！
旦 难道他真在门外偷听？可庭院深深，怎易偷听，即便偷听，又为何记得如此清楚？
生 娘子啊，我生前忙于府会，累你独守空闺，泪滴枕畔，如今想来，甚是懊悔。
丑 他说他生前太忙了，让你独自在屋子里躺着哭，他如今后悔得很啊！
旦 他如何连这些也知晓？
旦 【三段子】嗟愕惊恍，夙昔事深闺恨长，泪沁枕香，他如何知之甚详？中秋胜赏如依傍，摇风影似魂游漾，令我生疑，行思坐想。
旦 既然你说你带他一起回来，他现在何处？
丑 他就在你身旁，紧握纤纤玉手！
生 娘子，我在这儿啊！

〔旦缩手介。

旦 为何我并无肌肤相亲之感？
丑 这魂当然不同于人了！
旦 昔日虽听人说鬼神之事，未亲眼所见，不能相信。今日之事，我亦不信你！
生 娘子啊，你要如何才肯相信啊？

〔贴净上。

贴 夫人，李大人到。

〔净见介。

净 夫人，深夜风凉露重，为何立在门外？此位是谁？
丑 我乃城东青莎巷胡大仙，善占卜、通阴阳。今带她家老爷之魂回来见她们。
净 大仙？我看你倒像个骗子！快滚！
贴 奇的是他所言皆如同亲历一般。
净 亲历？那我且问你，王大人曾说找到账册一本，你若真带大人之魂归来，可知它放于何处？
生 须防玉石之难分，当虑贤佞之莫辨。你且告诉他们账册不可轻率交出。

丑　原来你把它放在那里了啊，好，好，我知道了。你家老爷已告之我账册放于何处。只是这天下没有白吃的宴席，你们想知道，拿五十两银子来，我就带你们去找！

生　你怎能胡说！

丑　魂老爷，我又不能白走这一趟，得赚些银两！

净　果然是鸡鸣狗盗之人，竟骗到官府之人头上来了！吃我一拳！

〔净打介。

生
丑　不要打！不要打！（丑、净下）

贴　夫人，这里风大，我们回屋吧。

旦　难道他所言真是偷听的？

生　【归朝欢】哀娘子哀娘子，独立那厢，若离失形容怅望，全然怪全然怪，那厮贪心骗赃，偏私自讹言诌谎。害得我心头万语难舒畅，她疑心似醉神惚恍，两下里密语难通各自伤。

生　娘子啊，都怪我所托非人。

【尾声】远村烟树半微茫，无人信我心惆怅，孤魂飘荡访元光。

第四出　婪贿

生　【粉蝶儿】心肺忧焦，过石桥李府门到，愿元光耿耿清标，厌贪饕，无虚矫，我实言相告，账册相交，劳烦他罢贪平盗。

李府门外张灯结彩，深夜未休，这是在做甚？

〔末带仆上：快点走，快点走！

末　【红绣鞋】抬着这晃晃金银华耀，献上那佳人貌美窈窕，礼备年年庆生朝，那壁厢刮民膏，这壁厢谄奸豪，好教俺仕途平官位保。

闲来清夜心中痒，半夜起身特地忙。今日权门闹称觞，送礼要赶这头汤。自家钱牢，任监市一职，今日是县令李元光老爷的生辰，特备下礼物，前来拜寿。

仆　老爷，这箱子太沉，容我们停一会儿再走。

末　混账，箱内皆是金银财宝，自然沉重。我再赏你们二两，给我快走！

仆　老爷，您可真有钱。

末　老爷我乃集市一霸，那些商户都得好好孝敬我，否则叫他们好看！

仆　老爷，人家都是大白天送礼，我们为何半夜至此？

末　我若不早来，怎能显得一点孝心，若得李大人心喜，拜就一个亲生生娇滴滴的犹子比儿，我再不愁没钱花了。当此四更半夜，料无人似我钱牢。快走快走！

生 此人言词谄谀，行藏奸诡，定是匪类！

仆 老爷，这门内好像有丝竹声啊！

末 难道有人比我还早，快快快，将这些给我抬进去！

生 元光贤弟敢无视朝廷之规，收受此等厚礼？我且随他们进去看看。（生、末、仆下）（净携众上）

净 【石榴花】椿龄共祝进蟠桃，金带称围腰，寿宴开捧觞佳丽尽相招。美人尊前一笑，嘉宾谑浪春宵，平日里为官似我须贪冒，却不妨享仙寿，灯火楼高，醉扶红袖花前倒，谁管黎民寿和夭。

杂 禀老爷，监市钱牢求见。

净 请。

〔生随末上。

〔末入作卑趋进叩介。

末 李大人今当万寿，在下幸切三生，愧乏芹祝，少充下陈。此为礼单，愿大人福如东海，寿比南山。（献礼单再叩介。）

净 生受了，礼物全收，寿宴早开，请入席吧。

生 收了？他竟然全收了！

〔众欢饮介。

生 【斗鹌鹑】早献出祝寿千桃，早送上珠玑百宝，绮宴前倚醉凝娇，酒阑后玉尊长倒。门内豪奢意气骄，尽都是嗍民髓，刮民膏，只令我痛心煎熬，苦悰病恼。

生 我竟没看出他是欺民的祸首，盗国的蠹虫。

杂 老爷！（与净耳语介）

净 （举杯对众人介）今夜红楼夜光，云开天爽，早备下三十名歌姬舞女，请诸位到后堂受用。

众 多谢李大人！

生 竟还有此等污秽之事。（众下）

净 让他进来，转来，从角门进来。

杂 是。

生 他要见何人？

〔副净上。

副净 大人，你许我的银两何时兑现？

净 你未找到账册，何来银两！

生 他如此关心账册，其中必有他贪污赈灾银两的凭证！

副净 府衙内翻遍也未找到。可我为大人结果了两条性命，银两也是我该得的！

净 这五十两银票，你拿去，远走他乡。

副净 多谢大人！（副净下）

〔生见玉佩介。

生 这……这是我那块玉佩，原来是他！他们杀了我！（生厮打介）还我命来！

生 【上小楼】我这里肝肠噬绞，他那里奸心难料。恁的怒火中烧，仇恨难消，他罪行滔滔，巧笑刳肠刀，轻命如鸿毛，我誓将妖氛旋扫，为黎民铲除谗暴。

净 那账册恐在王正家中，明日到王府，寻个借口，翻找翻找。

生 （惊介）不好，娘子还在家中！

【煞尾】步行急心似焦，阴风吹立不牢，想娘子身在险境无人告，我则须再访灵媒讲话表。

第五出　再访

丑 摆下灵符阵，幽魂莫访寻。两耳边聒噪，搅扰我心神。自从那魂儿来了之后，他通知各地的魂儿们全到我这里来了！这些个魂儿是日日喊冤，夜夜叫苦，时时不休，刻刻不停。耳朵啊耳朵，你们俩上辈子是造了什么孽了！俺还是快拜拜这些神像吧。（跪介）释道两家我皆信，小人长跪拜大神。一拜玉帝保平顺，二拜菩萨降祥云，三拜王母施怜悯，四拜佛祖播天恩，五拜阎罗鬼门镇，六拜钟馗驱鬼魂。（生上）

生 【卜算子】再访通灵人，欲诉心头恨。贪慝披猖丧天伦，气结殊难忍。这里怎么多了这些神像？

丑 魂老爷，你怎么又来了？大神们啊，你们白受了这些烟火！怎么不替我挡上一挡呢！

生 大仙兄，需劳大驾，再随我走一趟。

丑 不去不去，上次挨打，伤还没好呢！

生 上次挨打也是因你胡言，此次你随我去找账册，惩治贪官，为民除害。大仙兄，你且听我说。

【风入松】他乌纱埃落着奸臣，佩绶蒙污违仁，税输苛政如霜刃，手濡血滥杀贤俊，今我心忧下民，却无奈阴阳隔，怎回身？

丑　那我也不去，魂老爷，你也听我说。

【急三枪】阴曹鬼，蒙冤魄，传离恨，诉怨愤，往来勤，俺则是无处躲，无处遁，心头闷，更有甚，鬼上身。

丑　我可不想再和你们这些魂有任何瓜葛，你是不知道，这些魂们都想借我肉体还阳片刻，那滋味……啧啧，如堕冰洞、如陷深渊啊！

生　大仙兄，举报贪官，是造福黎民之举啊！

丑　关我何事？

生　大仙兄，你可知道，那贪官便是杀我之人。

丑　关我何事？

生　大仙兄，那贪官便是打你之人。

丑　关我……那我也不去。

生　大仙兄，我记得官府张贴过告示，曾言可为赈灾银贪贿案提供重要证据者，奖纹银百两！

丑　此话当真？

生　我自小立身刚正，从不骗人。（丑疾走介）大仙兄，你到哪里去啊？

丑　去贵府找账册啊，你怎么还不快走？

第六出　惩奸

旦　【一枝花】郁郁愁结心上秋，镜里朱颜瘦，百般猜疑在心头，果真他魂魄共追游，却为何无梦相投，思念否？孤坐莫眠休，对空堂壁冷灯幽，怕梦中那人违时失候。

贴　夫人，该休息了。（贴、旦下）

〔生、丑上。

〔丑叩门介。

丑　快快开门！（贴上）

贴　你怎么又来了？

丑　我来做举报贪官，造福黎民的大事！

贴　呸！我看你是上次的打没挨够。

生　速速找到账册要紧。

丑　对，我那一百两银子要紧，我今天是来找账册的。

贴　你知道账册在哪？

丑　我问问你家老爷就知道了。魂老爷，是吧？（旦上）

旦　你怎么又来了？

丑　夫人，我来找账册。

生　娘子，几天未见，你又憔悴不少。（哭介）
旦　你知道账册在何处？
丑　你家相公就在我身旁，他知道！
旦　让我如何信你？
丑　夫人，我且告诉你账册所在之处，你去寻找，若找到，你便信我，可好？
旦　你且说来。
丑　魂老爷，你别顾着哭了，快说吧。
生　娘子，账册在《孝经》之下。
丑　账册在《孝经》之下。
旦　春燕，快去寻找。
贴　若找不到，我就将你打出去。
丑　若找不到，不用你打，我自己滚就是！
旦　一言为定。
贴　（上）夫人，果真在此处。
旦　难道相公之魂真在这里？
生　娘子，我就在这儿啊！
丑　夫人，这下你们相信我了吧。快把账册给我，我交于府衙，能得百两银子啊！
旦　你若再应我一事，我就将账册交与你。
丑　何事？
旦　我夫君到底在何处？
生　娘子，我就在这儿，就在这儿啊。
丑　唉，看你们深情款款，却阴阳阻隔，不能通一语，我也并非无情之人，我就好人做到底，魂老爷，我将肉身借你一用。
生　你是说？
丑　快点，趁我没后悔。只是你得还我啊！
生　如此，多谢了。片刻之后，定会奉还。（生入丑之身体介）
生　娘子。
旦　你是？
生　娘子！我是王正啊！
贴　老爷！
旦　相公！（生、旦哭介）
生　【梁州第七】想当初清宵夜凭肩携手，芳樽满诗酒相酬，说不尽甜言软语如丝柔，道不完海约山盟，华烛明炯照星眸，饮清酎羞遮檀口，琼筵开笑递觥筹。正人间享尽优游，蓦遭逢死堕阴囚，叹娘子肝肠断粉泪长流，悲此身如露电梦好难留，恨奸佞施毒手惟利堪谋，深仇，日久，只愿得除恶务本洗尘垢，清朝班斩盗寇，我去后娘子凭栏莫自愁，泪湿双眸。

旦 相公，是何人害你？
生 是李墨买凶杀我。
旦 李墨？
生 【四块玉】他他他，害得我尸横楼，魂归柩，他是那奸贪国蠹若赘瘤，官家败亏私家厚，哪里管细民悲社稷忧，哪里管内库亏饥民瘦，他那里倚红翠食珍馐。
旦 竟然是他！
【哭皇天】呀呀呀，听此言心痛疚，以为他炜炜清流，却不想背恩无耻如禽兽，可怜你惨遭毒手坠荒丘，可怜我孤影似断蓬枯柳，幽恨千叠砌重楼，恨不能操刀在手，刑戮奸酋。
生 娘子，此账册中定有他贪贿之证。春燕，快着人将它交于知府，惩恶除奸。
贴 是。（贴下）
贴 （上）不好，李县令来了。
生 快从后门出去。（贴下）
旦 来得好，我正想报仇。（拿剪刀介）
生 娘子，对待此等恶徒，你要与他要周旋，切不可以身相搏。胡大仙的肉身绝不能让他看到，我先躲在一旁，娘子，你要当心啊。

〔净上，净见介。

净 见过夫人。
旦 你！
净 夫人为何怒目而视？
旦 你来作甚？
净 （旁白）今日这是怎么了？她与往日大不相同，为得账册，我还需笑脸相陪。夫人啊，在府衙内并未寻到账册，可否在贵府查找一番？
旦 你想查抄我家？
净 不不不，怎敢如此，只是这账册乃重要证物，务必要寻到啊！
旦 大人为何急于找寻此物，难道这账册里有你贪赃的证据？

〔净惊介。

净 夫人，在下与你往日无冤，近日无仇，你因何断言我乃贪佞之辈？
旦 好个无冤无仇！你为掩盖贪赃之行，杀我夫君，还我夫君命来！（持剪刀介）
生 娘子！小心！
净 这声音？是？王正，原来你果真阴魂未散。刚好，我送你们一同到阴间去！

〔三人扭打介。
〔贴带众衙役上，抓住李墨。

副末 永嘉县令李墨，知府已掌握你贪赃之证，随我们走一趟吧。（众衙役押李墨下）

生 娘子可安好？（旦点头介）

〔幕后声：王浩然，我乃金甲神君，你原是天上司狱之官，奉命下界除恶扬善，今日奸佞伏法，玉帝命你速速归位。
〔生惊介。

生 不能再让我停留几日？

〔幕后音：万事皆有时令，你尘缘已尽，片刻不能停留。

生 娘子！

〔幕后音：请随我速速归位！

旦 相公！

生 【乌夜啼】别娘子魂归天涯远岫，心凄然黯似寒秋，执手泪眼诉离忧，千言万语梗喉头，从此后莫要悲愁，莫要心忧，早寻燕侣结鸾俦，早寻燕侣结鸾俦。弄璋弄瓦天垂佑，从此后，恣欢笑，享长寿，即今相忘，休教泪流。

旦 不！不！（生离肉体介）

丑 这是怎么了，我的账本呢？我那一百两银子呢？

生 大仙兄，你虽贪图小利，却心存良善，此恩唯有来世再报。

丑 魂老爷，你这是要升天了？一路走好啊！

旦 相公！

生 娘子，你在人间切宜珍重！我走了！
【煞尾】人生哪得长相守，离合悲欢皆有由，

旦 （接唱）形容枯槁人空瘦，珠泪难收。

生 （接唱）你可得天心眷佑，我唯有日日长求，盼来世再相守。

〔剧终。

第二篇

论文篇

弘扬传承南戏文脉的“温州路径”

胡胜盼

摘　要：“南戏故里”作为温州区域文化的标志，是温州具有唯一性的文化资源。探索总结弘扬传承南戏文脉的“温州路径”，更好地提升温州人的文化认同感，更加明确地认识南戏崇高的历史地位，打响南戏文化品牌，全面展现温州所具有的历史文化积淀，共同保护“中国古代戏剧生态文化圈”，合力打造“中国古代戏剧基地”，具有重要的现实意义和深远的历史意义。

一、背景缘起

近年来，尤其是党的十八大以来，温州市在表现和传承中华优秀传统文化方面做了许多卓有成效的工作。温州是中国戏曲最早成熟样式——南戏的发源地。12世纪，时谓“温州杂剧”的南戏在温州诞生，标志着中国戏曲的正式形成。一千多年来，南戏血脉贯穿中国戏曲历史的始终，并与当代戏曲紧密联系。以南戏为文化品牌，深入探讨在新的时代背景和文化语境中，南戏的历史价值和当代传承；创建温州的南戏文化产业，努力保护“中国古代戏剧生态文化圈”，合力打造“中国古代戏剧基地”，是温州市在新的文化形势下摸索出的一条“温州路径”。其初衷出于三个方面的认识：

（一）积极贯彻实施中央一系列讲话和文件精神

中办、国办《关于实施中华优秀传统文化传承发展工程的意见》，是建设社会主义文化强国的重大战略部署，对于传承中华文脉、全面提升人民群众文化素养、维护国家文化安全、增强国家文化软实力、推进国家治理体系和治理能力现代化，具有重要意义。国办《关于支持戏曲传承发展的若干政策》明确要求全面推进“加强戏曲保护与传承”“支持戏曲剧本创作”“支持戏曲演出”“改善戏曲生产条件”“支持戏曲艺术表演团体发展”“完善戏曲人才培养和保障机制”“加大戏曲普及和宣传”。南戏文脉是中华文脉重要的组成部分，弘扬传承南戏文脉，是致力于中华古老戏剧瑰宝的延续，也是致力于人类非物质文化遗产的活态保护。

（二）“南戏故里”是温州具有唯一性的文化资源

“中国一部戏曲史，一半在浙江，浙江一部戏曲史，一半在温州。”“南戏”作为中国戏曲的母体，以其强大的发轫，使中国戏曲绵延千年而不衰，成为与古希腊悲喜剧、印度梵剧并称的世界三大古老戏剧中唯一的幸存者。温州作为“中国戏曲故里”，在国内外均具有唯一性的标志。因此，保护、传承，发展、振兴温州传统戏剧艺术文化，就是保护、传承温州最具代表性的地方文化，不仅是温州文化强市建设的需要，更是温州对中华民族文化和人类文明的贡献。

（三）南戏文化血脉是守望教化的精神家园

中国戏曲是中华民族文化宝库中的一颗璀璨明珠，她历史悠久，源远流长，为历代民众所喜闻乐见。发端于南戏，与中国传统审美相结合的中国戏曲，自始便承担起了“助人伦、成教化、厚风俗”的历史使命，在寓教于乐中完成了传达中国思想文化主流精神的重要作用。戏曲“高台教化”的特性，绵延至今。“舞台虽小能演天下事”，传统戏曲传递的真善美成为了民众守望教化的精神家园。在弘扬社会主义核心价值观，倡导引领积极正能量的当代，南戏文化血脉中依然流淌着不可忽视的强大力量。

二、具体做法

弘扬传承南戏文脉的“温州路径”，在于以切实的工作来推进整个发掘、保护和传承过程，可以将主要特点概括为三个方面：

（一）“摸清家底，改善扶持，推陈出新”三位一体

在《温州市文化发展“十三五”规划》统领之下，《瓯剧生态保护规划》和《中国古代戏剧生态文化圈规划》相继编制，这使得加强瓯越戏曲文化传承保护，有了最为明确的纲领。受南戏文脉滋养，温州蕴藏着丰富的传统戏剧资源。为了全面掌握温州各地戏曲剧种的数量、人才状况、演出剧目、生存现状等，实现对戏曲的精准扶持，2016 年全市全面开启了戏曲剧种普查工作。古戏台、戏曲史、温州戏曲工作者作为传统戏曲演出不可或缺的载体，是温州戏曲繁华的亲历者和见证者。由温州市文物保护考古所开展的温州古代戏台调查，以及由温州市文化艺术研究院开展的《温州戏曲史》《温州戏曲口述史》《温州越剧口述史》《温州传统戏曲剧目集成·瓯剧卷·

和剧卷》《瓯剧音乐大典》采集整理编纂工作，既是对区域戏曲文化现象的考察，也是对温州地方戏曲剧种盛衰浮沉的见证记录。对改制后的国有剧团，创新性地实施“一团一场一所”政策改革，确保每个重点院团都有固定的演出场所。加大对民营剧团的扶持力度，出台《关于政府购买公共文化服务暂行办法》等文件，逐步形成“政府主导、社会参与、民办公助”的公共文化购买和供给模式，采取公开招标的方式引导优秀民间剧团参与政府主办的送戏下乡活动。挖掘整理南戏古本，以“温州南戏新编系列工程”等形式“复活”南戏遗存，推陈出新，重新亮相于舞台，实现以戏养团，依团出戏，在“南戏故里”看南戏。

（二）“构建人才培养体系，打造产学研平台”两步并行

戏曲艺术的发展归根结底在于人的衣钵承传。因此，培养戏曲人才至关重要。目前温州已创新构建政府培养、院校培养、团带班、宗族传承等多种并行的人才培养方式，举办了越剧艺术培训班，瓯剧艺术培训班，形成以温州职业技术学校、浙江艺术职业学院等院校为阵地，全市戏曲演职员年度业务考核制度为推手，文艺人才“星辰计划”为跳板的培养、考核、提升一体化的戏曲人才培养体系，优化戏曲人才队伍，确保戏曲人才后继有人。设立“温州市戏曲艺术研究基地”“新九山书会（温州市新九山戏剧创作研究会）”“温州市戏剧发展促进会”；与温州大学人文学院联合开设文体写作（戏剧）课程、申报实施国家艺术基金“古代戏曲编创人才培养”资助项目等；开展南戏理论研究、剧本创作、互通交流等工作，进一步完善南戏研究与创作，促进“南戏文化”当代传承的具体实践。

（三）“开拓传播渠道，推进戏曲普及”一举两全

“瓯俗多敬鬼乐祠”，丰富多彩的祭祀仪式，为南戏的产生提供演出形式与场所的同时，也为世代温州人喜欢看戏打下了灵魂深处的烙印。随着时代的进步，生活节奏的加快，演戏场所也由农村庙祠转往城市剧院，老百姓的看戏方式也随着网络通信的发达发生了改变。将戏曲推广与振兴纳入公共文化服务内容，转变传播观念，开拓传播渠道，推进戏曲艺术普及，培养年轻观众群体，已成为必然。借助于文化礼堂送戏下乡，凭借创新推出的“文化驿站”品牌文化项目，将戏曲渗入当下温州人的生活，继续发挥“娱乐休闲”与“高台教化”的作用。开展戏曲进校园、出国门，依托网络销售、微信微博宣传，推广戏曲文创衍生品，吸引年轻观众以及海外人士对温州南戏的关注，引发人们对南戏认知的热度，以求南戏的全面复兴。

三、实践成效

随着弘扬传承南戏文脉“温州路径”的不断趋向深入，取得的实践成效也在不断地跟进。

（一）调查研究形成书稿面世，院团扶持推动南戏新演

戏曲普查采集到准确数字。据统计，截至2015年8月31日，温州市现存的159家戏曲演出团体里，国办团体7家，登记在册的民营团体64家，民间班社88家，剧团数量全省第一。作为温州市第三次全国文物普查成果丛书之一的《温州古戏台》，2013年在温州博物馆举行的第八个文化遗产日主题活动上亮相。此书的出版，为今后古戏台的进一步研究提供了第一手资料。由徐宏图编著的《温州戏曲史》编纂历时三年，共计24万字，2014年完成后并入《温州通史》之《温州古代戏曲史》统一出版。与此同时，《温州戏曲口述史》计30篇稿，约50多万字，插图约400张，分上、下两册，也已申请中华书局书号，交出版社出版。

世纪之交整理创编的温州“南戏新编系列剧目”，经岁月考验，历久弥新。“南戏演出月”“新年戏曲周”不断复演，观众依然爱之不尽。温州“南戏新编系列剧目”作为城市文化品牌，集中展示了地域古老文化的创新发展魅力，和以此依托的新时期温州各演出院团的艺术特色和风采。新编南戏《荆钗记》二十周年纪念活动即是一次南戏文化创新性传承、创造性转化的代表性总结。另据统计，目前常年活跃在城乡演出市场的70余支温州民间职业剧团，年均演出量达2万余场次。温州的戏剧艺术呈现出全景式保护传承生态图景，温州地方特色戏曲生态保护和传承体系日趋完善。

（二）人才培养开启全新模式，理论研究取得长足进展

2008年，由温州市文广新局和温州市教育局在温州职业中专联合创办的瓯剧班开班招生。这是温州瓯剧第三次进入学校系统学习，订单式培养学员。“瓯三班”学员在温州职业技术中等学校（中专）和温州大学（大专）经历了8年学习，于2016年毕业。这届毕业生给古老瓯剧注入了一股新鲜血液，也为温州国有院团培养接班人积累了丰富的经验。瓯剧演员方汝将荣获第26届中国戏剧梅花奖，为年轻一代戏曲传承人树立了标杆，也成为了推动温州戏曲人才培养与提升的一股正向力量。

温州大学俞为民教授的《南戏文献全编》被列为2013年度国家社科基金重大项目。2014年10月11日，在温州大学召开了第六届南戏国际学术研讨会；2017年6月6日至8日，在乐清市举行了“王十朋故里行·南戏传承发展研讨会”。两次研讨会为拓展南戏研究的国际化视野，提供了新的思路。由温

州市文化艺术研究院联合中国戏曲学院申办的国家艺术基金《古代戏曲编创人才培养》项目，2017 年 8 月 2 日起在温州城市大学开班，来自全国各地的中青年创作人员参加了一个月的集中脱产培训。温州特殊的“温州剧作家现象”和“温州戏曲理论家现象”为本次项目成功申报加了分，标志着温州在培养戏曲编创人才方面迈出了历史性的一步。同时这也是继“南戏新编系列工程”之后，温州南戏再认识再创作的余音再续。戏曲的传承发展在温州能够相续累积、多元并存得益于戏曲生态的独立性。“温州剧作家、理论家现象”是一个特有的现象。为了保护好这一现象，温州市文化艺术研究院牵手中国艺术研究院等单位先后举办“南戏国际学术研讨会暨温州南戏新编系列剧目展演”、第三届中国越剧节等系列活动，参与“新松计划”青年戏曲演员大奖赛等各类赛事，还相继出版了尤文贵、张思聪、张烈、郑朝阳等温州剧作家及胡雪冈、侯百朋、徐顺平、沈沉等戏剧理论家相关专著，举办纪念温籍当代戏剧大家王季思、董每戡诞辰 110 周年图片展、“南戏故乡说戏”征文活动。

（三）戏曲推广普及渐入佳境，南戏元素渗入市民生活

温州连续 14 年开展“戏曲进校园”活动，不断创新形式内容，在大中小学开展戏曲专场演出、讲座、沙龙等各类戏曲宣传推广活动近 60 场次，参与人数 5000 余人次。在温州大学开办“瓯剧艺术研究与推广中心”，在文化馆、文化宫等处开展“戏曲名家进课堂”等戏曲普及培训活动。开展送戏下乡、戏曲巡演巡展等戏曲普及和文化惠民活动 1800 余场次。在南戏博物馆等公共文化场馆建设文化驿站，开展戏曲推介活动。其中，由温州市文化艺术研究院联合温州市文物保护考古所、永嘉昆剧团创作演出的南戏博物馆驻场演出剧目《南戏印象・琵琶记》，开启了文化驿站之先河。“新九山书会”联合创作排演的纪念汤显祖与莎士比亚逝世 400 周年的穿越剧《遇见》，形式新颖，内容精彩，大获成功。2014 年，温州市越剧演艺中心新编越剧《大唐骊歌》首登国家大剧院，深受好评。其后，温州其他戏曲院团也陆续登临北京长安大戏院、上海天蟾逸夫舞台等全国知名剧院，年均在全国各地开展演出几十，打破了地方剧种的市场限制。《中国之美・温州戏曲艺术欧洲巡回展演》助力温州戏曲主动走出去，扩大了“南戏故里”的影响，也将南戏元素渗入到了市民、海外华人、华侨的生活中，利于形成关心南戏发展的世界视野，为打造“中国古代戏剧基地”奠定基础。

“中国戏曲南戏故里行”路线图，在温州全境沟通串联，并在实施 2017 年度国家艺术基金艺术人才培养“古代戏曲编创人才培养”资助项目中，首次向来自全国 15 个省、市、自治区的 30 名学员开放 7 条路线供考察调研，

启导青年学子对于古代戏曲剧本、剧目、剧作家、演剧人员等产生的原生因子与文化基因的认识，并转化为对传承、挖掘、创编传统优秀古老戏曲遗存的启迪，为打造“中国古代戏剧基地”及“中国古代戏剧生态文化圈”的形成，做了前期的探究与宣传铺垫。

四、思考启示

弘扬传承南戏文脉的“温州路径”，为南戏的创新性发展和创造性转换提供了深刻的思考和启示，主要有以下三个方面：

（一）弘扬传承南戏文脉，肩负历史使命

传统文脉代表一个地域文化发展的历程，优秀的传统文脉是一个区域文化的标志和灵魂。南戏文脉作为温州区域文化的独特性标志，是温州区域文化的灵魂。充分开发利用好南戏资源，强化政府责任，举全市之力统筹整合各县（市、区）的戏曲文化资源，打造“中国古代戏剧基地”的文化地标势在必行。此举不仅将系统、全面、翔实地展示、重现、保护南戏的历史遗存、历史资料和历史遗迹，而且对繁荣温州的文化市场，提升温州城市的文化品位，改善人民群众的文化生活品质，推动温州文化产业和旅游的发展，都将起到积极的作用。

（二）加大南戏文脉保护力度刻不容缓

目前，我市拥有瓯剧、昆剧、木偶、越剧等专业戏剧院团 7 个，其中被列入国家级非遗名录的院团 3 个。各个专业剧团都不同程度地存在着体制约束、人才流失、后继乏人、经费匮乏等瓶颈制约，严重阻碍了我市传统戏剧的传承和发展。为了实现院团的长远发展，也为了实现非物质文化遗产的有效保护，防止出现“人走艺失”，对于引进人才、留住人才、培养人才有效的举措就应该以创新的理念，根据剧团的艺术规律、运行机制和演出需要科学灵活地制定。另外，对于丰厚的南戏遗产，要加大投入、拨付专款，推进南戏研究工程，对温州地方剧种尤其是珍稀剧种的传统唱腔、剧目、曲谱曲牌、传承人及文字材料进行抢救收集整理，并通过书籍、音像出版物加以保存，形成成果。

（三）创新性发展南戏文脉，建设文化温州

在服务温州社会发展与打造温州精神相匹配的框架中，以古老的南戏为文化资源整合的龙头，将温州许多极具历史文化价值的文化、艺术、景点资

源进行打包整理，熔温州自然风光与人文风情于一炉，打造“中国南戏故里行”山水文化旅游线路，开发南戏特色旅游文化资源，为实现“中国古代戏剧生态文化圈”的形成提供依托，最终达成在“一带一路”背景下，搭建世界三大古老戏剧体系互动交流的国际性文化平台，建立“中国古代戏剧基地”的国际化文化地标。

浅析宋元南戏中的民俗文化

胡胜盼

摘　要： 南戏与民俗关系密切，民俗对南戏的产生、发展和演变都有着重要意义。南戏也在一定程度上保留了民俗事象。南戏中存在的民俗事象并不是孤立的，从现存部分南戏剧目中选择有代表性的民俗文化，通过挖掘南戏中包蕴的民俗事象，进而更清晰地认识南戏特点，体会探究民俗事象的描写，对于南戏剧本再认识、再整理的作用，以窥宋元南戏中民俗文化特征。

关键词： 宋元南戏；民俗事象；文化特征

南戏是宋元时期流行于民间的一种戏曲形式。明嘉靖三十八年（1559），作为论述南戏的专著，也是宋、元、明、清四个朝代唯一的一部研究南戏的专著，明代文学家徐渭《南词叙录》拉开了文人士大夫研究南戏的序幕。自此以后，钱南扬、赵景深、冯沅君、郑振铎、刘念慈、金宁芬、孙崇涛、俞为民、王秋桂、胡雪冈、徐宏图等学者将南戏研究引向了更深的层次。南戏中包蕴丰富的民俗文化，南戏研究者对此关注度远远低于从文献学、考据学、音乐学、文学等角度进行研究。作为南戏不可分割的一部分，南戏与民俗存在着紧密的联系。与元杂剧不同，南戏剧本大多散佚，但解读完整保留下来的南戏剧本，仍能从中寻觅到南戏与民俗间的清晰印记。民俗是广大劳动人民所创造的中下层文化现象，是地域文化的一个重要组成部分。中国戏曲作品在很大程度上保留了中国人的民俗记忆。南戏中的民俗主要代表了南方的民俗文化，而北杂剧中描写的民俗更多地代表了北方的民俗文化。因此，透过南戏中反映出的民俗事象，研究其背后的文化作用值得重视。

一

南戏之所以形成于温州，离不开温州特殊的地域特征和人文环境。温州地接八闽之地，深受吴、越、闽文化的影响，历来民间信仰活跃，自古以来，“尚鬼巫、崇佛老”“信鬼神、好淫祀”。唐初《隋书·地理志》记温州风俗：“其俗信鬼神、好淫祀。”明万历《温州府志》也记载有：“东瓯王敬鬼，俗化焉，尚巫渎祀。”由此可见，东瓯王崇神尚鬼，化而为俗，孕育了温州之地“信鬼神、好淫祀”的地域文化特征。“尚鬼神”的风俗滋育了以歌舞戏曲酬神娱神的兴盛。据《嘉靖浙江通志》记载：“始东瓯王信鬼，故瓯俗多敬鬼乐祠。”《永嘉闻见录》记有：“昔东瓯王，信鬼神其风，至今未替，故俗患病祈神、演戏酬神之事，终年不绝，条条街衢常有说唱声，上之所好下好之……”。正如唐代诗人顾况在《永嘉》一诗中所描述：“东瓯传旧俗，风日江边好。何处乐神声，夷歌出烟岛。”戏曲的起源与民俗关系密切，关于戏曲的起源有多种说法，其一为“巫觋祭祀说”。女巫师被称作“巫”，男巫师被称作“觋”。他们擅长歌舞，能以特别的方式召唤神灵，通达人与神之间的交流。从本质上说，由人装扮为神，辅以歌、舞、念白，接受祭祀，就具备了戏曲的雏形。因此，王国维在《宋元戏曲史》中指出：“是古代之巫，实以歌舞为职，以乐神人者也。”[①] 王国维的《宋元戏曲史》还明确提出：“后世戏剧，当自巫优二者出。”[②] 可见，南戏在瓯人祭祀鬼神的过程中诞生，与民俗紧密相连。

民俗促进了南戏的形成，而受民俗的影响，南戏剧目里面保留了大量的民俗事象，这也促进了民俗的发展。如《荆钗记》中钱玉莲的父亲想招王十朋为婿，请人去提亲：“近闻得贤郎堂试魁名，贡元不胜之喜。今着老夫送吉贴到宅，望乞安人允就，不必推辞。”这里面就提到了庚帖。男方向女方求亲还需聘礼，如《荆钗记》中孙汝权提出“黄金一百两，段子一百匹，胡羊、宝钞、好酒”这样丰富的聘礼，连贫穷的王十朋还拿出一支荆钗为聘，可见聘礼在当时的重要性和不可或缺。南戏萌芽之时，唱段多取自村坊小曲和里巷歌谣。徐渭的《南词叙录》说：“永嘉杂剧兴，则有即村坊小曲而为之，本无宫调，亦罕节奏。徒取其畸农市女，顺口可歌而已。谚所谓‘随心令’者，即其技欤？”[③] 表演形式效仿民间歌舞和民间小戏，再逐步吸收其他民间伎艺如傀儡戏、影戏、杂技等，形成与完善了南戏。从广义上说，如傀儡戏、影戏、杂技等民间伎艺属于民间娱乐民俗的范畴。集大成于民间歌舞、民间小戏、民间伎艺，使得南戏形成之时就具备了很强的民俗性。这也在最大程度上体现出南戏的特点。在发展过程中，南戏与民俗相伴相生，结下了不解之缘。

---

① 王国维：《宋元戏曲史》[M]. 上海，上海古籍出版社，2008 年版，第 3 页。
② 王国维：《宋元戏曲史》[M]. 上海，上海古籍出版社，2008 年版，第 3 页。
③〔明〕徐渭：《南词叙录》[M]. 北京，中国戏剧出版社，1989 年版，第 15 页。

二

著名民俗学家钟敬文先生在《民俗学概论》中，将民俗分为物质民俗、社会民俗、精神民俗和语言民俗四种。

（一）物质民俗，简单说就是人们生产、生活过程中创造物质财富时形成的民俗活动，如商业民俗、饮食民俗、服饰民俗等。南戏中对于商业民俗和服饰民俗均写得比较细致，甚至于不厌其烦。宋代商品经济高度发达，温州由于瓯江口濒临东海，海上交通特别发达，自宋朝以来，均为国家重要对外通商口岸，商业繁荣。钱南扬在《戏文概论》中指出："自然商业发达，经济繁荣，市民阶层壮大，由于他们对文化的需要，当地的村坊小戏即被吸收到城市中来。这种新鲜又有生气的剧种——戏文大为市民所欢迎，便在城市中迅速地成长起来。"[①] 伴随着商业的繁荣，也带来了俗文学的发达。南戏《张协状元》第二十八出对登科记的价格：

（净出白）卖登科记，卖登科记。（唱）【花儿】三文买着状元五百姓名及州县。两本直你六文钱，要千本交五贯文。（第九卷 82）

《张协状元》第四十出在张协赴任前支付雇工工资的详细构成：

（丑）工雇钱？（生）一日各支三两。（净）食钱？（生）一日各二贯。（丑）酒钱？（生）一日各一贯。（净）草鞋钱？（生）各支十文。（丑）犒劳钱？（生）到一市井，各五贯。（第九卷 103）

从以上例子可以看出，《张协状元》最初编剧对于市井生活的熟悉程度。假如舍去这些描述，对于故事情节来说没有太大影响，但也正因为保留了这些记录，使得后人能读出更多不为人知的信息。

中国是传承千年的礼仪之邦，服饰的功能已大大超出了其遮羞避体、御寒保暖之用处，被赋予了"分等级，定尊卑"的新功能。所谓"非其人不得服其服""贵贱有级，服位有等，……天下见其服而知贵贱"。南戏中在人物中举时多以"脱白换绿""蓝袍换却朱衣""夺青紫""绿衣郎""绿袍金带""麻衣换却荷衣绿""白衣换却锦衣归"等词句来表示。《宋史·舆服志》记载："宋因唐制，三品以上服紫，五品以上服朱，七品以上服绿，九品以上服青。"[②]《明史·舆服志三》则载："一品至四品，绯袍；五品至七品，青袍；八品九品，绿袍；未入流杂职官，袍、笏、带与八品以下同。"[③] 在《荆钗记》"分别"出王十朋赴试前仆人李成吩咐他"蓝袍将挂体，及第便回归"。《刘知远白兔记》中在刘知远雪夜巡更，岳小姐赠袍情节上，汲古阁本和成化本存在着差别：成化本岳小姐抛下的是一件"白花战袍"，而汲古阁本抛下的却

---

① 钱南扬：《戏文概论》[M]. 上海，上海古籍出版社，1981 年版，第 9 页。

② 〔元〕脱脱等：《宋史》（卷一百五十三）[M]. 北京，中华书局，1977 年版，第 3561 页。

③ 〔清〕张廷玉等：《明史》（卷六十七）[M]. 北京，中华书局，1974 年版，第 1636 页。

是红袍。蒙古族人崇尚白色，因而元代官服中有着白色者。以此推测，可以判断剧本成稿或修改于哪个年代，结合时代背景解读剧本，不仅能感受到具体时代的民俗风貌，往往还能更为准确地抓住编剧所要表达的思想内涵。

（二）社会民俗是在特定条件下所结成社会关系的惯制，是有关个人、家庭、国家等的一种民俗活动，其范围是相当广泛的。包括社会组织民俗、社会制度民俗、岁时节日民俗以及民间娱乐民俗等。南戏中对于岁时节日民俗描写的比较多。这除了与南戏出自于民间，为群众所喜闻乐见以外，也与中国重视年节有关系。其中，又以写元宵、清明、端午、七夕等为最多。据黄义枢先生统计，在现存的二十余种南戏剧本、一百多种南戏的佚曲以及有关的戏文本事中整理出的有关写到元宵节的南戏剧目就有：《荔镜记》《胭脂记》《朱心心》《乐昌公主》《方莲英》《荆钗记》《赵氏孤儿记》《耿文远》《张资鸳鸯灯》《许盼盼燕子楼》《下江南》等。

（三）精神民俗包括民间信仰、民间巫术等。南戏中的民间信仰主要指土地神信仰，城隍神信仰等。《杀狗记》中“土地显灵”中，杨月贞为了帮助丈夫孙荣与兄弟孙华二人和好，杀狗装扮为人，可人与狗总是有差别的，土地为了帮助杨月贞，让两兄弟和好，将狗化为人。《琵琶记》中，赵五娘一个人无力筑坟，土地显灵，帮助她筑成坟台。民间巫术主要指的是一些占梦、算命、看相、杯珓卜等等。语言民俗有如谚语、歇后语，方言等。南戏中常见的歇后语如：“一似和针吞却线，刺人肚肠系人心”（《张协状元》《宦门子弟错立身》《琵琶记》《黄孝子传奇》）、“一似张果老倒骑驴，免见畜生头和耳”（《荆钗记》《苏秦金印记》）、“买干鱼放生，不知死活”（《冯京三元记》《周羽教子寻亲记》）、“一似瓮中捉鳖，手到拿来”（《琵琶记》）；谚语如“万事不由人计较，一生都是命安排”“十年窗下无人问，一举成名天下知”“黄河尚有澄清日，岂可人无得运时”等等。常见的方言如“迷”“恁”“漾”“讨柴”等等。这些谚语、歇后语、方言表达形象生动，且多具有浓郁的温州地域特色。在南戏起源地域的争论中，曾有专家据此明确判定南戏起源于温州，成为了一定的事实依据。

三

南戏中对于民俗事象的记录，一部分出自作者的有意无意间；另一部分则是推动剧情发展，完成人物塑造，体现主题思想的重要载体。后者更值得研究。宋元南戏中的许多民俗事象也都生动地折射出了那个时代的“生活相”。

《张协状元》第十四出中，贫女在决定嫁与不嫁张协的两难抉择下，唱道：“明日恁地，神前拜跪。神还许妾嫁君时，觅一个圣杯。”说的是杯珓卜的占卜方式。这种占卜方式比较简单，却在剧中有它特定的含义，写出了人物难以决断，任凭天命的复杂心理，为后面故事的发展埋下了伏笔。《荆钗记》中，钱玉莲的后母是一个势利刻薄的人，她反对钱玉莲嫁给王十朋，对王家和王母极尽挖苦之能事。当获知王十朋高中状元后，她一反常态，“获报”出中，说王十朋是“两耳垂肩”“鼻如截筒”，日后“定做朝官”“一世不穷”。又说王母有福相，“定做奶奶”，钱玉莲“袅娜娉婷，定做夫人”。编剧者利用“相面”这一民俗现象，反其道而为之，讽刺了钱玉莲的后母。这是一出戏的戏点。1997年，温州市启动的“南戏新编系列剧目工程”中，张思聪先生在改编此剧时，保留发展了这一出，取得了非常好的戏剧效果。

明成化本《白兔记》第六出穿插了结婚拜堂、撒帐等民俗文化，其“撒帐”内容如下：(外白)请先生撒撒帐。(净念云)一撒东，三姐招个穷老公，堂前行礼教拜狗(过)，散鸟童(茏)，撒帐南，两口儿做事莫喃喃，白日莫要斗闲口，到晚坑不要顽。双双一对好夫妻，三姐织麻线，女婿吊甜(田)鸡。撒帐西，夫妻永和睦，夜晚做的事，早晨起来不要说，撒帐前，双双一对并头莲，生下五男并二女，七子保团圆。三个会吃酒，四个会搏钱，两个脚头睡。五个那头眠。九个齐撒尿，坑上好撑舡(船)。[①]

南戏中以婚恋剧居多，因此经常会写到有关结婚的民俗文化。《白兔记》“撒帐”是旧时婚礼新郎新娘入洞房后都要做的一件事。此民间风俗来源较早。孟元老《东京梦华录》“娶妇”条云：“女复倒行，扶入房讲拜，男女各争先后，对拜毕就床，女向左，男向右坐，妇女以金钱彩果撒掷，谓之‘撒帐’。”[②]这儿的“撒帐”词，就在这一民俗活动中念唱的。内容虽有些鄙野粗俗，但与“撒帐”时的诙谐风趣的主旨相契合，增强了俗趣，突出了可看性。南戏《胭脂记》“团圆”出中同样也写到了“撒帐”民俗。

拜月习俗在南戏中多有描写。《幽闺记》中描写了拜新月的习俗。《苏秦金印记》《胭脂记》等也多有写到拜月。主人公一般边拜月边唱，抒发自己真实的感情，推动了故事情节的发展，也把主人公的内心展现给了观众。拜月风俗源于远古先民对于月亮的崇拜，月亮的月圆月缺有时也在无形中完成了人物形象的塑造。新编南戏《拜月记》就是在拜月上做足了文章，给观众留下了深刻的印象。期望通过超自然的力量实现自己的愿望，这也是中国人几千年积淀下的文化心理。

民俗作为人类群体共同的行为模式和深层的文化心态，一旦形成便凝固成了一个民族的群体意识。温州民间信仰兴盛，它为南戏的形成和传播提供

---

① 蒲生华：《南戏中的民俗文化及其他》[J].青海，青海师范大学民族师范学院学报，2008年11月，第19卷第2期，第21页。

② 蒲生华：《南戏中的民俗文化及其他》[J].青海，青海师范大学民族师范学院学报，2008年11月，第19卷第2期，第21页。

了积极的平台。这也是温州民营剧团至今火热的原因之一。戏曲是特别需要观众的艺术，最适宜在民俗活动中发展自己。民俗文化活动是戏曲的重要传播载体，具有强大的辐射力。民俗环境对戏曲文化生态起着很重要的杠杆作用。随着生活节奏的加快，生活方式的转变，许多民俗也离我们渐行渐远。保存在南戏里的民俗事象，无论是以非遗寻根的角度，还是以南戏新编的角度去研究，都有一定的价值。

结语

毫无疑问，南戏的产生和发展与民俗现象有着密不可分的关系。所谓民俗，“是指那些在民众群体中自行传承或流传的程式化的不成文的规矩，一种流行的模式化的活世态生活相。”① 钟敬文先生则进一步指出，“哪里有人群，哪里就有社会生活，因此哪里就有相应的社会风俗”。② 文化现象因地缘的差异而不同，南戏诞生在温州，所以研究南戏，特别是研究与南戏融为一体的民俗基因，我们或许能就此找到古代戏曲繁荣的密码，从而能为新时代温州戏曲的重振雄风及研究温州民营剧团的发展提供借鉴和思考。

参考文献

[1] 王季思 .《全元戏曲》[M]. 北京：人民文学出版社，1999 年版 .
[2] 钱南扬 .《永乐大典戏文三种校注》[M]. 北京：中华书局，1979 年版 .
[3] 徐宏图 .《南宋戏曲史》[M]. 上海：上海古籍出版社，2008 年版 .
[4] 温州市文化局编 .《南戏国际学术研讨会论文集》[C]. 北京：中华书局，2001 年版 .
[5] 钟敬文 .《民俗学概论》[M]. 上海：上海文艺出版社，1998 年版 .
[6] 乌丙安 .《中国民俗学》[M]. 沈阳：辽宁大学出版社，1985 年版 .
[7] 黄义枢 .《南戏中的民俗文化研究》[D]. 温州大学硕士学位论文，2008 年 .
[8] 张明 .《宋元南戏中的民俗表现及意义》[D]. 沈阳师范大学硕士学位论文，2012 年 .
[9] 戴峰 .《民俗文化在宋元戏曲中的表现》[J].《湖北教育学院学报》，2007，(10).
[10] 俞为民 .《南戏的产生及其市民性》[J].《上海戏剧学院学报》，2005 ，(3).

① 陈勤建：《文艺民俗学导论》[M]. 上海，上海文艺出版社，1991 年版，第 2 页。
② 钟敬文：《民俗学与古典文学》[M]. 合肥，安徽教育出版社，2002 年版，第 187 页。

京剧《琵琶记·描容上路》赵五娘唱腔分析

王希宝①

摘　要：京剧《描容上路》是根据元末明初著名南戏剧作家高则诚《琵琶记》中的一折改编而成，1959年上海京剧院周信芳、李玉茹再次整理演出，故事说的是蔡伯喈进京赴试，中状元后被牛丞相入赘，蔡伯喈妻子赵五娘伺候公婆，吃糠遗嘱，二老饥饿而死，赵五娘埋葬公婆，要进京寻夫，凭着记忆描画出了公婆的容像准备上路，邻居张广才，古道热肠，送她一面琵琶和一些银钱，叮嘱其路上要小心，并主动代看其公婆坟墓，赵五娘深表感谢，挥泪而别。本文主要分析赵五娘两段唱腔，一段（二黄慢板），一段（西皮流水）；这两段唱腔是用程派唱腔来演绎的，前者幽咽婉转、含蓄内敛，后者酣畅淋漓、坚强。李玉茹很好地运用程派旋律和圆润歌喉，诠释了贤惠、勤劳、孝顺和善良的赵五娘音乐形象。

关键词：京剧《琵琶记·描容上路》、赵五娘（**二黄慢板**）（**西皮流水**）
程派、半音、切分音、附点

Analyses on Zhao Wuniang's Singing in Peking Opera A Legendary Pipa. Drawing Remains and Starting Off

Wang Xibao
(Foreign Department, Anshan Normal University, Anshan Liaoning 114006, China)

Abstract: Peking Opera A Legendary Pipa. Drawing Remains and Starting Off was recomposed according to A Legendary Pipa by Gao Zecheng, a

---

① 作者简介：王希宝（1967—），男，辽宁开原人，硕士，辽宁省鞍山师范学院外语系副教授，研究方向：戏剧戏曲学和翻译

famous Southern Drama in Ming Dynasty, and was put up again by Zhou Xinfang and Li Yuru (of Shanghai Peking Opera Troupe)in 1959. It was told that Cai Bojie went to Beijing for the entrance to the examination, and he won the the top ,Zhuangyuan. After that he was obliged to become the son-in-law of Niu minister, his wife, Zhao Wuniang waited on her parents-in-law, having bran and leaving grains to them. And then her parents-in-law died, she had to bury them by selling her hairs and by hand in order to look for her husband, Cai Bojie. By means of memory, she drew her parents-in-law' s remains, going to set out on a journey, looking for her husband. At the same time she came across her neighbor, Zhang Guangcai, who was an old man and very warm-hearted, giving her a Pipa and some changes, and telling her to be careful on the road. He promised to be on guard the tomb and then Zhao Wuniang said goodbye to him, starting off, thanks for him. This paper will be focused on analyzing the 2 pieces of singings of Zhao Wuniang in Cheng School which one is Erhuang slow style, the other is Xipi Liushui. The former is whimpering and murmuring, and the latter is smooth and firm. Li Yuru sang the 2 pieces of songs in her beautiful voices and melodic throat, interpreting Zhao Wuniang' s good character and virtues in ancient Chinese women which was full of gentleness, diligence and filial piety.

Key words: Peking Opera A Legendary Pipa. Drawing Remains and Starting Off
Zhao Wuniang (Erhuang Slow Style 4/4 rhythm) (Xipi Liushui 1/1 rhythm)
Cheng (Yanqiu) School (in Peking Opera)
Semitone /half tone syncopation dot

一、京剧《琵琶记·描容上路》剧情简介

陈留郡人蔡邕（字伯喈）进京赴试，得中状元，被牛丞相强招为婿，遂和家中断绝音信。当时陈留郡连年灾荒，蔡妻赵五娘乞讨粮米奉养公婆，自己则暗以糠秕充饥，后二老终因饥饿而死。赵五娘卖发埋葬了公婆之后，在月下描画公婆遗容，带在身边，决意进京寻夫。邻翁张广才知道五娘贫困，赠以雨伞、琵琶及路费，并愿代为照看其公婆坟墓，赵五娘与张广才挥泪而别，上路寻找丈夫蔡伯喈。

二、京剧《琵琶记·描容上路》主题、人物及艺术特色

京剧《琵琶记·描容上路》为京剧《赵五娘》(《琵琶记》)之一折，周信芳先生根据明代剧作家高则诚的《琵琶记》改编而成，为周先生的代表剧目之一，早年多上演全剧，晚年经常上演其中《描容上路》和《扫松下书》两折，该戏的这两折是全剧的精华，周先生在剧中塑造了一位善良正义、古道热肠的老人，并创排了大段（西皮流水）的唱腔，听来朴素流畅，亲切、质朴感人，李玉茹以程派青衣应工，塑造了一位温顺善良、孝顺贤惠的赵五娘的艺术形象，虽为陪演，但也很出彩，大段二黄唱腔唱得如泣如诉，凄楚哀怨，西皮流水唱得流畅自然，柔中带刚，完美诠释了赵五娘具有中华传统女性美德的典型艺术形象。

京剧《琵琶记·描容上路》的主题很显然是歌颂善良、孝顺，富有正义感的中国古代劳动人民的优秀品质，张广才虽然年逾花甲，（老汉今吶年七十九，我比你公呃公少二秋），但是为了帮助赵五娘夫妻早日团圆，情愿主动帮助她看守打扫赵五娘公婆坟墓，更是主动赠与琵琶、盘缠，这种善良的品质和助人为乐的精神，是值得当代人学习的；赵五娘吃糠遗嘱、削发卖钱、兜土建坟为公婆，这种孝道行为与古道热肠的张广才互为宜彰。这出戏有很多象征意义，“琵琶”象征着诉说，倾诉和团圆；“描容”象征着孝道、静观，冷眼看世界；“上路”象征着艰辛和磨难，赵五娘弹奏琵琶，诉说着自己的苦难，虽然“上路”历尽千辛万苦，最后终于与蔡伯喈夫妻团圆。

京剧《琵琶记·描容上路》艺术特色主要运用了白描的艺术手法。“在这个戏里，却一反惯例，用平和的节奏，细腻的线条来表现。在这出戏里（特别是在《描容上路》这一折），既没有繁重的舞蹈身段，也没有痛快淋漓、慷慨激昂的唱腔，甚至小身段也很少，完全是用白描的方法来刻画人物的。”① 很显然，这个戏是用言简意赅的唱腔语言，主要通过赵五娘“自叹身世”的（二黄慢板转快三眼唱腔）和朴素的生（麒派）旦（程派）对唱（西皮流水）来进行叙事，下面将重点分析旦角赵五娘的程派唱腔结构和特色。

三、京剧《琵琶记·描容上路》赵五娘唱腔分析

京剧《描容上路》赵五娘的唱段主要有三段，唱词如下：

第一段（二黄慢板）

手提着羊毫笔思前想后，

想起了二公婆珠泪双流；

---

① 卫明：《周信芳艺术评论集》，《浅谈周信芳的〈描容上路〉》[M]. 北京，中国戏剧出版社，1982 年 12 月第 1 版，291 页。

老爹娘盼娇儿功名成就，
转（二黄快三眼）
谁知他到京都去不回头；
我在家承欢笑奉养姑舅，
遭荒旱他二老撒手西游。
画起了老公爹面黄肌瘦，
画起了老婆婆背弯腰佝；
拭泪痕停霜毫遗容画就，
转（二黄摇板）
无非是表孝思遗影常留！

第二段（二黄散板）
屈膝躬身哀言禀，
尊声二公婆在天灵；
都只为守家门难逃饥馑，
到京城寻儿夫妇祭双亲。

第三段（西皮流水）
大公不必细叮咛，
嘱咐的言语记在心。
身上背定公婆影，
不顾艰难奔京城。
逢人只说三分话，
彼可全抛一片心。
媳妇此番把京城进，
寻着伯喈把理评；
倘若伯喈不相认，
怀抱琵琶诉苦情。
我不说公婆丧了命，
我不说剪乌云、葬双亲、众亲友来帮衬，
亲自兜土筑新坟。
我只说公婆在堂前等，
叫他即刻转家门，
拜别大公忙上路径，
转（西皮摇板）
大公有话快说明。

（一）唱腔板式的运用，突出流派（程派）特色

在《描容上路》一剧中，旦角所占的份额比老生要少，因为这是一出麒派剧目，以老生张广才为主，旦角赵五娘只是一个配角。纵然如此，这个人物用程派青衣来演绎是很恰如其分的。众所周知，程派青衣端庄、贤惠，属于中国古代传统女性的代表性人物，如窦娥、申雪贞、张慧珠、蔡文姬、张玉贞等，赵五娘的善良、孝顺和对爱情的忠贞，特别适合用程派青衣来表现，因此用程派唱腔来塑造赵五娘的音乐形象，不但妥帖而且必要，突出了流派特色，做到了生旦行当的互补，使得麒派与程派融为一体。《描容上路》全剧赵五娘主要有三段唱腔，第一段为（二黄慢板转快三眼）；第二段为四句（二黄散板）；第三段为一段（西皮流水）。第一段属于中等唱段,时长8分钟，为赵五娘开场时所唱，属于预热阶段“描容”，也是“上路”前的铺垫和准备，描写性多些，夹杂着叙事，刻画了赵五娘千辛万苦为公婆描绘遗容，心酸难过而又无可奈何的心情，属于该戏重点唱段，一扬三叹，若断若续，一气呵成，是典型的程派唱法选段。程派的（二黄慢板）一般很长，如果慢板到底会显得冗长、拖沓，这里借鉴了《贺后骂殿》、《锁麟囊·朱楼》的表现手法，（二黄慢板）转（快三眼），通过节奏的变化，表述赵五娘画完遗像急于上路，寻找蔡伯喈的急切心理活动。当然，这也是创新，这里赵五娘唱的是三句慢板，通过一个很短的过门转入（快三眼），因为程派老戏《贺后骂殿》、《锁麟囊.朱楼》唱的是两句慢板转（快三眼）；第二段仅为四句（二黄散板）为赵五娘上路前祭奠公婆坟墓所唱，为过场唱段，不是重点唱段，但起到了衔接作用，是“上路”过渡阶段；第三段为一大段（西皮流水），该段实际为（西皮慢流水），从节奏上比正常的（西皮流水）要慢一些，是接唱前面张广才的（西皮流水），也算是生旦对唱，但不同于程砚秋、杨宝森《武家坡》的对唱。这段赵五娘的唱，抑扬分明，高低分配均匀，错落有致，字字珠玑，平常中很见功力，表达了赵五娘决定让张广才对她的叮嘱放心的决心以及对他的帮助表示感谢，这段唱腔借鉴了《荒山泪》（他人好似我夫面）、《四郎探母》（铁镜女跪尘埃祝告上天）。

（二）半音

半音4和7，往往是程派的主音，也是程派唱腔中最具程派特色的旋律，我们知道4和7，在谱曲、演唱和定调都不太好掌握，尤其在演唱时候，很难控制的，稍有不慎，就会跑调儿，这也是为什么程派好听却不好学、不好唱的原因。为了更好地服务于赵五娘这一人物，李玉茹演唱中使用了大量的半音，如:（二黄慢板）第一句“手提着羊毫笔思前想后”的尾腔 **7056 7i76 76567656 76255 | 6**，这里一个小节线中，四拍都出现

了半音7，第一个7出现在板，一个休止,0，换气，接56，然后顺势过渡到头眼 7i76再到中眼，重复76567656，最后过渡到末眼76255，这个腔出自《六月雪》“坐监”（二黄慢板）“未开言思往事心中惆怅”的“怅”尾腔，极具程派特色，幽咽婉转，很好表达了赵五娘此时此刻的忧心忡忡的复杂心情，这个腔和人物的思想感情很贴切；第二句“想起了二公婆珠泪双流”尾腔第二、三小节线，666506776767227 | 65ii72765767464323 | 55V6……第二小节线的中眼776767和末眼227，反复出现了半音7，其中中眼也是重复使用，有时重复使用半音旋律也是程派唱腔的一大特色，末眼用两个高音22过渡到半音7，旋律突然转到第三小节线的板上65ii，（这个小腔很新颖），然后再次在中眼和末眼出现多个半音7，在末眼出现了464323，464323也是程派唱腔经常使用的音符旋律，哀婉凄凉，突出了赵五娘含辛茹苦的性格。

（三）切分音

善用切分音是程派唱腔另一特色，切分音是指在乐曲中，由于改变了音的时值，弱拍或强拍弱部分变成了强拍，也就是说切分音改变了重音节奏。在《描容上路》中，赵五娘唱腔中有大量切分音旋律出现，如：（二黄慢板）第一句“思前想后”的“想”（末眼） | 0 3·535656i53V6 |；第二句“珠泪双流”的“流”第四小节的（板）666506776767227 | 65ii72765767464323 | 55V6 |，这样程腔就会让人感觉在行腔过程中，重音节奏有错位的感觉，很与众不同，这也是程派唱腔的显著特点之一；再如，（西皮流水） 0i | 65 | 36 | 5·6 | ii | 35 | 6 4 | 35 |

媳 妇 此 番(把) 京 城 进，寻 见 了

65 | i | 56 | 5 | 04 | 35 | i | 65 | 6i | 35 | 6 2 | 23 | 43 |

伯 喈 把 理 评 倘 若 是 伯 喈 不 相 认，怀 抱 琵

66 | 43 | 2·3 | 5 |……这段（西皮流水）速度很慢，属于慢流水，虽然

诉 苦 情。

没有垛句，但是唱腔结构使用了切分音，而且使用了连句，显得整段唱腔错

落有致，一气呵成，稳而不温，很好表达了赵五娘感谢张广才的叮嘱和坚定要上路去寻找丈夫蔡伯喈的决心和毅力。

（四）附点（音符）

程派唱腔频频使用半音和切分音的同时，也是经常通过附点音符，来延长音的时值，从而使得节奏变化更加多样，快慢（尺寸）、轻重（强弱）、密疏（唱词字数）等就变得异常复杂，产生强烈对比，好腔迭出，绝不雷同，而且能够服务于剧中人物。如：（二黄慢板）的“想起了二公婆珠泪双流”的“珠” 7·677；“老爹娘盼娇儿功名成就”的“老” 5·61̇1̇、“盼” 5·677 和“成” 3·535……；（二黄散板）“无非是表孝思遗影长留”的“遗影” 7· 7 6·72 2 等等。

（五）源流与创新

在京剧《描容上路》中，程派唱腔的运用在赵五娘这个人物身上比较成功。

首先，程派唱腔的若隐若现、含蓄内敛的艺术风格很适合表现中国古代传统女性人物的温婉、善良和勤劳品格，赵五娘身上集中了中国古代女性的传统美德，她宁愿牺牲自己，也要把仅有的一点粮食给公婆吃，而自己吃的是糠，这是贤惠和孝顺；她一直孝顺到公婆年老而亡，削发卖钱，用双手为公婆建筑坟墓，这还是孝道；她画好公婆的遗像还是一个孝字的体现，同时为了上路寻找丈夫蔡伯喈，也是对忠贞不渝的爱情的一种讴歌。

其次，这个戏的很多母腔的出处皆有源头，不是凭空想象出来的。如：（二黄慢板）的第一句“手提着羊毫笔思前想后”的最后的拖腔，母腔是《六月雪》（坐监）（未开言思往事心中惆怅的“怅”），几乎没有变化，第二句“想起了二公婆珠泪双流”的拖腔……1761̇22 6661̇ 3535651̇ | 5 - - - | 这个腔的母腔是《梅妃》“别院中起笙歌因风送听”的尾腔 1̇764 6661̇ 6661̇ 3535651̇，它只是把中眼 1̇764 换成了 6661̇，新颖别致，而这个 6661̇ 3535651̇ 又有《审头刺汤》“一家人两下里离分”的拖腔影子，第三句“老爹娘盼娇儿功名成就”的“儿”拖腔模拟的是《三娘教子》“失群孤雁”的“孤”的旋律。一般（二黄慢板）转（快三眼）很少有唱三句慢板的，这里虽然唱了三句，但并不觉得拖沓，落音落到高音 1̇ 后，伴奏只用了一个很短的小过门 | 1̇ - 56 1̇2 | 就立即转入（快三眼），在唱“画起了老

婆婆背弯腰佝”的“老婆婆”吸收了《六月雪》(坐监)“再不能与婆婆熬药煎汤”的“与婆婆”(5 62 02)的母腔；再如(西皮流水)“不顾艰难奔京城”(6i i5 6 56)，吸收的是《荒山泪》(逃山)(西皮流水)“怎不回头交一言”的“怎不回头”(06 65 6 3)，所不同的是“不”提高了1度变成了i，

0i	65	36	5·6	i i	35	6 4	35	65	i	56	5
媳妇	此	番(把)	京城		进，寻	见了	伯	喈	把	理	评

，这个“把”字唱的妙极了，好听又有衬托作用，起到了垫字作用，俏皮，剔透玲珑之中，把赵五娘急切上路的心情表达的相当准确，这个小腔是整个(西皮流水)的一个创新亮点，“倘若伯喈不相认”的“倘”(04)，用半音4来唱，程派的味道马上就出来了，一般旦角(西皮流水)的上句开头都习惯于唱5，但这里运用的是程派唱腔谱曲法则，唱04，后半拍起唱，前面加了一个休止，

04	35	i	65	6i	35	6 2	23	43	43	66	43	2·3	5
倘	若是	伯	喈	不相		认，怀	抱	琵	琶	诉	苦	情。	

“怀抱琵琶诉苦情”模拟的是《春闺梦》“市语微哗虑变生”旋律，几乎如出一辙，典型的程派流水旋律，这样处理既熟悉又有亲切感。

再次，在创腔方面，突破了程派传统唱腔，有所创新和发展，为日后我们整理改编或创作新戏提供了很多好的经验和借鉴。“我说，‘老调新腔’我都不反对，而且多望多造一点，还是那句话，“可是别要只顾耍腔，却忘了戏。”① 周信芳大师的这段话点出了唱腔一定要为剧情服务，一定从人物出发，服从人物的需要，也说明了唱腔与人物的关系。流派流派，有了源流和渊流，这个流派才能发展，才能发扬光大，在继承中求得发展，流变的意义正是这样进行的，那么流派的传承己任才能得以实现。

结语

总之，京剧《琵琶记·描容上路》赵五娘唱腔分析是本着挖掘和整理优

① 周信芳：《周信芳文集》，《唱腔在戏曲中的地位》[M]. 北京，中国戏剧出版社，1982年8月第1版，314页。

秀传统文化的目的而进行的，从流派继承和发展来看，这出戏秉承了老生麒派和旦角程派的部分精髓，同时，麒派和程派的对手戏交融也是发展和拓宽了“生旦对手戏”的戏路。一出无二戏，主角与配角并不矛盾，互通有无。虽然赵五娘音乐形象在京剧《琵琶记·描容上路》中是配角，但实际也是“主角”，正是她的“主角”地位很好衬托了另一个麒派音乐形象——张广才，也是周信芳大师塑造的可爱可亲、助人为乐的著名“配角”。因此，任何一出戏的挖掘整理都要从唱腔入手，从文本主题入手，从流派艺术特色入手，这样的挖掘整理才更有意义，使得更多的艺术流派精品流芳百世，对挖掘整理南戏也是一种贡献。

参考文献

[1] 中国戏剧家协会.《周信芳演出剧本选集》（下）[M]. 北京：艺术出版社，1955年2月第1版（P437-534）.

[2] 许锦文.《周信芳演出剧本唱腔集》[M]. 上海：上海文艺出版社，1986年11月第一版（P303-325）.

[3] 许锦文.《周信芳唱腔集》[M]. 上海：上海文艺出版社，1979年7月第1版.

[4] 中国戏剧出版社.（中国戏曲艺术大系·京剧卷）《说周信芳》[M]. 北京：中国戏剧出版社，2011年6月第1版.

[5] 沈鸿鑫.《周信芳传》[M]. 北京：中国戏剧出版社，2010年12月第1版.

[6] 李晓，黄菊盛.《周信芳与麒派艺术》[M]. 上海：华东师范大学出版，1994年12月第1版.

[7] 梅兰芳周信芳诞辰100周年纪念委员会学术部.《梅韵麒风》（梅兰芳周信芳诞辰百年纪念文集）[M]. 北京：中国戏剧出版社，1996年10月第1版.

[8] 萧晴.《程砚秋唱腔选集》[M]. 北京：人民音乐出版社，1988年6月.

[9] 夏邦琦，许锦文.《程砚秋唱腔集》（新编本）[M]. 北京：文化艺术出版社，2004年6月第1版.

[10] 陶君起.《京剧剧目初探》[M]. 北京：中华书局，2008年8月第1版.

新编《洗马桥》越剧英译研究

王希宝[①]

摘　要：越剧《洗马桥》是根据明成化出土南戏本《菱花镜》改编而成，郑朝阳编剧，1999年浙江乐清越剧团首演，说的是温州书生刘文龙与温柔善良、孝顺贤惠的肖月英悲欢离合的爱情故事。本文重点研究了《洗马桥》"生祭"一场的英译，阐述了这部南戏英译价值，并且从唱词、念白、舞台指示说明、剧名四个方面进行汉英对照分析，探讨了重要的翻译技巧：如直译、意译、合句、修辞、典故、传说等。

关键词：南戏越剧《洗马桥》生祭、英译、汉英对照分析

Research on Translation of Southern Drama
——Yue Opera Xima Bridge Newly Recomposed

Wang Xibao
(Foreign Department, Anshan Normal University, Anshan Liaoning 114006, China)

Abstract: Yue Opera Xima Bridge Newly was recomposed by Zheng Zhaoyang according to Dressing Mirrors of Southern Drama in Ming Dynasty and it was first performed by Lue Qing(in Zhejiang Province) Yue Opera Troupe in 1999. It was a love story and it was told that Liu Wenlong, a famous scholar in Wen Zhou, fell in love with Xiao Yueying, who was gentle, kind-hearted and virtuous, was through a life with joys

---

① 作者简介：王希宝（1967- ），男，辽宁开原人，硕士，辽宁省鞍山师范学院外语系副教授，研究方向：戏剧戏曲学和翻译。

and sorrows . The thesis will be focused on the translation Scene VII (Holding a memorial ceremony for a living person) and it will be stated the value of translating the famous works. And the same time, it will be explored in some methods of translating such as literal translation , liberal translation, compound, rhetoric, allusion, legends and so on , being viewed from among libretto, spoken parts (of a Yue Opera), instructions on stage and the name of plays translated.

Key words: Yue Opera Xima Bridge Newly Recomposed
Holding a memorial ceremony for a living person
English translation
contrast analysis of Chinese- English

一、新编《洗马桥》越剧剧情简介

越剧《洗马桥》是根据明成化出土南戏本《菱花镜》创作而成，郑朝阳编剧，1999 年浙江乐清越剧团首演，故事说的是温州书生刘文龙上京赶考，新婚三日便与妻子肖月英分别，在洗马桥上嘱托表弟宋湘照看妻子和母亲。文龙高中，被皇帝封为和番使者，出使匈奴，匈奴公主对他一见钟情，单于下令成婚，文龙弃逃，单于追赶，射箭，公主挡箭而亡。而家中老母和妻子 16 年靠表弟宋湘艰难度日，宋湘对表嫂暗恋，此时刘母正逢 60 寿诞，让儿媳与宋湘成亲，月英在洗马桥焚香“生祭”，文龙回朝，被封家乡知府，洗马桥合家相遇，受妻子母亲责备，宋湘见此坐上瓯江船只暗自离去。

二、新编《洗马桥》越剧英译价值

主题与人物形象的改编挖掘是这个戏的英译价值的体现。温州是南戏的发源地，高则诚《琵琶记》被称为“南曲之祖”,《张协状元》是最早的南戏古本，距今有 800 多年历史。传奇是中国戏曲的一个显著特点，即“以歌舞演故事”。肖月英盼等了刘文龙十六年，刘文龙塞外思念肖月英也是十六年，这漫长的岁月见证了两人对爱情的坚贞不渝，这就是新编越剧《洗马桥》体现的伟大爱情的永恒主题的价值。作品的价值观也起到了高台教化的作用，也符合南戏的传奇特点。刘文龙懂信，肖月英懂情，宋湘占义，阿娇占痴，他们四人的爱情纠葛，勾勒出了人生百态，重新诠释了伦理道德观和爱情观，改编本最大的亮点是凸显了宋湘这个人物，他的悄然离去，是把幸福给了别人，而把痛苦和伤心留给了自己。他的成人之美，助人为乐的品质符合当代人们的审美，具有很高的思想境界；刘文龙、肖月英对爱情的忠贞不渝，传递着正能量，他们对美好生活的向往和对中华传统美德的坚守，与社会主义核心价值观不谋而合——爱国、敬业、诚信和友善。因此这个戏的改编对当代人具有很大的思考价值，即对人生观、价值观和世界观的重新思考，同时也包括爱情观、道德观的重新审视。由此可见翻译这部作品的意义和价值也就不言而喻了。

三、新编《洗马桥》越剧汉语对照分析

（一）唱词

第七场　生祭 Scene VII Holding a memorial ceremony for a living person

唱词 1

（洗马桥，肖月英上）(On Xima Bridge , Xiao Yueying coming)

肖月英　（唱）(Xiao Yueying singing)

手提着两荤两素四样菜，

肖月英洗马桥上祭夫来。

（合句,Xiao Yueying is holding a memorial ceremony for my husband to Xima Bridge, holding 4 dishes of meat ,fish and vegetables. 这里用分词短语作伴随情况状语，修饰前面的谓语 is holding a memorial for my husband, 或者用 with 复合结构,（with +Noun + 介词短语），with 4 dishes of meat , fish and vegetables in my hand, 或者独立主格（Noun+ 介词短语），the 4 dishes of meat, fish and vegetables in hand. 其中 is holding 进行时表示将来，符合“祭夫来”的意思。）

你新婚三日去赶考，

对镜明誓不分开。

You took the imperial examinations after the wedding, taking an oath/making a pledge of love

means being together forever.

（合句，上句“你新婚三日去赶考”作为主句，下句“对镜明誓不分开”作为分词短语，做伴随情况状语，修饰上句，以突出分别太久太久，有埋怨的味道；

反说正译，“不分开”译成“在一起”，突出山盟海誓，地久天长的意境；

典故，明誓意指山盟海誓，指男女相爱时立下的誓言，表示爱情要像山和海一样不变、永恒，出自元 . 无名氏《碧桃花》第三折：“他将山盟海誓言，向罗帷锦帐眠。”）

谁知一去十六年，（载）

黄鹤悠悠不再来。

（合句，The remote yellow crane didn't appear any more after you left sixteen ago. 直译；

I couldn't hear from you after you left sixteen ago. 意译

/I've never been heard of since you left sixteen ago. 更为准确

意象，

这里黄鹤表示鸿雁传书，古人经常用鸿雁传书表达沟通和联系，“黄鹤悠悠不再来”这里实际表达的是刘文龙杳无音信。）

今日桥头祭告你，
高堂老母身康泰；

Today at the end of the bridge , I told you that your mother was still healthy,

（合句）六十寿诞礼虽简，
亲情如歌也开怀。

And celebrating her 60 birthday, although it was simple，relatives and friends would be happy .

（合句）月英苦守心已尽，
老母做主重嫁改。

I've tried my best to be alone at the empty room and I had to remarry again by your mother.

（合句，苦守指独守空房，这里 be alone at the empty, 加重了语气。）

往日恩情今了断，
三生石上盟不在。

I have to settle the problem because the pledge/oath of love didn't appear any more.

（合句，盟，盟约，指前面提到的“山盟海誓”。）

你多保重，我自真爱，
你若有知听明白。

You'd better listen to me, taking good care of yourself and I have to cherish myself, too.

（合句，越剧的唱词很多，往往上下句就是一句话，甲唱完了，乙接着唱，一般都是生旦轮唱或重唱，交叉唱，在《洗马桥》（生祭一场中）中，肖月英（旦）和刘文龙（小生）基本都是轮唱，这么翻译是为了使得句子更加简洁，句意更加精炼，表达会更加准确、生动。）

唱词 2

（默默祭告，刘文龙上）(Silently Xiao Yueying holding a ceremony for Liu

Wenlong, her husband, Liu Wenlong's coming.)

刘文龙 （唱）liu Wenlong (singing)

快马加鞭万里归，

披星戴月把家回。

I went home at top speed, under stars at night, through a long way.(三个并列介词短语作状语修饰谓语动词 went home)

/I sped up to go home , travelling day and night.(隐喻，日夜兼程，travelling day and night)

/I was anxious to return, like a flying arrow.(明喻，归心似箭，like a flying arrow)

（合句，修辞，夸张，hyperbole, 披星戴月（travelling day and night ），和快马加鞭（at top speed），形容刘文龙以最快的速度飞回家，思乡心切，归心似箭）

谁知近乡情更怯，

马蹄踟蹰人徘徊。

But I wondered if I would be too anxious to be nearer, wandering on the street just like a horseshoe.

眼前就是洗马桥，

It was Xima Bridge that I could see with my own eyes,

一见此桥肝胆催！

And at the sight of it, I was very nervous and exited!

这桥上足迹可是慈母望儿处?

Can it be my mother's footprint, the place of watching her son?

这桥下碧波可是贤妻伤心泪?

Can it be bluish waves, the sad tears from my wife?

（碧波，唐许浑《夜泊永乐有怀》诗："莲渚愁红荡碧波，吴娃齐唱采莲歌"，这里碧波比喻为伤心的眼泪，隐喻，连同上句，足迹，比喻成望儿处，使用了两次隐喻修辞，情态动词 can it be 这里表示疑问，上下句的"," 逗号表示同位关系，言简意赅，生动形象，碧波没有按照字面意思译成 green waves, 而是 bluish waves, 能够突出蓝调音乐的意境，因为 blue style 本身就是悲伤的音乐，在此借用美国蓝调音乐的感觉是很恰当的。碧波，是肖月英伤心的泪水，一江春水向东流的情境油然产生。）

恨不能一脚跨进家门去，

诉衷肠请罪再告白。

I itched to go into my home, forgiving me and listening to me.

（省略，诉衷肠，再告白，用 listening to me，表达倾诉的意思，forgiving

me and listening to me, 分词作伴随情况状语，修饰前面的谓语动词 itched to)

（急步行走，忽又止步。）(Hurriedly to walk, suddenly to stop/pause.)

唱词 3

肖月英　好啊！（唱）Xiao Yueying Oh! (Singing)

叫一声知府大老官，

Listen to me, my senior officer,

民女月英含奇冤。

冤深似海难申诉，

As an ordinary woman, Yue Ying had a wrong as great as history has ever known.

（省略"冤深似海难申诉"一句，因为这句表达了"千古奇冤"的意思，所以 Sb had a wrong as great as history has ever known. 比较贴切）

三个状本告当前。

Because I had three wrongs to be righted.

刘文龙 你状告哪个?

Liu Wenlong Whom will you sue ?

肖月英　（唱）Xiao Yueying (singing) 控告

头状告他刘文龙，

First I'll accuse Liu Wenlong of his abandoning his mother and wife for 16 years.

抛妻别母十六载。

茫茫生死无音讯，

不见家书寄片言。

I was lost in a fog /I was at a loss about his life and death,

and I've never heard from him.

二状再告刘文龙，

桑梓亲情抛一边。

Secondly, I'll accuse him again of his forgetting his homeland.

家乡连年遭大灾，

My hometown suffered from the disasters year after year,

你生死不问心何安?

Why free at ease without saying hello to your relatives?

（刘文龙羞愧）(Liu Wenlong, shy)

肖月英　（唱）Xiao Yueying (singing)

三状还告刘文龙，

糟糠有冤冤也奇。

Thirdly,I'll accuse him of his abandoning his wife.

十六年我含辛茹苦挑重担，

I've been enduring all kinds of hardships for 16 years,

你萍踪浪迹在哪里？

You were a restless fellow like a drifting water plant.（明喻）

/You came and went without trace.

（萍踪浪迹，明.汤显祖《牡丹亭》第二十出：“恨忽忽，萍踪浪影，风剪了玉芙蓉。”这里指到处漂泊，来无影去无踪，表示没有家庭责任。）

患难相助是宋湘，

真情感化架虹霓。

It was Song Xiang who helped me, influencing me on his truth just like rainbow.(明喻、强调句型和合句)

今日我洗马桥上摆生祭，

祭罢我成宋湘妻。

Today I offer a sacrifice to Liu Wenlong on Xima Bridge while I became Song Xiang's wife.

（合句；省略了“祭罢”）

刘文龙，你不迟不早把家还，

害月英进退两难、含羞饮恨、走投无路，

Your going home at this time made me in a dilemma, shy and at the end of my rope.

哪有那桥下碧波把冤洗！平反昭雪

I wanted to rehabilitate me who has been wronged !

（rehabilitate me who has been wronged, 表示“平反昭雪”的意思）

（急步上桥，纵身欲跳）（Hurriedly to the bridge, wanting to leap）

（刘母与宋湘急忙赶来。）(Liu Wenlong's mother and Song Xiang hurried to come.)

唱词 4

刘文龙 （见此情景，伤感刺激）母亲！（唱）Liu Wenlong(at the sight of situation, feeling sad and stimulated) Mum! (singing)

不孝儿、娘跟前、泣血长跪，

I, who is unfilial son, is getting my knees to you for a long time with tears of blood,

想不到、塞外归、人情已非。

I, who is unexpected, is getting home. The things are still there, but men are no more the same ones.

（拆句，把三个意群，分成两句话来意译，即想不到、塞外归为前句，I, who is unexpected, is getting home, 人情已非为后句，理解为“物是人非”，The things are still there, but men are no more the same ones.）

十六年不奉不养我有罪，

I feel guilty of not supporting you for 16 years

你可知儿心中万般无奈！

Do you know I have no alternative but to do so in my mind?

（肯定句变疑问句，加强语气）

为报国，我不辞生死赴君命，

I'm willing to devote myself to country without thinking myself,（意译一，凸显报效国家）

/I'm willing to go fighting for country without having regard for myself.（意译二，凸显置之度外）

为事亲，我何日不将娘挂怀？

Do you know how much I miss you every day?

夫妻守信誓盟在，

秉忠节辜负公主真情爱！

I've promised that my wife and I would be together forever, but I was let down by Princess!

原以为，叶落归根忠孝得两全，

I thought getting home would be either whose loyalty and piety are.

（落叶归根，借代，metonymy, 指归家，忠孝得两全，指忠孝两全、忠孝双全，即报效祖国，孝敬父母）

到头来，亲人嫌弃有家不能回！

Eventually, my relatives disliked me, and I became homeless!

娘啊娘，（接唱）Ahh, Mum(continuous singing)

只要你认一认亲生叫一声儿，

I'll be willing to be burdened with all with no regrets on condition that you call me, my son！

我吞黄连、咽苦水、无怨无悔、不枉我瀚海守信万里归！

and after all I would come back home far away in vain I made a promise.

（合句，上下句由并列连词 and 连接；下句拆成两个分句，即主从复合句，由 in vain 引导）

……

唱词 5

宋湘 （苦涩地一笑）表嫂！唱 Song Xiang (smiling bitterly) My sister-in-law!(singing)

人人都有一本帐，
账目清楚心有纲。

Everyone has his account which would be learned by heart.（合句）

煌煌历史记大帐，
区区小民记小帐。

A brilliant history has a big account while an ordinary person has a small account.（合句）

宋湘是个生意人，
往来账目须清爽。

I remember every account because I'm a businessman.（合句）

老姑母，是长辈，
奉养孝敬理应当；

I should wait upon my aunt because she was my elder.（合句）

对表嫂，真情爱，
三生结盟敢担当。

I took an oath for my sister-in-law because I love her too much.（合句）

想想表嫂做人难，
看看姑母老泪淌，

(I would be sorrowful in my mind) at the thought of Yueying's pains and my cousin's difficulties, and at the sight of my aunt's tears,

（增句，加了一个句子，(I would be sorrowful in my mind) 把"想想表嫂做人难，看看姑母老泪淌，还有你表兄不容易"三个句子变成三个并列的介词短语；合句，把四个句子在一起翻译，并且调整了顺序，把"还有你表兄不容易"调整到前面）

还有你表兄不容易，
十六年苦守归故乡。

You returned home by promise after you've been on guard for 16 years.

只要你母慈子孝夫妻团圆，
我情愿肩背行囊走四方。

I'll be willing to leave here only if you are united together again.

（省略，"肩背行囊"，"肩背行囊走四方"用 leave here 表达，言简意赅）

（二）念白

俗话说，千金话白四两唱，说明戏曲演唱中，夹杂的念白也非常重要。

在越剧《洗马桥》中，有大量的念白，最后一场有两处最具有代表性，一处是肖月英和刘文龙在洗马桥上相认的对白，另一处是结尾处刘文龙刘母肖月英宋湘四人精彩对话，前者层次分明，步步为营，后者高潮迭起，点明主题和故事结局。越剧的念白比较口语化，贴近生活和实际，因此翻译的时候，尽量用英语口语、俚语甚至方言来表达处理为宜，尽量避免运用书面语和深奥的典故。

念白 1

刘文龙 啊，一别多年，不便孟浪回家（见肖月英，唤）大嫂，大嫂。（肖月英抬头。两人各自一惊，再互相看看，都摇头否认，恢复镇定。）

Liu Wenlong Ahh, departing for so many years, it's inconvenient for me to go home.(at the sight of Xiao Yueying, calling) Madam, madam.(Xiao Yueying looking up. They are surprised each other, staring at each other again, but they denied by shaking their heads, and then calmed down again)

刘文龙 相烦大嫂，我向你打听一户人家。

Liu Wenlong I'm sorry, can you help me? I want to ask about some person.

肖月英 请问客官，这方圆之内，你要打听哪户人家？

Xiao Yueying Of course, whom do you want to ask about?

刘文龙 我打听这洗马桥边刘文龙一家。

Liu Wenlong I wonder if you could know Liu Wenlong at Xima Bridge.

肖月英 （一震）刘文龙？你打听他做什么？

Xiao Yueying (shocked) Liu Wenlong? Why do you inquire him?

刘文龙 我与他沾亲带故。我知道刘文龙当年进京赶考，一去不回。

Liu Wenlong We are relatives/He is my relative. I knew he hadn't come back since he took the imperial examination to Capital.

肖月英 （自语）他知道刘文龙的下落？（转对刘文龙）刘文龙现在何处？

Xiao Yueying (saying to herself) He knew Liu Wenlong's whereabouts.(turning to Liu Wenlong) Where is Liu Wenlong now?

刘文龙 他当年考中状元，受皇上派遣，作为和番使臣，出使匈奴，羁留难回。

Liu Wenlong He passed the imperial examinations ，winning No.1 Scholar (Zhuangyuan) many years ago, and then he was sent and obliged to Xiongnu as an envoy who was mediating/reconciling. As a result, he was forced to stay there and it was difficult for him to return home.

肖月英 那，他为何不报信回家？

Xiao Yueying Why not go home by message?

刘文龙 曾派遣书童永宁回家报信。

Liu Wenlong He had ever sent Yongning to take a message for him.

肖月英 （自语）永宁，永宁何曾来过啊？（转对刘文龙）刘文龙现在哪里？

Xiao Yueying (saying herself to) Yongning Yongning didn't come here,(turning to Liu Wenlong) Where's Liu Wenlong now?

刘文龙 十六年后，他终于重返帝京，回朝复命，受皇上嘉奖，被封为当地州官。如今，他已经回到故乡来了。

Liu Wenlong After 16years, in the end he returned to Capital, receiving a reward by the emperor and he was rewarded as an official in the location. Up to now, he has already come back to his hometown.

肖月英 （险些惊倒）你、你、你是什么人？

Xiao Yueying (Nearly falling down in surprise) Who are you ?Who are you ? Who are you?

刘文龙 我就是那十六年不曾回家的刘文龙！

Liu Wenlong It's me , I'm Liu Wenlong,too, who has not been at home for 16 years.

肖月英 （断然否认）不！刘文龙白面书生，青年英俊，哪像你，满面胡须，一脸风沙，你也不拿镜子照一照！

Xiao Yueying (Denying absolutely)No! Liu Wenlong was a handsome young man while you had an ugly face full of wrinkles with a long beard. You'd better look into the mirror!

刘文龙 镜子？对，这镜子整整伴我十六年呢！（拿出镜子）

Liu Wenlong Mirror? Oh, yeah, this mirror has been still in my pocket for 16 years!(taking out it from the pocket)

肖月英 啊？（急忙拿出自己的镜子去合，天衣无缝）

Xiao Yueying Oh? (hurriedly taking out her own mirror, perfect, the twins mirrors)

刘文龙 （悲切）月英！

Liu Wenlong (grief) Yueying!

肖月英 文龙！

Xiao Yueying Wenlong!

这段对白颇有京剧《武家坡》薛平贵与王宝钏的影子，京剧《武家坡》夫妻相认前的对唱也是这样的一问一答，只不过表达方式不同，越剧《洗马桥》采用的是对话，一层一层揭开面纱，最后夫妻互相认出对方。很明显，这是戏曲惯用的写作手法，如同剥栗子一样。另外，通过镜子这个表象，象征着破镜重圆，夫妻团圆，重归于好。

念白 2

刘　母　（情不自禁，扑上）文龙，我的儿啊！你为国家样样不欠，可眼前之事你都看见。十六年心酸一言难讲，与媳妇侄儿共历劫难，才结下这生死之情山高水长。儿啊，莫怨为娘心狠不认儿郎，这苦果只有你一人吞下，独自承当！

Mum Liu (couldn't help herself rush at) Wenlong, my son! You devoted yourself to country, but you could see all with your own eyes. As you know , your wife ,your cousin and I experienced the disasters and pulled through the corner, our feelings were as high as the mountains and as long as the rivers, our love lasted forever. It was so long a story that we wouldn't speak it out. After all, we have been sad for 16 years. My son, you had to bear the miseries by yourself and you didn't complain about my cruel heart, refusing to admit that you were my son.

（"山高水长",唐 . 刘禹锡《望赋》:"龙门不见兮,云雾苍苍。乔木何许兮,山高水长"，此处用了暗喻，metaphor，比喻恩德深厚如山，像流水那么长，用了两个 as…as 比较状语从句；"一言难讲"，用 so…that 一个结果状语从句表达，表明了刘母此时一言难尽的悲伤心情；"共历劫难"，用 pull through the corner, 表达,使用了借代,metonymy, 表示刘母、月英和宋湘三人共渡难关。)

刘文龙　（悲呼）娘！

Liu Wenlong (shouting sadly) Mum!

刘　母　你、你还是远走他乡吧！

Mum Liu You , you'd better go far away!

刘文龙　（仰天自问）难道我不该回来？难道我真的不该回来吗？

Liu Wenlong (looking up at the sky and asking himself) Shouldn't I come back home? Shouldn't I come back home ?

（省略，"真的"，不必重复，因为已经用了两次 shouldn't ，表达了重复，起到了强调作用。)

肖月英　不，文龙！（扑向文龙，忽想到宋湘，尴尬）天哪！

Xiao Yueying No, Wenlong!(rushing at Wenlong, thinking of Song Xiang suddenly, embarrassed) oh, my God!

刘文龙　看来我是真的不该回来呀，母亲保重！（欲走）

Liu Wenlong It seems that I couldn't come back, Mum, take good care of yourself!(wanting to go)

（宋湘挺身拦住刘文龙的去路）(Song Xiang stretched his body to stop Liu

Wenlong)

刘文龙 表弟，多谢你十六年的照应。现在，请你让开，我要上路了。

Liu Wenlong My cousin, thank you for looking after my wife and mum. Now I'm going, please make room.

（宋湘不让）(Song Xiang's stopping)

刘文龙 表弟，请你让开！

Liu Wenlong My cousin, please make room.

宋　湘 表兄，你不能走，你我之间，还有一笔账没有算清，你怎么能走呢？

Xiong Xiang My cousin, you couldn't go because there is an account to work out/there is a debt to pay off/there is a problem to solve out/there is a truth to tell.

刘文龙 账，你还要怎么算账？

Liu Wenlong Account, how do you cast accounts?

（算账，借代，表面是 account, 或者说是 debt, 实则是指 a problem 需要解决，即了断恩情与原委，让肖月英与刘文龙团圆还是继续与肖月英生活，也就是要说出真相，tell a truth.）

宋　湘 表兄你来看，当初你走的时候，托付我照看你的老母妻小。十六年来，你家缺粮我送粮，你家缺钱我送钱；这一笔笔，这一宗宗，账目分明、清清爽爽。如今你回来了，欠钱还钱，理所应当；欠粮换粮，人情两清。你可不能赖账要走啊！

Song Xiang My cousin, listen to me. When you left home, you entrusted me to take good care of your wife and mum. Whenever they were in trouble, I would help them during the 16 years. All these things are very clear, and you'd better look at them carefully. Up to now, this debt is to be paid off because you owe to me.

（意译，合句，不能按照字面意思来翻译，重新整合，使用了借代修辞，表面的欠账，实际是欠人情，欠人情的这笔"债"需要还"清"，即 this debt is to be paid.）

刘文龙 你……

Liu Wenlong You……

肖月英 （看见账本，百感交集）不，这不是一本柴米帐，这是十六年来换也换不清的人情帐啊！

Xiao Yueying (looking at the accounts, very excited) No, this is not an account of rice and wood, and this is a debt of your feeling to pay off!

（三）舞台指示和说明

戏曲舞台指示和说明，多半都是舞台提示语，给演员和导演提供创造空间和遐想，以便演员服务于角色和人物内涵；或者背躬，让观者看明白的，进行思考。戏曲舞台提示就是把导演、演员、编剧和观众统一起来，起到一根线的作用，因此翻译舞台指示说明尽量用短语、名词词组，动名词词组和不定式短语等，避免使用句子，如果实在处理不了，偶尔也可使用句子。

如：**刘　母**
文　龙　（同声）宋湘……

肖月英　（呆看宋湘离去，忽惊醒，大叫）宋湘！（急步跑上江堤，重现十六年前肖月英追赶刘文龙的一幕）宋湘……

Mum Liu

(shouting together at the same time) Song Xiang...

Wen long

Xiao Yueying (Seeing Song Xiang going staringly, suddenly waking up, yelling)Song Xiang !(Hurriedly to the bank of the river, reappearing the scene of the situation that Xiao Yueying caught up with Liu Wenlong 16 years ago.)

（四）剧目名称

洗马桥，在温州市区公安路，原来是一座石桥。与桥有关的一个民间传说流传至今，温州南戏《刘文龙菱花镜》演的就是这个故事，温州人称其为“洗马桥头祭羹饭”，温州曲艺“唱龙曲”也有此曲目。传说，北宋时期，一位太子洗马出钱建造而得名。1975 年广东潮安县出土了明宣德本《刘希必金钗记》，使今人有幸再次见到南戏古本。剧中的内容、地名、人名都证明了它与温州流传的《洗马桥》是同一个故事。但越剧《洗马桥》是根据《刘文龙菱花镜》改编的。《洗马桥》，有人翻译成 Wash Horse Bridge, 但笔者认为不如用 Xima Bridge, Xianma Bridge, 音译为好，或者意译 Offering Sacrifice（to somebody）on the Stone Bridge,（to somebody）可以省略。

结语

我国戏曲艺术源远流长，各个地方戏曲剧种千姿百态，地域性很强，与地域文化结合的非常紧密。为了架起东西方优秀文化的桥梁，英译有关戏曲艺术的经典作品实在是必要的，意义也将是重大的，愿与仁人志士、外语同行交流，共享资源，共同提高，以利于对外传播我国的优秀传统文化。

参考文献：

[1] 郑朝阳 .《洗心斋剧作选》[M]. 北京：人民出版社，2014 年 4 月第 1 版，P48-88.
[2] 王宏印 .《中国文化典籍英译》[M]. 北京：外语教学与研究出版社，2009 年 3 月第 1 版 .
[3] 司显柱 .《汉译英教程》[M]. 上海：华东大学出版社，2009 年 6 月第 2 版 .
[4] 张震久，孙建民 .《汉英互译简明教程》[M]. 北京：外语教学与研究出版社，2009 年 1 月第 1 版 .

县级国有戏曲剧团之人才培养策略初探

——以永嘉昆曲为例

上海师范大学　张芘文[①]

戏曲扎根在中国文化的土壤里，在华夏文明中源远流长。进入21世纪以来，戏曲以其独特的魅力吸引着许多人的关注，但是也面临着发展的困境。县级戏曲剧团作为活跃在基层的县级表演艺术院团，是传承中华文化命脉的团体，也是弘扬中华优秀传统文化的团队。了解县级戏曲院团生存现状、关注其发展前景，对于结合新时代条件弘扬中华传统优秀文化具有重要意义。同时对满足国民文化需求、繁荣社会主义文化市场、传承中华民族优秀传统文化，以及推动社会主义文艺发展等方面，都具有极其重要的价值和意义。[②]

昆曲作为百戏之祖，具有数百年的历史，然而随着时代的变迁也经历了由盛而衰的命运，经历了跌宕起伏的命运。虽然我国国有昆曲剧团大多数有着国家和地方的财政支持，可是县级昆曲剧团的发展仍然受到一定的限制。

永嘉昆曲作为我国昆曲院团中的唯一一个县级编制的艺术团体，以其独特的草昆魅力在我国昆曲艺术的殿堂里独放异彩。永嘉昆曲的声腔是在昆山腔的基础上，又吸收了海盐腔后经过长时间艺术交融而形成的。在繁荣兴盛时期，永嘉昆曲有各种班社，常年演出，其观众基本上是农民和渔民。咸丰年间，最著名的班社就是活跃在温州、台州两地之间的“同福班”。他们经常演出《奈何天》《摘桂记》等经典剧目,受到人们的一致好评。及至嘉靖年间，永昆有秀柏、霭云等班社。在同光到民国初年，永嘉昆曲阵容齐全，名人众多，产生了一系列大师级人物，例如蒲门生、杨盛桃和高玉卿等。永嘉昆曲演员技术精湛，后有杨银友等继承衣钵。俞振飞先生在1957年浙江省第二届戏曲会演中观摩了永嘉昆剧团的精彩演出，对于生角杨银友在《荆钗记》中所饰演的王十朋给出了高度评价，尤其是对于杨银友在“见娘”一折的精彩表

---

① 张芘文（1989— ），上海师范大学人文学院博士研究生，专业方向：中国古代文学、通俗文学。

② 河北省艺术研究所调研组：《关于河北省市县级表演艺术院团生存现状的调研报告》[J]. 大舞台，2016年5月。

演深为叹服，俞振飞先生称赞道："表演细腻，迭步很美，甚至乌纱帽翼上都有戏。"于是俞振飞先生对永昆作出"南昆北昆，不如永昆"的高度评价，自此永嘉昆曲名震戏坛。

温州作为南戏的发源地，戏曲文化源远流长，永嘉（温州古称永嘉）昆曲在历史上曾是中国戏曲界不容忽视的耀眼明星。虽然曾遭遇重创，然而随着新时代的到来，永嘉昆曲的发展也在逐步恢复。但是人才问题一直是制约其发展的关键性问题。针对县级戏曲剧团所面临的人才困境，笔者以永嘉昆剧团为例，进行人才培养策略初探。

加大政府的支持力度

永嘉昆曲是浙南文化的代表，它对满足基层人民群众日常文化生活需求，建设社会主义精神文明具有重要意义。在经济全球化的背景下，永嘉昆曲作为温州人文精神和乡土艺术的杰出代表，应该成为温州对外文化交流的重要力量。通过永嘉昆曲的演出，让世人看到温州人不仅有钱，还有文化。振兴永嘉昆曲就是弘扬浙南优秀文化，并以此推动永嘉地区文艺事业的全面繁荣。永嘉昆曲的发展离不开政府的支持，永嘉昆曲所面临的困难也需要政府的援助，政治建团是永嘉昆曲发展的基础。各级政府应该在政策扶持、人才引进方式和财政资金等方面给于永嘉昆曲一定的关注与支持。

一、政策支持与引导

永嘉昆曲作为优秀的昆曲流派之一，当它濒危或发展困难之际，各级政府与文化部门应该对其加以保护。只有确立政治立团的政策，由国家和政府扶持永嘉昆曲事业发展的大政方针，才能在经济全球化、文化多元化的今天更好地保持永嘉昆剧所独具的民族文化特性。

动用政府力量来维护永嘉昆曲的发展，就是维护中华民族文化的传统，就是传承并保护民族文化经典。这有助于保持我们民族的生命力，对于增强中华民族的凝聚力具有现实意义。具体说来，政府可以在税收方面给予减免，例如在剧团租用房屋或是财政贷款方面给予一定的减免优惠。出台优惠政策，设立奖励机制，组织戏曲展演评比等系列活动以刺激戏曲活跃度。对戏曲界当年投资规模较大、演出场次较多的剧目，给予资金鼓励。同时对于永嘉昆剧在全国范围内或省市范围内获奖之后，应该给予一定的资金奖励。设立"永嘉昆曲艺术贡献奖"，奖励对永嘉昆曲有突出贡献的艺术家或学者，鼓励他们抢救、保护、研究并创新永嘉昆曲。通过设立相关奖励机制，促进永昆剧团的不断发展，吸引相关人才关注永昆。

二、重视人才引进与培养

面对永嘉昆曲人才紧缺的问题，政府应重视永昆人才的引进与培养。鼓励永昆剧团面向全国广招贤才，完善行当。政府首先应该增加永嘉昆剧团的编制名额，以保证其基本行当的齐全和主创团队的组建。其次，政府应该转变人才引进方式，对于艺术人才采取特殊的考核录用方式。最后，政府应该强化责任意识，提高永昆职工薪资待遇，改善住宿环境以引进人才、留住人才。

政府在引进人才的同时，也要注重永嘉昆曲的人才培养。应该对于永昆老艺术家提供一定的资金酬劳，鼓励名家带徒，在传统的师徒教育模式中继承并优化永嘉昆曲的表演技法。在培养学员扎实基本功的同时，以一种开放式的传承模式立足市场，鼓励学员博采众长，跨团拜师学艺。同时，建议由国家文化部或者教育部出面，在中国戏曲学院或者上海戏曲学院等专门的艺术类学校设立比较全面的昆曲相关专业，培养戏曲音乐舞美和编剧、编曲等专门人才。对于戏校学生上学的费用实行优惠政策，鼓励学生报考戏校，为永嘉昆曲培养后续人才。如果条件允许的话，也可以考虑减免戏校学生的部分学杂费和住宿费等。将戏校学生与永嘉昆曲团实行结对关系，对学生就业提供一定保障，解决其后顾之忧。

永嘉昆剧团的人才问题一直是永昆发展中的拦路虎，永昆张胜建认为：应该拓展格局，放眼全国性的招聘人才。结合演出需求，按照院团设置，给永嘉昆剧团足够的人员编制。促使永嘉昆剧团面向全国招聘优秀的演职人员，进一步壮大永昆队伍，开展梯队式的培养人才工作，做到永昆发展后继有人。

三、完善资金支持

永嘉昆曲属于永嘉县政府全额拨款的单位，然而政府经费仅能用于维持永嘉昆曲工作人员的正常工资开支和福利待遇，无法抽出多余的资金对团址、排练厅等基础设施进行修葺，无法保证整理传统剧目、录音摄像等抢救遗产方面的工作顺利进行，在排演新戏方面更存在着经费不足的限制。

目前永嘉昆剧团没有属于自己的办公室，借用永嘉越剧团场地办公。永嘉昆剧团也没有属于自己的排练厅，借用永嘉大会堂的场地进行排练。同时舞台装置和灯光音响等设备陈旧落后，不足以满足观众现代化的审美需求。其职工居住条件简陋，租住在民房之内，面临着一年数次搬家的窘境。例如永昆当家花旦由腾腾所居住的宿舍，阴雨天气还存在漏雨现象等。总之，政府应该加大对于昆曲的财政支持力度，解决永嘉昆剧团所面临的各项硬件困境，同时设立“艺术发展资金”鼓励永昆在艺术上不断发展。

浙江省文化厅高度重视振兴永嘉昆曲艺术，在保证落实国家各项保护和振兴昆曲艺术政策的同时，也建立了关于永嘉昆曲的艺术专项扶持资金，每年为永嘉昆剧团提供 100 万元的专项扶持经费。[①] 然而，政府拨款不足以支撑永昆排演新戏所需费用。因此，国家应拨专款抢救和保护永嘉昆曲，抢救、保存永昆剧目，鼓励永昆排演剧目，再出精品。在浙江政府加大对于永嘉昆剧团的资金支持力度的同时，温州市和永嘉县也应为振兴永嘉昆剧团进行专项拨款扶持。只有各级政府多重支持，予永昆足够的财政支持，才能保证永嘉昆剧团有合理的生存空间，在艺术的道路上越走越远。政府在举办各项重大活动的开幕式、晚会一类的活动时，可以主动邀请永昆参与并给予一定的资金补助。这样不仅扩大了永昆的知名度，同时也增加了永昆的经济收入。

四、改变县级建制

“永嘉昆曲”作为高雅艺术在永嘉县演出市场并不乐观，永嘉县的戏曲演出更受欢迎的是瓯剧和越剧。相比而言，永嘉昆曲在永嘉县的演出状况面临着挑战。从审美品格而言，昆曲更适合城市观众，绝非局限于永嘉县内。温州日报的朱闻武在《永嘉昆曲：忐忑》一文中以永嘉昆曲出品的《金印记》为切入点，分析了永嘉昆曲因受制于地域而存在的一些现实性问题。他指出永嘉昆曲想要走出“忐忑”的尴尬处境，就必须解决永嘉昆曲的“地理问题”。 永嘉昆曲虽是昆剧中的地方流派，毕竟是高雅艺术范畴。而永嘉县虽然人杰地灵，毕竟是以农村为主的县级城市。所以永嘉昆曲所面临的就是高雅艺术和城镇观众欣赏能力不足之间的矛盾，实际上这也是制约永嘉昆曲发展缓慢的主要原因之一。

南戏专家俞为民指出，永嘉昆曲在目前的中国观众看来，的确属于高雅艺术范畴。然而，永嘉昆曲仍然属于县级建制，其观众对象主要还是来自永嘉县的老百姓。故而在剧本的选择上，应尽量选择生活气息浓的诙谐幽默类剧本。同时，永嘉昆剧团原团长张胜建也认为，类似于苍坡这样的村落市场同样是永嘉昆曲的生命力所在，永嘉昆曲目前无法脱离“草昆”。永嘉昆曲想要成为类似于江苏省昆剧院或者北方昆剧院等这些大型昆剧院，则需要以一线城市市民为主要受众。

综上，若永嘉昆曲仅在永嘉山区、农村巡演，演出质量难免每况愈下，乃至难以为继。永嘉昆剧团若是划归温州市区管理，不仅在人力和物力上将得到更大的支持，同时以温州市民的经济财力来买单，永嘉昆曲的演出市场也有了新的发展空间。永嘉昆曲回归城市，符合温州的开放形象，可常演出

---

① 万润龙：《浙江振兴昆曲有举措》[Z]. 文汇报记者。

南戏剧目，强化温州“南戏故里”之誉。

现有团队通过再学习不断提升自我

从昆曲表演艺术的传统美学追求而言，昆曲表演贵乎传神。从昆曲表演艺术的追求途径和规律而言，昆曲传神重在入情。一位优秀的昆曲演员往往能同时兼顾到“传神”与“入情”，凭借着对于剧中人物的深刻体验，从而对人物进行精彩的演绎。不同的演员面对同一个剧中人物，往往有着不同的理解。老一辈昆曲表演艺术家面对自己演绎了多年的昆曲人物，往往有着深刻的体验。目前，永嘉昆曲的人才主要依托于戏曲院团的师徒相传和文化艺术学校培养。

一、向永嘉昆剧团老艺人学习

昆曲如何由案头文学转化为场上艺术，这经历了一代又一代艺人的探索。他们将传统艺术落实到舞台表演的时候，摸索出一套程式化的表演方式，塑造了别具一格的审美特色。尤其是永昆又与其他戏曲不同，带有浓烈的地方色彩。在塑造角色时，手、眼、身、步各有多种程式，髯口、翎子甩发、水袖亦各有多种技法，每个细微的变化都反映了不同的状况，而细微的差错同样令角色失败。[①] 永昆老艺人对于人物情感的深刻体验，使得他们采用了不同的身段、表情等表演方式，为后代演员提供了“传神”“入情”的宝贵经验。永昆新一代年轻演员需要向老艺人进行学习，学习并继承他们的演出技巧。永嘉昆曲老艺人吕德明老师总是一招一式地去教导年轻演员冯诚彦，告诉他同样是翎子功，然而用在不同的人物身上则表现不同的特点。例如有的表演英武不凡，有的表演轻佻急躁等。用合适的方法进行表演才能更加有效地突出人物的性格特点，使所塑造的艺术形象更加丰满。如今的冯诚彦在老师的指导下，通过自身努力已经能在多部大戏中塑造重要角色，例如在《张协状元》饰张协、《琵琶记》饰蔡公、《折桂记》饰李员外、《百花公主》饰江六云等。他作为永嘉昆剧团的后起之秀，在全国昆剧优秀青年演员大奖赛中获“表演奖”。

永嘉昆剧团应鼓励名家带徒，在传统的师徒教育模式中继承并优化永嘉昆曲的表演技法。老艺人尽心尽力地将自己的技艺传授给永嘉昆曲新一代演员。永昆可利用录音、录像的形式对于老艺人的表演进行记录，便于年轻青

① 《80后生力军在永昆传承路上》[Z]. 永嘉网，2016年7月5日。

一代演员观摩学习。例如，永嘉昆剧团著名昆曲表演艺术家林媚媚传授金海雷《当巾》，刘文华传授由腾腾多部大戏等。对于如今的永嘉昆剧团而言，只有新老艺人上下同心，才能共渡难关。

永嘉昆剧团现有的团队不仅需要从高校或者全国选拔培养人才，也需要面对团内老艺人退去的现状。所以，永嘉昆曲有必要组织年轻艺人去“南昆”“北昆”等其他昆曲团队向老一辈艺人学习表演技能。它山之石可以攻玉，将“走出去”与“引进来”相结合，有助于促进永嘉昆曲团队的整体提升。

二、向苏昆、南京昆曲院等学习戏曲表演技能

永嘉昆曲的现存老艺人寥寥无几，行当不全。在林媚媚、刘文华等老一辈艺术家年事渐高的情况下，年轻一代的永昆演员们尚且处在成长磨练的阶段。在这种情况下永昆无法胜任独立培养接班人的这一重任。在培养学员扎实基本功的同时，应以一种开放式的传承模式立足界内，鼓励学员跨团拜师博采众长。

跨剧团拜师传承既符合现代昆曲传承的需求，也符合永嘉昆剧团的现状需求。即便是师承条件远胜于永嘉昆剧团的苏昆演员，为了成功演出一场大戏，往往也是跨剧团拜师求艺。例如俞玖林师从岳美缇、石小梅，为了更好地演出《牡丹亭》中的柳梦梅一角，他于 2003 年拜昆曲表演艺术家汪世瑜为师。于是剧组敦请有“ 巾生魁首”之誉的浙昆名演员汪世瑜跨省跨团进驻苏州，亲自指导并传授俞玖林。经过地狱般历练终成型，脱胎换骨的他最终成功塑造了柳梦梅的形象。一部青春版《牡丹亭》让俞玖林和沈丰英走近了年轻人的视野中，不仅是俞玖林善于向其他院团的老师学习，杜丽娘的扮演者沈丰英也善于向其他剧团老师求取真经。她先在江苏省昆剧院拜柳继雁、王芳为师，后又跟随江苏省昆剧院饮誉中国昆曲界的“旦角祭酒”张继青学习表演技法。通过不断地学习，沈丰英塑造了一个传神入情的杜丽娘。青春版《牡丹亭》借着一出戏的排演，完成世代传承的重要工作。

永嘉昆剧团的年轻演员只向团内几位老艺人求取真经是远远不够的，在自己团队师资力量不足的情况下应该转益多师。只有不断向苏州昆剧院和江苏省昆剧院等院团老艺人虚心求教，才能吸收更多的表演艺术之精华。在 2015 年 10 月，文化部举办了第三届“名家传戏——当代昆曲名家收徒传艺工程”，永嘉昆剧团的年轻演员把握机会向其他剧团的老艺人学习昆曲表演。在本次活动中，江苏省昆剧院的胡锦芳老师传授了永嘉青年演员由腾腾《寻梦》一折，而上海昆剧团团长谷好好则传授了永嘉昆剧团的胡曼曼《出猎》一折。永嘉昆剧团的年轻演员通过向其他剧团的艺术家求取真经以提升自身演艺水平，这是时代对于永昆的要求。

综上所述，永嘉昆剧团的年轻演员应该向名家学戏，跨省跨团不辞辛苦

地向名家学习表演精髓。因为“名家传戏”不仅仅是简单意义上的拜师学艺，更是希望青年演员能通过舞台实践、口传心授、模习经典，不仅知其然，更知其所以然。永昆的青年艺人不仅要学艺，更要学习名家的德，只有如此才能成为永昆德艺双馨的表演人才。

三、提升自身文化素养水平

永嘉昆剧团的演员们除了向本剧团的老艺人学习外，在向其他剧团名家学习舞台表演艺术的同时，也需要不断提升自身的文化素养水平。戏曲作为一种传统艺术，追求的是表演者和剧中人物的精神相通与情感融合。作为一名昆曲演员，只有对剧中人物的身份、性格、情感有细致准确的分析判断，才能在舞台表演中精益求精。优秀的昆曲表演艺术家，不仅在表演程式上继承了传统，而且在人物刻画方面独具特色。他们往往通过细致拿捏人物情感而传达出剧作的时代精神，在继承舞台表演的同时显露出个人表演的特有神韵。如今的年轻一代昆曲演员由于人生经验和舞台阅历不足，所以在刻画人物方面还存在某些欠缺，这就需要他们主动提升自身文化素养水平来理解人物。

在2016年的年度大戏《伶人王中王》中，评剧名家冯玉萍给人留下了深刻的印象。从冯玉萍身上显示出一个戏曲人的坚守和付出，也看到了一个戏曲人不断提升自我的追求。冯玉萍是中国戏曲界屈指可数的三度摘得“梅花奖”的优秀戏曲人，这样的优秀当然与其专业的艺术表演密不可分。然而，除了在她舞台上展现的戏曲演出之外，冯玉萍能如此优秀更源于她对于自身文化素养的不断提升。戏曲作为我国文化的重要组成部分，是依托于剧本而存在的。演员对于剧本的解读能力影响着演员对于所塑造形象的准确把握。冯玉萍深知艺术表演与文化素养之间有着密不可分的关系，所以才两度进入学校进行脱产学习，提升自己的文化素养。正是这样不断提升自身文化水平，让她对于戏曲舞台上所塑造的人物有了更为深刻的理解。文化素养的不断提升，滋养了她精益求精的舞台戏曲表演。

从评剧三度梅花大奖获得者冯玉萍身上，我们不难看出提升戏曲演员的文化素养对于戏曲而言具有重要意义。演员在诠释舞台人物的时候，往往带着个人对时代的感知去审视和体验剧中人物的内心世界。这不仅是对于古人形象的忠实还原，也是通过演员的演绎赋予人物时代感和独特的个人气质。所以，演员只有不断提升自身文化素养，才能准确把握剧作精神，从而完成人物形象的传神刻画。永嘉昆剧团也应该不断提升从业人员的知识文化水平，加强培养戏曲人才的文化素养。

剧团与地方高校合作以培养人才

昆曲专业演艺人才主要以剧团为单位聚集在一起，所以有的剧团自己培养人才。这是新中国继承了旧式的科班培养方式，以剧团作为昆曲艺术传承和发展的重要力量。所以，永嘉昆剧团的年轻艺人向老艺人学习技艺的同时，也向其他剧团艺人学习本领。当然，面对永嘉昆曲存在着招聘难的困境，永嘉昆剧团需要自己培养人才。目前大多数剧团从戏曲学校昆曲班中招收学生，永嘉昆剧团也委托杭州的浙江艺术学院、上海的戏曲学院为其培养人才。

早在 1999 年永嘉昆曲传习所成立之初，永昆就招收了 10 名 20 岁左右的青年学员送往上海戏剧学院戏曲分院昆剧表演班学习。经过在上戏三年的学习，他们磨练了扎实的基本功。回到永嘉昆剧团后，又经过永昆老艺人的言传身教，以张胜建等为代表的年轻一代演员基本上已经齐备了生旦净末丑的行当，如今已经成为了永嘉昆剧团的新一代传人。由他们演出的《荆钗记》之《拷婢》、《见娘》,《琵琶记》之《吃饭吃糠》,《玉簪记》之《秋江》等，颇获好评。2003 年，在第二届中国昆剧艺术节中，永昆传统剧目《杀狗记》获得优秀剧目展演奖。此外，经过坚持不懈地学习，永嘉昆剧团的当红花旦由腾腾荣获全国昆曲十大新秀称号。

除了委托艺术类院校代为培养人才外，永嘉昆剧团还注重与高校的教学合作，注重昆曲艺术的理论探究合作。因此，永嘉昆剧团与温州大学音乐学院合作，开展地方民俗音乐课题，尽可能地传承永嘉昆曲文化。永嘉昆剧团与温州大学每年都有着一到两次的实践交流活动，让高校学子进一步了解永嘉昆曲，也为永嘉昆剧团培养人才奠定基础。在 2012 年的时候，为了更好地提升永昆年轻演员的艺术素养，温州大学与永嘉昆剧团进行了共建实践教学基地的挂牌仪式。温州大学音乐学院与永嘉昆团合作，成立了“温州大学音乐与舞蹈实践教育基地”，在这里进行特色教学活动。在 2015 年，永嘉昆剧团的人员也进入到温州大学音乐学院开设选修课程，将永嘉昆曲的艺术魅力在大学校园里播种。

除了上述努力之外，笔者认为永嘉昆剧团还可以在地方高校中成立昆剧社团。因为大学校园里不乏一批传统文化的爱好者，温州作为戏曲的故乡文化底蕴深厚。瓯剧作为温州本地剧种，在温州大学成人教育学院设有瓯剧班，进行人才的培养。如今，新一届瓯剧班的同学经过八年学习已经出师。永嘉昆剧团也可以和当地的温州大学合作，成立昆曲社团，由永嘉昆剧团的演员作为指导老师参与其中，在学生的校园戏曲活动中，发掘人才，培养人才。

重庆大学的幽兰戏曲社对孔尚任的代表作《桃花扇》进行了改编演出，推出了全新的校园版川剧《桃花扇》。当这群喜爱川剧的 90 后戴着自己做的道具，穿着自己做的服装上台进行川剧《桃花扇》演出时，让戏曲界看到了校园戏曲的希望。这部由重庆大学幽兰戏曲社自编、自导、自演的川剧版《桃花扇》带给人们全新的视听体验，让人们感受到校园戏曲的活力。《桃花扇》本是昆曲的代表剧目，将高雅的昆曲改编为川渝幽默的川剧具有一定的挑战性，然而重庆大学的幽兰戏曲社凭借他们的智慧与才华为大众奉上了一份满意的答卷。又如台湾水磨曲集昆剧团其演员大多不是科班出身，很多都是大学教师和研究生。水磨曲集昆剧团排演了许多昆曲折子戏，传承了台湾的昆曲艺术，在演出中扩大了昆曲的宣传。

由此可见，无论是大陆地区还是台湾宝岛，大学校园里都蕴藏着昆曲的生机。如果永嘉昆剧团善于利用把握，就能在高校这片沃土上播下种子，培养幼苗。永嘉昆剧团在当地高校成立昆曲社团的同时，也可以考虑开设昆曲班，采取多种渠道来吸收人才、培养人才。永嘉昆剧团除了要完善演艺人才梯队，还需要进行主创人员的培养工作。虽然现在有张烈等编剧为永昆进行剧本创作，有林天文为其进行编曲创作。然而随着他们年岁已高，永昆需要培养新的创作团队。永嘉昆曲无论是表演风格还是唱腔都与其他昆曲有所区别，所以永昆需要培养自己的编剧、编曲人才。根据永嘉昆曲的演出地域，结合老百姓的日常生活进行编剧、编曲，将生活艺术化，充分在剧本和音乐的编排上考虑其草昆特色，贴近平民生活。只有将舞台演出与文本创作同时推进，永嘉昆曲才能在新时代得到更好的发展。

实行团队内部的竞争激励机制

剧团是艺术的载体，剧团的结构模式直接关系着剧种的生存发展。永昆在培养人才的同时，还得留得住人才。无论是想要招聘到优秀人员，还是委托培养人才，永嘉昆剧团想要留住人才就得提高人员的薪资待遇。只有种下梧桐树，才能吸引来金凤凰。想要留得住人才就得实行合理的内部竞争奖励机制。

永嘉昆剧团作为国有县级剧团，应该建立一套较为完整的管理制度，加强内部规范化管理。在剧团内实行绩效体制，构建合理的文化布局。剧团应该采取按劳分配的原则来进行演职人员的工资开支。针对在剧目创作或者演出中承担重要角色的人，应该予以多劳多得。进行分配方式的改革，按照演出中个人承担的角色和在装拆台、装卸车中付出的劳动强度，予以不同的报酬。对于演出任务不同的演职人员按劳分配以拉开收入档次，充分调动演职人员的积极性。同时，在用人上采取聘任制，实行优胜劣汰的策略竞争上岗，保证剧团的良性发展。

在演出任务进行竞争激励的同时，也可以结合票务进行绩效酬劳。对于剧团的演出票务进行经营责任大分解，规定每个职工每年必须完成数场戏的联系任务，多者奖励。在台湾豫剧团的建制方面，以本团最精英的人才组成研究推广科，这个部门在艺术生产中的主要任务就是负责剧目的宣传和推广，预约售票等事物。以市场经济的眼光看，它相当于一个大企业中负责产品外包装和联系产品销售的重要业务部门，该科的设立，直接关系着本团的经济效益。对于永昆人员进行综合性的竞争激励机制，有效激发永昆活力。

回顾2000年永嘉昆曲传习所动用6名演员排演《张协状元》屡屡获奖，当时就有专家点评在人员安排布置方面颇为合理。既保留了南戏一人饰演多人的格局，也解决了永嘉昆剧团人员不足无法排戏的尴尬。鉴于永嘉昆剧团人员配备不齐的现状，在演出中依然保留一人分饰多角的表演格局，以节约人力。直到2014年，永嘉昆剧团排演《墙头马上》这部戏曲的时候，才算得上是一部完整意义的永嘉昆剧团出品的作品。在这部戏中，不仅大大小小的演员都是永嘉昆剧团的人，就连导演、音乐、舞美和灯光等主创团队也均来自永嘉昆剧团。这是永嘉昆剧团十几年来不断努力的结果，也是让人们见证了永嘉昆剧团从无到有，从不完善到逐渐完善的一部成功作品。

通过回顾永嘉昆曲的历史，可知其曾在昆曲史上留下了光彩的一笔。分析现状，在国家政策和地方政策的支持下，永嘉昆曲已经有了些许活力。这受益于时代大环境，也离不开永昆人的自强不息。虽然永嘉昆曲在近20年里不断发展，然而其所面临的问题重重，复兴永昆任重而道远。

戏曲界有句行话，叫“人保戏，戏保人”。好的演员可以让一出戏一炮打响，一出好戏也可以让演员走红，这样的例子在戏曲界有很多。提起京剧，人们就会想起戏曲大师梅兰芳。因为出色的人才可以带动戏曲的发展，因此才形成了梅派艺术。相对于昆曲艺术也是同理，永嘉昆剧团想要长远发展，一定离不开人才的支持。近年来，我国采取了多种举措来进行戏曲人才的培养，例如开办各种戏曲学校、培训班等。县级国有戏曲剧团应当确立人才兴团的思路，通过多种形式，不断吸引人才、培养人才，从而完成演出团队和主创团队的建设工作，为发展奠定基础。

第三篇

媒体报道篇

与“编创班”的美丽邂逅

胡胜盼

人生在世，所遇事，所遇人，很多在于不经意中的美丽相逢。2017 年温州市文化艺术研究院联合中国戏曲学院成功申报并主办国家艺术基金人才培养资助项目“古代戏曲编创人才培养”。温州作为“南戏故里”，“编创班”落户温州可谓实至名归。然而，能够作为 30 名学员中的一份子参加班级学习，却是我未曾想过的。故而，到底是要感叹一声“幸甚至哉”。

项目为期一个月的集中脱产培训自 8 月 2 日开学。8 月 5 日，项目开班典礼暨“纪念王季思、董每戡诞辰 110 周年图片展”揭幕仪式在温州城市大学举行。以纪念王季思、董每戡两位温籍戏剧泰斗作为开班典礼的背景音符，可以说像是一出好戏上演之前的一场精彩头通，打出了气势，打出了品位。静静伫立浏览王、董二位先生生平事迹图片，一次次地感动，激起我难以平复的敬佩之情。如果说用一句话来概括两位先生的非凡人生经历，我想“两位先生是用生命去完成学术梦想”，最为恰如其分。从 1948 年调入中山大学到 1996 年去世，王季思先生在中山大学任教 48 年，一册《西厢记》，一读就是一生；董每戡先生于 1953 年从湖南到中山大学执教，其间虽然遭遇多舛，文稿几遭散失，但从未停下治学步伐。王季思先生注重戏曲文本考证与校勘，董每戡先生关注戏曲的舞台实践和演出形态，“一文一武”的研究方法和治学思路奠定了中国戏曲研究的学术传统。巧的是，“古代戏曲编创人才培养”资助项目的目光落在了切实解决戏曲创作骨干人才不足，尤其是破解当前适应古老戏曲样式如南戏、杂剧、昆剧等遗传剧目的整理、改编及新剧目创作方面的编剧人才“少之又少”的实际困境，和为培养戏曲理论研究人员搭桥铺路上。所以，有充分理由说“编创班”的举办是对两位老先生最好的纪念，同时也是对本次班级所有学员最深切的期望。

上课学习最难忘者，一则莫过于授课老师，二则莫过于同窗学友。这次培训班是继“南戏新编系列工程”之后，温州南戏再认识再创作的余音再续。“温州剧作家、理论家现象”是一个特有的现象。但即便身为温州人，平时也难得有机会听温州剧作家们聊戏。张思聪、张烈两位先生在温州剧作家里算得上是拔头筹的人物。一部越剧《荆钗记》成就了二十年不老的传奇，张思聪巧思敏捷；一曲永昆《张协状元》复活了一个沉寂在历史烟云里的剧团，张烈功莫大焉。亲耳聆听“二张”先生论戏“四两拨千斤”，余味悠长，思之难忘。张思聪先生，他的名字是留在我少年记忆里的。23年前一部名为《喂，菲亚特》的电视连续剧红遍温州城。丁志方、叶叶、莎莎、玉珠、百晓佬等剧中人的名字就像是邻家隔壁人，一想起就会在心尖淌过丝丝暖流。不久前，我特意翻出《喂，菲亚特》再次看了一遍。那日面对张先生，我不禁问他“丁志方和叶叶最后到底在一起了没”，张先生爽朗一笑，说，“我也不知道”。以我读来，一位优秀编剧是留给观众生命记忆的人。儒雅的张思聪先生是书写温州群体记忆的人。毫不掩饰，我对他的仰慕与崇敬。当然，张思聪先生更是温州新南戏的书写人之一。新编南戏《荆钗记》，演在舞台上，留在人心底。从题材选择，到新编创作，张先生娓娓道来，只务实不言虚。与其说《荆钗记》是为南戏“复活”留下一个传奇，不如说是留下一个成功示范更为合适。

张烈先生，一身背带裤，两眼笑眯眯，老先生俨然一位老顽童。提起《张协状元》，他轻描淡写地一句“一个编剧写东西之前，心里一定不要装太多杂念，不然就一定写不好。写《张协状元》，我一个来月就完成了，至于得奖那是天上掉馅饼。”张先生如此描述一部获奖无数，好评如潮，常演常新，堪称南戏新编经典的《张协状元》，可知其心底无尘，洒脱多才。用名副其实的大编剧来为“二张”先生定位，是丝毫不为过的。然而，当张思聪先生和我说，“你曾经写过我一部戏的剧评”，当张烈先生说“写戏人永远没有终止”的时候；当张思聪先生在为学员题赠著作书“教正”，当张烈先生在题赠上书写“谨奉”的时候，我忽然明白了“二张”先生为何会留下不朽佳作，为何会成为编剧翘楚的原因：皆因为他们谦虚勤勉，有容乃大。一个人写出一部令观众叫好的戏不易，而一个人为自己的人生写好一部戏则更是寥寥。张思聪、张烈，“二张”先生，二者得兼，堪为吾辈楷模！

“编创班”面向全国招收30名学员，分别来自全国各地15个省市自治区。如果也要用一句话来概括学员的共同特点，便是：学历高，资历老，爱戏深。学员中博士生5位，硕士生10位，皆出自中央戏剧学院、北京师范大学、中国戏曲学院等名校；多数拥有一级演员、二级编剧、副教授等高级职称。来自天南地北，各自学养背景，从业经历存在着明显的差距，但却能超越一切所谓的隔阂，在30天的时间里，沉淀下不输于三载寒窗的同窗情谊，想必是“编创班”最温情的一份答卷，也是最成功的一部剧本。在结业典礼上，中国戏曲表演学会会长黎继德认为“古代戏曲编创人才培养”资助项目是非常独特的，是一个创举，也是一个范例，其重大的意义和重要的价值会逐渐在未来显现。我想这份意义和价值应该包括同学们凝聚成的这股对戏曲的真爱力量。这股力量是一个孵化器，是一个培育箱，相信在不久的未来，从这里会绽放出璀璨的光芒，而不负大罗山脚下2017年夏季那一场最美丽的邂逅。

12世纪，时谓“温州杂剧”的南戏在温州诞生，标志着中国最早成熟的戏曲形式的形成。八百多年来，南戏血脉贯穿中国戏曲历史的始终，并与当代戏曲紧密联系。戏曲从来没有远离我们的生活，只是它在无意中被我们有意地忽视在了寂静的角落。“编创班”是一声集结号，吹响的是所有编剧人对中国最早的剧作家团队——“九山书会”传承重担担当的号角；同时也像是一阵春风，轻轻拂过每个中国人的眉间，流泻下对于民族灿烂文化的自信回眸。

《温州日报》2017 年 11 月 26 日

这个班级不寻常

——记国家艺术基金“古代戏曲编创人才培养”项目研修班

胡胜盼

2017年温州市文化艺术研究院联合中国戏曲学院申报国家艺术基金“古代戏曲编创人才培养”项目获批，并面向全国招收具有一定编创专业基础的中青年创作人员30人（包括招收个别戏剧研究与评论人才），于8月2日起在温州城市大学举行为期一个月的集中脱产培训。笔者有幸作为30名学员之一全程参与了培训学习，得天时地利人和之便，深入探班，采撷精彩剪影，的确，这个班级不寻常。

班级学员有故事

“古代戏曲编创人才培养”项目（以下简称“编研班”）30名学员来自全国各地，行业涉及艺术研究院、高校、戏曲院团、文化部门、报社等，其中有2名学员拥有国家一级演员职称，4名学员拥有副教授职称；5名博士，10名硕士。30名学员怀揣同一个梦想聚集大罗山脚下的温州城市大学，书写彼此的戏曲情缘。称这个班级一声牛气，毫不夸张。所以，每一位学员身上几乎都有的一个个生动故事，串起了“编研班”一条最亮丽的珠链。

学员付桂生是中央戏剧学院的在读博士，为中戏京剧系第一位博士生，师从中戏京剧系主任、著名京剧表演艺术家郭跃进。作为学员中理论素养较高的代表，我们能够看得出来新一代复合型戏曲编创人才的特点，他们从事剧本创作的同时，兼顾戏曲理论的发掘与研习，为戏曲编剧开拓了新的路径与视域。桂生在编剧创作的同时，也经常在《光明日报》《北京日报》发表剧评文章，阐释自己对舞台的思考。说来有缘，笔者与桂生同住一个寝室，所以在成为同学的同时，也多了分特殊的室友情谊。为了能参加这次学习，桂生推掉了自己在北京电影学院培训中心的兼课，算起来大概丢了两万多元的课时费。提及这件事，他笑着说，“对于我来说，一切难得的学习机会才是无价的。”一个月的学习，桂生课余还订了多份快递。不过，不是生活用品，无一例外都是一本本大部头的书。笔者曾纳闷，买了这么多书，能看得完吗？结果是，他的巧用时间，博闻强记令我深为折服。他说，“学习一定要把握住思维，只有这样才能精准地撷取主讲人或书作者的思想核心。未来的戏曲学者或编剧只有打通古今中外的经络，才能写出经得起时间淘洗的作品。”

身为一名年轻的“老编剧”，学员沈杏莲已是“久经沙场”，并卓有所成。杏莲从小到大学习成绩就很好，但论编剧，她却不是科班出身。大学读的是金融，可是因为对戏曲的那份依恋和执着，使得她最终选择剑走偏门，以编剧为业。按她自己的话说，是“找到自己的人生轨迹并视之为进取的目标，定能学以致用，写就自己的人生乐趣和向往！”从业至今，沈杏莲已作戏曲剧本（大戏小戏连台戏）16个，剧本多次获得过省级以上奖项。2014年新戏《影梅庵忆语——董小宛》由北方昆曲剧院搬上舞台，首演于北京梅兰芳大剧院。该剧系中国剧协副主席、著名剧作家罗怀臻和沈杏莲联合创作完成。尽管自己已拥有诸多拿得出手的作品，作为本次培训的学员，沈杏莲是相对低调的学员之一：认真听课，默默完成学习任务，不尚虚只唯实。在她身上看到了一个优秀的年轻编剧应有的沉静和进取。

学员汤琴来自乐清日报社，是创作过多部剧本的青年编剧，越剧《章纶》曾在第三届中国越剧节上演出，获参演剧目奖。为了能参加这次培训，她把这一年的假期和年休都算在内，恳切地向领导提出要求，终于如愿参加，并担任了本次培训班的班长。汤琴的经历是很多学员积极争取学习机会的缩影。在一个月的时间里，学员们以“学员日志”的方式来抒写自己的所得与感悟，其中抒发最多的是自己对戏曲的“不改初心”。这是成就最美好故事的原生基点。

班级导师有热情

“编研班”主讲导师既有著名教授谢柏梁、于平、王安奎、黎继德、俞为民、朱为总、胡应明、徐宏图；也有一流戏曲编剧郭启宏、王仁杰、张思聪、张烈、郑朝阳、颜全毅；还有著名戏曲导演沈斌、邹德旺、章世杰，著名昆曲作曲家周雪华。讲师团可称得上是一艘“中国戏曲界大咖航母”。

8月5日上午，“编研班”开班典礼暨“纪念王季思、董每戡诞辰110周年图片展”揭幕仪式，在温州城市大学举行。值得一提的是，与会嘉宾中国戏曲学院戏文系主任谢柏梁教授，与剧作家郭启宏先生同为王季思先生的弟子。“这次培训我是一定要来的，不来即为不孝”，谢柏梁说。年事已高的郭启宏先生同样不辞辛劳，专程在前一天晚上从北京飞过来，向恩师致敬，并在一上午课程中为同学们传经送宝，回忆起恩师王季思，郭先生说“老师曾经对我说要以做学问的精神去搞创作”，并寄望“编研班”学员们也能够秉持这一信念。

作为国家艺术基金项目，制定严格的授课计划既是最低要求，也是最高标准。30 天的学习，每天都有具体的任务安排，在这 30 天里，周末概念暂时消失。来自全国各地的主讲老师按授课计划提前半天到，学员按时签到听课，一天下来主讲老师与学员要共同完成持续 5 个多小时的授（听）课。一个月的学习，课堂教学精彩频现，可谓坛坛皆美酒，留给了学员们无尽的咀嚼与回味。

国家一级编剧、“南戏新编系列工程”名作《洗马桥》剧作者郑朝阳副市长，是本次项目总顾问。8 月 11 日上午，在繁忙的工作之余，郑老师走进了“编研班”课堂，首次以编剧导师的身份，向学员们传授了南戏改编的经验，并结合自己多年体悟，将古代戏曲编剧创作要领概括为三个方面：“故事上传而能奇见匠心、情感上奇而能信判高低、思想上高台教化谓之德。”学员们听后表示十分受用，并结合自己阅读《洗心斋剧作选》的感受，踊跃与郑老师对话，畅谈心得。学员们多次提到郑老师的剧作给予自己的营养教益，郑老师勉励大家“把写好故事当作编剧最重要的使命”，实现自己作为一个编剧为延续文脉而传承，为今天观众而创新的自我存在价值。

温州本土著名编剧张烈先生，向大家讲解了创作昆曲《张协状元》的幕后故事，语言幽默风趣，坦诚“爆料”编剧写作的酸甜苦辣，博得了学员们感同身受的热烈回应。课堂中饶有趣味的插曲是，张先生三次询问，“时间已到了吧”，学员们意犹未尽，三次异口同声回答“还没，还没，您只管讲”。其实，时间已远远超过预定安排。可敬的张烈先生大概心里是清楚的。于是，他也就装个“难得糊涂”，继续娓娓道来。像这样的情形还出现在周雪华、朱为总等老师的主讲课堂上。周雪华为学员们讲授昆剧创作的曲牌运用，周老师边讲边唱，学员们听得如痴如醉，大呼解渴。于大部分学员而言，昆曲曲牌运用是盲区。周老师结合自己的艺术实践经历，倾囊相授，学员们自然学得忘我。面对着学员，周老师感慨地说，“这样热情的班级，我还真是第一次见过。”其实，学员们的热情何尝不是来自于老师的倾情呢！朱为总老师一堂别开生面的课，直讲到临近登机。学员们想善意地叫停，又不忍心叫停的学习情景，不是刻意的彩排，而是主讲导师和学员们和弦共振所发出的最动听的和音。

班级未来有方向

国家艺术基金“古代戏曲编创人才培养”项目，旨在依托中国戏曲学院及当下国内一流戏曲学者与编剧的理论与实践指导，深入到中国最早成熟戏曲样式“南戏”生成的原生地“温州”，去追溯、发掘、重识传统戏曲的基因与演化、发展过程，认识古代戏曲剧作家及其剧作、剧目形成的原生要素，并以实际案例探究当代传承与创新发展的方式路径，综合指导中青年编剧在古代戏曲编创能力上的提升与成熟，以加强剧本剧目创作生产。可以说，这是继“南戏新编系列工程”之后，温州南戏再认识再创作的余音再续。

当下戏曲编创人才奇缺，而有针对性、可操作性的编创人才培养模式又并不多。温州市文化艺术研究院施小琴院长，是拥有大量成功作品的实力派编剧，在她看来，只有“授人以渔”，才能满载而归。因此，在南戏故里申请“编研班”项目，目的就是要整合全国各地最一流的戏曲理论编创专家组成授课团队，集聚起一批有资历、有阅历、有潜力的中青年编创队伍，进行有效对接，以期培训结束拿出有质量的剧本，并将此作为起点，为未来的编创人才队伍注入一股新鲜的血液。

“编研班”30名学员，一个月脱产培训结束后，进入一个月的创作和一个月的改作阶段。两个月后，全程培训结束，除了几名理论方面的学员拿出各2篇论文外，其余学员均需创作一部以南戏、杂剧剧目为题材的新编剧本或昆剧原创剧本。为了能够在两个月后，有一个精彩的呈现，“编研班”学员在学习期间除了请教主导讲师，还自发地组织了小范围的组群讨论交流。在30名学员中，有好几位学员都已是资深的老编剧。如衢州市西安高腔传习所邵建伟老师就曾因创作过越剧《九斤姑娘》获得过第十三届文华优秀剧目奖，中国戏曲学会奖。来自湖北省艺术研究院的刘曼曼老师创作的京剧《大唐乐工》曾获首届曹禺杯全国剧本征集优秀剧本奖（第一名），入选中国文化部2016年度剧本扶持工程。可以说，“编研班”里藏龙卧虎，彼此间学术与创作背景各有千秋，进行交流切磋，开展同伴互助，可谓一举多得。

曾有专家笑称“编研班”是古代戏曲编创界的一期“黄埔军校”班。笔者以为，就严谨的培养模式而言，“编研班”是切实踏实的，就未来的发展前景而言，“编研班”是会成就大部分人的。因此，称国家艺术基金2017“古代戏曲编创人才培养”项目研修班是一期戏曲编创界的“黄埔军校”班，既是一种梦想，也是一种期待，更是一种动力。

“国家艺术基金”2017年8月31日

从南戏的故乡出发

——记“古代戏曲编创人才培养”项目培训班

刘　淼

“古代戏曲编创人才培养”培训班学员在上课

9月1日，上海越剧院年轻的编剧刘倩收拾好行装，依依不舍地离开了大罗山脚下温州城市大学安静整齐的宿舍，回到了上海。她说，在“古代戏曲编创人才培养”项目培训班（以下简称“编研班”）这30天的封闭学习，受益良多，惠及终身。

“现在，无论是古代戏曲的创作人才，还是改编整理人才，都极其匮乏。”戏剧理论家、中国戏曲表演学会会长黎继德的担忧，也让戏曲界忧心忡忡。为切实解决戏曲创作骨干人才不足的问题，尤其是破解当前古老戏曲样式如南戏、杂剧、昆剧等现存剧目的整理、改编及新剧目创作方面人才严重缺乏的实际困境，2017年，温州市文化艺术研究院与中国戏曲学院联合申报了国家艺术基金“古代戏曲编创人才培养”项目，并获得批准。8月2日，编研班在浙江温州正式开班。

“古代戏曲编创人才培养”培训班开班演出

“编研班旨在通过中国戏曲最高学府的理论与实践指导，深入中国最早成熟的戏曲样式南戏的故乡温州，去追溯、发掘、重识传统戏曲的基因与演化、发展过程，认识古代戏曲剧作家及其剧作、剧目形成的原生要素，并以实际案例探究当代传承与创新发展的方式路径，综合指导中青年创作人才在古代戏曲编创能力上的提升与成熟，以加强剧本剧目创作生产。”温州市文化艺术研究院院长施小琴这样阐释编研班的成立初衷。

经过层层筛选，编研班以颇为严苛的标准，从全国各地招收了来自高校、艺术院团、文化部门，甚至是传媒领域的30名学员，其中国家一级演员2人，副教授职称4人，博士4人，硕士11人，不少学员早已在业内有所成就。

编研班的主讲导师阵容非常强大，谢柏梁、王安奎、黎继德、俞为民、朱为总、胡应明、徐宏图等戏剧理论家，郭启宏、王仁杰、张思聪、张烈、郑朝阳、颜全毅等知名编剧，沈斌、邹德旺、章世杰等知名戏曲导演，以及昆曲作曲家周雪华都在名单之中。每位导师都结合自己的研究方向，认真制定了教学计划。

“古代戏曲编创人才培养”培训班开班演出

“从本质上来讲，西方古老戏剧追求写实和求真，东方古老戏剧则注重写意和抒情；从类型上来讲，西方古老戏剧除了早期以歌舞为主以外，之后一直以歌白为主，东方古老戏剧则一直沿用歌舞和乐舞的形式，正所谓以歌舞演故事；从创作方式角度来看，西方古老戏剧渴望并从古老文献或史实中寻找素材，东方戏剧则从来无此规定或规则；从表演体制来看，东方古老戏剧的行当较西方而言，划分得似乎更加完备和细致，并且中国戏曲中还有了流派的概念。”黎继德不仅帮助学员将古代戏曲和现代戏曲加以认真区分，还将东西方的古代戏曲进行了比较，在他看来，这是进行创作的基础。

中国戏曲学院戏文系主任谢柏梁告诫学员，长于抒情是中国戏曲的最大特色，在创作、改编古代戏曲作品时，应该取其精华，弃其糟粕，以符合当下的审美情趣和价值取向。

“在昆曲《牡丹亭》中，汤显祖将哲学与美学结合，用诗的形象表达伟大的思想，使作品里充满了真情。”中国艺术研究院研究员王安奎说，经典的作品要有思想的穿透力，他建议学员认真学习和挖掘汤显祖的创作精神。

“古代戏曲编创人才培养”培训班研讨会

编研班总顾问、温州市副市长郑朝阳曾成功将南戏《刘文龙菱花镜》改编为《洗马桥》，她总结，古代戏曲的最大特点在于“传而能奇见匠心，奇而能信判高低，高台教化谓之德”。“成功的改编，可以让传统戏曲焕发出新的生机，是对传统戏曲最好的传承与创新，意义重大。”郑朝阳说。

国家一级编剧、福建省文史研究馆馆员王仁杰介绍，他在改编昆曲《牡丹亭》《琵琶行》时，始终遵从原著，谨慎剪裁。他说，对于经典一定要怀着温情和敬意。

在众多课程中，让刘倩印象最深的是上海昆剧团国家一级作曲周雪华讲授的《昆剧创作的曲牌运用》。周雪华从字数、句数、词素、押韵、平仄等词牌格律讲起，边吟唱，边解惑。“短短两天时间，所有的学员不仅学会了昆剧的曲牌写作，连课下都在废寝忘食地创作曲牌。我们互相讨论，找周老师探讨。连周老师都感慨，‘这样热情的班级，我还真是第一次见。’”刘倩说。

除了主讲导师的现场授课，编研班还组织了多次采风和观摩活动，让学员们深入生活，了解南戏、瓯剧等古老戏曲的创作现状。在应界坑村，探访有着300多年历史的永嘉乱弹；在高则诚故居，了解他创作《琵琶记》的来龙去脉；在王十朋家乡，考察他与《荆钗记》的渊源关系；在瓯剧艺术研究院，感受瓯剧的独特魅力；在平阳县木偶戏保护传承中心，体验木偶的制作和表演……学员们纷纷表示，采风观摩活动不仅让他们开阔了眼界，更为创作积累了素材。

编研班学员付桂生是中央戏剧学院京剧系的在读博士。为了能参加这次学习，付桂生推掉了自己在北京电影学院培训中心的兼课，但他说，在编研班的学习机会是无价的。与他同宿舍的胡胜盼经常见他收快递，这些快递不是生活用品，而是一本本大部头的书。“我曾纳闷，买了这么多书，能看得完吗。结果是，他的巧用时间、博闻强记令我深为折服。他说，‘学习一定要把握住思维，只有这样才能精准地撷取主讲人或书作者的思想核心。未来的戏曲学者或编剧只有打通古今中外的经络，才能写出经得起时间淘洗的作品。’”胡胜盼说，编研班期间，他不仅从各位导师的课堂中学到了知识，也从身边的同学身上获得了创作动力。

30天紧凑有序的封闭学习仅仅是编研班课程的第一个阶段，据施小琴介绍，之后的两个月时间，理论方面的学员将提交两篇论文，其余学员需创作一部以南戏、杂剧剧目为题材的新编剧本或昆剧原创剧本，并在导师的指导下进行修改完善。“学员的成熟作品，才是编研班最大的成果。”施小琴说。

《中国文化报》2017年9月19日

后　记

经历一个月脱产培训，两个月集中创作，一年来的导师辅导、学员再三修改，“古代戏曲编创人才培养”项目成果就都在这本集子中了。拿到学员们的作品后，我们由衷地惊叹于他们的才华。与其说是学员，其实大部分都是成果颇丰的老师。但不管是频获嘉奖的资深作家，还是初露锋芒的编剧新秀，都义无反顾地在炎炎夏日自全国各地奔赴而来，于温州大罗山麓清静优美的校园中济济一堂，最终为戏曲界呈上了又一批有思想有深度的佳作。

本项目至今为止顺利开展，是因为得到了来自多方面的有力保证：首先是国家艺术基金管理中心的高度重视与殷切期望；各级党委政府尤其是温州本地领导高度重视；中国剧协，中国戏曲学院，温州城市大学，各专业院团民间戏曲团队通力合作；各级媒体大力支持，使该项目扩大影响。

中国戏曲学院戏文系作为本项目的支持单位之一，从联合申报到一起参与答辩，谢柏梁主任从课程设计、老师聘请到亲临讲学，一直与我们在并肩作战。

温州市委宣传部胡剑谨部长，在多个场合号召我们积极申报并争取国家艺术基金项目，并在项目实施过程中，一直关心与指导，在结业典礼上做重要讲话，对学员们寄予殷切期望。温州市人民政府副市长郑朝阳作为该项目的专家领导担任了项目的总顾问，在开班典礼上对该项目的实施提出严格的要求，并作为导师亲自为学员上课传经送宝，多次前往驻地看望慰问讲课专家。国家艺术基金管理中心委派的监督验收小组，指导督促各项工作。温州城市大学领导及相关负责人对我们的支持，保障了培训的顺利进行。温州市文广新局领导张纯芳局长亲自担任项目管理小组组长，并为我们落实脱产学习的场地——温州城市大学，为成功申报提供了有力保障。在实施过程中，时时关心学员、导师的学习工作生活。柳升高副局长担任项目管理小组副组长，亲自为我们策划指导项目选题、参与终评答辩工作，全程跟踪落实指导各项工作的同时，还为学员讲课。文艺处领导也在繁忙的工作中，多次来到学员当中，关心指导工作。浙江省文化艺术研究院和省内兄弟院所对项目的开展给予了大力支持并予以忠心的祝贺。艺研院举全院之力，克服人少事大的矛盾困难，同心同德，努力做好各项台前幕后工作。尤其是来自全国各地的学员、导师的拨冗响应与支持，有了这么许多的措施保障，使我们赢得了许多第一：

温州成功申报国家艺术基金艺术人才培养项目，这是第一次；

这么多全国各地的学员集中温州学习古代戏曲编创，这是第一次；

这么多国内顶级专家包括温州本土、温籍导师集中在此授课，也是第一次；

全面丰富的“南戏故里行”考察路线的设置，与教学、实践相互交融，这在戏曲创作研修班中，恐怕也是第一次。

中国戏曲表演学会会长黎继德教授作为这项工作的顶层设计者付出了辛苦的劳动，功不可没，他在结业典礼上谈到：“‘古代戏曲编创人才培养资助项目’是非常独特的，是一个创举，也是一个范例。”编创班的师生们为了同一个目标而齐聚温州，又从温州出发，把动人佳作、戏曲之爱向神州大地传播。这对温州来说，为继续打响“南戏故里”的文化定位提供了努力发展的方向，对戏曲传承发展来说，是一个激发编创灵感的新尝试。

新事物要经历曲折发展的过程，漏误之处实难避免，热切期待专家学者以及广大读者不吝批评指正。

2018 年 10 月